中國古典文學基本叢書

韓愈文集彙校箋注

第二册

〔唐〕韓愈著

劉真倫 岳珍 校注

中華書局

卷四

（原本卷十四）此卷以潮本爲底本，以祝本、南宋閩本、南宋蜀本、魏本對校，文本闕。

鄆州溪堂詩（并序）①〔一〕

憲宗之十四年，始定東平，三分其地〔二〕，以華州刺史禮部尚書兼御史大夫扶風馬公爲鄆曹濮節度觀察等使鎮其地②〔三〕。既一年，褒其軍曰天平軍③〔四〕。上即位之二年，召公入，且將用之〔五〕。以其人之安公也④，復歸之鎮〔六〕。上之三年〔七〕，公爲政於鄆曹濮也適四年矣。治成制定，衆志大固，惡絶於心，仁形於色。摶心一力⑤，以供國家之職。于時沂密始分而殘其帥〔八〕，其後幽鎮魏不悦於政⑥〔九〕，相扇繼變〔一〇〕，復歸於舊。徐亦乘勢逐帥自置⑦〔一一〕，同於三方〔一二〕。惟鄆也截然中居⑧，四鄰望之⑨，若防之制水〔一三〕，恃以無恐。然而皆曰：鄆爲虜巢且六十年〔一四〕，將彊卒武⑩。曹濮於鄆⑪，州大而近。軍所根柢⑫，皆驕以易怨⑬。而公承死亡之後，掇拾之餘〔一五〕，剥膚椎髓〔一六〕，公私掃地赤立〔一七〕。新舊不相保持⑭〔一八〕，萬目睽睽〔一九〕。公於此時能安以治之，其功爲大。若幽鎮魏徐之亂不扇而變，此功反小。何也？公之始至，衆未熟化⑮。以武則忿而憾⑯，以恩則横而肆〔二〇〕。一以爲赤子，一以爲龍蛇〔二一〕。憊心罷精〔二二〕，磨以歲月，然後致之難也。及教之行，衆皆戴公爲親父母。夫叛父母，從仇讎，非人之情。故曰易⑰。

於是天子以公爲尚書右僕射⑱，封扶風縣開國伯⑲，以褒嘉之〔二三〕。公亦樂衆之和，知人之悦，而侈上之賜也。於是爲堂於其居之西北隅，號曰溪堂，以饗士大夫〔二四〕，通上下之志。既饗，其從事陳曾謂其衆言〔二五〕：「公之畜此邦〔二六〕，其勤不亦至乎？此邦之人纍公之化⑳〔二七〕，惟所令之，不亦順乎？上勤下順，遂濟登兹〔二八〕，不亦休乎〔二九〕？昔者人謂斯何？今者人謂斯何？雖然，斯堂之作，意其有謂，而喑無詩歌〔三〇〕，是不考引公德而接邦人於道也。」㉑〔三一〕乃使來請。其詩曰：

帝奠九壖㉒〔三二〕，有葉有年〔三三〕。有荒不條㉓〔三四〕，河岱之間〔三五〕。及我憲考〔三六〕，一收正之㉔。視邦選侯，以公來尸〔三七〕。公來尸之，人始未信。公不飲食，以訓以徇〔三八〕。孰飢無食㉕？孰呻孰歎？孰冤不問，不得分願〔三九〕？孰爲邦蟊㉖〔四〇〕？節根之螟〔四一〕。羊很狼貪㉗〔四二〕，以口覆城〔四三〕。吹之喣之㉘，摩手拊之〔四四〕，箴之石之㉙〔四五〕，膊而磔之〔四六〕。凡公四封〔四七〕，既富以彊㉚。謂公吾父，孰違公令。可以帥征㉛，不寧守邦〔四八〕。公作溪堂，播播流水㉜〔四九〕。淺有蒲蓮，深有蒹葦〔五〇〕。公以賓燕，其鼓駭駭〔五一〕。公燕溪堂㉝，賓校醉飽㉞〔五二〕。流有跳魚〔五三〕，岸有集鳥。既歌以舞，其鼓考考〔五四〕。公在溪堂㉟，公御琴瑟〔五五〕。公洎賓贊㊱〔五六〕，稽經諏律〔五七〕。施用不差〔五八〕，人用不屈〔五九〕。溪有蘙茈㊲〔六〇〕，有龜有魚。公在中流，右詩左書㊳。無我斁遺〔六一〕，此邦是庥〔六二〕。

【彙校】

①〔鄆州溪堂詩并序〕此篇潮本編在第七卷詩類，《唐文粹》卷十一亦録入「古調」類。傳世諸本均編在卷十四序類，此爲南宋監本編次。今從南宋監本移於此卷。潮本題下注：「此係石本。」祝本注：「退之文有石本者：《鄆州溪堂詩》、《孟州濟源送李愿序》、《京兆萬年薛公達銘》、《司馬村柳子厚銘》、《縣北劉村路應碑》、《州廨田氏先廟碑》、《鄭州榮陽索河上鄭儋碑》、《衢州徐偃王碑》、《華州蒲城胡珦碑》、《西京北邙權德輿碑》、《廣州南海神廟碑》、《柳州羅池碑》、《潭州湘陰黃陵碑》、《徐州節度掌書記廳石記》。其間異同，皆以石本爲正，今文注其下。」《舉正》題下側注「石本」。《考異》：「方多從石本。」

粹本「溪」作「谿」，下同。《舉正》出南宋監本作「谿」。粹本「詩」下多「一章」二字。潮本無題下側注「并序」二字，《舉正》出南宋監本同，朱熹從監本。今從粹本補「并序」二字。

②〔扶風馬公〕祝本「公」下注：「今本有『摠』字。」魏本注同。潮本「公」下多一「摠」字，南宋閩本、南宋蜀本同。《舉正》出南宋監本「扶風馬公摠」，據石本删「摠」字，云：「蜀本有『摠』字，閣與杭本亦無。」朱熹從方本，《考異》：「下或有『總』字。」今從粹本。

③〔褒其軍曰〕「軍」下祝本多一「號」字，粹本、南宋閩本、南宋蜀本、魏本、王本、廖本同。

④〔以其人之安公也〕祝本注：「今本云『以彼人之安於公也』。」魏本注同。粹本、南宋閩本、南宋蜀本「安」下多一「於」字。南宋閩本注：「石本無『於』。」《舉正》出南宋監本「以其人之安於公也」，據石本删「於」字，云：「閣同。杭、蜀皆作『以彼之人安於人也』。」朱熹從方本，《考異》：「『安』下或有『於』字，或作『以彼之人安於公也』。」

⑤魏本注：「竱，一作『專』。」潮本「竱」作「專」。祝本注：「竱心一力，今本作『竭心力』。」魏本注同。南宋閩本作「竱心力」，注：「石本『專心一力』。」粹本、南宋蜀本作「竭心力」。《舉正》據石本訂「竱」字，增「一」字，作「竱心一力」，云：「竱，旨兖切，等也。《國語》之所謂『竱本肇末』是也。杭本作『竭心力』，脱『一』字，蜀本作『竭心戮力』。」朱熹從方本，《考異》：「或作『竭心力』。竱，或作『竭』，一或作『戮』。方云：竱，旨兖切，專也。」祝充注：「竱，旨兖切，等齊也。」方成珪注：「《説文》：『竱，等也。』《齊語》韋昭注同。《舉正》原文亦作『等』。」蔣抱玄注：「竱，等齊之義，謂齊心也。」高步瀛注：「《廣雅·釋詁四》曰：『竱，齊也。』又與『嫥』通。《説文》曰：『嫥，壹也。』經傳以『專』爲之。」童第德注：「《史記·始皇本紀》『普天之下，摶心揖志』，《索隱》：『摶，古專字。《左傳》云：如琴瑟之摶一。揖，音集。』按：公用『摶心』字本此。《説文》：『嫥，壹也。』此爲『嫥』本字。『摶，以手圜也。專，六寸簿也。一曰：專，紡專。』作『摶』作『專』皆假借字。今本《左氏》昭二十年傳作『專壹』，《釋文》：『專如字。董遇本作『摶』，音同。』《索隱》所引《左傳》與董遇本同。『摶』非古『專』字，當云『摶』、『專』古通用。此本及方氏依石本作『竱』，音旨兖切，爲『專』之上聲，其意蓋亦謂『竱』與『專』通。」謹按：《廣雅》無「嫥」字。「竱」、「專」通假，典籍中未見實例。此處「竱心」，義爲「齊心」。祝充、方崧卿、方成珪、蔣抱玄訓作「等」、「等齊」，是。朱氏、高氏、童氏訓作「專」、「專壹」，不確。今從祝本。

⑥〔不悦於政〕祝本注：「於，今本作『于』。」魏本注同。粹本、南宋閩本、南宋蜀本「於」作「于」。南宋閩本注：「石本作『於』。」《舉正》據石本訂作「於」，朱熹從方本，《考異》：「於，或作『于』。」

⑦〔逐帥自置〕祝本注：「置，一作『署』。」南宋閩本、魏本注同。粹本「置」作「署」。《舉正》出南宋監本「逐帥自置」，云：「杭本作『署』，蜀本復於『署』下增『置』字。帥，謂崔羣，見逐於王智興也。」《考異》：「置，或作『署』，或『置』上有『署』字。」

⑧〔惟鄆也〕南宋閩本注：「一有『崔公羣』字。惟，一作『爲』。」南宋蜀本注：「一作『崔公羣爲鄆也』。」魏本注：「惟，一作『爲』。」

⑨〔四鄰望之〕潮本句下注：「石本無上四字。」南宋閩本注同。祝本、魏本無「四鄰望之」四字。祝本注：「今本有『四鄰望之』四字。」魏本注同。《舉正》出南宋監本「惟鄆也截然中居四鄰望之」，據石本删「四鄰望之」四字，云：「三本皆有上四字，惟石本無之。」朱熹從監本，《考異》：「閣杭蜀及諸本『中居』之下皆有此四字，方從石本删去。今按文勢及當時事實，皆當有此句。若其無之，則下文所謂『恃以無恐』者，爲誰恃之邪？大凡爲人作文而身或在遠，無由親視摹刻，既有脱誤，又以毁之重勞，遂不能改。若此者蓋親見之，亦非獨古爲然也。方氏最信閣杭蜀本，雖有謬誤，往往曲從。今此三本幸皆不誤，而反爲石本脱句所奪，甚可笑也。」

⑩〔將彊卒武〕粹本、南宋蜀本「彊」作「强」。南宋蜀本「卒」作「兵」。

⑪〔曹濮於鄆州大而近〕祝本注：「今本作『曹鄆於濮州』，一本作『於曹濮州』。」魏本注同。南宋閩本作「於曹濮州」，注：「一作『曹鄆於濮州』，石本『曹濮於鄆州』。」《舉正》據石本訂「曹濮於鄆」四字，云：「鄆爲句絶，杭、蜀

同。」朱熹從方本,《考異》:「方云:『鄆』字絶句。或作『於曹濮州』,非是。」童第德注:「此以『鄆』爲主,如今本作『曹濮於鄆州』,則賓主不分矣,非是。方氏以『鄆』字句,得之。」

⑫〔根柢〕魏本「柢」作「抵」。

⑬〔驕以易怨〕祝本注:「以,一作『而』。」魏本注同。

⑭〔保持〕潮本注:「持,一作『恃』。」祝本、南宋閩本、魏本注同。《考異》:「持,或作『恃』。」

⑮〔衆未熟化〕王本、廖本「熟」作「孰」。魏本「熟」下多以「也」字,「化」字屬下句。方成珪注:「按《説文》本作『䭇』。云:『生之反也。』古文『生熟』字只作『孰』。」高步瀛注:「《説文》:『孰,飪食也。』《音注》、《五百家》作『熟』同。與後兩『孰』字義異。」童第德注:「『熟』爲『孰』之後出字,無『也』字則以『化』字句。」謹按:「孰」、「熟」,古今字。《説文》:「䭇,食飪也。从丮𦎫。《易》曰:『孰飪。』殊六切。」段注:「飪,大孰也。可食之物大孰,則丮持食之。从丮𦎫。亯部曰:『𦎫,孰也。』此會意。『孰』與『誰』雙聲,故一曰誰也。後人乃分别『孰』爲『生孰』,『孰』爲『誰孰』矣。曹憲曰:『顧野王《玉篇》始有孰字。』」

⑯〔忿而憾〕潮本注:「而,石本作『以』。」南宋閩本注同。祝本、魏本「而」作「以」。祝本注:「以,今本作『而』。」魏本注同。《舉正》據石本訂作「以」,云:「閣同。蜀本『以』作『而』,杭本脱下二字。」朱熹從方本,《考異》:「以,或作『而』,或并無此二字。」

⑰〔故曰易〕「易」下祝本注:「今本有『也』字。」魏本注同。南宋蜀本「易」下多一「也」字。《舉正》出南宋監本「故曰易」,云:「蜀本下有『也』字,然閣與杭本亦無之。」《考異》:「下或有『也』字。」

⑱〔以公爲〕祝本注：「今本無『公』字。」魏本注同。粹本、南宋蜀本無「公」字。《舉正》據石本增「公」字。朱熹從方本，《考異》：「或無『公』字。」

⑲〔封扶風縣〕祝本注：「今本無『封』字。縣，今本作『郡』。」魏本注同。粹本、南宋閩本、南宋蜀本無「封」字，「縣」作「郡」。南宋閩本注：「扶風郡，石本作『封扶風縣』。」《舉正》據石本增「封」字，訂「縣」字，作「封扶風縣開國伯」，云：「閣本同，杭、蜀皆誤。」《考異》：「或無『封』字。縣，或作『郡』。」謹按：唐制：封郡爲公，封縣爲伯。《與納和軍銜制》卷二關内道鳳翔府扶風縣，今屬陝西省。此句「郡」當作「縣」。

⑳〔纍公之化〕魏本注：「纍，一本作『緊』。」

㉑〔而接邦人〕祝本注：「今本無『而』字。」魏本注同。南宋閩本、南宋蜀本無「而」字。南宋閩本注：「石本有『而』。」《舉正》據石本增「而」字，云：「三本同。」朱熹從方本，《考異》：「或無『而』字。」

㉒〔帝奠九壥〕南宋蜀本「奠」作「尊」。

㉓〔有荒不條〕祝本注：「不，今本作『有』。」魏本注同。粹本、南宋閩本、南宋蜀本「不」作「有」。南宋閩本注：「有，石本作『不』。」《舉正》據石本訂作「不」，云：「閣同，杭、蜀皆誤。」朱熹從方本，《考異》：「不，或作『有』。」

㉔〔一收正之〕祝本注：「收，今本作『牧』。」魏本注同。潮本「收」作「牧」，粹本、南宋閩本同。潮本注：「牧，一作『收』。」《舉正》據石本訂作「收」，云：「閣同，杭、蜀皆誤。」朱熹從方本，《考異》：「收，或作『牧』。」

㉕〔孰飢無食〕潮本「飢」作「饑」，南宋蜀本同。謹按：「飢」，飢餓。「饑」，饑饉。經典多通用。《說文》：「飢，餓也。从食几聲，居夷切。饑，穀不孰爲饑。从食幾聲，居衣切。」段注：「按《論語》『年饑』、『因之以饑饉』，鄭本皆作

『飢』。」今從粹本。

㉖〔邦蟊〕祝本、魏本「蟊」作「蛑」，祝本注：「蛑，音牟，今本作『蟊』。」魏本注同。《舉正》：「蟊，食草根蟲，《集韻》通作『蛑』。洪謂石本作『蛑』，然樊氏所録石本只作『蟊』，姑用正字。」《考異》：「蟊，或作『蛑』，音義同。」

㉗〔羊很狼貪〕魏本、王本、廖本「很」作「狠」。謹按：「很」本字，「狠」假借字。《説文》：「很，不聽从也。一曰行難也。一曰盭也。从彳艮聲，胡懇切。狠，吠鬬聲。从犬良聲，五還切。」段注：「今俗用『狠』爲『很』，許書『很』、『狠』義別。」朱駿聲《説文通訓定聲》：「狠，假借。今用爲『很戾』字。」

㉘〔吹之呴之〕潮本、南宋閩本「呴」作「煦」。孫汝聽注：「呴，亦吹也，況羽切。」高步瀛注：「呴，同『欨』。《説文》：『欨，吹也。』」《集韻》：「欨，《説文》：『吹也。』一曰笑意，一曰欠也。或作『呴』。」朱駿聲《説文通訓定聲》：「煦，假借爲『欨』。《禮記·樂記》『煦嫗覆育萬物』，注：『氣曰煦。』」今從粹本。

㉙〔箴之石之〕祝本注：「箴，今本作『針』。」魏本注同。潮本「箴」作「針」，南宋閩本、南宋蜀本同。《舉正》據石本訂作「箴」，云：「杭、蜀同。」朱熹從方本，《考異》：「箴，或作『針』。」

㉚〔既富以彊〕粹本「彊」作「强」。

㉛〔可以帥征〕祝本注：「帥，今本作『師』。」魏本注同。潮本「帥」作「師」，粹本、南宋閩本、南宋蜀本同。《舉正》據石本訂作「帥」，云：「閣同，杭、蜀作『師』。」朱熹從監本，《考異》：「方從石本作『帥』。今按：《平淮西碑》云：『屢興師征。』作『師』爲是。石本或誤，未可知也。」童第德注：「『帥征』朱子定作『師征』，引公《平淮西碑》爲證，似無可疑。然此句承上文來，上文云：『凡公四封，既富以彊，謂公吾父，孰違公令。』言鄆人既富且彊，戴公如

父，故可率之以出征。孫解「驅之征伐」是也。如作「可以師征」，詞義晦澀，不成句矣。公《平淮西碑》「屢興師征」，乃「興師」二字略逗，非「師征」二字略逗也。一曰：「師征」讀如率正，《尚書大傳》「諸侯有不率正者」，注：「率，循也。正，政也。」言可使鄆人率循天子之政令，即《序》所謂「竱心一力以供國家之職」。雖討叛伐罪，亦宜奉天子命而行，不得專輒也。一曰：「帥征」即《論語》「子帥以正」，言鄆人既富且彊，可以率之歸於正，謂教之以五教也。茲二説可備一誼，故附録之。」今從祝本。

㉜〔播播流水〕南宋蜀本注：「播播，一作『播之』。」

㉝〔公燕溪堂〕祝本「溪」作「谿」。

㉞〔賓校醉飽〕南宋蜀本「醉飽」作「飽醉」，注：「飽醉，一作『醉飽』。」

㉟〔公在溪堂〕祝本、南宋蜀本「溪」作「谿」。

㊱〔公洎賓贊〕祝本、魏本「洎」作「暨」。《舉正》據石本訂作「暨」，云：「杭、蜀同。」朱熹從方本，《考異》：「暨，或作『洎』。」謹按：「洎」、「暨」，及也，與也。二者均爲「臮」之通假字。《説文》：「洎，灌釜也。从水自聲，其冀切。暨，日頗見也。从旦既聲，其異切。臮，衆與詞也。从乑自聲。《虞書》曰：『臮咎繇。』𦋦，古文臮。其冀切。」段注：「衆與者，多與也，所與非一人也。詞者，意内言外之謂。或假『洎』爲之，如《鄭詩》『謚偁無逸爰洎小人』是也。亦假『暨』爲之，如《公羊傳》『及者何，與也。』會及暨，皆與也。暨，猶暨暨也。《釋詁》曰：暨，與也。《釋訓》曰：『暨，不及也。』按：不及，及也。即《公羊》所謂猶暨暨也。」朱駿聲《説文通訓定聲》：「洎，假借爲『臮』。《書·無逸》鄭本『爰洎小人』，注：『與也。』《漢書·王莽傳》『左洎前七部』，注：『及也。』《東京賦》『于斯胥洎』，又『澤洎幽荒』。」

㊲〔溪有蕢苽〕粹本、祝本、南宋蜀本、魏本、王本、廖本「溪」作「谿」。

㊳〔右詩左書〕祝本注：「詩，一作『琴』。」魏本注同。

【箋注】

〔一〕樊汝霖注：「長安薛氏有皇甫湜手帖云：『鄆塘特高古風，敢樹降旗。而作者之下，何人能及矣？崔侍御前日稱歎，終席滿座，不覺繼燭。我唐有國，退之文宗一人，不任欽慰之極。』湜上侍郎宗伯，鄆塘正謂此鄆州溪堂也。公時爲兵部侍郎。曰『宗伯者』，文章宗伯也。」魏引補注：「陳齊之《語録》曰：秦少游云：『退之《元和聖德詩》與《平淮西碑》如出兩手。』予以歲月考之，蓋相去十二年也。然以《平淮西碑》方《鄆州溪堂詩》，則又曰如它人所作也。」《元和郡縣志》卷十河南道鄆州（大都督府），治所東平縣，在今山東東平縣西北。

此篇石本，首見《金石録》卷九著録，注云：「韓愈撰，牛僧孺正書。」《通志》卷七三《金石略》著録同，並署「鄆州」字。方崧卿《舉正敍録》著録石刻有「鄆州谿堂詩」，注云：「《金石録》曰：『碑正書。』洪、樊本具。首題云：通議大夫尚書兵部侍郎上柱國賜紫金魚袋韓愈撰。末云：朝議郎守尚書户部侍郎上柱國賜紫金魚袋牛僧孺書。長慶二年歲在壬寅十月戊午朔二十五日壬午建。」又：《寶刻類編》卷五著録此石於蘄州，云：「户部侍郎牛僧孺書，蘄州録事參軍戴祁篆額，長慶二年立。」按：韓愈此文爲鄆州作，蘄州無緣刻石。此石刻於蘄州，應該是由於篆額者戴祁任職蘄州的緣故。清張仲炘《湖北金石志》卷六據《寶刻類編》入録，注云：「佚。」明周錫珪《唐碑帖跋》卷四「牛僧孺」下録此碑拓本，跋云：「昌黎撰，牛正書，韓爲馬總作。牛嘗有帖云：『吾書寫韓吏部《谿堂詩》，始知元常之書近古無似。日來遠宦，行李勞頓，寧復有弄翰之意耶。』」于奕正《天下金石志》卷四録此碑於山東東平府，題作「唐韓愈谿堂詩碑」，下注「牛僧孺碑」，則此碑明末猶存。

此篇作年，洪譜、方表、方譜、蔣抱玄注均繫於長慶二年（八二二）。洪譜：「二年壬寅：是年有《鄆州谿堂詩》。《詩》後曰：『長慶二年十月建。』序曰：『憲宗十四年，馬公爲節度觀察使。上即位之二年，召公入。』穆宗以元和十五年即位，『即位之二年』，長慶元年也。『上之三年，公爲政於鄆曹濮適四年矣。』正在今年。」方譜：「是年夏秋間作，以『淺有蒲蓮深有蒹葦』等語見之，至十月乃勒石。」

〔二〕孫汝聽注：「元和十四年二月，平盧都知兵馬使劉悟殺其節度使李師道以降，青淄十二州皆平。命户部侍郎楊於陵爲淄青宣慰使，分其地爲三道：以鄆曹濮爲一道，淄青齊登萊爲一道，兖海沂密爲一道。東平郡，即平盧軍所治。」

〔三〕洪興祖注：「三分其地，謂析李師道所據十二州爲三鎮。馬總鄆曹濮等州觀察使，薛平青州刺使，王遂沂州刺史。」樊汝霖注：「三月，以薛平爲平盧節度使青齊登萊等州觀察使，以王遂爲沂州刺史沂海兖密等州都團練觀察使。三分其地者，謂總及此二人也。」祝充注：「濮，音卜，故昆吾之墟。《前漢》（《項籍傳》）：『西破秦軍濮陽。』」馬總，兩《唐書》有傳，其生平如次：馬總，字會元，扶風茂陵人（李宗閔《馬公家廟碑》）。貞元二年爲大理評事（戴叔倫《意林序》）。貞元十三年四月庚辰姚南仲鎮滑臺，辟爲從事。南仲與監軍使不叶，監軍誣奏南仲不法。十六年四月己丑府罷（《舊唐書·德宗紀下》），總坐貶泉州别駕。監軍入掌樞密，福建觀察使柳冕希旨欲殺總。從事穆贊鞫總，稱無罪，總方免死。後量移恩王傅，元和二年，爲泉州刺史。四年，遷虔州刺史（《馬懿公壁記》，見《輿地碑記目》卷三「泉州碑記」）。五年七月庚申，爲安南都護本管經略使（《舊唐書·憲宗紀上》）。八年七月丁丑，轉桂州刺史、桂管經略觀察使。十二月丙戌，爲廣州刺史嶺南節度使（《舊唐書·憲宗下》）。十一年，入爲刑部侍郎（柳宗元《曹溪第六祖賜謚大鑒禪師碑并序》）。十二年七月丙辰，裴度宣慰淮西，以刑部侍郎兼御史大夫，充淮西行營諸軍宣慰副使。吴元濟誅，十一月戊申，爲彰義軍節度留後。十二月壬戌，檢校工部尚書蔡州刺史、彰義軍節度使。十三年五月丙辰，轉許州刺史、忠武軍節度陳許溵等州觀察處置等使。同年朝京師，留拜禮部尚書、華州刺史、潼關防禦鎮國軍使（《馬公家廟碑》）。十四年三月戊子，遷檢校刑部尚書鄆州刺史、天平軍節度鄆曹濮等州觀察等使，就加檢校尚書左僕射（《舊唐書·憲宗下》）。長慶元年入朝（《鄆州谿堂詩序》），四月丙子，復爲天平軍節度使。二年十二月己酉，入爲檢校左僕射守户部尚書，長慶三年八月，卒於檢校尚書右僕射、户部尚書任（《舊唐書·穆宗紀》）。享年七十歲。

〔四〕韓醇注：「《舊史·穆宗紀》云：十五年六月，鄆曹濮等州節度賜號天平軍，從馬總奏也。」

〔五〕孫汝聽注：「長慶元年三月，盧龍軍節度使劉總上幽鎮地。詔（劉）總徙天平而召（馬）總還，將大用。」

〔六〕孫汝聽注：「會（劉）總卒，帝以鄆人附（馬）總，詔復還鎮。」

〔七〕韓醇注：「穆宗以元和十五年正月即位。其曰『上即位之二年』，則長慶元年。『上之三年』，則長慶二年也。」

〔八〕洪興祖注：「元和十四年，沂海將王弁殺其觀察使王遂，自稱留後也。」《舉正》：「沂帥，王遂也。」《元和郡縣志》卷十一河南道沂州（中），今山東臨沂。《元和郡縣志》卷十一河南道密州（中），今山東諸城。

〔九〕《舉正》：「不悦於政，謂張弘靖被囚，田弘正、史憲誠皆爲下所殺也。」

〔一〇〕洪興祖注：「謂長慶元年幽州盧龍軍都知兵馬使朱克融囚其節度使張弘靖以反；成德軍大將王廷湊殺其節度使田弘正以反；二年，魏博節度使田布自殺，兵馬使史憲誠自稱留後。」蔣抱玄注：「扇，與『煽』同。」

〔一一〕洪興祖注：「謂二年武寧軍節度副使王智興逐其節度使崔羣也。」

〔一二〕孫汝聽注：「三方，幽鎮魏也。」

〔一三〕魏仲舉注：「防，隄也。」

〔一四〕孫汝聽注：「永泰元年七月，以平盧兵馬使李正己爲本軍節度使，傳子納。納子師道，至元和十四年敗，凡五十五年。」

〔一五〕蔣抱玄注：「掇拾，採摘之義。《水經注》（滱水）：『掇拾者不言疲，謡詠者自相和。』」

〔一六〕蔣抱玄注：「剥膚椎髓，謂敲剥几盡矣。《唐史》：憲宗謂左右曰：六宫之内嬪御已多，一旬之中資費盈万。豈可剥膚椎髓，强娱耳目哉。」謹按：此引「唐史」文字，見《杜陽雜編》卷中。高步瀛注：「《易・剥》六四：『剥牀以膚。』《杜陽雜編》卷中載憲宗謂左右曰：『豈可剥膚搥髓，强娱耳目。』疑蘇德祥即取退之語潤色之。」謹按：獨孤及《陳政疏》：「貧人羸餓就役，剝膚及髓。」（《新唐書・獨孤及傳》）此韓語之所出。化爲「剥膚椎髓」，則始見韓文。後人採用者甚多，如宋石介《彼縣吏》：「嗟乎嗟乎彼縣吏，剥膚椎髓民將死。」（《徂徠集》卷三）司馬光《乞罷免役錢依舊差役劄子》：「驅迫貧民，剥膚椎髓，家産既盡，流移無歸。」（《傳家集》卷四十九）黄庭堅《書范子政文集後》：「使者剝膚椎髓取於民，以自爲功。」（《山谷别集》卷十）

〔一七〕蔣抱玄注：「《漢書》（《韓王信傳》）：上古遺烈掃地盡矣。」高步瀛注：「《漢書・楊雄傳》：『刮野掃地。』顔注曰：『言無遺餘也。』朱豐芑《説文通訓定聲》：『赤地、赤族，皆顯然盡露蓋蔽無存之意，赤體、赤脚亦同。』」掃地赤立，一無所有，形容貧困至極。此語始見韓文，後人採用者甚多。如宋朱松《上胡察院書》：「蕩覆之餘，君臣徒手，掃地赤立。」（《韋齋集》卷九）孫覿《宋故特進觀文殿大學士河南郡開國公致仕贈少師万俟公墓誌銘》：「貪夫暴吏，接取無藝，公私掃地赤立。」（《鴻慶居士集》卷三十六）吴儆《送曹守序》：「明年大水復大旱，公私掃地赤立。」（《竹洲集》卷十二）

〔一八〕保持，保護扶持。王符《潛夫論・本政》：「而欲使志義之士，匍匐曲躬以事己，毁顔諂諛以求親，然後乃保持之，則貞士採薇凍餒，伏死巖穴之中而已爾。」

〔一九〕孫汝聽注：「睽睽，相顧貌。」韓醇注：「《説文》：『目不相聽也。』」魏仲舉注：「睽睽，並傾畦切。」蔣抱玄注：「睽睽，音奎，張目相顧之貌。」高步瀛注：「睽睽，猶『睽睢』。《文選・魯靈光殿賦》李善注：『睽睢，張目貌。』」

〔二〇〕祝充注：「横，去聲。」

〔二一〕孫汝聽注：「以恩待之，故若赤子；以武威之，故若龍蛇。」

〔二二〕祝充注：「憊，蒲拜切，病也。罷，音疲。」

〔二三〕孫汝聽注：「是歲，就加總尚書右僕射。」

〔二四〕蔣抱玄注：「饗，會飲也。」

〔二五〕孫汝聽注：「曾，元和十五年登進士第。」陳曾，兩《唐書》無傳，其生平不詳。可知者：長慶二年爲馬總天平軍節度鄆曹濮等州觀察等使從事（韓愈《鄆州溪堂詩序》），長慶三年爲桂管觀察支使、朝議郎試太常寺協律郎上柱國（《羅池廟碑》石本題額）。

〔二六〕蔣抱玄注：「畜，養也。」高步瀛注：「《詩・節南山》『以畜萬邦』，鄭箋曰：『畜，養也。』」

〔二七〕祝充注：「纍，力佳切，繫也。」韓醇注：「纍，《説文》：『綴得理也。』」蔣抱玄注：「纍，連綴曰纍。又與『累』同，言相緣及也。」謹按：「纍」同「累」，緣也。「纍公之化」，緣公之教化。《集韻》：「累，力偽切，事相緣及也。或作『纍』。」

〔二八〕蔣抱玄注：「遂濟登兹，謂因以上下互濟，登斯樂境也。」

〔二九〕高步瀛注：「《爾雅・釋詁》曰：『休，美也。』」

〔三〇〕魏仲舉注：「喑，與瘖同。」高步瀛注：「《説苑・正諫》：『無言則謂之喑。』案：喑，瘖之借字。《説文》：『瘖，不能言也。』」

〔三一〕考，省察、考察。《易・復》：「敦復无悔，中以自考也。」李鼎祚《集解》：「侯果曰：能自考省，動不失中。」「接」有導引一義，猶接引。

〔三二〕祝充注：「壥，與『廛』同。」謹按：《集韻》：「廛，《説文》：『一畝半，一家之居。』一曰：廛市，物邸舍。或从土，亦作『壥』、『廛』、『鄽』。」孫汝聽注：「九壥，九州也。」蔣抱玄注：「壥與廛同，九壥即九州也。」《尚書・禹貢》：「禹敷土，隨山刊木，奠高山大川。」孔傳：「奠，定也。」

〔三三〕魏仲舉注：「葉，世也。」葉，世代。《詩・商頌・長髮》：「昔在中葉，有震有業。」毛傳：「葉，世也。」

〔三四〕魏仲舉注：「條，治也。」蔣抱玄注：「條，理也。不條，不治之謂。」高步瀛注：「《文選・四子講德論》李善注：『條，猶理也。』」童第德注：「『條』讀作『滌』，滌者，除也。此以蔓草爲喻，言草滋蔓未除，《漢書・楊惲傳》所謂『蕪穢不治』也。《周禮・秋官》序官條狼氏，杜子春云：『條，當爲滌器之滌。』《漢蔡湛頌》『蕭滌而雲消』，『條』作『滌』，是其證。」

〔三五〕孫汝聽注：「河、岱，皆天平之境。」蔣抱玄注：「河，黄河。泰山曰岱宗。言爲諸山所宗也。黄河、泰山之流域皆天平軍所治地。」

〔三六〕蔣抱玄注：「憲考，父死曰考。穆宗，憲宗第三子也。」

〔三七〕魏仲舉注：「尸，主也。」蔣抱玄注：「侯，謂節度使。尸，主也。《詩經》（《周南・采蘋》）：『誰其尸之，有齊季女。』」

〔三八〕蔣抱玄注：「狥，同『徇』，行示也。謂巡行其地而警告之也。」高步瀛注：「『徇』、『袀』通。《説文》曰：『袀，行示也。』《左》桓十三年杜注曰：『徇，宣令也。』《廣韻》二十二稕：『徇、袀，並辭閏切。』」

〔三九〕魏仲舉注：「分，扶問切。」蔣抱玄注：「分，音問。劉勰《新論》：『今人不知命之有限，而妄覬於分願。』」謹按：分願，本願。《宋書・王僧達傳》：「嘗膽濡足，是其分願。分心掛腹，實亦私苦。」

〔四〇〕蔣抱玄注：「蝨，同蟊，音謀。吃稻根蟲也。影響於民生最甚，故謂爲民害者曰蟊賊。」

〔四一〕孫汝聽注：「《詩》《小雅・大田》：『去其螟螣，及其蟊賊。』毛氏云：『食心曰螟，食葉曰螣，食根曰蟊，食節曰賊。』皆蝗類也。」

〔四二〕魏引補注：「《史記》《項羽本紀》：『狠如羊，貪如狼。』」羊很狼貪，兇殘而貪婪。此語始見韓文，後人亦多採用者。如宋李覯《刑禁第一》：「叛逆之國，紀綱大壞，風俗大惡。强弱相勝，衆寡相暴。從而緩之，則羊很狼貪，難以制矣。」（《盱江集》卷十）洪适《唐定襄道行軍大總管破突厥露布》：「狐疑猶豫，方謀三窟以庇身；羊很狼貪，不可一日而縱敵。」（《盤洲文集》卷二十六）劉沆《述懷詩》：「奴顏婢舌誠堪耻，羊狠狼貪自合羞。」（《詩話總龜》卷三）

〔四三〕孫汝聽注：「以口覆城者，謂以利口傾覆之也。」

〔四四〕蔣抱玄注：「拊，拍也。」高步瀛注：「《説文》：『拊，揗也。』《説文》：『揗，摩也。从手，盾聲。』今撫揗字以循爲之。」段注：「《廣雅》曰：『揗，順也。』《廣韻》曰：『手相安慰也。』今人『撫循』字，古蓋作『揗』。循者，行順也。《淮南》曰：『引揗萬物。』高注：『引揗，拔擢也。』讀允恭之允。」

〔四五〕孫汝聽注：「石，砭也，謂以石爲鍼也。」蔣抱玄注：「箴同鍼，石，砭石。即俗所謂鍼砭也。《漢書·藝文志》：『用度箴石注。』（顔師古注）箴所以制病也。石謂砭石。古者攻病則有砭，今其術絶矣。」高步瀛注：「《説文》曰：『箴，綴衣箴也。鍼，所以縫也。』段曰：『以竹爲之，僅可聯綴衣。以金爲之，乃可縫衣。』案：古籍多以『箴』爲『鍼』。」

〔四六〕祝充注：「膊，音粕。《説文》曰：『薄脯，膊之屋上。』《左氏》成二年傳：『龍人囚盧蒲就魁殺而膊諸城上。』磔，陟格切。開也，張也。」蔣抱玄注：「膊磔，皆分裂肢體之謂。《左傳》（成公二年）：『殺而膊諸城上。』《漢書》：『諸死刑皆磔於市。』」高步瀛注：「《説文》曰：『磔，辜也。从桀石聲。』《周立·秋官·掌戮》鄭注曰：『膊，謂去衣磔之。』《釋文》曰：『膊，普各反。陟百反。』」

〔四七〕魏仲舉注：「四封，四境。」蔣抱玄注：「四封，四境也。《左傳》（襄公二十一年）：『我有四封而詰其盜，何故不可。』」高步瀛注：「《左》成二年杜注：『封，竟也。』案：竟，境之本字。」

〔四八〕孫汝聽注：「可以帥征者，言可驅之征伐，不自守邦而已。言得其懽心。」蔣抱玄注：「不寧，不但也。如不寧惟是。」高步瀛注：「封彊令征邦韻。退之詩文多合東冬鍾江陽唐庚耕清青爲一部也。」

〔四九〕魏仲舉注：「播播，水流貌。」蔣抱玄注：「播播，水流貌，猶播蕩也。」童第德注：「《史記·夏本紀》『滎播既都』，《索隱》：『播，是水播溢之義。』」

〔五〇〕高步瀛注：「《説文》曰：『蒹，雈之未秀者。葦，大葭也。』段注曰：『凡經言雈葦，言蒹葭，言葭茭，皆並舉二物。蒹、茭、萑一也，今人所謂荻也。葭，葦一也，今人所謂蘆也。」

〔五一〕蔣抱玄注：「駭駭，水四散之貌。陸機詩（《皇太子宴玄圃宣猷堂有令賦詩》）：『協風旁駭』。言和散於四方也。」高步瀛注：「《周禮・夏官・大司馬》『鼓皆駴』，鄭注曰：『疾雷擊鼓曰駴。』《釋文》曰：『駴，本亦作駭。』張平子《西京賦》曰『駴雷鼓』，五臣本作『駭』。《説文》：「駭，驚也。从馬亥聲。侯楷切。」段注：「駭，經典亦作『駴』。戒聲、亥聲同在一部也。」《玉篇》：「駴，胡揩切，雷擊鼓也。」《莊子・外物》「聖人之所以駴天下」，《釋文》：「駴，户楷反，王云：謂改百姓之視聽也。」」

〔五二〕高步瀛注：「賓校，謂賓客將校也。《漢書・胡建傳》『護軍諸校』，顔注曰：『校者，軍之諸部校也。』」

〔五三〕童第德注：「《詩・旱麓》『魚躍于淵』，鄭玄箋：『魚跳躍于淵中。』《説文》：『跳，蹶也。一曰躍也。』」

〔五四〕孫汝聽注：「駭駭、考考，皆鼓聲。」高步瀛注：「《詩・山有樞》『子有鐘鼓，弗鼓弗考』，毛傳：『考，擊也。』」童第德注：「考擊，字當作『攷』。《説文》：『攷，敂也。』作『考』者借字。」《説文》：「敂，擊也。从攴句聲，讀若扣，苦候切。」段注：「《唐風》『子有鐘鼓，弗擊弗考』，毛曰：『考亦擊也。』《周禮》多作『攷』，他經『攷擊』、『攷課』皆作『考』，假借也。」

〔五五〕孫汝聽注：「《詩》：『琴瑟在御。』」

〔五六〕孫汝聽注：「賓贊，謂幕僚。」

〔五七〕祝充注：「稽，考也。諏，尊胥切，訪也。《詩》：『周爰諮諏。』《左氏》：『咨事爲諏。』」高步瀛注：「《周官·地官·質人》鄭注曰：『稽，考也。』《廣雅·釋詁二》曰：『稽，問也。』《釋言》曰：『稽，考也。』《爾雅·釋詁》曰：『諏，謀也。』」

〔五八〕祝充注：「施，詩智切。」魏仲舉注：「施，詩志切。」

〔五九〕孫汝聽注：「用，謂由是也。施由是而不差，人由是以不屈，言皆得其宜也。」高步瀛注：「稽經故施不差，諏律故人不屈。」童第德注：「『施用』二字連讀，《説文》：『用，可施行也。』施用，施行也。此爲用之本義。其作語詞者，《一切經音義》引《倉頡篇》曰：『用，以也。』用、以一聲之轉。公此文兩『用』字異解：施用不差，施行不差也；人用不屈，人以不屈也。《詩·君子陽陽》傳曰：『由，用也。』由、用亦一聲之轉。古『用』亦訓『由』。孫氏訓『用』爲『由』是。」

〔六〇〕祝充注：「蘋，音頻。《説文》：『萍也，根浮水而生者。』苽，音辜，雕胡也。《周禮》：『魚宜苽。』」孫汝聽注：「苽，一名蔣。」魏仲舉注：「蘋，與蘋同，音萍。苽與菰同，音孤。」高步瀛注：「《説文》曰：『蘋，大蓱也。』又曰：『苽，雕苽。一名蔣。』案：『蘋』字亦作『蘋』。《爾雅·釋草》曰：『苹，蓱。其大者蘋。』『苽』字亦作『菰』，《楚辭·大招》曰『設菰粱只』，王注曰：『菰，粱蔣實，謂雕葫也。』」

〔六一〕祝充注：「斁，徒故切，又音亦。皆厭也。」孫汝聽注：「斁，厭也。無我斁遺者，言無厭棄我而去。」高步瀛注：「《詩·葛覃》毛傳：『斁，厭也。』《釋文》：『斁，音亦。』」

〔六二〕孫汝聽注：「言且麻芘是邦也。」蔣抱玄注：「是麻，『是』與『之』同。猶言此邦之幸福也。」高步瀛注：「《爾雅·釋言》曰：『麻，蔭也。』」茋魚流書遺麻韻。退之通支脂之魚虞模尤侯幽爲一部也。」《舉正》：「詩十一章，六章章四句，五章章六句。以『令』叶『强』，以『駭』叶『水』，皆古音也。『令』古音自有平聲一讀，公《獨孤郁墓誌》亦見。《淮南子》『勿驚勿駭，萬物將自理，勿撓勿攖，萬物將自清』，『駭』古音自與『理』叶也。《周官》注『疾雷擊鼓』曰：『駭，《西京賦》所謂駭雷鼓是也。』」《考異》：「今按：古音之説甚善。吴才老《補音》、《補韻》二書，其説甚詳。『駭』、『水』協韻，如《管子》《地員篇》：『宫如牛鳴盎中，徵如負豕覺而駭。』亦一證也。沙隨程可久曰：『吴説雖多，其例不過四聲互用、切響通用二條而已。』此説得之。如通其説，則古書雖不盡見，今可以例推也。」

此詩用韻，據《廣韻》：壥，平聲仙韻；年，平聲先韻；間，平聲山韻。之，平聲之韻；尸，平聲脂韻。信，去聲震韻；徇，去聲稕韻。歎，去聲翰韻；願，去聲願韻。螟，平聲青韻；城，平聲清韻。之，平聲之韻；之，平聲之韻。封，平聲鍾韻；彊，平聲陽韻；令，去聲勁韻；征，平聲清韻；邦，平聲江韻。水，上聲旨韻；葦，上聲尾韻。飽，上聲巧韻；鳥，上聲篠韻；考，上聲晧韻。瑟，入聲櫛韻；律，入聲術韻；屈，入聲物韻。茋，平聲模韻；魚，平聲魚韻；流，平聲尤韻；書，平聲魚韻；遺，平聲脂韻；麻，平聲尤韻。

貓相乳説（北平王馬燧）①〔一〕

司徒北平王家貓有生子同日者。其一母死焉②，有二子飲於死母。母且死，其鳴咿咿〔二〕。其一方乳其子，若聞之，起而若聽之，走而若救之③。銜其一置于其棲④〔三〕，又往如之。反而乳之，若其子然。噫！亦異之大者也⑤。

夫貓，人畜也〔四〕，非性於仁義者也⑥。其感於所畜者乎哉？北平王牧人以康〔五〕，罰罪以平⑦〔六〕，理陰陽以得其宜〔七〕。國事既畢，家道乃行。父父子子兄兄弟弟〔八〕，雍雍如也〔九〕。愉愉如也〔一〇〕。視外猶視中，一家猶一人。夫如是，其所感應召致其亦可知矣〔一一〕。《易》曰：「信及豚魚。」〔一二〕亦其類也夫⑧！

愈時獲幸於北平王〔一三〕。客有問王之德者，愈以是對。客曰：「夫禄位貴富⑨，人之所大欲也。得之之難，未若持之之難也。得之於功，或失於德⑩；得之於身，或失於子孫⑪。今夫功德如是⑫，祥祉如是〔一四〕，其善持之也可知已。」⑬因敍之爲《貓相乳説》云爾⑭。

【彙校】

①〔貓相乳説北平王馬燧〕祝本、南宋蜀本、魏本「貓」作「猫」，下文同。謹按：「貓」爲「猫」之俗體，見《廣韻》。潮本無「説」字，祝本、南宋閩本、南宋蜀本、魏本同。《舉正》出南宋監本「貓相乳」，無「説」字。云：「蜀本有『説』字，杭本無之，李、謝皆刪。」朱熹從方本，《考異》：「蜀本有『説』字。」王元啓注：「方本題下無『説』字。今按篇末實有『説』字，輒從蜀本增入。」今從王元啓注增「説」字。題下小字側注，南宋閩本「燧」下多一「也」字，南宋蜀本、魏本無此五字。《舉正》出南宋監本無側注五字，朱熹從方本。

②〔一母死〕潮本注：「一無『母』字。」祝本、南宋閩本、魏本注同。《舉正》出南宋監本「其一母死焉」，刪「母」字，云：「李、謝以古本刪，蜀本作『其母一死焉』。」朱熹從方本，《考異》：「或作『其一母死』，或作『其母一死』。」

③〔走而若〕《舉正》出南宋監本「走而若救之」，刪「而」字，云：「三本同。」朱熹從監本，《考異》：「方無『而』字。」

④〔置于其棲〕南宋閩本、南宋蜀本「棲」作「捿」。謹按：「捿」，「棲」之俗體，見《龍龕手鏡》。謝靈運《鄰里相送方山詩》：「淴此永幽捿。」

⑤〔亦異之大者也〕潮本無「也」字，祝本、南宋閩本、南宋蜀本、魏本同。《舉正》出南宋監本「亦異之大者」，無「也」字，云：「蜀本下有『也』字。」朱熹從蜀本增「也」字，《考異》：「方無『也』字。」今從朱本。

⑥〔性於仁義〕《舉正》出南宋監本「非性於仁義者也」，據閣本刪「仁」字，云：「杭同，蜀本始衍『仁』字。」朱熹從監本，《考異》：「方從閣杭無『仁』字，非是。」

⑦〔罰罪以平〕《舉正》據閣、杭、蜀三本訂「罰」作「伐」。朱熹從方本，《考異》：「伐，或作『罰』，非是。」謹按：伐罪，

討伐有罪者。罰罪，處罰罪犯。前者就爲將而言，後者就爲治而言。馬燧爲中唐三大將之一，其討田悦、平懷光，均可稱爲伐罪。但「伐罪」與「以平」不相協調。「平」者，公正平允。罰罪以平，謂審理案件公正平允。《荀子·致士》「刑政平而百姓歸之」，此爲韓文所本。方、朱誤，不取。

⑧〔亦其類〕潮本注：「其，一作『此』。」祝本、魏本注同。《舉正》據閣、杭、蜀三本訂「亦其」作「非此」。朱熹從方本，《考異》：「或作『亦其』，非是。」謹按：「其類」，「信及豚魚」之類。「亦其」、「非此」，前者順承，後者反詰，文義均通。

⑨〔貴富〕南宋蜀本「貴」作「既」。

⑩〔或失於〕潮本「失」下多一「之」字，祝本、南宋閩本、南宋蜀本、魏本同。《舉正》出南宋監本「或失之於德」，據閣、杭、蜀三本删「之」字。朱熹從方本。今從方本。

⑪〔或失於〕潮本「失」下多一「之」字，祝本、南宋閩本、南宋蜀本、魏本同。《舉正》出南宋監本「或失之於子孫」，據閣、杭、蜀三本删「之」字。朱熹從方本。《考異》：「『失』下或並有『之』字。」今從方本。

⑫〔今夫功德〕「夫」下魏本多一「以」字。南宋蜀本「德」作「得」。

⑬〔可知已〕句下潮本多「既已」二字，祝本、南宋閩本、南宋蜀本、王本、廖本同。《考異》：「或無此二字。」王若虚《文辨》：「『既已』字不安。」今從魏本删。

⑭〔説云爾〕《舉正》出南宋監本「説云爾」，删「爾」字，云：「三本。已上並同。」朱熹從方本，《考異》：「下或有『爾』字，非是。」

【箋注】

〔一〕韓醇注：「司徒北平王，馬燧也，燧字洵美。是説先儒或以爲幾乎諂，然反復終篇，則言北平王之德感應召致，不爲諂矣。」馬燧，兩《唐書》有傳，其生平如次：馬燧字珣美（權德輿《司徒兼侍中上柱國北平郡王馬公（燧）行狀》），祖籍右扶風，世居汝州郟城。安禄山反，俾光禄卿賈循守范陽。燧説循誅其逆將，拔其根柢。事洩，脱身走西山。寶應中，澤潞節度使李抱玉署奏晉州趙城尉。懷恩遣薛嵩自相衛餽糧以絶河津，燧説薛嵩從順，署奏左武衛兵曹。歷太子通事舍人、著作郎，以至秘書少監兼殿中侍御史，轉營田、節度二判官。永泰元年遷鄭州刺史（《馬燧行狀》）。大曆四年改懷州刺史，六年，改隴州刺史，兼御史中丞。十年二月甲申，拜商州刺史兼御史中丞防禦水陸運使。冬十月癸亥，檢校左散騎常侍御史大夫河陽三城使（《舊唐書·代宗紀》）。十四年閏五月辛卯，檢校工部尚書太原尹北都留守河東節度留後，尋爲節度使（《舊唐書·德宗紀上》）。建中二年六月朝於京師，加檢校兵部尚書，封豳國公（《馬燧行狀》）。十二月庚寅檢校左僕射，令還太原。三年五月丁酉，同中書門下平章事，封北平郡王（《馬燧行狀》）。興元元年七月，加魏州大都督府長史兼魏博貝四州節度觀察招討等使討田悦（《馬燧行狀》）。興元元年正月，加檢校司徒。八月癸卯，加奉誠軍晉絳慈隰節度行營兵馬副元帥，以靈鹽節度使侍中兼靈州大都督。貞元元年八月甲戌平河中李懷光，遷光禄大夫兼侍中。二年冬，吐蕃陷鹽夏二州，以燧爲綏銀麟勝招討使進討。三年閏五月十五日，渾瑊與吐蕃會盟於平涼，爲蕃軍所劫。

六月丙戌，燧以請許其盟，罷兵柄爲司徒兼侍中。十一年八月辛亥薨，時年七十。明日，詔贈太傅（《馬燧行狀》），謚曰莊武。

此篇作年，方崧卿繫於貞元五、六年，王元啓注、方成珪注繫於貞元二年，蔣抱玄注繫於貞元七年。《舉正》：「北平王，馬燧也。燧死於貞元十一年，公始冠來京師，以故人稚弟求見於王，此文當貞元五、六年間作也。」王元啓注：「按《馬少監墓誌》：公始冠，拜北平王於馬前，因得主其家。此文初至北平王家作。集中録公少作，此爲最先。」方譜：「王惺齋定是年（貞元二年）作。」謹按：韓愈《殿中少監馬君墓誌》：「始余初冠，應進士，貢在京師，窮不自存。以故人稚弟拜北平王於馬前。王問而憐之，因得見於安邑里第。」韓愈始入京師在貞元二年，見《祭老成文》。始舉進士在貞元三年，見《歐陽生哀詞》。「故人」，韓愈從兄韓弇。貞元三年平涼之盟，韓弇以殿中侍御史爲判官，死難。文中首稱「司徒」，則此文之作，應在貞元三年（七八七）六月之後，貞元八年（七九二）進士及第之前。

〔二〕祝充注：「咿，音伊。」

〔三〕蔣抱玄注：「凡口含物曰銜，如銜枚銜環。凡禽獸棲息之所皆曰棲。《詩經》（《衛風·君子于役》）：『雞棲于塒。』」

〔四〕曾國藩《求闕齋讀書録》：「人畜，謂畜於人。」蔣抱玄注：「人畜，爲人所畜養也。」

〔五〕蔣抱玄注：「《周禮》有牧人，司養生畜者。後人因喻治人曰牧人。」謹按：牧人，管理民事。《尚書・立政》：「文王惟克厥宅心，乃克立兹常事司牧人，以克俊有德。」孔穎達疏：「惟慎擇在朝有司在外牧養民之夫。」康，安寧、安樂。《詩・大雅・民勞》：「民亦勞止，汔可小康。惠此中國，以綏四方。」鄭箋：「汔，幾也。康、綏，皆安也。」

〔六〕蔣抱玄注：「魏明帝樂府《櫂歌行》：『伐罪以弔民，清我東南疆。』」鄭玄《毛詩譜》：「奉辭伐罪，無不克矣。」

〔七〕蔣抱玄注：「《書經》《周書・周官》：『兹惟三公論道經邦，燮理陰陽。』」

〔八〕蔣抱玄注：「《論語》《顔淵》：『父父子子。』謂父盡父道子盡子職也。」

〔九〕蔣抱玄注：「雍雍，和也。《禮記》《少儀》：『肅肅雍雍。』」

〔一〇〕蔣抱玄注：「愉愉，顔色和悦也。《論語》《鄉黨》：『私覿愉愉如也。』」

〔一一〕蔣抱玄注：「召致，與招致同。」

〔一二〕蔣抱玄注：「信及豚魚，言豚魚雖頑物，其信亦能感動之也。」《易・中孚・象》王弼注：「魚者，蟲之隱者也；豚者，獸之微賤者也。爭競之道不興，中信之德淳著。則雖微隱之物，信皆及之。」

〔一三〕蔣抱玄注：「獲幸，公《誌馬少監墓》，有始予初冠，應進士，貢在京師，窮不自存，以故人稚弟拜北平王於馬前。王問而憐之，因得見於安邑里第。王軫其飢寒，賜食與衣，召二子使爲之主諸語。」

〔一四〕蔣抱玄注：「沈約《樂歌》〈《介雅》〉：『敬舉發天和，祥祉流嘉貺。』」

進士策問十三首①〔一〕

第一首②

問：《書》稱：「汝則有大疑，謀及乃心，謀及卿士，以至于庶人、龜筮。」〔二〕考其從違，以審吉凶③。則是聖人之舉事興爲〔三〕，無不與人共之者也。於《易》則又曰：「君不密則失臣，臣不密則失身。幾事不密則害成。」④〔四〕而《春秋》亦有譏漏言之詞〔五〕。如是，則又似不與人共之而獨運者也⑤〔六〕。《書》與《易》、《春秋》，經也〔七〕。聖人於是乎盡其心焉耳矣⑥。今其文相戾悖如此〔八〕，欲人之無疑，不可得已！是二説者，其信有是非乎？抑所指各殊，而學者不之能察也〔九〕？諒非深考古訓〔一〇〕，讀聖人之書者，其何能辯之⑦？此固吾子之所宜無讓也⑧〔一一〕，願承教焉〔一二〕。

第二首

問：古之人有云：「夏之政尚忠，殷之政尚敬，而周之政尚文。」是三者相循環終始〔一三〕，若五行之與四時焉〔一四〕。原其所以爲心，皆非故立殊而求異也，各適於時救其敝而已矣〔一五〕。夏殷之書⑨，存者可見矣。至周之典籍咸在〔一六〕，考其文章〔一七〕，其所尚若不相遠⑩，焉所謂三者之異云乎⑪〔一八〕？抑其道深微不可究歟〔一九〕？將其詞隱而難知也〔二〇〕？不然，則是説爲謬矣。周之後，秦漢蜀吴魏晉之興與霸⑫，亦有尚乎無也？觀其所爲，其亦有意云爾？循環之説安在？吾子其無所隱焉〔二一〕。

第三首

問：夫子之序帝王之書〔二二〕，而繫以秦、魯〔二三〕。及次列國之風〔二四〕，而宋、魯獨稱頌焉〔二五〕。秦穆之德不踰於二霸⑬〔二六〕，宋、魯之君不賢乎齊晉⑭。其位等，其德同，升黜取捨如是之相遠⑮〔二七〕，亦將有由乎〔二八〕？願聞所以辨之之説⑯〔二九〕。

第四首⑰

問：夫子既没，聖人之道不明，蓋有楊墨者始侵而亂之〔三〇〕。其時天下咸化而從焉⑱〔三一〕，孟子辟而闢之〔三二〕，則既廓如也⑲〔三三〕。今其書尚有存者，其道可推而知不可乎⑳？其所守者何事〔三四〕？其不合於道者幾何㉑？孟子之所以辟而闢之者何説㉒？今之學者有學於彼者乎㉓？有近於彼者乎？其已無傳乎㉔？其無乃化而不自知乎？其無傳也則善矣，如其尚在㉕，將何以救之乎㉖？諸生學聖人之道，必有能言是者，其無所爲讓〔三五〕。

第五首㉗

問：所貴乎道者，不以其便於人而得於己乎？當周之衰，管夷吾以其君霸㉘〔三六〕。九合諸侯〔三七〕，一匡天下〔三八〕。戎狄以微〔三九〕，京師以尊〔四〇〕，四海之内無不受其賜者〔四一〕。天下諸侯奔走其政令之不暇〔四二〕，而誰與爲敵？此豈非便於人而得於己乎㉙？秦用商君之法〔四三〕，人以富，國以彊㉚，諸侯不敢抗〔四四〕，及七君而天下爲秦〔四五〕。使天下爲秦者㉛，商君也。而後代之稱道者咸羞言管商氏〔四六〕，何哉〔四七〕？庸非求其名而不責其實歟㉜〔四八〕？ 願與諸生論之，無惑於舊説焉㉝〔四九〕。

第六首㉞

問：夫子之言曰㉟：「盍各言爾志？」〔五〇〕又曰：「居則曰：『不吾知也。』如或知爾，則何以哉？」〔五一〕今之舉者不本於鄉〔五二〕，不序於庠〔五三〕，一朝而羣至乎有司。有司之不之知也宜矣㊱〔五四〕。今將自州縣始，請各誦所懷，聊以觀諸生之志。死者可作，其誰與歸〔五五〕？ 又曰：「居是邦也㊲，事其大夫之賢者，友其士之仁者。」〔五六〕敢問諸生之所事而友者其誰乎㊳？ 所謂賢而仁者，其事如何哉㊴？ 言及之而不言，亦君子之所不爲也㊵。

第七首㊶

問：春秋之時，百有餘國〔五七〕，皆有大夫士。詳於傳者，無國無賢人焉，其餘皆足以充其位〔五八〕，不聞有無其人而闕其官者㊷。春秋之後，其書尤詳，以至于吴蜀魏，下及晉氏之亂㊸〔五九〕，國分如錙銖〔六〇〕。讀其書，亦皆有人焉。今天下九州四海，其爲土地大矣。國家之舉士，内有明經進士，外有方維大臣之薦〔六一〕，其餘以門地勳力進者㊹〔六二〕，又有倍於是㊺，其爲門户多矣。而自御史臺、尚書省以至于中書、門下省〔六三〕，咸不足其官㊻〔六四〕。

豈今之人不及古之人邪㊼？何求而不得也？夫子之言曰：「十室之邑，必有忠信如丘者焉。」誠得忠信如聖人者而委之以大臣宰相之事㊽，有不可乎？況於百執事之微者哉？古之十室必有任宰相大臣者，今之天下而不足士大夫於朝，其亦有説乎〔六五〕。

第八首

問：夫子曰：「潔淨精微㊾〔六六〕，易教也。」今習其書，不識四者之所謂〔六七〕，盍舉其義而陳其數焉〔六八〕。

第九首㊿

問：《周易》之説曰[51]：「乾，健也。」〔六九〕今考乾之爻〔七〇〕，在初者曰〔七一〕：「潛龍勿用。」〔七二〕在三者曰：「夕惕若厲，无咎。」〔七三〕在四者亦曰：「无咎。」〔七四〕在上曰：「有悔。」〔七五〕卦六位，一勿用，二苟得无咎[52]，一有悔[53]，安在其爲健乎？又曰：「乾以易知〔七六〕，坤以簡能。」〔七七〕乾之四位既不爲易矣，坤之爻又曰：「龍戰于野。」[54]〔七八〕戰之於事，其足爲簡乎？《易》，六經也〔七九〕。學者之所宜用心焉[55]。願施其詞，陳其義焉。

第十首[56]

問：人之仰而生者在穀帛[57]〔八〇〕。穀帛既豐[58]，無飢寒之患[59]，然後可以行之於仁義之途[60]〔八一〕，措之於安平之地〔八二〕，此愚智所同識也。今天下穀愈多而帛益賤[61]〔八三〕，人愈困者[62]，何也？耕者不多而穀有餘，蠶者不多而帛有餘。有餘宜足，而反不足，此其故又何也[63]〔八四〕？將以救之，其説如何〔八五〕？

第十一首[64]

問：夫子言：「堯舜垂衣裳而天下理。」又曰：「無爲而理者，其舜也歟？」[65]〔八六〕《書》之説堯曰〔八七〕：「親九族。」〔八八〕又曰：「平章百姓。」〔八九〕又曰：「協和萬邦。」〔九〇〕又曰：「曆象日月星辰〔九一〕，敬授人時。」〔九二〕又曰：「洪水懷山襄陵〔九三〕，下民其咨。」[66]〔九四〕夫親九族，平章百姓，和萬邦，則天道，授人時，愁水禍，非無事也。而其言曰：垂衣裳而天下理者，何也？於舜則曰：「慎五典。」[67]〔九五〕又曰：「敍百揆。」〔九六〕又曰：「賓四門。」〔九七〕又曰：「齊七政。」〔九八〕又曰：「類上帝〔九九〕，禋六宗〔一〇〇〕，望山川〔一〇一〕，徧羣神。」[68]〔一〇二〕又曰：「協時月正日，同律度量衡〔一〇三〕，五載一巡狩。」〔一〇四〕又曰：「分十二州〔一〇五〕，封山濬川。」[69]〔一〇六〕恤五刑〔一〇七〕，典三禮〔一〇八〕，彰施五色〔一〇九〕，出納五言〔一一〇〕。嗚呼！何其勤且煩如是[70]？而其言曰「無爲而理」者，何也〔一一一〕？將亦有深辭隱義不可曉邪[71]〔一一二〕？抑其年代已遠[72]〔一一三〕，失其傳邪[73]？二三子其辯焉[74]〔一一四〕。

第十二首[75]

問：古之學者必有師，所以通其業，成就其德也[76]。由漢氏已來[77]，師道日微〔一一五〕，然猶時有授經傳業者〔一一六〕。及于今，則無聞矣。德行若顔回〔一一七〕，言語若子貢〔一一八〕，政事若子路〔一一九〕，文學若子游〔一二〇〕，猶且有師。非獨如此，雖孔子亦有師[78]，問禮於老聃〔一二一〕，問樂於萇弘是也〔一二二〕。今之人不及孔子、顔回遠矣，而且無師[79]。然其不聞有業不通而道德不成者[80]，何也〔一二三〕？

第十三首[81]

問：食粟衣帛〔一二四〕，服仁行義，以俟死者[82]〔一二五〕。二帝三王之所守，聖人未之有改焉者也[83]。今之説者有神仙不死之道[84]〔一二六〕。不食粟，不衣帛，薄仁義以爲不足爲。是誠何道邪[85]？聖人之于人[86]，猶父母之于子[87]。有其道而不以教之，不仁；其道雖有而未之知⑧⑧，不智。仁與智且不能，又烏足爲聖人乎⑧⑨？不然，則説神仙者妄矣⑨⓪〔一二七〕。

【彙校】

①〔進士策問十三首〕《文苑英華》卷四七四選載九首，據校。

苑本無「十三首」三字，各篇分别增入序號。

②〔第一首〕潮本無序號，傳世諸本並同。今仿苑本增序號，下同。

③〔以審吉凶〕《舉正》出南宋監本「以審吉凶」，據蜀本乙「吉凶」作「凶吉」，云：「謝校。」朱熹從監本，《考異》：「方從蜀本作『凶吉』。今按：經傳凡言吉凶者，多先吉而後凶，惟協韻諧聲則或倒用。而近世好奇之士不問可否，一例倒用，則失之矣。此類當徐讀而從其聲之諧者，不能悉論也。」

④〔幾事〕潮本「幾」作「機」，南宋閩本、南宋蜀本、魏本同。魏本注：「機，《易》作『幾』。」謹按：《説文》：「幾，微也，殆也。从𢆶从戍。戍，兵守也。𢆶而兵守者，危也。居衣切。」今從祝本。

⑤〔獨運者也〕《舉正》出南宋監本「而獨運者也」，據閣、杭本删「也」字。朱熹從方本，《考異》：「下或有『也』字。」

⑥〔於是乎盡其心焉耳矣〕祝本脱「於」字。南宋閩本「耳」作「是」。《舉正》：「蜀本無『矣』字。」

⑦〔辯之〕祝本、南宋蜀本「辯」作「辨」。《舉正》訂「此」字，作「其何能辨此」，云：「謝以古本校。」朱熹從監本作「辨之」，《考異》：「之，方作『此』。」

⑧〔所宜無讓也〕《舉正》據蜀本「讓」下增「者」字，云：「謝校。」朱熹從方本，《考異》：「或無『者』字。」

⑨〔夏殷之書〕潮本無「之」字，祝本、南宋閩本、南宋蜀本、魏本同。《舉正》據閣本增「之」字，云：「李、謝校，蜀本無。」朱熹從方本，《考異》：「或無『之』字，非是。」今從方本。

⑩〔不相遠〕句下魏本注：「一有『然』字。」《舉正》出南宋監本「其所尚若不相遠」，云：「句絶。閣，李、謝校。蜀本『遠』下有『然』字。」朱熹從蜀本增「然」字，《考異》：「方無『然』字。今按：當有『然』字，而『焉』字屬下句。」

⑪〔焉所謂〕魏本注：「焉，一作『烏』。」《舉正》出南宋監本「焉所謂三者之異云乎」，云：「閣，李、謝校。蜀本『焉』作『烏』，晁本用此。」朱熹從方本《考異》：「焉，或作『烏』。今按：當有『然』字，而『焉』字屬下句。但其下疑當有一『有』字。作『烏』亦通，其下疑或有一『睹』字。」

⑫〔魏晉之興與霸〕潮本無「興與」二字，祝本、南宋閩本、南宋蜀本、魏本同。魏本注：「一本『霸』上有『相與』二字。」《舉正》據蜀本增「興與」二字，作「秦漢蜀吴魏晉之興與霸」，云：「謝校。」《考異》：「或無『興與』字。」今從方本。

⑬〔秦穆之德〕《舉正》：「蜀作『秦魯』。」《考異》：「穆，或作『魯』，非是。」

⑭〔賢乎齊〕魏本「乎」作「於」。

⑮〔取捨〕南宋蜀本、魏本「捨」作「舍」。

⑯〔辨之〕潮本「辨」作「辯」，南宋閩本、南宋蜀本同。

⑰〔第四首〕此篇《文苑英華》録入，題作「第一道」。

⑱〔其時天下〕苑本無「其時」二字，注：「集有『其時』二字。」南宋蜀本「其時」下多一「之」字。《舉正》：「《文苑》無

『其時』二字。」《考異》：「或無『其時』字。」

⑲〔則既廓如也〕魏本注：「蔡本無『則』字。」《舉正》：「文苑無『則』字，蔡删。」按：今苑本有「則」字。《考異》：「或無『則』字。」

⑳〔其道可推而知〕潮本無「知」字，祝本、南宋閩本同。「而」下潮本注：「一有『知』字。」祝本、南宋閩本注同。《舉正》「而」下增「知」字，云：「杭、蜀、文苑同。」朱熹從方本，《考異》：「或無『知』字，非是。」今從苑本。

㉑〔合於道者〕苑本「者」作「也」，注：「也，集作『者』。」

㉒〔闢之者何〕苑本「者」上多一「也」字，注：「一無『也』字。」《考異》：「者，或作『也』。」

㉓〔學於彼〕魏本無「於」字。

㉔〔其已無傳〕苑本「其」作「而」，注：「而，集作『其』。」

㉕〔如其尚在〕祝本注：「尚在，一作『在尚』。」魏本注同。南宋閩本作「在尚」。《舉正》據閣、杭、文苑訂作「在尚」。謹按：今苑本作「尚在」。朱熹從方本，《考異》：「方從閣、杭、苑『尚在』作『在尚』。」

㉖〔將何以〕《舉正》據閣、杭、文苑删「將」字，作「如其在尚何以救之乎」。謹按：今苑本有「將」字。朱熹從監本，《考異》：「方從閣、杭、苑無『將』字。今按：若從方本，則『尚何以救之乎』乃是恐不及救之意，與此上下文不相入，其説非是。」

㉗〔第五首〕此篇《文苑英華》録入，題作「第二道」。

㉘〔以其君霸〕苑本「霸」作「伯」。

㉙〔而得於己〕南宋閩本注：「一無『而』字。」魏本注同。潮本無「而」字，祝本、南宋閩本同。「人」下潮本注：「一有『而』字。」祝本注同。《舉正》删「人」下「而」字，訂「身」字，作「豈非便於人得於身乎」，云：「閣本、文苑同，李、謝校。蜀本作『便於己』，然亦無『而』字。」謹按：今苑本同監本。朱熹從監本，《考異》：「方無『而』字，『己』作身。今據上文及詳語勢，方説非是。」今從苑本。

㉚〔國以彊〕苑本「彊」作「强」。

㉛〔使天下爲秦〕苑本無「使天下爲秦」五字。

㉜〔而不責其實〕潮本無「而」字，祝本、南宋閩本、南宋蜀本、魏本同。今苑本「責」作「貴」，《舉正》據《文苑》增「而」字，作「而不責其實歟」，云：「謝校。」朱熹從方本，《考異》：「或無『而』字，『其』作『於』。」今從方本。

㉝〔舊説焉〕《舉正》出南宋監本「無惑於舊説焉」，據閣本删「焉」字，云：「文苑同，李、謝删。文苑作『記説』。」謹按：今苑本同監本。朱熹從方本，《考異》：「舊，或作『記』，非是。句下或有『焉』字。」

㉞〔第六首〕此篇《文苑英華》録入，題作「第三道」。

㉟〔夫子之言曰〕潮本無「曰」字，祝本、南宋閩本、南宋蜀本、魏本同。《舉正》出南宋監本「夫子之言」，無「曰」字，云：「蜀本與《文苑》下皆有『曰』字。」朱熹從方本，《考異》：「下或有『曰』字。」今從苑本。

㊱〔不之知〕苑本、魏本「不」下無「之」字。南宋蜀本「之知」作「知之」。《考異》：「（不之知）或無『之』字。」

㊲〔又曰居是邦也〕苑本無「又曰居是邦也」六字，注：「集有『又曰居是邦也』六字。」《舉正》出南宋監本「又曰居是邦也」，删此六字，云：「文苑與古本無上六字，謝删。」朱熹從方本，《考異》：「此下或有『又曰居是邦也』六字。」

㊳〔而友者其〕潮本注：「而，一作『所』。」祝本、南宋閩本注同。魏本注：「一本『而』下有『所』字。」苑本「而」下注：「一有『所』字。」《舉正》據閣本訂「爲」字，作「所事而友者爲誰乎」，云：「李、謝校，蜀本與文苑作『其』。」朱熹從方本，《考異》：「而，或作『所』。爲，或作『其』。」

㊴〔其事〕苑本「事」作「士」，注：「士，集作『事』。」

㊵〔君子之所不爲〕《舉正》出南宋監本「亦君子之所不爲也」，據閣本删「之所」字，云：「杭同，李、謝校。」朱熹從監本，《考異》：「方無『之所』二字。」

㊶〔第七首〕此篇《文苑英華》録入，題作「第四道」。

㊷〔有無其人〕《舉正》：「蜀本無『有』字。」《考異》：「或無『有』字。」

㊸〔吴蜀魏下及晉氏〕苑本注：「集作『下及晉魏氏之亂』。」潮本「魏下及晉」作「下及晉魏」，祝本、南宋閩本、南宋蜀本、魏本同。潮本注：「一云『吴蜀魏下及晉氏』。」祝本、南宋閩本、魏本注同。《舉正》訂「魏下及晉」四字，云：「三本、文苑同。」朱熹從方本，《考異》：「『魏』字或在『晉』下，謂元魏爾，蓋不然也。三國之魏豈應略而不言乎？」今從苑本。

㊹〔勳力〕魏本注：「勳，一作『勢』。」苑本注同。

㊺〔有倍〕潮本注：「有，一作『加』。」祝本、南宋閩本、魏本注同。苑本注：「有，集作『加』。」南宋蜀本「有」作「加」。《考異》：「有，或作『加』。」

㊻〔咸不足〕魏本注：「咸，一作『或』。」

㊼〔今之人不及古之人〕「今之」下潮本無「人」字，祝本、南宋閩本、南宋蜀本、魏本同。「及」下潮本多一「於」字，苑本、祝本、南宋閩本、南宋蜀本、王本、廖本同。潮本「今之」下注：「一有『人』字。」祝本、魏本注同。今從苑本「今之」下增「人」字，從魏本删「於」字。

㊽〔而委之以〕潮本「而委之以」作「而以委之」，祝本、南宋閩本、南宋蜀本同。潮本注：「而以委之，一云『而委之以』。」祝本、南宋閩本注同。南宋蜀本、魏本作「而以委之以」，注：「一本『而』下無『以』字。」苑本無「之以」二字，注：「一作『而爲之以』。」《舉正》出南宋監本「而以委之」，云：「蜀本作『而委之以』。」朱熹據蜀本訂作「而委之以」，《考異》：「方作『以委之』，非是。」今從朱本。

㊾〔潔淨精微〕方成珪注：「潔淨，《記》作『絜淨』。」謹按：「絜」、「潔」，正俗體。《説文》：「絜，麻一耑也。从糸㓞聲，古屑切。」段注：「一耑猶一束也。耑，頭也。束之必齊其首，故曰耑。人部係下云：『絜，束也。』是知絜爲束也。束之必圍之，故引申之圍度曰絜。束之則不散曼，故又引申爲潔淨。俗作潔，《經典》作絜。」

㊿〔第九首〕此篇《文苑英華》録入，題作「第五道」。

51〔周易之説〕《舉正》出南宋監本「周易之説曰」，據蜀本删「周」字，云：「謝校。文苑作『易之説者』，亦無『周』字。」謹按：今苑本同監本。朱熹從方本，《考異》：「『易』上或有『周』字，『説』下或有『者』字。」

52〔二苟得無咎〕潮本「二」作「一」，祝本、南宋閩本、魏本同。潮本注：「一，一作『二』。」祝本、南宋閩本、魏本注同。《舉正》訂作「二」，云：「杭、蜀、《文苑》同，李、謝校。」朱熹從方本，《考異》：「二，或作『一』，非是。」今從苑本。

53〔一有悔〕廖本「一有悔」作「有一悔」。方成珪注：「有一悔，《苑》及王本作『一有悔』，當從之。」

㊹〔龍戰于野〕「野」下潮本注：「一有『其血玄黄』字。」祝本、南宋閩本、南宋蜀本、魏本注同。苑本注：「集有『其血玄黄』四字。」《考異》：「此下或有『其血玄黄』四字。」

㊺〔所宜用心焉〕潮本無「焉」字，祝本、南宋閩本、南宋蜀本、魏本、王本、廖本同。《舉正》增「所」字，作「所宜盡心」，云：「杭、蜀、文苑同，李、謝校。」朱熹作「所宜用心」，《考異》：「或無『所』字，非是。」今從苑本。

㊻〔第十首〕此篇《文苑英華》録入，題作「第六道」。

㊼〔在穀帛〕《舉正》出南宋監本「在穀帛」，據閣本删「在」字，云：「杭同，李、謝删。」朱熹從方本，《考異》：「『者』下或有『在』字。」

㊽〔穀帛既豐〕今苑本無重出「穀帛」二字。《舉正》出南宋監本「穀帛既豐」，據閣本删「既」字，云：「杭同，李、謝删，《文苑》亦無『既』字。」謹按：今苑本有「既」字。朱熹從方本，《考異》：「『豐』上或有『既』字。」

㊾〔飢寒〕苑本「飢」作「饑」。

㊿〔仁義之途〕南宋閩本、南宋蜀本「途」作「塗」。

61〔而帛益賤〕潮本注：「益，一作『愈』。」祝本、南宋閩本注同。苑本、魏本作「愈」，魏本注：「愈賤，一作『益賤』。」《舉正》出南宋監本「帛益賤」，云：「文苑『益』作『愈』。」朱熹作「帛愈賤」，《考異》：「愈，方作『益』。又『而』字疑當在『賤』字下。但此正與《張中丞傳後敍》『城壞而其徒皆死』云云者相類，恐公自有此一種句法也。」

62〔人愈困〕魏本「愈」作「益」。

63〔此其故〕魏本無「此」字。《舉正》：「蜀本無『此』字。」

⑭〔第十一首〕此篇《文苑英華》録入，題作「第七道」。

⑮〔其舜也歟〕苑本「歟」作「與」。

⑯〔下民〕祝本注：「民，一作『人』。」南宋閩本、魏本注同。《舉正》據蜀本訂作「人」。朱熹從方本，《考異》：「人，或作『民』。此試進士，當避諱，作『民』者非。」謹按：避諱之法，可以改字，亦可以闕筆。「民」字韓集屢見，不煩改字。

⑰〔慎五典〕「慎」下潮本注：「一有『徽』字。」南宋閩本、魏本注同。苑本注：「集有『徽』字。」《舉正》出南宋監本「慎五典」，云：「蜀本、《文苑》皆無『徽』字。」

⑱〔徧羣神〕潮本「神」作「臣」，魏本同。今從苑本。

⑲〔封山濬川〕苑本注：「封，集作『隨』。」潮本「封」作「隨」，祝本、南宋閩本、南宋蜀本、魏本同。潮本注：「隨，一作『封』。」祝本、南宋閩本、魏本注同。《舉正》訂作「封」，云：「李、謝以古本定，文苑只作『封』。」朱熹從方本，《考異》：「諸本『封』作『隨』，非是。」今從苑本。

⑳〔勤且煩〕祝本「且」作「目」。

㉑〔深辭〕魏本「辭」作「詞」。

㉒〔年代已遠〕苑本「已遠」作「遠矣」，注：「遠矣，集作『已遠』。」《舉正》出南宋監本「抑其年代已遠」，據閣本删「已」字，云：「杭同，李、謝校，文苑作『抑其年代遠矣』，蜀本同此。」朱熹從監本，《考異》：「或作『遠矣』，方無『已』字。」

⑦③〔失其傳〕苑本「其」下多一「所」字，注：「集無『所』字。」《舉正》出南宋監本「失其傳邪」，云：「文苑作『失其所傳邪』，蜀本同此。」《考異》：「『其』下或有『所』字，非是。」

⑦④〔其辯焉〕苑本「辯」作「辨」。

⑦⑤〔第十二首〕此篇《文苑英華》録入，題作「第八道」。

⑦⑥〔成就其德〕潮本「其」下多一「道」字，祝本、南宋閩本、南宋蜀本、魏本同。苑本、祝本、魏本「德」下多一「者」字。苑本注：「一無『者』字。」《舉正》據蜀、苑增「者」字，作「成就其道德者也」。朱熹從方本，《考異》：「或無『者』字。」今從苑本删「道」字。

⑦⑦〔漢氏已來〕苑本「氏」作「代」，注：「代，集作『氏』。」《舉正》出南宋監本「由漢氏已來」，删「已」字，云：「杭、蜀同，謝删，文苑作『由漢代以來』。」朱熹從監本，《考異》：「氏，或作『代』。方無『已』字。」

⑦⑧〔雖孔子〕潮本無「雖」字，祝本、南宋閩本、南宋蜀本、魏本同。朱熹增「雖」字，《考異》：「方無『雖』字。」今從苑本。

⑦⑨〔而且無師〕今苑本「無師」作「有所師」。《舉正》：「《文苑》作『無所師』。」《考異》：「『無』下或有『所』字。」

⑧⓪〔而道德〕《舉正》：「文苑無『而』字。」謹按：今苑本有「而」字。《考異》：「或無『而』字。」

⑧①〔第十三首〕此篇《文苑英華》録入，題作「第九道」。

⑧②〔以俟死者〕王本、廖本「俟」作「竢」。謹按：「竢」、「俟」，古今字。《説文》：「竢，待也。从立矣聲。𡿩，或从巳。牀史切。俟，大也。从人矣聲。《詩》曰：『伾伾俟俟。』牀史切。」段注：「彳部曰：『待，竢也。』是爲轉注。經傳

多假「俟」爲之，「俟」行而「竢」癈矣。俟，大也。此「俟」之本義也。自經傳假爲「竢」字，而「俟」之本義廢矣。立部曰：「竢，待也。」廢「竢」而用「俟」，則「竢」、「俟」爲古今字矣。」

⑧³〔未之有改〕魏本「未之」作「未嘗」。

⑧⁴〔神仙〕苑本「仙」作「僊」，下同。謹按：「僊」、「仙」，古今字。《説文》：「僊，長生僊去。从人从䙴，䙴亦聲，相然切。」段注：「按上文『偓佺，仙人也』，字作『仙』，蓋後人改之。《釋名》曰：『老而不死曰仙。』仙，遷也。遷入山也，故其制字人旁作山也。成國字體與許不同，用此知漢末字體不一，許擇善而從也。漢碑或从䙴，或从山。《漢郊祀志》『僊人羨門』，師古曰：『古以僊爲仙。』《聲類》曰：『仙，今僊字。』蓋『仙』行而『僊』廢矣。」

⑧⁵〔是誠何道〕苑本無「是」字。

⑧⁶〔之于人〕苑本、祝本「于」作「於」。苑本注：「於，集作『于』，下同。」《舉正》據蜀、《文苑》訂作「於」，云：「謝校同。」朱熹從方本，《考異》：「於，或皆作『于』。」

⑧⁷〔之于子〕苑本「于」作「於」。《舉正》據蜀、文苑訂作「於」，云：「謝校同。」朱熹從方本，《考異》：「於，或皆作『于』。」

⑧⁸〔未之知〕苑本「之知」作「知之」。

⑧⁹〔烏足爲〕潮本「烏」作「焉」，祝本、南宋閩本、南宋蜀本、魏本同。苑本、魏本「足」下多一「以」字。《舉正》據閣本訂「烏」字，作「又烏足」云：「文苑同，李、謝校。」朱熹從方本作「烏足爲聖人」，《考異》：「烏，或作『焉』。」今從方本。

⑼〔説神仙者〕魏本無「説」字。

【箋注】

〔一〕此篇作年，諸譜失考。樊汝霖注：「非一歲所作，編者集之耳。」方譜録入「無年可考」諸篇之中。謹按：韓愈《此日足可惜一首贈張籍》：「州家舉進士，選試繆所當。馳辭對我策，章句何煒煌。」知張籍應貞元十四年汴州鄉試，其策問即出於韓愈。但具體篇目，難以確定。其後十五年秋佐徐州幕，貞元末佐江陵幕，韓愈亦有可能主持命題。但各篇具體創作時間，則難以確定。

〔二〕孫汝聽注：「《書·洪範》之文。」蔣抱玄注：「龜筮，猶卜與筮也。龜著象，筮演數。物先有象而後有數，故《左傳》有筮短龜長之語。」《尚書·洪範》孔傳：「將舉事，而汝則有大疑，先盡汝心以謀慮之，次及卿士衆民，然後卜筮以決之。」

〔三〕蔣抱玄注：「興爲，《史記·孝武帝紀》：『縮臧諸所興爲者皆廢。』」

〔四〕孫汝聽注：「《易·繫辭》。」《易·繫辭上》孔穎達疏：「幾，謂幾微之事。」李鼎祚《周易集解》：「虞翻曰：幾，初也。」

〔五〕樊汝霖注：「《春秋》文公六年：『晉殺其大夫陽處父。』《公羊傳》『其稱國以殺何？君漏言也。』何休注此，引《易》『幾事不密』爲證。」

〔六〕蔣抱玄注：「獨運，獨斷之謂。《莊子》：大木不可獨運也。」謹按：此引文字見《管子·八觀》。

〔七〕蔣抱玄注：「經，常也。凡道義法制之不可變易者皆謂之經。」

〔八〕悖，狂悖、悖逆。戾，暴戾、乖戾。《焦氏易林·履·蒙》：「兩人相伴，相與悖戾，心乖不同。」倒爲「戾悖」，始見韓文，後人亦有採用者。如明方孝孺《尊祖》：「人而不知本謂之悖，不睦族謂之戾。悖與戾，惡名也。」（《遜志齋集》卷一）李時勉《劉氏祠堂記》：「其於祭祀燕飲之意，得不相戾悖耶。」（《古廉文集》卷三）顧炎武《田賦志》：「大名之土連亘數百里，無甚懸隔，何盭悖至此也。」（《天下郡國利病書》北直隸中）

〔九〕樊汝霖注：「老蘇（《遠慮》）曰：『聖人之道，有經有權有機：曰經者，天下之民，舉知之可也；曰權者，民不得而知之矣，羣臣知之可也；曰機者，雖羣臣亦不得而知之矣，腹心之臣知之可也。』此《書》與《易》、《春秋》所指各殊也。」王元啓注：「按《書》所言，謂有大疑則然。行止皆莫能自決，故曰大疑。若夫慎密之戒，漏言之譏，乃其決於己而必行者。所指既殊，則其義固並行不悖也。」

〔一〇〕蔣抱玄注：「書經（《説命下》）：『學于古訓乃有獲。』」

〔一一〕蔣抱玄注：「吾子，爾汝之稱，即俗言你。《孟子》（《告子下》）：『吾子過矣。』」

〔一二〕蔣抱玄注：「承教，猶言受教也。《孟子》（《梁惠王上》）：『寡人願安承教。』」

〔一三〕孫汝聽注：「古之人，謂漢太史公司馬遷也。《高祖紀》曰：『夏之政忠，忠之敝，小人以野，故商人承之以質。質之敝，小人以鬼，故周人承之以文。三王之道若循環，終而復始。』」《史記·高祖本紀》：「太史公曰：夏之政忠，忠之敝，小人以野，故殷人承之以敬。敬之敝，小人以鬼，故周人承之以文。文之敝，小人以僿，故救僿莫若以忠。」

〔一四〕蔣抱玄注：「五行，金木水火土謂之五行。《書經》（《甘誓》）：『有扈氏威侮五行。』四時，春夏秋冬謂之四時。《論語》（《陽貨》）：『四時行焉。』」

〔一五〕蔣抱玄注：「《後漢書·第五訪傳》：『乃開倉賑給，以救其敝。』」

〔一六〕蔣抱玄注：「典籍，即圖籍也。《左傳》（昭公二十六年）：『王子朝奉周之典籍以奔楚。』」

〔一七〕蔣抱玄注：「《禮記》（《大傳》）：『立權度量考文章。』」

〔一八〕蔣抱玄注：「焉，讀『燕』平。與『何』、『烏』同義。《詩經》（《衛風·伯兮》）：『焉得諼草。』」

〔一九〕蔣抱玄注：「《南史·齊高祖傳》：『朕聞至道深微，惟人是弘。』」

〔二〇〕蔣抱玄注：「隱，顯之反，謂不可明知也。《易經》（《繫辭上》）：『探頤索隱。』」

〔二一〕蔣抱玄注：「《論語》（《季氏》）：『言及之而不言謂之隱』。又（《述而》）：『二三子以我爲隱乎？吾無隱乎爾。』」

〔二二〕蔣抱玄注：「夫子，指孔子也。序，編次也。書，《尚書》也。」

〔二三〕蔣抱玄注：「《尚書》以《費誓》、《秦誓》兩篇終卷。按：魯侯征討淮夷徐戎，誓師於費，故曰《費誓》。秦穆公敗師於殽，悔過誓軍臣，故曰《秦誓》。孔子編次《尚書》，以魯有治戎征討之備，秦有悔過自誓之戒，足以爲後世法，故録於帝王之末。」

〔二四〕蔣抱玄注：「列國，東周各國。風，《詩經》『國風』也。」

〔二五〕樊汝霖注：「孔安國（《文侯之命》傳）曰：『諸侯之事，而連帝王。孔子序《書》，以魯有兵戎征討之備，秦有悔過自誓之戒，足以爲後世法，故録之以備王事。猶《詩》録商、魯之頌。』而鄭康成以爲魯得用天子之禮樂，故有《頌》。而《商頌》至孔子之時，存者五篇。而《夏頌》已亡，故録魯以備三頌，著爲後王之法。此夫子取予之意也。」蔣抱玄注：「宋魯稱頌，《禮記》（《漢書・禮樂志》）：自夏以往其流不可聞已，殷頌猶有存者。殷頌即謂頌也。詩疏（《毛詩注疏・商頌》：（序《那》）微子至于戴公，其間禮樂廢壞。正考甫得商頌十二篇於周之太師，以《那》爲首。又，（《毛詩注疏魯頌》）（序《駉》）僖公遵伯禽之法，儉以足用，寬以愛民，務農重穀，魯人尊之。於是季孫行父請命於周而史克作是頌。孔安國謂，魯用天子禮樂故有頌。《商頌》至孔子時存五篇而《夏頌》已亡，故録《魯》以備三頌。此又一説也。」

〔二六〕孫汝聽注：「二霸，齊桓、晉文。」蔣抱玄注：「秦穆，春秋五霸之一，名任好。踰，過也，勝也，與愈同。二霸，春秋齊小白桓公，晉重耳文公也。」

〔二七〕蔣抱玄注：「升黜，即進退之義。遠，差也。」

〔二八〕蔣抱玄注：「由，理由也，原因也。」

〔二九〕王元啓注：「此其辨《魯論》（《衛靈公》）所謂『不以人廢言』者，盡之。」蔣抱玄注：「《中庸》：『明辨之。』」

〔三〇〕孫汝聽注：「楊朱字子居，後與墨子與禽滑釐辨論其説，在愛己不拔一毛以利天下，與墨子相反。墨子名翟，爲宋大夫，在孔子後。有書七十一篇。」

〔三一〕蔣抱玄注：「咸，皆也。《書經》（《太甲下》）：『惟尹躬暨湯咸有一德。』」

〔三二〕孫汝聽注：「《楊子》（《法言・吾子篇》）：『古者楊墨塞路，孟子辭而闢之，廓如也。』」

〔三三〕《法言・吾子篇》吴祕注：「楊朱墨翟之横議充塞聖人之正路，孟子辯而開之，廓然無復塞矣。」蔣抱玄注：「廓如，一掃而空之之義，如廓清。」

〔三四〕蔣抱玄注：「所守，謂所抱之主義。」

〔三五〕蔣抱玄注：「無所爲讓，爲同謂，言不必推委也。」此篇主旨，參見張籍《與韓愈書》及韓愈《原道》。

〔三六〕韓醇注：「《孟子》（《公孫丑上》）：『管仲以其君霸。』」蔣抱玄注：「管仲字夷吾。《孟子》（《公孫丑》）：『管仲以其君霸。』」

〔三七〕孫汝聽注：「（《論語・憲問》）孔子曰：『桓公九合諸侯。』九合者，謂兵車之會三，乘車之會六。

兩鄄、兩幽、檉、貫、首止、甯母、葵丘之會是也。」

〔三八〕蔣抱玄注：「匡，正也。《論語》（《憲問》）：『管仲相桓公霸諸侯，一匡天下。』」

〔三九〕蔣抱玄注：「戎狄，管仲相桓公尊周室，攘夷狄。」

〔四〇〕蔣抱玄注：「京師，天子所居曰京師。『〕

〔四一〕蔣抱玄注：「受其賜，賜，惠也。《論語》（《憲問》）：『民到于今受其賜。』」

〔四二〕蔣抱玄注：「奔走，奔馳趨走也。（《尚書·酒誥》）《傳》：『奔走事其父兄。』乘機，謂待時也。《南史·宋高祖紀》：『乘機奮發，義不圖全。』要，求也。《孟子》（《告子上》）：『脩其天爵以要人爵。』《漢書·桑弘羊傳》：『桑大夫據當世合時變動慕權利。』政令，法制禁令也。《周禮·天官·小宰》：『掌建邦之宮制，以治王宮之政令。』不暇，無暇時也。」《書經》（《酒誥》）：『罔敢湎于酒，不惟不敢，亦不暇。』」謹按：奔走，趨附。《左传》昭公三十一年：「攻難之士，將奔走之。」杜预注：「奔走，猶赴趨也。」

〔四三〕魏仲舉注：「商鞅，相秦孝公。」蔣抱玄注：「商君，名鞅，衛之公侯，好刑名之學。相秦孝公，變法令，廢井田阡陌，定賦稅之法，封於商，故曰商君。」

〔四四〕蔣抱玄注：「抗，反抗也。」

〔四五〕蔣抱玄注：「七君，孝公、惠文王、武王、昭襄王、孝文王、莊襄王、秦始皇也。」

〔四六〕蔣抱玄注：「羞言管商，以管、商所學不本於王道也。故管仲功烈，如彼其卑，秦用商鞅，二世而亡。」

〔四七〕樊汝霖注：「以管、商所學不純於王道也。故管仲功烈，如彼其卑；秦用商鞅，二世而亡。」

〔四八〕蔣抱玄注：「庸非，反助語詞，猶豈非也。《左傳》（莊公十四年）：『庸非貳乎。』」

〔四九〕蔣抱玄注：「舊説，陳言也。」

〔五〇〕蔣抱玄注：「盍各言爾志，出《論語・公冶長第五》。」

〔五一〕蔣抱玄注：「居則曰四句，出《論語・先進第十一》。」

〔五二〕蔣抱玄注：「不本於鄉，唐取士之法由州縣選舉。」

〔五三〕蔣抱玄注：「庠，鄉學曰庠。（《禮記》《鄉飲酒禮》注：『庠，鄉學也。』）」

〔五四〕蔣抱玄注：「古者設官分職各有司，故稱官吏曰有司。《書經》（《大禹謨》）：『茲用不犯于有司。』按：本集稱主試官皆曰有司。」

〔五五〕孫汝聽注：「《禮記》（《檀弓下》）：『趙文子與叔譽觀乎九原。文子曰：死者如可作也，吾誰與歸。』」

〔五六〕蔣抱玄注：「事其大夫二句，出《論語・衛靈公第十五》。」

〔五七〕蔣抱玄注：「《公羊傳》（《春秋公羊傳原目・隱公第一》唐徐彦）疏：『使子夏等求周史記，得百二十國寶書以制春秋。』」

〔五八〕蔣抱玄注：「《史記》《張湯傳》：『丞相取充位，天下事皆決於湯。』」

〔五九〕蔣抱玄注：「晉氏之亂，晉自惠帝時，八王背亂。以後世世相尋，無有寧日。詳《晉紀》。」

〔六〇〕祝充注：「錙銖，上側其切，下市朱切。八銖爲錙，二十四銖爲兩。《莊子》：『累累而不墜，則失者錙銖。』」魏仲舉注：「錙，側持切。銖，市朱切。錙銖，言小也。」王元啓注：「舊注『八銖爲錙』，其説蓋本《韻會》。《説文》則云：『錙，六銖也。』按古時十黍爲絫，十絫爲銖，黄鍾之龠，容千二百黍，是爲十二銖。兩之爲兩，半之爲錙。六銖之説，似比八銖之義爲長。」蔣抱玄注：「錙銖，稱量之名，喻輕微也。《禮記》《儒行》：『雖分國如錙銖。』」

〔六一〕蔣抱玄注：「《詩經》《小雅·節南山》：『四方是維。』方維大臣，謂封疆大吏也。」

〔六二〕沈欽韓注：「門，謂一品至五品蔭子及期功以下皇親家聽選也。勳，謂勳官上柱國以下至武騎尉敍用也。力，謂三衛及諸折冲果毅、長上，王公親事、帳内勞滿而選也。」蔣抱玄注：「門地，即門第也。《晉書·王述傳》：王導以門地辟述。」

〔六三〕蔣抱玄注：「秦始置御史府，前漢因之，後漢改稱御史臺。以中丞爲臺率始專彈劾之任，唐制同。尚書省，即後漢之尚書臺，蕭梁以來始爲定稱。唐爲三省之一，省長曰尚書令，下統六部，分理國政，至元而始廢。中書門下省，中書省、門下省也。中書省始自魏晉，唐亦稱左省，置令、侍郎、舍人、左右散騎常侍、起居舍人、左補闕、右拾遺等官。門下省即後漢之侍中寺。晉時始謂之門下省。唐因之。侍中爲長官。領給事黄門侍郎散騎常侍領給中諫議大夫等官。按：唐以尚書、中書、門下爲三省，尚書令、中書令、侍中爲三省長官。」

〔六四〕沈欽韓注：「《通典》（《選舉三》）：按格令：内外官萬八千八十五員，而合入官者，自諸館學生已降凡十二萬餘員。其外文武貢士及應制、挽郎、輦脚、軍功、使勞、徵辟、奏薦、神童、陪位諸以親蔭并藝術百司雜直或恩賜出身，受職不爲常員者不可悉數，大率約八九人爭官一員。」

〔六五〕此篇主旨，參見《行難》。

〔六六〕孫汝聽注引《禮記・經解》孔穎達疏：「易之於人，正則獲吉，邪則獲凶。不爲淫濫，是絜靜；窮理盡性，言入秋毫，是精微。」

〔六七〕蔣抱玄注：「所謂，猶言所説也。《禮記》（《祭義》）：『宰我曰，吾聞鬼神之名，不知其所謂。』」

〔六八〕蔣抱玄注：「盍，何不也。《論語》（《公冶長》）：『盍各言爾志。』數，數理也。」

〔六九〕《易・説卦》：「乾，健也。」《周易集解》引虞翻曰：「精剛自勝，動行不休，故健也。」孔穎達疏：「乾象天，天體運轉不息，故爲健也。」

〔七〇〕蔣抱玄注：「爻，卦爻也。《易經》（《繫辭下》）：『爻象動乎内，吉凶見乎外。』言爻者效此物之變動也，象者象此物之行狀也。」

〔七一〕蔣抱玄注：「初，卦有六爻，第一爻爲初，陽爻曰初九，陰爻曰初六。」

〔七二〕蔣抱玄注：「潛龍，潛藏也。聖人在下，隱而未顯，謂之潛龍。」《易・乾》：「初九，潛龍勿用。」《周易集解》引崔憬曰：「潛，隱也。龍下隱地，潛德不彰。是以君子韜光待時，未成其行，故曰勿用。」孔穎達疏：「潛者隱伏之名，龍者變化之物。言天之自然之氣起於建子之月，陰氣始盛，陽氣潛在地下，故言初九潛龍也，此自然之象。聖人作法，言於此潛龍之時，小人道盛，聖人雖有龍德，於此時唯宜潛藏，勿可施用，故言勿用。」

〔七三〕蔣抱玄注：「惕若，敬懼之義。厲，惕厲也，與勵同。无咎，《易》言无咎有二義，一謂免於罪戾，一謂自作之孽無所怨也。此爲第一義。」《易・乾》：「九三，君子終日乾乾。夕惕若厲，无咎。」魏王弼注：「處下體之極，居上體之下，在不中之位，履重剛之險。上不在天，未可以安其尊也；下不在田，未可以寧其居也。純脩下道，則居上之德廢；純脩上道，則處下之禮曠。故終日乾乾，至于夕惕，猶若厲也。居上不驕，在下不憂，因時而惕，不失其幾。雖危而勞，可以无咎。」

〔七四〕《易・乾》：「九四，或躍在淵，无咎。」《周易集解》引崔憬曰：「言君子進德修業，欲及於時。猶龍自試躍天，疑而處淵上下，進退非邪，離羣，故无咎。」

〔七五〕蔣抱玄注：「有悔，悔吝謂動必有悔也。」《易・乾》：「上九，亢龍有悔。」《周易集解》引王肅曰：「窮高曰亢，知進忘退，故悔也。」又引干寶曰：「亢，過也。乾體既備，上位既終。天之鼓物，寒暑相報；聖人治世，威德相濟。武功既成，義在止戈，盈而不反，必陷於悔。」

〔七六〕蔣抱玄注：「易知，上文曰乾，知大始謂乾，健而動，即其所知便能使物而無所難，故爲以易而知大始也。」

〔七七〕蔣抱玄注：「簡能，上文曰坤，作成物謂坤，順而靜凡其所能皆從乎陽而不自作故爲以簡而能成物。」《易·繫辭上》：「乾以易知，坤以簡能。」晉韓伯注：「天地之道，不爲而善始，不勞而善成。故曰易簡。」《周易集解》引虞翻曰：「陽見稱易，陰藏爲簡。簡，閱也。乾息昭物，天下文明，故以易知；坤閲藏物，故以簡能矣。」

〔七八〕《易·坤》：「上六，龍戰于野，其血玄黄。」王弼注：「陰之爲道，卑順不盈，乃全其美盛。而不已固陽之地，陽所不堪，故戰于野。」

〔七九〕沈欽韓注：「言《易》爲六經之總。」蔣抱玄注：「六經，《易》《詩》《書》《禮》《春秋》，合古之《樂經》爲六經。」

〔八〇〕魏仲舉注：「仰，持也，魚向切。」

〔八一〕蔣抱玄注：「行，凡事之展布皆曰行。《易經》《乾·象》：『雲行雨施。』」

〔八二〕蔣抱玄注：「措，置也。《禮記》《月令》：『措之于參保介之御間。』」

〔八三〕王元啓注：「兩處關鍵轉捩俱在下句，彼處在句首一『獨』字，此處在句尾一『者』字，不必定用『而』字轉捩也。」

〔八四〕孫汝聽注：「此錢重物輕之弊也。公嘗有狀，論列此弊極詳。見集三十七卷末。」王元啓注：「民困由穀帛賤，穀帛賤由錢貴，錢貴由于使民賣穀帛而以錢充賦。後卷《錢重物輕狀》言救之之法，首在物土貴，使民即以穀帛充賦，則錢輕而穀帛益重矣。」沈欽韓注：「權德輿集《上陳闕政》云：『大曆中一縑直錢四千，今止八百。』陸宣公集《論兩稅之弊》云：『定稅之數皆計緡錢，納稅之時多配綾絹。往者納絹一匹，當錢三千二、三百文；今者納絹一匹，當錢一千五、六百文。往輸其一者今過於二矣。雖官非增賦，而私已倍輸。』此則人益困窮。」

〔八五〕此篇主旨，參見《錢重物輕狀》。

〔八六〕蔣抱玄注：「無爲二句，出《論語·衛靈公第十五》。按：兩『理』字皆作『治』。」《論語·衛靈公》：「子曰：無爲而治者，其舜也與？」何晏《集解》：「言任官得其人，故無爲而治。」

〔八七〕蔣抱玄注：「《尚書·堯典》。」

〔八八〕蔣抱玄注：「九族之説甚夥。按：此當據《白虎通》以父族四、母族三、妻族二爲九族。」《尚書·堯典》：「克明俊德，以親九族。」孔傳：「能明俊德之士任用之，以睦高祖玄孫之親。」

〔八九〕蔣抱玄注：「平章，平等章明也。」《尚書·堯典》：「九族既睦，平章百姓。」孔傳：「既已也，百姓百官言化九族，而平和章明。」

〔九〇〕蔣抱玄注：「協，合也。」《尚書·堯典》：「百姓昭明，協和萬邦，黎民於變時雍。」孔傳：「昭，亦明也。協合黎衆時是雍和也。言天下衆民皆變化從上，是以風俗大和。」

〔九一〕蔣抱玄注：「曆，紀數之書。象，測天之器。」

〔九二〕蔣抱玄注：「人時，四時爲人事所關，不能差忒，故曰人時。」《尚書·堯典》：「乃命羲和，欽若昊天，曆象日月星辰，敬授人時。」孔傳：「重黎之後，羲氏和氏世掌天地四時之官。故堯命之，使敬順昊天。昊天，言元氣廣大星四方中星辰日月所會曆象其分節。敬記天時以授人也。」

〔九三〕蔣抱玄注：「洪水，大水也。懷山，懷，包也。包山之四面也。襄陵，襄，駕乎其上也，大阜曰陵。」《尚書·堯典》：「湯湯洪水方割，蕩蕩懷山襄陵，浩浩滔天。」

〔九四〕蔣抱玄注：「下人，下民也。按：《書》作下民。」《尚書·堯典》：「下民其咨，有能俾乂。」孔傳：「俾，使。乂，治也。言民咨嗟憂愁，病水困苦，故問四岳有能治者，將使之。」

〔九五〕蔣抱玄注：「五典，五常也。父子有親，君臣有義，夫婦有則，長幼有序，朋友有信，謂之五常。」《尚書·舜典》：「慎徽五典，五典克從。」孔傳：「徽，美也。五典，五常之教。父義母慈兄友弟恭子孝。舜慎美篤行斯道，舉八元，使布之於四方五教，能從無違命。」

〔九六〕蔣抱玄注：「敍，授職也。百揆，揆，度也。百揆者，揆度百官之官。惟唐虞有之，猶周之冢宰也。」《尚書·舜典》：「納于百揆，百揆時敍。」孔傳：「揆，度也。度百事，總百官，納舜於此官。舜舉八凱，使揆度百事，百事時敍，無廢事業。」

〔九七〕蔣抱玄注：「賓四門，四門，四方之門。古者以賓禮親邦國，諸侯各以其方至。」《尚書·舜典》：「賓于四門，四門穆穆。」孔傳：「穆穆，美也。四門，四方之門。舜流四凶族，四方諸侯來朝者，舜賓迎之，皆有美德，無凶人。」

〔九八〕蔣抱玄注：「七政，日月金木水火土是也。」《尚書·舜典》：「在璿璣玉衡，以齊七政。」孔傳：「在，察也。璿，美玉。璣衡，王者正天文之器可運轉者。七政，日月五星各異政。舜察天文，齊七政，以審己當天心與否。」

〔九九〕蔣抱玄注：「類，非定時祭天曰類。」《尚書·舜典》：「肆類于上帝。」孔傳：「堯不聽舜讓，使之攝位。舜察天文，考齊七政而當天心，故行其事。肆，遂也。類，謂攝位事類，遂以攝告天及五帝。」

〔一〇〇〕蔣抱玄注：「禋，誠潔之祀曰禋。六宗，謂宗而祭之者有六。即《禮記·祭法篇》埋少牢於泰昭，祭時也；相近於坎壇，祭寒暑也；王宫，祭日也；夜明，祭月也；幽宗，祭星也；雲宗，祭水旱也。」《尚書·舜典》：「禋于六宗」孔傳：「精意以享謂之禋。宗，尊也。所尊祭者，其祀有六：謂四時也，寒暑也，日也，月也，星也，水旱也。祭亦以攝告。」

〔一〇一〕蔣抱玄注：「望山川，名山大川望而祭之，故曰望。」

〔一〇二〕蔣抱玄注：「羣神，謂上下神祇也。」《尚書·舜典》：「望于山川，徧于羣神。」孔傳：「九州名山大川五岳四瀆之屬，皆一時望祭之。羣神，謂丘陵墳衍古之聖賢，皆祭之。」

〔一〇三〕蔣抱玄注：「協時月正日，時謂四時，月謂月之大小，日謂日之甲乙。諸侯之國或有不齊者，則合而正之也。同律度量衡，律，十二律。黄鐘、太簇、姑洗、蕤賓、夷則、無射、大吕、夾鐘、仲吕、林鐘、南吕、應鐘也。陽爲律，陰爲吕，凡十二管，皆莖三分有奇空圍九分，而黄鐘之長九寸，大吕以下，律吕相間以次而短，至應鐘而極焉。以之制樂，可以節聲音，以之審度，可以度長短，以之審量，可以量多少，以之平衡，可以權輕重，故律吕爲萬事之本。諸侯之國，其有不一者，則審而同之，故同律在度量衡之先。」《尚書・舜典》：「協時月正日，同律度量衡。」孔傳：「合四時之氣，節月之大小，日之甲乙，使齊一也。律法制及尺丈斛斗斤兩皆均同。」

〔一〇四〕蔣抱玄注：「五載一巡狩，五年之内，天子巡守者一其四年爲述職四方之諸侯。按：方位以入朝如今年爲東明年爲南是。」《尚書・舜典》：「五載一巡守，羣后四朝。」孔傳：「各會朝於方岳之下凡四處，故曰四朝。將説敷奏之事，故申言之。堯舜同道，舜攝則然，堯又可知。」

〔一〇五〕蔣抱玄注：「十二州，冀兖青徐荆揚豫梁雍爲治水後之九州，舜即位，改冀州爲幽州、并州，分青州置營州，是爲十二州。」《尚書・舜典》：「肇十有二州。」孔傳：「肇，始也。禹治水之後，舜分冀州爲幽州、并州，分青州爲營州，始置十二州。」

〔一〇六〕蔣抱玄注：「封，表也。封山，每州封表一山以爲一州之鎮。濬，導也。」《尚書・舜典》：「封十有二山，濬川。」孔傳：「封，大也。每州之名山殊大者，以爲其州之鎮。有流川則深之使通利。」

〔一〇七〕《尚書・舜典》：「象以典刑，流宥五刑，鞭作官刑，扑作教刑，金作贖刑。眚災肆赦，怙終賊刑。欽哉欽哉，惟刑之恤。」

〔一〇八〕蔣抱玄注：「典三禮，典，主司也。三禮，祀天神，享人鬼，祭地祇之禮也。」

〔一〇九〕蔣抱玄注：「彰施五色，色者，施之於繪帛也。青黄赤白黑爲五采，言繪於衣綉於裳，皆雜施五采以爲五色也。」

〔一一〇〕蔣抱玄注：「出納五言，五言，詩歌之協於五聲者。自上達下謂之出，自下達上謂之納。」

〔一一一〕樊汝霖注：「《孟子》《滕文公上》曰：『堯舜之治天下，豈無所用其心哉？』觀二典所載，始於憂勤如此，此其所以垂衣裳而致無爲之治也。」王元啓注：「得人而分任之，斯無爲矣。如堯之『親九族』至『和萬邦』，乃所謂化也，非爲也。『欽若昊天』以下則皆諸臣分任之，曾鞏《洪範傳》云：『化者所以覺之，教者所以導之，政者所以率之。』爲指導之率之之事，化祇以身先之。舜『慎五典』，亦是化之。『敍百揆』以下，乃及導之率之之事。然皆未履帝位時所爲。即位以後，亦二十二官分任之矣。」謹按：《順宗實録》卷四：「德宗在位久，益自攬持機柄，親治細事，失君人大體，宰相益不得行其事職。」此篇主旨，可以參見。

〔一一二〕蔣抱玄注：「《公羊傳》（僖公四年）疏：『侵者淺辭，潰者深辭。』深辭，即深文也。《文心雕龍》《徵聖》：『或隱義以藏用。』《梁書·何點傳》：『點注《易》，又解《禮記》，於卷背書之，謂爲隱義。』」

〔一一三〕蔣抱玄注：「《禮》疏：伏犧之前及伏犧之後，年代參差。」

〔一一四〕蔣抱玄注：「二三子，謂諸生也。《論語》《述而》：『二三子以我爲隱乎？』」

〔一一五〕沈欽韓注：「漢師道最盛，然稱爲師者少耳。」

〔一一六〕蔣抱玄注：「《漢書・孔光傳》：『霸治尚書，宣帝時爲大中大夫以選授皇太子經。』《漢書・成帝紀》：『詔曰，古之立太學，將以傳先王之業，流化於天下也。』」

〔一一七〕蔣抱玄注：「《論語》（《先進》）：『德行顔淵閔子騫冉伯牛仲弓，言語宰我子貢，政事冉有季路，文學子游子夏。』顔回，字子淵，亦稱顔淵。春秋魯人。少孔子三十歲，後世尊爲復聖。」

〔一一八〕蔣抱玄注：「子貢，春秋衛人，姓端木，名賜。孔門七十子以子貢爲最富。」

〔一一九〕蔣抱玄注：「子路，姓仲名由，春秋卞人。事親孝，聞過則喜。仕衛，死於孔悝之難。」

〔一二〇〕蔣抱玄注：「子游，姓言名偃，春秋吴人，爲吴中文學鼻祖，其墓在常熟縣西北虞山東麓。」

〔一二一〕蔣抱玄注：「老聃，姓李名耳，謚曰聃，亦稱老聃。周史官，著書名《老子》。」

〔一二二〕蔣抱玄注：「萇弘，周敬王大夫。」

〔一二三〕此篇主旨，參見《師説》。

〔一二四〕魏仲舉注：「衣，於既切，下同。」

〔一二五〕蔣抱玄注：「竢，待也，古俟字。」

〔一二六〕蔣抱玄注：「（司馬承禎）《天隱子》：在人曰人仙，在天曰天仙，在地曰地仙，在水曰水仙，能通變者曰神仙。」《史记・孝武本纪》：「海上燕齊之間，莫不扼腕而自言有禁方，能神僊矣。」

〔二七〕樊汝霖注：「公《誰氏子詩》云：『神仙雖然有傳説，知者盡知其妄矣。』」此篇主旨參見《原道》、《論佛骨表》。

諫臣論①〔一〕

或問諫議大夫陽城於愈〔二〕：「可以爲有道之士乎哉？學廣而聞多〔三〕，不求聞於人也。行古人之道，居於晉之鄙〔四〕，晉之鄙人熏其德而善良者幾千人②〔五〕。大臣聞而薦之，天子以爲諫議大夫③〔六〕，人皆以爲華〔七〕，陽子不色喜④〔八〕。居於位五年矣，視其德如在草野⑤，彼豈以富貴移易其心哉⑥〔九〕！」愈應之曰：「是《易》所謂『恒其德，貞，而夫子凶』者也〔一〇〕，惡得爲有道之士乎哉⑦〔一一〕！在《易·蠱》之上九云：『不事王侯，高尚其事。』《蹇》之六二則曰⑧：『王臣蹇蹇⑨，匪躬之故。』〔一二〕夫不以所居之時不一⑩，而所蹈之德不同也⑪。若《蠱》之上九，居無用之地，而致匪躬之節；《蹇》之六二⑫，在王臣之位，而高不事之心⑬。則冒進之患生，曠官之刺興〔一三〕，志不可則，而尤不終無也⑭。今陽子在位不爲不久矣⑮，聞天下之得失不爲不熟矣，天子待之不爲不加矣⑯，而未嘗一言及政⑰〔一四〕。視政之得失若越人視秦人之肥瘠〔一五〕，忽焉不加喜戚於其心⑱。問其官，則曰

『諫議』也；問其祿，則曰『下大夫之秩』也⑲；問其政，則曰『我不知』也。有道之士固如是乎哉？且吾聞之，有官守者，不得其職則去；有言責者，不得其言則去。今陽子以爲得其言乎哉⑳？得其言而不言，與不得其言而不去，無一可者也。陽子將爲祿仕乎〔一六〕？古之人有云：仕不爲貧，而有時乎爲貧，謂祿仕者也。宜乎辭尊而居卑，辭富而居貧，若抱關擊柝者可也〔一七〕。蓋孔子嘗爲委吏矣〔一八〕，嘗爲乘田矣〔一九〕。亦不敢曠其職，必曰：『會計當而已矣。』〔二〇〕必曰：『牛羊遂而已矣。』〔二一〕若陽子之秩祿不爲卑且貧㉑，章章明矣〔二二〕。而如此，其可乎哉？」

或曰：「否，非若此也！夫陽子惡訕上者〔二三〕，惡爲人臣招其君之過而以爲名者〔二四〕。故雖諫且議，使人不得而知焉。《書》曰：『爾有嘉謀嘉猷㉒，則入告爾后于內，爾乃順之于外。曰：斯謀斯猷㉓，惟我后之德。』〔二五〕夫陽子之用心亦若此者。」㉔愈應之曰：「若陽子之用心如此，滋所謂惑者矣㉕〔二六〕。入則諫其君，出不使人知者㉖，大臣、宰相者之事㉗，非陽子之所宜行也。夫陽子本以布衣隱於蓬蒿之下㉘，主上嘉其行誼，擢在此位，官以『諫』爲名，誠宜有以奉其職，使四方後代知朝廷有直言骨鯁之臣㉙〔二七〕，天子有不僭賞、從諫如流之美〔二八〕。庶巖穴之士聞而慕之，束帶結髮，願進於闕下，而伸其辭說㉚，致吾君於堯、舜㉛，熙鴻號於無窮也〔二九〕。若《書》所謂，則大臣、宰相之事，非陽子之

所宜行也㉜。且陽子之心，將使君人者惡聞其過乎？是啓之也。」㉝

或曰：「陽子之不求聞而人聞之㉞，不求用而君用之，不得已而起，守其道而不變，何子過之深也？」愈曰：「自古聖人賢士皆非有心求於聞用也㉟。閔其時之不平，人之不乂〔三〇〕，得其道不敢獨善其身，而必以兼濟天下也㊱。孜孜矻矻〔三一〕，死而後已㊲。故禹過家門不入㊳〔三二〕，孔席不暇暖，而墨突不得黔㊴〔三三〕。彼二聖一賢者㊵，豈不知自安佚之爲樂哉㊶？誠畏天命而悲人窮也。夫天授人以賢聖才能，豈使自有餘而已？誠欲以補其不足者也㊷。耳目之於身也，耳司聞而目司見，聽其是非，視其險易」㊸，然後身得安焉。聖賢者，時人之耳目也㊹；時人者，聖賢之身也。且陽子之不賢，則將役於身以奉其上矣㊺；若果賢㊻，則固畏天命而閔人窮也㊼。惡得以自暇逸乎哉？」〔三四〕

或曰：「吾聞君子不欲加諸人㊽〔三五〕，而惡訐以爲直者〔三六〕。若吾子之論，直則直矣，無乃傷于德而費於辭乎㊾〔三七〕？好盡言以招人過〔三八〕，國武子之所以見殺於齊也〔三九〕，吾子其亦聞乎？」愈曰：「君子居其位，則思死其官；未得位㊿，則思修其辭以明其道。我將以明道也，非以爲直而加諸人也(51)。且國武子不能得善人而好盡言於亂國(52)，是以見殺。傳曰：『惟善人能受盡言。』(53)〔四〇〕謂其聞而能改之也。子告我曰：『陽子可以爲有道之士也。』今雖不能及已，陽子將不得爲善人乎哉？」(54)〔四一〕

【彙校】

①〔諫臣論〕本篇又載《文苑英華》卷七四四，據校。題下潮本注：「一作《爭臣論》。」祝本、南宋閩本、魏本注同。苑本注：「《通鑑》作『爭』。」《舉正》訂作「爭」，云：「三本並同，歐公《與范司諫書》、温公《通鑑》亦可以考，今本誠誤也。」朱熹從方本，《考異》：「爭，或作『諫』。」謹按：現存宋人記載中，歐陽修《與范司諫書》、司馬光《資治通鑑》卷二三五、葉適《習學記言序目》卷四十三、葛立方《韻語陽秋》卷七等作「爭」。黄震《黄氏日鈔》卷五九等作「諫」。現存韓文傳本中，苑本、洪興祖《韓子年譜》、潮本、祝本、南宋閩本、南宋蜀本、魏本均作「諫」。韓愈此篇原文七出「諫」字，而無一語提及「爭」。「問其官則曰諫議」、「故雖諫且議」、「入則諫其君」、「官以諫爲名，宜有以奉其職」，均循名以責實。題以作「諫」爲是。

②〔善良者〕苑本「善良」作「良善」。

③〔天子以爲〕《舉正》：「閣本脱『以』字。」《考異》：「或無『以』字，非是。」

④〔陽子不色喜〕潮本注：「一無『色』字。」魏本注同。祝本、南宋閩本、南宋蜀本無「色」字，祝本「不」下注：「一有『色』字。」南宋蜀本注同。苑本作「不喜色」，注：「喜色，館本作『色喜』。」《舉正》據三館本增「色」字，云：「謝校，潮本存『色』字，杭、蜀本無之。杭本上『人』字亦無。」朱熹從方本，《考異》：「或無『人』字，非是。或無『色』字，非是。」今從苑本。

⑤〔在草野〕潮本注：「一無『草』字。」祝本、南宋閩本、魏本注同。苑本、南宋蜀本無「草」字，南宋蜀本注：「一有

『草』。」苑本注：「集有『草』字。」《舉正》據閣本删「草」字，云：「杭同，李、謝删。」朱熹從方本，《考異》：「『在』下或有『草』字。」

⑥〔移易其心〕「移易」，苑本作「易移」。《舉正》出南宋監本「移易」，據杭、蜀本乙作「易移」。朱熹從監本，《考異》：「方作『易移』。」

⑦〔士乎哉〕魏本無「乎」字。

⑧〔蹇之六二則曰〕潮本「蹇」上注：「一有『以』字。」祝本、南宋閩本、魏本注同。苑本注：「蜀本有『以』字。」南宋蜀本多一「以」字。

⑨〔王臣蹇蹇〕潮本「蹇蹇」作「謇謇」，魏本同。魏本注：「謇，《易》作『蹇』。」童第德注：「《説文》：『蹇，跛也。』行難謂之蹇，言難亦爲之蹇。《易·序卦》云：『蹇者，難也。』漢《衡方碑》：『謇謇王臣。』《張表碑》：『謇謇匪躬。』皆『蹇』之後出字。《高頤碑》：『淸謇之口。』又作『蹇』。」今從苑本。

⑩〔夫不以所居之時不一〕「不以」，苑本作「亦以」。《舉正》據閣本删「之」字，云：「杭同，李、謝删。」朱熹從監本存「之」字，《考異》：「方本無『之』字。」

⑪〔而蹈之德〕《舉正》據閣本删「之」字，云：「杭同，李、謝删。」朱熹從監本，《考異》：「方本無『之』字。」

⑫〔蹇之六二〕《舉正》據蜀本「蹇」上增一「以」字，云：「今本多注於上文，誤入也。」朱熹從方本，《考異》：「或無『以』字。」

⑬〔高不事之心〕潮本注：「高，一作『爲』。」祝本、南宋閩本、魏本注同。苑本作「爲」，注：「集作『高』。」潮本「事」下

注：「一有『上』字。」祝本、南宋閩本、魏本注同。苑本注：「蜀本有『上』字。」《舉正》删「上」字，云：「三本同。」朱熹從方本，《考異》：「『事』下或有『上』字，非是。」

⑭〔而尤不終無也〕南宋閩本注：「一無『而』字。」潮本無「而」字，祝本、南宋蜀本、魏本同。祝本注：「尤，一作『而』。」魏本注：「一本『則』下有『而』字。」潮本「尤」下多一「之」字，苑本、祝本、南宋閩本、南宋蜀本、魏本同。苑本注：「古本無『之』字。」潮本注：「終，一作『絶』。」祝本、南宋閩本注同。苑本注：「袁本注作『絶』。」南宋蜀本「不終無」作「不如無」，魏本同。南宋蜀本注：「無，一作『終』，又作『絶』。」魏本注同。《舉正》删「之」字，云：「謝氏以古本删『之』字。《蠱》上九象：『不事王侯，志可則也。』《蹇》六二象：『王臣蹇蹇，終無尤也。』『之』字不當有。杭本訛『終』作『絶』，蜀本復作『不如無』，而於上增『之』字，訛自此也。」朱熹從方本，《考異》：「『尤』下或有『之』字。終，或作『絶』，或作『如』，皆非是。」此從方本。

⑮〔今陽子在位〕「在」上南宋蜀本注：「一本有『實一匹夫』。」潮本多「實一匹夫」四字，苑本、祝本、南宋閩本、魏本同。潮本注：「趙云：『陽子寔一介之夫。』」祝本注：「一本無『實匹夫』四字，趙本作『陽子實一介之夫陽子』。」南宋閩本注：「一云『陽子實一小之夫陽子』。」魏本注：「一本無『實一匹夫』四字，趙本作『陽子實一介之夫』。」苑本注：「趙德本作『陽子寔一介之夫』。」苑本「夫」下重出「陽子」二字，注：「杭本無此二字。」潮本「在」下注：「一有『此』字。」祝本、南宋閩本、魏本注同。苑本多一「此」字。《舉正》據閣本、杭本删「實一匹夫」四字，云：「李、謝删，宋本亦疑此四字。《文録》作『實一介之夫』，下再出『陽子』二字。蜀本作『實匹夫』，『陽子』亦再見。」朱熹從方本，《考異》：「『陽子』下或有『實一匹夫』四字。或作『實一介之夫』，下再出『陽子』二字。或作『實匹夫』，『陽子』亦再見。」今從方本。

⑯〔天子待之不爲不加〕苑本「天子」下多一「之」字。潮本注：「加，一作『知』。」祝本、南宋閩本、魏本注同。苑本注：「集作『知』。」

⑰〔而未嘗一言及政〕祝本「及」下注：「一有『於』字。」苑本、南宋閩本、魏本有「於」字。南宋閩本注：「一無『於』字。」魏本注同。《舉正》據閣本、杭本删「於」字，云：「潮本亦無。」朱熹存「於」字，《考異》：「方無『於』字。」

⑱〔喜戚於其心〕苑本「於」作「于」，注：「于，集作『於』。」

⑲〔下大夫之秩〕《舉正》據杭、蜀本删「之」字。朱熹從監本，《考異》：「方無『之』字。」

⑳〔得其言乎哉〕潮本「得其言」下注：「一有『言』字。」祝本、南宋閩本、魏本注同。苑本注：「集疊『言』字。」《舉正》「言」下增一「言」字，云：「謝本校增。」朱熹從方本，《考異》：「或無複出『言』字。今按：此語正謂陽子若自謂得其言，則何不言乎哉？或本非是。」童第德注：「『今陽子以爲得其言乎哉』，乃公問陽子之語。故下云：『得其言而不言，與不得其言而不去，無一可者也。』上句以得其言否爲問，下以『得其言』、『不得其言』兩意承之。詞義明白，本無可疑。朱子從謝校增一『言』字，而説之曰：『則何不言乎哉？』增『則何不』三字作解，疑非公之本意。」

㉑〔秩禄不爲卑且貧〕潮本注：「秩禄，一作『禄秩』。」祝本、南宋閩本、魏本注同。苑本、南宋蜀本作「禄秩」，苑本注：「集作『秩禄』。」《舉正》：「蜀本作『禄秩』，非。」《考異》：「或作『禄秩』。」

㉒〔嘉謨嘉猷〕苑本、祝本、南宋蜀本、魏本「謨」作「謀」。方成珪注：「《書·君陳篇》『謨』作『謀』。」

㉓〔斯謀斯猷〕苑本、祝本、南宋蜀本「謨」作「謀」。

㉔〔若此者〕「者」下潮本注：「一有『也』字。」祝本、魏本注同。苑本、南宋閩本有「也」字。

㉕〔滋所謂惑〕苑本注：「滋，原本作『茲』。」潮本作「茲」，祝本、南宋閩本、南宋蜀本、魏本同。魏本注：「茲，一作『滋』。」《舉正》據閣本訂作「滋」，云：「李、謝同。」《考異》：「滋，或作『茲』，非是。」謹按：滋，愈也，益也。《左傳》襄公八年：「民之多違，事滋無成。」杜預注：「滋，益也。」今從苑本。

㉖〔知者〕苑本「知」下注：「一有『之』字。」南宋蜀本、魏本多一「之」字。

㉗〔宰相者〕魏本無「者」字。

㉘〔本以布衣〕《舉正》據閣本删「本以」二字，云：「杭同，李、謝删。」朱熹從監本，《考異》：「方本無『以』字。」

㉙〔朝廷〕南宋閩本「廷」作「庭」。魏本無「廷」字。

㉚〔伸其辭説〕「伸」，苑本作「信」，注：「集作『伸』。」

㉛〔致吾君〕苑本「君」作「言」。

㉜〔非陽子之所宜行也〕，祝本無「之」字。

㉝〔是啓之也〕潮本注：「是啓，一作『其咎』。」南宋閩本注同。魏本注：「是啓，一作『其咎』字，非。」苑本注：「杭本作『其咎』。」南宋蜀本作「其咎」，注：「一作『是啓』。」《舉正》：「蜀同上，杭作『其咎之也』。」《考異》：「或作『其咎』，非是。」

㉞〔之不求聞而人聞之〕苑本無「不」上「之」字。

㉟〔有心求於聞用〕《舉正》據杭本、蜀本删「心」字，云：「李、謝删。」朱熹從方本，《考異》：「『有』下或有『心』字。」

㊱〔而必以〕苑本注：「而必，閣本作『不以』。」《舉正》據閣本訂「不」字，作「而不以兼濟天下」，云：「李、謝校，杭、蜀作『必』。」朱熹從監本作「必」，《考異》：「必，方作『不』。」

㊲〔死而後已〕苑本無「死」字。

㊳〔過家門不入〕《舉正》：「蜀本『不』上有『而』字。」《考異》：「『門』下或有『而』字。」

㊴〔孔席不暇暖而墨突不得黔〕苑本無「暇」、「得」二字，注：「袁本作『孔席不暇暖，而墨突不得黔』。」

㊵〔彼二聖〕魏本無「彼」字。

㊶〔不知自安佚〕苑本「知」作「以」，「佚」作「逸」。注：「以，集作『知』。逸，集作『佚』。」

㊷〔補其不足者也〕苑本「補」上多一「自」字。苑本、南宋蜀本無「也」字。苑本注：「集有『也』字。」《舉正》增「自」字，删「也」字，云：「謝氏以古本校增『自』字。『自』者，指言天之所授也，義爲長。杭、蜀皆無『也』字，李、謝删。」朱熹從監本無「自」字，存「也」字，《考異》：「方本『以』下有『自』字，『者』下無『也』字。今按：韓公之意，乃言天生聖賢，非但使之自有餘也，乃欲以補衆人之不足耳，故下文云云。方説非是。」

㊸〔視其險易〕魏本「視」作「察」。

㊹〔時人之耳目也〕《舉正》據杭、蜀本增「也」字。朱熹從方本，《考異》：「或無『也』字。」

㊺〔則將役於身以奉其上矣〕苑本「役」上多一「獨」字，注：「集無『獨』字。」潮本注：「身，一作『賢』。」南宋閩本、魏本注同。苑本作「賢」，注：「賢，集作『身』。」《舉正》訂「則」、「賢」二字，作「則將役於賢」，云：「杭、蜀同，晁、謝

校。」朱熹從方本，《考異》：「則，或作『且』，賢，或作『身』，非是。」南宋蜀本「以」作「而不」。苑本「矣」作「也」。

㊻〔若果賢〕祝本「果」作「是」。

㊼〔閔人窮也〕「也」上潮本注：「一有『者』字。」南宋閩本注同。苑本、祝本、南宋蜀本多一「者」字，魏本注：「一無『者』字。」

㊽〔不欲〕南宋蜀本無「欲」字，注：「一有『欲』。」《舉正》：「蜀本有『欲』字，李、謝本皆從舊本删去。」《考異》：「或無『欲』字。」

㊾〔傷于德而費於辭〕苑本「于德」作「於聽」，注：「於聽，集作『于德』。」南宋蜀本「于德」作「乎德」。魏本注：「一本『於辭』亦作『于辭』。」

㊿〔未得位〕苑本、祝本、魏本「位」上多一「其」字。

51〔加諸人〕潮本無「諸」字，祝本、南宋閩本、南宋蜀本、魏本、王本、廖本同。南宋蜀本注：「加，一作『諸』字。」魏本注：「蔡本作『加於人也』。」今從苑本。

52〔而好盡言於亂國〕苑本「好」作「多盡言」，注：「『多盡言』三字，集作『好』。」南宋蜀本「好」作「盡言」。方崧訂「而」下「言盡言」三字，作「而言盡言盡言於亂國」，云：「李、謝以古本定，蜀本亦再出『盡言』字。」朱熹從監本作「而好盡言於亂國」，《考異》：「方本作『而言盡言盡言於亂國』，殊無文理。」

53〔受盡言〕潮本注：「盡，一作『善』。」祝本注同。魏本注：「盡言，一作『善言』，非。」

54〔陽子將不得爲善人乎哉〕苑本無「陽子」二字，「得」作「能」，注：「能，集作『得』。」南宋蜀本「乎」作「矣」。潮本無

「哉」字，祝本、南宋閩本、南宋蜀本、魏本同。《舉正》據杭本增「哉」字，云：「蜀同，謝校。」朱熹從方本，《考異》：「或無『哉』字。」今從方本。

【箋注】

〔一〕韓醇注：「陽城拜諫議大夫，聞得失熟，猶未肯言。公作此論譏切之，城亦不爲意。及裴延齡誣逐陸贄等，城乃守延英閣上疏，極論延齡罪。慷慨引誼，申直贄等。帝欲相延齡，城顯語曰：『延齡爲相，吾當取白麻壞之。』爭於庭。帝不相延齡，城之力也。公作此論時，城居位五年矣。後三年而能排擊延齡，或謂城蓋有待，抑公有以激之歟？」

此篇作年，洪興祖、方崧卿《年表》、方成珪、蔣抱玄繫於貞元八年，方崧卿《舉正》、王元啓繫於貞元九年。洪譜：「八年壬申：是年有《諫臣論》。曰：『諫議大夫陽城居位五年矣。』城以貞元四年夏起家爲諫議大夫，至今五年。」《舉正》：「陽城爲諫議大夫，考柳子厚《遺愛碣》，貞元四年也。此論當作於九年，時年二十六。」王元啓注：「此論《洪譜》以爲貞元八年作。按：城以貞元四年六月被徵，十一年四月改官司業。歐公《上范司諫書》云：『當退之作論時，城爲諫議已五年。又二年，始廷論陸贄及沮裴延齡作相。』據此，則此論當作於貞元九年。洪謂八年，則論延齡事當云『後三年』，與歐語不合，恐由誤解篇中『居位五年』，乃並初徵時計之，故爲此說，其實非是，今據歐書定爲九年作。」方成珪注：「按：陽城以貞元四年李泌之薦，六月乙酉被徵。

此論云『居位五年』，則貞元八年也。延英閣上書係十一年四月事，後此論正三年。王宋賢據歐公《上范司諫書》云『當退之作論時，城爲諫官已五年。又二年，始廷論陸贄及沮裴延齡作相』，因定爲九年作。不知此特歐公誤記，或傳録之誤耳。公正譏城『在位久而不言』，而城以四年六月徵拜，不應捨此一年不計也。則此論當從《洪譜》定爲八年作無疑。公是年登進士第，年二十五。」謹按：陽城以貞元四年徵辟。「居於位五年」，如理解爲五個年頭，當爲貞元八年；如理解爲五年整，則當爲貞元九年。二者無大出入。但歐公云：「又二年，始廷論陸贄及沮裴延齡作相。」陽城伏閤上疏論延齡姦佞及陸贄無罪，在貞元十一年四月。則此篇之作，應在貞元九年（七九三）。

〔二〕孫汝聽注：「城字亢宗，定州北平人。」《新唐書·百官志二》：「門下省：左諫議大夫四人，正四品下。掌諫諭得失，侍從贊相。中書省：右諫議大夫四人，掌如門下省。」陽城，兩《唐書》有傳，其生平如次：陽城字亢宗，北平人，世爲宦族。家貧不能得書，乃求爲集賢寫書吏，竊官書讀之，晝夜不出房，經六年，乃無所不通。貞元初隱居陝州夏縣中條山（《乾𦠆子》），陝虢觀察使李泌聞其名，親詣其里訪之。泌爲宰相，薦爲著作郎。貞元四年五月，德宗令長安縣尉楊寧賫束帛詣夏縣所居而召之，尋遷諫議大夫（柳宗元《國子司業陽城遺愛碣》）。時德宗在位，裴延齡、李齊運、韋渠牟等以姦佞相次進用，陸贄等咸遭枉黜，無敢救者。貞元十一年四月壬戌，城伏閤上疏，與拾遺王仲舒共論延齡姦佞，贄等無罪。時朝夕欲相延齡，城曰：「脱以延齡爲相，城當取白麻壞之。」其年七月丙寅，竟坐延齡事改國子司業（《舊唐書·德宗紀》）。貞元十五年，出爲道州刺史（柳宗元《國子司業陽城遺愛碣》）。太學生魯郡李儻等二百七十人詣闕乞留，經數日，吏遮止之，疏不得上（《順宗實録》）。順宗即位，詔徵之，而城已卒。年七十，贈左散騎常侍。

〔三〕孫汝聽注：「城好學，貧不能得書，乃求爲集賢寫書吏，竊官書讀之，晝夜不倦。六年，乃無所不通。」

〔四〕魏仲舉注：「鄙，邊鄙也。」

〔五〕樊汝霖注：「城及進士第，乃去隱中條山。遠近慕其德行，多從之學。閭里相訟，不詣官府，詣城請決。」

〔六〕孫汝聽注：「城後徙居陝州夏縣。李泌爲陝虢觀察使，聞城名。泌入相，薦爲著作郎。後德宗令長安尉楊寧賫束帛詣夏縣所居召之，城赴京辭讓。德宗召見，以爲諫議大夫。」

〔七〕華，榮華、光彩。《楚辭·九歌·山鬼》「歲既晏兮孰華予」，王逸注：「年歲晚暮，將欲罷老，誰復當令我榮華也。」

〔八〕色喜，喜形於色。此語始見韓文，後人亦多採用者。如宋蘇頌《和王禹玉相公三月十八日皇子侍宴長句》：「庭樂聲長歌燕翼，朝簪色喜動明光。」（《蘇魏公文集》卷十一）鄒浩《送散老歸龍井》：「過門别我自色喜，我愧儒冠多背師。」（《道鄉集》卷四）趙鼎臣《東邦憲母李氏墓誌銘》：「得官東歸，入謝於庭。閭里聚觀，迎賀洶洶，吾母不色喜。」（《竹隱畸士集》卷十九）

〔九〕樊汝霖注：「初，城未至京，人皆想望風采。曰：『陽城山人，今爲諫官，必能以死奉職。』而城與二弟日夜痛飲，人莫能窺其際，皆以虚名譏之。有造城將問所以者，城知其意，輒强以酒。客辭，輒引自飲。客不能已，乃與酬酢。客或時先醉，卧席上。城或時先醉，卧客懷中，不能聽客語。」

〔一〇〕孫汝聽注：「《易》（《易・恒》王弼）注云：『居得尊位，爲恒之主。不能制義，而五應在二，用心專貞，從唱而已。此婦人之吉，夫子之凶也。』」蔣抱玄注：「《易經・恒卦》：『巽下震上。』六五爻曰：『恒其德，貞。婦人吉，夫子凶。』夫子，謂丈夫，指男子也。」

〔一一〕魏仲舉注：「惡，音烏。」

〔一二〕《易・蹇》：「六二：王臣蹇蹇，匪躬之故。」王弼注：「處難之時，履當其位，居不失中，以應於五。不以五在難中，私身遠害。執心不回，志匡王室者也。」孔穎達疏：「王，謂五也。臣，謂二也。九五居於王位而在難中，六二是五之臣，往應於五。履正居中，志匡王室，能涉蹇難而往濟蹇，故曰王臣蹇蹇也；盡忠於君，匪以私身之故而不往濟君，故曰匪躬之故。」

〔一三〕孫汝聽注：「居無用之地而致匪躬之節，則有冒進之患。在王臣之位而高不事之心，則有曠官之刺。」

〔一四〕蔣抱玄注：「《唐書》城本傳：『及受命，他諫官論事苛細紛紛，帝厭苦。而城寖聞得失且熟，猶未肯言。』」

〔一五〕魏仲舉注：「瘠，音籍。」蔣抱玄注：「視肥瘠，謂漠不關心也。秦在西北，越在東南，相距極遠，故以爲喻。」

〔一六〕孫汝聽注：「禄仕，《孟子》之言。」蔣抱玄注：「禄仕，謂苟於得禄，不擇而仕也。」謹按：禄仕，爲養親而求仕。《孟子·離婁上》：「孟子曰不孝有三無後爲大。」趙岐注：「於《禮》有不孝者三事：謂阿意曲從，陷親不義，一不孝也；家窮親老，不爲禄仕，二不孝也；不娶無子，絶先祖祀，三不孝也。」《詩·王風·君子陽陽》毛序：「君子遭亂，相招爲禄仕，全身遠害而已。」鄭玄箋：「禄仕者，苟得禄而已，不求道行。」孔穎達疏：「今言禄仕，止爲求禄。」

〔一七〕孫汝聽注：「擊柝，行軍夜所擊之木。」蔣抱玄注：「抱關，司關之吏也。柝，夜行所擊木。」《魏書·李彪傳》：「自天子以至公卿下及抱關擊柝，其宮室車服各有差品。」

〔一八〕孫汝聽注：「委吏，主委積倉庾之吏。」魏仲舉注：「委，于僞切。」蔣抱玄注：「委吏，主委積之吏也，如今之會計。」

〔一九〕孫汝聽注：「乘田，苑囿之吏，主六畜之芻牧者。」魏仲舉注：「乘，音剩。」蔣抱玄注：「乘田，掌畜牧種植之吏。」

〔二〇〕蔣抱玄注：「會計，其多寡出入之數曰會計，當，平也。」

〔二一〕蔣抱玄注：「遂，遂其生也，亦曰充備也。《禮記》《鄉飲酒義》：『節文終遂焉。』」童第德注：「遂，《孟子》作『茁壯長』。」《孟子·萬章下》：「孔子嘗爲委吏矣，曰：『會計當而已矣。』嘗爲乘田矣，曰：『牛羊茁壯長而已矣。』」謹按：「遂」有生長一義。《國語·齊語》：「犧牲不略，則牛羊遂。」韋昭注：「遂，長也。」

〔二二〕蔣抱玄注：「章章，昭著也。《荀子》（《子道篇》）：『故雖有珉之彫彫，不若玉之章章。』」

〔二三〕蔣抱玄注：「訕，謗毁也。《論語·陽貨第十七》：『君子惡居下流而訕上者。』」

〔二四〕祝本注：「招，音翹。」《舉正》：「招，音『翹』。舊本皆出此音。『武子好盡言以招人過』，見《國語》。蘇林《漢·五行志》音曰：招，音『翹』。招，舉也。宋元獻曰：考他書未獲爲翹之意，作音者當有所據。按《吕氏春秋》：『孔子之勁能招國門之關。』注：『招，舉也。』又《過秦論》『招八州而朝同列』，蘇林亦音『翹』。」魏仲舉注：「招，舉也。」方成珪注：「《吕氏春秋》作『孔子之勁能舉國門之關』，作『招』見《列子·説符篇》，方氏誤記也。」童第德注：「《淮南·主術訓》：『操其觚，招其末』，高注：『招，舉也。』《後漢書·班固傳》『招白閒』，章懷注：『招，猶舉也。』《漢書·禮樂志》『兼雲招給祠南郊』，顔師古曰：『招，讀與翹同。』《文選·吴都賦》『翹關扛鼎』，李氏引《列子》曰：『孔子勁能招國門之關，而不肯以力聞。招與翹同。』皆方季申所未及舉者，兹爲補之。」

〔二五〕蔣抱玄注：「《周書》『君陳篇』。」

〔二六〕蔣抱玄注：「滋，益也、更也、尤也。」

〔二七〕蔣抱玄注：「《説文》：『鯁，魚骨也。』食骨留咽中爲鯁。《荀子》：『君有忠臣謂之骨鯁。』按：骨鯁，喻正直也。」謹按：此引「荀子」文字見《新唐書·二李列傳贊》。

〔二八〕孫汝聽注：「襄二十六年《左氏》：『善爲國者，賞不僭而刑不濫。』成八年《左氏》：『從善如流。」」蔣抱玄注：「僭賞，與濫賞同。《左傳・襄公二十六年》：『善爲國者，賞不僭而刑不濫。』」

〔二九〕蔣抱玄注：「熙鴻號，熙，彰明也。鴻號，大號也。《易經》《渙・九五》：『渙汗其大號。』」

〔三〇〕蔣抱玄注：「乂，治也。《書經》：『有能俾乂。』」謹按：「乂」有「治理」一義。《尚書・堯典》：「浩浩滔天，下民其咨，有能俾乂。」孔傳：「乂，治也。」「乂」又有「安定」一義。《三國志・蜀志・後主禪傳》：「上下交暢，然後萬物協和，庶類獲乂。」此處「人之不乂」與「時之不平」對文，當訓爲「安定」。「人之不乂」，民生不得安寧。

〔三一〕魏仲舉注：「矻，勞也，音窟。」蔣抱玄注：「孜孜矻矻，皆勤勉不怠之意。《書經》《益稷》：『予思日孜孜。』《漢書・王褒傳》：『勞筋苦骨，終日矻矻。』」

〔三二〕孫汝聽注：「《孟子》：『禹稷當平世，三過其門而不入。』」蔣抱玄注：「過家門，《孟子》《滕文公》：『禹八年於外，三過其門而不入。』」

〔三三〕孫汝聽注：「《文子》：『墨子無黔突，孔子無席暖。』突，竈也。黔，黑也。」方成珪注：「《淮南・修務訓》：『孔子無黔突，墨子無暖席。』《文子・自然篇》同。此互言之，所謂用古而不泥於古也。《說文》：『突，深也。一曰竈突。式鍼切。』俗作『突』字，誤。」童第德注：「《孟子・滕文公篇》『好辯章』，趙氏《章指》曰：『此言憂世撥亂，勤以濟之，義以匡之。是故禹稷駢蹎，周公抑志，仲尼皇皇，墨突不及汙。聖賢若是，豈得不辯也。』周廣業曰：『仲尼皇皇』，出揚子《法言・學行篇》。《文子・自然篇》、《淮南・修務訓》並云：『孔子無黔突，墨子無暖席。』陸賈《新語》亦云：『墨子皇皇，席不暇暖。仲尼栖栖，突不暇黔。』則『黔突』本係孔子事。自班固《答賓戲》：『孔席不暖，墨突不黔。』始顛倒其語。唐韓昌黎因之云『孔席不暇暖而墨突不得黔』，其實非也。趙雖稍後於班，未必遽襲其誤。況本書距楊墨以承三聖，墨安得與禹稷周孔並列？《家語》（《在厄》）：『孔子厄於陳蔡，顔回、仲由炊之於壞屋之下。有埃墨墮飯中，回取食。』是『墨突』即塵甑之謂。去齊接淅，又孔子實事，故趙氏以此證其皇皇耳。其改『黔』爲『汙』，蓋以協韻故也。第德案：孫注『墨』、『孔』二字應互易，周説是。公蓋承班氏之誤，方氏以『用古不泥』爲公解嘲，非也。《説文》：『突，讀若《禮》三年導服之導。』導、突雙聲，一音之轉，故又轉爲『突』耳。」《説文》：「突，深也。一曰竈突。从穴从火，从求省，式鍼切。」段注：「《廣雅》：『竈窻謂之堗。』《吕氏春秋》云：『竈突決則火上焚棟。』蓋竈上突起以出烟火，今人謂之煙囪，即《廣雅》之竈窻。今人高之出屋上，畏其焚棟也。以其顛言謂之突，以其中深曲通火言謂之突。《廣雅》：『突下謂之突。』今本正奪『突』字耳。《漢書》云：『曲突徙薪。』則有曲之令火不直上者矣。趙宧光欲盡改故書之『竈突』爲『竈突』，真瞽説也。从穴火，求省。穴中求火，突之意也。此會意字。式鍼切，七部。讀若《禮》『三年導服』之『導』。『導服』，即禫服也，説詳木部棪下。按：突即湥淺字，不當有異音。蓋『竈突』可讀如『禫』，與『突』爲雙聲。」

〔三四〕魏仲舉注：「惡，音烏。」

〔三五〕韓醇注：「子貢曰：『我不欲人之加諸我也，吾亦欲無加諸人。』」

〔三六〕蔣抱玄注：「惡訐，攻發陰私曰訐。《論語》（《陽貨》）：『惡訐以爲直者。』」

〔三七〕魏仲舉注：「費。方味切。」蔣抱玄注：「用煩而過其度者曰費。」

〔三八〕蔣抱玄注：「盡言，謂盡情言志，不留餘地也。」

〔三九〕孫汝聽注：「《國語》：柯陵之會，單襄公見國武子，其言盡。襄公曰：立于淫亂之間，而好盡言以招人過，怨之本也。魯成公十八年，齊人殺武子。」魏仲舉注：「招，音翹。」蔣抱玄注：「國武子，名佐，春秋齊上卿。《國語》（《周語下》）：柯陵之會，單襄公見國武子，其言盡。襄子曰，立於淫亂之間而好盡言以招人過，怨之本也。魯成公十八年，齊人殺武子。」

〔四〇〕孫汝聽注：「此亦單襄公之言。」

〔四一〕魏引補注：「林少穎曰：退之譏陽城，固善矣。及退之爲史官，不敢襃貶，而柳子厚作書以責之。子厚之責退之，亦猶退之之責陽城也。目見泰山，不見眉睫，其是之謂乎！」

改葬服議①〔一〕

《經》曰：「改葬緦。」〔二〕《春秋穀梁傳》亦曰：「改葬之禮緦，舉下緬也。」〔三〕此皆謂子之於父母，其他則皆無服②〔四〕。何以識其必然③？經次五等之服〔五〕，小功之下〔六〕，然後著改葬之制，更無輕重之差〔七〕，以此知惟記其最親者④〔八〕，其他無服則不記也。

若主人當服斬衰〔九〕，其餘親各服其服〔一〇〕。則《經》亦言之，不當惟言緦也⑤。《傳》稱「舉下緬」者，緬猶遠也。下，謂服之最輕者也⑥。以其遠，故其服輕也⑦。江熙曰：「《禮》：天子諸侯易服而葬。」以爲交於神明者不可以純凶⑧，況其緬者乎⑨〔一一〕。是故改葬之禮，其服惟輕〔一二〕。以此而言，則亦明矣。

衛司徒文子改葬其叔父〔一三〕，問服於子思。子思曰：「《禮》：父母改葬緦。既葬而除之。不忍無服送至親也〔一四〕。非父母無服，無服則弔而加麻。」⑩〔一五〕此又其著者也⑪。文子又曰：「喪服既除，然後乃葬⑫，則其服何服？」子思曰：「三年之喪未葬⑬，服不變〔一六〕，除何有焉？」然則改葬與未葬者有異矣。古者諸侯五月而葬，大夫三月而葬，士逾月⑭〔一七〕。無故，未有過時而不葬者也。過時而不葬⑮，謂之不能葬，《春秋》譏之〔一八〕。若有故而未葬，雖出三年，子之服不變。此孝子之所以著其情，先王之所以必其時之道也⑯〔一九〕。雖有其文，未有著其人者〔二〇〕，以是知其至少也⑰。

改葬者，爲山崩水涌毁其墓，及葬而禮不備者。若文王之葬王季〔二一〕，以水齧其墓⑱〔二二〕；魯隱公之葬惠公，以有宋師，太子少，葬故有闕之類是也⑲〔二三〕。喪事有進而無退〔二四〕。有易以輕服，無加以重服。殯於堂則謂之殯，瘞於野則謂之葬〔二五〕。近代已來⑳，事與古異。或游或仕，在千里之外㉑；或子幼妻稚，不能自還㉒；甚者拘以陰陽畏忌〔二六〕，遂葬於其土㉓。及其反葬也，遠者或至數十年，近者亦出三年。其吉服而從於事也久矣，又安可取未葬不變服之例，而反爲之重服歟？在喪當葬，猶宜易以輕服㉔。况既遠而反，純凶以葬乎？若果重服，是所謂未可除而除之㉕，不當重而更重也㉖。

或曰：喪與其易也，寧戚〔二七〕。雖重服㉗，不亦可乎？曰：不然。易之與戚，則易固不如戚矣。雖然，未若合禮之爲懿也㉘〔二八〕。儉之與奢，則儉固愈於奢矣。雖然，未若合禮之爲懿也。過猶不及，其此類之謂乎？

或曰：經稱改葬緦，而不著其月數。則似三月而後除也㉙。子思之對文子則曰：「既葬而除之。」今宜如何？曰：自啓殯至于既葬㉚，而三月則除之〔二九〕。未三月，則服以終三月也〔三〇〕。

曰：妻爲夫何如？曰：如子㉛。無服，弔而加麻則何如㉜？曰：今之弔服〔三一〕，猶古之弔服也〔三二〕。

【彙校】

①〔改葬服議〕此篇又載《文苑英華》卷七百六十七、《唐文粹》卷四十二，據校。

②〔則皆無服〕魏本無「則」字。

③〔何以〕苑本「何」作「可」。

④〔知惟記〕苑本「惟」作「非」。

⑤〔惟言緦〕潮本注：「言，一作『云』。」魏本注同。苑本、粹本、祝本「言」作「云」。祝本注：「云，一作『言』。」

⑥〔謂服之最輕者也〕粹本無「謂」字。《考異》：「或無『者也』字。」

⑦〔故其服輕〕《考異》：「或無『其』字。」

⑧〔不可以純凶〕魏本無「以」字。

⑨〔況其緬者〕《舉正》：「蜀本無『其』字。」《考異》：「或無『其』字。」

⑩〔弔而加麻〕潮本「弔」下多一「服」字，傳世諸本並同。魏本注：「《孔叢子·抗志篇》『弔而加麻』，無『服』字。」王元啓注：「此與下一節皆《孔叢子·抗志篇》語。原文作『弔而加麻』，繕寫者於『弔』下誤衍一『服』字，後文『無服，弔而加麻』又改爲『無弔服而加麻』。一衍一倒，遂不可讀。今據原文删去『弔』下『服』字，即並篇末一語俱順，無可疑矣。」謹按：「弔而加麻」、「弔服而加麻」，文義俱通。此明引子思之語，當無「服」字。今從王元啓注删「服」字。

⑪〔其著者〕苑本無「其」字。

⑫〔乃葬〕潮本「葬」下多一「者」字，苑本、祝本、南宋閩本、南宋蜀本、魏本同。《舉正》出南宋監本「然後乃葬者」，删「者」字，云：「三本《文粹》並同，李、謝删。」朱熹從方本，《考異》：「下或有『者』字。」今從粹本。

⑬〔三年之喪未葬〕潮本「葬」上多一「除」字，祝本、南宋閩本、南宋蜀本同。《舉正》出南宋監本「未除葬服不變」，删「除」字，云：「三本《文粹》並同，李、謝删。」朱熹從方本，《考異》：「『未』下或有『除』字，非是。」今從苑本、粹本。

⑭〔士逾月〕粹本「逾」作「踰」。謹按：「逾」、「踰」，通假字。《説文》：「逾，戉進也。从辵俞聲，羊朱切。《周書》曰：『無敢昏逾。』」踰，越也。从足俞聲，羊朱切。」段注：「戉進，有所超越而進也。越，度也。『踰』與『逾』音義略同。」朱駿聲《説文通訓定聲》：「逾，假借爲『踰』。《書·禹貢》：『逾于洛同。』」

⑮〔不葬〕苑本「葬」下多一「者」字。

⑯〔先王〕祝本「王」作「生」。

⑰〔以是知〕苑本注：「《文粹》無『是』字。」粹本無「是」字。《舉正》出南宋監本「以是知其至少也」，據杭本删「是」字，云：「謝删。」朱熹從監本，《考異》：「方無『是』字。」

⑱〔水齧其墓〕粹本「齧」作「囓」。謹按：「囓」，「齧」之俗體，見《龍龕手鏡》。《説文》：「齧，噬也。从齒㓞聲，五結切。」

⑲〔葬故有闕〕魏本注：「一本或無『故』字。」潮本無「故」字，粹本、祝本、南宋蜀本同。《舉正》增「故」字，云：「杭、蜀皆無『故』字，舊監本有之，考之《左氏》，當有。」朱熹從方本，《考異》：「諸本無『故』字，方從舊監本。」今從苑本。

⑳〔近代已來〕苑本、魏本「已」作「以」。

㉑〔千里之外〕苑本、南宋蜀本、魏本「千」下多一「百」字。苑本注：「一本無『百』字。」

㉒〔不能自還〕苑本、南宋閩本「不」上多一「而」字。南宋閩本注：「一無『而』字。」《舉正》出南宋監本「而不能自還」，删「而」字，云：「杭、蜀同，潮本亦無，謝删。」朱熹從監本，《考異》：「方無『而』字。」

㉓〔葬於其土〕苑本注：「土，《文粹》作『山』。」粹本「土」作「山」。

㉔〔易以輕服〕潮本「輕」作「經」。今從苑本。

㉕〔未可除而除〕潮本「而除」下多一「之」字，魏本同。《舉正》出南宋監本「未可除而除」，云：「謝本作『而除之』。」《考異》：「下或有『之』字。」今從苑本。

㉖〔不當重而更重也〕《舉正》：「《文粹》無下『重』字。」今粹本有下「重」字。《考異》：「或無『重』字，非是。」

㉗〔雖重服〕粹本「雖」作「惟」。

㉘〔未若合禮〕苑本脱「何」字。

㉙〔似三月而後除〕潮本注：「似，一作『以』。」魏本注同。苑本、粹本、祝本、南宋閩本、南宋蜀本作「以」。祝本注：「以，一作『似』。」南宋閩本注同。《舉正》訂作「似」，云：「三本同。」朱熹從方本，《考異》：「似，或作『以』，非是。」

㉚〔自啓殯至于既葬〕「殯」下苑本注：「《文粹》無此字。」魏本無「自」字，南宋蜀本無「殯」字。《舉正》出南宋監本「自啓殯至于既葬」，據杭本删「殯」字，云：「《文粹》同，謝删。蜀本作『自啓殯至于葬』。」謹按：今粹本有「殯」字。朱熹從方本，《考異》：「『啓』下或有『殯』字，或無『既』字。今按：《禮》有『自啓至于反哭』之語，方本是也。」

㉛〔曰如子〕《舉正》：「杭本脱『曰如』二字，然蜀本與《文粹》皆有之。」《考異》：「或無『曰如』二字，非是。」

㉜〔無服弔而加麻〕潮本「服弔」作「弔服」，傳世諸本並同。王元啓注：「若從前文『弔服加麻』爲句，則句首『無』字爲衍文。若用《孔叢子》原文，則但乙此『弔服』二字即通。然此係繕録之訛，乙之爲是。又：先言子爲父母，次問妻爲夫，又次及於無服。問辭亦甚有次第。」今從王元啓注乙轉。

【箋注】

〔一〕此篇作年，方成珪繫於元和十三年。方譜：「《改葬服議》未詳年月，因公是年爲詳定禮樂使，姑附於此。」洪譜：「《實録》云：『十三年夏四月，鄭餘慶爲詳定禮樂使，奏韓愈、李程爲副。』」

〔二〕孫汝聽注：「經，謂《儀禮》也。《儀禮·喪服篇》有此文。緦，十五升布。一曰：兩麻一絲作。」蔣抱玄注：「《儀禮·喪服篇》『改葬緦』，鄭玄注：『墓爲他故崩壞改飾之如常服。緦者至親不忍親見，故不得無服，三月即除之。』緦，細麻布，喪服之輕者。」謹按：緦，細麻布。古代多用以作製作喪服。《周禮·天官·典枲》：「掌布、緦、縷，紵之麻草之物，以待時頒功而授齎。」鄭玄注：「緦，十五升布抽其半者。」《儀禮·喪服》：「緦者，十五升抽其半，有事其縷，無事其布，曰緦。」鄭玄注：「謂之緦者，治有縷，細如絲也。」《説文》：「緦，十五升布也。一曰：兩麻一絲布也。从糸思聲。𢇁，古文緦，从糸省。息兹切。」段注：「緦，十五升抽其半布也。各本無『抽其半』三字，當由不通人删之，今補。緦者，布名。猶大功、小功皆布名也。《經》云『緦麻三月』者，注云：『緦麻，緦布衰裳而麻絰帶也。』今本注内删下『緦』字，則不可通矣。《傳》曰：『緦者，十五升抽其半。有事其縷，無事其布曰緦。』凡布幅廣二尺二寸，《禮經》：『布八十縷爲升。』即許之布八十縷爲稯也。斬衰三升，三升有半。齊衰四升。繐衰小功之縷四升有半。大功八升若九升。小功十升若十一升。緦布朝服之縷七升有半。升數各不同，而皆合二尺二寸之度以成布。『十五升去半者』，十五升，朝服之升數也。去其半則爲七升有半。朝服用十五升，其布密；緦用其半，其布疏。謂之緦者，鄭曰：『治其縷細如絲也，《傳》所謂有事其縷也。』繐衰用小功之縷，而升數不及半；緦用朝服之縷，而升數衹取半。皆聖人因宜適變之精意。」

〔三〕樊汝霖注：「魯莊公三年五月葬桓王。《穀梁傳》曰：『改葬也。改葬之禮緦，舉下緬也。』緬，謂遠也。」

〔四〕沈欽韓注：「《通典》(《禮·改葬服議》)馬融曰：『惟三年者服緦，周以下無服。』戴德云：『其餘親皆弔服。』」

〔五〕魏仲舉注：「經，亦謂《儀禮》。」蔣抱玄注：「次猶列也。經次，謂《儀禮》上排列服制也。五等之服，禮制，斬衰、齊衰、大功、小功、緦麻爲五等服。」《禮記·學記》：「師無當於五服，五服弗得不親。」鄭玄注：「五服，斬衰至緦麻之親。」孔穎達疏：「五服，斬衰也，齊衰也，大功也，小功也，緦麻也。」

〔六〕蔣抱玄注：「小功，五月之服。」

〔七〕蔣抱玄注：「差，分別也，等差也。」

〔八〕蔣抱玄注：「最親者，指父母。」

〔九〕蔣抱玄注：「斬衰，三年之喪，喪服之最重者。以最粗麻布爲之，不縫下邊。」

〔一〇〕沈欽韓注：「《禮記》《喪服小記》：『久而不葬者，唯主喪者不除。其餘以麻，終月數者除喪則已。』注：『其餘，謂旁親也。以麻終月數不葬者，喪不變也。』案：此條專謂未葬者，非指改葬也。晉蔡謨誤以爲：『改葬斬衰。《禮》言緦者，緦親以上皆反服也。』范宣駁云：『斬衰，大祥之後略如緦麻，《禮》之次序也。安得反始服不從其變乎？』彼時蓋有安援蔡謨説者，故此條析之。」

〔一一〕沈欽韓注：「《檀弓》：『弁絰葛而葬，與神交之道也。』注云：『接神之道不可以純凶，天子諸侯變服而葬，冠素弁，以葛爲環絰。』《正義》：『既服弁絰，其衰亦改。』」

〔一二〕樊汝霖注：「自江熙以下，皆莊公二年《穀梁傳》注。」

〔一三〕蔣抱玄注：「衛周，衛國司徒。司徒，官名，掌内政者。故沿稱户部尚書爲司徒。即今之内務總長也。古以官爲氏，故曰司徒文子。按：自衛司徒至吊服而加麻，皆《孔叢子·抗志篇》之文，唯『吊』下無『服』字。」

〔一四〕洪興祖注：「往年蔡元度改葬其親，以問東方士人，無知之者。余因讀《孔叢子》見之。《舊唐·禮儀志》云：田再思議曰：改葬之服，鄭玄『服緦三月』注云：『訖葬而除。』」

〔一五〕孫汝聽注：「自衛司徒文子已下，皆《孔叢子・抗志篇》之文。」

〔一六〕孫汝聽注：「亦《孔叢子》之文。『服不變』，謂衰服不變。」

〔一七〕韓醇注：「隱元年《左氏》：『天子七月而葬，同軌畢至。諸侯五月，同盟至。大夫三月，同位至。士逾月，外姻至。』」

〔一八〕樊汝霖注：「《春秋》：『隱公三年八月癸未，葬宋穆公。』《公羊傳》曰：『過時而不葬，謂之不能葬之也。』」

〔一九〕王元啓注：「《穀梁傳》（莊公三年）曰：『天子志崩不志葬，必其時也。』公語本此。」蔣抱玄注：「必，規定也。必其時，謂規定葬期如上七月五月是也。」

〔二〇〕陳景雲注：「按：子思之説雖出《孔叢子》，而自子思以來未有行之者也。惟《南史》：『張種值侯景亂，奉母東奔鄉里。母卒，又迫凶荒，未葬。服雖畢，居家飲食恒若在喪。王僧辯奏起爲中從事，并爲具葬。禮葬訖，種方即吉。』史傳中僅有此一事。則其事仍以二十七月爲斷，而未嘗不除也。外此則未見其人。」

〔二一〕蔣抱玄注：「王季，即季歷，太王之子，泰伯之弟，文王之父也。《史記・周紀》：『追尊古公爲太王公，季爲王季。』（又）：『季歷立是爲公，季修古公遺道，篤於行義，諸侯順之。』」

〔二二〕樊汝霖注：「《吕氏春秋》：『惠公説魏太子曰：昔王季歷葬于渦山之尾，欒水齧其墓，見棺之前和。文王曰：譆，先君必欲一見羣臣百姓也夫。故使欒水見之前，是出而爲張朝，百姓皆見之。三日而後更葬。』高誘注云：『棺題曰和。』」

〔二三〕孫汝聽注：「隱公元年《左氏》：『十月，改葬惠公。惠公之薨也，有宋師，太子少，故有闕。是以改葬。』」

〔二四〕孫汝聽注：「喪事有進而無退，《禮記·檀弓》之文。」

〔二五〕祝充注：「瘗，倚厲切。」

〔二六〕蔣抱玄注：「陰陽畏忌，即指堪輿家言。俗所謂風水。畏忌，禁忌也。」《史記·太史公自序》：「嘗竊觀陰陽之術大祥，而衆忌諱，使人拘而多所畏。」張守節《正義》：「言拘束於日時，令人有所畏忌也。」

〔二七〕《論語·八佾》：「子曰：禮與其奢也，寧儉；喪與其易也，寧戚。」何晏《集解》：「包曰：易，和易也。言禮之本意失於奢，不如儉；喪失於和易，不如哀戚。」

〔二八〕蔣抱玄注：「懿，美也。」

〔二九〕《儀禮·喪服》「改葬緦」，鄭玄注：「謂墳墓以他故崩壞，將亡失尸柩者也。改葬者，明棺物毀敗改設之如葬時也。其奠如大斂，從廟之廟從墓之墓禮宜同也。服緦者，臣爲君也，子爲父也，妻爲夫也。必服緦者，親見尸柩，不可以無服。緦三月而除之。」《通典·禮·改葬服議》：「魏王肅云：本有三年之服者，道有遠近，或有艱，故既葬而除，不待有三月之服也。」又：「陳鑠問趙商云：『親見尸柩，不可吉服。既虞可除，何爲乎三月？』商答曰：『《經》云改葬緦，三月而除。三月一時，無他變易。今既緦，無因便除，故待三月除，以順緦之數。』」

〔三〇〕王元啓注：「按：子思推原《禮》意，謂不忍無服送至親，既葬，則送至親之事已畢，不宜無，故日以凶服加禮。又按：（《禮記》）《曾子問》：『取女有吉日，而女死，如之何？孔子曰：壻齊衰而弔，既葬而除之。夫死亦如之。』解之者（元陳澔《禮記集説》）曰：『夫死，女以斬衰往弔，既葬而除也。』服之以義起者，雖齊斬之衰亦止既葬而除，況于緦乎？韓子必欲以三月爲限，非特與子思語背，亦恐未合禮意。」沈欽韓注：「《禮》云『緦』，不謂如緦之服。自當一時以其禮之變，故不著正經，自當以鄭注『三月』爲是。又云：公意欲援『久不葬』及『反葬』之事同於改葬。於前文不便明言，故於此遥應之。」

〔三一〕弔服，弔喪之服。《孔子家語·終記》：「子貢曰：『昔夫子之喪顔回也，若喪其子而無服，喪子路亦然。今請喪夫子如喪父而無服。』於是弟子皆弔服而加麻。」《通典·禮·改葬服議》：「漢戴德云：制：緦麻具而葬，葬而除。謂子爲父，妻妾爲夫，臣爲君，孫爲祖後也。無遺奠之禮，其餘親皆弔服。」

〔三二〕沈欽韓注：「唐無三衰，遇凶事服淺衣，謂之襂服。而云『今猶古』，未詳其旨。」謹按：無服則弔而加麻，此古之弔服。韓愈主張今之弔服亦當如之，此所謂「今之弔服，猶古之弔服也」。

省試學生代齋郎議（貞元十年應博學宏辭）①〔一〕

議曰②：齋郎職奉宗廟社稷之小事，蓋士之賤者也〔二〕。執豆籩③〔三〕，駿奔走〔四〕，以役于其官之長④〔五〕。不以德進，不以言揚〔六〕，蓋取其人力足以備其事而已矣⑤。奉宗廟社稷之小事，執豆籩⑥，駿奔走，亦不可以不敬也。於是選大夫士之子弟未爵命者⑦〔七〕，以塞員填闕〔八〕，而教之行事。其勤雖小，其使之不可以不報也，必書其歲。歲既久矣，於是乎命之以官，而授之以事〔九〕，其亦微矣哉！ 學生或以通經舉，或以能文稱，其微者至於習法律、知字書〔一〇〕，皆有以贊於教化，可以使令於上者也。自非天姿茂異〔一一〕，曠日經久〔一二〕，以道以業⑧，發聞於鄉閭，稱道于朋友⑨，薦於州府而升之司業，則不可得而齒乎國學矣⑩〔一三〕。然則奉宗廟社稷之小事⑪，任力之小者也⑫；贊於教化可以使令於上者⑬，德藝之大者也。其亦不可移易明矣⑭。今議者謂學生之無所事，謂齋郎之幸而進，不本其意，因謂可以代任其事而罷之，蓋亦不得其理矣⑮。今夫齋郎之所事者力也⑯，學生之所事者德與藝也。以德義舉之，而以力役之，是使君子而服小人之事，且非國家崇儒勸學誘人爲善之道也⑰。此一說不可者也。抑又有大不可者焉：宗廟社稷之事雖小，不可以不專敬之至也，古之道也。今若以學生兼其事，及其歲時日月，然後授其宗彝罍洗〔二四〕。其周旋必不合度⑱，其進退必不得宜，其思慮必不固，其容貌必不莊⑲。此無他⑳，其事不習而其志不專故也。此非近於不敬者歟㉑？又有大不可者，其是之謂歟？若知此不可㉒，將令學生恒掌其事而隳壞其本業㉓〔二五〕。則是學生之教加少㉔，學生之道益貶。而齋郎之實猶在，齋郎之名苟無也。大凡制度之改，政令之變，利於其舊不什則不可爲已㉕，又況不如其舊哉㉖？考之於古則非訓，稽之於今則非利㉗，尋其名而求其實，則失其宜㉘。故曰：議罷齋郎而以學生薦享，蓋亦不得其理矣㉙。謹議㉚。

【彙校】

①〔省試學生代齋郎議〕此篇又載《文苑英華》卷七百六十五、《唐文粹》卷三十九，據校。

潮本、祝本題下小字側注「貞元十年應博學宏辭」九字，南宋閩本、南宋蜀本作篇題正文。魏本題下注：「貞元十年應博學宏詞所作。」苑本題下注：「貞元十年。」粹本無此側注。《舉正》出南宋監本「省試學生代齋郎議」，删側注，云：「今本此下有『貞元十年應博學宏辭』九字，三本皆無之。考《登科記》，當在貞元十一年。」朱熹從方本，《考異》：「諸本此下有『貞元十年應博學宏詞』九字。」

②〔議曰〕潮本無「議曰」二字，粹本、祝本、南宋閩本、南宋蜀本、魏本、王本、廖本同。《舉正》：「《文苑》此議前後有『議曰』、『謹議』四字。」《考異》：「《文苑》此篇前後有『議曰』、『謹議』四字。」今從苑本。

③〔執豆籩〕魏本「豆籩」作「籩豆」。

④〔役于其官〕苑本「役」作「後」。粹本「官」作「宫」。

⑤〔人力足以備〕苑本注：「《文粹》、集本無『足』字。」潮本無「足」字，粹本、祝本、南宋閩本、南宋蜀本同。南宋蜀本注：「一有『足』。」

⑥〔執豆籩〕苑本、魏本「豆籩」作「籩豆」。

⑦〔大夫士之子弟〕苑本、粹本無「士」字。魏本「大夫士」作「士大夫」。祝本注：「一無『之』字。」魏本注同。《舉正》出南宋監本「大夫士之子弟」，云：「舊監本無『之』字，然三本皆存之。」《考異》：「或無『之』字。」

⑧〔以道以業〕潮本注：「道以，一作『進所』。」南宋閩本注同。祝本注：「道以，一作『所進』。」魏本注：「以道以業，一本作『所所進業』。」粹本作「以進以業」。南宋蜀本作「以進所業」，注：「或作『以道以業』。」苑本注：「蜀本作『以所業進』。」《舉正》據閣、杭本訂「進」字，作「以進以業」，云：「苑、粹同，蜀本作『所業』，監本『進』皆作『道』。」按：今苑本作「以道以業」。朱熹從南宋蜀本，《考異》：「所進，或作『進所』，方作『進以』。進，或作『道』。」

⑨〔稱道于〕苑本「于」作「於」。

⑩〔齒乎國學〕魏本「乎」作「於」。苑本無「國」字。

⑪〔然則奉宗廟〕祝本注：「一無『然』字。」魏本注同。粹本無「然」字。《舉正》增「然」字，云：「《文粹》與此本無『然』字，蜀本、文苑皆有之。」朱熹從方本，《考異》：「或無『然』字。」

⑫〔力之小者〕祝本注：「一無『之』字。」《舉正》：「《文粹》無『之』字。」《考異》：「或無『之』字。」

⑬〔贊於教化〕粹本「贊」作「替」。

⑭〔不可移易明矣〕苑本無「明」字。

⑮〔蓋亦不得其理矣〕粹本「亦」作「以」。苑本無「矣」字。《舉正》：「杭本『亦』作『以』，然閣本、蜀本皆同上。」《考異》：「亦，或作『以』。」

⑯〔齋郎之所事〕祝本注：「一無『之』字。」南宋閩本、魏本注同。潮本無「之」字，南宋蜀本同。今從苑本。

⑰〔且非國家〕粹本無「且」字。

⑱〔不合度〕苑本「合」作「法」。

⑲〔容貌必不莊〕南宋蜀本「貌」下多一「之」字。

⑳〔此無他〕潮本「無」下多一「其」字，粹本、祝本、南宋閩本、南宋蜀本、魏本、王本、廖本同。《考異》：「『其』字疑衍。」今從苑本。

㉑〔此非近於〕潮本注：「一無『此』字。」南宋閩本、魏本注同。粹本、祝本、南宋蜀本無「此」字。祝本注：「一有『此』字。」《舉正》出南宋監本「此非近於不敬」，删「此」字，云：「三本同，文苑存之。」朱熹從方本，《考異》：「上或有『此』字。」

㉒〔知此不可〕《考異》：「此，或作『其』。」

㉓〔恒掌其事〕粹本「恒」作「指」。

㉔〔學生之教〕祝本注：「教，一作『數』。」南宋閩本注同。潮本作「數」，南宋蜀本、魏本同。潮本注：「數，一作『教』。」苑本、魏本注同。《舉正》出南宋監本「學生之教」，云：「杭與《文粹》同上，蜀本作『數』。」朱熹從方本，《考異》：「教，或作『數』。」今從粹本。

㉕〔利於其舊不什〕今苑本、粹本、南宋蜀本「什」作「然」。《舉正》出南宋監本「利於其舊不什」，云：「此乃《商君傳》所謂『利不百不變法工不什不易器』是也。文苑、新、舊監本皆作『什』，蜀本、《文粹》『什』作『然』，非也。」《考異》：「什，或作『然』。」

㉖〔不如其舊〕《舉正》據閣本「如」下增「於」字，云：「文苑同，杭、蜀本無之。」朱熹從監本，《考異》：「『如』下方有『於』字。」

㉗〔則非利〕方成珪注：「利，疑當作『制』。」童第德注：「方説非也。上文云：『大凡制度之改，政令之變，利於其舊不什則不可爲已』此云『非利』，正從上『利於其舊不什』句來。所謂『非利』，指學生代齋郎之事，『其周旋必不合度，其進退必不得宜，其思慮必不固，其容貌必不莊』也。」

㉘〔則失其宜〕粹本「失」作「去」。《舉正》：「閣本、杭本、苑、粹皆作『去其宜』，蜀本始作『失』。」謹按：今苑本作「失」。《考異》：「失，或作『去』，非是。」

㉙〔蓋亦〕潮本無「蓋」字，粹本、祝本、南宋閩本、南宋蜀本、魏本、王本、廖本同。今從苑本。

㉚〔謹議〕潮本無「謹議」二字，粹本、祝本、南宋閩本、南宋蜀本、魏本、王本、廖本同。《舉正》：「文苑此議前後有『議曰』、『謹議』四字。」《考異》：「文苑此篇前後有『議曰』、『謹議』四字。」今從苑本。

【箋注】

〔一〕此篇作年，洪興祖、王元啓、蔣抱玄繫於貞元十年，方崧卿《年表》、《增考》、方成珪繫於貞元十一年。洪譜：「十年甲戌，有《省試學生代齋郎議》。注其下云：『貞元十年應博學宏詞。』」方崧卿《增考》：「此議當繫十一年試宏詞下，未詳是否。按《學生代齋郎議》本題實作《罷齋郎以學生享議》，然亦來歲之試也。《科第録》：十一年試《朱絲絃賦》、《冬日可愛詩》，《議》乃此也。或注十年，而洪從之，非也。蓋公併來歲凡三試宏詞故也。」王元啓注：「『貞元十年應博學宏辭』，方本無此九字。按：諸本皆有，方氏强定此議爲十一年作，特欲删去此語，以塗人耳目。今從諸本仍存此九字。」方譜：「《舉正》據《登科記》繫於是年。」謹按：韓愈三試宏辭在貞元十年，其年試題爲《學生代齋郎議》、《朱絲絃賦》、《冬日可愛詩》，參見洪譜、徐松《登科記考》。此篇作年，當依洪興祖、王元啓、蔣抱玄繫於貞元十年（七九四）較爲妥當。

〔二〕孫汝聽注：「唐制：太常寺太廟齋郎一百三十人，兩京郊社署一百一十人。凡有事於廟社，則太常少卿率齋郎入薦香燈，整拂神幄，出入神主。將享，則與良醞令實尊罍。」謹按：唐太常寺有太廟齋郎，京都各一百三十人；兩京郊社署有郊社齋郎一百一十人（《唐六典》卷十四）；鴻臚寺司儀署有齋郎三十三人（《唐六典》卷十八）。齋郎職奉宗廟社稷祭祀（韓愈《省試學生代齋郎議》），執俎豆及灑掃之事（《唐六典》卷三十）。凡齋郎：太廟以五品以上子孫及六品職事并清官子爲之，六考而滿。郊社以六品職事官子爲之，八考而滿。皆讀兩經粗通，限年十五以上，二十以下，擇儀狀端正無疾者（《新唐書·選舉志》）。太廟齋郎亦試兩經，文義粗通，然後補授，考滿簡試。其郊社齋郎簡試亦如太廟齋郎（《唐六典》卷四）。

〔三〕豆籩，禮器。竹制爲籩，木制爲豆。《禮記·禮器》：「三牲魚腊，四海九州之美味也；籩豆之薦，四時之和氣也。」孔穎達疏：「盛其饌者，即三牲魚腊籩豆是也。」

〔四〕樊汝霖注：「《書》（《武成》）：『祀于周廟，邦甸侯衛，駿奔走，執豆籩。』駿，大也，謂大奔走於廟執事也。《爾雅》（《釋器》）：『木豆謂之豆，竹豆謂之籩。』」

〔五〕魏仲舉注：「長，即謂上，太常少卿。」

〔六〕孫汝聽注：「《禮·文王世子》：『或以德進，或以事舉，或以言揚。』」

〔七〕蔣抱玄注：「爵，位也。未爵命，謂未奉朝命授何官職之人也。」

〔八〕沈欽韓云：「《會要》五十九：『寶曆元年九月禮部奏准：太廟齋郎准開元六年敕，取五品已上子孫、六品清資常參官子補充；郊社齋郎用祖蔭，官階並須五品以上，用父蔭，須六品以上常參官，及兩府司録判司、詹事府丞、大理司直並有五品階者。所齋郎皆用五保，其保請以六品已上清資官充。』《新唐書》《選舉志》：『太廟齋郎六考而滿（一歲爲一考）；郊社八考而滿，皆讀兩《經》粗通，限年十五以上、二十以下，擇儀狀端方無疾者。』」

〔九〕樊汝霖注：「按《唐志》：太常寺有齋郎百一十人。太廟九室，有長三人，又有罍洗二人。郊壇有掌坐二十四人，凡室長十年掌坐，十二年皆授官。」

〔一〇〕樊汝霖注：「唐有國子、太學、四門、律學、書學、算學，凡六館。書學者教以《石經》、《説文》、《字林》。」

〔一一〕蔣抱玄注：「天姿，與天資同。《史記》（《伏生傳》）：『其天姿善爲容，不能通禮經。』（《史記·商君列傳》）：『商君者，其天資刻薄人也。』」

〔一二〕蔣抱玄注：「曠，廢也。曠日，謂空費時日也。《史記》（《平津侯主父列傳》）：『曠日持久，士卒勞倦。』」

〔一三〕蔣抱玄注：「齒，列也。」

〔一四〕孫汝聽注：「彝，尊也。宗彝者，祭宗廟之尊。」蔣抱玄注：「彝，樽也。宗彝者，祭宗廟之樽。罍，酒樽也，刻畫作雲雷形，故名。洗，古洗器名。國子監所藏器。《儀禮·冠禮》注：洗承盥，洗者，棄水之器也。」

〔一五〕祝充注：「㦣，許規切。」

禘祫議①〔一〕

右今月十六日勑旨〔二〕：宜令百僚議②，限五日内聞奏者〔三〕。將仕郎守國子監四門博士臣韓愈謹獻議曰〔四〕：

伏以陛下追孝祖宗③〔五〕，肅敬祀事④。凡在擬議⑤〔六〕，不敢自專，聿求厥中〔七〕，延訪羣下。然而禮文繁漫，所執各殊。自建中之初迄至今歲〔八〕，屢經禘祫，未合適從〔九〕。臣生遭聖明，涵泳恩澤。雖賤不及議〔一〇〕，而志在效忠⑥。今輒先舉衆議之非〔一一〕，然後申明其說。

一曰：獻懿之主⑦〔一二〕，宜永藏之夾室⑧〔一三〕。臣以爲不可。夫祫者，合也。毁廟之主皆當合食於太祖，獻懿二祖即毁廟主也。今雖藏於夾室，至禘祫之時，豈得不食於太廟乎⑨？名曰合祭，而二祖不得祭焉⑩，不可謂之合矣〔一四〕。

二曰：獻懿廟主宜毁瘞之⑪〔一五〕。臣又以爲不可。謹按《禮記》⑫：天子立七廟〔一六〕，一壇一墠〔一七〕。其毁廟之主皆藏於祧廟〔一八〕，雖百代不毁〔一九〕，祫則陳於太廟而饗焉⑬。自魏晉已降⑭，始有毁瘞之議〔二〇〕。事非經據〔二一〕，竟不可施行⑮。今國家德厚流光〔二二〕，創立九廟〔二三〕。以周制推之，獻懿二祖猶在壇墠之位⑯〔二四〕，況於毁瘞而不禘祫乎⑰？

三曰：獻懿廟主宜各遷於其陵所⑱〔二五〕。臣又以爲不可。二祖之祭於京師列於太廟也二百年矣⑲，今一朝遷之，豈惟人聽疑惑⑳，抑恐二祖之靈㉑，眷顧依違㉒〔二六〕，不即饗於下國也〔二七〕。

四曰：獻懿廟主宜附於興聖廟而不禘祫〔二八〕。臣又以爲不可。傳曰：「祭如在。」景皇帝雖爲太祖㉓，其於屬㉔，乃獻懿之子孫也㉕。今欲正其子東向之位㉖，廢其父之大祭㉗，固不可爲典矣〔二九〕。

五曰：獻懿二祖宜別立廟於京師〔三〇〕。臣又以爲不可。夫禮有所降，情有所殺〔三一〕。是故去廟爲祧，去祧爲壇，去壇爲墠，去墠爲鬼㉘〔三二〕。漸而之遠㉙，其祭益稀。昔者魯立煬宮㉚〔三三〕，《春秋》非之〔三四〕，以爲不當取已毁之廟，既藏之主，而復築宮以祭㉛。今之所議㉜，與此正同。又雖違禮立廟，至於禘祫也，合食則禘無其所㉝，廢祭則於義不通㉞。

此五説者皆所不可，故臣博採前聞㉟，求其折衷㊱〔三五〕。以爲殷祖玄王〔三六〕，周祖后稷〔三七〕。太祖之上，皆自爲帝。又其代數已遠，不復祭之。故太祖得正東向之位，子孫從昭穆之列〔三八〕。禮所稱者，蓋自紀一時之宜㊲，非傳於後代之法也㊳。傳曰：子雖齊聖，不先父食〔三九〕。蓋言子爲父屈也。景皇帝雖太祖也，其於獻懿則子孫也。當禘祫之時，獻祖宜居東向之位㊴，景皇帝宜從昭穆之列。祖以孫尊，孫以祖屈，求之神道㊵，豈遠人情？又常祭甚頻㊶，合祭甚寡㊷〔四〇〕。則是太祖所屈之祭至少，所伸之祭至多㊸。比於伸孫之尊㊹，廢祖之祭，不亦順乎？事異殷周，禮從而變，非所失禮也㊺。

臣伏以制禮作樂者，天子之職也。陛下以臣議有可採㊻，粗合天心〔四一〕，斷而行之，是則爲禮。如以爲猶或可疑，乞召臣對面陳得失，庶有發明。謹議〔四二〕。

【彙校】

①〔禘祫議〕此篇又載《文苑英華》卷七百六十四、《唐文粹》卷三十九，據校。《舉正》出南宋監本「禘祫議」，據閣本乙「禘祫」作「祫禘」，云：「杭同，蜀本總題亦作『祫禘』。考《新書·陳京傳》，《議》當作於貞元十八年。」朱熹從監本，《考異》：「方校作『祫禘』。今按：篇内皆作『禘祫』，方誤也。」

②〔宜令〕苑本「宜」作「宣」。

③〔追孝祖宗〕祝本注：「一無『孝』字。」魏本注同。《舉正》據閣、杭本增「廟」字，作「追孝祖宗廟」。朱熹從監本，《考異》：「『宗』下方有『廟』字。今按：此等公家文字，或施於君上，或布之吏民，只用當時體式直述事意，乃易曉而通行。非如詩篇等於戲劇，銘記期於久遠，可以時出奇怪而無所拘也。故韓公之文雖曰高古，然於此等處亦未嘗敢故爲新巧，以失莊敬平易之體。但其間反覆曲折，説盡事理，便是真文章，他人自不能及耳。方本非是，後皆倣此。」

④〔肅敬祀事〕苑本「敬」作「恭」，注：「恭，集作『敬』。」

⑤〔凡在擬議〕苑本「凡在擬議」作「凡有疑」，注：「『凡有疑』三字集作『凡在擬議』。」《舉正》據閣本訂「疑」字，作「凡在疑議」，云：「李、謝校，杭、蜀本作『擬議』，《文苑》作『凡有疑不敢自專』。」朱熹從監本，《考異》：「在，或作『有』。擬，方作『疑』。」

⑥〔志在效忠〕苑本「在」作「切」，注：「切，集作『在』。」《舉正》出南宋監本「志在效忠」，云：「《文苑》作『志切』。」朱熹訂作「切」，《考異》：「切，方作『在』。今按：官不及議而自言，則作『切』爲是。」

⑦〔獻懿之主〕苑本「懿」下多一「廟」字，注：「主，集作『祖』。」粹本「之」作「廟」。南宋蜀本「懿」下多一「王」字。潮本注：「主，一作『廟』。」祝本注：「懿，一作『廟』。」南宋閩本注：「之，一作『廟』。」魏本注同。《舉正》據杭、蜀、《苑》、《粹》訂「廟」字，作「獻懿廟主」。朱熹從方本，《考異》：「廟，或作『之』。」

⑧〔永藏〕粹本無「永」字。

⑨〔太廟乎〕粹本「乎」訛作「平」。

⑩〔不得祭〕苑本「祭」作「登」，注：「登，一作『祭』。」《舉正》據《文苑》訂「祭」作「登」字。朱熹從監本，《考異》：「祭，方作『登』。詳上下文，作『登』非是。」

⑪〔宜毁瘞之〕潮本「毁」下注：「一有『之』字。」祝本、南宋閩本注同。苑本作「宜毁之宜瘞之」，注：「六字集作『宜毁而瘞之』。」魏本「毁」下多一「之」字，注：「一本作『宜毁瘞之』。」《舉正》據閣本「毁」下增「之」字，作「宜毁之瘞之」，云：「李、謝校，《文苑》再有『宜』字，蜀本只作『宜毁瘞之』。」朱熹從方本，《考異》：「諸本『毁』下或無『之』字，或『毁之』下再有『宜』字。今按：上『之』字疑當作『而』。」

⑫〔禮記〕苑本「記」下多一「云」字，注：「集無『云』字。」

⑬〔而饗焉〕南宋蜀本「饗」作「享」，下同。

⑭〔魏晉已降〕苑本「已」作「以」。

⑮〔竟不可〕王元啓注：「『竟』字疑衍。」謹按：「竟」有終究一義。《詩・大雅・瞻卬》：「鞫人忮忒，譖始竟背。」鄭玄箋：「竟，猶終也。」

⑯〔獻懿二祖〕粹本「懿」下多一「廟」字。

⑰〔況於毀瘞〕《舉正》增「毀」字，云：「此本獨無『毀』字，蓋脱誤。」

⑱〔宜各遷於其陵所〕苑本「宜各」作「各宜」。祝本「于」作「於」。

⑲〔二百年矣〕苑本「二」訛作「五」。高步瀛注：「《文苑》『二』作『五』，誤。自唐高祖武德元年至德宗貞元十九年，凡二百八十六年。言『二百』，舉其成數耳。」粹本無「矣」字。

⑳〔豈惟人聽〕苑本「惟」下注：「《文粹》有『使』字。」粹本「惟」下多一「使」字。

㉑〔抑恐二祖〕苑本「恐」作「且」。

㉒〔眷顧依違〕潮本注：「違，一作『遲』。」祝本、南宋閩本、魏本注同。苑本、粹本、南宋蜀本「違」作「遲」。苑本注：「遲，集作『違』。」《舉正》訂作「遲」，云：「三本、《文苑》並同，《新史》與《文粹》作『依違』，以意改也。楊子雲《甘泉賦》『徠祇郊禋，神所依兮。徘徊招搖，靈屖迡兮。』屖，音『栖』；迡，與遲同；皆徐行也。顏曰：『言神久留安處，不即去也。』五臣《文選》只作『神棲遲兮』。」朱熹從方本，《考異》：「諸本『遲』作『違』。」童第德注：「《楚辭》劉向《九歎・離世》：『余思舊邦，心依違兮。』王逸曰：『言我思念故國，心中依違不能遠去。』《漢書・律曆志》『依違以惟』，顏曰：『依違，不決之意也。』《劉歆傳》『猶依違謙讓』，顏曰：『依違，言不專決也。』《韋元成傳》『依違者一年』，顏曰：『依違者，不決也。』《文選》曹植《七啓》：『依違厲嚮』，李善曰：『依違，猶徘徊也。』又作『依

韋」，《漢書·禮樂志》『依韋饗昭』，顔曰：『依韋，諧和不相乖離也。』『依韋』一見《漢書》，『依違』見《楚辭》，屢見《漢書》，又見《文選》，自有來歷，公故用之。何得云『《新史》與《文粹》以意改』乎？遲方引《甘泉賦》爲證，按：『屖遅』，《文選》作『迟遅』，李善曰：『迟遅，即棲遲也。』《漢書》顔師古注曰：『屖，音栖。遲，音文夷反。』宋祁曰：『屖，淳化本作遟。』《刊誤》据《説文》改作屖。張揖《字詁》云：『遅，今遲，徐也。』公何不竟用『屖遅』字，或用『栖遲』，而乃於『神所依兮』句取一『依』字，『靈屖遅』句取一與『遅』同音義之『遲』字，何不憚煩乃爾？又按：顔師古氏『遅』音文夷反，亦非『遲』字音。方説不免近乎好怪。」

㉓〔雖爲太祖〕苑本「爲」作「有」，《舉正》出南宋監本作「景皇帝雖爲太祖」，云：「《文苑》亦無『爲』字。」朱熹删「爲」字。《考異》：「『雖』下方有『爲』字。」

㉔〔其於屬〕今苑本無「於」字。《舉正》出南宋監本「其於屬」，據蜀本乙「其於」作「於其」字，云：「苑、粹同。」朱熹從監本，《考異》：「方作『於其』。」

㉕〔獻懿之子孫〕祝本注：「一無『子』字。」南宋閩本、魏本注同。

㉖〔東向之位〕「向」，苑本、粹本作「嚮」，魏本作「鄉」。

㉗〔廢其父之大祭〕苑本注：「之，杭本作『子』。」南宋蜀本「父」下多一「子」字。《舉正》：「杭本作『父子大祭』。」《考異》：「之，或作『子』。或并有『子之』字，皆非是。」

㉘〔去壇爲墠去墠爲鬼〕粹本無「爲墠」、「去墠」四字。《舉正》出南宋監本「去祧爲壇去壇爲墠去墠爲鬼」，删「去壇」、「去墠」四字，云：「以《文苑》定。」謹按：今苑本有「去壇」、「去墠」四字。《考異》：「方無『去壇』、『去墠』四

字。今詳四字，《祭法》本文。方本皆誤。」

㉙〔漸而之遠〕苑本「之遠」作「遠之」，注：「遠之，集作『違之』。」《舉正》出南宋監本「漸而遠之」，乙「之遠」作「遠之」，云：「以《文苑》定。」《考異》：「方『之遠』作『遠之』。之，猶適也，言漸而適遠也。方本皆誤。」

㉚〔昔者魯〕祝本無「者」字。

㉛〔以祭〕苑本「祭」下多一「之」字。

㉜〔今之所議〕苑本無「之」字。

㉝〔禘無其所〕苑本「其所」作「所主」，注：「所主，集作『其所』。」《舉正》據《文苑》訂作「所主」。朱熹從監本，《考異》：「其所，方作『所主』。今按：此言若作別廟，則不當禘於太廟，又不當禘於別廟。故云：禘無其所。若以無可禘祫之所而遂直廢其祭，則於義又有不可通者，故其説如此。方本誤也。」

㉞〔於義不通〕苑本注：「義，集作『禮』，注作『經』。」潮本「義」作「經」，祝本、南宋閩本、南宋蜀本、魏本同。潮本注：「經，一作『禮』。」祝本、南宋閩本、魏本注同。粹本「義」作「禮」。《舉正》據《文苑》訂作「義」。朱熹從方本，《考異》：「義，或作『經』，或作『禮』。」今從苑本。

㉟〔博採〕苑本「採」作「采」，下同。

㊱〔求其折衷〕苑本「折衷」作「拆中」。

㊲〔蓋自紀一時〕苑本「自」作「曰」，注：「曰，集作『自』。」《舉正》訂「曰」字，作「蓋曰紀一時之宜」，云：「並《文苑》。」朱熹訂「自」作「以」，《考異》：「以，方作『曰』。」王元啓注：「自紀，《考異》作『以紀』。愚謂殷、周禮制皆以至遠

之祖爲太祖，其子孫功德有遠過太祖者，别立世室以享之，祫祭則雖成、湯、文、武亦止俯就昭穆之位。此禮本屬百世不易之經，因後世不知有世室之義，輒以王業所始爲太祖，故漢祖高皇，晉祖宣皇，唐祖景皇。至於太祖之父、祖親盡當祧，則毁瘞及立别廟諸議紛然而起。公生唐季，景皇、太祖之稱自其始立廟時已定，必不敢别有更張。但屈太祖於昭穆之列，實與殷周之禮不符，又不可云本朝不宜遵古，特爲變其辭曰：『彼自紀一時之宜。』蓋措辭之法宜然。若作『以紀』，則似殷周制禮原不欲後世遵行，恐非語意。」

㊳〔非傳於後代〕潮本無「於」字，祝本、南宋閩本、南宋蜀本、魏本同。祝本「傳」下注：「一有『於』字。」南宋閩本、魏本注同。《舉正》「傳」下增一「於」字，云：「蜀本、苑、粹同，謝校。」朱熹從方本，《考異》：「或無『於』字。」今從苑本、粹本。

㊴〔東向之位〕「向」，苑本作「饗」，粹本作「嚮」。

㊵〔求之神道〕潮本「之神」作「神之」，祝本、南宋閩本、南宋蜀本、魏本同。《舉正》出南宋監本「求神之道」，乙「神之」作「之神」字，云：「蜀本、苑、粹同，謝校。」朱熹從方本，《考異》：「或作『神之』，非是。」今從苑本。

㊶〔常祭甚頻〕苑本「頻」作「衆」，注：「衆，集作『頻』。」《舉正》據《文苑》訂作「衆」，云：「《新書·陳京傳》亦作『衆』。」朱熹從方本，《考異》：「衆，或作『頻』。」

㊷〔合祭甚寡〕苑本「合祭」作「禘祫」，注：「禘祫，集作『合祭』。」

㊸〔所伸之祭〕苑本「伸」作「神」。

㊹〔比於伸孫〕粹本無「於」字。

㊺〔非所失禮〕《考異》：「『所』字疑衍。」高步瀛注：「吴北江曰：朱説非是。『非所失禮』，猶云『非所謂失禮』耳。信陵君諫攻韓書『非所施厚積德也』，正與此同。」

㊻〔議有可採〕苑本「議」下多一「爲」字。《舉正》「議」下增一「爲」字，云：「蜀本、苑、粹同，謝校。」謹按：今粹本無「爲」字。朱熹從監本，《考異》：「『議』下方有『爲』字。」

【箋注】

〔一〕孫汝聽注：「《禮》：三年一祫，五年一禘。祫者，合也，謂以昭穆合食於太祖之廟。禘者，諦也，謂審諦其尊卑而祀之。」魏引集注：「禘祫之議，考之《新史·陳京傳》及《禮樂志》，前後議者不一。陳京始建議，繼有禮儀使顔真卿議，左庶子李榮等七人議，吏部侍郎柳冕等十二人議，司勳外郎裴樞、同官縣尉仲子陵、京兆少府韋武等議，左司陸淳議，左僕射姚南仲等獻議五十七封，尚書王紹等五十五人議，鴻臚卿王權又申衍之。公所排五説，即此諸人議也。其間惟顔魯公議與公合。後卒詔從王紹等議，正景皇帝東向之位，已下列序昭穆，附獻懿二主於興聖廟禘，祫就本室饗之。凡二十年乃決。」《説文》：「禘，諦祭也。从示帝聲，特計切。《周禮》曰：『五歲一禘。』」段注：「言部曰：『諦者，審也。』諦祭者，祭之審諦者也。何言乎審諦？自來説者皆云審諦昭穆也。諦有三：有時諦，有殷禘，有大禘。時禘者，《王制》『春曰礿，夏曰禘，秋曰嘗，冬曰蒸』是也，夏商之禮也。殷禘者，周春祠，夏禴（即礿字），秋嘗，冬蒸，以禘爲殷祭。殷者，盛也。

禘與祫皆合羣廟之主祭於大祖廟也。大禘者，《大傳》、《小記》皆曰王者禘其祖之所自出，以其祖配之。謂王者之先祖皆感大微五帝之精以生，皆用正歲之正月郊祭之。《孝經》郊祀后稷以配天，配靈威仰也。毛詩言禘者二：曰雝，禘大祖也。大祖謂文王，此言殷祭也；曰長發，大禘也，此言商郊祭感生帝汁光紀以玄王配也。云大禘者，蓋謂其事大於宗廟之禘。《春秋經》言諸侯之禮：『僖八年禘于太廟。』太廟謂周公廟，魯之太祖也。天子宗廟之禘，亦以尊太祖，此正禮也。其他經言『吉禘于莊公』，《傳》之『禘於武公』、『禘於襄公』、『禘於僖公』，皆專祭一公，僭用禘名，非成王賜魯重祭、周公得用禘禮之意也。昭穆固有定，曷爲審諦而定之也？禘必羣廟之主皆合食，恐有如夏父弗忌之逆祀亂昭穆者，則順祀之也。天子諸侯之禮，兄弟或相爲後，諸父諸子或相爲後，祖行孫行或相爲後。必後之者與所後者爲昭穆：所後者昭則後之者穆，所後者穆則後之者昭，而不與族人同昭穆；以重器授受爲昭穆，不以世系蟬聯爲昭穆也。故曰：宗廟之禮，所以序昭穆也。宗廟之禮謂禘祭也。禘之説大亂於唐之陸淳、趙匡。後儒襲之，不可以不正。」《説文》：「祫，大合祭先祖親疏遠近也。从示合，侯夾切。《周禮》曰：『三歲一祫。』」段注：「《春秋》文二年八月丁卯：『大事于大廟。』《公羊傳》曰：『大事者何，大祫也。大祫者何，合祭也。毁廟之主陳於大祖，未毁廟之主皆升。合食於大祖。（兼上二者）五年而再殷祭。』鄭康成曰：『魯禮三年喪畢而祫於大祖，明年春禘於羣廟，自此之後，五年而再殷祭，一祫一禘。』《春秋經》書祫謂之大事，書禘謂之有事。《商頌・玄鳥》，祀高宗也。鄭云：『祀當爲祫。高宗崩而始合祭於契之廟，歌是詩焉。』《曾子问》：『祫祭於祖，則祝迎四廟之主。』許言合祭先祖親疏遠近，正用《公羊》『大事』傳。禘之合食蓋同，而以審禘、會合分別其名，亦分別其歲有三年、五年之殊，分別其時有夏、秋之殊。禘即《周禮》之肆獻祼追亯，祫即《周禮》之饋食朝亯。夏殷有時禘，有時祫。《周禮》禘、祫皆爲殷祭，非四時祭。毛公《傳》曰：『諸侯夏禘則不禴，秋祫則不嘗。』謂《周禮》諸侯禘在夏，祫在秋，則皆廢時祭，天子則不廢時祭。」

此篇作年，程俱、方崧卿《年譜增考》、《韓文年表》繫於貞元十七年，孫汝聽注、方崧卿《舉正》、《文苑英華》注繫於貞元十八年，洪興祖、王元啓注、高步瀛注繫於貞元十九年（八〇三）。程譜：「尋選授四門博士。會勑旨令百僚議禘祫，愈獻議：『當禘祫時，獻祖宜居東向之位，景皇帝宜從昭穆之列。』公爲博士，當是十七、十八年。」方崧卿《年譜增考》證成其説云：「公議禘祫，新史《禮樂志》及《陳京傳》並見，但傳文稍詳。然《京傳》載初集議實在貞元十七年。公議與韋武、陸淳等議並列於後。至十九年遂定從王紹等議。故今公議狀首載云：『今月十六日勑旨宜令百僚議，限五日内聞奏。』則是首議之日有此旨也。」洪譜：「十九年癸未，公年三十六，自博士拜監察御史。時有《禘祫議》。《議》云：『今月十六日將仕郎守國子監四門博士臣韓愈獻議。』按《史》云：『十九年三月丁卯，以今年孟夏禘饗，前議太祖懿獻之位未決，至此禘祭，方正太祖東向之位，已下列序昭穆，其獻祖祔於德明、興聖之廟，每禘祫年就本室饗之。』則議禘祫在今春也。」方崧卿《年譜增考》駁斥其説云：「《禘祫議》當在十七年，已辨於《歷官記》矣。況初議之日，陳京以考功員外郎與公同議。及今年，陳已再遷給事中矣。益信公除博士之果在十七年也。洪只以禘在今年，而不考始議非今年也，詳見前。」王元啓注：「此議第四條謂獻、懿二主宜附興聖廟，乃十九年王紹等議。公已駁及之，則《洪譜》列十九年，其説更爲可據也。」高步瀛注：「洪慶善《韓子年譜》謂議禘祫在十九年春，是也。程致道《韓文公歷官記》載獻禘祫議在授四門博士後，十九年之前。孫良臣以爲在貞元十八年，未知何據。或因《陳京傳》載此議於十九年京復奏之前，遂以爲十八年。不知《京傳》載此議，並不依先後次敍。此議前爲李嶸、柳冕、張薦、裴樞、陳京、韋武、仲子陵等議，皆在貞元八年。此議後繼以柳冕，又上《禘祫議證》十四篇，亦在八年（《會要》及《舊唐書》）。是時退之初及進士第，並未爲四門博士也。此下又繼以帝詔尚書省集議及陸淳奏，則在貞元十一年。此下乃載十九年京復奏。是以《京傳》考之，亦不得謂在十八年矣。」謹按：綜觀衆説，當依洪譜。

〔二〕孫汝聽注：「時貞元十八年。」方成珪注：「（孫注）『八』當作『九』。」沈欽韓注：「案《會要》，時則貞元十九年三月也。」高步瀛注：「《舊唐書·德宗紀》曰：『貞元十九年三月丁卯，以今年孟夏禘饗，前議太祖、懿、獻之位未決。至此禘祭，方正太祖東向之位。』《舊唐書》是年三月壬子朔，則丁卯正是十六日，與此文合。沈説是也。」

〔三〕高步瀛注：「權載之《獻懿二祖遷廟奏議》曰：『右伏維今月十六日敕：禘祫之祭，禮之大者，先有衆議，猶未精詳，宜更令百僚議，限至二十六日内聞奏者。』其限日與此不同，疑奉到敕旨之日有先後也。」

〔四〕沈欽韓注：「《六典》：從九品下曰將仕郎。凡任官階卑而擬高曰守，階高而擬卑則曰行。四門博士正七品上，階卑官高，故稱守也。」韓愈除四門博士，在貞元十七年秋冬之間，至十九年秋冬之間拜監察御史，見方崧卿《年譜增考》。《新唐書·百官志三》國子監四門館：「博士六人，正七品上。掌教七品以上侯伯子男子爲生及庶人子爲俊士生者。」

〔五〕蔣抱玄注：「殿廷之階曰陛，故稱天子曰陛下。《國策》（《燕三》）：『秦舞陽奉地圖匣以次進至陛。』」

〔六〕蔣抱玄注：「擬議，《易經》（《繫辭上》）：『擬議以成其變化。』」

〔七〕蔣抱玄注：「聿求，聿，助詞，遂也，惟也。《書經》（《湯誥》）：『聿求元聖。』」

〔八〕孫汝聽注：「建中二年九月，太常博士陳京上疏，請爲獻祖懿祖立別廟，至禘祫則享。禮儀使顏真卿議曰：『太祖景皇帝居百代不遷之尊，而禘祫之時，暫居昭穆，屈己以奉祖宗可也。』乃引晉蔡謨議，以獻祖居東向，而懿祖、太祖以下左右爲昭穆。上從之。是歲十月祫享，奉獻祖東向而饗之。由是議者紛然。唐之先涼武昭王暠字玄盛，後追謚曰興聖皇帝。暠生歆，字士業。歆生重耳，字景順。重耳生熙，字子良，追謚曰獻祖宣皇帝。熙生天賜，字法真，追謚曰懿祖光皇帝。天賜生虎，字文彬，追謚太祖景皇帝。虎生昺，追謚代祖元皇帝，即高祖之父也。」

〔九〕高步瀛注：「《左》僖五年士蔿賦曰：『一國三公，吾誰適從。』《釋文》曰：『適，丁歷反。』」

〔一〇〕陳景雲注：「按：時既勑旨令百僚集議，公方官國子博士，亦百僚之一。乃自言『賤不及議』者，蓋唐代都省集議，惟朝官得與。國子博士非朝官（見公下年《論權停選舉狀》），故曰『賤不及議』也。朝官亦名常參官，文官五品以上及兩省供奉官、監察御史、員外郎、太常博士。」韓愈《論今年權停舉選狀》：「臣雖非朝官，月受俸錢。」

〔一一〕蔣抱玄注：「《漢書·王莽傳》：『復聽衆議，益封臣莽。』」

〔一二〕祝充注：「唐武德始立四廟：宣簡公、懿王、景皇帝、元皇帝。開元中乃詔景皇帝爲獻祖，元皇帝爲懿祖。」

〔一三〕孫汝聽注：「貞元七年十一月，太常少卿裴郁議：以太祖百代不遷，獻懿二祖親盡廟遷，而居東向，非是。詔下百僚議。八年正月，太子左庶子李嶸等七人議獻懿二祖宜藏夾室。」蔣抱玄注：「夾室，家廟中藏祧祖之室也。按：家廟制，七品以上，左右皆有夾室。」謹按：夾室，宗廟内堂東西廂。《釋名·釋宮室》：「夾室，在堂兩頭，故曰夾也。」《禮記·雜記下》：「門夾室皆用雞。」孔穎達疏：「夾室，東西廂也。」高步瀛注：「《通典·吉禮九》曰：貞元八年正月，太子左庶子李嶸等七人議：『晉朝博士孫欽議云：王者受命，太祖及諸侯始封之君。其以前神主，據以上數，過五代即毁其廟，禘祫不復及也。禘祫所及者，謂受命太祖之後，迭毁上升，藏於二祧者，雖百代禘祫及之。伏以獻懿二祖，則太祖以前親盡之主也。據三代以降之制，則禘祫不及矣。代祖神主，則太祖以下毁廟之主也。則《公羊傳》所謂已毁廟之主，陳於太祖者是也。謹按：漢元帝下詔議罷郡國廟及親盡之祖，丞相韋玄成議太上、孝惠廟皆親盡宜毁，太上廟主宜瘞於園，孝惠神主遷於太祖廟。奏可。太上則太祖以前之主，瘞於園，禘祫不及故也，則今獻懿二祖之比也；孝惠遷於太祖廟，明太祖以下子孫則禘祫所及，則今代祖元皇帝神主之比也。自魏晉及宋齊陳隋相承，始受命之君皆立六廟，虚太祖之位。自太祖之後至七代君，則太祖當東向位，乃成七廟。太祖以前之主，魏明帝則遷處士主置於園邑，歲時使令丞奉薦，代數猶近故也。至東晉明帝崩，以征西等三祖遷入西除，名之曰祧，以准遠廟。至康帝崩，穆帝立，於是京兆遷入西除，同謂之祧，如前之禮，並禘祫不及。國朝始饗四廟，宣、光并太祖、代祖神主祔於廟。至貞觀九年，將祔高祖於太廟。朱子奢請准禮立七廟，其三昭三穆各置神主。太祖依晉宋以来故事，虚其位待遞遷，方處之東嚮位。於是始祔弘農府君及高祖爲六室，虚太祖之位而行禘祫。至二十三年太祖祔廟，弘農府君乃藏於西夾室。文明元年高宗祔廟，始遷宣皇於西夾室。開元十年玄宗特立九廟，於是追尊宣皇帝爲獻祖，復列於正室。光皇帝爲懿祖，以備九室。禘祫猶虚太祖之位。至寶應二年祔玄宗、肅宗於廟，遷獻懿二祖於西夾室，始以太祖當東嚮位次。獻懿二祖爲是太祖以前親盡神主，准禮禘祫不及。凡十八年，至建中二年十月，將祫饗，禮儀使顔真卿狀奏：合出獻懿二祖神主，准東晉蔡謨等議爲定。遂以獻祖當東嚮，以懿祖於昭位南嚮，以太祖於穆位北嚮，以次左昭右穆，陳列行事。且蔡謨當時雖有其議，事竟不行。而我唐廟祧豈可爲准？臣嶸等伏以嘗禘郊社，尊無二上。瘞毁遷藏，禮有義斷。獻懿以爲親盡之主，太祖以當東嚮之尊。一朝改移，實非典故。請宜效先朝故事：獻懿神主藏於西夾室，以類《祭法》所謂遠廟爲祧，去祧爲壇，去壇爲墠。壇墠有禱則祭，無禱則止。太祖既昭配天地位，當東嚮之尊。庶符合經義，不失舊章。』案：此藏夾室之議也。」

〔一四〕沈欽韓注：「案：《公羊傳》所云者，謂太祖以下之主，不及太祖以上也。《禮儀志》載貞元七年左庶子李嶸議，以獻、懿二祖爲太祖以前親盡之主；擬三代以降之制，則禘祫不及。此說最爲精核。韓公輕議，是不解合食之義爲太祖以後毁廟之主，緣於太祖東向之位起於祖廟也。」

〔一五〕孫汝聽注：「嶸等又言：漢議罷郡國廟，丞相韋玄成議：『太上皇、孝惠親盡宜毁，太上主宜瘞於園，惠主遷高廟。』太上皇在太祖前，主宜瘞於園，不及禘祫，獻懿比也；惠遷高廟在太祖後而及禘祫，世祖比也。」高步瀛注：「此條無專名，孫以李嶸等議有引韋玄成太上皇主瘞園之文，遂以嶸議當之，非也。權載之《遷廟奏議》曰：『八年春，有于頎等一十六狀。至十一年，有陸淳、宇文炫二狀，前後異同有七家。至于藏夾室，虚東向，遠遷園寢，分饗禘祫，加幣玉虞主而枚卜瘞埋，膚引滋多，皆失禮意。臣等細審討論，惟置别廟及祔于德明、興聖二説最爲可據。』又辨五家不安之説，其『埋瘞』條云：『右議者引古者貴祖，命斂幣玉藏諸兩階之間，又埋虞主於廟門外之道左，以爲比類。』即此議所主也。」

〔一六〕蔣抱玄注：「《禮記》（《王制》）：『天子七廟：三昭三穆，與大祖之廟而七。』」高步瀛注：「《禮記・祭法》：『王立七廟，一壇一墠。曰考廟，曰王考廟，曰皇考廟，曰顯考廟，曰祖考廟，皆月祭之。遠廟爲祧，有二祧，享嘗乃止。去祧爲壇，去壇爲墠。壇墠有禱焉祭之，無禱乃止，去墠曰鬼。』鄭注曰：『祧之言超也。超，上去意也。封土曰壇，除地曰墠。天子遷廟之主，以昭穆合藏於二祧之中。享嘗謂四時之祭，天子諸侯爲壇墠，所禱謂後遷在祧者也。既事則反其主於祧，鬼亦在祧，顧遠之於無事，祫乃祭之爾。』《釋文》曰：『墠，音善。』孔疏曰：『有文武二廟不遷，故云有二祧焉。昭之遷主，其數雖多，總合藏武王祧中。穆之遷主總合藏文王祧中。故鄭注《周禮・守祧》，先公遷主藏於后稷之廟，先王之遷主藏於文武之廟。』」

〔一七〕韓醇注：「《禮記》注：『土封云爲壇，除地爲墠。』」祝充注：「墠，音善，除地。《禮記》：『去壇爲墠。』後同。」魏仲舉注：「墠，時戰切。」

〔一八〕樊汝霖注：「《禮記》『遠廟爲祧』，注云：『遷廟之主，皆以昭穆合藏於祧廟之中。』」

〔一九〕姚範《援鶉堂筆記》卷四十二：「百代不毀，未詳韓子所據。」高步瀛注：「『不毀』者據主言，不據廟言。謂毀廟之主百代猶存耳，豈不毀廟邪？」

〔二〇〕王元啓注：「考《晉書・禮志》：穆帝永和二年，有司言周室太祖世遠，故遷主有所歸。今晉廟宣皇帝爲主而四世遠祖居之，是屈祖就孫也；殷祫在上，是代太祖也。乃遣使至會稽訪處士虞喜。喜云：漢韋玄成以毀祖宜瘞於園。魏朝議者云：應埋兩階之間。此毀瘞之議所從來也。然玄成之議不見於《漢書》，故公直斥爲魏晉以降不經之說。」謹按：《漢書・韋玄成傳》：「玄成等奏曰：『祖宗之廟世世不毀，繼祖以下五廟而迭毀。今高皇帝爲太祖，孝文皇帝爲太宗，孝景皇帝爲昭，孝武皇帝爲穆，孝昭皇帝與孝宣皇帝俱爲昭。皇考廟親未盡。太上、孝惠廟皆親盡，宜毁。太上廟主宜瘞園，孝惠皇帝爲穆，主遷於太祖廟，寢園皆無復修。』奏可。」韓愈謂「自魏晉已降始有毁瘞之議」，不確。

〔二一〕蔣抱玄注：「《陳書・姚察傳》：『並爲剖析，皆有經據，臻語所親曰，名下定無虚士。』」謹按：經據，典則、先例。《漢書・貢禹傳》：「守經據古，不阿當世。」《隋書・禮儀志四》：「援引經據，大相往復。」

〔二二〕高步瀛注：「《穀梁傳》僖公十五年：『天子七廟，諸侯五，大夫三，士二。故德厚者流光，德薄者流卑。』《漢書・韋玄成傳》『德厚者流光』，顔注曰：『流，謂流風餘福。』」

〔二三〕孫汝聽注：「開元十年六月，增太廟爲九室。」蔣抱玄注：「九廟，開元十年六月，詔立太廟九室獻祖，懿祖、太祖、世祖、高祖、太宗、高宗、中宗。」

〔二四〕高步瀛注：「寶應二年祔玄宗、肅宗於廟，遷獻懿二祖於西夾室。故云『猶在壇墠之位』。」

〔二五〕孫汝聽注：「員外郎裴樞曰：建石室於寢園以藏神主，至禘祫之世則祭之。」高步瀛注：「《通典・吉禮九》：『司勳員外郎裴樞議曰：親親故尊祖，尊祖故敬宗，敬宗故收族，收族故宗廟嚴，宗廟嚴故重社稷。由是言之，太祖之上復有追尊之祖，則親親尊祖之義無乃乖乎？太廟之外輕制別祭之廟，則宗廟無乃不嚴，社稷無乃不重乎？且漢丞相韋玄成請瘞於園，晉徵士虞喜請瘞於廟兩階之間。喜又引《左氏》説：古者先王日祭於祖考，月祀於曾高，時享及二祧，歲祫及壇墠，終禘及郊宗祏室。是爲郊宗之上復有祏室之祖，斯最近矣。但當時議所處柘室未有準的，喜請於夾室中。愚以爲祏室可據，所以處之之道未安。何者？夾室謂居太祖之下毁主，非是安太祖之上藏主也。未有卑處正位，尊在傍居，考理即心，恐非允叶。今若建祏室於園寢，遷神主以永安。庶乎《春秋》變體之正，動也中者焉。」

〔二六〕蔣抱玄注：「依違，不決之意。言且依且違也。《後漢書・第五倫傳》：『言詞無所依違。』」謹按：此處「依違」亦「眷顧」之意。劉向《九歎・離世》：「余思舊邦，心依違兮。」

〔二七〕蔣抱玄注：「即饗，就饗。下國，外於京師而言，非專指諸侯之國。《詩經》《商頌・殷武》：『命于下國，封建厥福。』」高步瀛注：「《方言》十二曰：『即，就也。』《説文》：『即，就食也。』《文選・魯靈光殿賦》李注曰：『以天子爲上國，故諸侯爲下國。』案：此『下國』對京師言，謂外郡耳。《唐會要》卷一曰：『獻祖宣皇帝葬建初陵，在趙州昭慶縣界。儀鳳二年追封爲建昌陵，開元二十八年詔改爲建初陵。懿祖光皇帝葬啓運陵，在趙州昭慶縣界。儀鳳二年追封爲延光陵，開元二十八年詔改爲啓運陵。』《元和郡縣志》曰：『河北道趙州昭慶縣：建初陵、啓運陵二陵共塋，在縣西南二十里。』」

〔二八〕孫汝聽注：「考功員外郎陳京、同官縣尉仲子陵皆曰：遷神主於德明興聖廟。京與左司郎中陸淳先爲此議，後户部尚書王紹等五十五人及鴻臚卿王權等申衍之。」高步瀛注：「《唐會要》十三曰：『考功員外郎陳京議曰：臣前爲太常博士，已於建中二年九月四日奏議祫饗獻懿二祖所安之位。其時禮儀使顏真卿與京議異，京議未行。伏見去年十一月太常卿裴郁所奏，大旨與京舊議相合。伏以興聖皇帝則獻祖之曾祖，懿祖之高祖。夫以曾孫元孫祔列於高曾之廟，豈禮之不可哉？實人情之大順也。』同官縣尉仲子陵議曰：『今儒者乃援子雖齊聖不先父食之語，欲令已祧獻祖權居東向配天，太祖屈居昭穆，此不通之甚也。凡《左氏》不先食之言，且以正文公之逆祀，儒者安知非夏后廟數未足之時，而言禹不先鯀乎？且漢之禘祫蓋不足徵，魏晉已遠，太祖皆近，是太祖之上皆有遷主。歷代所疑，或引《閟宮》之詩而永閟，或因虞主之義而瘞園，或緣遠廟爲祧以築宮，或言太祖實卑而虛位。惟東晉蔡謨憑《左氏》不先食以爲説，令征西東向。詳其數事，此最不安。且蔡謨此議非晉所行，前有司不本謨改築之言，取征西東向之一句爲萬代法，此其不可甚也。臣又思之：永閟瘞園，則臣子之心有所不安；權虛正位，則太祖之尊無時而定；別築一室，義差可安。且興聖之於獻祖，乃曾祖也。昭穆有序，享祀以時。伏請奉獻懿二祖遷祔於德明、興聖廟，此正大孝也。或以祫者合也，今二祖別廟，是分食也，何合之爲？臣以爲德明、興聖二廟，每禘祫之年，亦皆饗薦。是亦合食，奚疑於二祖乎？』案：陸淳、王權、王紹等皆主此説，後遂爲定議。」

〔二九〕高步瀛注：「《爾雅·釋詁》曰：『典，常也。』《詩·維清》毛傳曰：『典，法也。』」

〔三〇〕孫汝聽注：「吏部郎中柳冕等十二人又曰：獻懿二祖猶周先公也，請築別廟以居之。」王元啓注：「此建中二年陳京初議，貞元中柳冕等十二人亦同此議。」高步瀛注：「《通典·吉禮九》：

『吏部郎中柳冕等十二人議曰：天子受命之君，諸侯始封之祖，皆爲太廟。故雖天子必有尊也，是以尊太祖也。故太祖以下，親盡而毀。洎秦滅學，漢不及禮，不列昭穆，不建迭毀。晉既失之，宋又因之，於是有違王廟之制，於是有虛太祖之位。不列昭穆，非所以示人有序也；不建迭毀，非所以示人有殺也；違五廟之制，非所以示人有別也；虛太祖之位，非所以示人有尊也。此禮之所由廢也。謹按《禮》：父爲士，子爲天子。祭以天子，葬以士。今獻祖祧也，懿祖亦祧也。唐未受命，猶士禮也。是故高祖太宗以天子之禮祭之，不敢以太祖之位易之。今而易之，無乃亂先王之序乎？昔周有天下，追王太王王季以天子之禮；及其祭也，親盡而毀之。漢有天下，尊太上皇以天子之禮；及其祭也，親盡而毀之。唐有天下，追王獻懿二祖以天子之禮；及其祭也，親盡而毀之。則不可代太祖之位明矣。又按《周禮》有先公之祧。先王之祧，先公之遷主藏乎后稷之廟，其周未受命之祧乎？先王之遷主藏之文武之廟，其周已受命之祧乎？故有二祧，所以異廟也。今獻祖以下之祧，猶先公也；太祖以下之祧，猶先王也。請築別廟，以居二祖。則行周之禮，復古之道。』

〔三一〕蔣抱玄注：「殺，衰也，減削也。《禮記》（《禮運》）：『不豐不殺。』讀如衰，去聲。」高步瀛注：「《周禮·地官·廩人》鄭注：『殺，猶減也。』《釋文》：『殺，所界反。』」

〔三二〕韓醇注：「已上皆《禮記·祭法》之文。」

〔三三〕祝充注：「煬，音恙。」韓醇注：「煬，《說文》云：『炙燥也。』」

〔三四〕孫汝聽注：「定九年《公羊傳》：『九月立煬宫，非禮也。』」王元啓注：「不禘祫是薄於祖先，别立廟又厚非所厚。事不師古，則隆殺皆失其宜。是故六經者，制事之權衡也。」高步瀛注：「《春秋》定元年：『立煬宫。』《公羊傳》曰：『煬宫者何？煬公之宫也。立者何？立者不宜立也。立煬宫，非禮也。』《穀梁傳》曰：『立者，不宜立者也。』《左傳》曰：『昭公出，故季平子禱于煬公。九月，立煬宫。』杜注：『煬公，伯禽子也。其廟已毁，季氏禱之而立其宫。書以譏之。』孔疏曰：『好内怠政曰煬。』」

〔三五〕蔣抱玄注：「折衷，折服於中道也。《史記·孔子世家》：自天子王侯中國言六藝者，莫不折衷於夫子，可謂至聖矣。」

〔三六〕孫汝聽注：「玄王，禼也。《詩》『玄王桓撥』是也。」蔣抱玄注：「《詩經·商頌》(《長發》)：『玄王桓撥。』《注》：『玄王，契也。』玄者深微之稱。王者，追尊之號。桓，武也。撥，治也。按：《史記·殷本紀》：『殷契母曰簡狄，三人行浴，見玄鳥墮其卵，簡狄取吞之，因孕生契。』玄王之義或取於此。」

〔三七〕蔣抱玄注：「《史記·周本紀》：后稷母姜嫄，踐巨人跡而孕生子。以爲不祥，欲棄之，而卒收養長之。因名曰棄。幼好種植之游戲，長擅耕農相地之宜而稼穡焉。民皆法之。帝堯舉以爲農師，帝舜令播時百穀，號曰后稷，别姓姬氏，傳十二代而至太公。」

〔三八〕蔣抱玄注：「昭穆，古天子宗廟之制。太祖之廟居於中，二世、四世、六世居於左，謂之昭。三世、五世、七世居於右，謂之穆。即所謂三昭三穆，與太祖之廟而七也。」

〔三九〕孫汝聽注：「文二年《左氏》之詞。」蔣抱玄注：「《春秋左傳》文公二年：『祀，國之大事也，而逆之，可謂禮乎？子雖齊聖，不先父食久矣。故禹不先鯀，湯不先契。』齊聖，謂聰明才智與聖人齊也。《書經》《冏命》：『聰明齊聖。』」

〔四〇〕《考異》：「今按韓公本意，獻祖爲始祖，其主當居初室，百世不遷。懿祖之主則當遷於太廟之西夾室，而太祖以下，以次列於諸室。四時之享，則唯懿祖不與，而獻祖、太祖以下各祭於其室，室自爲尊，不相降厭。所謂『所伸之祭常多』者也。禘祫則唯獻祖居東向之位，而懿祖、太祖以下皆序昭穆，南北相向於前。所謂『祖以孫尊，孫以祖屈，而所屈之祭常少』者也。韓公禮學精深，蓋諸儒所不及。故其所議，獨深得夫孝子慈孫報本反始不忘其所由生之本意，真可爲萬世之通法，不但可施於一時也。程子以爲不可漫觀者，其謂此類也歟？但其文字簡嚴，讀者或未遽曉，故竊推之以盡其意云。」姚範《援鶉堂筆記》卷四十二：「唐之獻祖，乃金門鎮將李熙也。既非有開國之鴻構，而其上世則有弘農太守重耳，又其上則有歆，又其上則涼武昭王李暠也。則獻祖非始祖，何云百世不遷乎？又懿祖者，太祖之父；獻祖者，太祖之祖。祖當四時之享而父不與，此何禮也？且韓子前云『獻、懿二祖即毁廟主也』，又云：禘祫之時當與『合食』之列耳，非云必當居初室也。又云『常祭甚衆，合祭甚寡』、『太祖所屈之祭至少，所伸之祭至多』，亦非謂居初室也。蓋平時仍藏之夾室，至禘祫則於太廟東向進耳。朱子嘗論宋世當以僖祖爲太祖，亦姑取韓公之説而附之與？」沈欽韓注：「案貞元時獻、懿二祖廟已祧毁，諸儒紛紛不決，但爲合食一事。公之此議謂『太祖所屈之祭至少，所伸之祭至多』，亦僅欲獻懿二祖一與於禘祫，初無廟不當毁之意。朱熹《考異》謂『韓公本意以獻祖爲始祖，其主當居初室，百世不遷。懿祖之主則當遷於太廟之西夾室，而太祖以下列於諸室』云云，信如所云，則太祖乃常屈於下，何云『太祖所屈至少』乎？朱氏附王安石、程頤之説，始終欲以宋之僖祖爲太祖，而藝祖常居昭穆，馬氏《通考》深折其朋黨之謬矣。乃操此説以厚誣韓公。然文字俱存，豈其然乎？」高步瀛注：「姚、沈兩説所辨皆確，沈詆朱雖不無過當，然其言不可易也。姚惜抱《書顔魯公集》乃謂唐不用真卿及退之之説爲可惜，則偏信朱子，遂祖退之，並上及魯公，而於韓、朱異同不暇辯白也。秦味經《五禮通考》卷九十八方宜田案亦辨朱説之非，謂觀韓子《請遷玄宗廟議》專以景皇爲太祖，比周之后稷。則獻、懿俱在祧遷之列，可知其説亦確。又云：但其以禘祫俱爲合祭，而禘祫之分則未有其義，此直沿唐之制而未及考古以正之，其説是也。第方所謂禘祫之分者，實主陸淳、趙匡之説。朱子《論語集注》取之，然實與古義不合，清儒多能言其失矣。」

〔四一〕蔣抱玄注：「粗，略也。專制時代稱天子皆曰天，天心即帝心也。」

〔四二〕高步瀛注：「此篇議禮制，實未盡合。而明辨以晳，縝密以栗，可爲作考據文字之法。若專事鈔胥，不知裁翦，不得謂之文矣。」

省試顔子不貳過論①〔一〕

論曰：登孔氏之門者衆矣②。三千之徒〔二〕，四科之目③〔三〕，孰非由聖人之道爲君子之儒者乎〔四〕？其於過行過言④，亦云鮮矣。而夫子舉不貳過，惟顔氏之子〔五〕，其故何哉？請試論之。

夫聖人抱誠明之正性⑤〔六〕，根中庸之至德⑥〔七〕。苟發諸中⑦，形諸外者，不由思慮⑧，莫匪規矩。不善之心無自入焉，可擇之行無自加焉。故惟聖人無過。所謂過者⑨，非謂發於行，彰於言⑩，人皆謂之過而後爲過也⑪，生于其心則爲過矣⑫。故顔子之過⑬，此類也。不貳者，蓋能止之于始萌⑭，絶之於未形，不貳之於言行也〔八〕。《中庸》曰：「自誠明謂之性，自明誠謂之教。」〔九〕自誠明者，不勉而中，不思而得，從容中道〔一〇〕，聖人也⑮，無過者也。自明誠者⑯，擇善而固執之者也。不勉則不中，不思則不得，不貳過者也⑰。故夫子之言曰⑱：「回之爲人也，擇乎中庸。得一善則拳拳服膺而不失之矣。」⑲〔一一〕又曰：「顔氏之子，其殆庶幾乎？」⑳〔一二〕言猶未至也。而孟子亦云：「顔子具聖人之體而微者。」〔一三〕皆謂不能無生于其心㉑，而亦不暴之於外㉒。考之於聖人之道，差爲過耳〔一四〕。

顏子自惟其若是也，於是居陋巷以致其誠，飲一瓢以求其志㉓〔一五〕。不以富貴妨其道，不以隱約易其心㉔〔一六〕。確乎不拔〔一七〕，浩然自守〔一八〕。知高堅之可尚㉕，忘鑽仰之爲勞〔一九〕。任重道遠〔二〇〕，竟莫之致。是以夫子歎其不幸短命〔二一〕，今也則亡〔二二〕。謂其不能與己並立於至聖之域，觀教化之大行也。不然㉖，行發於身㉗，加於人；言發乎邇，見乎遠。苟不慎也，敗辱隨之。而後思欲不貳過，其於聖人之道不亦遠乎！而夫子尚肯謂之「其殆庶幾」，孟子尚復謂之「具體而微者」哉？則顏子之不貳過者，盡在是矣㉘。謹論㉙。

【彙校】

①〔省試顏子不貳過論〕此篇又載《文苑英華》卷七五六、《唐文粹》卷三五，據校。

②〔孔氏之門者衆〕苑本「衆」作「重」，注：「氏，一作『子』。」

③〔四科之目〕《舉正》據杭本訂「目」作「夫」，云：「李校。」朱熹從監本，《考異》：「目，方作『夫』。」魏引補注：「德行、言語、政事、文學，四科也。見《論語》《先進》。」

④〔其於過行〕苑本「於」作「餘」。

⑤〔抱誠明之正性〕魏本「誠明」作「神明」。

⑥〔中庸之至德〕潮本「至德」作「正德」，粹本、祝本、南宋閩本、南宋蜀本、王本同。今從苑本。

⑦〔苟發諸中〕《舉正》：「『苟』字疑。」謹按：《廣雅·釋詁》：「苟、款、實、信，誠也。」苟發諸中，誠發之於中。

⑧〔不由思慮〕潮本注：「由，一作『曰』。」魏本注同。祝本、南宋閩本、南宋蜀本作「曰」。祝本注：「曰，一作『由』。」南宋閩本注同。《舉正》訂作「由」，云：「三本同。」朱熹從方本，《考異》：「由，或作『曰』。」

⑨〔所謂過者〕苑本「所」上注：「集有『故』字。」潮本「所」上多一「故」字，祝本、南宋閩本、南宋蜀本、魏本同。《舉正》出南宋監本「故所謂過者」，云：「《文粹》無『故』字。」朱熹删「故」字，《考異》：「『所』上方有『故』字，非是。」今從苑本、粹本。

⑩〔彰於言〕苑本「彰」作「形」。

⑪〔爲過也〕苑本無「也」字。

⑫〔爲過矣〕苑本「矣」作「也」。

⑬〔故顔子〕苑本無「故」字。

⑭〔止之于〕苑本「于」作「於」，注：「於，集作『于』。」

⑮〔聖人也〕潮本「人」下注：「一有『者』字。」祝本、南宋閩本、魏本注同。苑本注：「集有『者』字。」

⑯〔自明誠者〕廖本「明誠」作「誠明」。《舉正》出南宋監本「自明誠者」，云：「閣本無『自』字，杭、蜀本皆有。」朱熹從方本，《考異》：「或無『自』字。」

⑰〔不貳過〕南宋蜀本「不」作「無」。

⑱〔夫子之言〕苑本「夫」訛作「失」。

⑲〔服膺〕苑本、南宋蜀本「服」作「伏」。苑本注：「伏，集作『服』。」

⑳〔其殆庶幾〕苑本無「殆」字。

㉑〔能無生〕粹本無「無」字。

㉒〔而亦不暴〕潮本無「亦」字，祝本、南宋閩本、南宋蜀本、魏本同。潮本「而」下注：「一有『亦』字。」祝本、南宋閩本、魏本注同。《舉正》增「亦」字，云：「三本同。」朱熹從方本，《考異》：「或無『亦』字。」今從苑本、粹本。

㉓〔飲一瓢〕《舉正》：「閣本無『飲』字。」《考異》：「或無『飲』字。」

㉔〔以隱約易〕潮本注：「隱約，一作『窮隱』。」祝本、魏本注同。

㉕〔知高堅之〕魏本「高堅」作「堅高」。

㉖〔不然〕魏本注：「一無『不然』。」潮本無「不然」二字，祝本、南宋閩本同。潮本注：「一有『不然』字。」祝本、南宋閩本注同。《舉正》增「不然」二字，云：「杭本無『不然夫』三字，蜀本與《文粹》皆有。考終篇之意，似當存。」朱熹從方本，《考異》：「或無『不然』字，或併無『夫』字。」今從苑本、粹本。

㉗〔行發於身〕苑本「行」上注：「集有『夫』字。」潮本「行」上多一「夫」字，粹本、祝本、南宋閩本、南宋蜀本、魏本、王本、廖本同。今從苑本。

㉘〔盡在是矣〕苑本無「盡」字。

㉙〔謹論〕王本注：「方無『謹論』字。」廖本注：「或無『謹論』二字。」潮本無「謹論」二字，苑本、粹本、祝本、南宋閩本、南宋蜀本、魏本、張本同。今從王本。

【箋注】

〔一〕蔣抱玄注：「省試，猶言貢試也。《唐書・選舉志》：『開元七年，敕州縣學生、八品子若庶人入四門學爲俊士，即諸州貢舉省試。』」謹按：「省」，尚書省。唐代省試分兩類：禮部試、吏部試。《新唐書・選舉志》：「唐制取士之科，多因隋舊，然其大要有三：由學館者曰生徒，由州縣者曰鄉貢，皆升于有司而進退之。其科之目有秀才，有明經，有俊士，有進士，有明法，有明字，有明算，有一史，有三史，有開元禮，有道舉，有童子。而明經之别，有五經，有三經，有二經，有學究一經，有三禮，有三傳，有史科。此歲舉之常選也。其天子自詔者曰制舉，所以待非常之才焉。」

此篇作年，洪譜、方崧卿《年譜增考》、《年表》、魏仲舉注、方譜均繫於貞元九年（七九三）。方崧卿《舉正》、蔣抱玄注繫於貞元十年。洪譜：「九年癸酉：博學宏詞試《太清宮觀紫極舞賦》、《顔子不貳過論》，見《上考功崔虞部書》及《與韋舍人書》。一本注其下云：『貞元九年宏詞試。』公《上考宏詞崔虞部書》云：『執事援之幽窮之中，推之高顯之上。』又：『執事既上名之後，三人之中，二人者則固所傳聞矣，畢竟得之，而又升焉。其一人者則莫之聞矣，畢竟退之。』即《答崔立之》云『一既得之，而又黜於中書』者。又云：『凡在京師八九年矣。』自貞元二年至此八年。又云『始者謬爲今相國所第』，相國，陸宣公也，八年夏爲中書侍郎同平章事。公應科目又有《與韋舍人書》。」方崧卿《年譜增考》：「按《科第録》：是年博學宏詞，試《太清宫觀紫極舞賦》、《顔子不貳過論》，應者三十二人，中選者李觀、裴度、陸復禮也。公《與崔虞部書》謂『三人之中，二人者華實兼者也，畢竟得之，而又升焉；一人華與實違者，畢竟退之。』豈固退公而收陸耶？又《上韋舍人書》謂『其窮涸不能自致乎水，爲獱獺之笑者，蓋八九年』。樊以公二年來京師，上韋書當在來年。然公與崔書亦云『凡在京師八九年矣』，亦只今年書也，未易臆定。」《舉正》：「貞元十年宏詞試。」魏本注：「或云貞元九年應博學宏詞所作。」謹按：當從洪譜。

〔二〕孫汝聽注：「《書序》云：『三千之徒，並受其義。』《家語》、《史記》皆言孔子弟子三千人。」

〔三〕魏引補注：「德行、言語、政事、文學，四科也。見《論語》（《先進》）。」

〔四〕韓醇注：「《語》曰：『女爲君子儒。』」《論語·雍也》：「子謂子夏曰：女爲君子儒，無爲小人儒。」何晏《集解》：「孔曰：君子爲儒，將以明道；小人爲儒，則矜其名。」

〔五〕《論語·雍也》：「哀公問弟子孰爲好學。孔子對曰：有顔回者好學，不遷怒，不貳過。不幸短命死矣，今也則亡，未聞好學者也。」何晏《集解》：「不貳過者，有不善未嘗復行。」皇侃《義疏》：「云不貳過者，但不能照機。機非己所得，故於己成過。凡情有過必文，是爲再過。而回當機時不見己乃有過，機後即知，知則不復文飾以行之，是不貳也。」邢昺疏：「人皆有過憚改，顔回有不善未嘗不知，知之未嘗復行，不貳過也。」

〔六〕孫汝聽注：「《禮》（《中庸》）曰：『自誠明謂之性。』」

〔七〕孫汝聽注：「《語》：『孔子曰：中庸之爲德，其至矣乎。』」《論語·雍也》：「子曰：中庸之爲德也，其至矣乎？民鮮能久矣。」何晏集解：「庸，常也，中和可常行之德也。世亂，先王之道廢，民鮮能行此道久矣。」皇侃義疏：「中，中和也。庸，常也。鮮，少也。言中和可常行之德，是先王之道，其理甚至善，而民少有行此者也已。久，言可歎之深也。」

〔八〕《易·繫辭下》：「子曰：顔氏之子，其殆庶幾乎？有不善未嘗不知，知之未嘗復行也。」韓康伯注：「在理則昧，造形而悟，顔子之分也。失之於幾，故有不善；得之於二，不遠而復。故知之未嘗復行也。」《周易集解》引虞翻曰：「幾者，神妙也。顔子知微，故殆庶幾。」孔穎達疏：「其殆庶幾乎者，言聖人知幾，顔子亞聖，未能知幾，但殆近庶慕而已。故云其殆庶幾乎。又以殆爲辭，有不善未嘗不知者，若知幾之人，本无不善。以顔子未能知幾，故有不善。不近於幾之人，既有不善，不能自知於惡，此顔子以其近幾，若有不善，未嘗不自知也。知之未嘗復行者，以顔子通幾，既知不善之事，見過則改，未嘗復更行之。但顔子於幾理闇昧，故有不善之事，於形器顯著乃自覺悟。所有不善，未嘗復行。」謹按：所謂「不貳過」，韓康伯、虞翻謂「失之於幾不遠而復」；皇侃《義疏》、孔穎達疏、邢昺疏謂「有不善未嘗復行」。韓愈「絶之於未形，不貳之於言行」之説，即出於韓康伯、虞翻。

〔九〕《禮記·中庸》：「自誠明謂之性，自明誠謂之教。誠則明矣，明則誠矣。」鄭玄注：「自，由也。

由至誠而有明德，是聖人之性者也；由明德而有至誠，是賢人學以成之也。有至誠則必有明德，有明德則必有至誠。」孔穎達疏：「此一經顯天性至誠或學而能。兩者雖異，功用則相通。自誠明謂之性者，此説天性自誠者。自，由也。言由天性至誠而身有明德，此乃自然天性如此，故謂之性。自明誠謂之教者，此自明而至誠，由身聰明勉力學習而致至誠，非由天性教習而致，故云謂之教。然則自誠明謂之性，聖人之德也；自明誠謂之教，賢人之德也。誠則明矣者，言聖人天性至誠，則能明其德，由至誠而致明也；明則誠矣者，謂賢人由身聰明勉學乃致至誠，故云明則誠矣。是誠則能明，明則能誠，優劣雖異，二者皆通有至誠也。」

〔一〇〕蔣抱玄注：「從容，自得之貌。」

〔一一〕祝充注：「此《中庸》之文。」蔣抱玄注：「拳拳，奉持之貌。服猶著也。膺，胸也。拳拳服膺，奉持而著之心胸之間，言能守也。」《禮記·中庸》：「子曰：回之爲人也，擇乎中庸，得一善則拳拳服膺而弗失之矣。」陸德明《音義》：「拳，音權，又起阮反，羌權反。膺，音應，又於陵反。奉，芳勇反。」孔穎達疏：「得一善則拳拳服膺而弗失之矣者，言顔回選擇中庸而行，得一善事，則形貌拳拳然奉持之。膺，謂胸膺，言奉持守於善道，弗敢棄失。」

〔一二〕孫汝聽注：「《易》：『顔氏之子其殆庶幾乎。』」

〔一三〕蔣抱玄注：「《孟子·公孫第三》：『子夏、子游、子張皆有聖人之一體，冉牛、閔子、顔淵則具體而微。』」趙岐注：「體者，四肢股肱也。一體者，得一肢也；具體者，四肢皆具。微，小也。比聖人之體微小耳。體以喻德也。」朱熹集注：「一體，猶一肢也。具體而微，謂有其全體，但未廣大耳。」

〔一四〕魏引補注：「伊川曰：顏子所事，則曰非禮勿視，非禮勿聽，非禮勿言，非禮勿動。仲尼稱之，則曰：得一善則拳拳服膺而弗失之。又曰：不遷怒，不貳過，有不善未嘗不知，知之未嘗復行也。此其好之篤學之之道也。視聽言動皆禮矣，所異於聖人，蓋聖人則不忍而得，不勉而中，從容中道。顏子則必思而後得，必勉而後中。故曰：顏子之與聖人，相去一息。」

〔一五〕蔣抱玄注：「《論語》（《雍也》）：『子曰：賢哉回也！一簞食，一瓢飲，在陋巷，人不堪其憂，回也不改其樂。賢哉回也！』」何晏《論語集解》：「孔曰：簞，笥也。顏淵樂道，雖簞食在陋巷，不改其所樂。」皇侃《義疏》：「簞，竹筥之屬也。用貯飯。瓢，瓠片也，匏持盛飲也。言顏淵食不重餚，及無雕鏤之器，唯有一簞食一瓢飲而已也。」

〔一六〕隱約，隱身守約。《莊子・山木》：「夫豐狐文豹，棲於山林，伏於巖穴，靜也；夜行晝居，戒也；雖飢渴隱約，猶旦胥疏於江湖之上而求食焉，定也。」嚴忌《哀時命》：「居處愁以隱約兮，志沈抑而不揚。」《楚辭》王逸注：「言已放於山澤，隱身守約。」《後漢書・趙典傳》：「典少篤行隱約，博學經書。」章懷注：「隱，靜也。約，儉也。」

〔一七〕韓醇注：「《易》：『確乎其不可拔。』」《易・乾・文言》：「確乎其不可拔，潛龍也。」陸德明《音義》：「確，苦學反。鄭云：堅高之貌。《說文》云：『高至。』拔，蒲八反。鄭云：『移也。』《廣雅》

云：『出也。』」孔穎達疏：「確乎其不可拔者，身雖逐物推移，隱潛避世；心志守道，確乎堅實，其不可拔。此是潛龍之義也。」《周易集解》引虞翻曰：「確，剛貌也。乾剛潛初，坤亂於上，君子弗用，隱在下位。確乎難拔，潛龍之志也。」

〔一八〕祝充注：「《孟子》《公孫丑上》：『我善養吾浩然之氣。』」趙岐注：「我能自養育我之所有浩然之大氣也。」

〔一九〕蔣抱玄注：「《論語·子罕》顔淵喟然歎曰：仰之彌高，鑽之彌堅。」何晏《集解》：「仰之彌高，鑽之彌堅，言不可窮盡也。」皇侃《義疏》：「夫物雖高者，若仰瞻則可覩也；物雖堅者，若鑽錐則可入也。顔於孔子道，愈瞻愈高，彌鑽彌堅，非己厝力之能得也。故孫綽云：夫有限之高，雖嵩岱可陵；有形之堅，雖金石可鑽。若乃彌高彌堅，鑽仰所不逮。故知絶域之高堅，未可以力至也。」邢昺疏：「彌，益也。顔淵喟然發歎，言夫子之道，高堅不可窮盡。」

〔二〇〕蔣抱玄注：「《論語》《泰伯》：『士不可以不弘毅，任重而道遠。仁以爲己任，不亦重乎！死而後已，不亦遠乎！』」何晏《集解》：「包曰：弘，大也。毅，强而能斷也。士弘毅然後能負重任，致遠路。孔曰：以仁爲己任，重莫重焉。死而後已，遠莫遠焉。」

〔二一〕蔣抱玄注：「《論語》《雍也》：『哀公問弟子孰爲好學。孔子對曰：有顔回者好學，不遷怒，不貳過，不幸短命死矣。今也則亡，未聞好學者也。』」

〔二二〕蔣抱玄注：「亡，同無。」

與李祕問小功不稅書①〔一〕

曾子稱：小功不稅，則是遠兄弟終無服也，而可乎〔二〕？鄭玄注云〔三〕，是以情責情②。今之士人遂引此而不追服小功③。小功之服最多④：親則叔父之下殤〔四〕，與適孫之下殤〔五〕，與昆弟之下殤；尊則外祖父母；常服則從祖祖父母⑤〔六〕。禮沿人情⑥，其不可不服也明矣⑦。古之人行役不踰時⑧〔七〕，各相與處一國⑨。其不追服雖不可，猶至少。今之人男出仕，女出嫁，或千里之外，家貧訃告不及時〔八〕，則是不服小功者恒多，而服小功者恒鮮矣。君子之於骨肉死〔九〕，則悲哀而爲之服者，豈牽於外哉⑩？聞其死則悲哀，豈有間於新故死哉〔一〇〕？今特以訃告不及時，聞死出其月數則不服⑪，其可乎？愈常怪此，近出弔人，見其顔色戚戚類有喪者⑫〔一一〕，而其服則吉。問之則云：「小功不稅也。」⑬禮文殘缺〔一二〕，師道不傳〔一三〕。不識禮之所謂不稅，果不追服乎？無乃別有所指，而傳注者失其宗乎？伏惟兄道德純明〔一四〕，躬行古道。如此之類，必經於心，而有所決定。不惜示及，幸甚！幸甚！泥水馬弱，不敢出。不果鞠躬親問而以書〔一五〕，悚息尤甚⑭〔一六〕。愈再拜〔一七〕。

【彙校】

①〔與李祕問小功不稅書〕樊汝霖注：「李祕書，不識爲誰。或作『李祕』，然當時亦無有所謂李祕者。」祝本「祕」下注：「一有『書』字。」南宋閩本、南宋蜀本、魏本「祕」下多一「書」字。南宋蜀本、魏本「問」作「論」。《舉正》訂「論」字，作「與李祕書論小功不稅書」，云：「以杭本定。蜀本只作『與李祕問小功不稅書』。」朱熹從方本，《考異》：「祕書，官稱也。或無『書』字，而以『祕』爲人名。及『論』作『問』，『稅』下無『書』字者，皆非是。」沈欽韓注：「李祕書，蓋鄴侯之子李繁也。」蔣抱玄注：「按《唐書》：辛祕係出隴西，貞元中擢明經第，其學於禮尤洽。疑爲『李祕』之誤。」謹按：李繁任職祕省，唐宋史料未見記載，沈説無據。《唐詩紀事》卷四十八有李秘：「唐宗室也，元和、貞元時人。」所録《禁中送任山人》詩，《文苑英華》卷二百三十二録作「李泌」。是計敏夫文字錯訛抑或是別有所據，不能肯定。但中唐有李祕其人的可能性不能排除。此篇文末云：「禮文殘缺，師道不傳。不識禮之所謂不稅，果不追服乎？無乃別有所指而傳注者失其宗乎？伏惟兄道德純明，躬行古道。如此之類，必經於心，而有所決定。不惜示及，幸甚！幸甚！泥水馬弱，不敢出，不果鞠躬親問而以書。」文章以有疑而問，並未縱論禮制。劉敞謂其「疑之未盡，求之不得」，是。篇題當作「問」，「論」字不確。

②〔是以情〕《舉正》出南宋監本「鄭玄注云是以情責情」，刪「是」字，云：「杭、蜀同。鄭注無此語，只云『以己恩怪之』。」朱熹從方本，《考異》：「諸本上有『是』字。」孫汝聽注：「《檀弓》無此注。」

③〔而不追服〕《舉正》出南宋監本「而不追服」，據閣、杭本刪「而」字。朱熹從方本，《考異》：「上或有『而』字。」

④〔小功之服最多〕《舉正》出南宋監本「小功之服最多」，刪「之」字，云：「謝氏以古本刪，上二語所校亦同。」朱熹從方本，《考異》：「『功』下或有『之』字。」

⑤〔常服〕南宋蜀本、魏本「常」作「恒」。《舉正》出南宋監本「常服則從祖祖父母」，云：「杭本無『常』字。」《考異》：「或無『常』字。」

⑥〔禮沿人情〕南宋蜀本「沿」作「治」。

⑦〔可不服〕魏本「服」作「復」。

⑧〔古之人〕《舉正》訂「人」作「時」，云：「閣與杭本作『時』，蜀本作『人』。謝從『人』，李從『時』。」朱熹從監本，《考異》：「人，方作『時』。」

⑨〔各相與〕《舉正》出南宋監本「各相與處一國」，據閣本删「相」字，云：「杭同，李、謝删。」《考異》：「方無『相』字，非是。然『各』字亦疑誤。」

⑩〔豈牽於外〕潮本「豈」下多一「有」字，祝本、南宋閩本、南宋蜀本、魏本同。《舉正》出南宋監本「豈有牽於外」，據閣本删「有」字，云：「杭同，李、謝删。」朱熹從方本，《考異》：「『豈』下或有『有』字。」今從方本。

⑪〔出其月數〕潮本「月」作「日」，南宋閩本、南宋蜀本、王本同。今從祝本。

⑫〔戚戚類有喪〕祝本注：「戚戚，一作『戚容』。『類』下一有『於』字。『喪』一作『服』。」南宋閩本注同。南宋蜀本「戚戚」作「戚容」。《舉正》出南宋監本「顔色慼慼類有喪者」，云：「蜀本作『顔色慼容類於有服者』。」《考異》：「下『慼』字或作『容』。『類』下或有『於』字，『喪』或作『服』。」

⑬〔不稅也〕朱熹「稅」下增一「者」字，《考異》：「方無『者』字」

⑭〔悚息尤甚〕潮本注：「甚，一作『深』。」祝本、魏本注同。南宋閩本「甚」作「深」，注：「深，一作『甚』。」朱熹訂作

「深」，《考異》：「深，或作『甚』。」

【箋注】

〔一〕孫汝聽注：「稅，當作『裞』，其字從衣。《博雅》云：過制追服謂之裞，輸芮切，亦音吐外切。」《集韻》去聲十三祭輸芮切：「裞，《博雅》：『祭也。』一曰：過制追服謂之裞。」

此篇作年，諸譜失考。方譜録入「無年可考」諸篇之中。

〔二〕孫汝聽注：「《禮記・檀弓》之文。鄭玄注云：『日月已過，聞喪而服曰稅。大功以上然，小功輕，不服。遠兄弟，謂在遠者聞喪恒晚，終無服。可乎？』」

〔三〕蔣抱玄注：「鄭玄字康成，東漢高密人，博通羣經。所著之書今尚存者有《毛詩箋》、《周禮》、《儀禮》、《禮記》注。玄注小功不稅云（《禮記・檀弓上》）：稅者，日月已過始聞其死，追而爲之服也。大功以上則然，小功輕，故不稅。按：玄注無『以情責情』語。」

〔四〕孫汝聽注：「十六至十九爲長殤，十二至十五爲中殤，八歲至十一爲下殤，七歲以下爲無服之殤，生未三月不爲殤。」

〔五〕祝充注：「適，音的。」蔣抱玄注：「適，音『的』，與『嫡』同。適孫，嫡出長孫也。《儀禮》『喪服』『期服』章有『適孫』一條。」

〔六〕蔣抱玄注：「常服，謂規定之服制也。一作恆服。恆、常通也。從祖，從同宗也。次於至親者曰從。其又次者曰再從、三從。」

〔七〕蔣抱玄注：「行役，通指行旅之事也。（陶潛詩）（《庚子歲五月中從都還阻風於規林二首》其二）：『自古歎行役，我今始知之。』按：行役二字出自《周禮·州長》『師田行役之事，則帥而致之』。」

〔八〕蔣抱玄注：「訃，古作赴。訃告，告喪也。《禮記》（《曲禮下》）注：『謂與卿大夫吉凶往来相赴告。』杜預《左傳序》：『周德既衰，官失其守，上之人不能使春秋昭明，赴告策書，諸所記注多違舊章。』」

〔九〕蔣抱玄注：「骨肉，言骨肉相與，喻至親也。《吕氏春秋》卷九（《精通》）：『父母之於子，子之於父母，此之謂骨肉之親。』」

〔一〇〕蔣抱玄注：「新故，故者新之對，凡物謂死者曰故，如物故、病故。亦謂舊者曰故，如故事、故交。《淮南子》（《要略》）：『新故相反，前後相謬。』」

〔一一〕蔣抱玄注：「《論語》：『子曰：君子坦蕩蕩，小人長戚戚。』」《論語·述而》何晏集解：「鄭曰：坦蕩蕩，寬廣貌。長戚戚，多憂懼。」皇侃義疏：「坦蕩蕩，心貌寬曠無所憂患也。君子内省不疚，故也云。長戚戚，恒憂懼也。小人好爲罪過，故恒懷憂懼也。江熙曰：君子坦爾夷任，蕩然無私；小人馳競於榮利，耿介於得失，故長爲愁府也。」

〔一二〕蔣抱玄注：「禮文，禮制儀文也。《漢書》（《禮樂志》）：『周監於二代，禮文尤具。』殘缺，不完全者曰殘缺。《漢書・藝文志》：『周室既微，載籍殘缺。』」

〔一三〕蔣抱玄注：「《後漢書・桓榮傳》：『臣師道已盡，皆在太子，謹使掾臣汜再拜歸道。』」謹按：師道，猶師法。《漢書・匡衡傳》：「望之奏衡經學精習，説有師道，可觀覽。」

〔一四〕蔣抱玄注：「漢樂府《焦仲卿妻詩》：『府吏長跪告，伏惟啓阿母。』」

〔一五〕魏引補注：「唐子西云：『泥水馬弱』以下若無『而以書』三字，則上重甚矣，此爲文之法也。」蔣抱玄注：「《論語・第十鄉黨》：『入公門，鞠躬如也。』」

〔一六〕蔣抱玄注：「悚同竦。《漢書・敍傳第七十上》：『畏其下車作威，吏民悚息。』」

〔一七〕魏引補注：「劉敞原父之論曰：曾子曰：『小功不税，則是遠兄弟終無服也，而可乎？』韓子嘗弔於人，見其貌戚，其意哀，而其服吉者。問之曰：『何也？』曰：『小功不税也。』是以韓子疑之，而作《小功不税之書》。夫韓子之疑之是也，彼人之爲非也。然而小功不税，禮也。韓子曰：君子於其骨肉死則悲哀而爲之服者，豈牽於外哉？聞其死則悲哀，豈有間於新故死哉？甚矣，韓子之達於禮而近之也。雖然，疑之未盡也，求之不得也。夫爲服者至親之恩以期斷，其殺至於大功；兄弟之恩以小功止，其殺至於緦；外親之服以緦窮，其殺至於袒免。聖人之制禮，豈苟言情哉？亦著於文而已矣。大功税，小功不税，其文至於是也。兄弟之服不過小功，外親之服不過緦，其情至於是也。因其情而爲之文，親疎之殺見矣。故禮：大功以上不謂之兄弟，兄弟有加而大功無加。無加者，親親也；有加者，報之也。親親者税，下親親者不税，是亦其情也。且禮專爲情乎？亦爲文乎？如專爲情也，則至親不可以期斷，小功不可以不税；如爲文也，則至親之期斷，小功之不税一也。夫曾子、韓子隆於情而不及文失禮之指而疑其説。雖然，韓子疑之是也，彼人之爲非也。何以言之邪？小功雖不税，亦不吉服而已矣。《記》曰：『聞遠兄弟之喪，既除喪而後聞之，則免袒，哭之成踊。』夫若是，奚其吉哉？故曰：彼人之爲非也，韓子疑之是也。小功不税，禮也。然則免袒成踊則已矣乎？猶有加焉。曰：我未之聞也。雖然，降而無服者麻不税，是亦降而無服已。哀之以其麻，哭之以其情，逾月然後已。其亦愈乎吉也。」

何蕃傳①〔一〕

太學生何蕃入太學者二十餘年矣②〔二〕。歲舉進士，學成行尊。自太學諸生推頌〔三〕，不敢與蕃齒〔四〕。相與言於助教博士，助教博士以狀升於司業、祭酒③〔五〕，司業、祭酒譔次蕃之羣行焯焯者數十餘事④〔六〕，以升之於禮部⑤，而以聞天子。京師諸生以薦蕃名爲文説者⑥〔七〕，不可選紀〔八〕。公卿大夫知蕃者比肩立〔九〕，莫爲禮部⑦。爲禮部者率蕃所不合者⑧，以是無成功。

蕃，淮南人〔一〇〕，父母俱全⑨。初入太學，歲率一歸，父母止之。其後間一二歲乃一歸，又止之。不歸者五歲矣。蕃，純孝人也〔一一〕。閔親之老，不自克〔一二〕，一日揖諸生，歸養于和州⑩。諸生不能止，乃閉蕃空舍中。於是太學六館之士百餘人⑪〔一三〕，又以蕃之義行言於司業陽先生城〔一四〕，請諭留蕃⑫。於是太學闕祭酒，會陽先生出道州〔一五〕，不果留〔一六〕。

歐陽生詹言曰⑬〔一七〕：「蕃，仁勇人也。」或者曰：「蕃居太學，諸生不爲非義。葬死者之無歸⑭〔一八〕，哀其孤而字焉〔一九〕。惠之大小，必以力復〔二〇〕。斯其所謂仁歟！蕃之力不任其體，其貌不任其心〔二一〕，吾不知其勇也。」歐陽生詹曰：「朱泚之亂〔二二〕，太學諸生舉將從之，來請起蕃。蕃正色叱之，六館之士不從亂⑮〔二三〕。茲非其勇歟？」

惜乎蕃之居下，其可以施於人者不流也〔二四〕。譬之水，其爲澤〔二五〕，不爲川乎？川者高，澤者卑。高者流，卑者止。是故蕃之仁義充諸心，行諸太學，積者多，施者不遐也。天將雨，水氣上⑯〔二六〕，無擇於川澤澗谿之高下⑰。然則澤之道〔二七〕，其亦有施乎？抑有待於彼者歟〔二八〕？故凡貧賤之士，必有待然後能有所立⑱。獨何蕃歟〔二九〕？吾是以言之，無使其無傳焉⑲。

【彙校】

①〔何蕃傳〕潮本注：「一有『太學』字。」南宋閩本注同。南宋蜀本、魏本「何」上多「太學」二字。《舉正》訂「書」字，作「何蕃書」，云：「以杭本定。蜀本作『太學生何蕃傳』，然卷首總題亦作『書』。此文總於書類，當從舊本。」朱熹本「何」上多「太學生」三字。《考異》：「方本作『書』。今按：此當作『傳』而入書類，未詳其說。但其詞則實傳也，況有諸本可從乎？」

②〔二十餘年〕南宋蜀本「餘年」作「年餘」。《舉正》據杭本訂「廿年餘」三字，作「入太學者廿年餘矣」，云：「蜀本『廿』作『二十』，然『餘』字亦綴於『年』之下，謝校同。今本作『二十餘年』，則非也。泰山秦碑皆四字一語，如『皇帝臨位，廿有六年』，今石本猶傳於世。公文多用『廿』、『卅』字，唯《孔左丞碑》尚見，然《南海碑》、《薛助教碑》石本皆然，世人不多見之耳。《說文》：廿音入，二十并也。卅，先合切，三十之省便，古文也。又『行玉廿穀，乃免衛侯』，亦見《國語》。『魏嫗何多，一孕四十，中山何夥，有子百廿』，此顏之推《稽聖賦》語也，今人未易以俗書略之。」朱熹訂作「廿餘年」，《考異》：「諸本作『二十餘年』，方從杭本作『廿年餘』。今『廿』從方本，『餘年』從諸本。」

③〔以狀升於〕王本、廖本「升」作「申」。

④〔譔次〕祝本、南宋蜀本、魏本、王本、廖本「譔」作「撰」。魏本注：「撰，雛免切，與『譔』同。」謹按：「撰」、「譔」字通。黄侃《說文外編箋識》：「撰，古亦通用『饌』。《大雅》鄭箋『豫撰几在有馮有翼下』，《釋文》作『饌几』，云：『具也。』撰又有爲撰述者是，正作譔。《祭統》『論饌其先祖之美』，揚子《法言》『譔學行』、『譔吾子』，皆如此。」

⑤〔以之升於〕《舉正》出南宋監本「以升之於禮部」，乙「升之」作「之升」，增「於」字，云：「三本同。」朱熹從方本，《考

異》：「或作『升之』，或無『於』字。」

⑥〔名爲文説〕《舉正》出南宋監本「以薦蕃名爲文説者」，據閣本删「爲」字，云：「李、謝校。」朱熹從方本，《考異》：「『名』下或有『爲』字。」

⑦〔莫爲禮部〕潮本注：「莫爲禮部，一云『立嘆莫爲禮部』。」南宋閩本注：「一本『立』下有『嘆』字，一無上〔莫爲禮部〕四字。」祝本、南宋蜀本、魏本「莫爲禮部」作「歎」。祝本注：「一本無『歎』字，有『莫爲禮部』四字。」魏本注同。《舉正》出南宋監本「知蕃者比肩立莫爲禮部」，云：「此本與閣本同，李、謝亦從此校。杭本作『立嘆』，無『莫爲禮部』四字，蜀本併五字存之。」《考異》：「『立』下或有『歎』字，或有『歎』字而無『莫爲禮部』四字。」

⑧〔所不合者〕魏本「所」下多一「以」字。

⑨〔父母俱全〕《舉正》據閣、蜀本訂「俱」作「具」。朱熹從方本，《考異》：「具，或作『俱』。」謹按：「具」爲「俱」之假借字。《説文》：「俱，皆也。从人具聲，舉朱切。具，共置也。从廾，从貝省。古以貝爲貨。其遇切。」朱駿聲《説文通訓定聲》：「具，假借爲『俱』。《詩·節南山》『民具爾瞻』、《儀禮·士冠禮》『具饌于西塾』。」

⑩〔養于和州〕祝本「于」作「於」。

⑪〔百餘人〕潮本「百」上多一「七」字。今從祝本。

⑫〔請諭留〕潮本注：「諭，一作『論』。」祝本、南宋閩本、南宋蜀本、魏本無「諭」字。祝本注：「一有『諭』字，又一作『論』。」魏本注：「一作『請留諭蕃』，『諭』字又一作『論』。」《舉正》據閣本增「諭」字，作「請諭留蕃」，云：「李校。蜀本作『論』，謝從之。」朱熹增「諭」字，《考異》：「或無『諭』字，方作『論』。」

⑬〔歐陽生詹〕《舉正》出南宋監本「歐陽生詹」，乙「生詹」作「詹生」字，云：「閣本。下同，李、謝校。」《考異》：「詹生，或作『生詹』。方本『陽』下注『詹』字，下同。今按：歐陽詹生，如史稱『轅固生』、『欒瑕公』之類甚多，不當作注。」方成珪注：「按方氏《舉正》亦從閣本及李、謝校本作『歐陽詹生』，『詹』字並不作注，豈朱子所見本不同耶？轅固生見《史記·儒林傳》，欒瑕公見《史記·樂毅傳》。」

⑭〔葬死者〕《舉正》出南宋監本「葬死者之無歸」，删「葬」字，云：「杭、蜀同，《新史·陽城傳》亦只云『死喪無歸者身爲治喪』。」朱熹從監本，《考異》：「方從杭蜀本無『葬』字，非是。」

⑮〔不從亂〕祝本「從」下多一「能」字。

⑯〔水氣上〕《考異》：「『水』下或有『之』字。」

⑰〔川澤潤谿〕祝本、魏本「潤谿」作「谿潤」。

⑱〔必有待〕魏本無「必」字。

⑲〔無使其無傳〕魏本注：「一作『無亦使其無傳焉』。」潮本「無」下多一「亦」字，祝本、南宋閩本、南宋蜀本同。朱熹本有「亦」字，《考異》：「或無『亦』字。」今從魏本。

【箋注】

〔一〕此篇作年，方崧卿、方成珪、蔣抱玄繫於貞元十五年（七九九）。《舉正》：「陽城出道州，貞元十五年九月。此書公其年冬自徐朝正於京之所作。」方譜：「是年冬作。」

〔二〕沈欽韓注：「《會要》六十六：元和元年四月，國子祭酒馮伉奏：『學生准格，九年不及第者即出監。』未審何蕃何得久留至是。」

〔三〕蔣抱玄注：「推頌，即稱頌也。《魏書·吴悉達傳》：『鄉閭五百餘人詣州稱頌焉。』」

〔四〕孫汝聽注：「不敢與蕃齒，不敢比蕃也。」

〔五〕《唐書·百官志三》國子監：「祭酒一人，從三品。司業二人，從四品下。掌儒學訓導之政，總國子、太學、廣文、四門、律、書、算凡七學。國子學博士五人，正五品上。掌教三品以上及國公子孫從二品以上曾孫爲生者。助教五人，從六品上。掌佐博士分經教授。太學博士六人，正六品上。助教六人，從七品上。掌教五品以上及郡縣公子孫從三品曾孫爲生者。廣文館博士四人。助教二人。掌領國子學生業進士者。四門館博士六人，正七品上。助教六人，從八品上。掌教七品以上侯伯子男子爲生及庶人子爲俊士生者。律學博士三人，從八品下。助教一人，從九品下。掌教八品以上及庶人子爲生者。書學博士二人，從九品下。助教一人，掌教八品以下及庶人子爲生者。算學博士二人，從九品下。助教一人。掌教八品以下及庶人子爲生者。」

〔六〕祝充注：「撰，述也。焯，音灼，明也。焯焯，謂其行之顯著者也。《選》《羽獵賦》：『焯焯其波。』」蔣抱玄注：「唐制：國子監設司業二人，爲祭酒之貳。唐制：祭酒爲國子監長官。古者會同鄉燕，必尊長先用酒以祭，取同列中以齒德相推之義。」譔次，選擇編次也。《後漢書·曹褒傳》：『撰次天子至於庶人，冠婚吉凶終始制度，以爲百五十篇。』焯焯，焯音酌，古通灼。《詩經》

《周南·桃夭》：『桃之夭夭，灼灼其華。』事，件也。物之一件曰一事。」

〔七〕蔣抱玄注：「名，稱號也。名文説，謂以薦何蕃而標其文章之目也。」

〔八〕孫汝聽注：「不可選紀，猶言不可勝計也。」蔣抱玄注：「選，數也。《尚書》（《盤庚》）：『世選爾勞。』」

〔九〕蔣抱玄注：「比肩，肩相並，言人多也。《晏子春秋》（《内篇·雜下第六》）：『比肩繼踵而在。』」

〔一〇〕樊汝霖注：「此傳云：『淮南人。』下云：『歸養于和州。』和州，淮南道也。子厚作《陽城遺愛碣》，則云蕃廬江人。」

〔一一〕蔣抱玄注：「純孝，純，全也。《左傳》（隱公元年）：『君子曰，潁考叔純孝也。』」

〔一二〕孫汝聽注：「不自克，不能自己也。」蔣抱玄注：「克，勝也。不自克，不能自己也。」

〔一三〕孫汝聽注：「國子、太學、四門、律、書、算爲六館。」

〔一四〕樊汝霖注：「貞元十一年七月，城自諫議大夫罷爲國子司業。」

〔一五〕樊汝霖注：「貞元十五年九月，以城爲道州刺史。」

〔一六〕孫汝聽注：「既闕祭酒，城又罷司業，不可留。」

〔一七〕孫汝聽注：「詹時爲四門助教。」歐陽詹，《新唐書》有傳，其生平如次：歐陽詹，字行周，泉州晋江人，生於肅宗至德二載。大曆十二年，與蔡明濬、羅山甫等隱居潘湖（歐陽詹《與王式書》）。

建中年間常衮爲福建諸州觀察使，親與之爲客主之禮，觀游讌饗必召與之。貞元二年入京（歐陽詹《懷忠賦》），貞元四年始應禮部試，五試方售（歐陽詹《上鄭相公書》），貞元八年進士登第（韓愈《歐陽生哀辭》）。四試於吏部，始授四門助教（《上鄭相公書》）。十五年冬，以四門助教舉韓愈爲博士，不果（《歐陽生哀辭》）。十七年春末仍在世（歐陽詹《徐十八晦落第》），夏秋之間卒（《歐陽生哀辭》），享年四十五歲。

〔一八〕蔣抱玄注：『《唐書》蕃本傳：『蕃居太學二十年，有死喪無歸者，皆身爲治喪。』』

〔一九〕魏仲舉注：「字，養也。」《左傳》昭公十一年：「其僚無子，使字敬叔。」杜預注：「字，養也。」

〔二〇〕魏仲舉注：「復，報復也。」謹按：報復，酬報、回報。《漢書·朱買臣傳》：「悉召見故人與飲食諸嘗有恩者，皆報復焉。」

〔二一〕魏仲舉注：「任，勝也。」

〔二二〕樊汝霖注：「建中四年十月，涇原軍亂，推朱泚爲主。」魏仲舉注：「泚，此禮切。」

〔二三〕蔣抱玄注：「《唐書》蕃本傳：『初，朱泚反，諸生將從亂。蕃正色叱不聽，故六館之士無受汙者。』」

〔二四〕魏仲舉注：「流，行也。」

〔二五〕魏仲舉注：「澤，陂澤。」

〔二六〕孫汝聽注：「高山出雲爲雨。」
〔二七〕蔣抱玄注：「澤，水所匯也。《書經》（《禹貢》）：『九澤既陂。』」
〔二八〕孫汝聽注：「彼，謂爵位也。」
〔二九〕蔣抱玄注：「獨何，猶何獨也。」

答張籍書①〔一〕

愈始者望見吾子於衆人之中②〔二〕，固有異焉。及聆其音聲，接其辭氣，則有願交之志。因緣幸會〔三〕，遂得所圖。豈惟吾子之不遺〔四〕，抑僕之所遇有時焉耳〔五〕。近者嘗有意吾子，吾子闕焉無言③，意僕之所以交之之道不至也④。今乃大得所圖，脱然若沉痾去體〔六〕，灑然若執熱者之濯清風也⑤〔七〕。

然吾子所論「排釋老不若著書⑥，囂囂多言〔八〕，徒相爲訾」，若僕之見⑦，則有異乎此也。夫所謂著書者，義止於辭耳。宣之於口，書之於簡，何擇焉？孟軻之書，非軻自著，軻既殁⑧，其徒萬章、公孫丑相與記軻所言焉耳⑨。僕自得聖人之道而誦之，排前二家有年矣。不知者以僕爲好辯也〔九〕。然從而化者亦有矣⑩，聞而疑者又有倍焉⑪。頑然不入者⑫，親以言諭之不入，則其觀吾書也⑬，固將無所得矣⑭。爲此而止，吾豈有愛於力乎哉〔一〇〕！然有一説：化當世莫若口，傳來世莫若書〔一一〕。又懼吾力之未至，至之不能也⑮。三十而立，四十而不惑。吾於聖人既過之猶懼不及，矧今未至〔一二〕，固有所未至耳。請待五六十然後爲之⑯，冀其少過也〔一三〕。

吾子又譏吾與人爲無實駁雜之説⑰〔一四〕，此吾所以爲戲耳。比之酒色〔一五〕，不有間乎？吾子譏之，似同浴而譏裸裎也⑱〔一六〕。若商論不能下氣⑲，或似有之，當更思而悔之耳。博塞之譏，敢不承教，其他俟相見⑳。

薄晚須到公府，言不能盡㉑。愈再拜〔一七〕。

【彙校】

①〔答張籍書〕南宋閩本、南宋蜀本「答」作「荅」，《舉正》出南宋監本作「荅張籍書」，朱熹本作「答」，此下各篇同。謹按：「荅」、「答」，通假字。《説文》：「荅，小尗也。从艸合聲，都合切。」段注：「《禮》注有『麻荅』，《廣雅》云：『小豆荅也。』假借爲『酬荅』。」朱駿聲《説文通訓定聲》：「荅，假借爲『合』。《書·牧誓》：『昏棄厥祀弗荅。』傳：『當也。』鄭注：『問也。』《詩·雨無正》：『聽言則荅。』箋：『猶距也。』《漢書·賈山傳》作『對』。《儀禮·鄉射禮記》：『既發則荅君而俟。』注：『對也。』《禮記·祭義》：『荅陽之義也。』注：『對也。』《漢書·郊祀志》：『不荅不饗。』注：『應也。』《五行志》：『適不荅茲謂不次。』注：『報也。』」此下各篇「荅」統一爲「答」，不再出校。

②〔衆人之中〕潮本注：「衆人，一作『人人』。」祝本注同。魏本注：「衆人，一作『衆子』，一作『人人』。」《舉正》據蜀本訂「人」字，作「人人」，云：「謝校。」朱熹從方本，《考異》：「上『人』字或作『衆』。今按：『人人』乃『衆人』之義，此篇下文及後《與孟東野書》、別本《歐陽詹哀詞》皆有之，然不見於它書，疑當時俗語也。」

③〔吾子闕焉〕潮本無「闕」上「吾子」二字，諸本並同。《舉正》出南宋監本「近者嘗有意吾子之闕焉無言」云：「別本再有『吾子』字。」朱熹從方本，《考異》：「或再出『吾子』字，非是。」今從方引別本增「吾子」二字。

④〔意僕之所以〕潮本無「意」字，祝本、南宋閩本、南宋蜀本、魏本同。《舉正》出南宋監本「僕所以交之之道」，云：「別本『僕』上增『意』字。」朱熹從別本增「意」字，《考異》：「方無『意』字。」今從朱本增「意」字。潮本無「僕」下「之」字，諸本並同，「僕」下潮本注：「一有『之』字。」祝本、南宋閩本注同。句末魏本注：「一云『嘗有意乎吾子，吾子闕然無言，意僕之所以』云云。」今從潮引或本增「之」字。

⑤〔熱者之濯〕祝本無「之」字。

⑥〔排釋老〕「老」下潮本注：「一有『之說』字。」魏本注同。祝本注：「一有『說』字。」南宋閩本注：「一有『之』。」

⑦〔若僕之見〕祝本注：「之，一作『所』。」南宋閩本注同。「見」下潮本注：「一有『者』字。」祝本、南宋閩本注同。魏本有「者」字，注：「一本『之』作『所』，字下無『者』字。」《舉正》出南宋監本「若僕之見」，云：「蜀本作『之所見』。」《考異》：「『之』下或有『所』字。」

⑧〔軻既歿〕祝本、魏本「歿」作「没」。謹按：「歿」、「没」，古今字。《玉篇》：「歿，古文『没』字。」

⑨〔所言焉耳〕魏本注：「焉耳，一作『者耳』。」祝本「焉」作「者」。《考異》：「焉，或作『者』。」

⑩〔從而化者〕魏本「化」下多一「之」字。

⑪〔聞而疑者〕「疑」下魏本多一「之」字。

⑫〔頑然不入者〕祝本「然」作「焉」。

⑬〔則其觀吾書也〕「書」下潮本注：「一有『可』字。」祝本、魏本注同。南宋蜀本「書」下多一「可」字，注：「一無『可』。」

⑭〔固將無所得矣〕南宋蜀本注：「一無『所』。」南宋蜀本注：「一無『矣』。」魏本注：「趙本無『所』、『矣』二字。」《舉正》出南宋監本「固將無所得矣」，據閣本删「所」字，云：「杭同，李、謝删，《文録》併『矣』字亦無。」朱熹從方本，《考異》：「『得』上或有『所』字，或無『矣』字。」

⑮〔又懼吾力之未至至之不能也〕《舉正》出南宋監本「又懼吾力之未至至之不能也」，據閣本删「未至至之」四字，云：「杭同，李、謝删。」朱熹删「至之不能」四字，《考異》：「未至，方作『不能』；或『至』下更有『至之不能』四字。」

⑯〔五六十〕南宋蜀本無「五」字。

⑰〔吾子又譏吾與人爲無實駁雜之説〕，潮本「又」作「有」。「人」下潮本多一「之」字，祝本、南宋閩本、南宋蜀本、魏本同。魏本注：「一本『人之』無『之』字。」《舉正》訂「之」作「人」，作「吾與人人爲無實駁雜之説」，云：「謝氏以古本校，蜀本無下『人』字。」朱熹從方本，《考異》：「或無下『人』字，説見上。」王元啓注：「方本『與人』下有複出『人』字。按篇首『望見吾子於人人之中』及《孟東野書》『其於人人』、《歐陽哀辭》『名聲流於人人』，諸處複出

「人」字俱不可省，省之則不復成語矣。此處一「人」字已足，不假複出爲奇，有者非是。」今從魏引或本。

⑱〔譏裸裎〕潮本注：「裎，趙作『體』。」魏本注同。祝本、南宋閩本注：「裎，一作『體』。」《舉正》據蜀本、《文録》訂作「體」。朱熹從監本，《考異》：「裎，方作『體』。」

⑲〔商論〕潮本注：「商，一作『高』。」祝本注同。魏本注：「『商』字一作『高』者非。」

⑳〔俟相見〕南宋蜀本「俟」作「似」。

㉑〔言不能盡〕《舉正》：「杭本無『言』字。」《考異》：「或無『言』字。」

【箋注】

〔一〕韓醇注：「公佐戎汴州，籍來謁，公善之。籍責公排佛老不著書，公答書二首。」

此篇作年，樊汝霖、方崧卿《舉正》、《年表》繫於貞元十二年，廖瑩中繫於貞元十一年，王元啓繫於貞元十四年，方成珪繫於貞元十三年。《舉正》：「二書並貞元十二年汴州作。」廖瑩中注：「公與籍相識於汴。觀此書意謂『薄晚須到公府』，即尚爲佐於汴州時，貞元十一年也。」王元啓注：「考公贈籍詩，籍於貞元十三年十月至汴，十四年冬舉汴府鄉貢，十五年登進士第。此書十四年作。公答書云『薄晚須到公府』，謂汴府也。時公年三十一，故引『三十而立，四十而不惑』二語，自云『年未至』；而籍再與公書又云『年已逾之』。」方成珪云：「原書中有『三十而立，四十而不惑。吾於聖人既過之，猶懼不及，矧今未至』云云也。不知『未至』云者，特未至四十耳。此書當作於十三年秋，後書同。公時年三十。」謹按：據下書「孟君將有所適」，當作於貞元十四年（七九八）。

〔二〕蔣抱玄注：「吾子，爾汝之稱。《孟子》（《告子下》）：『吾子過矣。』」

〔三〕蔣抱玄注：「因緣，猶言機會也。《史記·田叔傳》：『爲人將車至長安，留求事爲小吏，未有因緣也。』幸會，僥幸之意。謝瞻詩（《於安城答靈運五章》之二）：『幸會果代耕，符守江南曲。』」

〔四〕蔣抱玄注：「不遺，不棄也。《論語》（《泰伯》）：『故舊不遺則民不偷。』」

〔五〕蔣抱玄注：「僕，自謙之詞。《前漢書·韋玄成傳》自稱爲僕，卑辭也。」

〔六〕魏仲舉注：「疴，病也。」蔣抱玄注：「沉痾，病深重也。《晉書》（《樂廣傳》）：『沉疴頓愈。』」

〔七〕孫汝聽注：「《詩》：『誰能執熱，逝不以濯。』」蔣抱玄注：「《孟子》（《離婁上》）：『今也欲無敵於天下而不以仁，是猶執熱而不以濯也。』」

〔八〕魏仲舉注：「囂，許嬌切，喧也。」蔣抱玄注：「囂囂，衆多貌。讀如『嗷嗷』。《詩經》：『讒口囂囂。』」謹按：囂囂，衆口讒毁貌。《詩·小雅·十月之交》：「無罪無辜，讒口囂囂。」鄭箋：「囂囂，衆多貌。時人非有辜罪，其被讒口見椓譖囂囂然。」

〔九〕蔣抱玄注：「《孟子》（《滕文公下》）：『予豈好辯哉，予不得已也。』」

〔一〇〕愛，吝惜。《論語·八佾》：「爾愛其羊，我愛其禮。」《孟子·梁惠王上》：「百姓皆以王爲愛也，臣固知王之不忍也。」趙岐注：「愛，嗇也。」

〔一一〕蔣抱玄注：「來世，後代也。《書經》（《湯誓》）：『予恐來世以台爲口實。』」

〔一二〕樊汝霖注：「籍書謂『參戎府』，公書謂『到公府』，皆指汴也。按公以貞元十二年佐汴，時年二十九，故云。」

〔一三〕蔣抱玄注：「少過，諸葛亮《與羣下教》：『苟能慕元直之十反，幼宰之殷勤，有忠於國，則亮可少過矣。』」

〔一四〕樊汝霖注：「駮雜之説，世多指《毛穎傳》。蓋因《摭言》有云：韓公著《毛穎傳》，好博塞之戲，張水部以書勸之耳。而不知籍此書乃與公酬答於貞元佐汴時，而《毛穎傳》以吕汲公《年譜》考之，則元和七年所作。又柳子厚《書毛穎傳》後云：『自吾居夷，不與中州人通書。有來南者，時言韓愈爲《毛穎傳》。』子厚以永貞元年出爲永州司馬，凡十年。則《毛穎傳》誠元和間作，後此書十有餘歲。《摭言》未可憑也。」

〔一五〕蔣抱玄注：「《史記·高帝紀》：『好酒及色，不事家人生産作業。』」

〔一六〕蔣抱玄注：「裸裎，露身也。《孟子》（《公孫丑上》）：『雖袒裼裸裎於我側。』」

〔一七〕魏本附録「張籍遺公第一書」，題下引韓醇注：「《新史》曰：『籍性狷直，嘗責愈喜博塞及爲交雜之説，論議好勝人，其排佛老不能著書若揚雄孟軻以垂世。』即謂此書也。」張籍《與韓愈書》：

「古之胥，教誨舉動言語，無非相示以義，非苟相諛悦而已。執事不以籍愚暗，時稱發其善，教所不及，施誡相與，不問塞於他人之説，是近於古人之道也。籍今不復以義，是執竽而拒歡來者，烏所謂承人以古人之道歟？頃承論於執事：嘗以爲世俗陵靡，不及古昔，蓋聖人之道廢弛之所爲也。宣尼没後，楊朱、墨翟恢詭異説，干惑人聽。孟軻作書而正之，聖人之道復存于世。秦氏滅學，漢重以黄老之術教人，使人寖惑。揚雄作《法言》而辯之，聖人之道猶明。及漢衰末，西域浮屠之法入于中國。中國之人世世譯而廣之，黄老之術相沿而熾。天下之言善者，惟二者而已矣。昔者聖人以天下生生之道曠，乃物其金木水火土穀藥之用以厚之；因人資善，乃明乎仁義之德以教之。俾人有常，故治生相存而不殊。今天下資於生者，咸備聖人之器用；至於人情，則溺乎異學，而不由乎聖人之道。使君臣父子夫婦朋友之義沈于世，而邦家繼亂，固仁人之所痛也。自揚子雲作《法言》，至今近千載，莫有言聖人之道者，言之者惟執事焉耳。習俗者聞之，多怪而不信，徒相爲訾，終無裨於教也。執事聰明文章與孟軻楊雄相若，盍爲一書以興存聖人之道，使時之人、後之人知其去絶異學之所爲乎？曷可俯仰於俗，囂囂爲多言之徒哉！然欲舉聖人之道者，其身亦宜由之也。此見執事多尚較雜無實之説，使人陳之於前以爲歡，此有以累於令德。又商論之際，或不容人之短，如任私尚勝者，亦有所累也。先王存六藝自有常矣，有德者不爲，猶以爲損，況爲博塞之戲與人競財乎？君子固不爲也。今執事爲之，以廢棄時日，竊實不識其然。且執事言論文章不謬於古人，今所爲或有不出於世之守常者，竊未爲得也。

願執事絶博塞之好，弃無實之談，弘廣以接天下士。嗣孟軻揚雄之作，辯楊墨老釋之説，使聖人之道復見於唐，豈不尚哉！籍誠知之，以材識頑鈍，不敢竊居作者之位，所以咨於執事而爲之爾。若執事守章句之學，因循于時，置不朽之盛衰，與夫不知言者亦無以異矣。籍再拜。」

重答張籍書①

吾子不以愈無似〔一〕，意欲推而納諸聖賢之域②，拂其邪心，增其所未高，謂愈之質有可以至於道者。浚其源，導其所歸；溉其根，將食其實。此盛德者之所辭讓③，況於愈者哉④！抑其中有宜復者，故不可遂已。

昔者聖人之作《春秋》也，既深其文辭矣〔二〕，然猶不敢公傳道之。口授弟子，至於後世，然後其書出焉⑤，其所以慮患之道微也。今夫二氏之所宗而事之者，下乃公卿輔相⑥〔三〕，吾豈敢昌言排之哉〔四〕？擇其可語者誨之，猶時與吾悖，其聲嘵嘵⑦〔五〕。若遂成其書，則見而怒之者必多矣，必且以我爲狂爲惑。其身之不能恤，書於吾何有⑧？夫子，聖人也，且曰⑨：「自吾得子路而惡聲不入於耳。」⑩〔六〕其餘輔而相者周天下，猶且絶糧於陳〔七〕，畏於匡〔八〕，毁於叔孫〔九〕，奔走於齊、魯、宋、衛之郊，其道雖尊，其窮也亦甚矣⑪。賴其徒相與守之，卒有立於天下。向使獨言之而獨書之，其存也可冀乎？今夫二氏行乎中土也〔一〇〕，蓋六百年有餘矣，其植根固，其流波漫，非所以朝令而夕禁也。自文王没，武王、周公、成、康相與守之，禮樂皆在，至乎夫子⑫，未久也；自夫子而至乎孟子，未久也；自孟子而至乎楊雄，亦未久也⑬。然猶其勤若此，其困若此⑭，而後能有所立，吾其可易而爲之哉？其爲也易，則其傳也不遠，故余所以不敢也。然觀古人，得其時，行其道⑮，則無所爲書⑯。書者⑰，皆所爲不行乎今而行乎後世者也⑱。今吾之得吾志、失吾志未可知，俟五六十爲之未失也⑲。天不欲使兹人有知乎，則吾之命不可期；如使兹人有知乎，非我其誰哉！其行道，其爲書，其化今，其傳後，必有在矣。吾子其何遽慼慼於吾所爲哉⑳！

前書謂吾與人商論不能下氣㉑，若好勝者然㉒。雖誠有之，抑非好己勝也，好己之道勝也。非好己之道勝也㉓，己之道乃夫子、孟軻、楊雄所傳之道也㉔。若不勝㉕，則無所爲道㉖，吾豈敢避是名哉㉗！夫子之言曰：「吾與回言終日，不違如愚。」則其與衆人辯也有矣㉘。駁雜之譏，前書盡之，吾子其復之。昔者夫子猶有所戲，《詩》不云乎：「善戲謔兮，不爲虐兮。」〔一一〕《記》曰：「張而不弛，文武不能也。」㉙〔一二〕惡害於道哉㉚！吾子其未之思乎？

孟君將有所適〔一三〕，思與吾子別，庶幾一來〔一四〕。愈再拜〔一五〕。

【彙校】

①〔重答張籍書〕《舉正》：「《新書》載此書于《籍傳》。」《新唐書》卷一七六《張籍傳》録入此篇，據校。

②〔推而納諸〕《新唐書》「而」作「之」。《舉正》：「《新書》作『之』。」《考異》：「而，或作『之』。」

③〔盛德者〕《新唐書》無「者」字。《舉正》：「《新書》無『者』字。」《考異》：「或無『者』字。」

④〔況於愈者哉〕魏本注：「『於』字上一本有『至』字。」

⑤〔然後其書〕《新唐書》無「然後」二字。《舉正》：「《新書》無『然後』字。」《考異》：「或無此二字。」

⑥〔下乃公卿輔相〕潮本「乃」作「及」，《新唐書》、祝本、南宋閩本、魏本同。《舉正》據閣本訂作「乃」，云：「杭同，蜀本作『及』，《新書》同。」《考異》：「乃，或作『及』。今按：此言其下者猶是公卿輔相，蓋微詞，以見上自天子亦宗事二氏之意。」今從方本。

⑦〔其聲嘵嘵〕魏本「嘵嘵」作「譊譊」。童第德注：「《説文》：『譊，恚呼也。嘵，懼也。《詩》曰：予唯音嘵嘵。』此本作『譊』，正字；諸本作『嘵』，假借字。」

⑧〔書於吾何有〕《新唐書》無「吾」字。《舉正》據杭本訂「於書」二字，作「於書何有」，云：「蜀同，《新書》作『書於何有』。」《考異》：「書於，方作『於書』，仍無『吾』字。今按：書於吾何有，言無補也，方本誤。」朱熹從監本作「書於吾何有」。童第德注：「《論語·雍也》：『於從政乎何有。』皇疏：『何有，言不足有也。』『書於何有』，即何有於

書，言書亦無用也。方本作『書於何有』亦通，宜兩存之。」

⑨〔且曰〕《新唐書》「且」作「而」。

⑩〔自吾得子路而惡聲不入於耳〕魏本「自吾」作「吾自」。謹按：《史記·仲尼弟子列傳》原文作「自吾」。

⑪〔其窮也亦甚矣〕潮本注：「趙云『其躬也亦窮矣』。」祝本、魏本注同。南宋閩本注：「一云『其躬亦窮矣』。」《新唐書》作「其窮亦至矣」。《舉正》據杭本訂「躬」、「窮」二字，作「其躬也亦窮矣」，云：「《文録》同，蜀本作『其窮亦甚矣』，《新書》作『其窮亦至矣』。」朱熹從監本作「窮也亦甚」，《考異》：「方『窮』作『躬』，『甚』作『窮』，皆非是。甚，又或作『至』。」

⑫〔至乎夫子〕《新唐書》、南宋蜀本「至」作「及」，魏本「至乎」作「及至」。《舉正》訂「及」字，作「及乎夫子」，云：「三本、《新書》同。」朱熹從方本，《考異》：「及，或作『至』。」

⑬〔自孟子而至乎楊雄亦未久也〕以上二「至乎」，王本、廖本作「及乎」，王本注：「下二『及乎』，方並作『至乎』，句下無『也』字。」廖本注：「下二『及乎』，或並作『至乎』，句下無『也』字。」王本、張本、廖本「楊」作「揚」。《舉正》據閣本删句末「也」字，云：「杭、蜀存之。」朱熹從監本存「也」字，《考異》：「方無『也』字。」

⑭〔其困若此〕祝本注：「其，一作『而』。」

⑮〔得其時行其道〕「時」下魏本多一「而」字。

⑯〔則無所爲書〕潮本注：「爲，一作『著』。」祝本、南宋閩本、魏本注同。

⑰〔書者〕潮本「書」上多一「爲」字，《新唐書》、祝本、南宋閩本、南宋蜀本、魏本同。潮本注：「爲，一作『著』。」祝本、

南宋閩本、魏本注同。《舉正》出南宋監本「爲書者」，據杭本、蜀本刪「爲」字。朱熹從方本，《考異》：「句上或有『爲』字。」今從方本。

⑱〔皆所爲不行乎今而行乎後世者也〕潮本注：「所爲，一作『謂』。」祝本、南宋閩本注同。魏本注：「一本『所爲』作『也謂』。」潮本無「世」字，南宋閩本、南宋蜀本、魏本同。「後」下潮本注：「一有『世』字。」南宋閩本、南宋蜀本、魏本注同。祝本「世」作「出」，「出」下注：「一有『世』字。」《舉正》據蜀本增「世」字，云：「《新書》同。」朱熹從方本，《考異》：「或無『世』字。」今從《新唐書》。

⑲〔俟五六十〕《新唐書》、魏本「俟」上多一「則」字。

⑳〔吾子其何遽〕《舉正》：「蜀本『其』作『又』。」《考異》：「其，或作『又』。」

㉑〔謂吾與人商論〕祝本「謂」上多一「所」字。《新唐書》無「商」字。《舉正》：「杭本無『商』字，《新書》同，謝本亦刪，惟蜀本有之。考張籍本書，實有『商』字。」《考異》：「或無『商』字。」

㉒〔若好勝者然〕「好」上南宋蜀本多一「己」字。「好」下潮本多一「己」字，祝本、南宋閩本、魏本同。《新唐書》無「然」字。《舉正》出南宋監本「若好己勝者然」，刪「己」字，云：「三本同，《新書》併『然』字刪。」朱熹從方本，《考異》：「『好』下或有『己』字，或無『然』字。」今從方本。

㉓〔非好己之道勝也〕潮本無「非好己之道勝也」七字，祝本、南宋閩本、南宋蜀本、魏本同。祝本注：「《唐史》有『非好己之道勝也』一句，非。」魏本注同。《舉正》據閣本增此句，云：「《新書》、李、謝本皆校從上。」朱熹從方本，《考異》：「或無此一語。」今從《新唐書》。

㉔〔楊雄所傳之道也〕魏本、張本、廖本「楊」作「揚」。魏本「所」上多一「之」字。潮本注：「所傳之道也，一云『之所傳者也』。」祝本、南宋閩本、魏本注同。《新唐書》作「之道將傳」，「將傳」二字屬下句。《舉正》據閣本訂「之道傳者」四字，作「己之道乃夫子、孟軻、揚雄之道，傳者若不勝，則無所爲道」，云：「《新書》、李、謝本皆校從上，杭、蜀本只作『乃夫子、孟軻、楊雄所傳之道也』，上文同。」朱熹從監本，《考異》：「方無『所傳』、『也』三字，而『道』下有『傳者』二字，屬之下句，皆非是。」

㉕〔若不勝〕《新唐書》「若」上多「傳者」二字。

㉖〔則無所爲道〕，朱熹訂「所」作「以」，《考異》：「以，方作『所』，非是。」

㉗〔吾豈敢避是名哉〕南宋蜀本「哉」上多一「也」字。

㉘〔與衆人辯〕王本、廖本「辯」作「辨」。

㉙〔張而不弛文武不能也〕潮本「能」作「爲」，《新唐書》、祝本、南宋閩本、南宋蜀本、魏本同。《舉正》出南宋監本「張而不弛文武不爲也」，云：「三本同，李、謝校本、袁本、潮本、《新書》並同。按《戴記》（《禮記・雜記下》）實作『張而不弛文武弗能也弛而不張文武弗爲也』，則此『爲』字正當作『能』字乃是。但李本云：《論衡》引此以譏董仲舒不窺園事，正作『張而不弛文武不爲也』。此作『不爲』，或公自用《論衡》，非用《戴記》也。」朱熹訂「爲」作「能」，《考異》：「『能』字本皆作『爲』。今按：作『爲』無理，必有脱誤。不然，不應舍前漢有理之《禮記》，而信後漢無理之《論衡》也。況公明言『《記》曰』，而無《論衡》之云，且又安知《論衡》之不誤哉？今據公本語，依《禮記》定作『能』字。」今從朱本。

㉚〔惡害於道哉〕潮本「惡」作「豈」，祝本、南宋閩本、南宋蜀本、魏本同。「道」上潮本多一「爲」字，祝本、南宋閩本、南宋蜀本、魏本同。潮本注：「一無『爲』字。」祝本、南宋閩本注同。句末魏本注：「一本作『烏害於爲道哉』。」《舉正》據閣本訂「惡」字，刪「於」下「爲」字，云：「蜀同，杭本有『爲』字，非。『惡』，李、謝校。一作『烏』，又作『豈』。袁本作『烏害其爲道哉』。」朱熹從方本，《考異》：「『惡，或作『豈』，『於』下或有『爲』字，一本作『烏害其爲道哉』。」今從《新唐書》。

【箋注】

〔一〕蔣抱玄注：「無似，猶言不肖，謙辭也。《禮記》《哀公問》：『公曰寡人雖無似也，願聞所以行三言之道。』」童第德注：「《禮記·哀公問》：『寡人雖無似也。』鄭注：『無似，猶言不肖。』」

〔二〕蔣抱玄注：「《史記·孔子世家》：『乃因史記作春秋，據魯親周，約其文辭而指博。』」

〔三〕蔣抱玄注：「下乃，乃或作及。今按：此言其下者猶是公卿輔相，蓋微詞以見上，自天子亦宗事二氏之意。」

〔四〕孫汝聽注：「昌言，猶公言也。」蔣抱玄注：「昌言，公言也。直陳其事，無所忌諱者曰昌言，如昌言於衆是也。」童第德注：「《書·臯陶謨》：『禹拜昌言』，《孟子·公孫丑上》趙注引作『禹拜讜言』。讜言，直言也。《爾雅·釋詁》：『昌，當也。』『當』有直義，『昌言』亦訓之言。《説文》：『昌，美言也。』一曰：昌之義爲倡。《周禮·樂師》：『遂倡之。』鄭司農云：『昌當爲倡，亦或爲倡。』是其證。」

〔五〕祝充注：「譊，馨么切。」魏仲舉注：「譊，尼交切。」蔣抱玄注：「曉曉，《詩經》（《豳風·鴟鴞》）：『予維音曉曉。』箋：『音曉曉然，恐懼告訴之意。』」

〔六〕孫汝聽注：「《史記》（《仲尼弟子列傳》）：孔子曰：『自吾得由，惡聲不入於耳。』」

〔七〕孫汝聽注：「孔子適陳，遇陳被吴伐，大亂，故絶糧。《論語》（《衛靈公》）：『在陳絶糧』云云。」

〔八〕孫汝聽注：「孔子將適陳，過匡，顔淵爲僕。以其策指之曰：昔吾入此由彼，缺也。匡人聞之，以爲魯之陽虎。虎嘗暴匡人，匡人於是遂止孔子拘焉五日。《論語》（《子罕》）：『子畏於匡。』」

〔九〕魏仲舉注：「亦見《論語》。」蔣抱玄注：「《論語·子張第十九》：『叔孫武叔毁仲尼。子貢曰：無以爲也，仲尼不可毁也。』」

〔一〇〕蔣抱玄注：「中土，謂中國。《後漢書·西域傳論》（《西域傳》）：其國則殷乎中土。」

〔一一〕孫汝聽注：「見《詩·淇澳》之詞。」《詩·衛風·淇奥》：「善戲謔兮，不爲虐兮。」毛傳：「寬緩虹大，雖則戲謔，不爲虐矣。」鄭箋：「君子之德，有張有弛，故不常矜莊而時戲謔。」

〔一二〕韓醇注：「《禮記》：『張而不弛，文武不爲也。弛而不張，文武不能也。一張一弛，文武之道也。』」《禮記·雜記下》：「張而不弛，文武弗能也；弛而不張，文武弗爲也；一張一弛，文武之道也。」鄭玄注：「張弛，以弓弩喻人也。弓弩久張之則絶其力，久弛之則失其體。」孔穎達疏：

「此孔子以弓喻於民也。張謂張絃，弛謂落絃。若弓張久而不落絃，則絶其弓力，喻民久勞而不息則亦損民之力也。文武弗能也者，言若使民如此，縱令文武之治，不能使人之得所。以言其苦，故稱其不能。弛而不張文武弗爲也者，言弓久落絃而不張設，則失其弓之往來之體。喻民久休息而不勞苦，則民有驕逸之志。民若如此，文武不能爲治也。而事之逸樂，故稱不爲也。一張一弛文武之道也者，言弓一時須張，一時須弛。喻民一時須勞，一時須逸，勞逸相參，若調之以道化之以理。張弛以時，勞逸以意，則文武得其中道也，使可以治。文武爲政之道，治民如此，故云文武之道也。」

〔一三〕魏仲舉注：「孟君，東野。」

〔一四〕蔣抱玄注：「庶幾，希望之詞。《孟子》《公孫丑下》：『王庶幾改之。』」

〔一五〕魏本録入「張籍遺公第二書」。張籍《重與韓退之書》：「籍不以其愚，輒進説於執事。執事以導進之分，復賜還答。曲折教之，使昏塞者不失其明。然猶有新見，願復於執事，以畢其説焉。夫老釋惑乎生人久矣！誠以世相沿化而莫之知，所以久惑乎爾。執事材識明曠，可以任著書之事，故有告焉。今以爲言諭之不入，則觀書亦無所得。爲此而止，未爲至也。一處一位在一鄉，其不知聖人之道，可以言諭之。諭之不入，乃舍之，猶有已化者爲證也。天下至廣，民事至衆，豈可資一人之口而親諭之者？近而不入則舍之，遠而有可諭者，又豈可以家至而説之乎？故曰：莫若爲書。爲書而知者，則可以化乎天下矣，可以傳於後世矣。若以不入者而止爲書，則於聖人之道奚傳焉？士之壯也，或從事於要劇，或旅遊而不安宅，或偶時之喪亂，皆不皇有所爲。況有疾疢吉凶虞其間哉？是以君子汲汲於所欲爲，恐終無所顯於後。若皆待五六十而後有所爲，則或有遺恨矣。今執事雖參於戎府，當四海弭兵之際，優游無事，不以此事著書而曰俟後。或有不及，曷可追乎？天之與人性，度已有器也，不必老而後有成立者。昔顔子之庶幾，豈待五六十乎？執事目不覩聖人，而究聖人之道，材不讓於顔子矣。今年已踰之，曷懼於年未至哉？顔子不著書者，以其從聖人之後，聖人已有定制故也。若顔子獨立於世，必有所云著也。古之學君臣父子之道，必資於師。師之賢者，其徒數千人，或數百人。是以没則紀其師之説以爲書，若孟軻者是已。傳者猶以孟軻自論集其書，不云没後其徒爲之也。後軻之世，發明其學者揚雄之徒，咸自作書。今師友道喪，浸不及揚雄之世。不自論著以興聖人之道，欲待孟軻之門人，必不可冀矣。君子發言舉足，不遠於理，未嘗聞以駮雜無實之説爲戲也。執事每見其説，亦拊抃呼笑，是撓氣害性，不得其正矣。苟正之不得，曷所不至焉？或以爲中不失正，將以苟悦於衆。是戲人也，是玩人也，非示人以義之道也。」

卷五

（原本卷十五）此卷以潮本爲底本，以祝本、南宋閩本、南宋蜀本、魏本對校，文本闕。

與孟東野書①〔一〕

與足下别久矣〔二〕。以余心之思足下②，知足下懸懸於余也〔三〕。各以事牽〔四〕，不可合并。其於人③，非足下之爲見而日與之處④，足下知余心樂否也？余言之而德者誰歟？余唱之而和者誰歟？言之而無德也，唱之而無和也⑤，獨行而無徒也⑥，是非無所與同也⑦，足下知余心樂否也？足下才高氣清，行古道，處今世。無田而衣食事親，左右無違。足下之用心勤矣，足下之處身勞且苦矣。混混與世相濁，獨其心追古人而從之⑧。足下之道，其使余悲也⑨。

去年春脱汴州之亂，幸不死〔五〕，無所與歸⑩，遂來于此。主人與余有故〔六〕，哀其窮居余于符離睢上⑪〔七〕。及秋將辭去，因被留以職事〔八〕。默默在此〔九〕，行一年矣〔一〇〕。到今年秋⑫〔一一〕，聊復辭去。江湖余樂也，與足下終幸矣。

李習之娶余亡兄之女⑬〔一二〕，期在後月〔一三〕，朝夕當來此。張籍在和州居喪〔一四〕，家甚貧。恐足下不知，故具此白，冀足下一來相視也。自彼至此雖遠，要皆舟行可至〔一五〕。速圖之，余之望也。

春且盡，時氣日熱⑭，惟侍奉吉慶。愈眼疾比劇〔一六〕，甚無聊〔一七〕，不復一一〔一八〕。愈再拜⑮。

【彙校】

①〔與孟東野書〕魏本注：「東野，一本作『郊』。」南宋閩本「東野」作「郊」。《舉正》出南宋監本「與孟東野書」，云：「『東野』二字，潮本作『郊』字。」謹按：今潮本作「東野」。《考異》：「東野，或作『郊』。」

②〔以余心〕《舉正》訂「吾」字，云：「三本同，潮本作『余』，非是。文中唯『江湖余樂也』作『余』，餘並作『吾』字。」朱熹從方本，《考異》：「吾，或作『余』。」

③〔其於人〕潮本「人」下注：「一再有『人』字。」祝本注：「人，一作『他人』。」魏本注同。南宋閩本注：「一再有『人』字，一作『他人』。」南宋蜀本「人」下複出一「人」字，作「其於人人」。朱熹從南宋蜀本，《考異》：「或無下『人』字。説見前卷《答張籍書》。或作『他人』，非是。方無此四字。」謹按：《舉正》未出此條。

④〔日與之處〕潮本「而」下注：「一有『又』字。」祝本、魏本注同。南宋蜀本「日」下多一「又」字，作「而日又與之處」。《舉正》出南宋監本「又日與之處」，據蜀本删「又」字，云：「之處，潮本作『人處』。」按：今潮本作「之處」。《考

異》：「之，方作『人』。」謹按：朱引方本與今傳《舉正》不同。

⑤〔言之而無德也唱之而無和也〕潮本注：「一云『言無聽也唱無和也』。」祝本、南宋閩本、南宋蜀本、魏本注同。《舉正》出南宋監本「言之無聽也唱之無和也」，删二「之」字，云：「三本同。」朱熹從方本，《考異》：「『無』上或並有『之而』字。」

⑥〔行而無〕《舉正》出南宋監本「獨行而無徒也」，云：「三本同。」《考異》：「方無『而』字。」謹按：朱引方本與《舉正》不同。

⑦〔無所與同〕潮本注：「與，一作『以』。」祝本、南宋閩本、魏本注同。《舉正》出南宋監本「是非無所與心也」，云：「三本同。『與』別作『以』，非。」《考異》：「與，方作『以』，説已見前。」謹按：朱引方本與《舉正》不同。

⑧〔追古人而從之〕潮本注：「一云『從今之人』。」魏本注同。祝本、南宋蜀本作「追古人而從今之人」，祝本注：「從今之人，一無『今』字，一無『人』字。」《舉正》出南宋監本「追古人而從今之人」，據杭本删「今」字及下「人」字，云：「蜀同。閣本『而從之』作『而從今之人』，李、謝校去此二字。」《考異》：「『從』下方有『今』字，『之』下方有『人』字，云：謝以貞元本定。」謹按：朱引方本與《舉正》不同。

⑨〔其使余悲〕魏本注：「一無『其』字。」《舉正》出南宋監本「其使吾悲也」，删「其」字，云：「三本同。」朱熹從監本存「其」字，《考異》：「方無『其』字。」

⑩〔無所與歸〕潮本注：「與，一作『以』。」祝本、南宋閩本、南宋蜀本、魏本注同。《舉正》出南宋監本「無所於歸」，云：「於，或作『以』。」朱熹從方本，《考異》：「於，或作『與』，方作『以』。」謹按：朱引方本與《舉正》不同。

⑪〔符離睢上〕南宋蜀本「睢」訛作「堆」。

⑫〔到今年秋〕祝本注：「一無『秋』字。」魏本注同。

⑬〔亡兄〕祝本注：「亡，一作『六』。按：習之娶弇之女。弇，雲卿之子也。雲卿之兄仲卿，仲卿之子會，行第六。今作『六』者非。」魏本注：「亡，一作『六』。」南宋閩本「亡」作「六」。

⑭〔春且盡時氣日熱〕潮本注：「日，一作『向』。」祝本、南宋閩本、魏本注同。南宋蜀本「日」作「向」。《舉正》據閣本乙「盡時」作「時盡」，增「日」字，作「春且時盡氣日熱」。朱熹從南宋蜀本，《考異》：「方本『盡時』作『時盡』，『向』作『日』。今按：方本無文理。蓋其意信本而不信理，好奇而不喜常。故其所取，每得乖戾暗澀之語。雖此等無利害極分明處亦不能免，是可歎已。」謹按：以上三本文字俱通。「時氣」之「時」，指季節，作定語。「時盡」之「時」，意猶「不時」、「即將」，作狀語。「春且時盡」，謂春季即將結束，語意通暢。朱熹斥之爲「無文理」、「乖戾暗澀」，未免過甚其辭。

⑮〔愈再拜〕潮本注：「二『余』皆作『吾』字。」祝本、南宋閩本、魏本注同。

【箋注】

〔一〕孟郊，兩《唐書》有傳，其生平如次：郊字東野，湖州武康人。少隱嵩山，貞元十二年進士及第（《唐摭言》卷十）。十六年，調溧陽尉。元和元年十一月鄭餘慶爲河南尹、水陸轉運使，署水陸轉運判官，試協律郎。九年三月，餘慶鎮興元，奏爲其軍參謀，試大理評事。行次閿鄉，八月乙亥暴疾卒，年六十四。張籍謚曰貞曜先生（韓愈《貞曜先生墓誌銘》）。參見華忱之《孟郊年譜》、傅璇琮等《唐才子傳校箋》。

此篇作年，洪興祖、嚴有翼、方表、《舉正》、廖瑩中注、王元啓注、方譜、蔣抱玄注均繫於貞元十六年（八〇〇）。洪譜：「十六年庚辰：《與東野書》云：『去年春脱汴州之亂，遂來于此。及秋將辭去，因被留以職事，默默在此一年矣。』蓋公春末《與東野書》。」《舉正》：「此書貞元十六年作。」廖瑩中注：「公貞元十五年從董晉喪出汴州。依張建封於徐。因被留以職事。此書當在十六年三月作。」方譜：「題注是年三月作。」

〔二〕王元啓注：「孟於十四年秋去汴。此書十六年三月作，已逾歲半，故云『别久』。」蔣抱玄注：「足下，書啓中稱人之敬詞。古時無限制。蘇代遺燕昭王，樂毅報燕惠王，蘇厲與惠文王，皆稱國主爲足下矣。今時專屬對於同等者而言。」

〔三〕蔣抱玄注：「懸懸，與懸心同。義重言之也。《易林》（《宜年·坎》）：『懸懸南海，去家萬里。』」

〔四〕蔣抱玄注：「牽，拘也，纏也。《史記》（《六國表》）：『學者牽於所聞。』」

〔五〕孫汝聽注：「貞元十五年二月乙酉，從董晉喪出汴州。四日而軍亂，殺留後陸長源。」嚴有翼注：「汴州亂在貞元十五年二月。此言『去年春』，則與東野書在十六年也。」

〔六〕孫汝聽注：「主人，謂徐州節度使張建封，公往依焉。」

〔七〕魏引集注：「符離，縣名。睢，水名，在梁郡。睢，宣佳切。」《元和郡縣志》卷九河南道宿州符離縣，今安徽宿州西北二十里老符離集。

〔八〕韓醇注：「是年秋，建封辟公爲幕職，故云被留也。」蔣抱玄注：「被留，貞元十五年秋，建封辟公爲節度推官。」

〔九〕蔣抱玄注：「默默，不得意也。《漢書》（《賈誼傳》）：『于嗟默默生之無故兮。』」

〔一〇〕王元啓注：「公於去歲三月暮到徐，此承『被留職事』言之，甫歷三時，故曰『行一年矣』。」蔣抱玄注：「行，就也，將也。魏文帝文（《與吴質書》）：『别來行復四年。』」

〔一一〕魏引補注：「十六年秋也。」

〔一二〕樊汝霖注：「習之，翱也。公亡兄，即禮部郎中雲卿之子弇也。」

〔一三〕魏引補注：「後月，即十六年四月也。」王元啓注：「據此，則公遣嫁兄女後，旋即去徐歸洛。」李翱，兩《唐書》有傳，其生平如次：李翱字習之，祖籍隴西，世居開封，涼武昭王十四代孫。貞元十四年登進士第。十六年，爲鄭滑節度使李元素觀察判官（李翱《論故度支李尚書事狀》）。貞元末，東都留守韋夏卿辟署幕府（《唐語林》卷三）。元和元年，爲京兆府司録參軍（白居易《權攝昭應早秋書事寄元拾遺兼呈李司録》）。轉國子博士、史館修撰，分司東都，尋權知職方員外郎。三年十月，出爲嶺南節度使楊於陵掌書記（李翱《來南録》）。四年十一月，權攝循州（李翱《解惑》）。五年三月府罷，宣歙觀察使盧坦辟爲從事（李翱《祭故東川盧大夫文》）。十二月府罷，浙東觀察使李遜辟爲觀察判官（李翱《叔氏墓誌銘》）。九年九月府罷，十年，爲河南户曹參軍（李翺《勸河南尹復故事書》）。十四年，爲國子博士、史館修撰（李翺《陵廟日時朔祭議》）。十五年六月，授考功員外郎，並兼史職。庚辰，出爲朗州刺史（《舊唐書·穆宗紀》）。十二月二十八日，改舒州刺史（李翺《於湖州别女足墓文》）。長慶三年十二月，入爲禮部郎中（《别灊山神文》）。寶曆元年二月辛卯，出爲廬州刺史（《舊唐書·敬宗紀》）。大和元年九月，爲諫議大夫知制誥（李翺《祭故福建獨孤中丞文》）。三年二月，拜中書舍人。六月，左授少府少監分司東都（《册府元龜》卷九百二十九）。四年，爲鄭州刺史。五年十二月癸巳，出爲桂州刺史、御史中丞，充桂管都防禦使（《舊唐書·文宗紀下》）。七年六月，改授潭州刺史、湖南觀察使。八年十二月己亥，徵爲刑部侍郎。九年，轉户部侍郎。八月甲戌，檢校户部尚書襄州刺史，充山南東道節度使。開成元年七月前卒於鎮。謚曰文。參見劉真倫《李翺行年考》。

〔一四〕張籍，兩《唐書》有傳，其生平如次：張籍，字文昌，吴郡人，居和州烏江（宋湯中《張司業集跋》）。生於大曆元年（白居易《與元九書》），貞元十五年登進士第（張洎《張司業集序》）。元和初調補太常寺太祝（白居易《重到城七絶句》），元和十一年爲國子助教（韓愈《晚寄張十八助教周郎博士》）。十五年爲秘書郎（裴度《酬張秘書因寄馬贈詩》），長慶初韓愈薦爲國子博士（韓愈《舉薦張籍狀》），歷水部員外郎（白居易《張籍可水部員外郎制》），長慶末爲主客郎中（劉禹錫《和蘇郎中尋豐安里舊居寄主客張郎中》），大和二年爲國子司業（白居易《雨中招張司業宿》）。大和三年猶在世（張籍《送白賓客分司東都》），卒年在此後不久（無可《哭張籍司業》）。參見傅璇琮等《唐才子傳校箋》。

〔一五〕沈欽韓云：「孟東野是時居湖州。」

〔一六〕比，近日、近来。《後漢書·吕强傳》：「比穀雖賤，而户有飢色。」

〔一七〕蔣抱玄注：「無聊，愁悶之義。《楚辭》(《九思》)：『心煩憒兮意無聊。』」

〔一八〕蔣抱玄注：「一一，猶言逐一也。《韓非子》(《内儲説上》)：『齊宣王使人吹竽必三百人。南郭處士不能竽，與其列。湣王立，好一一聽之，處士逃。』」

答竇存亮秀才書①〔一〕

愈白：愈少駑怯〔二〕，於他藝能自度無可努力〔三〕，又不通時事，而與世多齟齬〔四〕，念終無以樹立〔五〕，遂發憤篤專於文學。學而不得其術②，凡所辛苦而僅有之者，皆符於空言而不適於實用〔六〕，又重以自廢。是故學成而道益窮，年老而身愈困③。今又以罪黜於朝廷，遠宰蠻縣〔七〕，愁憂無聊，瘴癘侵加〔八〕，喘喘焉無以冀朝夕〔九〕。

足下年少才俊④，辭雅而氣鋭⑤。當朝廷求賢如不及之時，當道者又皆良有司〔一〇〕，操數寸之管，書盈尺之紙⑥〔一一〕，高可以釣爵位，若循次而進⑦，亦不失萬一於甲科⑧〔一二〕。

今乃乘不測之舟⑨，入無人之地，以相從問文章爲事，身勤而事左⑩〔一三〕，辭重而請約⑪，非計之得也。雖使古之君子積道藏德，遁其光而不耀⑫，膠其口而不傳者〔一四〕，遇足下之請懇懇⑬〔一五〕，猶將倒廩傾囷⑭〔一六〕，羅列而進也〔一七〕，若愈之愚不肖⑮，又安敢有愛於左右哉！顧足下之能足以自奮，愈之所有如前所陳，是以臨事愧恥而不敢答也。錢財不足以賄左右之匱急，文章不足以發足下之事業⑯，稛載而往⑰〔一八〕，垂橐而歸〔一九〕，足下亮之而已。愈白⑱〔二〇〕。

【彙校】

①〔答竇存亮秀才書〕《舉正》出南宋監本無「存亮」二字，云：「蜀本『竇』下有『存亮』二字，貞元十二年作。」朱熹從方本，《考異》：「『竇』下或有『存亮』字。」

②〔學而不得其術〕潮本無「而」字，南宋閩本同。祝本、南宋蜀本、魏本「學而」作「文學」。南宋蜀本注：「一無『文』。」句末魏本注：「一作『學不得其術』。」《舉正》出南宋監本「學而不得其術」，據閣本刪「而」字，云：「杭同。」《考異》未出此條，王本、張本、廖本同方本。王本注：「『不得』上一有『而』字。」廖本注同。今從方引南宋監本。

③〔年老而身愈困〕《舉正》據杭本訂「身」作「智」字，云：「蜀同。謝校作『年老而身益困』。」朱熹从方本，《考異》：「智，或作『身』。」

④〔年少才俊〕祝本「年少」作「少年」。

⑤〔辭雅而氣鋭〕潮本注：「雅，一作『清』。」祝本、南宋閩本、魏本注同。南宋蜀本作「清」，注：「一作『雅』。」《舉正》出南宋監本「辭清而氣鋭」，云：「三本同，袁本『辭清』作『辭雅』。」朱熹從監本，《考異》：「雅，或作『清』。」

⑥〔書盈尺之紙〕《舉正》據蜀本訂「盈」字，作「書盈尺之紙」，云：「潮本作『書盡尺之紙』，非。」謹按：今潮本作「盈」。《考異》：「書，方作『盡』。」謹按：朱引方本與《舉正》不同。

⑦〔若循次而進〕《舉正》據閣本删「若」字。朱熹從方本，《考異》：「上或有『若』字。」

⑧〔不失萬一〕「萬一」下潮本注：「趙無上二字。」祝本、南宋蜀本、魏本注同。南宋閩本注：「一無上二字。」《舉正》據閣本删「萬一」二字。朱熹從監本存「萬一」二字，《考異》：「或無此二字。」

⑨〔乘不測之舟〕潮本注：「舟，一作『川』。」祝本、魏本注同。南宋蜀本作「川」，注：「川，一作『舟』。」《舉正》出南宋監本「乘不測之舟」，云：「三本同，袁本『舟』作『川』。」《考異》：「舟，或作『川』。」

⑩〔身勤而事左〕《舉正》出南宋監本「身勤而事左」，云：「有作『身勤而事尤』，非是。『尤』蓋『尢』之訛，『尢』即『左』字也。」《考異》：「左，或作『尤』，非是。」

⑪〔辭重而請約〕祝本注：「請，一作『情』字。」南宋閩本、魏本注同。潮本「請」作「情」，南宋蜀本同。潮本注：「情，一作『請』。」南宋蜀本注同。今從祝本。

⑫〔遁其光而不耀〕潮本注：「趙云『遁世而不曜』。」祝本注：「遁其，趙作『遁世』。」南宋閩本注：「一云『遁世而不曜』。」南宋蜀本注：「趙本改作『遁世而不耀』。」魏本注同。《舉正》出南宋監本「遁其光而不曜」，云：「李校：

古本作『遯其世而不耀』。」朱熹從方本，《考異》：「『其光』二字方作『世』。曜，或作『耀』。」謹按：朱引方本與《舉正》不同。「曜」、「耀」字通。《玉篇》：「曜，余照切，照也。亦作『燿』。」《集韻》：「曜，光也。或从『光』，古作『昮』。」

⑬〔足下之請〕潮本注：「請，一作『情』。」祝本、南宋閩本、南宋蜀本、魏本注同。《舉正》據杭本訂作「請」，云：「蜀同。」朱熹從方本，《考異》：「請，或作『情』。」

⑭〔倒廪傾困〕潮本注：「困，一作『箘』。」祝本、南宋閩本、魏本注同。南宋蜀本「困」作「箘」，注：「箘，一作『困』。」

⑮〔愈之愚不肖〕魏本無「之愚」二字。

⑯〔文章不足以發足下之事業〕《舉正》出南宋監本「文章不可以發足下之事業」，云：「《文録》作『文章不足以發足下之事業』。」朱熹從監本，《考異》：「足，或作『可』。」

⑰〔稛載而往〕魏本注：「稛，一作『攟』，通用。」《舉正》出南宋監本「稛載而往」，云：「杭、蜀『往』並作『來』，李本作『往』爲正。」

⑱〔愈白〕句上蜀本多「不宣」二字。「愈白」二字，魏本無。

【箋注】

〔一〕此篇作年，洪興祖、方崧卿《舉正》、《年表》、方成珪、蔣抱玄均繫於貞元二十年（八〇四）。洪譜：「二十年甲申：春始到陽山，有《答竇存亮書》。《書》云：『今乃乘不測之川，入無人之地，以相從問文章爲事。』」《舉正》：「貞元二十年作。」謹按：原文誤倒爲作「十二年」，據方表乙正。方譜：「以《書》中『遠宰蠻縣』句定爲是年作。」

〔二〕蔣抱玄注：「駑怯，駑馬之下者，因以語才能之下等者曰駑。《漢書·蘇武傳》：『功顯於漢室，雖古竹帛所載，何以過子卿！　陵雖駑怯，令漢且貰陵罪，全其老母，使得奮大辱之積志。』」

〔三〕蔣抱玄注：「努力，用力也。《後漢書·光武帝紀》：『有白衣老父在道旁指曰，努力信都郡爲長安守，去此八十里。光武即馳赴之。』」

〔四〕祝充注：「齟齬，上牀吕切，又池所切。下音語。」蔣抱玄注：「齟齬，齒不正而參差出入也。故意見不相合亦曰齟齬。《太玄經》《從更至應》：『其志齟齬。』亦作鉏鋙。」

〔五〕蔣抱玄注：「《後漢書》《陳蕃傳》：『桓靈之世，若陳蕃之徒，咸能樹立風聲。』」樹立，建樹。司馬遷《報任少卿書》：「特以爲智窮罪極，不能自免，卒就死耳。何也？　素所自樹立使然也。」

〔六〕蔣抱玄注：「《史記》《高祖本紀》：『空言虚語非所守也。』」

〔七〕孫汝聽注：「貞元十九年，公以言事出爲陽山令也。」

〔八〕蔣抱玄注：「内病爲瘴，外病爲癘。南方暑溼之地有之。《南史》《任昉傳》：『寄命瘴癘之地。』」

〔九〕蔣抱玄注：「喘喘，義與惴惴同，亦憂懼之義。《詩經》《秦風·黄鳥》：『惴惴其慄。』」

〔一〇〕蔣抱玄注：「當道，居要地者曰當道。《後漢書》〈《張綱傳》〉：『豺狼當道，安問狐狸？』」

〔一一〕蔣抱玄注：「凡充滿皆曰盈。盈尺，謂一尺以上也。」

〔一二〕蔣抱玄注：「唐制：進士有甲乙科，秀才試方略策五道，曹司當別奏，抑置甲科，合奏則爲屈，故曰萬一。」沈欽韓注：「《通典》卷十五《選舉三》：『秀才之科久廢。明經雖有甲乙丙丁四科，進士有甲乙二科，自武德以來，明經唯有丁第，進士唯乙科而已。』史傳及碑版所載有云登科登上第者，則亦未嘗絶也。中葉以後，《登科記》、《摭言》所載通爲一榜，未審甲乙合併或廢甲而單舉乙乎？自是文人稱謂，惟名第居前者號爲『甲科』。至宋太平興國中御試進士分三甲，則甲乙顯然矣。」

〔一三〕蔣抱玄注：「左，不便也。手足便右，故謂不便曰左。」

〔一四〕蔣抱玄注：「黏合之曰膠。」

〔一五〕蔣抱玄注：「懇懇，《漢書》作狠。〈《漢書》〉《劉向傳》：『冀銷大異而興高宗成王之聲，以崇劉氏，故狠狠數奸死亡之誅。』」懇懇，誠摯貌。揚雄《劇秦美新》：「夫不勤勤，則前人不當；不懇懇，則覺德不愷。」

〔一六〕蔣抱玄注：「米藏曰㐭，囷，㐭之圓者。《詩經》〈《魏風·伐檀》〉：『胡取禾三百囷兮。』」

〔一七〕蔣抱玄注：「羅列，猶言陳列也。《古雞鳴曲》：『鴛鴦七十二，羅列自成行。』」

〔一八〕祝充注：「《説文》云：『稛，絭束也，苦隕切。一作『攟』通用。』」

〔一九〕樊汝霖注：「《管子·小正篇》：『請侯之，使垂橐而入，稛載而歸。』又《國語》亦云字作『稛載』。今所謂『稛載』、『垂橐』語出此，而公方且遠宰蠻縣，故其語相反如此。橐，囊也。梱，收拾也。」方成珪注：「按《管子》、《齊語》皆作『垂櫜而入』，房玄齡注《管子》曰：『垂櫜，言其空也。』韋昭解《國語》云：『垂，言空而來也。櫜，弢也。』宋庠《補音》：『櫜，苦刀切。』證以昭元年《左傳》『伍舉請垂櫜而入』，杜注：『示無弓也。』則此亦應作『櫜』。然韓公用古，變化從心，不必一字不易。即云『垂垂橐』，未爲不可。」童第德注：「『攟』爲『攈』之後出字，《説文》：攈，拾也。樊注引《管子》『稛載』，『稛』應作『攟』。改『櫜』作『橐』，遷就正文，亦非。公文自應作『櫜』。『橐』爲『櫜』之形誤，方氏所説是。至謂作橐『未爲不可』，乃遷就誤本之説，不可從。」

〔二〇〕蔣抱玄注：「亮，與諒同。」

上李實尚書書①〔一〕

月日〔二〕，將仕郎前守四門博士韓愈②〔三〕，謹載拜奉書尚書大尹閣下③〔四〕：

愈來京師，於今十五年〔五〕。所見公卿大臣不可勝數，皆能守官奉職，無過失而已。

未見有赤心事上〔六〕，憂國如家如閤下者④〔七〕。今年已來⑤，不雨者百有餘日〔八〕。種不入土，野無青草〔九〕。而盜賊不敢起，穀價不敢貴。百坊、百二十司、六軍、二十四縣之人⑥〔一〇〕，皆若閤下親臨其家。老姦宿贓〔一一〕，銷縮摧沮〔一二〕，魂亡魄喪，影滅跡絶。非閤下條理鎮服〔一三〕，布宣天子威德，其何能及此？

愈也少從事於文學，見有忠於君孝於親者，雖在千百年之前猶敬而慕之，況親逢閤下，得不候於左右〔一四〕，以求效其懇懇？謹獻所爲文兩卷凡十五篇⑦，非敢以爲文也⑧，以爲謁見之資也。進退惟命〔一五〕。愈恐懼再拜。

【彙校】

①〔上李實尚書書〕此篇又載《文苑英華》卷六百九十二，據校。

潮本題下有小字側注「大尹」二字，祝本、南宋閩本、南宋蜀本同。《舉正》出南宋監本「上李尚書書」，無側注「大尹」二字，云：「蜀本有『實』字。」朱熹從方本，《考異》：「『李』下或有『實』字。」今從苑本刪側注「大尹」二字。

②〔前守四門博士〕王元啓注：「洪云：『時已罷博士，未受御史之命。』愚按：公由博士遷御史，新、舊史傳及公行狀碑誌並無罷免一節。三十七卷《論權停選舉狀》，是年七月所上，猶云『月受俸錢』。是書四月中作，尤不應先已罷免。竊謂『前』字蓋屬衍文，删此一字，即行狀碑誌新、舊史傳舉無可疑。論者因此一字妄生議論，至有『屈

身伸道』之疑。皆糠秕眯目之見也。或云：公爲博士，有請告歸洛一節。《書》稱『前官』，或在此時。然請告在十八年秋，不應十九年夏尚未補官，意決以『前』字爲衍文。況此書無干進語，並不係『前』字有無。」謹按：王氏繫此書於十九年四月，故以「前」字爲衍文。而據《增考》，此書作於十九年秋冬之交。「前」字無誤，方成珪所説不確。

③〔載拜奉書尚書大尹〕祝本注：「載，諸本皆作此字。」苑本、南宋蜀本、魏本「載」作「再」。潮本無「尚書」二字，祝本、南宋閩本、南宋蜀本、魏本同。苑本「尹」下多一「公」字，注：「集無『公』字。」《舉正》出南宋監本「再拜」，據杭本「大尹」上增「尚書」二字，云：「李本『再』作『載』，『再』、『載』古字通。」朱熹從監本作「載」，從方本增「尚書」二字，《考異》：「載，或作『再』，古字通用。『尚書』，或無此二字。」蔣抱玄注：「載，與『再』同。載拜，猶再拜也。」謹按：「載」、「再」，通假字。朱駿聲《説文通訓定聲》：「載，假借爲『再』。《虞書》『乃賡載歌曰』，傳：『成也。』鄭注：『始也。』失之。《小爾雅·廣詁》：『載，成也。』《後漢·傅毅傳》：『奕世載德。』注：『《易》曰：德積載。載，重也。』《周語》『奕世載德』，注：『成也』。《詩·小戎》『載寢載興』，《文選》引作『再』。」《吕氏春秋·異寶》：「五員載拜受賜。」陳奇猷《校釋》：「載、再通。」今從朱本。

④〔憂國如家〕魏本注：「一本無『如家』二字。」潮本無「如家」二字，祝本、南宋閩本同。潮本注：「一有『如家』字。」祝本、南宋閩本注同。《舉正》據蜀本增「如家」二字。朱熹從方本，《考異》：「或無此（如家）二字。」今從苑本。

⑤〔今年已來〕魏本「已」作「以」。蔣抱玄注：「已，通『以』。」謹按：「已」、「以」，古今字。《説文》段注：「㠯，用也。用者，可施行也。凡㠯字皆此訓。从反巳。與巳篆形勢略相反也。巳主乎止，㠯主乎行。故形相反。二字古有通用者。羊止切。一部。又按今字皆作以，由隸變加人於右也。」

⑥〔百坊〕廖本「坊」訛作「妨」。

⑦〔謹獻〕祝本注：「謹，一作『請』。」魏本注：「謹，一作『謂』。」《舉正》據閣本訂「謹」作「請」字，云：「蜀同，杭本『請』作『謹』。」朱熹從監本，《考異》：「謹，或作『請』。」

⑧〔敢以爲文〕魏本「敢」下多一「自」字。

【箋注】

〔一〕李實，兩《唐書》有傳，其生平如次：李實，道王元慶玄孫。以蔭入仕，六轉至潭州司馬。洪州節度使嗣曹王皋辟爲判官，遷蘄州刺史。皋爲山南東道節度使，復用爲節度判官，檢校太子賓客，員外郎。貞元八年二月皋卒，知留後。刻薄軍士衣食，士卒怨叛，夜縋城而出（《册府元龜》卷四百二十三）。歸京，用爲司農少卿，加檢校工部尚書，司農卿。貞元十九年三月乙亥，爲京兆尹（《舊唐書·德宗紀下》），卿及兼官如故。尋封嗣道王。貞元二十一年二月辛酉，貶通州長史（《順宗實録》卷一）。後遇赦量移虢州，在道卒。

此篇作年，洪興祖、嚴有翼、孫汝聽、方崧卿《年譜增考》、《韓文年表》、方成珪、蔣抱玄均繫於貞元十九年（八〇三）。洪譜：「十九年癸未：《上李實尚書書》稱『前守四門博士』，時已罷博士，未受御史之命。書云『愈來京師於今十五年』，自貞元五年公復來京師，至此十五年矣。」《增考》：「公貞元十九年《上京兆尹李實書》首云『將仕郎前守四門博士』，是上書之日官已滿矣。

唐制，博士皆二年滿。又公《論停選舉狀》曰：『臣雖非朝官，月受俸錢。』停選舉在十九年七月，是公是月猶在職也。而公《與李實書》曰『今年以來不雨者百餘日，盜賊不敢起』，考之史，十九年自正月至七月不雨，是公官滿上書當在是年秋冬之交也。」方譜：「孫良臣以爲是年作。」方成珪注：「按《史》：『貞元十九年自正月不雨至七月。』今是《書》云：『不雨百有餘日。』是十九年四月所上。」謹按：方崧卿繫此書於十九年秋冬之交，方成珪繫此書於十九年四月，均依據「不雨者百餘日」一語。但「百餘日」爲約數，不必拘泥。韓愈除四門博士，在貞元十七年秋冬之間，至十九年秋冬之間拜監察御史，見方崧卿《年譜增考》。但具體月份，諸譜未詳。今考貞元十七年七月二十二日《洛北惠林寺題名》、九月丁卯所作《唐故貝州司法參軍李君墓誌銘》，均自稱「昌黎韓愈」，未及「博士」。則韓愈除四門博士，不得早于九月。韓愈任職四門博士期間作品，《送何堅序》作於十九年九月。可知韓愈任職四門，當在貞元十七年初冬至十九年初冬。據「前」字，此書作年，當在十九年十月之後。

〔二〕孫汝聽注：「貞元十九年。」

〔三〕《新唐書·百官志一》尚書省吏部：「吏部郎中掌文官階品。凡文官九品，有正有從：從九品下曰將仕郎。」《新唐書·百官志三》國子監四門館：「博士六人，正七品上。掌教七品以上侯伯子男子爲生及庶人子爲俊士生者。」

〔四〕孫汝聽注：「貞元十九年三月乙亥，以檢校工部尚書李實爲京兆尹。」《新唐書·百官志四下》外官：「西都、東都、北都、鳳翔、成都、河中、江陵、興元、興德府，尹各一人，從三品。掌宣德化，歲巡屬縣，觀風俗，録囚，恤鰥寡。」《新唐書·百官志一》尚書省工部：尚書一人，正三品。

〔五〕嚴有翼注：「此書稱將仕郎前守四門博士，退之以貞元十八年授國子四門博士，十九年拜監察御史。作此書時，蓋已罷博士而未授御史，正十九年也。退之以貞元五年復來京師，至是十五年矣。」

〔六〕蔣抱玄注：「赤心，猶言真心。心色赤，故云。《後漢書·光武帝紀》：『蕭王推赤心置人腹中。』」

〔七〕樊汝霖注：「寔恃寵强愎，專於聚斂，公於《順宗實録》備書之矣。而於此書且復有『赤心憂國』之語。夫憂民乃所以憂國，實聚斂毒民如此，曰『憂國』，可乎？公慷慨正直，行行如此。乃云爾，何哉？豈《詩》所謂因以箴之耶？抑屈身以行道，聖賢所不免也？君子之所爲，蓋有不可識矣。」《鶴林玉露》卷八：「韓昌黎《上大尹李實書》云（略）。其後作《順宗實録》乃云：『實諂事李齊運，驟遷至京兆尹。恃寵强愎，不顧邦法。是時大旱，畿甸乏食。實一不以介意，方務聚斂徵求以給進奉。每奏對輒曰：今年雖旱而穀甚好。由是租税皆不免。陵轢公卿，勇於殺害，人不聊生。及謫通州長史，市里讙呼，皆袖瓦礫遮道伺之。』與前書一何反也？豈書乃過情之譽，而史乃紀實之辭耶？然退之古君子，單辭片語，必欲傳信，寧肯妄發而譽之過情乃至於此？是不可曉也。」顧炎武《日知録》卷十九「文非其人」條：「少年未達，投知求見之文，亦不可輕作。

《韓昌黎集》有《上京兆尹李實書》（略）。至其爲《順宗實録》，書貶京兆尹李實爲通州長史，則曰：『實諂事李齊運，驟遷至京兆尹。恃寵强愎，不顧文法。是時春夏旱，京畿乏食，實一不以介意，方務聚斂徵求以給進奉。每奏對輒曰：今年雖旱而穀甚好。由是租税皆不免，人窮至壞屋賣瓦木貸麥苗以應官。陵轢公卿已下隨喜怒，誣奏遷黜，朝廷畏忌之。嘗有詔免畿内逋租，實不行用詔書，徵之如初。勇於殺害，人吏不聊生。至譴，市里讙呼，皆袖瓦礫遮道伺之，實由間道獲免。』與前所上之書迥若天淵矣。豈非少年未達投知求見之文而不自覺其失言者邪？後之君子，可以爲戒。」蔣抱玄注：「按：李實怙寵强愎，專於聚斂，公於《順宗實録》備書之矣。而此書獨有赤心憂國之語，何牴牾若此？或《詩》（《小雅·庭燎序》）所謂『因以箴之』，亦送李愿、鄭權之用意歟？」

〔八〕韓醇注：「貞元十九年，自正月不雨至于七月。」

〔九〕蔣抱玄注：「《左傳》僖公二十六年：『齊侯曰：室如縣罄，野無青草，何恃而不恐？』」

〔一〇〕沈欽韓注：「《長安志》：『萬年縣領朱雀門街東五十四坊，長安縣領朱雀街西五十四坊。』亦有空坊無民居者，故舉百坊也。『百二十司』，謂省、寺、臺、監所分子司也。『六軍』，《百官志》：左右龍武、左右神武、左右神策號六軍。『二十四縣之人』，《元和志》、《舊唐書》并二十三縣，公《祭竹林神文》亦云二十三縣。」

〔一一〕洪譜：「《順宗實録》云：『是時春夏旱，京畿乏食，實一不以介意，方務聚斂徵求以給進奉，勇於殺害，人吏不聊生。』《書》云：『年已來，種不入土，而盜賊不敢起，穀價不敢貴，老姦宿贓銷縮摧沮。』稱其所長，止此而已。」老姦，老謀深算、奸詐至極。此語始見韓文，後人採用者甚多。如宋胡宿《故尚書都官員外郎丁公墓誌銘》：「幼艾懷其惠，老姦憚其明。」（《文恭集》卷三十七）蔡襄《四賢一不肖詩》：「老姦黠吏束其手。」（《端明集》卷一）强至《上運使工部書》：「老姦宿豪既已誅鋤而屏絶矣。」（《祠部集》卷二十五）宿贓，貪官污吏。此語始見韓文，後人採用者甚多。如宋蘇頌《朝奉大夫提點廣西刑獄公事胡公墓誌銘》：「前後發吏宿贓黥隸者九人。」（《蘇魏公文集》卷六十）祖洽《陳襄行狀》：「老姦宿贓縮手喪氣。」（《古靈集》卷二十五）章倧《宋左宣奉大夫顯謨閣待制致仕贈特進謚文康葛公行狀》：「吏皆大姦宿贓，舞文市獄，無所顧忌。」（《丹陽集》卷二十四）

〔二二〕銷縮，畏縮。此語始見韓文，後人採用者甚多。如宋李綱《奏陳車駕不宜輕動劄子》：「人情動摇，莫有固志；士氣銷縮，莫有鬬心。」（《梁谿集》卷一百）歐陽澈《上皇帝萬言書》：「頑民悍俗亦且惶懼，恐伏逡巡銷縮而莫敢動矣。」（《歐陽修撰集》卷一）葉適《習學記言》卷二十一：「陳平當吕后時，所以銷縮不敢有所爲也。」摧沮，分崩離析。東漢傅毅《七激》：「雍州之梨，脆不抗齒，在口流液，握之摧沮，批之離坼。」（《藝文類聚》卷五十七）南朝劉宋周朗《上孝武疏》：「武人意氣，特易摧沮。」（《册府元龜》卷五百二十九）

〔二三〕王元啓注：「白樂天作《張平叔判度支辭》曰：『計利析秋毫，吏畏如夏日。』東坡曰：『此必小人也。』公《上李實書》稱其威能服衆，使姦贓跡絶。此正爲酷吏曲繪其形容。與《天旱人饑狀》所云『上恩雖宏下困猶甚』即《順宗實録》所稱『京畿乏食一不以介意』者，初未嘗有所牴牾。」蔣抱玄注：「《孟子》（《萬章》）：『金聲也者，始條理也。玉振之也者，終條理也。』」條理，治理。張説《昭容上官氏碑銘》：「三光錯行，昭容綱紀；百揆繁會，昭容條理。」

〔一四〕蔣抱玄注：「不明言其人而指稱其左右之侍者，謙辭也。《史記》（《司馬相如傳》）：『以娱左右。』」《戰國策·燕策二》：「臣不佞，不能奉承先王之教，以順左右之心。」

〔一五〕蔣抱玄注：「惟命，惟命是聽也。《左傳》（宣公十二年）：『敢不惟命是聽，其俘諸江南以實海濱亦惟命，其翦以賜諸侯使臣妾之亦惟命。』」

賀徐州張建封僕射白兔書①〔一〕

伏聞今月五日，營田巡官陳從政獻瑞兔〔二〕。毛質皦白②〔三〕，天馴其心〔四〕。其始實得之符離安阜屯③〔五〕。屯之役夫朝行遇之④〔六〕，迫之不逸⑤，人立而拱〔七〕。竊惟休咎之兆〔八〕，天所以啓覺于下，依類託喻⑥，事之纖悉不可圖驗〔九〕，非睿智博通〔一〇〕，孰克究明？愈雖不敏⑦，請試辯之。

兔，陰類也〔一一〕，又窟居，狡而伏〔一二〕，逆象也。今白其色，絶其羣也；馴其心，化我德也；人立而拱，非禽獸之事，革而從人，且服罪也〔一三〕；得之符離，符離實戎國⑧〔一四〕，名又附離也⑨；不在農夫之田而在軍田⑩，武德行也，不戰而來之之道也⑪，有安阜之嘉名焉⑫。伏惟閣下股肱帝室⑬〔一五〕，藩垣天下〔一六〕。四方其有逆亂之臣未血斧礩〔一七〕，其屬畏威奔析〔一八〕，歸我乎哉⑭？其事兆矣〔一九〕。是宜具跡表聞，以承答天意⑮。

小子不惠⑯，猥以文句微識蒙念⑰〔二〇〕，覩茲盛美〔二一〕，焉敢避不讓之責而默默耶⑱〔二二〕？愈再拜。

【彙校】

①〔賀徐州張建封僕射白兔書〕此篇又載《文苑英華》卷六八四，據校。

此篇篇題，苑本作「賀張徐州得白兔書」，題下小字夾注：「建封」。《舉正》出南宋監本「賀徐州張僕射白兔狀」，云：「『張』下蜀本有『建封』二字。『狀』，袁本《文録》並作『書』。」朱熹從方本，《考異》：「或注『建封』字，『狀』亦作『書』。」

②〔毛質皦白〕潮本「皦」作「全」，祝本、南宋閩本、南宋蜀本、魏本同。祝本注：「全，一作『皎』。」南宋閩本、魏本注同。苑本作「皎」，注：「皎，集作『全』，又作『皦』。」《舉正》據閣本訂「皎」字，作「毛質皎白」，云：「蜀本『皎』作『皦』，或作『全白』。」朱熹訂作「皦」，《考異》：「皦，或作『全』，或作『皎』。」今從朱本。

③〔符離安阜屯〕《舉正》出南宋監本「符離安阜屯」，云：「屯名安阜，如唐孟元、楊董作西華屯是也。」《考異》：「下云『得之軍田』，則此『屯』字乃屯田之屯也。」

④〔屯之役夫〕苑本「屯」作「田」，注：「蜀本作『屯屯』。」潮本無下「屯」字，祝本、南宋閩本、南宋蜀本、魏本同。南宋蜀本注：「又有『屯』字。」《舉正》出南宋監本「屯之役夫」，云：「三本同，袁本作『屯田役夫』，非。」朱熹從方本，《考異》：「屯，或作『田』。」今從方本。

⑤〔迫之不逸〕《舉正》：「潮本『不』作『弗』。」謹按：今潮本作「不」。朱本「不」作「弗」，《考異》：「弗，或作『不』。」

⑥〔依類託喻〕祝本「託」訛作「記」。

⑦〔愈雖不敏〕「愈雖不敏」一句，《舉正》據閣本補。《考異》：「或無此一語。」

⑧〔符離實戎國〕魏本無重出「符離」二字。苑本注：「戎，蜀本作『我』。」祝本「戎」作「我」。魏本注：「舊本作『符離實戎國也名又附離也』。」南宋蜀本「國」下多一「也」字，注：「蔡無『也』字。」《舉正》據閣本增「國」字，作「符離實我國」，「國」下注：「絶句。」《考異》：「戎，方從閣、杭本作『我』，名下注『絶句』二字。今按：『實我國名』不成文理。《漢書·衛青傳》：『討蒲泥，破符離。』晉灼曰：『二王號也。』所謂『戎國』，疑或取此。」謹按：朱引方本與《舉正》不同。

⑨〔名又附離也〕苑本「離」作「麗」，注：「麗，音離。」《舉正》出南宋監本「名又附離也」，云：「閣、杭本『附離』作『附麗』。」朱熹作「附麗」，《考異》：「麗，或作『離』。」

⑩〔農夫之田〕「之」下潮本注：「一有『家』字。」祝本注同。苑本、南宋蜀本「之」下多一「家」字。魏本注：「之田，一

作『家田』。」

⑪〔不戰而來之道也〕《舉正》出南宋監本「不戰而來之道也」，據閣本删「也」字。朱熹從監本，《考異》：「方無『也』字。」

⑫〔有安阜之嘉名焉〕南宋蜀本注：「阜，一作『附』。」苑本注：「阜，集作『附』。」潮本「阜」作「附」，祝本、南宋閩本同。苑本、祝本「嘉」作「喜」。魏本注：「一作『有安阜之嘉焉』。」潮本無「名」字，苑本、祝本、南宋閩本同。潮本注：「一云『有安阜之嘉名』。」祝本、南宋閩本注同。苑本注：「喜，集作『嘉名』。」《舉正》訂「喜」字，增「名」字，作「有安阜之喜名焉」，云：「杭作『有安阜之喜也』。」朱本作「安阜之嘉名」，《考異》：「阜，或作『附』；嘉，方作『喜』，又無『名』字；安阜，或作『革附』，皆非是。」今從南宋蜀本。

⑬〔伏惟閤下股肱帝室〕《考異》：「方無『閤下』字。」謹按：《舉正》未出此條。

⑭〔其屬畏威奔析〕潮本注：「其，一作『之』字。」祝本、南宋閩本注同。魏本注：「其屬，一作『之屬』，讀連上文。」南宋蜀本「其」作「之」。苑本注：「析，蜀本作『拆』。」潮本「析」作「折」，南宋閩本、南宋蜀本同。《舉正》出南宋監本「其屬畏威奔拆」，云：「閣、杭本『其屬』作『之屬』，『拆』作『析』。按班書《終軍傳》：『野獸并角，明同本也；衆支内附，示無外也。殆將有解編髮左衽而蒙化者。』又王褒《四子講德論》：『今南郡獲白虎，偃興文之應也。獲之者張武，張而猛也。』公意疑祖此。」朱熹訂作「之屬畏威崩析」，《考異》：「諸本多如此，嘉祐杭本亦然。方本『之屬』作『其屬』，屬下句。『析』作『拆』。」今按：嘉祐諸本『之』、『析』二字文理分明，方氏但據蜀本而不復著諸本之同異，其所定又皆誤。蓋『其屬』歸我事小，不足言；不若逆亂之臣歸我之爲大而可願也。『崩拆』亦不成文，若用《論語》『分崩離析』之語，則當從木；若用《史記》『拆而入於魏』之語，則當從手。二義皆通，然既有

『崩』字，則似本用《論語》中字也。」童第德注：「《史記・魯仲連傳》『天崩地坼』，《戰國策・趙策》同。是『崩坼』字亦有所本。《説文》：『坼，裂也。從土斥聲。』又按：《書・胤征》『殲厥渠魁，脅從罔治。』逆亂之臣未血斧礩，尚宜加以天誅；其屬畏威崩坼歸我，則衆叛親離，夷滅之期亦不遠矣，自爲可願之事。逆亂之臣罪在不赦，故云『未血斧礩』，與《書》『殲厥渠魁』同義；其屬畏威崩坼歸我，即《書》之『脅從罔治』也。作『其屬』自可通，宜兩存之。」謹按：此篇作於貞元十五年韓愈依張建封時，此句主語「閣下」以及「歸我乎哉」之「我」，均指張建封。其年八月丙辰，詔奪吴少誠官爵，令諸道合兵進討。所謂「逆亂之臣未血斧礩」，即指吴少誠。「其屬」，當指吴少誠部屬。蓋諸道合討，大兵壓境，蔡州部屬或有首鼠兩端、潛通聲氣者，故韓愈作此推測。如果吴少誠本人或任何其他藩鎮打算歸順朝廷，則受降者當爲皇帝本人而決非徐州張建封。换言之，「逆亂之臣」部屬「歸我」，徐州有功；設若「逆亂之臣」直接「歸我」，即屬大逆不道。朱熹所校，可謂大膽！而且從語義上講，「未血斧礩」，指尚未伏誅。其人既已「歸我」，即屬棄暗投明，豈能反斥之爲「未血斧礩之屬」？朱説無理，不可信從。至於「崩析」一語，已見《漢書・谷永傳》。今從苑本。

⑮〔以承答天意〕潮本注：「一無『答』字。」祝本、南宋閩本、南宋蜀本、魏本注同。

⑯〔小子不惠〕《舉正》據苑本增「不惠」二字。朱熹從方本，《考異》：「或無此二字。」

⑰〔猥以文句微識蒙念〕今苑本「念」作「合」，注：「合，集作『念』。」《舉正》據苑本訂「念」作「全」，作「猥以文句微識蒙全」。朱熹從監本，《考異》：「方從《文苑》以『念』爲『合』，全無文理。」謹按：朱引方本與《舉正》不合。

⑱〔而默默耶〕潮本注：「而默默耶，一作『而默賀也』。」魏本注同。祝本注：「而默默耶，一作『而默賀耶』。」苑本注：「默耶，一作『賀也』。」朱本作「默默邪」，《考異》：「方從杭、蜀、《文苑》作『默賀也』，亦不成文理。」謹按：今

苑本作「默默耶」，今本《舉正》未出此條。

【箋注】

〔一〕此篇作年，程俱、洪興祖、樊汝霖、方崧卿《舉正》、《增考》、蔣抱玄注繫於貞元十五年（七九九）。方崧卿《年表》、方成珪繫於貞元十六年。程譜：「營田巡官陳從政得白兔於符離，愈以謂盜逆臣伏之象，請表聞。」《增考》：「按柳子厚《代京兆府賀徐州刺史張愔所進白兔表》，愔，建封子也。建封卒，愔自稱知軍事，朝廷從之。蓋建封未及以表聞，而愔獻之也。建封死於明年五月，此事當次於朝正既還之後方可。」洪譜：「十五年己卯：是年有《賀白兎狀》。」樊汝霖注：「公貞元十五年秋佐張建封於徐，書是時作。」《舉正》：「貞元十五年作。」方譜：「據方氏《增考》定爲是年作。」謹按：《增考》繫「請表聞」於貞元十五年冬朝正既還之後。方成珪誤讀《增考》，不確。

〔二〕沈欽韓云：「《百官志》（《新唐書》）：『節度使巡官一人。兼支度、營田使，則有副使、判官各一人。』據此則營田使亦有巡官也。」蔣抱玄注：「集流民，官給廬舍，使之爲官力田，曰營田。巡官，唐《百官志》：『節度使屬有巡官若干人。』陳從政，巡官姓名。」

〔三〕蔣抱玄注：「皦，同皎，白也，明也。《論語》（《八佾》）：『皦如也。』」《詩・風王・大車》：「謂予不信，有如皦日。」毛傳：「皦，白也。」《法苑珠林》卷五十六引《如賢愚經》：「遥覩天城，名曰快見。其色皦白，高顯殊特。」

〔四〕祝充注：「馴，音循。」蔣抱玄注：「馴，音旬，柔順也。」

〔五〕《元和郡縣志》卷九河南道宿州符離縣，今安徽宿州西北二十里老符離集。

〔六〕蔣抱玄注：「役夫，供人役使賤者之稱也。《左傳》（文公元年）：『呼役夫。』」

〔七〕孫汝聽注：「人立，言如人之立。《左傳》云：『豕人立而啼。』拱，拱手也。」符離安阜屯，《舉正》：「屯名『安阜』，如唐孟元楊董作西華屯是也。」

〔八〕蔣抱玄注：「休咎，猶言吉凶也。《漢書》（《劉向傳》）：『箕子爲武王陳五行陰陽休咎之應。』」

〔九〕蔣抱玄注：「纖，一作孅，細也。悉，盡其事也。《漢書·食貨志》：『古之治天下至孅至悉也。』」

〔一〇〕蔣抱玄注：「《中庸》：『唯天下至聖爲能聰明睿智足以有臨也。』」

〔一一〕蔣抱玄注：「（《太平御覽·獸部十九》）《典略》：『兔者明月之精。故謂之陰類。』」

〔一二〕蔣抱玄注：「《戰國策》（《齊四》）：『馮諼謂孟嘗君曰，狡兔有三窟，僅得免於死耳。』」

〔一三〕蔣抱玄注：「《易經》（《革·上六》）：『小人革面。』言改變其顔面也。」

〔一四〕孫汝聽注：「晉灼注《漢書》云：符離，匈奴王號也。」

〔一五〕蔣抱玄注：「《左傳》（昭公九年）：『君之卿佐是謂股肱。』」

〔一六〕蔣抱玄注：「藩垣，屏藩之義。《詩經》：『价人維藩，大師維垣。』」《詩·大雅·板》毛傳：「藩，屏也，垣，墻也。」

〔一七〕祝充注：「鑕，音質。」魏引補注：「鑕，鐵椹也，職日切。」沈欽韓注：「逆亂之臣，時方討蔡州吴少誠。」蔣抱玄注：「鑕，一作質，鍖也。古時毒刑，置人鍖上以斧砍之。《漢書》《項籍傳》：『又孰與身伏斧鑕妻子爲戮乎。』」

〔一八〕蔣抱玄注：「崩析，分崩離析也。《論語》《季氏》：『邦分崩離析而不能守也。』」《漢書・谷永傳》：「秦居平土，一夫大呼而海内崩析者，刑罰深酷，吏行殘賊也。」

〔一九〕蔣抱玄注：「兆，謂已著於形象也。《晉書》《樂志上・天郊饗神歌》：『聽無聞，視無兆。』」

〔二〇〕蔣抱玄注：「猥，俗言多蒙之意。微識，與淺識、陋識同。」

〔二一〕蔣抱玄注：「《史記・孫叔敖傳》：『上下和合，世俗盛美。』」

〔二二〕蔣抱玄注：「《論語》《衛靈公第十五》：『當仁不讓於師。』默默，寂無聲也。《漢書・匡衡傳》：『衡嘿嘿不自安，每有水旱風雨不時，連乞骸骨。』」

上兵部李巽侍郎書①〔一〕

十二月九日〔二〕，將仕郎守江陵府法曹參軍韓愈〔三〕，謹上書侍郎閣下〔四〕。愈少鄙鈍〔五〕，於時事都不通曉〔六〕，家貧不足以自活，應舉覓官〔七〕，凡二十年矣〔八〕。薄命不幸〔九〕，動遭讒謗，進寸退尺，卒無所成。性本好文學②，因困厄悲愁無所告語，遂得究窮於經傳史記百家之説③〔一〇〕，沉潛乎訓義〔一一〕，反覆乎句讀〔一二〕，礱磨乎事業〔一三〕，而奮發乎文章。凡自唐虞已來編簡所存④〔一四〕，大之爲河海，高之爲山嶽⑤，明之爲日月，幽之爲鬼神，纖之爲珠璣華實〔一五〕，變之爲雷霆風雨。奇辭奥旨〔一六〕，靡不通達。惟是鄙鈍不通曉於時事⑥，學成而道益窮，年老而身益困⑦，私自憐悼，悔其初心，髮秃齒豁〔一七〕，不見知己。夫牛角之歌辭鄙而義拙〔一八〕，堂下之言不書於傳記〔一九〕，齊桓舉以相國⑧，叔向攜手以上〔二〇〕。然則非言之難，其聽而識之者難遇也⑨。

伏以閤下内仁而外義⑩，行高而德鉅，尚賢而與能⑪，哀窮而悼屈⑫。自江而西，既化而行矣。今者入守内職，爲朝廷大臣〔二一〕。當天子新即位〔二二〕，汲汲於理化之日，出言舉事，宜必施設⑬。既有聽之之明，又有振之之力。甯戚之歌，鬷明之言〔二三〕，不發於左右，則後而失其時矣。謹獻舊文一卷，扶樹教道，有所明白〔二四〕；南行詩一卷〔二五〕，舒憂娱悲，雜以瓌怪之言〔二六〕，時俗之好，所以諷於口而聽於耳也。如賜覽觀，亦有可采⑭。干黷嚴尊⑮〔二七〕，伏增惶恐〔二八〕。愈再拜。

【彙校】

①〔上兵部李巽侍郎書〕此篇又載《文苑英華》卷六八九，據校。　苑本「上」作「與」，注：「集作『上』。」苑本無「巽」字，題下小字側注「巽」。潮本「巽」作「異」，祝本、南宋閩本同。潮本注：「異，一作『巽』。」祝本注同。魏本作「上兵部侍郎李巽書」，注：「或作『李異』，非是。」《舉正》出南宋監本「上兵部李侍郎書」，云：「蜀本出『巽』字，潮本『巽』作『異』，非。」朱熹從方本，《考異》：「蜀本注『巽』字，或作『異』，非是。」今從南宋蜀本。

②〔性本好文學〕《舉正》：「閣、蜀同。杭本『好』作『喜』。」《考異》：「好，或作『喜』。」

③〔究窮於經傳〕魏本「究窮」作「窮究」。苑本無「於」字。

④〔唐虞已來〕苑本、魏本「已」作「以」。

⑤〔高之爲山嶽〕苑本「山嶽」作「太山」。《舉正》出南宋監本「高之爲泰山」，云：「潮本及《文録》並作『高之爲山嶽』。」朱熹訂作「山嶽」，《考異》：「方從三本、《文苑》作『泰山』，與上下句不類，非是。」

⑥〔通曉於時事〕苑本「時事」下多一「也」字，注：「集無『也』字。」

⑦〔年老而身益困〕祝本注：「身，一作『智』。」南宋閩本、苑本注同。南宋蜀本注：「身益，一作『志亦』。」魏本注同。《舉正》出南宋監本「年老而身益困」，云：「三本同，《文録》『身』作『智』。」朱熹訂作「智」，《考異》：「智，或作『身』。」

⑧〔齊桓舉以相國〕祝本「以」作「似」。

⑨〔其聽而識之〕潮本注：「其，一作『爲』。」苑本、祝本、南宋閩本、魏本「其」作「爲」。祝本注：「爲，一作『其』。」南宋閩本、魏本注同。苑本注：「爲，集作『其』。」南宋蜀本「其」下多一「辭」字，注：「辭，一作『爲』。」《舉正》據蜀本訂「其」字，作「非言之難其聽而識之者難遇也」。朱熹訂作「爲」，《考異》：「『難爲』屬上句。爲，或作『其』，則屬下句。」

⑩〔内仁而外義〕潮本無「而」字，苑本、祝本、南宋閩本、南宋蜀本、魏本同。今從方本。

⑪〔尚賢而與能〕潮本注：「一無『而』字。」祝本、南宋閩本、魏本同。南宋蜀本「與能」作「興能」，注：「興，一作『與』。」

⑫〔哀窮而悼屈〕《舉正》據蜀本「内仁」、「行高」、「尚賢」、「哀窮」下增四「而」字。朱熹同方本存四「而」字，《考異》：「方本『仁』下、『賢』下無『而』字。今詳此上下四句，本或皆有『而』字者爲正，或皆無之，或上二句無而下二句有者亦通。而方本必於其第一、第三句去之，使其參差齟齬而不可讀，以爲古則不淳，以爲今則不響，不識其何意也。」謹按：朱引方本與今傳《舉正》不同。

⑬〔宜必施設〕潮本注：「宜，一作『計』。」祝本、南宋閩本、魏本注同。苑本注：「宜，集作『計』。」南宋蜀本「宜」作「計」，注：「計，一本作『宜』。」《舉正》出南宋監本「宜必施設」，云：「或作『計必施設』。」朱熹從方本，《考異》：「宜，或作『計』。」

⑭〔亦有可采〕苑本、祝本、南宋閩本、南宋蜀本、王本、張本、廖本「采」作「採」。祝本注：「採，一作『采』。」童第德注：「『采』本字，『採』後出字。」

⑮〔干黷嚴尊〕苑本、南宋蜀本、魏本「嚴尊」作「尊嚴」。

【箋注】

〔一〕李巽，兩唐書有傳，其生平如次：巽字令叔，趙州贊皇人。以明經補華州參軍。拔萃登科，授鄠縣尉。入爲監察御史，殿中侍御史。由美原縣令遷刑部員外郎，由萬年縣令爲户部、左司二郎中（權德輿《唐故銀青光禄大夫守吏部尚書兼御史大夫充諸道鹽鐵轉運等使上柱國趙郡開國公贈尚書右僕射李公（巽）墓誌銘》）。貞元七年，出爲常州刺史。八年，召爲給事中。冬十二月，出爲潭州刺史，兼湖南觀察使（權德輿《大唐湖南都團練觀察處置等使都督潭州諸軍事潭州刺史御史中丞李公遺愛碑銘并序》），就加右散騎常侍。十三年九月甲辰，爲洪州刺史、江西觀察使（《舊唐書·德宗紀下》）。順宗立，入爲兵部侍郎。在途，加度支鹽鐵副使。至止踰月，領度支鹽鐵使（《李巽墓誌銘》），時元和元年四月丁未也（《舊唐書·憲宗紀》）。二年三月癸卯，爲兵部尚書，依前判度支鹽鐵轉運使。元和二年落判度支（《舊唐書·鄭元傳》），專領鹽鐵轉運使。三年，轉吏部尚書，四年五月丁卯卒，年六十三，贈右僕射（《李巽墓誌銘》）。

此篇作年，洪興祖、嚴有翼、孫汝聽、方崧卿《舉正》、《年表》、方成珪注、蔣抱玄注均繫於貞元二十一年（八〇五）。洪譜：「十二月《上李巽侍郎書》云：『應舉覓官二十年矣。』自貞元二年至今二十年。又云『《南行》詩一卷』，即所謂『百篇在吟』者。」《舉正》：「永貞元年作。」方表：

「上李巽侍郎書，十二月。」方譜：「是年十二月作。」

〔二〕孫汝聽注：「永貞元年。」

〔三〕《新唐書·百官志一》尚書省吏部：「吏部郎中掌文官階品。凡文官九品，有正有從：從九品下曰將仕郎。」《舊唐書·地理二》山南東道荆州江陵府，今湖北江陵。《唐六典》卷三十大都督府中都督下都督官吏：「大都督府法曹參軍事一人，正七品下。法曹司法參軍，掌律令格式，鞫獄定刑，督捕盜賊，糾逖姦非之事。以究其情僞，而制其文法。赦從重而罰從輕，使人知所避而遷善遠罪。」

〔四〕《新唐書·百官志一》尚書省兵部：「尚書一人，正三品。侍郎二人，正四品下。掌武選、地圖、車馬、甲械之政。」

〔五〕鄙鈍，鄙陋愚鈍，自謙之詞。阮籍《辭蔣太尉辟命奏記》：「違由鄙鈍，學行固野，進無和俗崇譽之高，退無靜默恬冲之操。」

〔六〕蔣抱玄注：「時事，猶言時務也。《南史·王晏傳》：『明帝與晏東府言及時事，晏抵掌曰，公常言晏怯，今定如何？』」

〔七〕蔣抱玄注：「應舉，應試也。唐制進士科由州縣薦舉，故謂之應舉。覔，求也。」

〔八〕嚴有翼注：「《書》稱『守江陵府法曹參軍』，蓋永貞元年也。退之以貞元二年入京師，至此二十年矣。」

〔九〕蔣抱玄注：「《論語》（《雍也》）：『不幸短命死矣，今也則亡。』」

〔一〇〕蔣抱玄注：「百家，諸子也。舉成數而言。《史記》（《五帝本紀》）：『尚書獨載堯以來而百家言黄帝，其文不雅馴。』」

〔一一〕蔣抱玄注：「沉潛，沉深潛服性之柔者也。《書經》（《洪範》）：『沈潛剛克。』解説曰訓，義，意義也。《南史·褚玠傳》：『善占對，博學，能屬文，訓義典實，不尚淫靡。』」

〔一二〕蔣抱玄注：「凡經書成文，語絶處謂之句；語未絶而點分之以便誦詠，謂之讀。相傳秘書有校書式：凡句絶則點於字之旁，讀分則點於字之中間。」

〔一三〕蔣抱玄注：「礱磨，皆旋轉以碎物之具，喻磨練也。礱以竪木鑿齒爲之，今專用以磨穀去殼者。磨以石爲之，中亦鑿齒，本謂之磑。」《鶡冠子·天則第四》：「若礱磨不用，賜物雖詘有不效者矣。」陸佃解：「言慶賞者，勵世磨鈍之器也。然而賞不能勸不勝，罰不能必不可。若砥礪不用之材，而責有於無，玉帛雖詘，有不效者矣。」

〔一四〕蔣抱玄注：「已來，『已』、『以』通。編簡，與簡篇同。策。籍也。」

〔一五〕蔣抱玄注：「纖，細也。珠璣，珠之不圓者曰璣。《莊子》（《列御寇》）：『日月爲連璧，星辰爲珠璣。』華，古花字。實，果實也。《漢書·五行志》言：『雷出地則養長華實，發揚隱伏。』」

〔一六〕蔣抱玄注：「奥，深也。」

〔一七〕蔣抱玄注：「按公《祭十二郎文》有云：『吾年未四十，而髮蒼蒼，而齒牙動摇。』豁者，開也，言無齒而開其唇也。」謹按：髮秃齒豁，衰老之態。此語始見韓文，後人亦有採用者。如宋胡寅《魯語詳説序》：「嘗妄意《論語》一書爲仁道樞管，欲記所見聞指趣，附於章句之下。内揆淺疏，久而未果。髮秃齒豁，恐負初志矣。」（《斐然集》卷十九）王之望《除太學録謝宰相啓》：「至如孱陋，尤困奇窮，貌醜心妍，利居衆後，髮秃齒豁，不見己知。」（《漢濱集卷十一》）明宋濂《胡仲子文集序》：「濂與先生同師於吴公，相友五十餘年，髮秃齒豁矣。」（《文憲集》卷七）

〔一八〕孫汝聽注：「《琴操》曰：甯戚飯牛車下，叩牛角而歌曰：『南山矸，白石爛，生不逢堯與舜禪，短布單衣纔至骭，長夜漫漫何時旦。』齊桓公聞之，舉以爲相。」

〔一九〕韓醇注：「叔孫適鄭，鬷蔑欲觀叔向，從使之收器者而往。立於堂下，一言而善。叔向將飲酒，聞之。曰：『必鬷明也。』下執其手以上。曰：『子若無言，吾幾失子矣。』《左氏》昭二十八年傳云。」

〔二〇〕祝充注：「攜，户圭切。」

〔二一〕樊汝霖注：「是歲十一月甲申，李巽自江西觀察使入爲兵部侍郎。」

〔二二〕樊汝霖注：「是歲八月庚子，憲宗即位。」

〔二三〕祝充注「翪明，上子紅切，姓也。名蔑，字然明。《左氏》（昭公二十八年）：『必翪明也。』」魏仲舉注：「翪，祖叢切。」

〔二四〕蔣抱玄注：「《莊子》（《天道》）：『夫明白於天地之德者，此之謂大本。』」

〔二五〕孫汝聽注：「南行詩一卷，謂遷陽山令時所作。」

〔二六〕祝充注：「瓌，公回切。」蔣抱玄注：「瓌怪，珍怪也。《後漢書·西域傳》：『臨西海而還，皆前世所不至，山經所未詳。莫不備其風土，傳其珍怪焉。』」謹按：瓌怪，珍貴、珍奇。此語始見韓文，後人亦多採用者。如杜牧《杭州新造南亭子記》：「不大不壯，不高不多，不珍奇瓌怪爲憂。」（《樊川集》卷七）陸龜蒙《紀事》：「把筆强題詩，粗言瓌怪狀。」（《笠澤叢書》卷四）宋蔡襄《聖惠方後序》：「有異域瓌怪難致之物。」（《端明集》卷二十九）

〔二七〕蔣抱玄注：「干黷，干犯也。黷與瀆同。嚴尊，與尊嚴同。《荀子》（《致仕篇》）：『尊嚴而憚，可以爲師』。」《史記·李斯列傳》：「天下安則主嚴尊，主嚴尊則督責必，督責必則所求得。」

〔二八〕蔣抱玄注：「惶恐，恐懼之意。《史記·萬石張叔傳》：『甚惶恐，其爲謹愼雖他皆如是。』」

答尉遲生書①〔一〕

愈白尉遲生足下②〔二〕：夫所謂文者，必有諸其中，是故君子愼其實。實之美惡，其發也不揜〔三〕。本深而末茂，形大而聲宏，行峻而言厲，心醇而氣和。昭晰者無疑③〔四〕，優游者有餘④〔五〕。體不備不可以爲成人〔六〕，辭不足不可以爲成文〔七〕。愈之所聞者如是，有問於愈者亦以是對。今吾子所爲皆善矣，謙謙然若不足〔八〕。而以徵於愈，愈又敢有愛於言乎⑤？抑所能言者皆古之道，古之道不足以取於今⑥，吾子其何愛之異也⑦？賢公卿大夫在上比肩〔九〕，始進之賢士在下比肩，彼其得之，必有以取之也⑧。子欲仕乎？其往問焉，皆可學也。若獨有愛於是而非仕之謂，則愈也嘗學之矣，請繼今以言〔一〇〕。

【彙校】

①〔答尉遲生書〕祝本「生」下注：「一有『汾』字。」南宋閩本、魏本注同。潮本「生」下多一「汾」字，南宋蜀本「書」下小字夾注「汾」字。《舉正》出南宋監本「答尉遲生書」，云：「蜀本出『汾』字。」《考異》：「下或注『汾』字。」今從祝本。

②〔愈白尉遲生〕潮本無「愈白」二字，祝本、南宋閩本、南宋蜀本、魏本同。《舉正》出南宋監本「愈白尉遲生足下」，云：「蜀本無『愈白』二字。」朱熹從方本，《考異》：「或無此二字。」今從方本。

③〔昭晰者無疑〕魏本「晰」作「晣」。童第德注：「晰，當依廖、王、祝諸本作『晣』。」王仁昫《切韻》十五薛：「『晣，旨熱反。』」《廣韻》十七薛同。」潮本注：「者，一作『而』。」祝本、南宋閩本、魏本注同。南宋蜀本「者」作「而」。

④〔優游者有餘〕潮本注：「者，一作『而』。」祝本、南宋閩本、魏本注同。南宋蜀本「者」作「而」。

⑤〔愈又敢有愛於言乎〕祝本注：「又，一作『豈』。」南宋閩本、魏本注同。南宋蜀本「又」作「豈」。

⑥〔古之道不足以取於今〕潮本無複出「古之道」三字，祝本、南宋閩本同。「不」上潮本注：「一又云『古之道』。」祝本注：「一無『古之道』三字，一重有『古之道』三字。」南宋閩本注：「一無上三字。」《舉正》據《文録》增重出「古之道」三字。朱熹從方本，《考異》：「或無此複出三字。」今從方本。

⑦〔吾子其何愛之異也〕潮本注：「其何，一云『何其』。」祝本、魏本注同。南宋閩本、王本、張本、廖本作「何其」。

⑧〔必有以取之也〕《考異》：「方無『之』字。」謹按：今本《舉正》未出此條。

【箋注】

〔一〕此篇作年，方成珪繫於貞元十七年（八〇一）。方譜：「生即《題名》之尉遲汾也。公明年又薦汾於陸傪，此書當繫是年。」

〔二〕祝充注：「尉音鬱。《廣韻》：『虜複姓有尉遲氏。』」韓醇注：「生名汾。按公有《題洛北惠林寺》云：『貞元十七年七月二十二日，與李景興、侯喜、尉遲汾漁於温洛。』又嘗薦汾於陸員外傪，故知生爲汾也。」沈欽韓注：「《金石萃編》有尉遲汾《嵩高靈勝詩三十韻》石刻，題朝散大夫守衛尉少卿尉遲汾。」蔣抱玄注：「白，告語也。陳義述事曰白。故書札中沿用之，然非敬上式也。」尉遲汾，兩《唐書》無傳，其生平不詳。今鈎稽可知者如次：尉遲汾，貞元十八年中進士第（韓愈《與祠部陸傪員外薦士書》補注），元和六年爲太常博士（《舊唐書·張仲方傳》），元和七年猶在此職(《册府元龜》卷五百九十六)。歷官祠部員外郎(《郎官石柱題名》),太和三年爲朝散大夫守衛尉少卿(《金石萃編》卷一〇八《狀嵩高靈勝詩刻》)。

〔三〕揜,掩飾、掩蓋。《禮記·大學》:「小人閑居爲不善,無所不至,見君子而後厭然,揜其不善而著其善。」

〔四〕祝充注:「昭晣,下音折,明也,《前漢》:『暗昧昭晣。』」魏仲舉注:「晣,士列切。」《司馬相如傳》:「首惡鬱没,闇昧昭晣。」顏師古注:「始爲惡者,皆即湮滅。素暗昧者,皆得光明也。晣,音之舌反。」《玉篇》:「晣,之逝切。明也。」徐鍇《説文解字繫傳》:「晣,昭晣,明也。从日折聲。《禮》曰:『晣明行事。』臣鍇曰:今《禮記》作『質明』,假借。之例反。」

〔五〕優游,悠閑自得貌。《詩·大雅·卷阿》:「伴奂爾游矣,優游爾休矣。」毛傳:「伴奂,廣大有文章也。」鄭箋:「伴奂,自縱弛之意也。賢者既來,王以才官秩之,各任其職,女則得伴奂而優游自休息也。孔子曰:無爲而治者,其舜也。與恭己正南面而立言任賢,故逸也。」

〔六〕成人,完人、德才兼備之人。《論語·憲問》:「子路問成人,子曰:『若臧武仲之知,公綽之不欲,卞莊子之勇,冉求之藝,文之以禮樂,亦可以爲成人矣。』」

〔七〕《荀子·樂論》:「故樂者,審一以定和者也,比物以飾節者也,合奏以成文者也。」

〔八〕蔣抱玄注:「謙謙,卑遜貌。《易經·謙卦》(初六):『謙謙君子,卑以自牧也。』」

〔九〕蔣抱玄注:「比肩,謂肩相並,喻人多也。《晏子春秋》(《内篇·雜下第六》):『比肩繼踵而在。』」《荀子·非相》：「弃其親家而欲奔之者，比肩並起。」

〔一〇〕蔣抱玄注：「繼今，謂自今而後也。」

答楊子書〔一〕

辱書并示表記述書辭等五篇〔二〕。比於東都，略見顔色〔三〕。未得接言語，心固已相奇，但不敢果以貌定①〔四〕。知人，堯舜所難②。又嘗服宰予之戒③〔五〕，故未敢決然挹〔六〕，亦不敢忽然忘也④。到城以來⑤〔七〕，不多與人還往⑥。友朋之中所敬信者，平昌孟東野〔八〕。東野矻矻説足下不離口⑦〔九〕。崔大敦詩不多見〔一〇〕，每每説人物，亦以足下爲處子之秀〔一一〕。近又得李七翺書⑧〔一二〕，亦云足下之文遠其兄甚⑨〔一三〕。夫以平昌之賢，其言一人，固足信矣。況又崔與李繼至而交説邪？故不待相見，相信已熟。既相見⑩，不要約已相親〔一四〕。審知足下之才充其容也。今辱書乃云云，是所謂以黄金注，重外而内惑也〔一五〕。然恐足下少年，與僕老者不相類⑪。尚須驗以言，故具白所以⑫〔一六〕。而今而後，不置疑於其間可也⑬。若曰長育人才〔一七〕，則有天子之大臣在。若僕者，守一官且不足以修理〔一八〕，況如是重任邪？學問有暇，幸時見臨〔一九〕。愈白。

【彙校】

①〔不敢果以〕南宋蜀本注：「敢，一作『能』。」魏本注同。潮本注：「以，一作『於』。」祝本、南宋閩本、南宋蜀本、魏本注同。但不敢果以外貌，《舉正》：「杭、蜀同。李本『果以』作『果於』。」朱熹訂作「果於」，《考異》：「於，或作『以』。」

②〔堯舜所難〕《舉正》據蜀本訂「帝」字，作「知人堯帝所難」。朱熹從監本，《考異》：「舜，方作『帝』。」

③〔辛予之戒〕魏本「誡」作「戒」。

④〔不敢忽然忘〕潮本注：「敢，一作『能』。」祝本、南宋閩本、魏本注同。南宋蜀本「敢」作「能」，注：「能，一作『敢』。」

⑤〔到城以來〕魏本「已」作「以」。

⑥〔與人還往〕祝本、南宋蜀本、魏本「還往」作「往還」。

⑦〔矻矻説足下〕潮本注：「矻矻，一作『吃吃』。」魏本注同。祝本、南宋閩本「矻矻」作「吃吃」。祝本注：「吃吃，一作『矻矻』。」南宋閩本注同。

⑧〔李七翺〕魏本注：「一無『七』字。」今潮本無「七」字，祝本、南宋閩本同。潮本注：「一有『七』字。」祝本、南宋閩本注同。《舉正》出南宋監本「又得李翺書」，云：「閣、潮本作『又得李七翺書』。」朱熹增「七」字，《考異》：「或無『七』字。」今從南宋蜀本。

⑨〔遠其兄甚〕祝本、南宋閩本、南宋蜀本、魏本「甚」下多一「矣」字。祝本注：「一無『矣』字。」南宋閩本、魏本注同。

《舉正》出南宋監本「足下之文過其兄遠甚矣」，據蜀本删「矣」字。朱熹同潮本無「矣」字，《考異》：「下或有『矣』字。」

⑩〔既相見〕「既」下祝本注：「一有『已』字。」南宋閩本、魏本注同。

⑪〔不相類〕潮本注：「一無『相』字。」祝本、南宋閩本、魏本注同。

⑫〔具白所以〕潮本注：「一有『也』字。」魏本注同。南宋閩本、南宋蜀本「以」下多一「也」字。南宋閩本注：「一無『也』字。」南宋蜀本注同。《舉正》出南宋監本「故具白所以也」，删「也」字，云：「三本同。」朱熹從方本，《考異》：「『所以』下或復有『以』字，非是。」

⑬〔不置疑於其間可也〕《舉正》據杭本增「其」字，作「不置疑於其間也」，云：「蜀本同。」朱熹從監本，《考異》：「方無『其』字。」謹按：朱引方本與《舉正》不同。

【箋注】

〔一〕樊汝霖注：「楊子者，或謂楊陵之子欽之，字茂孝也。《傳》嘗言其以《華山賦》示公，公稱之士林。即其人也。未詳。」楊敬之，《新唐書》有傳，其生平如次：楊敬之，字茂孝，虢州弘農人。元和二年擢進士第（柳宗元《與楊京兆憑書》童宗説注）。平判入等，遷右衛胄曹參軍。累遷屯田、户部二郎中。坐李宗閔黨，太和九年七月戊午貶連州刺史（《舊唐書·文宗紀下》）。開成二年十月爲朝散大夫守國子司業、騎都尉，賜緋魚袋（《開成石經題名》）。三年二月，爲太常少卿兼權勾當國子司業(《册府元龜》卷五百九十二)。轉大理卿,檢校工部尚書兼祭酒卒。敬之嘗爲《華山賦》示韓愈,愈稱之,士林一時傳布。

此篇作年,方崧卿、陳景雲、蔣抱玄繫於貞元十七年,王元啓、方成珪繫於元和六年(八一一)。《舉正》:「按此書是答楊敬之,凌之子也。所謂『過其兄遠甚』者,謂誨之。誨之迺憑之子,子厚所爲説車者也。貞元十七年作。」陳景雲注:「按柳子厚《與楊誨之第二書》,元和六年也。時誨之年未二十,若當貞元十七年韓子與敬之書時,甫數齡耳。其非敬之之兄易明矣。敬之從父憑,誨之父也。子厚有憑從子承之哀辭,作於貞元之季。承之踰冠而夭,所作辭賦書論甚偉,見於哀辭。則謂『遠其兄甚』者,乃指承之耳。」又《哀辭》云:『有弟哀號。』弟即敬之也。」王元啓注:「舊注十七年之説,他無考據,蓋由臆説。時公年止三十有四,何遽自稱爲『老者』?《書》云:『比於東都,略見顔色。』蓋指爲都官郎分司東都之日。『到城已來』,則由河南令遷職方郎,復入都城時也。是爲元和六年,公年四十有四,將近始衰,故可言老。陳據舊注及柳文疑誨之爲敬之弟,而以『遠其兄』爲指承之。不只是書之作,實在元和六年,承之已前死。况承之爲凌子,誨之爲淩兄憑子,未必誨之更小於承之。同列兄行,又不應舍現在者不論,反與亡者相比擬。陳説殆因未經詳考致誤。」方成珪注:「此書之作,王惺齋謂元和六年爲職方郎時,其説良是。《洪譜》元和六年公有《醉留東野詩》,次年有《和崔舍人詠月二十韻》。《書》中所謂『平昌孟東野』、『崔大敦詩』,正相往還。而以柳子厚元和六年《與楊誨之第二書》證之,誨之亦年將二十矣。若如舊注謂此書貞元十七年作，則晦之年垂十齡，公何由與其弟通翰墨乎？」

〔二〕蔣抱玄注：「辱，謙不敢當之詞。猶言賜也。《禮記》〈《曲禮上》〉：『君言至則主人出拜君言之辱。』」

〔三〕蔣抱玄注：「比，及也。《孟子》〈《梁惠王下》〉：『比其反也。』東都，唐以河南府爲東都，即今河南洛陽也。」

〔四〕果，果真。《禮記·中庸》：「果能此道矣，雖愚必明，雖柔必强。」

〔五〕孫汝聽注：「《史記·弟子列傳》：『以言取人，失之宰予；以貌取人，失之子羽。』」

〔六〕蔣抱玄注：「挹，推重曰挹，猶汲引之義。《南史·任昉傳》：『沈約一代辭宗，深所推挹。』」

〔七〕孫汝聽注：「城，謂京城。」

〔八〕魏引補注：「東野，德州平昌人。」

〔九〕韓醇注：「矻矻，語難也。」祝充注：「矻，音窟。」魏仲舉注：「矻，居乙切，又口骨切。」

〔一〇〕魏引補注：「敦詩，名羣。」崔羣，兩《唐書》有傳，其生平如次：崔羣，字敦詩，清河武城人。貞元八年登進士第（柳宗元《送崔羣序》韓醇注）。十年十二月，登賢良方正能直言極諫科（《唐會要》卷七十六），授秘書省校書郎，累遷右補闕。元和二年十一月六日自左補闕充翰林學士，三年四月二十八日加庫部員外郎（丁居晦《重修承旨學士壁記》），六年二月四日加庫部郎中知制誥，七年四月二十九日遷中書舍人（元稹《承旨學士院記》）。九年六月二十六日遷禮部侍郎（《重修承旨學士壁記》）。十年，轉户部侍郎（韓愈《除崔羣户部侍郎制》）。十二年七月丙辰，拜中書侍郎同中書門下平章事。十四年十二月乙卯，出爲湖南觀察都團練使（《舊唐書·憲宗紀下》）。十五年穆宗即位，徵拜吏部侍郎。九月己酉，拜御史大夫。丙寅，授檢校兵部尚書兼徐州刺史武寧軍節度徐泗濠觀察等使。長慶二年三月癸丑，爲其副使王智興所逐，四月癸未，授秘書監分司東都（《舊唐書·穆宗紀》）。未幾，改華州刺史兼御史大夫。三年，爲宣州刺史歙池等州都團練觀察等使（《唐故江南西道都團練副使侍御史内供奉滎陽鄭府君（高）合祔墓誌銘并序》）。太和元年正月戊寅，徵拜兵部尚書。三年二月辛亥，改檢校吏部尚書江陵尹荆南節度觀察使（《舊唐書·文宗紀上》）。四年三月甲辰，入爲檢校右僕射兼太常卿。五年十月甲寅，拜檢校左僕射兼吏部尚書。六年八月辛酉卒（《舊唐書·文宗紀下》），年六十一，册贈司空。

〔一一〕蔣抱玄注：「處子，處士也。束晳《補亡詩》：『堂堂處子，無營無欲。』秀，優秀也。」

〔一二〕李翺，兩《唐書》有傳，其生平如次：翺字習之，祖籍隴西，世居開封，涼武昭王十四代孫。貞元十四年登進士第。十六年，爲鄭滑節度使李元素觀察判官（李翺《論故度支李尚書事狀》）。貞元末，東都留守韋夏卿辟署幕府（《唐語林》卷三）。元和元年，爲京兆府司録參軍（白居易《權攝昭應早秋書事寄元拾遺兼呈李司録》）。轉國子博士、史館修撰，分司東都，尋權知職方員外郎。三年十月，出爲嶺南節度使楊於陵掌書記（李翺《來南録》）。四年十一月，權攝循州（李翺《解惑》)。五年三月府罷,宣歙觀察使盧坦辟爲從事(李翺《祭故東川盧大夫文》)。十二月府罷,浙東觀察使李遜辟爲觀察判官(李翺《叔氏墓誌銘》)。九年九月府罷,十年,爲河南户曹參軍(李翺《勸河南尹復故事書》)。十四年,爲國子博士、史館修撰(李翺《陵廟日時朔祭議》)。十五年六月,授考功員外郎,並兼史職。庚辰,出爲朗州刺史(《舊唐書·穆宗紀》)。十二月二十八日,改舒州刺史(李翺《於湖州別女足墓文》)。長慶三年十二月,入爲禮部郎中(《别灊山神文》)。寶曆元年二月辛卯,出爲廬州刺史(《舊唐書·敬宗紀》)。大和元年九月,爲諫議大夫知制誥(李翺《祭故福建獨孤中丞文》)。三年二月,拜中書舍人。六月,左授少府少監分司東都(《册府元龜》卷九百二十九)。四年,爲鄭州刺史。五年十二月癸巳,出爲桂州刺史、御史中丞,充桂管都防禦使(《舊唐書·文宗紀下》)。七年六月,改授潭州刺史、湖南觀察使。八年十二月己亥,徵爲刑部侍郎。九年,轉户部侍郎。八月甲戌,檢校户部尚書襄州刺史,充山南東道節度使。開成元年七月前卒於鎮。謚曰文。參見劉真倫《李翺行年考》。

〔一三〕王元啓注:「陳據舊注及柳文疑誨之爲敬之弟,而以『遠其兄』爲指承之。不知是書之作,實在元和六年(八一一),承之已前死。況承之爲淩子,誨之爲淩兄憑子,未必誨之更小於承之。同列兄行,又不應舍現在者不論,反與亡者相比擬。陳説殆由未經考致誤。」

〔一四〕蔣抱玄注:「要約,定盟之義。《史記·蘇秦傳》:『令天下之将相會於洹水之上,要約曰:諸侯有不如約者,以五國之兵共伐之。』」

〔一五〕韓醇注：「《莊子·達生篇》：『以瓦注者巧，以鈎注者憚，以黄金注者殙。其巧一也，而有所矜，則重外也，凡外重者内拙。』」《莊子》郭象注：「所要愈重，則其心愈矜也。」《釋文》：「注，之樹反。李云：擊也。」成玄英疏：「注，射也。用瓦器賤物而戲賭射者，既心無矜惜，故巧而中也；以鈎帶賭者，以其物稍貴，恐不中垛，故心生怖懼而不著也；用黄金賭者，矜而惜之，故心智昏亂而不中也。」

〔一六〕蔣抱玄注：「具者，盡之義。具白，言盡行告語也。」

〔一七〕長育，养育。《詩·小雅·蓼莪》：「拊我畜我，長我育我。」

〔一八〕修理，條理、治理。《管子·九守》：「聖人因之，故能掌之。因之修理，故能長久。」

〔一九〕蔣抱玄注：「居上視上曰臨，後人因沿爲謙稱人之視我者。見亦謙詞，含有承蒙之義。如見愛、見信、見教、見委之類是也。」

至鄧州北寄上襄陽于頔相公書①〔一〕

伏蒙示《文武順聖樂辭》②〔二〕、《天保樂詩》③、《讀蔡琰胡笳辭詩》④〔三〕、《移族從》并《與京兆書》⑤〔四〕。自幕府至鄧之北境，凡五百餘里，自庚子至甲辰⑥，凡五日，手披目視⑦，口詠其言，心惟其義，且恐且懼，忽若有亡⑧，不知鞍馬之勤，道途之遠也。

夫澗谷之水，深不過咫尺〔五〕；丘垤之山〔六〕，高不踰尋丈⑨〔七〕，人則狎而翫之⑩。及至臨泰山之懸崖〔八〕，窺巨海之驚瀾，莫不戰掉悸慄⑪〔九〕，眩惑而自失〔一〇〕。所觀變於前，所守易於內，亦其理宜也。閤下負超卓之奇材，蓄雄剛之俊德，渾然天成，無有畔岸〔一一〕。而又貴窮乎公相〔一二〕，威動乎樞極⑫〔一三〕，天子之毗〔一四〕，諸侯之師。故其文章言語與事相侔⑬。憚赫若雷霆⑭〔一五〕，浩汗若河漢〔一六〕；正聲諧韶濩〔一七〕，勁氣沮金石〔一八〕；豐而不餘一言，約而不失一辭；其事信，其理切。孔子曰⑮：「有德者必有言。」〔一九〕信乎其有德且有言也⑯。揚子雲曰⑰：「《商書》灝灝爾〔二〇〕，《周書》噩噩爾。」〔二一〕信乎其能灝灝而且噩噩也。

昔者齊君行而失道，管子請釋老馬隨之⑱〔二二〕；樊遲請學稼，孔子使問之老農⑲〔二三〕。夫馬之智不賢於夷吾，農之能不聖於尼父⑳〔二四〕，然且云爾者㉑，聖賢之能多，農、馬之知專故也。今愈雖愚且賤，其從事於文實專且久㉒，則其贊王公之能而稱大君子之美，不爲僭越也〔二五〕。伏惟詳察，愈恐懼再拜。

【彙校】

①〔至鄧州北寄上襄陽于頔相公書〕此篇又載《唐文粹》卷八四，據校。粹本題作「上于襄陽書」，《舉正》題作「寄襄陽于相公書」，云：「蜀本出『頔』字。」朱熹從方本，《考異》：「或注『頔』字。」王本、張本作「至鄧州北寄上襄陽于相公書」，廖本作「上襄陽于相公書」。

②〔文武順聖樂辭〕魏本「文武順聖」作「順聖文武」。《新唐書·禮樂志十二》載德宗朝諸侯獻樂：「山南節度使于頔又獻《順聖樂》，曲將半而行綴皆伏，一人舞於中。又令女妓爲佾舞，雄健壯妙，號《孫武順聖樂》。」謹按：「孫武順聖」無理，德宗尊號爲「聖神文武」，當以「文武」爲是，韓愈所載，可正史訛。

③〔天保樂詩〕潮本「保」作「寶」，祝本、南宋閩本、魏本同。《舉正》訂作「保」，云：「杭本作『保』，蜀作『寶』。」朱熹從方本，《考異》：「保，或作『寶』。」今從粹本。潮本注：「詩，一作『詞』。」祝本、南宋閩本、魏本注同。南宋蜀本「詩」作「詞」。

④〔胡笳辭詩〕「辭詩」，粹本作「詩詞」，南宋蜀本、魏本作「詞詩」。

⑤〔移族從并與京兆書〕潮本「從」作「徙」，祝本、南宋閩本、南宋蜀本、魏本同。祝本、南宋閩本「并」作「井」。《舉正》據閣本訂「從并」二字，作「移族從并與京兆書」，云：「杭同，蜀本作『徙并』。頔世雄朔易，時移羣從占數爲京兆人，以書修敬於京兆尹李實。《劉夢得集》有代李尹答書可考。」朱熹從方本，《考異》：「諸本或以『從并』爲『徙并』，非也。今按：劉集代實答頔第二書也。其曰『移族從』者，頔與京兆書外別有《移羣從書》。『移』非『移居』之移，乃『移文』之移，蓋始去其舊鄉，故移書以曉其宗族羣從也。」謹按：方、朱所引，見劉禹錫《爲京兆李尹

答于襄州第二書》：「前辱閣下書，厚自枉屈，執州人之禮，兼示《移峯從書》，明所以去河南從京兆爲望之旨。」諸本誤，今從粹本。

⑥〔自庚子至甲〕「自」下祝本注：「唐本無此『自』字。」南宋蜀本、魏本注同。《舉正》：「洪云：唐本無此『自』字。」《考異》：「或無『自』字。」

⑦〔手披目視〕潮本注：「視，一作『睹』。」祝本注同。魏本注：「視，一作『覩』。」南宋蜀本「視」作「覩」，注：「覩，一作『視』。」

⑧〔忽若有亡〕潮本注：「亡，一作『忘』。」祝本、南宋閩本、魏本注同。南宋蜀本「亡」作「忘」。

⑨〔高不踰尋丈〕「不」下潮本多一「能」字，祝本、南宋閩本、南宋蜀本、王本、張本、廖本同。祝本注：「一無『能』字。」南宋閩本、魏本注同。今從粹本。

⑩〔人則狎而翫之〕粹本無「則」字。《舉正》出南宋監本「人則狎而翫之」，據閣本乙「人則」作「則人」，云：「蜀同，杭本無『則』字。」朱熹從監本，《考異》：「方作『則人』，或無『則』字。」

⑪〔戰掉悸慄〕潮本注：「悸，一作『悼』。」祝本、南宋閩本注同。句末魏本注：「掉，一作『悼』。」粹本作「戰掉憚慄」，南宋蜀本作「戰慄悸掉」。《舉正》訂「悼」字，作「戰掉悼慄」，云：「謝氏以古本校。《説文》曰：『悼，懼也。陳楚謂懼曰悼。』《選》陸士衡《表》（《謝平原内史表》）『五情震悼』是也。蜀本作『惶慄』，《文粹》作『憚慄』，監本作『悸慄』，訛日增也。」朱熹從方本，《考異》：「悼，或作『悸』，或作『惶』，或作『憚』。」

⑫〔威動乎樞極〕潮本「樞」作「區」，祝本、南宋閩本、南宋蜀本、魏本同。南宋蜀本注：「區，一作『樞』。」魏本注同。

朱熹同監本，《考異》：「區，或作『樞』。」謹按：樞極，斗樞北極也，比喻人臣之極品。《後漢書·梁統傳》：「夫宰相運動樞極，感會天人。」今從粹本。

⑬〔文章言語與事相侔〕魏本注：「文章言語，一作『言語文章』。」

⑭〔憚赫若雷霆〕潮本「憚赫」作「變化」，祝本、南宋閩本、魏本同。潮本注：「變化，一作『輝赫』。」祝本、南宋閩本注同。魏本注：「變化，一作『輝赫』，一作『燀赫』。」粹本、南宋蜀本作「輝赫」。南宋蜀本注：「輝赫，趙作『嬋赫』，一作『變化』。」《舉正》訂「憚赫」二字，作「憚赫若雷霆」，云：「閣本、蜀本《文録》、《文粹》皆作『燀赫』，字小訛也。憚，丹末切，與『怛』同。《莊子》（《外物》）『聲侔鬼神憚赫千里』，陸（《經典釋文》）音云：『言千里皆懼也』，其義是。杭本作『變化』，訛自此也。」朱熹從方本，《考異》：「憚赫，或作『變化』。」今從方本。

⑮〔孔子曰〕粹本「孔子」下多「之言」二字。《舉正》據蜀本增「之言」二字，云：「《文粹》同。」朱熹從方本，《考異》：「或無『之言』字。」

⑯〔有德且有言〕潮本注：「且，一作『而』。」祝本、南宋閩本、魏本「且」上多一「而」字。祝本注：「一無『而』字。且，一作『而』。」魏本注：「一無『而』字，一無『且』字。」

⑰〔楊子雲曰〕王本、張本、廖本「楊」作「揚」。潮本「雲」下多一「言」字，祝本、南宋閩本、南宋蜀本、魏本同。《舉正》出南宋監本「楊子雲言曰」，據蜀本删「言」字，云：「《文粹》同。」朱熹從方本删「言」字，作「雲曰」，《考異》：「『雲』下或有『言』字。」今從粹本。

⑱〔釋老馬隨之〕《舉正》出南宋監本「老馬隨之」，云：「蜀本『馬』下有『而』字。」朱熹「隨」上增「而」字，《考異》：「方

無『而』字。」

⑲〔使問之〕南宋蜀本脱「使」字。祝本注：「問之，一作『之問』。」魏本注同。

⑳〔農之能不聖於尼父〕祝本注：「聖，一作『勝』。」南宋閩本、魏本注同。

㉑〔然且云爾者〕「然」下祝本注：「一有『則』字。」魏本注同。南宋閩本有「則」字，注：「一無『則』字。」《舉正》出南宋監本「然則且云爾者」，據閣本删「則」字，云：「潮本亦無，李、謝删。」朱熹從方本，《考異》：「『然』下或有『則』字，非是。」

㉒〔實專且久〕粹本脱「專」字。

【箋注】

〔一〕方成珪注：「按《舊史》：貞元十四年九月以于頔爲襄州刺史、山南東道節度使，永貞元年加同平章事。故稱『相公』。」謹按：于頔加左僕射平章事，在永貞元年十二月甲辰，見《舊唐書・憲宗紀上》。于頔，兩《唐書》有傳，其生平如次：于頔字允先，河南人。始以蔭補千牛，調授華陰尉。黜陟使劉灣辟爲判官。又以櫟陽主簿攝監察御史充入蕃使判官，再遷司門員外郎兼侍御史賜紫，充入西蕃計會使。歷長安縣令、駕部郎中。貞元七年，出爲湖州刺史（于頔《釋皎然杼山集序》）。十一年爲蘇州刺史（《至元嘉禾志》卷三）。十三年四月己卯，自大理卿遷陜州長史陜虢觀察使。十四年九月丙辰，爲襄州刺史山南東道節度使（《舊唐書・德宗紀下》）。永貞元年十二月甲辰，加左僕射平章事。元和二年八月辛巳，封燕國公。三年九月入覲，庚寅，册拜司空平章事（《舊唐書·憲宗紀上》）。元和八年二月丁酉，貶恩王傅（《新唐書·憲宗紀》）。九月壬申，貶太子賓客。十年十月壬子，爲户部尚書（《舊唐書·憲宗紀下》）。十三年表求致仕，宰臣擬授太子少保，御筆改爲太子賓客。其年八月卒，贈太保。

此篇作年，韓醇、方崧卿《舉正》、《年表》、方成珪、蔣抱玄繫於元和元年（八〇六）。韓醇注：「公元和元年自江陵椽召爲國子博士，行至鄧州北境，作是書以答于頔。」《舉正》：「元和改元召還日作。」方譜：「據韓仲韶注定爲是年作。」

〔二〕孫汝聽注：「唐德宗以後，方鎮多製樂舞以獻。頔獻《順聖樂曲》，其曲將半，行綴皆伏，一人舞於中。又令女妓爲佾舞，雄健壯妙，號《孫武順聖樂》。」蔣抱玄注：「伏，俯伏之伏，所以表卑下之義。唐自德宗以後方鎮多製樂舞以獻。頔獻《順聖樂曲》，其曲將半，行綴皆伏，一人舞於中。又令女妓爲佾舞，雄健壯妙，號爲《文武順聖樂》。」

〔三〕祝充注：「笳，音加。」嚴有翼注：「笳，音加，胡人捲蘆葉吹之也。蔡琰字文姬，漢中郎將邕之女。博學有才辯。興平中爲胡騎所獲，在胡中十二年，生二子。後曹操素與邕善，痛其無嗣，乃遣使以金璧贈之，而嫁於董祀。感傷亂離，作詩二章。世所謂《胡笳十八拍》，蓋用文姬詩中語而作以詠文姬也。」孫汝聽注：「後漢蔡琰，字文姬，中郎將邕之女。興平中没於南匈奴十二年。」

〔四〕孫汝聽注：「京兆尹，蓋李實也。頔家河南，徙族居京兆，執州人之禮，遺實書。實使劉禹錫作答曰：閤下以大墓世在三原，而去河南益遠，尚繫望於數百年之外，於義不安。遂奮然移羣從，率先行古，占數爲京兆人。且使使者修敬於鄙薄，缺焉不敢當事。見禹錫集中。」

〔五〕蔣抱玄注：「咫尺，喻至近也。《左傳》（僖公九年）：『天威不違顔咫尺，敢不下拜。』」

〔六〕蔣抱玄注：「丘垤，土山也。《孟子》（《公孫丑上》）：『泰山之於丘垤類也。』」

〔七〕蔣抱玄注：「八尺曰尋，十尺曰丈。《管子》（《明法》）：『有尋丈之數者，不可差以長短。』」

〔八〕蔣抱玄注：「懸崖，山高處削直如懸於空中者曰懸崖。《楞嚴經》：『譬如有人思蹋懸崖，足心酸澀。』」鮑照《岐陽守風》：「廣岸屯宿陰，懸崖棲歸月。」

〔九〕祝充注：「《説文》：『掉，徒弔切，摇也。悸，其季切，心動也。』《詩》（《衛風·芄蘭》）：『垂帶悸兮。』」

〔一〇〕眩惑，猶「幻惑」，欺騙迷惑。《尚書·無逸》「民無或胥譸張爲幻」，孔安國傳：「譸張，誑也，君臣以道相正，故下民無有相欺誑幻惑也。」《國語·周語下》：「有狂悖之言，有眩惑之明，有轉易之名，有過慝之度。」

〔一一〕蔣抱玄注：「畔岸，司馬相如《大人賦》：『放散畔岸。』」

〔一二〕孫汝聽注：「永貞元年十二月甲辰，加頔同平章事。」

〔一三〕蔣抱玄注：「區同樞，機要之地也。劉歆《遂初賦》：『侍列宿於鉤陳兮，擁太常之樞極。』」

〔一四〕孫汝聽注：「毗，倚毗也。《詩》（《小雅·節南山》）『天子是毗』是也。」毗，輔佐。《尚書·微子之命》：「永綏厥位，毗予一人。」孔傳：「長安其位，以輔我一人。」

〔一五〕蔣抱玄注：「《莊子》：『聲侔鬼神，憚赫千里。』」童第德注：「方氏所引見《莊子·外物》。《釋文》：『憚，徒旦反。』無『丹末切』之音。《周禮·矢人》『亦弗之能憚矣』，鄭注：『故書「憚」或作「但」。鄭司農云：讀當爲「憚之以威」之「憚」。謂風不能驚憚箭也。』《釋文》：『憚，音怛。』疑方氏用《周禮·矢人·釋文》之音以釋《莊子》。其實『憚赫』字讀『徒旦反』自通，不必改讀『怛』也。」《莊子·外物》郭慶藩注：「憚，古皆訓爲畏難。見《論語·學而》朱注、《秦策》高注。此言『憚赫』，憚者盛威之名也。《賈子·解縣篇》『陛下威憚大信』，亦此『憚』字之義。盛威爲憚，盛怒亦爲憚。《大雅·桑柔篇》『逢天僤怒』是也。『僤』與『憚』同。」

〔一六〕蔣抱玄注：「《晉書·孫楚傳》：『三江五湖，浩汗無涯。』《莊子》：『大而無當，往而不反，猶河漢而無極也。』」謹按：浩汗，水勢浩大貌。曹丕《濟川賦》：「漫浩汗而難測，眇不睹其垠際。」河漢，銀河。《莊子·逍遥遊》成玄英疏：「猶如上天河漢，迢遞清高，尋其源流，略無窮極也。」

〔一七〕蔣抱玄注：「韶濩，樂名，殷湯所作，亦曰大濩。《左傳》（襄公二十九年）：『見舞韶濩者，或言取防濩下民紹繼大禹之義。』」

〔一八〕勁氣，凛烈寒氣。陶潛《癸卯歲十二月中作與從弟敬遠》：「勁氣侵襟袖，簞瓢謝屢設。」此處引申爲剛正之氣。沮，摧折、毁敗。《詩·小雅·小旻》「何日斯沮」，毛傳：「沮，壞也。」葛洪《抱樸子·譏惑》：「喪亂日久，風積教沮。」金石，泛指堅固之物。《荀子·勸學》：「鍥而舍之，朽木不折；鍥而不舍，金石可鏤。」勁氣沮金石，謂剛正之氣摧金裂石。此語始見韓文，後人採用者甚多。如宋彭汝礪《次韻堯民同年》：「勁氣沮金石，高文爛星斗。」（《鄱陽集》卷一）劉弇《賀孫中丞啓》：「激昂公忠，沮金石而彌勁；慷慨論列，凛毛髮以生風。」（《龍雲集》卷十三）周麟之《見孫尚書啟》：「勁氣沮金石，高義薄雲天。」（《海陵集》卷八）

〔一九〕《論語·憲問》：「子曰：有德者必有言。」何晏《集解》：「德不可以億中，故必有言。」皇侃《義疏》：「既有德，則其言語必中，故必有言也。」宋邢昺疏：「有德者必有言者，德不可以無言億中，故必有言也。」

〔二〇〕祝充注：「灝，音浩。」韓醇注：「灝灝，富大貌。」魏仲舉注：「灝，胡老切。」《法言·問神篇》：「《商書》灝灝爾。」晉李軌注：「灝灝，夷曠。」宋咸注：「灝灝，猶漫漫也。言忠質之化制尚疏闊漫漫然。」吴祕注：「灝灝，猶言浩浩也，謂其遠大也。」

〔二一〕祝充注：「噩，音諤。」韓醇注：「噩噩，明直貌。」魏仲舉注：「灝，胡老切。」《法言·問神篇》：「《周書》噩噩爾。」晉李軌注：「噩噩，不阿附也。」宋咸注：「噩噩，猶察察也。言尚文而相檢以禮樂察察然。」吴祕注：「噩噩，猶言諤諤也，謂其明正也。」

〔二二〕韓醇注：「管仲、隰朋從威公伐孤竹，迷惑失道。管仲曰：『老馬之智，可用也。』乃放老馬而隨之，遂得道。見《韓子》《喻老》。」

〔二三〕韓醇注：「《論語》《子路》：『樊遲請學稼。孔子曰：吾不如老農。』」

〔二四〕蔣抱玄注：「《禮記》《檀弓上》：『魯哀公誄孔丘曰：嗚呼哀哉！尼父。』（鄭玄）注：『尼父，因其字以爲之謚也。』父，同甫，丈夫之美稱。」

〔二五〕蔣抱玄注：「僭越，假借名物踰其本有之地位也。《北史》《清河王傳》：『杜漸防微，無相僭越。』」

爲分司郎官上鄭餘慶尚書相公啓①〔一〕

愈啓：伏蒙仁恩，猥賜示問②〔二〕，感戴戰慄③〔三〕，若無所容措〔四〕。然尚有厥誠須盡露於左右者④，敢避其煩瀆⑤〔五〕，懷不滿之意於受恩之地哉？愈幸甚，三得爲屬吏〔六〕，朝夕不離門下，出入五年⑥〔七〕。竊自計較⑦：受與報不宜在門下諸從事後〔八〕。故事有當言，未嘗敢不言，有不便於己⑧，輒吐私情，閤下所宜憐也。分司郎官職事惟祠部爲煩且重〔九〕，愈獨判二年〔一〇〕，日與宦者爲敵〔一一〕，相伺候罪過〔一二〕，惡言詈辭⑨，狼籍公牒⑩〔一三〕，不敢爲恥，實慮陷禍。故前者懷狀〔一四〕，乞與諸郎官更判。意雖甚專，事似率爾〔一五〕，言語精神，不能自明。不蒙察允，遽以慙歸⑪，僶俛日日⑫〔一六〕，遂踰累旬〔一七〕。私圖其宜，敢以病告。《鳲鳩》平均，歌於《國風》〔一八〕；從事獨賢，《雅》以怨刺〔一九〕。伏惟俯加憐察⑬，幸甚，幸甚。愈再拜。

【彙校】

①〔爲分司郎官上鄭餘慶尚書相公啓〕本篇篇題，洪興祖《韓子年譜》作「上留守鄭餘慶啓」。《舉正》出南宋監本「爲分司郎官上鄭尚書相公啓」，無「餘慶」二字。朱熹從方本。廖本無「爲分司郎官」、「餘慶」七字。南宋蜀本「啓」作「書」。

②〔猥賜示問〕祝本注：「猥，一作『俯』。」南宋閩本注：「猥，一作『附』。」南宋蜀本注：「猥，歐作『俯』。」魏本注同。《舉正》出南宋監本「猥賜示問」，據閣本删「猥」字，云：「歐本作『俯』，杭、蜀本作『猥』。」朱熹從監本存「猥」字，《考異》：「猥，或作『俯』，方無。今按：言『猥若俯』者，事上之禮，無者非是。」王元啓注：「無者固非，然『猥』字亦不及『俯』字尤穩。」

③〔感戴戰慄〕魏本注：「慄，一作『悚』。」祝本、南宋閩本「慄」作「悚」。祝本注：「悚，一作『慄』。」朱熹訂作「悚」，《考異》：「悚，或作『慄』。」

④〔尚有厥誠須盡露〕《舉正》出南宋監本「尚有厥誠須盡露於左右者」，據閣本删「厥誠」字，云：「李、謝上二語校同；杭、蜀有『厥誠』二字。」朱熹從監本，《考異》：「方無『厥誠』字。」

⑤〔敢避其煩瀆〕南宋蜀本、魏本「瀆」作「黷」，南宋蜀本注：「黷，一作『默』。」魏本注同。《舉正》訂「瀆」作「默」，屬下句，作「敢避其煩，默懷不滿之意」，云：「三本同。」朱熹訂作「黷」，《考異》：「黷，或作『瀆』，字通用。方作『默』則訛矣，又連下句讀之，其誤益甚。」謹按：「瀆」、「黷」，古今字。《説文》：「黷，握持垢也。从黑賣聲。《易》曰：『再三黷。』徒谷切。」段注：「垢非可握持之物，而入於握持，是辱也。古凡言辱者皆即黷，故鄭注《昏禮》曰：『以白造緇曰辱。』字書『辱』亦作『黷』，从黑賣聲，徒谷切。《易》曰：『再三黷』，《蒙》卦辭。古字多假借通用。許所據《易》作『黷』，今《易》作『瀆』。崔憬曰：『瀆，古黷字也。』玉裁按：鄭注云：『瀆，褻也。』瀆褻，許女部作『嬻媟』。若依鄭義，則『黷』爲假借字，『嬻』爲正字也。黷訓『握垢』，故从黑。」

⑥〔出入五年〕《舉正》出南宋監本「出入五年」，據杭、蜀本删「入」字。朱熹從監本，《考異》：「方從杭、蜀本無『入』字。今按：出入，漢人語多有之，公作《襄陽盧丞誌》亦云『出入十年』，方誤矣。」

⑦〔竊自計較〕《考異》：「較，或作『校』。」

⑧〔有不便於己〕《舉正》出南宋監本「有不便於己」，據閣本删「於」字，云：「李、謝删；杭、蜀皆有。」朱熹從監本，《考異》：「方從閣本無『於』字，非是。」

⑨〔惡言詈辭〕魏本「辭」作「詞」。

⑩〔狼籍公牒〕祝本、南宋閩本、王本、張本、廖本「籍」作「藉」。

⑪〔遽以慙歸〕「遽」下祝本衍一「其」字。

⑫〔僶俛日日〕魏本「日日」作「日月」。

⑬〔伏惟俯加憐察〕潮本注：「趙無『俯』、『察』字。」魏本注同。祝本注：「一無『俯』字。」南宋閩本注：「一無『俯』、『察』字。」《舉正》出南宋監本「俯加憐察」，云：「閣本無『俯』字，李、謝删；《文録》『察』字併無。」朱熹從方本，《考異》：「閣無『俯』字，《録》無『俯』、『察』二字，俯，或作『特』。」

【箋注】

〔一〕韓愈改都官員外郎守東都省，在元和四年六月十日，見洪譜。五年冬拜河南令，見方譜。《新唐書・百官志一》尚書省刑部：「都官郎中（從五品上）、員外郎（從六品上）各一人，掌俘隸簿録，給衣糧醫藥，而理其訴免。」鄭餘慶，兩《唐書》有傳，其生平如次：餘慶字居業，滎陽人。大曆中舉進士。建中末，山南右節度使嚴震辟爲從事，累官殿中侍御史，丁父憂罷。貞元初入朝，歷左司、兵部員外郎、庫部郎中，八年，選爲翰林學士。十三年五月壬子，遷工部侍郎知吏部選事。十四年七月壬申，拜中書侍郎平章事。十六年九月庚戌，貶郴州司馬（《舊唐書・德宗紀下》）。順宗登極，五月癸未，徵拜尚書左丞（《舊唐書・順宗紀》）。憲宗嗣位，八月癸亥，擢守本官平章事。元和元年五月庚辰，罷相爲太子賓客。九月丙午，改國子祭酒。十一月庚戌，拜河南尹。三年六月甲戌，兼東都留守。六年十月戊辰，入爲吏部尚書（《舊唐書・憲宗紀上》）。七年十二月丙戌，改太子少傅，兼判太常卿事。九年三月辛酉，拜檢校右僕射兼興元尹、充山南西道節度觀察使。十二年，除太子少師。十三年三月丁未，拜尚書左僕射。七月庚戌，改鳳翔尹、鳳翔隴右節度使。十四年九月甲午，爲太子少師、檢校司空，封滎陽郡公，兼判國子祭酒事（《舊唐書·憲宗紀下》）。及穆宗登極，進位檢校司徒。元和十五年十一月癸亥卒（《舊唐書·穆宗紀》），時年七十五。贈太保，謚曰貞。

此篇作年，程俱繫於元和四年，洪興祖、嚴有翼、方崧卿《舉正》、《年表》、方成珪、蔣抱玄繫於元和五年（八一〇），孫汝聽繫於元和三年。程譜：「三年，改真博士。明年，爲都官員外郎分司東都判祠部。中官號功德使，司京城觀寺，尚書斂手失職。愈按《六典》，盡索之以歸，日與宦者爲敵，惡言罵辭，狼籍公牒。乃上書留守鄭餘慶，乞與諸郎官更判，不見允。五年，代薛戎爲河南令。」洪譜：「五年庚寅：《上留守鄭餘慶啓》云：『分司郎官，職事惟祠部爲煩且重，愈獨判二年。乞與諸郎官更判。』公去年分司，今二年矣。《送鄭十涵校理序》云：『愈爲博士也，始事相公於祭酒。分教東都生也，事相公於東太學。今爲郎於都官也，又事相公居守。三爲屬吏，經時五年。』按《唐書·宰相表》：『永貞元年八月，尚書左丞鄭餘慶同平章事。元和元年十一月，罷爲河南尹。』本傳云：『憲宗立，拜平章事。未幾，罷爲太子賓客。改國子祭酒，累遷吏部尚書。』舊史云：『元年五月爲太子賓客，九月爲國子祭酒，十一月爲河南尹。』《河南志》云：『二年三月加兼知東都國子監事。』舊史又云：『三年六月爲東都留守，十月爲吏部尚書。』《表》不載其爲賓客、祭酒，《傳》不載其爲河南尹、東都留守，皆闕文也。公以元年爲博士，二年分教東都生，四年分司郎官，迨今五年矣。」孫汝聽注：「鄭餘慶，字居業，鄭州滎陽人。元和三年六月甲戌，以餘慶檢校兵部尚書兼東都留守。公時爲都官員外郎分司東都。」《舉正》：「元和五年河南上鄭餘慶。」王元啓注：「按四年六月公爲都官郎分司判祠部。此《啓》云『獨判二年』，則是五年未拜河南令時所上。餘慶初受留守之命，公猶爲分司博士，未爲郎官，孫注似失考。」方譜：「是五年作，未拜河南令時。」

〔二〕蔣抱玄注：「猥賜，猥曲也。《漢書·文帝三王傳》《濟川王傳》：『何故猥自發舒。』」

〔三〕《論語·八佾》：「使民戰栗。」朱熹《集注》：「戰栗，恐懼貌。」

〔四〕蔣抱玄注：「容措，安置也。措與厝同。《晉書·劉毅傳》：『州黨有德義，朝廷有公正，浮華邪佞，無所容厝。』」漢仲長統《昌言》：「孝宣之世，則以弘恭爲中書令，石顯爲僕射。中宗嚴明，二豎不敢容錯其奸心也。」

〔五〕蔣抱玄注：「石崇《思歸引》：『困於人間煩黷，常思歸而永歎。』」

〔六〕孫汝聽注：「元和元年九月丙午，餘慶爲國子祭酒，公爲博士。十一月庚戌，餘慶爲河南尹，公分司東都。至是餘慶爲留守，公爲都官員外郎。」

〔七〕嚴有翼注：「集有《送鄭涵校理序》，涵即餘慶之子也。《序》云：『愈爲博士也，始事相公；於祭酒分教東都生也，事相公於東太學；今爲郎於都官也，又事相公居守。三爲屬吏，經時五年。』餘慶，永貞元年八月同平章事，元和元年五月罷爲太子賓客。九月改國子祭酒，十一月爲河南尹，二年三月加兼知東都國子監事。三年六月，爲東都留守。退之以元年爲國子博士，二年分教東都，四年改都官員外郎守東都省。上此啓時，已五年矣。」
〔八〕蔣抱玄注：「諸從事，諸佐使之稱。《後漢書·李憲傳》：『廬江人陳衆爲從事，單車説降之。』」
謹按：從事，州郡僚屬。《漢書·丙吉傳》：「坐法失官，歸爲州從事。」
〔九〕《新唐書·百官志一》尚書省禮部：「祠部郎中（從五品上）、員外郎（從六品上）各一人，掌祠祀、享祭、天文、漏刻、國忌、廟諱、卜筮、醫藥、僧尼之事。」
〔一〇〕王元啓注：「公以四年六月十日改都官郎，五年即拜河南令。云『判祠部二年』者，公拜河南令在秋冬初。逾一年外尚不令他郎更判，故云二年。」
〔一一〕樊汝霖注：「皇甫持正爲公《神道碑》云：『除尚書都官郎中分司，判祠部。中官號功德使，司京城觀寺。尚書斂手。公按《六典》，盡索之以歸。除其無良，時其出入』云云。」沈欽韓注：「《釋氏稽古略》：『天寶五載五月制：天下度僧尼，並令祠部給牒。』《唐會要》卷四十九：『元和二年二月詔：僧尼道士同隸左街右街功德使。自是祠部、司封不復聞奏。』公乃復其舊制也。」
〔一二〕蔣抱玄注：「伺候，偵候也。《漢書》（《後漢書·竇融傳》）：『伺候車駕。』」
〔一三〕蔣抱玄注：「公牒，公文也。按：札文曰牒。」
〔一四〕蔣抱玄注：「懷狀，猶言申述情形也。」
〔一五〕蔣抱玄注：「率爾，輕遽之意。《論語》：『子路率爾而對曰。』」童第德注：「《論語·先進》『子路卒爾而對」，皇本作『卒爾』。卒爾，卒然也。古『猝暴』字多假『卒』爲之。『率』、『卒』字古通用。《莊子·人間世》郭象注：『率然附之。』《釋文》：『率，本又作卒。』是其證。」

〔一六〕祝充注：「僶俛，上音泯。」陸機《文賦》：「在有無而僶俛，當淺深而不讓。」《文選》李善注：「僶俛，由勉强也。」

〔一七〕蔣抱玄注：「十日曰旬。累，積也。累旬，猶言數十日也。」

〔一八〕韓醇注：「《詩》曹國風《鳲鳩》，刺不壹也。在位無君子，用心之不壹也。毛氏云：『鳲鳩養其子，朝從上下，暮從下上，均平如壹。』」

〔一九〕韓醇注：「《詩·小雅·北山》，刺幽王也。役使不均，己勞於從事而不得養其父母焉。其二章云：『我從事獨賢。』賢，勞也。」

爲河南令上留守鄭相公啓①〔一〕

愈啓：

愈爲相公官屬五年〔二〕，辱知辱愛〔三〕，伏念曾無絲毫事爲報答效②〔四〕。日夜思慮謀畫，以爲事大君子當以道，不宜苟且求容悦〔五〕。故於事未嘗敢疑惑③，宜行則行，宜止則止④。受容受察⑤〔六〕，不復進謝⑥。自以爲如此真得事大君子之道⑦。今雖蒙沙汰爲縣〔七〕，固猶在相公治下〔八〕，未同去離門墻爲故吏爲形跡嫌疑⑧〔九〕，改前所爲以自疎外於大君子⑨，固當不待煩説於左右而後察也。

人有告人辱罵其妹與妻，爲其長者得不追而問之乎？追而不至，爲其長者得不怒而杖之乎？坐軍營，操兵守禦，爲留守出入前後驅從者，此真爲軍人矣；坐坊市賣餅⑩，又稱軍人，則誰非軍人也？愚以爲此必姦人以錢財賂將吏，盜相公文牒〔一〇〕，竊注名姓於軍籍中〔一一〕，以陵駕府縣⑪〔一二〕。此固相公所欲去，奉法吏所當嫉⑫〔一三〕。雖捕繫杖之⑬〔一四〕，未過也⑭。昨聞相公追捕所告受辱罵者，愚以爲大君子之爲政當有權變，始似小異，要歸於正耳。軍吏紛紛入見告〔一五〕，屈爲其長者⑮，安得不小致爲之之意乎⑯？未敢以此仰疑大君子。及見諸從事説⑰，則與小人所望信者少似乖戾⑱。雖然，豈敢生疑萬一⑲？必諸從事與諸將吏未能去朋黨心〔一六〕，蓋覆黤黮〔一七〕，不以真情狀白露左右。小人受私恩良久⑳，安敢閉蓄以爲私恨㉑〔一八〕，不一二陳道？伏惟相公憐察，幸甚幸甚！

愈無適時才用，漸不喜爲吏。得一事爲名可自罷去㉒，不啻如棄涕唾〔一九〕，無一分顧藉心〔二〇〕。顧失大君子纖芥意如丘山重㉓〔二一〕。守官去官，惟今日指揮〔二二〕。愈惶懼再拜。

【彙校】

①〔爲河南令上留守鄭相公啓〕南宋蜀本「啓」作「書」。《舉正》出南宋監本「爲河南令上留守鄭相公啓」，《考異》同。廖本無「爲河南令」四字。

②〔伏念〕《舉正》出南宋監本「伏念曾無絲毫事爲報」，删「伏」字，云：「三本同。」朱熹從監本，《考異》：「方從三本無『伏』字。」

③〔故於事〕「故」下潮本注：「一有『每』字。」祝本、南宋閩本、魏本注同。

④〔宜止則止〕《舉正》訂二「爾」字，作「宜爾則爾」，云：「謝氏以古本校；杭、蜀皆作『止』。」朱熹從監本，《考異》：「方『止』字並作『爾』。按：對上句『行』字義，當作『止』。方本無理不詞，今改從衆。」

⑤〔受容受察〕南宋蜀本注：「受，一作『苟』。」《舉正》出南宋監本「受容受察」，云：「閣與杭本無『受容』二字；蜀本有，謝本存之。」《考異》：「閣、杭本無『受容』字，亦非是。」

⑥〔不復進謝〕潮本「復」作「伏」。今從祝本。

⑦〔君子之道〕王本注：「方無『之』字。」廖本注同。《舉正》出南宋監本「真得事大君子之道」，删「之」字，云：「閣與杭同，李、謝删。」

⑧〔爲故吏爲形跡〕「吏爲」下潮本注：「一無『爲』字。」祝本、南宋閩本、魏本注同。南宋蜀本「吏」下無「爲」字。

⑨〔疎外於大君子〕《舉正》出南宋監本「以自疎外於大君子」，删「於」字，云：「三本同。」朱熹從監本，《考異》：「方從三本無『於』字，非是。」

⑩〔坊市〕南宋蜀本「坊」作「妨」。

⑪〔陵駕〕南宋閩本、南宋蜀本、張本「陵」作「淩」。《舉正》出南宋監本「淩駕」，云：「杭、蜀同上。字見《選》沈休文《論》。」謹按：今傳《文選》作「陵駕」。朱熹從方本。王本、廖本從監本。潮本注：「駕，一作『毀』。」祝本、南宋閩本、魏本注同。南宋蜀本「駕」作「毀」，注：「毀，一作『駕』。」

⑫〔所當嫉〕潮本「嫉」下多一「矣」字，祝本、南宋閩本、南宋蜀本、魏本同。南宋蜀本注：「一無『矣』字。」魏本注同。《舉正》出南宋監本「奉法吏所當嫉矣」，删「矣」字，云：「閣與杭本删，蜀本亦無。」朱熹從方本，《考異》：「下或有『矣』字。」今從方本。

⑬〔杖之〕《舉正》出南宋監本「雖捕繫杖之」，删「之」字，云：「閣與杭本删，蜀本亦無。」朱熹從監本，《考異》：「方從三本無『之』字，非是。」

⑭〔未過也〕潮本「未」下多一「至」字，祝本、南宋閩本、南宋蜀本、魏本同。南宋蜀本注：「一無『至』字。」魏本注同。《舉正》出南宋監本「未至過也」，删「至」字，云：「閣與杭本删，蜀本作『不至過也』。」朱熹從方本，《考異》：「『未』下或有『至』字，或作『不至過』。」今從方本。

⑮〔爲其長者〕潮本注：「一無『者』字。」祝本、南宋閩本、魏本注同。《舉正》出南宋監本「爲其長者」，删「者」字，云：「三本同。」朱熹從監本，《考異》：「方從三本無『者』字，非是。」

⑯〔小致爲之之意乎〕魏本「小」作「少」，注：「少，一作『小』。」「爲之」下祝本注：「之，一作『言』。」南宋閩本注同。魏本注：「爲，一作『抑』。爲之之意，一作『爲言之意』。」潮本「爲之」作「爲言」。南宋蜀本同。潮本注：「言，一

作『之』。」南宋蜀本注：「爲之之意乎，一作『爲仰之之意乎』。」今從祝本。

⑰〔見諸從事〕南宋蜀本注：「一無『諸』字。」

⑱〔與小人〕潮本「與」下注：「一有『諸』字。」祝本、南宋閩本、魏本注同。

⑲〔生疑萬一〕祝本「疑」下注：「一有『於』字。」魏本注同。《舉正》出南宋監本「生疑萬一」，云：「蜀本『疑』下有『於』字。」朱熹增「於」字，《考異》：「方無『於』字。」

⑳〔受私恩〕潮本「受私」作「私受」，祝本、南宋閩本、南宋蜀本、魏本同。南宋蜀本「久」作「人」。《舉正》出南宋監本「小人私受恩良久」，乙「私受」作「受私」，作「小人受私恩良久」，云：「三本同。」《考異》：「『受私』，或作『私受』。今按：『私受』非是。然此七字爲句，語亦太煩。又下語便有『私恨』字，不應重複如此。疑此『私』字是衍文也。」今從方本。

㉑〔私恨〕祝本「恨」作「限」。

㉒〔得一事爲名可自罷去〕潮本無「名」字，「罷」下多「乃罷」二字。祝本、南宋閩本、南宋蜀本、魏本同。潮本注：「乃，一作『名』。」祝本注：「爲，一作『名』字。一無『乃罷』二字，以『乃』字做『名』字。」南宋閩本注：「（『爲』下）一有『名』字。一無上（乃罷）二字。」魏本注：「一本『事爲』字下有『名』字。一本『乃』字作『名』字。一本無『乃罷』二字。」《舉正》據閣本訂「名」字，作「得一事爲可自罷名罷去」，云：「李、謝校；蜀本『名』作『乃』；杭本作『得一事爲自可罷去』。」朱熹訂作「得一事爲名可自罷去」，《考異》：「方從閣本『名』字在『罷』字下，而『名』字下更有一『罷』字。杭本無『名』字，『可自』作『自可』，亦無下『罷』字。今按：此句諸本皆不可讀，但別本作『得一

事爲名可自罷去』，比閣本只移一『名』字去一『罷』字，比杭本但增一『名』字倒一『自』字，而文義通暢，略無凝滯。今從之。又按：此二書誤字尤多，而閣杭蜀本又爲特甚，不知何故如此。大抵公於朝廷或抵上官論時事及職事，則皆如公狀之體，不用古文奇語，此二篇亦其類也。竊意讀者厭其無奇而輒改之，故其多誤至此云。」謹按：朱熹校改依據之「別本」，即南宋閩本注所引或本。今從朱本。

㉓〔顧失大君子〕潮本注：「顧，一作『故』。」祝本、南宋閩本、南宋蜀本、魏本「顧」作「故」。南宋閩本注：「故，一作『顧』。」南宋蜀本、魏本注同。《舉正》出南宋監本「顧失大君子纖芥意」，云：「閣、杭同；蜀本作『故』。」王本、張本、廖本同方本。童第德注：「顧，念也。『顧失大君子纖芥意』，念失大君子纖芥意也。『顧』、『故』古通用。作『顧』使覽者不至底滯，較爲明白。」

【箋注】

〔一〕樊汝霖注：「按李習之狀公行云：入省爲分司都官員外郎，改河南縣令。日以職分辯於留守及尹，故軍士莫敢犯禁。」韓醇注：「公《上鄭公書》，其言剴切，其退甚輕，信乎史所謂篤道君子也。」嚴有翼注：「退之以五年爲河南令，其分司郎官日嘗論事失餘慶意。既令河南，猶論列不已。故啓云：『今雖蒙沙汰爲縣，猶在相公治下。』又曰：『守官去官，惟今日指揮。』」

此篇作年，程俱、洪興祖、方崧卿《舉正》、《年表》、方成珪、蔣抱玄均繫於元和五年（八一〇）。程譜：「（元和）五年，代薛戎爲河南令。有軍人有罪，愈追而問之，不時至，怒杖之。軍吏紛紛入告，留守不察，愈上書辯，決去就。」洪譜：「五年庚寅，授河南縣令，有《上留守鄭公啓》。《啓》云：『今雖蒙沙汰爲縣，猶在相公治下。』又云：『守官去官，惟今日指揮。』時公以論事失鄭公意，既令河南，猶論列不已。軍人有罪，公追而杖之。留守不悦，公以啓辯明，且力求去，見集中。《行狀》云：『改河南令，日以職分辯於留守及尹，故軍士莫敢犯禁。』疑鄭公卒聽其言，故軍人畏服如此也。」《舉正》：「元和五年河南上鄭餘慶。」方譜：「是年冬爲河南令時所上。」

〔二〕嚴有翼注：「集有《送鄭涵校理序》，涵即餘慶之子也。《序》云：『愈爲博士也，始事相公；於祭酒分教東都生也，事相公於東太學；今爲郎於都官也，又事相公居守。三爲屬吏，經時五年。』餘慶，永貞元年八月同平章事，元和元年五月罷爲太子賓客。九月改國子祭酒，十一月爲河南尹，二年三月加兼知東都國子監事。三年六月，爲東都留守。退之以元年爲國子博士，二年分教東都，四年改都官員外郎守東都省。上此啓時，已五年矣。」蔣抱玄注：「相公，宰相之稱。王粲詩（《從軍詩五首》之一）：『相公征關右。』一説：古時宰相必封公，故稱相公。」

〔三〕蔣抱玄注：「辱，承蒙之意。」

〔四〕蔣抱玄注：「報答，報人之施與也。」

〔五〕蔣抱玄注：「《孟子》：『有事君人者，事是君，則爲容悦者也。』（朱熹《四書章句》）注：『阿徇以爲容，逢迎以爲悦。』」《孟子·盡心上》趙岐注：「事君求君之意，爲苟容以悦君者也。」

〔六〕受容，接受庇護包容。受察，接受管束稽查。宋任廣《書敍指南》卷十一：「相知曰受容受察。」

此語始見韓文，後人採用者甚多。如王安石《知常州上監司啓》：「蒙恩寬裕，得郡便安。諏日造官，以身受察。」（《臨川文集》卷八十）許翰《謝方漕啓》：「受容不逐，假寵已多。」（《襄陵文集》卷七）蘇籀《上樓仲輝牋》：「滔滔何筭，覲於辱契而辱知；屑屑至卑，罕或受容而受察。」（《雙溪集》卷十三）李劉《代回章提舉》：「載馳載驅，民已安於四境；受容受察，吏知服於六條。」（《四六標準》卷二十六）王邁《賀趙京尹啓》：「敢期機會，獲事仁賢。受容受察之方新，一喜一懼之交集。」（《臞軒集》卷七）

〔七〕韓醇注：「元和五年冬改河陽令。」沈欽韓注：「《晉書·魏舒傳》：入爲尚書郎。時欲沙汰郎官，非其才者罷之。舒曰：『吾即其人也。』襆被而出。」蔣抱玄注：「凡去其粗而聚其精曰沙汰。《三國志》（《吴志·朱據傳》）：『是時選曹尚書暨豔疾貪汙在位，欲沙汰之。』」童第德注：「《説文》：『汏，淅澗也。』沙汏以淅米爲喻，汏之則沙礫去矣，故曰沙汏。或寫作『汰』。多點者蓋從『泰』之古文『太』，亦可通。」

〔八〕蔣抱玄注：「治下，謂在其統治之下也。《白虎通》（《號》）：『伏羲定人以治下，治下伏而化之。』」

〔九〕蔣抱玄注：「舊時屬吏曰故吏。《漢書》（尹翁歸傳）：『悉召故吏五六十人。』嫌疑，疑似之義。《禮記》（《曲禮上》）：『夫禮者，所以定親疏、决嫌疑。』」

〔一〇〕蔣抱玄注：「文牒，官文書也。」《梁書·陳伯之傳》：「伯之不識書，及還江州，得文牒辭訟，惟作大諾而已。」

〔一一〕蔣抱玄注：「軍籍，軍人之户籍也。」《宋書·劉劭傳》：「劭並焚京都軍籍，置立郡縣，悉屬司隸爲民。」

〔一二〕沈約《恩倖傳論》：「舉世人才升降蓋寡，徒以憑藉世資，用相陵駕。」《文選》李善注：「人才不甚懸殊，故因世資以成貴也。」五臣注向曰：「言舉人蓋少知高下者，但憑藉世族，取相侵陵以成駕御也。」

〔一三〕蔣抱玄注：「《漢書·王尊傳》：『剽劫良民，殺奉法吏，道德不通。』」

〔一四〕蔣抱玄注：「捕繫，謂捕執而囚拘之也。《漢書·杜周傳》：『延年乃選用良吏，捕繫豪强，郡中清静。』」

〔一五〕蔣抱玄注：「《漢書》：『羽旄紛紛。』」

〔一六〕蔣抱玄注：「朋黨心，阿私之心也。」

〔一七〕祝充注：「黤黮，上烏敢切，下徒敢切。甚黑也。劉伶《客舍詩》：『黤黮元夜陰。』」韓醇注：「黤黮，青黑色，不明淨也。」孫汝聽注：「黤黮，謂曖昧也。」

〔一八〕閉蓄，隱忍不言。此語始見韓文，後人亦有採用者。如王安石《陳師道宰烏程縣》：「本懷深閉蓄，餘論略施行。」（《臨川文集》卷十六）

〔一九〕沈欽韓注：「《法苑珠林·出胎部》涅槃經云：『盛年捨欲，如棄涕唾。』」

〔二〇〕蔣抱玄注：「顧藉，顧惜慰藉也。」

〔二一〕蔣抱玄注：「芥，亦作介。纖芥，細微也。《戰國策》(《齊四》)：『孟嘗君爲相數十年，無纖介之禍者，馮諼之力也。』」

〔二二〕蔣抱玄注：「指揮，發布命令，調遣一切也。《抱朴子》外篇卷一(《臣節第六》)：『儀蕭曹之指揮。』亦作指麾。」

卷六

（原本卷十六）此卷以潮本爲底本，以祝本、南宋閩本、南宋蜀本、魏本對校，文本闕。

上宰相書①〔一〕

正月二十七日，前鄉貢進士韓愈謹伏光範門下〔二〕，再拜獻書相公閤下②〔三〕：

《詩》之《序》曰：「《菁菁者莪》，樂育材也。君子能長育人材③，則天下喜樂之矣。」④〔四〕其詩曰：「菁菁者莪，在彼中阿⑤，既見君子，樂且有儀。」説者曰：「菁菁者，盛也。莪，微草也〔五〕。阿，大陵也。言君子之長育人材，若大陵之長育微草，能使之菁菁然盛也⑥〔六〕。『既見君子，樂且有儀』云者，天下美之之辭也。」其三章曰：「既見君子，錫我百朋。」説者曰：「百朋，多之之辭也⑦〔七〕，言君子既長育人材，又當爵命以賜之，厚祿以寵貴之云爾。」⑧〔八〕其卒章曰：「汎汎楊舟⑨〔九〕，載沉載浮，既見君子，我心則休。」説者曰：「載者，舟也⑩；沉浮者⑪，物也〔一〇〕。言君子之於人材無所不取，若舟之於物，浮沉皆載之云爾⑫〔一一〕。『既見君子，我心則休』云者，言若此則天下之心美之也⑬。君子之於人也，既長育之，又當爵命寵貴之，而於其才無所遺焉。」〔一二〕孟子曰：「君子有三樂，王天下不與存焉。」其一曰：「樂得天下英才而教育之。」⑭〔一三〕此皆聖人賢士之所極言至論，古今之所宜法者也。

然則孰能長育天下之人材？將非吾君與吾相乎⑮？孰能教育天下之英才⑯？將非吾君與吾相乎⑰？幸今天下無事，小大之官，各守其職⑱，錢穀甲兵之問不至於廟堂，論道經邦之暇，捨此宜無大者焉。今有人生二十八年矣〔一四〕：名不著於農工商賈之版〔一五〕，其業則讀書著文，歌頌堯舜之道。雞鳴而起⑲，孜孜焉亦不爲利〔一六〕。其所讀皆聖人之書，楊墨釋老之學無所入於其心。其所著皆約六經之旨而成文，抑邪與正⑳〔一七〕，辯時俗之所惑㉑。居窮守約㉒，亦時有感激怨懟奇怪之辭〔一八〕，以求知於天下。亦不悖於教化，妖淫諛佞譸張之説無所出於其中〔一九〕。四舉於禮部乃一得，三選於吏部卒無成㉓〔二〇〕，九品之位其可望，一畝之宫其可懷㉔。遑遑乎四海無所歸〔二一〕，恤恤乎飢不得食㉕〔二二〕，寒不得衣，濱於死而益固〔二三〕，得其所者爭笑之。忽將棄其舊而新是圖，求老農老圃而爲師，悼本志之變化，中夜涕泗交頤〔二四〕。雖不足當詩人、孟子之謂㉖，抑長育之使成材㉗，其亦可矣；教育之使成才，其亦可矣㉘。抑又聞：古之君子相其君也㉙，一夫不獲其所，若己推而内之溝中〔二五〕。今有人生七年而學聖人之道以修其身〔二六〕，積二十一年㉚，不得已一朝而毁之，是亦不獲其所矣。伏念今有仁人在上位，若不往告之而遂行，是果於自棄，而不以古之君子之道待吾相也，其可乎？寧往告焉。若不得志㉛，則命也，其亦行矣。

《洪範》曰：「凡厥庶民〔二七〕，有猷、有爲、有守〔二八〕，汝則念之〔二九〕。不協于極〔三〇〕，不罹于咎㉜，皇則受之〔三一〕。而康而色〔三二〕，曰予攸好德㉝〔三三〕，汝則錫之福。」〔三四〕是皆與善之辭也。抑又聞：古之人有自進者，而君子不逆之矣㉞，曰「予攸好德，汝則錫之福」之謂也㉟。抑又聞：上之設官制禄，必求其人而授之者，非苟慕其才而富貴其身也㊱，蓋將用其能理不能，用其明理不明者耳；下之修己立誠，必求其位而居之者，非苟役於利而榮於名也㊲，蓋將推己之所餘，以濟其不足者耳。然則上之於求人，下之於求位，交相求而一其致焉耳㊳。苟以是而爲心，則上之道不必難其下，下之道不必難其上。可舉而舉焉，不必讓其自舉也㊴〔三五〕；可進而進焉，不必廉於自進也㊵。

抑又聞：上之化下㊶，得其道，則勸賞不必徧加乎天下㊷，而天下從焉，因人之所欲爲而遂推之之謂也㊸。今天下不由吏部而仕進者幾希矣。主上感傷山林之士有逸遺者㊹，屢詔内外之臣，旁求儒雅于四海㊺〔三六〕，而其至者蓋闕焉。豈其無人乎哉？亦見國家不以非常之道禮之㊻，而不來耳。彼之處隱就閑者亦人耳㊼，其耳目鼻口之所欲，其心之所樂，其體之所安，豈有異於人乎哉？今所以惡衣食，窮體膚，麋鹿之與處，猨狖之與居㊽〔三七〕，固自以其身不能與時從順俯仰㊾，故甘心自絶而不悔焉。而方聞國家之仕進者㊿，必舉於州縣，然後升於禮部、吏部，試之以繡繪雕琢之文(51)〔三八〕，考之以聲勢之逆順，章句之短長。中其程式者〔三九〕，然後得從下士之列〔四〇〕。雖有化俗之方、安邊之畫，不繇是而稍進者(52)，萬不有一得焉。彼惟恐入山之不深，入林之不密，其影響昧昧〔四一〕，惟恐聞於人也(53)。今若聞有以書上宰相而求仕者(54)，而宰相不辱焉(55)，而薦之天子(56)；天子爵命之(57)，而布其書於四方(58)。枯槁沉溺魁閎寬通之士必且洋洋焉動其心〔四二〕，峨峨焉纓其冠〔四三〕，于于焉而來矣〔四四〕。此所謂勸賞不必偏加乎天下(59)，而天下從焉者也，因人之所欲爲而遂推之之謂者也(60)。

伏惟覽《詩》、《書》、《孟子》之所指，念育才錫福之所以，考古之君子相其君之道，而忘自進自舉之罪。思設官制禄之故，以誘致山林逸遺之士，庶天下之行道者知所歸焉(61)。小子不敢自幸(62)，其嘗所著文(63)，輒採其可者若干首，録在異卷，冀辱賜觀焉(64)。干黷尊嚴，伏地待罪。愈再拜。

【彙校】

①〔上宰相書〕此篇又載《唐文粹》卷八十七，據校。祝本「書」下注：「一有『三首』字，一有『二首』字。」魏本注同。粹本作「上宰相三書」，潮本「書」下有「二首」二字，南宋閩本「書」下小字夾注「三首」二字，南宋蜀本題作「上宰相書三首」。《舉正》出南宋監本「上宰相書」，《考異》同方本。今從祝本。

②〔獻書相公閤下〕粹本、魏本「閤」作「閣」，下同。謹按：「閤」、「閣」，古今字。《説文》：「閣，門旁户也。閣，所以止扉也。」段注：「《釋宫》曰：『小閨謂之閤。』按漢人所謂閤者，皆門旁户也，皆於正門之外爲之。前書注曰：『閨閤，内中小門也。』《公孫弘傳》『起客館，開東閤以延賢人』，師古云：『閤者，小門也。東向開之，避當庭門而引賓客，以别於掾史官屬也。』亦有云南閤者，如許冲云『臣父故大尉南閤祭酒』是也。有云西閤者，如《晉書》衛玠爲太傅西閤祭酒是也。唐時不臨前殿，御便殿，謂之入閤。謂立仗於前殿。喚仗，則自東西閤入也。凡上書於達官曰閤下，猶言執事也，今人乃譌爲閣下。」《舉正》出南宋監本「伏光範門下再拜獻書相公」，云：「蜀本『書』下有『于』字。」《考異》：「下或有『于』字。」

③粹本、南宋蜀本「材」作「才」，下同。

④〔喜樂之矣〕《舉正》出南宋監本「喜樂之矣」，云：「蜀本『矣』作『也』。考之《詩》，當作『矣』。」《考異》：「矣，或作『也』。」謹按：《詩·小雅·菁菁者莪》毛序作「矣」，歷代傳本無異文。

⑤〔在彼中阿〕祝本「彼」作「陂」。謹按：《詩經》原文作「彼」，歷代傳本無異文。

⑥〔菁菁然盛也〕祝本注：「一無『也』字。」魏本注同。《舉正》校增「也」字，云：「杭本無『也』字，閣與蜀本有之。」朱熹從方本，《考異》：「或無『也』字。」

⑦〔百朋多之〕粹本無「百朋」二字。《舉正》：「蜀本與《文粹》無『百朋』二字。」《考異》：「或無『百朋』二字。」

⑧〔又當爵命以賜之厚禄以寵貴之云爾〕「賜」下南宋閩本注：「一作『錫』。」魏本注同。「云爾」上南宋蜀本注：「一作『爵命錫之厚禄』。」魏本注：「一本作『又當爵命賜之厚禄云耳』。」《舉正》訂「命」下「之」字，作「又當爵命之賜之厚禄」，云：「三本同。蜀本『賜』作『錫』。」朱熹從方本，《考異》：「賜，或作『錫』；之，或作『以』。」

⑨〔汎汎楊舟〕南宋蜀本、魏本「汎汎」作「泛泛」。「汎」、「泛」古通用。《説文》：「汎，灑也。从水凡聲，息晉切。泛，浮也。从水乏聲，孚梵切。」段注：「泛，浮也。《邶風》曰：『汎彼柏舟，亦汎其流。』上『汎』謂汎汎，浮貌也。下『汎』當作泛，浮也。汎、泛古同音，而字有區別如此。《左傳》僖十三年『汎舟之役』，亦當作『泛』。」粹本、祝本、南宋蜀本「楊」作「揚」。謹按：《詩經》原文作「汎汎楊舟」，歷代傳本無異文。

⑩〔載者舟也〕粹本無「者」字。潮本注：「舟，一作『載』。」祝本、魏本注同。粹本、南宋閩本、南宋蜀本「舟」作「載」。南宋閩本注：「載，一作『舟』。」《舉正》出南宋監本「載者載也」，據閣本、杭本刪「者」字。朱熹從方本，《考異》：「或作『載者載也』，或作『載者舟也』，或作『載舟也』。」

⑪〔沉浮者〕祝本、魏本「沉浮」作「浮沉」。

⑫〔浮沉皆載之〕南宋蜀本「皆」作「者」。

⑬〔言若此則天下之心美之也〕潮本無「心」上「之」字，祝本、南宋閩本、南宋蜀本、魏本同。《舉正》「心」上增「之」

字,云:「杭、蜀同,謝校。」朱熹從方本,《考異》:「或無『之』字。」今從粹本。

⑭〔樂得天下英才而教育之〕潮本「英才」上多一「之」字,粹本、南宋閩本、南宋蜀本、魏本、王本、張本、廖本同。謹按:《孟子·盡心上》原文無「之」字。今從祝本。

⑮〔將非吾君與吾相乎〕潮本「吾相」作「君相」。句末潮本注:「一無上一十七字。」南宋閩本、南宋蜀本無此十七字,「然則」下南宋閩本注:「一有『孰能長育天下之人材將非吾君與吾相乎』字。」《舉正》據杭本增「能育天下之才將非吾君與吾相乎」十四字,云:「謝校同,蜀本與《文粹》皆存上一語,但小異耳。」朱熹從監本存此十七字,《考異》:「或無『孰能』以下十七字。方云歐本云:存此則與後相應。然亦無『孰』、『長』、『人』三字,則非是。」今從粹本。

⑯〔教育〕南宋蜀本「教」作「長」,注:「長,一作『教』。」

⑰〔吾君與吾相〕潮本「吾相」作「君相」。今從粹本。句末魏本注:「一本無此句。」

⑱〔各守其職〕潮本「職」作「所」,祝本、南宋閩本、南宋蜀本、魏本同。《舉正》據蜀本、粹本訂作「職」。朱熹從方本,《考異》:「職,或作『所』。」今從粹本。

⑲〔雞鳴而起〕《舉正》出南宋監本「雞鳴而起」,云:「閣本無『而』字,李、謝刪,然杭、蜀本皆有之。」朱熹從方本,《考異》:「或無『而』字。」

⑳〔抑邪與正〕潮本注:「與,一作『興』。」祝本、南宋閩本、魏本注同。《舉正》出南宋監本「抑邪與正」,云:「與,猶『許與』之『與』,杭、蜀同上。」《考異》:「與,或作『興』。」

㉑〔辯時俗〕粹本、祝本、王本、張本、廖本「辯」作「辨」。

㉒〔居窮守約〕魏本注：「一無『守』字。」廖本注同。王本注：「方無『守』字。」廖本注：「或無『守』字。」潮本無「守」字，粹本、祝本、南宋閩本、張本同。「窮」下潮本注：「一有『守』字。」祝本、南宋閩本注同。今從南宋蜀本。

㉓〔卒無成〕「無」下潮本注：「一有『所』字。」祝本、南宋閩本、魏本注同。南宋蜀本「無」下有「所」字。

㉔〔一畝之宫〕潮本「宫」作「宅」，祝本、南宋閩本、南宋蜀本、魏本同。《舉正》據杭本訂「宫」字，作「一畝之宫」，云：「《粹》同，《記・儒行》語。公《苗蕃墓誌》『無宫以爲歸』，今本亦誤。」朱熹從方本，《考異》：「宫，或作『宅』。今按二字無大利害。公用《儒行》語亦或有之，然謂其專用『宫』字而不得更用『宅』字，則固矣。」謹按：方氏所引，見《禮記・儒行》：「儒有一畝之宫，環堵之室。」「宫」字本義即指屋室。《爾雅・釋宫》：「宫謂之室，室謂之宫。」《史記・五帝本紀》：「象乃止舜宫居。」張守節《正義》：「宫即室也。」今從粹本。

㉕〔恤恤乎〕祝本「乎」作「于」。

㉖〔孟子之謂〕南宋蜀本、魏本「之」下多一「所」字。《舉正》：「蜀本作『之所謂』。」《考異》：「『之』下或有『所』字。」

㉗〔抑長育之使成材〕「使」下潮本注：「一有『其』字。」祝本注：「一有『某』字。」祝本注：「材，一作『才』。」句末魏本注：「一作『使其成材』；材，一作『才』。」粹本、南宋閩本、南宋蜀本「材」作「才」，南宋閩本注：「才，一作『材』。」

㉘〔教育之使成才其亦可矣〕句末潮本注：「一本無上十字。」

㉙〔古之君子相其君也〕祝本注：「一作『古君子之相其君也』。」魏本注：「一作『古君子之相其君也』，一又無『之』字。」南宋閩本、南宋蜀本作「古君子之相其君也」。《舉正》出南宋監本「古君子之相其君也」，乙「君子之」作「之

君子」，作「古之君子相其君也」，云：「杭、蜀同，謝校。」朱熹從方本，《考異》：「『之』字或在『君子』下，或『子』下別有『之』字。」

㉚〔積二十一年〕祝本注：「今本漏『一』字。」魏本注同。粹本、南宋閩本無「一」字。朱熹無「一」字，《考異》：「『年』上或有『一』字。」謹按：據上文「有人生二十八年矣」，此處當作「二十一」。

㉛〔若不得志〕「得」下潮本注：「一有『其』字。」祝本、魏本注同。南宋蜀本「得」下有「其」字。

㉜〔不協于極不罹于咎〕祝本注：「不，一作『弗』。」魏本注同。潮本「不」作「弗」，粹本、南宋閩本、南宋蜀本同。祝本注：「罹，一作『離』。」南宋閩本「罹」作「離」。南宋蜀本「于咎」作「於咎」。謹按：《尚書・洪範》原文作「不協于極，不罹于咎」。今從祝本。

㉝〔予攸好德〕粹本、南宋蜀本「予」作「余」，下同。

㉞〔而君子不逆〕「君子」下潮本注：「一本『而』字在『子』字下。」祝本、魏本注同。南宋蜀本作「君子而」，注：「一本作『而君子』。」《舉正》增「而」字，作「而君子不逆之矣」，云：「杭、蜀同，謝校。」朱熹從方本，《考異》：「或無『而』字。」

㉟〔汝則錫之福之謂也〕南宋蜀本注：「一本無『抑又』至『謂也』三十字。」魏本注同。

㊱〔富貴其身〕粹本無「貴」字。《舉正》出南宋監本「而富貴其身也」，據蜀本、粹本刪「貴」字。朱熹從監本，《考異》：「或無『貴』字。」

㊲〔役於利〕南宋蜀本注：「役，一作『没』。」魏本注同。粹本「役」作「没」。《舉正》訂「没」字，作「没於利」，云：「三

本同。《國語》『重耳不没於利』，注：没，貪也。」朱熹從方本，《考異》：「没，或作『役』。」

㊳〔一其致〕祝本無「其」字。《考異》：「一其致，或作『其致一』。」

㊴〔讓其自舉〕潮本「讓」下多一「於」字，粹本、祝本、南宋閩本、南宋蜀本、魏本同。《舉正》出南宋監本「不必讓於其自舉也」，據蜀本删「於」字。朱熹從方本，《考異》：「『其』上或有『於』字。」今從方本。

㊵〔廉於自進〕潮本「於」下多一「其」字，粹本、、祝本、南宋閩本、南宋蜀本、魏本同。《舉正》出南宋監本「廉於其自進也」，據蜀本删「其」字。朱熹從方本，《考異》：「『於』下或有『其』字。」今從方本。

㊶〔上之化下〕粹本「之化」作「任」。《舉正》出南宋監本「上之化下」，據杭本删「之」字。朱熹從監本存「之」字，《考異》：「方無『之』字。」

㊷〔則勸賞〕潮本注：「則，一作『其』。」祝本、魏本注同。《舉正》訂「其」字，作「其勸賞」，云：「杭、蜀同，謝本四語並刊從上。」朱熹從監本，《考異》：「則，方作『其』。疑當併有『則其』字。」

㊸〔之謂也〕潮本「也」作「矣」，粹本、祝本、南宋閩本、魏本同。潮本注：「矣，一作『也』。」祝本、魏本注同。朱熹訂作「也」，《考異》：「也，方作『矣』。」今從南宋蜀本。

㊹〔有逸遺者〕粹本「逸遺」作「遺逸」。

㊺〔旁求儒雅〕粹本「雅」作「士」。《舉正》出南宋監本「旁求儒雅」，云：「蜀本無下二字，《文粹》作『儒士』。」朱熹删「儒雅」二字，《考異》：「此下方有『儒雅』字。『雅』亦或作『士』。」

㊻〔國家不以〕粹本「家」下多一「之」字。《舉正》據蜀本增「之」字，作「亦見國家之不以非常之道」，云：「粹同，謝

校。」朱熹從監本，《考異》：「『家』下方有『之』字。」

㊼〔處隱就閑〕潮本「閑」作「閒」，南宋閩本、王本、廖本同。粹本、南宋蜀本、魏本、張本「閑」作「間」。孫汝聽注：「間，即閒暇之閒。」謹按：《説文》：「閒，隙也，从門从月。」段注：「閒，隙也。隙者，壁際也。引申之，凡有兩邊有中者皆謂之隙，隙謂之閒。閒者，門開則中爲際。凡罅縫皆曰閒，其爲有兩有中一也。《考工記》説鐘銑與銑之閒曰銑閒，篆與篆、鼓與鼓、鉦與鉦之閒曰篆閒、鼓閒、鉦閒，病與瘳之閒曰病閒，語之小止曰言之閒。閒者，稍暇也。故曰閒暇。今人分别其音爲户閑切，或以『閑』代之。閒者，隙之可尋者也。故曰閒廁，曰閒迭，曰閒隔，曰閒諜。今人分别其音爲古莧切。《釋詁》、《毛傳》曰：『閒，代也。』《釋言》曰：『閒，俔也。』人部曰：『俔，閒俔也。』厂部曰：『厤，石閒見也。』今音皆去聲。」是「閒」、「間」爲古今字。後人區分爲兩音兩義：閑暇、閑心，平聲户閑切。間隙、間隔，去聲古莧切。今從祝本。

㊽〔猿狖之與居〕祝本、南宋蜀本、魏本「猨」作「猿」。魏本「與」作「所」。

㊾〔與時從順俯仰〕潮本注：「從，一作『俗』。」祝本、南宋蜀本、魏本注同。南宋閩本注：「從，一作『咎』。」粹本「從」作「俗」。《舉正》訂「俗」字，作「與時俗順俯仰」，云：「三本同。」朱熹從監本作「從」，《考異》：「從，方作『俗』。今按後卷《與馮宿書》云：『委曲從順，向風承意。』則諸本作『從順』者，固韓公常用之語也。方本語意拙澀，非是。」

㊿〔而方聞〕「聞」下潮本注：「一有『今』字。」祝本注同。南宋蜀本、魏本「聞」下有「今」字，魏本注：「一無『今』字。」《考異》：「『聞』下或有『今』字。」

(51)〔繡繪雕琢〕粹本「繪」作「繢」。

㊾〔不繇是而稍進者〕南宋蜀本「繇」作「由」。粹本無「者」字。《舉正》出南宋監本「而稍進者」，據杭本刪「者」字，云：「謝删。」朱熹從方本，《考異》：「『進』下或有『者』字。」

㊿〔惟恐聞於人〕潮本注：「惟，一作『之』。」祝本、魏本注同。南宋蜀本「惟」上多一「之」字。《舉正》出南宋監本「其影響昧昧惟恐聞於人」，云：「謝氏以古本删去『惟恐』二字，蜀本、《文粹》有之。別本『惟』一作『之』。」《考異》：「惟，或作『之』，或無『惟恐』二字。」

〔書上宰相〕潮本注：「上，一作『進』。」祝本、南宋閩本、魏本注同。粹本「上」作「進」。《舉正》據杭、蜀本訂「進」字，作「書進宰相」。朱熹從方本，《考異》：「進，或作『上』。」

〔而宰相〕潮本無「而」字，祝本、南宋閩本、魏本同。「宰」上祝本注：「一有『而』字。」魏本注：「『宰相』字上一有『而』字，一有『以』字。」朱熹有「而」字，《考異》：「或無『而』字。」今從粹本。

〔薦之天子〕粹本「之」下多一「於」字。

〔天子爵命之〕南宋蜀本「天」上多一「而」字。祝本「子」下注：「一本無此二字，有『而』字。」句末潮本注：「一云『薦之天子而爵命之』。」粹本、南宋閩本作「而爵命之」。南宋閩本注：「一云『薦之天子天子爵命之』。」朱熹作「而爵」，《考異》：「而，或作『天』，下又有『子』字。」王本、張本、廖本作「而薦之天子而爵命之」。

〔書於四方〕《舉正》出南宋監本「布其書於四方」，據閣、杭本删「於」字。朱熹從監本，《考異》：「方無『於』字。」

〔此所謂〕魏本「所」下多一「以」字。

〔因人之所欲〕魏本無「人」下「之」字。

61〔行道者知所歸焉〕粹本無「者」字。祝本「歸」上注：「一有『依』字。」南宋閩本、南宋蜀本、魏本注同。《舉正》據蜀本增「依」字，作「知所依歸焉」，云：「謝校同。」朱熹從監本，《考異》：「所下方有『依』字。」

62〔小子不敢自幸〕《舉正》出南宋監本「不敢自幸」，云：「謝本無『敢』字。」《考異》：「或無『敢』字。」

63〔其嘗所著文〕潮本注：「嘗，一本作『常』。」祝本、魏本注同。粹本、南宋閩本、張本「嘗」作「常」。

64〔冀辱賜觀焉〕潮本無「冀」字，粹本、祝本、南宋閩本、南宋蜀本、魏本同。「辱」上潮本注：「一有『冀』字。」祝本、南宋閩本注同。魏本注：「一有『伏』字，一有『冀』字。」南宋蜀本「辱」上多一「伏」字，作「伏辱賜觀焉」，注：「一無『伏』字。」《舉正》據蜀本增一「冀」字，作「冀辱賜觀焉」。朱熹從方本，《考異》：「或無『冀』字，或作『伏垂賜觀焉』。」今從方本。

【箋注】

〔一〕韓醇注：「公貞元八年登第，其後以博學宏辭三試於吏部無成，故十一年上宰相書求仕，凡三上不報。時宰相趙憬、賈耽、盧邁皆庸人，故不能用公。是年五月遂東歸。」王元啓注：「趙憬者，本陸贄所引同對，其後嫉贄之權，陰附裴延齡傾贄，由是德宗益信延齡而不直贄。贄卒貶死忠州，憬與有力焉。其居心險猾如是，是豈知有長育人材之道者哉？賈耽先爲滑州刺史，公貞元五年獻策闕下，道經於鄭，曾於逆旅寓書。盧邁建中初爲河南主簿，去河南爲右補闕，後由尚書左丞至宰相，見公《河南府同官記》。三宰相中惟賈耽與公有舊，諸書疑上賈耽。」

此篇作年，吕大防、程俱、洪興祖、韓醇、方崧卿《舉正》、《年表》、方成珪、蔣抱玄均繫於貞元十一年（七九五）。吕譜：「貞元十一年乙亥：是年上宰相書不報。」程譜：「十一年正月：三上書時相，不報。時相盧邁、賈耽、趙憬也。」洪譜：「十一年乙亥，又試宏詞，有三上宰相書，皆不報。是年正月二十七日，以前鄉貢進士《上宰相書》云：『今有人生二十八年矣，四舉於禮部乃一得，三選於吏部卒無成。』又云：『七年而學聖人之道，積二十一年。』自七歲至今，二十二年矣。後九日復上書，後二十九日三上書，不報，乃東歸。時宰相賈耽、盧邁也。」《舉正》：「三書皆貞元十一年作。」方譜：「三首篇首明紀月日。」

〔二〕韓醇注：「李肇《國史補》云：『進士得第謂之前進士。』」嚴有翼注：「光範門，在宣政殿西，南通中書省。」《舉正》：「光範門，唐中書省門，在東内含元殿之西，見《長安志》。」王元啓注：「按唐制：三省長官先是議事於門下省之政事堂。其後裴炎自侍中遷中書令，乃徙政事堂於中書省。政事堂既徙中書，故上書者必由光範門進。」沈欽韓注：「《容齋隨筆・貽子録》：咸通年中，盧子期著《初舉子》一卷云：『吏部給春關牒，便稱前鄉貢進士。』《選舉志》：『舉選不由學館者謂之鄉貢。』」

〔三〕《舉正》：「時宰相趙璟、賈眈、盧邁也。」

〔四〕此爲《詩・小雅・菁菁者莪》小序。

〔五〕樊汝霖注：「《釋草》云：『莪，蘿蒿也。』」

〔六〕《詩·小雅·菁菁者莪》「菁菁者莪，在彼中阿」，毛傳：「菁菁，盛貌。莪，蘿蒿也。中阿，阿中也，大陵曰阿。君子能長育人材，如阿之長莪菁菁然。」

〔七〕孫汝聽注：「古者貨貝，兩貝爲朋。百朋，言得禄多也。」

〔八〕《詩·小雅·菁菁者莪》「既見君子，錫我百朋」，鄭箋：「古者貨貝，五貝爲朋。賜我百朋，得禄多，言得意也。」

〔九〕蔣抱玄注：「汎汎，浮水之貌，謂不疾不徐也。楊舟，楊木爲舟也。」

〔一〇〕孫汝聽注：「浮沈，猶輕重也。」

〔一一〕《詩·小雅·菁菁者莪》「汎汎楊舟，載沉載浮」毛傳：「楊木爲舟，載沉亦浮，載浮亦浮。」鄭箋：「舟者，沉物亦載，浮物亦載。喻人君用人，文亦用，武亦用，於人之才無所廢。」孔穎達疏「以興當時君子用其文者，又用其武者，俱致在朝。言君之於人，唯才是用。」

〔一二〕魏引補注：「《邵氏聞見録》云：『退之於文不全用《詩》、《書》之言。如《田弘正先廟碑》曰：魯僖公能遵其祖伯禽之烈，周天子實命其史臣克作爲《駉》、《駜》、《泮》、《閟》之詩，使聲於廟。其用《詩》之法如此。《上宰相書》解釋「菁菁者莪」二百餘字，蓋少作也』云云。」

〔一三〕《孟子·盡心上》：「孟子曰：君子有三樂，而王天下不與存焉。父母俱存，兄弟無故，一樂也；仰不愧於天，俯不怍於人，二樂也；得天下英才而教育之，三樂也。」趙岐注：「天下之樂不得與此三樂之中。兄弟無故，無他故。不愧天，又不怍人，心正無邪也。育，養也。教養英才成之以道，皆樂也。」

〔一四〕嚴有翼注：「退之以大曆三年戊申生，至貞元十一年乙亥，二十八年也。」

〔一五〕蔣抱玄注：「版，册藉也。《管子》（《宙合》）：『修業不息版。』」

〔一六〕韓醇注：「《孟子》：『雞鳴而起，孳孳爲善者，舜之徒也；雞鳴而起，孳孳爲利者，跖之徒也。』《孟子·盡心上》趙注：『跖，盜跖也。跖舜之分，故以此别之。』」

〔一七〕孫汝聽注：「抑，退抑也。與，助也。」

〔一八〕祝充注：「懟，音隊。《爾雅》云：『怨也。』《詩》（《大雅·蕩》）：『彊禦多懟。』」

〔一九〕祝充注：「譸張，上音輈，誑也。《書》：『民無或胥譸張爲幻。』」謹按：譸張，欺誑幻惑。《尚書·無逸》孔傳：「譸張，誑也。君臣以道相正，故下民無有相欺誑幻惑也。」

〔二〇〕嚴有翼注：「《答崔立之書》云：『年二十時，苦家貧，及來京師，見有舉進士者，人多貴之。因詣州縣求舉，四舉而後有成。亦未即得仕，聞吏部有以博學宏辭選者，因又詣州府求舉，凡二試於吏部。一既得之，而又黜於中書。既已爲之，則欲有所成就，因復求舉，亦無幸焉。』則此所謂四舉三選也。」謹按：韓愈始應禮部試在貞元三年，登進士第在貞元八年，均見《歐陽生哀辭》。所謂「四舉」，即在貞元三年至八年之間。至於「三選於吏部」，則諸家所說不一：洪譜繫其事於貞元九年、十年；方崧卿繫其事於九年、十年、十一年，顧嗣立、方成珪均從方崧卿，蔣抱玄繫其事於八年、九年、十年。實際上，韓愈初試宏辭在貞元八年，參見《上考功崔虞部書》。其年試題爲《中和節詔賜公卿尺詩》，見《唐詩紀事》卷四十；《鈞天樂賦》，見《文苑英華》卷七十三。再試宏辭在貞元九年，其年試題爲《顔子不貳過論》、《太清宫觀紫極舞賦》，見洪譜、方崧卿《增考》。三試宏辭在貞元十年，其年試題爲《學生代齋郎議》、《朱絲絃賦》、《冬日可愛詩》，參見洪譜、方崧卿《增考》、徐松《登科記考》。

〔二一〕蔣抱玄注：「遑遑，與皇皇同，心不定也。《列子》（《楊朱》）：『遑遑爾競一時之虚譽。』」

〔二二〕孫汝聽注：「恤恤乎，昭十二年《左氏》之文。恤恤，憂貌。」

〔二三〕蔣抱玄注：「沿水曰濱，喻切近也。」《國語·越語下》：「故濱於東海之陂，黿鼉魚鼈之與處，而鼃黽之與同渚。」韋昭注：「濱，近也。」

〔二四〕蔣抱玄注：「《詩經》（《陳風·澤陂》）：『涕泗滂沱』。交頤，謂交集於面頰也。」

〔二五〕韓醇注：「《孟子》（《萬章上》）曰：『伊尹思天下之民，匹夫匹婦有不被堯舜之澤者，若己推而内之溝中。』」

〔二六〕蔣抱玄注：「皇甫湜《墓誌》（《韓文公墓誌銘并序》）：『先生七歲好學，言出成文。』」

〔二七〕蔣抱玄注：「洪範，《周書》篇名。箕子敍天地之大位陳於武王者也。凡厥，凡在也。」

〔二八〕蔣抱玄注：「有猷，有謀慮者。有爲，有作爲者。有守，有操守者。」

〔二九〕魏引補注：「《書·洪範》注云：『民有道，有所爲，有所執守，汝則念録敍之。』」

〔三〇〕蔣抱玄注：「協于極，謂合於至善也。」

〔三一〕魏引補注：「《書·洪範》注云：『民之行雖不合於中，而不羅於咎惡，皆可進用大法受之。』」

〔三二〕魏仲舉注：「而，汝也。」蔣抱玄注：「而康而色，謂有安和之色也。」

〔三三〕蔣抱玄注：「攸，助詞，義與惟同。攸好德，謂有好德之心也。」

〔三四〕魏引補注：「《書·洪範》注云：『汝當安汝顔色，以謙下人。人曰我所好者德，汝則與之爵禄。』」

〔三五〕王元啓注：「讓，責也。」

〔三六〕蔣抱玄注：「旁求，謂不專注於一途也。《書經》（《商書·太甲上》）：『旁求俊彦。』」

〔三七〕祝充注：「狖，音抽。」孫汝聽注：「狖，猿類，余救切。」魏引補注：「《三國志》（《吴志·諸葛恪傳》）：『若魚之走淵，猿狖之騰木也。』」蔣抱玄注：「猨，猿本字。狖，音柚，猴屬。《楚辭》（《九歌·山鬼》）：『猨啾啾兮狖夜鳴。』」

〔三八〕蔣抱玄注：「繡繪雕琢，詞賦對偶之文也。唐以詞賦取士，故云。」

〔三九〕蔣抱玄注：「程式，立一定準式以爲法也。《漢書》（《刑法志》）：『此爲國者之程式也。』」

〔四〇〕蔣抱玄注：「下士，皆九品古制。國有上卿、中卿、下卿，上大夫、中大夫、下大夫，上士、中士、下士。」

〔四一〕蔣抱玄注：「影響昧昧，謂寂無聲息也。《楚辭》《九章·懷沙》：『日昧昧其將暮。』」

〔四二〕蔣抱玄注：「洋洋，喜而自得之貌。」洋洋，舒緩貌。《孟子·萬章上》：「少則洋洋焉，攸然而逝。」趙岐注：「洋洋，舒緩摇尾之貌。」

〔四三〕蔣抱玄注：「峨峨，高大貌。」宋玉《招魂》：「增冰峨峨，飛雪千里些。」《文選》五臣注吕向曰：「峨峨，高貌。」

〔四四〕童第德注：「《説文》：『于，於也。象气之舒亏。从丂，从一。一者，其气平之也。』引申爲凡舒徐之義。于于而來，徐徐而來也。一曰：于、迂古字通。《禮記·文王世子》『況于其身以善其君乎』，鄭注：『于讀爲迂。』按：迂，遠也。于于而來，遠遠而來也。」謹按：于于，自得貌。《莊子·應帝王》：「泰氏其卧徐徐，其覺于于。」成玄英疏：「于于，自得之貌。」

後十九日復上書①〔一〕

二月十六日，前鄉貢進士韓愈謹再拜言相公閤下②：向上書及所著文後③，待命凡十有九日，不得命，恐懼不敢遁逃④，不知所爲。乃復敢自納於不測之誅，以求畢其説，而請命於左右〔二〕。

愈聞之：蹈水火者之求免於人也，不惟其父兄子弟之慈愛然後呼而望之也，將有介於其側者〔三〕，雖其所憎怨⑤，苟不至乎欲其死者，則將大其聲疾呼，而望其人之救也⑥；彼介於其側者，聞其聲而見其事，不惟其父兄子弟之慈愛然後往而全之也，雖有所憎怨，苟不至乎欲其死者，則將狂奔盡氣⑦，濡手足、焦毛髮救之而不辭也⑧。若是者何哉？其勢誠急而其情誠可悲也。愈之彊學力行有年矣，其愚也⑨，不惟道之險夷⑩，行且不息，以蹈於窮餓之水火。其既危且亟矣，大其聲而疾呼矣，閤下其亦聞而見之矣⑪。其將往而全之歟？抑將安而不救歟⑫？有來言於閤下者曰：有觀溺於水而爇於火者，有可救之道而終莫之救也，閤下且以爲仁人乎哉？不然，若愈者，亦君子之所宜動心者也。

或謂愈⑬：「子言則然矣，宰相則知子矣，如時不可何？」愈竊謂之⑭：不知言者，誠其才能不足當吾相之舉耳⑮。若所謂時者，固在上位者爲之爾⑯，非天之所爲也⑰。前五六年時，宰相薦聞，尚有自布衣蒙抽擢者〔四〕，與今豈異時哉？且今節度、觀察、防禦、營田及諸小使等尚得自舉判官⑱，無間於已仕未仕者⑲〔五〕，況在宰相吾君所尊敬者而曰不可乎？古之進人者，或取於盜〔六〕，或舉於管庫〔七〕。今布衣雖賤，猶足以方於此。情隘辭蹙，不知所裁〔八〕，亦惟少垂憐焉⑳〔九〕。愈再拜〔一〇〕。

【彙校】

①〔後十九日復上書〕此篇又載《唐文粹》卷八十七，據校。《舉正》出南宋監本「復上書」，無「後十九日」四字。《考異》同。王本、張本、廖本有「後十九日」四字。

②〔相公閤下〕粹本、魏本「閤」作「閣」，下同。

③〔向上書〕粹本無「向」字。《舉正》出南宋監本「向上書」，删「向」字，云：「三本同。」朱熹從監本，《考異》：「方無『向』字。」

④〔不敢遁逃〕粹本「遁逃」作「遁」，南宋蜀本「遁逃」作「逃遁」。《舉正》出南宋監本「不敢遁逃」，據閣本、杭本删「逃」字。朱熹作「逃遁」，《考異》：「方無『逃』字。」

⑤〔其所憎怨〕南宋閩本無「其」字。粹本「怨」作「惡」。

⑥〔而望其人之救也〕南宋閩本「人」上注：「一有『仁』字。」魏本注同。粹本作「仁人」。《舉正》訂「仁之」二字，作「望其仁之也」，云：「三本同。」朱熹從方本，《考異》：「仁，或作『人』，而『之』下有『救』字。仁，或作『人』，而下無『之』字。今按：此若作『人之救』，則正與下句『全』字爲對，而下文再疊其語，亦以二字相對。但覺其語差凡。故今且從方本。」

⑦〔則將狂奔盡氣〕祝本注：「狂，一作『往』。」南宋閩本注同。潮本作「往」，南宋蜀本、魏本同。潮本注：「一作『狂』。」南宋蜀本、魏本注同。今從粹本。

⑧〔焦毛髮救之〕粹本、南宋蜀本「焦」作「燋」。魏本「髮」下注：「一有『且』字。」

⑨〔其愚也〕南宋閩本「也」下注：「一有『甚』字。」「其愚也」三字，粹本作「愚」。潮本、南宋蜀本、魏本作「愚甚」。潮本注：「一本云『其愚也』。」南宋蜀本注：「趙云『其愚也不惟』。」魏本注：「一無『甚』字，一作『其愚甚』，一作『其愚也』。」祝本作「其愚」，「其」下注：「一無『其』字。」「愚」下注：「一有『甚』字，一曰『愚也』。」《舉正》出南宋監本「其愚不惟道之險夷」，據杭本刪「其」字，云：「謝校。」朱熹從方本，《考異》：「『愚』上或有『其』字，而『愚』下有『也』字；也，又或作『甚』；或有『其』字而無『也』、『甚』二字。」今從南宋蜀本引《文録》。

⑩〔不惟道之險夷〕南宋蜀本「惟」作「知」。

⑪〔閤下其亦聞而見之矣〕祝本注：「矣，一作『歟』。」魏本注同。南宋蜀本注：「矣，一作『與』。」粹本、南宋閩本作「歟」。《考異》：「矣，方作『歟』。」謹按：今本《舉正》未出此條。

⑫〔而不救歟〕潮本「救」下多一「之」字，粹本、祝本、南宋閩本、南宋蜀本、魏本同。《舉正》出南宋監本「而不救之歟」，據閣本刪「之」字，云：「李、謝刪。」朱熹從方本，《考異》：「『不』下或有『之』字。」今從方本。

⑬〔或謂愈〕「愈」下潮本注：「一有『曰』字。」祝本注同。《考異》：「下或有『曰』字。」粹本、南宋閩本、南宋蜀本、魏本有「曰」字。魏本注：「一無『曰』字。」

⑭〔愈竊謂之〕祝本無「愈」字。

⑮〔誠其才能不足當吾相之舉耳〕《舉正》訂「能不足當吾賢」六字，作「誠其才能不足當吾賢相之舉耳」，云：「謝氏以古本校，杭、蜀本皆脱『賢』字，餘同。此本作『不能當』，非也。」朱熹訂「才」作「材」，餘從方本，《考異》：「材，方作『才』。能不，或作『不能』，而無『足』字。或無『賢』字。」

⑯〔固在上位者爲之爾〕南宋蜀本、魏本「爾」作「耳」。《舉正》出南宋監本「固在上位者爲之耳」，據閣本删「爲」下「之」字，云：「李、謝校。杭本作『固在上位者爲天之所爲』，蜀本作『固在上位者爲之且非天之所爲也』。」朱熹訂作「固在上位者之爲耳」，《考異》：「『者』下方無『之』字；或無『之』、『耳』、『非』、『也』四字；之爲耳，或作『爲之且』。皆非是。」

⑰〔非天之所爲也〕《舉正》出南宋監本「非天之所爲也」，據閣本删「爲」下「也」字，云：「李、謝校。杭本作『固在上位者爲天之所爲』，蜀本作『固在上位者爲之且非天之所爲也』。」朱熹從監本，《考異》：「方句下無『也』字；或無『之』、『耳』、『非』、『也』四字。皆非是。」

⑱〔且今節度、觀察、防禦、營田及諸小使等尚得自舉判官〕「觀察」下祝本、南宋閩本、南宋蜀本、魏本注：「一有『使及』二字。」「諸小使」上南宋蜀本注：「一無『及』字。」魏本注同。粹本多「使及」二字，「田」下無「及」字。《舉正》增「使及」二字，作「今節度觀察使及防禦營田諸小使等」，無「田」下「及」字。云：「三本同。」朱熹從方本，《考異》：「或無此〔使及〕二字，非是。」

⑲〔無間於〕潮本「間」作「閒」，粹本同。《舉正》出南宋監本「無閒於已仕未仕」，云：「杭本『閒』作『聞』，誤也。」朱熹作「無間」，《考異》：「間，或作『聞』，或作『問』。」謹按：「間」爲「閒」之俗體，見《正字通》。今從祝本。

⑳〔垂憐焉〕粹本「憐」下多一「察」字。《舉正》出南宋監本「少垂憐」，云：「《文粹》下有『察』字。」《考異》：「『憐』下

或有『察』字。」

【箋注】

〔一〕魏引張子韶曰：「退之平生本强人，而爲饑寒所迫，累數千言求官於宰相，亦可怪也。至第二書乃復自比爲盜賊、筦庫。且云『大其聲而疾呼矣』，略不知恥，何哉？豈作文者，其文當如是，其心未必然邪？」

〔二〕蔣抱玄注：「請命，猶言請示也。《左傳》（昭公十二年）：『工尹路請曰，君王命剝圭以爲鏚柲，敢請命。』」

〔三〕蔣抱玄注：「介，獨立曰介。夏侯湛文（《浮萍賦》）：『似孤臣之介立。』」童第德注：「《穀梁》文十五年傳：『不以難介我國也』，范甯曰：『介，猶近也。』」

〔四〕王元啓注：「上宰相書，貞元十一年作。此句似指四年李泌薦陽城事。」蔣抱玄注：「《鹽鐵論》：『古者庶人老耋而後衣絲，其餘則麻枲而已，故曰布衣。』」

〔五〕蔣抱玄注：「無間，謂不分也。（漢嚴遵）《道德指歸論》（《言甚易知篇》）：『夫至論大言者，總百變，要萬方，周密無間，歸於漭昧。』」

〔六〕韓醇注：「《禮記》曰：管仲遇盜，取二人焉上以爲公臣。曰：其所與遊辟也，可人也。」《禮記·

雜記下》鄭玄注：「言此人可也，但居惡人之中，使之犯法。」

〔七〕韓醇注：「《禮記》曰：『趙文子所舉於晉國，管庫之士七十有餘家。生不交利，死不屬其子焉。』」《禮記·檀弓下》鄭玄注：「管庫之士，府史以下官長所置也，舉之於君以爲大夫士也。管，鍵也。庫，物所藏。」

〔八〕蔣抱玄注：「斷決曰裁。如裁決、裁奪。」

〔九〕蔣抱玄注：「垂亦下對上之敬詞。如垂愛、垂念、闕垂皆是。」

〔一〇〕魏引黄唐曰：「韓《上宰相書》歷道飢寒，有『溺爇於水火大聲疾呼』之語。柳《上宰相書》序其大厄，比之號墜望救於千仞之下，懼其不顧。夫不用而窮，乃士之常。古人寧有乞憐如是乎？或曰：言不足以盡人。柳嗜進改節，咎其言可也；韓無可訾，安得信一時之言，疵其終身乎？曰：不然。韓子亦幸而舉進士耳。使其三書獲薦，謝恩權門，將委已以從人耶？抑以身而殉道邪？故論人於已然，則韓子之賢誠所難能；觀人於未然，則韓子之言不足爲法。」

後二十九日復上書①

三月十六日，前鄉貢進士韓愈謹再拜言相公閤下②：愈聞周公之爲輔相③〔一〕，其急於見賢也④，方一食三吐其哺，方一沐三握其髮⑤〔二〕。當是時，天下之賢才皆已舉用，姦邪讒佞欺負之徒皆已除去⑥〔三〕，四海皆已無虞⑦〔四〕，九夷八蠻之在荒服之外者皆已賓貢⑧〔五〕，天災時變、昆蟲草木之妖皆已銷息〔六〕，天下之所謂禮樂刑政教化之具皆已修理〔七〕，風俗皆已敦厚，動植之物、風雨霜露之所霑被者皆已得宜⑨，休徵嘉瑞、麟鳳龜龍之屬皆已備至〔八〕。而周公以聖人之才，憑叔父之親，其所輔理承化之功又盡章章如是⑩〔九〕，其所求進見之士，豈復有賢於周公者哉？不惟不賢於周公而已，豈復有賢於時百執事者哉〔一〇〕？豈復有所計議能補於周公之化者哉？然而周公求之如此其急，惟恐耳目有所不聞見，思慮有所未及，以負成王託周公之意⑪，不得於天下之心⑫。如周公之心，設使其時輔理承化之功未盡章章如是，而非聖人之才，而無叔父之親，則將不暇食與沐矣⑬，豈特吐哺握髮爲勤而止哉⑭？惟其如是⑮，故于今頌成王之德而稱周公之功不衰。

今閤下爲輔相亦近耳〔一一〕。天下之賢才豈盡舉用？姦邪讒佞欺負之徒豈盡除去⑯？四海豈盡無虞？九夷八蠻之在荒服之外者豈盡賓貢？天災時變、昆蟲草木之妖豈盡銷息？天下之所謂禮樂刑政教化之具豈盡修理？風俗豈盡敦厚？動植之物、風雨霜露之所霑被者豈盡得宜？休徵嘉瑞、麟鳳龜龍之屬豈盡備至？其所求進見之士雖不足以希望盛德，至比於百執事⑰，豈盡出其下哉？其所稱説豈盡無所補哉？今雖不能如周公吐哺握髮，亦宜引而進之，察其所以而去就之，不宜默默而已也。愈之待命四十餘日矣⑱，書再上而志不得通，足三及門而閽人辭焉〔一二〕。惟其昏愚，不知逃遁，故復有周公之説焉⑲。古之士三月不仕則相弔⑳〔一三〕，故出疆必載質㉑〔一四〕。然所以重於自進者，以其於周不可則去之魯，於魯不可則去之齊㉒，於齊不可則去之宋㉓、之鄭、之秦、之楚也。今天下一君，四海一國，舍乎此則夷狄矣，去父母之邦矣。故士之行道者，不得於朝則山林而已矣。山林者，士之所獨善自養，而不憂天下者之所能安也〔一五〕。如有憂天下之心，則不能矣〔一六〕。故愈每自進而不知愧焉，書亟上，足數及門而不知止焉〔一七〕。寧獨如此而已，惴惴焉惟不得出大賢之門下是懼㉔〔一八〕，亦惟少垂察焉。瀆冒威尊㉕，惶恐無已㉖。愈再拜。

【彙校】

①〔後二十九日復上書〕此篇又載《唐文粹》卷八十七，據校。《舉正》出南宋監本「復上書」，無「後二十九日」五字。《考異》同。王本、廖本作「後廿九日復上書」，張本作「後二十九日復上書」。

②〔前鄉貢進士韓愈謹再拜言相公閤下〕「前」上潮本注：「一有『羈旅』字。」祝本、南宋閩本注同。南宋蜀本、魏本「前」上有「羈旅」二字。魏本注：「一無（羈旅）二字。」魏本無「謹」字。潮本「閤」作「門」。粹本、魏本「閤」作「閣」，下同。

③〔爲輔相〕「相」下南宋蜀本、魏本多一「也」字。《舉正》出南宋監本「周公之爲輔相」，云：「謝本『輔相』下亦有『也』字。」《考異》：「下或有『也』字。」

④〔其急於見賢也〕潮本無「其」字，祝本、南宋閩本同。《舉正》據蜀本增「其」字，云：「粹同。」朱熹從方本，《考異》：「或無『其』字。」今從粹本。

⑤〔三握其髮〕《舉正》訂「捉」字，作「三捉其髮」，云：「三本同。」朱熹從方本，《考異》：「捉，或作『握』。」

⑥〔姦邪讒佞欺負之徒〕《舉正》訂「人邪讒佞」四字，作「姦人邪讒佞負之徒」，云：「謝氏以古本校。」朱熹從監本，《考異》：「方本『姦』下有『人』字，無『欺』字，非是。」

⑦〔皆已無虞〕南宋蜀本「已」作「以」。

⑧〔在荒服〕潮本無「在」上「之」字，祝本、南宋閩本、南宋蜀本、魏本同。《舉正》增「在」上「之」字，云：「三本皆有，謝校同。」朱熹從方本，《考異》：「或無『之』字。」今從粹本。

⑨〔所霑被者〕祝本、南宋蜀本、張本「霑」作「沾」。謹按：「霑」、「沾」，通假字。《説文》：「霑，雨雺也。从雨沾聲，張廉切。沾，水。出壺關，東入淇。一曰沾，益也。从水占聲，他兼切。」段注：「疑《小雅》『既霑既足』，古本當作『沾』。『既瀀既渥』，言厚也；『既沾既足』，言多也。从水占聲，他兼切。二義同。《檀弓》假爲『覘』字。《史

記·陳丞相世家》、《滑稽列傳》假爲「霑」字。」朱駿聲《説文通訓定聲》：「霑，轉注。《離騷》：『霑余襟之浪浪。』注：『濡也。』又劉梁《七舉》：『酟以醯醢。』張協《七命》：『酟以春梅。』注：『沾溢之酟。』與『沾』同也，字亦變作『酟』。」

⑩〔輔理承化〕南宋蜀本「承化」作「丞化」。

⑪〔以負成王託周公之意〕南宋蜀本注：「一無『以』。」《考異》：「疑此『周公』字當是『國』字。」童第德注：「下句『不得於天下之心』已出『天下』字，此不當復出『國』字。作『周公』是也。」

⑫〔不得於天下之心〕粹本「不」上多一「以」字。《舉正》「不」上增「以」字，云：「三本皆有，謝校同。」朱熹從監本，《考異》：「『不』上方有『以』字。」

⑬〔則將不暇食與沐矣〕魏本無「則」字。

⑭〔握髪〕王本、張本、廖本「握」作「捉」，下同。

⑮〔惟其如是〕南宋閩本、南宋蜀本、王本、張本、廖本「惟」作「維」。

⑯〔姦邪讒佞欺負之徒〕粹本「姦」作「奸」。謹按：「姦」、「奸」，古今字。《説文》：「姦，私也。从三女。古顔切。」段注：「姦，厶也。厶下曰：『姦衺也。』二篆爲轉注。引申爲姦宄之稱，俗作『姧』，其後竟用『奸』字。从三女，三女爲姦，亦三女爲姦，是以君子遠色而貴德。古顔切。」《舉正》出南宋監本「姦邪讒佞欺負之徒」，删「佞欺」字，云：「謝删。」朱熹從監本，《考異》：「方無『佞欺』字。」

⑰〔至比於〕潮本注：「至，一作『如』。」祝本、南宋閩本注同。魏本「至」作「如」，注：「如，一作『至』。」《考異》：「至，

或作『如』。」

⑱〔愈之待命四十餘日矣〕《舉正》出南宋監本「四十餘日矣」，云：「謝本校作『四十日餘矣』。」《考異》：「餘日，或作『日餘』。」

⑲〔故復有周公之説焉〕祝本注：「一有『閣下其亦察之』六字。」南宋閩本注同。魏本注：「一作『閣下其亦察之』六字。」粹本有「閣下其亦察之」六字。《舉正》校增「閣下其亦察之」六字，云：「杭、蜀本皆有此六字，謝校增。」朱熹從方本，《考異》：「或無此六字。」王元啓注：「後有『垂察焉』一語，則先著此六字爲贅。」

⑳〔相弔〕祝本「弔」作「吊」。謹按：「吊」爲「弔」之俗體，見《干禄字書》。

㉑〔出疆〕「疆」，廖本訛作「彊」。

㉒〔於周不可則去之魯於魯不可則去之齊〕潮本「去之」下多一「於」字，粹本、祝本、南宋閩本、南宋蜀本、魏本同。魏本注：「一無『之於齊』三字。」《舉正》出南宋監本「去之於魯」、「去之於齊」，删二「於」字，云：「並蜀本校。」朱熹從方本，《考異》：「『之』下或並有『於』字。」今從方本。

㉓〔於齊不可則去之宋〕南宋蜀本「於」下注：「一無上四『於』字。」《舉正》出南宋監本「則去之宋之鄭」，删「則」字，云：「並蜀本校，謝本亦删『則』字。」朱熹從監本存「則」字，《考異》：「方無『則』字。」

㉔〔惟不得〕潮本「惟」下多一「恐」字，粹本、祝本、南宋閩本、南宋蜀本、魏本同。《舉正》出南宋監本「惴惴焉惟恐不得出大賢之門下是懼」，據杭本删「恐」字，云：「李、謝删；閣與蜀本皆存之。」朱熹從方本，《考異》：「『惟』下或有『恐』字。」今從方本。

㉕〔瀆冒威尊〕粹本「瀆」作「黷」。南宋蜀本、魏本「威尊」作「尊威」。《考異》：「或作『尊威』。」

㉖〔惶恐無已〕《舉正》據謝校訂「文」字，作「惶恐無文」，云：「謝本三書所校劇精，且與古本合，故多從之。」朱熹從監本，《考異》：「已，方作『文』，非是。」

【箋注】

〔一〕蔣抱玄注：「輔相，《易經》（《泰·象》）：『輔相天地之宜匡助也。』後沿爲宰相之稱。《北史·張保傳》（《張保洛傳》）：『以輔相爲朔州總管。』」

〔二〕孫汝聽注：「《史記》（《魯周公世家》）：周公子伯禽就封於魯，周公戒曰：『我一沐三握髮、一飯三吐哺以待士，猶恐失天下之賢人。』」

〔三〕姦邪，奸詐邪惡之人。《管子·形勢解》：「故姦邪日多，而人主愈蔽。」讒佞，讒邪奸佞之人。《晏子春秋·諫上八》：「景公信用讒佞，賞無功，罰不辜。」欺負，欺詐違背。《漢書·韓延壽傳》：「接待下吏，恩施甚厚而約誓明。或欺負之者，延壽痛自刻責：『豈其負之？何以至此？』」

〔四〕蔣抱玄注：「《書經》（《畢命》）：『四方無虞，予一人以寧。』」

〔五〕蔣抱玄注：「《後漢書》（《東夷傳》）：『夷有九種，曰畎夷、於夷、方夷、黄夷、白夷、赤夷、玄夷、風夷、陽夷也。』八蠻，見《周禮·職方氏》。《爾雅》李巡注：『一天竺，二咳首，三僬僥，四跂踵，五穿胸，六儋耳，七狗軹，八旁脊。』荒服，離王畿二千里至二千五百之里地曰荒服。《禹貢》五服。賓貢，謂賓至而獻貢方物也。」賓貢，《周禮》九貢之一種。《周禮·大宰》：「以九貢致邦國之用：二曰嬪貢。」鄭玄注：「嬪，故書作『賓』。鄭司農云：賓貢，皮帛之屬。」又有賓服納貢一義。《梁書·陳慶之傳》：「將背朝恩，絶賓貢之禮。」此用後義。

〔六〕孫汝聽注：「《説文》云：『昆蟲，蟲之總名。』妖，孽也。昆蟲，草木之妖，如五行志所載是矣。」銷息，消滅。《漢書·李尋傳》：「臣聞月者，衆陰之長，銷息見伏。」

〔七〕修理，條理、治理。《管子·九守》：「聖人因之，故能掌之。因之修理，故能長久。」

〔八〕蔣抱玄注：「休徵，禎祥之兆也。《書·洪範》：『曰休徵，曰肅時雨若，曰乂時暘若，曰晳時燠若，曰謀時寒若，曰聖時風若。』《春秋序》（《春秋左傳序》）：『麟鳳五靈，王者之嘉瑞也。』」

〔九〕蔣抱玄注：「章章，彰明較著也。《荀子》（《法行篇》）：『故雖有珉之彫彫，不若玉之章章。』」

〔一〇〕蔣抱玄注：「時百執事，謂當時之百官。」

〔一一〕陳景雲注：「按《漢書·霍光傳》：『上曰：將軍之廣明都郎屬耳。』師古注：『屬耳，近耳也。』公語本此。顔注之『近』謂近日也。趙憬、賈耽、盧邁俱於貞元九年五月入相，距公上書時已涉三載，似不得云『近』。而公云然者，蓋以三相在位歲月，較周公之輔相七年猶爲近耳。」王元啓注：「前言周公爲輔相如是，今閣下亦爲輔相，其地位勢分豈遂遠於周公？故曰『近』，言亦可以垂休後世也。或以三相在位，較之周公輔相七年爲近，按上文並不言輔相未久，此句忽然較其久近，似屬無端。」

〔一二〕蔣抱玄注：「《周禮》〈《天官冢宰第一》〉：『天官之屬有閽人，司晨昏啓閉，使刑人守之。』後世概稱守門人曰閽人。」

〔一三〕《孟子·滕文公下》：「公明儀曰：古之人三月無君則弔。」趙氏注：「公明儀，賢者也。言古人三月無君則弔，明當仕也。」

〔一四〕蔣抱玄注：「質同贄，臣所執以見君者。載質，原文見《孟子·滕文公下》。」《孟子·滕文公下》：「孔子三月無君則皇皇如也，出疆必載質。」趙氏注：「質，臣所執以見君者也。三月，一時也。物變而不佐君化，故皇皇如有所求而不得爾。」

〔一五〕蔣抱玄注：「《孟子》〈《盡心上》〉：『窮則獨善其身，達則兼善天下。』」

〔一六〕《古文範》：「世以公之《上宰相書》爲病，此真謬論也。如公之志，不屑求一身之富厚而以天下爲憂，亦既昭昭矣，雖百上書曷病乎？慷慨而言，詞嚴義正。」

〔一七〕魏仲舉注：「數，色角切。」

〔一八〕蔣抱玄注：「惴惴，憂懼之意。《詩經》：『惴惴其慄。』《後漢書·承宮傳》：『過徐盛廬聽經，遂請留門下。』後人因沿稱門弟子爲門下。」《詩·秦風·黄鳥》毛傳：「惴惴，懼也。」《淮南子·道應》：「公孫龍顧謂弟子曰：『門下故有能呼者乎？』」

答侯繼書〔一〕

裴子自城來〔二〕，得足下一書。明日，又於崔大處得足下陝州所留書〔三〕。翫而復之，不能自休。尋知足下不得留，僕又爲考官所辱①，欲致一書開足下②〔四〕，并自舒其所懷，含意連辭，將發復已，卒不能成就其説。及得足下二書，凡僕之所欲進於左右者，足下皆以自得之③，僕雖欲重累其辭④，諒無居足下之意外者⑤，故絶意不爲。行亦自念方將遠去⑥〔五〕，潛深伏隩⑦〔六〕，與時世不相聞⑧〔七〕，雖足下之思我，無所窺尋其聲光，故不得不有書爲别，非復有所感發也。

僕少好學問，自五經之外⑨，百氏之書，未有聞而不求，得而不觀者⑩。然其所志，惟在其意義所歸。至於禮樂之名數⑪〔八〕，陰陽、土地、星辰、方藥之書⑫，未嘗一得其門户。雖今之仕進者不要此道⑬，然古之人未有不通此而能爲大賢君子者⑭。僕雖庸愚，每讀書輒用自愧，今幸不爲時所用，無朝夕役役之勞〔九〕，將試學焉。力不足而後止，猶將愈於汲汲於時俗之所爭⑮〔一〇〕，既不得而怨天尤人者⑯〔一一〕，此吾今之志也⑰。懼足下以吾退歸，因謂我不復能自彊不息⑱〔一三〕，故因書奉曉，冀足下知吾之退⑲，未始不爲進⑳；而衆人之進㉑，未始不爲退也㉒。

既貨馬〔一三〕，即求船東下㉓，二事皆不過後月旬日㉔。有相問者，爲我謝焉㉕〔一四〕。愈再拜㉖。

【彙校】

①〔考官〕祝本注：「官，一作『功』。」南宋閩本、魏本注同。

②〔開足下〕南宋蜀本注：「開，一作『聞』。」魏本注同。潮本作「聞」，祝本、南宋閩本同。潮本注：「一作『開』。」南宋閩本注同。《舉正》訂作「開」，云：「閣本作『開』，杭、蜀作『聞』，李、謝從閣本。」朱熹從方本，《考異》：「開，或作『聞』。」今從方本。

③〔皆以自得〕魏本「以」作「已」。《舉正》出南宋監本「皆以自得之」，據閣本删「以」字。朱熹從監本存「以」字，《考異》：「方無『以』字。今按：『以』、『已』通，晉宋人書帖多用『以』字。」童第德注：「以、已原爲一字，古籍通用，不始於晉宋人。《易·損》：『已事遄往。』《釋文》：『已本作以。』《禮記·内則》：『由命士以上。』《釋文》：『以本作已。』漢《帝堯碑》：『已章聖德』、『已報嘉瑞』、『敦我已德』、『厲我已仁』，以皆作已。此例甚多，不列舉。」

④〔欲重累其辭〕潮本注：「欲，一作『復』。」祝本、南宋閩本、魏本注同。南宋蜀本作「復」，注：「復，一作『欲』。」《考異》：「欲，或作『復』。」南宋蜀本「重累」作「重復」。

⑤〔足下之意外〕《舉正》出南宋監本「諒無居足下之意外者」，據閣、杭本删「之意」二字。朱熹從監本存「意外」二字，《考異》：「方無此二字。」

⑥〔行亦自念方將遠去〕南宋蜀本注：「一無『行』。」魏本注同。潮本無「行」字，南宋閩本同。潮本注：「一有『行』字。」祝本注：「行亦，一作『亦行』。」潮本注：「將，一作『當』。」祝本、南宋閩本、魏本注同。南宋蜀本「將」作「當」，注：「當，一作『將』。」《舉正》訂「行」、「當」二字，作「行自念方當遠去」，云：「三本同。」朱熹從方本，《考異》：「行，或作『亦』。今按：行，疑當作『復』。當，或作『將』。」

⑦〔潛深伏隩〕潮本注：「隩，一作『奥』。」祝本、南宋閩本、魏本注同。南宋蜀本作「奥」。《考異》：「隩，或作『奥』。」謹按：隩，水涯深曲之處。《爾雅・釋丘》：「隩，隈。厓内爲隩，外爲隈。」隩、奥字通。《説文通訓定聲》：「隩，假借爲奥。」

⑧〔與時世〕南宋蜀本、魏本無「世」字。魏本注：「時，一作『世』。」《考異》：「或無『世』字。」

⑨〔自五經之外〕祝本、南宋蜀本、魏本「五」作「六」。

⑩〔得而不觀者〕魏本「而」上複出一「求」字。祝本、南宋蜀本、魏本「者」下多一「也」字。魏本注：「一無『也』字。」

⑪〔至於〕祝本注：「於，一作『于』。」魏本注同。南宋閩本「於」作「于」。

⑫〔方藥之書〕「方藥」下南宋蜀本注：「歐本無『方藥』字。」魏本注同。《舉正》出南宋監本「星辰方藥之書」，據閣本删「方藥」二字，云：「杭同，歐、謝本皆删二字。」朱熹從監本存「方藥」二字，《考異》：「方無此二字。」

⑬〔仕進者〕魏本無「者」字。

⑭〔能爲大賢君子者〕魏本無「能」字。潮本「者」下多一「也」字，祝本、南宋閩本、南宋蜀本、魏本同。潮本注：「一無『也』字。」祝本注同。南宋蜀本、魏本注：「趙本無『也』字。」《舉正》出南宋監本「能爲大賢君子者也」，删「也」字，云：「三本同。」朱熹從方本，《考異》：「『子』下或有『事』字，『者』下或有『也』字。」今從方本。

⑮〔猶將愈於汲汲於時俗之所爭〕祝本注：「爭，一作『事』。」南宋閩本、魏本注同。

⑯〔不得而怨天〕潮本注：「而，一作『即』。」祝本、南宋閩本、魏本注同。南宋蜀本「而」作「即」，注：「即，一作『而』。」

⑰〔此吾今之志也〕祝本注：「一無『今』字。」南宋閩本注同。祝本「之」下注：「一有『本』字。」南宋閩本注同。句末魏本注：「一本『此吾之本志也』。」《舉正》出南宋監本「此吾今之志也」，云：「蜀本無『今』字。」《考異》：「或無『今』字。」

⑱〔因謂我〕魏本注：「一無『我』字。」潮本無「我」字，祝本、南宋閩本同。潮本注：「一有『我』字。」祝本、南宋閩本注同。朱熹增「我」字，《考異》：「方無『我』字。」謹按：今本《舉正》未出此條。今從南宋蜀本。

⑲〔吾之退〕《考異》：「或無『之』字。」

⑳〔未始不爲進〕潮本「不爲」作「爲不」，祝本、南宋閩本、南宋蜀本、魏本同。《舉正》出南宋監本「未始爲不進」，云：「蜀本作『不爲進』。」朱熹出「之退」、「不爲進」、「之進」、「不爲退」，《考異》：「不爲，方作『爲不』。」謹按：朱引方本與《舉正》不同。今從方本。

㉑〔衆人之進〕潮本「衆人之進」作「衆人進」，祝本、南宋閩本、南宋蜀本、魏本同。朱熹「人」下增一「之」字，《考

異》：「或無『之』字。」今從朱本。

㉒〔未始不爲退〕潮本「不爲」作「爲不」，祝本、南宋閩本、南宋蜀本、魏本同。《舉正》出南宋監本「未始不爲退」，云：「蜀本作『不爲退』。」《考異》：「不爲，方作『爲不』。」謹按：朱引方本與《舉正》不同。今從方本。

㉓〔求船東下〕「船」，祝本作「舩」，南宋蜀本作「舡」。

㉔〔後月旬日〕潮本「旬」作「十」，祝本、南宋閩本、南宋蜀本、魏本、王本、張本、廖本同。潮本注：「十，趙本作『旬』。」祝本注同。南宋蜀本注：「月，趙作『旬』。」魏本注同。《考異》：「月十日，三字或只作『旬』。」今從潮、祝引《文録》。

㉕〔爲我謝焉〕《舉正》出南宋監本「爲我謝焉」，據閣本删「我」字，云：「李、謝删；杭、蜀有。」朱熹從監本，《考異》：「方無『我』字。此下或有『愈再拜』字。」

㉖〔愈再拜〕南宋閩本、王本、張本、廖本無「愈再拜」三字。

【箋注】

〔一〕侯繼，兩《唐書》無傳。今鈎稽其生平可知者如次：侯繼，貞元八年進士（《韓子年譜》引《唐科名記》）。元和四年，爲太學助教分司東都（韓愈《祭薛公達文》）。其年冬，河中節度使王鍔辟爲參謀（韓愈《送侯參謀赴河中幕》）。太和二年爲河南少尹（《因話録》卷五）。

此篇作年，韓醇、方崧卿、廖瑩中、方成珪、蔣抱玄均繫於貞元十一年（七九五）。韓醇注：

「貞元八年，繼與公同登進士第。十一年，公上宰相書，不報。遂東歸，將出京作是書。且云：『懼足下以吾退歸，因謂不復能自强不息，故因書奉曉。』此則公上崔虞部書之時。然則公時勵志如此，宜乎爲百代文章之宗，學者仰之如山斗云。」《舉正》：「十一年宏詞試不利而作。侯繼，公同年生。故書之答其辭激。」廖瑩中注：「繼與公同貞元八年進士第。公時以宏詞三試於吏部不售，故云『又爲考官所辱』。此貞元十一年上宰相書之前也。」方譜：「此係未上宰相書之前所作。」蔣抱玄注：「將東歸出時京作。有『不得不有書爲別』及『懼足下以吾退歸』二語，朱子謂爲『上宰相書之前』，非也。」

〔二〕蔣抱玄注：「裴子，名字闕疑。自城來，城必京城，此則公已出京矣。」謹按：洪興祖《韓子年譜》：「《唐科名記》云：『貞元八年，陸贄主司，試《明水賦》、《御溝新柳詩》。其人賈稜、陳羽、歐陽詹、李博、李觀、馮宿、王涯、張季友、齊孝若、劉遵古、許季同、侯繼、穆贄、韓愈、李絳、温商、庾承宣、員結、胡諒、崔羣、邢册、裴光輔、萬瑫。』是年一牓多天下孤隽偉傑之士，號龍虎牓。」疑「裴子」即韓愈同年裴光輔。

〔三〕魏引補注：「崔大名羣，字敦詩。」崔羣，兩《唐書》有傳，其生平如次：羣字敦詩，清河武城人。貞元八年登進士第（柳宗元《送崔羣序》韓醇注）。十年十二月，登賢良方正能直言極諫科（《唐會要》卷七十六），授秘書省校書郎，累遷右補闕。元和二年十一月六日自左補闕充翰林學士，三年四月二十八日加庫部員外郎（丁居晦《重修承旨學士壁記》），六年二月四日加庫部郎中知制誥，七年四月二十九日遷中書舍人（元稹《承旨學士院記》）。九年六月二十六日遷禮部侍郎（《重修承旨學士壁記》）。十年，轉户部侍郎（韓愈《除崔羣户部侍郎制》）。十二年七月丙辰，拜中書侍郎同中書門下平章事。十四年十二月乙卯，出爲湖南觀察都團練使（《舊唐書·憲宗紀下》）。十五年穆宗即位，徵拜吏部侍郎。九月己酉，拜御史大夫。丙寅，授檢校兵部尚書兼徐州刺史武寧軍節度徐泗濠觀察等使。長慶二年三月癸丑，爲其副使王智興所逐，四月癸未，授秘書監分司東都（《舊唐書·穆宗紀》）。未幾，改華州刺史兼御史大夫。三年，爲宣州刺史歙池等州都團練觀察等使（《唐故江南西道都團練副使侍御史内供奉滎陽鄭府君（高）合祔墓誌銘并序》）。太和元年正月戊寅，徵拜兵部尚書。三年二月辛亥，改檢校吏部尚書江陵尹荆南節度觀察使（《舊唐書·文宗紀上》）。四年三月甲辰，入爲檢校右僕射兼太常卿。五年十月甲寅，拜檢校左僕射兼吏部尚書。六年八月辛酉卒（《舊唐書·文宗紀下》），年六十一，册贈司空。《元和郡縣志》卷六河南道陝州（陝郡大都督府），今河南陝縣。

〔四〕開，開導。《禮記·學記》：「故君子之教喻也，道而弗牽，强而弗抑，開而弗達。道而弗牽則和，强而弗抑則易，開而弗達則思。和易以思，可謂善喻矣。」鄭玄注：「道，示之以道塗也。抑，猶推也。開，爲發頭角。思而得之則深。」

〔五〕方成珪云：「魏文帝《與吴質書》：『既痛逝者，行自念也。』乃此書所本。」

〔六〕祝充注：「隩，於到切，四方土可居。《爾雅》：『厓内爲隩。』」韓醇注：「隩，水厓也，又藏也。」蔣抱玄注：「潛伏者隱之義，深隩者密之義。」

〔七〕蔣抱玄注：「時世，當今之世也。《荀子》（《堯問》）：『時世不同，譽何由生，不得爲政，功安能成。』」

〔八〕蔣抱玄注：「名數，名義位數也。按《漢書》（《高帝紀》）：『民前或相聚保山澤，不書名數，謂之籍也。』與此有別。」謹按：名數，名位禮數。《左傳》莊公十八年：「王命諸侯，名位不同，禮亦異數。」孔穎達疏：「《周禮》：王之三公八命，侯伯七命，是其名位不同也。其禮各以命數爲節，是禮亦異數也。」

〔九〕蔣抱玄注：「《莊子》：『終身役役，而不見其成功。』」《莊子·齊物論》郭象注：「夫物情無極，知足者鮮。故得此不止，復逐於彼，皆疲役終身未厭其志，死而後已。故其成功者無時可見也。」

〔一〇〕汲汲，心情急切貌。《禮記·問喪》：「其往送也，望望然，汲汲然，如有追而弗及也。」孔穎達疏：「汲汲然者，促急之情也。」

〔一一〕蔣抱玄注：「《論語》：君子不怨天，不尤人。」《論語·憲問》何晏《集解》：「馬曰：孔子不用於世，而不怨天；人不知己，亦不尤人。」

〔一二〕蔣抱玄注：「《易經·乾卦》：天行健，君子以自强不息。」《周易集解》引虞翻曰：「君子謂三乾。健故强，天一日一夜過周一度，故自强不息。老子曰：自勝者强。」又引干寶曰：「言君子通之於賢也。凡勉强以德，不必須在位也。故堯舜一日萬幾，文王日昃不暇食，仲尼終夜不寢，顏子欲罷不能。自此以下，莫敢淫心捨力，故曰自强不息矣。」

〔一三〕蔣抱玄注：「貨，賣也。《孟子》《公孫丑下》：『無處而餽之，是貨之也。』」

〔一四〕謝，致歉。《戰國策・秦策》：「四拜，自跪而謝。」

答崔立之書①〔一〕

斯立足下：僕見險不能止，動不得時，顛頓狼狽〔二〕，失其所操持〔三〕。困不知變②，以至辱於再三③，君子小人之所憫笑，天下之所背而馳者也④〔四〕。足下猶復以爲可教，貶損道德，乃至手筆以問之⑤〔五〕，扳援古昔〔六〕，辭義高遠，且進且勸⑥，足下之於故舊之道得之矣⑦。雖僕亦固望於吾子⑧，不敢望於他人者耳⑨。然尚有似不相曉者，非故欲發余乎⑩〔七〕？不然，何子不以丈夫期我也⑪？不能默默，聊復自明⑫。

僕始年十六七時，未知人事。讀聖人之書，以爲人之仕者皆爲人耳，非有利乎己也。及年二十時，苦家貧，衣食不足，謀於所親，然後知仕之不唯爲人耳。及來京師，見有舉進士者，人多貴之。僕誠樂之，就求其術，或出禮部所試詩、賦、策等以相示⑬，僕以爲可無學而能，因詣州縣求舉〔八〕。有司者好惡出於其心⑭，四舉而後有成〔九〕，亦未即得仕。

聞吏部有以博學宏辭選者，人尤謂之才，且得美仕。就求其術，或出所試文章⑮，亦禮部之類⑯。私怪其故，然猶樂其名⑰，因又詣州府求舉。凡二試於吏部〔一〇〕，一既得之，而又黜於中書〔一一〕。雖不得仕，人或謂之能焉。退自取所試讀之⑱，乃類乎俳優者之辭⑲〔一二〕，顔忸怩而心不寧者數月⑳〔一三〕。既已爲之，則欲有所成就㉑，《書》所謂恥過作非者也〔一四〕。因復求舉，亦無幸焉〔一五〕。乃復自疑，以爲所試與得之者不同其程度〔一六〕，及得觀之，余亦無甚愧焉。夫所謂博學者，豈今之所謂者乎？夫所謂宏辭者，豈今之所謂者乎？誠使古之豪傑之士若屈原、孟軻、司馬遷、相如、楊雄之徒進於是選㉒，僕必知其懷慙㉓。乃不自進而已耳㉔，設使與夫今之善進取者競於蒙昧之中㉕〔一七〕，僕必知其辱焉㉖。

然彼五子者且使生於今之世㉗，其道雖不顯於天下，其自負何如哉㉘？肯與夫斗筲者決得失於一夫之目〔一八〕，而爲之憂樂哉？故凡僕之汲汲於進者，其小得蓋欲以具裘葛、養孤窮㉙，其大得蓋欲以同吾之所樂於人耳。其他可否，自計已熟，誠不待人而後知。今足下乃復比之獻玉者，以爲必俟良工之剖，然後見知於天下㉚，雖兩刖足不爲病㉛〔一九〕，且無使勍者再尅㉜〔二〇〕，誠足下相勉之意厚也。然仕進者豈捨此而無門哉？足下謂我必待是而後振者㉝，尤非相悉之辭也㉞〔二一〕。僕之玉固未嘗獻，而足固未嘗刖，足下無爲我戚戚也㉟〔二二〕。方今天下風俗尚有未及於古者㊱，邊境尚有被甲執兵者㊲，主上不得怡，而宰相以爲憂。僕雖不賢，亦且潛究其得失㊳。致之乎吾相，薦之乎吾君，上希卿大夫之位，下猶取一障而乘之〔二三〕。若都不可得，猶將耕於寬閑之野，釣於寂寞之濱，求國家之遺事㊴，考賢人哲士之終始㊵，作唐之一經，垂之於無窮，誅姦諛於既死，發潛德之幽光㊶〔二四〕，二者將必有一可。足下以爲僕之玉凡幾獻？而足凡幾刖也？又所謂勍者果誰哉〔二五〕？再刖之刑信如何也㊷〔二六〕？士固伸於知己㊸，微足下無以發吾之狂言㊹。愈再拜㊺。

【彙校】

①〔答崔立之書〕此篇又載《文苑英華》卷六八〇、《唐文粹》卷九〇，據校。

此篇篇題，粹本作「答立之崔公書」。

②〔困不知變〕祝本、魏本「困」作「因」。

③〔以至辱〕《舉正》出南宋監本「以至辱於再三」，據杭本删「至」字，云：「苑同，謝删。」謹按：今苑本有「至」字。朱熹從監本，《考異》：「方無『至』字。」

④〔馳者也〕《舉正》出南宋監本「天下之所背而馳者也」，删「也」字，云：「三本同；苑、粹有。」朱熹從監本，《考異》：「方無『也』字。」

⑤〔乃至手筆〕「至」下潮本注：「一有『于』字。」祝本、南宋閩本、魏本注同。

⑥〔且進且勸〕粹本「進且勸」三字作「觀」。

⑦〔足下之於故舊之道得之矣〕潮本注：「一無上（足下之）三字。」祝本、南宋閩本、魏本注同。粹本「得之矣」作「得矣」。《舉正》出南宋監本「足下之於故舊之道得之矣」，據閣本删「得」下「之」字，云：「杭同；《文苑》只存中間一『之』字。」謹按：今苑本作「足下之於故舊之道得之矣」。朱熹從方本，《考異》：「（之於）或無『之』字。『得』下或有『之』字。」

⑧〔望於吾子〕苑本「吾」作「君」，注：「君，集作『吾』。」

⑨〔不敢望〕苑本注：「望，一作『問』。」

⑩〔非故欲〕潮本注：「故，一作『固』。」苑本、祝本、南宋閩本、魏本注同。南宋蜀本「故」作「固」，注：「固，舊本作『故』。」

⑪〔何子不以〕苑本、魏本「子」下多一「之」字。朱熹「子」下增「之」字，《考異》：「方無『之』字。」謹按：今本《舉正》未出此條。

⑫〔不能默默聊復自明〕粹本「不」上多一「故」字，「聊」作「輒」。《舉正》出南宋監本「聊復自明」，云：「《文苑》作『聊復明白』。」謹按：今苑本同監本。朱熹從方本，《考異》：「或作『明白』。」

⑬〔所試詩賦策等以相示〕《舉正》出南宋監本「所試詩賦策等」，據閣本乙「詩賦」作「賦詩」，云：「李、謝校。」朱熹從方本，《考異》：「或作『詩賦』。」苑本「示」作「視」。

⑭〔有司者〕南宋蜀本注：「一無『者』。」潮本無「者」字，粹本、祝本、南宋閩本、魏本同。魏本注：「『司』下一有『者』字。」《舉正》據苑本增「者」字。朱熹從方本，《考異》：「或無『者』字。」今從苑本。

⑮〔所試文章〕魏本無「章」字。

⑯〔禮部之類〕「類」下潮本注：「一有『也』字。」祝本注同。苑本、南宋閩本、南宋蜀本、魏本有「也」字，魏本注：「一無『也』字。」

⑰〔然猶樂〕粹本無「然」字。

⑱〔退自取所試讀之〕潮本「退」下多一「因」字，苑本、祝本、南宋閩本、南宋蜀本、魏本同。《舉正》出南宋監本「退因自取所試讀之」，删「因」字，云：「苑、粹同，謝删。」謹按：今苑本有「因」字。朱熹從方本，《考異》：「『退』下或有『因』字。」今從粹本。

⑲〔類乎俳優者〕祝本注：「乎，一作『於』。」魏本注同。苑本、粹本、南宋閩本「乎」作「於」。南宋閩本注：「於，一作『乎』。」苑本注：「於，蜀本作『乎』。」魏本無「者」字。

⑳〔不寧〕苑本注：「寧，蜀本作『安』。」

㉑〔有所成就〕魏本注：「一無『所』字。」潮本無「所」字，粹本、祝本同。潮本注：「一有『所』字。」祝本注同。粹本無「成」字。《舉正》出南宋監本「則欲有成就」，删「成」字，云：「苑、粹同，謝删。」謹按：今苑本有「所成」二字。朱熹作「所就」，《考異》：「方無『所』字。」張本從朱本。王本作「則欲有所成就」，注：「所成，方無此二字，或無『所』字。」廖本從王本。今從南宋閩本。

㉒〔相如楊雄之徒進於是選〕苑本注：「誠，《文粹》作『設』。」粹本「誠」作「設」。《考異》：「或無此（相如）二字。」祝本、魏本、王本、張本、廖本「楊」作「揚」。祝本注：「於，一作『于』，一作『如』。」苑本注：「於，集作『于』。」潮本「於」作「于」，南宋蜀本、魏本同。魏本注：「于，一作『於』。」今從苑本。

㉓〔僕必知其懷慙〕魏本注：「一無『僕』字。」潮本無「僕」字，粹本、祝本、南宋閩本、王本、張本、廖本同。潮本注：「一有『僕』字。」祝本注同。今從苑本。潮本注：「懷，一作『愧』。」祝本、魏本注同，苑本注：「懷，蜀本作『愧』。」南宋蜀本「懷」作「愧」，注：「愧，舊本『懷』。」

㉔〔而已耳〕南宋蜀本注：「耳，一作『矣』。」魏本注同。苑本注：「耳，蜀本作『矣』。」

㉕〔善進取者〕《舉正》出南宋監本「善進取者」，云：「苑、粹皆無『進』、『者』。」謹按：今苑本作「善進取者」，今粹本作「善取者」。朱熹從方本，《考異》：「或無『進』、『者』字。」

㉖〔僕必知〕苑本注：「必，蜀本作『固』。」粹本「必」作「固」。

㉗〔然彼五子者且使生於今之世〕潮本注：「生，一作『出』。」祝本、南宋閩本、南宋蜀本、苑本、魏本注同。《舉正》：「《文苑》只作『數子』，上文亦闕『相如』二字，『生』作『出』。」謹按：今苑本作「五子者且使生於今之世」，上文有「相如」二字。朱熹從方本，《考異》：「五，或作『數』。生，或作『出』。」

㉘〔自負何如〕粹本「何如」作「如何」。

㉙〔具裘葛養孤窮〕苑本注：「具，蜀本作『完』。」《舉正》出南宋監本「具裘葛養孤窮」，據杭本乙「孤窮」作「窮孤」，云：「《粹》同，謝校。《文苑》作『完裘葛養孤窮也』。」謹按：今苑本作「具裘葛養孤窮」。朱熹從方本，《考異》：

「具，或作『完』。窮孤，或作『孤窮』。」

㉚〔必俟良工之剖然後見知於天下〕潮本注：「良工，一作『工人』。」祝本、魏本注同。苑本注：「良工，集作『工人』。」粹本、南宋蜀本「良工」作「工人」。南宋蜀本注：「工人，一本作『良工』。」粹本無「見」字。《舉正》據閣本、杭本訂「工人」二字，删「知」上「見」字，作「必竢工人之剖然後知於天下」。朱熹從方本作「工人」，從監本存「見」字，《考異》：「(工人)或作『良工』。方無『見』字。」

㉛〔雖兩刖足不爲病〕潮本注：「兩刖足，一作『刖兩足』。」苑本、祝本、南宋閩本、南宋蜀本、魏本作「刖兩足」。祝本注：「刖兩，一作『兩刖』。」南宋閩本注同。苑本注：「刖兩，集作『兩刖』。」祝本「足」下注：「一有『而』字。」苑本、南宋閩本、南宋蜀本、魏本有「而」字。南宋閩本注：「一無『而』字。」魏本注：「一本無『而』字。」潮本注：「病，趙作『痛』。」祝本、南宋閩本注：「病，一作『痛』。」魏本注：「一本作『兩刖足而不爲痛』。」苑本、南宋蜀本「病」作「痛」。苑本注：「痛，集作『病』。」粹本「病」作「疾」。《舉正》乙「刖兩」作「兩刖」，删「足」下「而」字，訂「痛」字，作「雖兩刖足不爲痛」，云：「《文録》、《文苑》作『痛』，蜀本作『病』，李、謝從『病』，杭本作『疾』。然上文皆同。」朱熹同潮本，《考異》：「兩刖，或作『刖兩』，『不』上或有『而』字，病，方作『痛』，或作『疾』。」

㉜〔且無使勍者再剋〕苑本「剋」作「刖」，注：「刖，集作『剋』。」《舉正》出南宋監本「再剋」，云：「《文苑》作『再刖』，下同。」《考異》：「剋，或作『刖』，下同。」

㉝〔足下謂我必待是而後振者〕苑本「是」作「此」。潮本注：「振，趙作『進』。」魏本注同。祝本注：「振，一作『進』。」苑本注：「振，集作『進』。」粹本、南宋閩本、南宋蜀本「振」作「進」。南宋閩本注：「一作『振』。」南宋蜀本注同。《舉正》出南宋監本「必待是而後進」，云：「《文苑》、蜀本『進』皆作『振』。」《考異》：「進，或作『振』。」

㉞〔尤非〕祝本注：「尤非，一作『非尤』。」魏本注同。苑本注：「尤非，集作『非尤』。」潮本「尤非」作「非尤」，粹本、南宋閩本同。潮本注「非尤，一作『尤非』。」《舉正》出南宋監本「非尤相悉之辭也」，云：「《文苑》作『尤非』，然三本皆同上。」朱熹作「尤非」，《考異》：「方作『非尤』，非是。」今從苑本。

㉟〔足下無爲我戚戚也〕魏本注：「一無『足下』二字。」潮本無「足下」二字，祝本、南宋閩本同。潮本注：「一有『足下』字。」祝本、南宋閩本注同。《舉正》增「足下」二字及下「爲」字，作「足下無爲爲我戚戚也」，云：「杭、蜀、苑、粹皆出『足下』字。謝本校增下『爲』字，《文苑》只作『無我戚戚』。」謹按：今苑本作「無爲我戚戚」。朱熹從方本，《考異》：「或無『足下』字，或無下『爲』字，或併無二『爲』字。」今從苑本。

㊱〔方今天下風俗尚有未及於古者〕祝本注：「有未，一作『未有』。」魏本注：「及於，一作『未有』。」潮本「有未」作「未有」。今從苑本。

㊲〔邊境尚有被甲〕苑本注：「境，蜀本作『地』。」《舉正》出南宋監本「邊境」，云：「蜀、苑、粹同，閣本無『境』字，杭本作『邊地』。」《考異》：「境，或作『地』，或無『境』字。」晏殊《類要》卷三一「被」作「披」。

㊳〔亦且潛究其得失〕苑本「且」作「所」，注：「所，集作『且』。」潮本「其」下注：「一無『其』字。」祝本、魏本注同。南宋閩本、南宋蜀本無「其」字，南宋閩本注：「一有『其』字。」《舉正》據杭、蜀、苑、粹增「其」字。朱熹從方本，《考異》：「或無『其』字。」

㊴〔求國家〕《類要》「求」作「詠」。

㊵〔考賢人哲士之終始〕苑本「之」下注：「集有『所』字。」祝本、南宋蜀本、魏本「之」下多一「所」字。《考異》：「『之』

下或有『所』字。」

㊶〔發潛德之幽光〕句末潮本注：「趙本作『薦盛德於幽光』。」南宋蜀本注同。祝本注：「發潛，趙本作『聲盛』。」祝本注：「之，趙本作『於』。」魏本注：「趙本作『著盛德于幽光』。」

㊷〔再剋之刑〕苑本「剋」作「刖」，注：「刖，集作『剋』。」《舉正》出南宋監本「再剋之刑」，云：「閣本、杭本皆作『形』。」《考異》：「刑，或作『形』。」

㊸〔伸於知己〕粹本「伸」作「信」。《舉正》訂「信」字，作「信於知己」，云：「信，音『伸』。苑、粹同。」謹按：今苑本作「伸」。朱熹從方本，《考異》：「信，或作『伸』。」

㊹〔發吾之狂言〕《舉正》出南宋監本「發吾之狂言」，云：「《文苑》無『之』字。」謹按：今苑本有「之」字。《考異》：「或無『之』字。」

㊺〔愈再拜〕南宋閩本無「愈再拜」三字。

【箋注】

〔一〕樊汝霖注：「立之，字斯立，貞元四年進士。唐進士禮部既登第後，吏部試之。中其程式，然後命之官。公貞元八年第進士，至是三試吏部不售。斯立乃遺公書，比之獻玉者，故公以此書復之。然公所學者堯舜三代孔孟之道，其文則六經古文也，時吏部所試者時文爾。公以古文爲寶，而吏部試以時文，則公之玉蓋未嘗獻也。」崔斯立，兩《唐書》無傳，其生平不詳，今鈎稽其可知者如次：崔斯立，字立之（韓愈《贈崔立之評事》）。博陵崔氏第二房，醴泉令潤之子，巴州刺史滂之孫（《新唐書·宰相世系表二下》）。貞元四年進士登第（韓愈《答崔立之書》樊汝霖注），貞元六年中博學宏詞（韓愈《藍田縣丞廳壁記》方崧卿注）。元和初，以前大理評事言得失黜官。元和十年，再轉爲藍田縣丞（《藍田縣丞廳壁記》）。

此篇作年，洪興祖、方崧卿《舉正》、《年表》、方成珪繫於貞元十一年，蔣抱玄繫於貞元十年。洪譜：「十一年乙亥，又試宏詞，見《答崔立之書》。《書》云：『四舉而後有成，亦未即得仕。聞吏部有以博學宏詞選者，因又詣州府求舉。凡二試於吏部，一既得之，而又黜於中書。既已爲之，則欲有所成就，因復求舉，亦無幸焉。』知公今年又試宏詞也。」《舉正》：「十一年宏詞試不利而作。崔立之乃連年收科第者，故書之答其辭激。」方譜：「此係未上宰相書之前所作。」蔣抱玄注：「公於八、九、十年三試吏部皆報罷，立之以書勉公，而公答之。貞元十年作。」謹按：文中明云「二試於吏部」、「兩刖足」。並自敘其遭遇：「一既得之而又黜於中書」，「顔忸怩而心不寧者數月」，「因復求舉亦無幸焉」。則此篇作於二試吏部之後，三試吏部之前，至爲明白。綜合考較，以繫於貞元十年（七九四）較爲妥當。

〔二〕樊汝霖注：「狼狽，獸名，狼屬也。生子或欠一足，二足相附而行，離則蹎。或言狼狽是兩物，狽前足絶短，每行常駕兩狼，失狼則不能動。故世言事乖者稱狼狽。」蔣抱玄注：「《淮南子》（《要略》）：今學者無聖人之才，而不爲詳説，則終身顛頓乎混溟之中。」顛頓，顛沛困頓。

〔三〕操持，所操所持，指操守。杜甫《東津送韋諷攝閬州録事》：「推薦非承乏，操持必去嫌。」

〔四〕蔣抱玄注：「背馳，背道而馳。」曹攄《感舊詩》：「今我唯困蒙，郡士所背馳。」《文選》五臣注李周翰曰：「言我困於蒙暗，而羣賢士子皆背我而走。」

〔五〕蔣抱玄注：「手筆，猶言手書。《後漢書》（《申屠蟠傳》）：『幕府初開，特加殊禮，優而不名，申以手筆。』」

〔六〕祝充注：「扳援，上音攀，又音班。下于元切。」魏仲舉注：「扳，皮班切。援，于元切。」蔣抱玄注：「《庄子》（《马蹄》）：至德之世，禽獸可係羈而遊，鳥雀之巢可攀援而窺。」謹按：「扳援」同「攀援」，有「援引」、「徵引」一義。此義始見韓文，後人亦有採用者。如宋蘇洵《洪範論中》：「其傳必鉤牽扳援，文致而强附之，然後可以僅知此福此極之所以應此事者。」（《嘉祐集》卷七）司馬光《乞令三省諸司無條方用例白劄子》：「近歲三省及百司多用例破條，諸色人亦多於條外攀援體例，希求恩澤。」（《傳家集》卷五十七）胡銓《答譚思順書》：「向者辱賤教，扳援河伯海若問答及引《孟子》『觀海難爲水遊聖人難爲言之論』，以至正人心之説，反覆數百言。」（《澹菴文集》卷六）

〔七〕蔣抱玄注：「發余，謂開發予之意志也。《論語》（《八佾》）『起予者商也』義同。」

〔八〕蔣抱玄注：「詣，往候也，至也。《史記》（孝文本紀）：『代王乘傳詣長安。』」

〔九〕王元啓注：「有成，謂登貞元八年（七九二）進士。」

〔一〇〕蔣抱玄注：「二試，『二』字疑『三』字之訛。」謹按：韓愈《上宰相書》：「四舉於禮部乃一得，三選於吏部卒無成。」《上宰相書》作於三試吏部之後，故稱「三選無成」；此篇作於三試吏部之前，故稱「因復求舉亦無幸焉」、「兩刖足」。蔣説不確。

〔一一〕王元啓注：「公貞元九年、十年再試宏辭，惟九年爲考官崔虞部所舉，又爲中書覆落。」

〔一二〕蔣抱玄注：「俳優，雜戲也。《家語》（《相魯》）：『齊奏宮中之樂，俳優侏儒戲於前。』」《史記·主父偃傳》：「金石絲竹之聲不絶於耳，帷帳之私俳優侏儒之笑不乏於前。」

〔一三〕魏仲舉注：「忸，女六切。怩，女夷切。」忸怩，羞愧貌。《尚書·五子之歌》：「鬱陶乎予心，顔厚有忸怩。」孔傳：「忸怩，心慚。」

〔一四〕蔣抱玄注：「《書經》：『無啓寵納侮，無恥過作非。』」《尚書·説命中》孔傳：「恥過誤而文之，遂成大非。」

〔一五〕王元啓注：「此謂十一年又試宏辭。」謹按：文中係「因復求舉」於「顔忸怩而心不寧者數月」之後，則此次「復舉」，當爲二試吏部。

〔一六〕程度，程式法度。此處引申爲水準。此義始見韓文，後人亦有採用者。如朱熹《曹立之墓表》：「此其晚歲用力之標的程度也。」（《晦庵集》卷九十）《滕君希尹墓誌銘》：「爲舉子文，亦精緻有程度。」（《晦庵集》卷九十四）

〔一七〕蒙昧，昏昧、愚昧。《晉書·阮种傳》：「臣誠蒙昧，所以爲罪。」

〔一八〕孫汝聽注：「《論語》斗筲之人，何足算也。筲，竹器，容一斗二升。」

〔一九〕韓醇注：「卞和得玉璞，獻之楚厲王。玉人曰：『石也。』刖其左足。厲王殁，復獻武王。玉人復曰：『石也。』刖其右足。至共王即位，和乃抱其璞哭於郊。王使玉人攻之，果得寶玉。」孫汝聽注：「《琴操》：卞和得玉，獻楚懷王。王使樂正子占之，言非玉也。王以爲欺，斬其一足。懷王死，子平王立，和復獻之。王又以爲欺，斬其一足。平王死，子立爲荆王，和抱其玉而哭。王使剖之，果有玉，乃封爲陵陽侯。」王元啓注：「按：韓説本劉向《新序》。考之史，兩説世系皆舛。今考章懷太子引《韓子》注《後漢·陳元孔融傳》，並云武王、文王、成王。應劭注《前漢·鄒陽傳》亦同，乃知《新序》厲王、共王字誤，《琴操》更爲謬論。」

〔二〇〕魏仲舉注：「勀，强也，渠巾切。」蔣抱玄注：「勀，同勁强也。剋，與克通，制之也。如言五行生剋。」

〔二一〕蔣抱玄注：「相悉，謂知其詳細也。」

〔二二〕蔣抱玄注：「無爲，俗言無須，即不必也。」

〔二三〕韓醇注：「漢武帝時，匈奴求和親，羣臣議前。博士狄山曰：『和親便。』張湯曰：『此愚儒無知。』山曰：『臣固愚忠，若湯乃詐忠。』上作色曰：『吾使生居一郡，能無使虜入盗乎？』山曰：

『不能。』曰：『居一縣？』曰：『不能。』曰：『居一障間？』山自度辯窮，曰：『能。』乃使山乘障至。月餘，匈奴斬山頭而去。顔師古注：障，謂塞上要險之處别築爲城，因置吏士而爲障蔽以扞寇。乘，謂登而守之也。公之意取此。」

〔二四〕樊汝霖注：「李習之《答皇甫持正書》云：僕近寫得唐書史官才薄言詞淺鄙，不足以發揚高祖太宗列聖明德。使後人觀者，文采不及周漢之書。僕竊不自度，欲筆削國史，成不刊之書，使僕書成而傳，則富貴而功德不著，未必聲名於後貧賤。而道德全者，未必不烜赫于無窮。退之所謂『誅姦諛于既死，發潛德之幽光』，是翺心也。習之此論出公此書故耳。」蔣抱玄注：「劉歆賦（《遂初賦》）：『處幽潛德，含金神兮。』陸雲詩（《太尉王公以九錫命大將軍讓公將還京邑祖餞贈此詩》）：『闡縱絶期，平顯幽光。』」

〔二五〕祝充注：「剙，渠京切。」

〔二六〕蔣抱玄注：「信，義同『伸』。《易經》（《繫辭下》）：『往者屈也，來者信也。』」

答李翊書①〔一〕

六月二十六日②，愈白李生足下：生之書，辭甚高③，而其問何下而恭也④？能如是⑤，誰不欲告生以其道⑥？道德之歸也有日矣⑦，況其外之文乎⑧？抑愈所謂望孔子之門牆而不入于其宮者⑨〔二〕，烏足以知是且非邪⑩？雖然，不可不爲生言之。

生所謂立言者是也⑪〔三〕，生所爲者與所期者，甚似而幾矣〔四〕。抑不知生之志，蘄勝於人而取於人邪？將蘄至於古之立言者邪〔五〕？蘄勝於人而取於人，則固勝於人而可取於人矣⑫，將蘄至於古之立言者⑬，則無望其速成〔六〕，無誘於勢利⑭〔七〕。養其根而俟其實⑮，加其膏而希其光〔八〕。根之茂者其實遂〔九〕，膏之沃者其光曄〔一〇〕。仁義之人，其言藹如也〔一一〕。抑又有難者，愈之所爲，不自知其至猶未也⑯。雖然，學之二十餘年矣⑰。始者非三代兩漢之書不敢觀⑱，非聖人之志不敢存。處若忘，行若遺，儼乎其若思〔一二〕，茫乎其若迷。當其取於心而注於手也，惟陳言之務去，戛戛乎其難哉〔一三〕！其觀於人也⑲，不知其非笑之爲非笑也⑳。如是者亦有年，猶不改，然後識古書之正僞，與雖正而不至焉者，昭昭然白黑分矣〔一四〕。而務去之，乃徐有得也。當其取於心而注於手也，汩汩然來矣〔一五〕。其觀於人也，笑之則以爲喜，譽之則以爲憂㉑〔一六〕，以其猶有人之說者存也。如是者亦有年，然後浩乎其沛然矣〔一七〕。吾又懼其雜也，迎而距之㉒，平心而察之，其皆醇也，然後肆焉㉓〔一八〕。雖然，不可以不養也。行之乎仁義之途㉔，游之乎《詩》、《書》之源㉕，無迷其途，無絶其源㉖，終吾身而已矣。

氣，水也；言，浮物也。水大而物之浮者小大畢浮㉗，氣之與言猶是也〔一九〕。氣盛，則言之短長與聲之高下者皆宜〔二〇〕。雖如是，其敢自謂幾於成乎？雖幾於成，其用於人也奚取焉？雖然，待用於人者㉘，其肖於器邪㉙？用與舍屬諸人。君子則不然，處心有道，行己有方，用則施諸人㉚，舍則傳諸其徒，垂諸文而爲後世法〔二一〕。如是者，其亦足樂乎？其無足樂也㉛！有志乎古者希矣㉜，志乎古必遺乎今，吾誠樂而悲之。亟稱其人，所以勸之，敢褒其可褒而貶其可貶也。問於愈者多矣，念生之言不志乎利㉝，聊相爲言之。愈白。

【彙校】

①〔答李翊書〕南宋蜀本注：「王本二書『翊』皆作『翺』。」謹按：此引王本，當爲王仲至本。樊汝霖注：「公答李翊二書，或作『李翺』，非也。」

②〔六月二十六日〕南宋閩本無「六」、「二十六」四字。「六月二十六日」六字，南宋監本無，《舉正》校增六字，云：「杭、蜀同，李、謝校增。」《考異》：「或無此六字。」

③〔辭甚高〕魏本「辭」作「詞」。謹按：「辭」、「詞」，通假字。《説文》：「辭，訟也。从𤔔，𤔔猶理辜也。𤔔，理也。嗣，籀文辭从司。似兹切。詞，意内而言外也。从司从言，似兹切。」朱駿聲《説文通訓定聲》：「辭，假借爲

『詞』。《廣韻》引《説文》：『説也。』《禮記·曲禮》：『安定辭。』疏：『言語也。』《孟子》：『不以文害辭。』注：『詩人所歌詠之辭。』《荀子·正名》：『辭也者，兼異實之名，以論一意也。』注：『説事之言辭。』又『辭合于説』，注：『成文爲辭。』《穀梁》定十四傳：『其辭石尚士也。』注：『猶書也。』又《禮記·檀弓》：『使人辭于狐突。』注：『猶告也。』《表記》：『無辭不相接也。』注：『辭所以通情也。』又『仁者之過易辭也』，注：『猶解説也。』《魯語》：『魯大夫辭而復之。』注：『請也。』《左》昭九傳：『辭于晉。』注：『責讓之也。』《吕覽·士節》：『過北郭騷之門而辭。』注：『辭者，别也。』」

④〔而其問何下而恭也〕魏本「而」作「高」。《舉正》出南宋監本「何下而恭也」，云：「三本『而』皆作『之』，謝本校從『而』。」《考異》：「而，或作『之』，非是。」

⑤〔能如是〕南宋閩本注：「一無『能』字。」南宋蜀本注同。句末魏本注：「一無此三字，一止無『能』字。」潮本無「能」字，「如」上注：「一有『能』字。」今從祝本。

⑥〔誰不欲告生以其道〕南宋閩本注：「生以其道，一作『生之以道』。」魏本注同。潮本作「生之以道」。南宋蜀本作「生以道」，注：「生以道，舊本作『以其道』。」今從祝本。

⑦〔道德之歸也有日矣〕潮本無「德」上「道」字，南宋閩本、南宋蜀本同。「也」下潮本注：「一本作『告生以其道之歸也』。」魏本注同。今從祝本。

⑧〔況其外之文乎〕潮本注：「外，趙作『餘』。」南宋蜀本、魏本注同。南宋閩本注：「外，一作『餘』。」《考異》：「外，或作『餘』，非是。」

⑨〔不入于其宫者〕潮本注：「宫，一作『室』。」南宋閩本注同。南宋蜀本、魏本「宫」作「室」。南宋蜀本注：「室，一

作『宫』。」魏本注同。潮本「者」下多一「也」字，祝本、南宋閩本、南宋蜀本、魏本同。潮本注：「一無『也』字。」南宋閩本、魏本注同。《舉正》出南宋監本「不入于其宫者也」，删「也」字，云：「三本同。」《考異》：「下或有『也』字。」今從方本。

⑩〔烏足以知是且非邪〕《舉正》訂「烏」作「焉」，云：「三本同。」朱熹從方本，《考異》：「焉，或作『烏』。」

⑪〔立言者〕《舉正》出南宋監本「立言者」，云：「杭本無『者』字。」《考異》：「或無『者』字。」

⑫〔可取於人〕「取於」下潮本注：「一無『於』字。」魏本注同。《舉正》「取」下增「於」字，作「而可取於人矣」，云：「三本同。」朱熹從方本，《考異》：「或無『於』字，下三語同。」

⑬〔將蘄至於古之立言者〕「者」下祝本注：「一有『耶』字。」魏本注同。南宋閩本、南宋蜀本「者」下有「邪」字，南宋閩本注：「一無『邪』字。」《舉正》出南宋監本「將蘄至於古之立言者邪」，據蜀、潮本删「邪」字。朱熹從方本，《考異》：「『者』下或有『邪』字，非是。」

⑭〔無誘於勢利〕潮本注：「勢，一作『世』。」祝本、南宋閩本、魏本注同。

⑮〔俟其實〕王本、張本、廖本「俟」作「竢」。童第德注：「廖本、王本作『竢』，祝本作『俟』，與本書（魏本）同。按：《説文》：『竢，待也。俟，大也。』《詩》曰：『伾伾俟俟。』竢，待，字應作『竢』，作『俟』者爲借字。」

⑯〔其至猶未〕《舉正》出南宋監本「不自知其至猶未也」，云：「蜀本作『至』，杭本作『志』，謝校從『志』。」《考異》：「至，或作『志』。」

⑰〔二十餘年〕《舉正》出南宋監本「二十餘年矣」，乙「餘年」作「年餘」，云：「三本同。」朱熹從監本，《考異》：「餘年，

方作『年餘』。」

⑱〔兩漢之書〕南宋蜀本注：「兩，一作『秦』。」魏本注同。《考異》：「兩，或作『秦』。」童第德注：「作『秦』是。公《送孟東野序》云：『秦之興，李斯鳴之。漢之時，司馬遷、相如、楊雄，最其善鳴者也。』《進學解》亦稱兩司馬、楊雄，《答劉正夫書》復增劉向一人，而不及班氏父子。又言『崔蔡不足多』，見劉夢得《柳文序》。李習之作公《行狀》云：『深於文章，每以為自揚雄之後，作者不出。』《新唐書》本傳云：『愈之才自視司馬遷、楊雄，班固以下不論也。』皆公不數東漢之證。至贊後漢三賢，則依范書本傳敍其行事學術，非稱其文也。」

⑲〔其觀於人也〕《舉正》出南宋監本「其觀於人也不知其非笑之爲非笑也」，刪上「也」字，云：「杭、蜀同，謝本刪去下『非』字。」朱熹從方本，《考異》：「下或有『也』字。」

⑳〔不知其非笑之爲非笑也〕魏本注：「一無『其』字。」《舉正》出南宋監本「不知其非笑之爲非笑也」，云：「謝本刪去下『非』字。」

㉑〔笑之則以爲喜譽之則以爲憂〕潮本「以爲喜」、「以爲憂」上各多一「心」字，祝本、南宋閩本、南宋蜀本、魏本同。潮本注：「一無『心』字。」祝本、南宋閩本、魏本注同。《舉正》出南宋監本「心以爲喜」刪「心」字，云：「二『心』字，三本皆無。」朱熹從方本，《考異》：「上或有『心』字。下語同。」今從方本。

㉒〔迎而距之〕南宋閩本「距」作「拒」。

㉓〔然後肆焉〕《考異》：「後，或作『后』。」

㉔〔仁義之途〕南宋閩本、南宋蜀本「途」作「塗」，下同。謹按：「塗」爲「途」之通假字。《說文》：「塗，泥也。」《爾

雅・釋宮》：「路旅，途也。」郭注：「途即道也。」《周禮・考工記・匠人》：「國中九經九緯，經涂九軌。」鄭玄注：「國中，城内也。經緯，謂涂也。經緯之涂皆容方九軌。軌謂轍廣，乘車六尺六寸，旁加七寸，凡八尺，是謂轍廣。九軌積七十二尺，則此涂十二步也。」典籍「塗」、「途」字多通用。《論語・陽貨》「遇諸塗」，何晏集解：「孔曰：塗，道也。於道路與相逢。」張衡《西京賦》：「旁開三門，參塗夷庭，方軌十二。」薛綜注：「一面三門，門三道，故云參塗。塗容四軌，故方十二軌。」李善注：「《方言》：九軌之塗，凡有十二也。」《集韻》：「途，或作『墿』，通作『塗』、『涂』。」

㉕〔詩書之源〕潮本注：「源，一作『府』。」祝本、南宋閩本、魏本注同。南宋蜀本「源」作「府」注：「府，一作『源』。」《考異》：「源，或作『府』，下『無絶其源』亦作『無虚其府』。」

㉖〔無絶其源〕潮本注：「絶其源，一作『虚其府』。」祝本、南宋閩本、魏本注同。南宋蜀本「絶其源」作「虚其府」，注：「虚其府，一作『絶其源』。」

㉗〔小大畢浮〕王本、廖本「小大」作「大小」。

㉘〔待用於人者〕潮本「待」作「得」，祝本、南宋蜀本、魏本同。潮本注：「得，趙作『待』。」魏本注同。祝本、南宋蜀本注：「得，一作『待』。」南宋閩本「得」作「待」，注：「待，一作『得』。」《舉正》出南宋監本「待用於人者」，云：「杭與閣同，李、謝校。」今從方本。

㉙〔其肖於器邪〕潮本無「邪」字，祝本、南宋閩本、南宋蜀本、魏本同。「器」下潮本注：「一有『耶無』字。」南宋閩本、南宋蜀本注同。祝本注：「一本有『耶』字。」魏本注：「一有『邪无』字。」潮本句下多「則時用焉」四字，祝本、南宋閩本、南宋蜀本、魏本同。《舉正》出南宋監本「其肖於器邪」，云：「杭與閣同，李、謝校。此本下增四字，用蜀

本也。」朱熹從方本，《考異》：「或無『邪』字，有『則時用焉』四字，或併有『邪』字。」今從朱本。

㉚〔用則施諸人〕潮本注：「施，趙作『垂』。」魏本注同。祝本、南宋閩本、南宋蜀本注：「施，一作『垂』。」《考異》：「施，或作『垂』。」

㉛〔其無足樂也〕《舉正》據蜀本訂「也」作「乎」。朱熹從監本，《考異》：「也，或作『乎』。」

㉜〔有志乎古者希矣〕「古」下潮本注：「趙有『人』字。」祝本、南宋閩本注：「一有『人』字。」魏本注同。《考異》：「『古』下或有『人』字。」

㉝〔念生之言不志乎利〕「念」上潮本注：「一有『愈』字。」祝本、南宋閩本、魏本注同。南宋蜀本「念」上有「愈」字。

【箋注】

〔一〕魏引補注：「吕居仁云：退之此書，最見其爲文養氣妙處。」高步瀛注：「《摭言》卷八曰：『貞元十八年，權德輿主文，陸傪員外通牓帖。韓文公薦十人於傪，其上四人曰：侯喜、侯雲長、劉述古、韋紓。其次六人張茲、尉遲汾、李紳、張浚餘。而權公凡三牓，共放六人。而茲、紳、浚餘不出五年内皆捷矣。』又《容齋四筆》卷五引《登科記》曰：『貞元十八年，權德輿以中書舍人知舉，放進士二十三人。尉遲汾、侯雲長、韋紓、沈杞、李翊登第。』又案：退之有《與祠部陸員外書》，薦侯喜及翊。」李翊，生平不詳，今鈎稽可知者如次：李翊，一作「翃」（勞格《讀書雜識》卷七），湖州人（《吴興備志》卷十八）。貞元十八年登進士第（《容齋四筆》卷五引《登科記》）。元和間爲監察御史裏行。丁憂去職，喪滿，元和十四年再爲監察御史（元稹《李翊起復仍前監察御史制》）。歷官户部員外郎、主客員外郎（《郎官石柱題名》）。太和三年爲許州宣慰使（《册府元龜》卷一百六）。八年爲諫議大夫（《新唐書·李訓傳》）。九年十一月戊辰，自給事中爲御史中丞（《舊唐書·文宗下》）。開成元年仍在御史中丞任（《册府元龜》卷六十九）。開成二年六月丁亥，自給事中爲湖南觀察使（《舊唐書·文宗下》）。

此篇作年，樊汝霖、方成珪繫於貞元十七年，方崧卿繫於貞元十七年、十八年間。蔣抱玄繫於貞元十六年、十七年間。樊汝霖注：「公答李翊二書，或作李翺，非也。貞元十八年陸傪佐主司權德輿於禮部，公以李翊薦於傪，用是其年登第。此書其十七年所作歟？」《舉正》：「翊第於貞元十八年，公薦士陸傪書，翊與焉。此書謂『況愈於生裼裼邪』，乃此也。二書作於貞元十七八年間也。」方譜：「是年六月作。」謹按：李翊以貞元十八年登第，此書作於六月，絶非十八年所作。韓愈貞元十六年冬始入京師，六月間方去徐居洛，見《韓子年譜》。此篇作年，當定於貞元十七年（八〇一）較爲妥當。

〔二〕高步瀛注：「《論語·子張》：『子貢曰：譬之宫牆，夫子之牆數仞，不得其門而入，不見宗廟之美，百官之富。』」

〔三〕蔣抱玄注：「《左傳》（襄公二十四年）：『太上有立德，其次有立功，其次有立言。雖久不廢，此之謂不朽。』」

〔四〕高步瀛注：「《禮記·樂記》鄭注：『幾，近也。』《釋文》：『幾音譏，一音巨依反。』」

〔五〕蔣抱玄注：「蘄，求也。」高步瀛注：「『蘄』、『祈』字通。《莊子·養生主篇》郭注曰：『蘄，求也。』」

〔六〕高步瀛注：「《論語·憲問》：『闕黨之童子將命。子曰：非求益者也，欲速成者也。』」

〔七〕勢利，權勢財利。《韓詩外傳》卷五：「孔子抱聖人之心，彷徨乎道德之域，逍遥乎無形之鄉。倚天理，觀人情，明終始，知得失。故興仁義，厭勢利，以持養之。」

〔八〕膏，灯油。鮑照《秋夜》：「夜久膏既竭，啓明旦未央。」

〔九〕蔣抱玄注：「遂，充備也。《禮記》（《鄉飲酒義》）：『禮文終遂焉。』」

〔一〇〕魏仲舉注：「曄，光也，域輒切。」高步瀛注：「《魯語下》韋注曰：『沃，肥美也。』《廣雅·釋詁三》：『曄，明也。』」曄，盛美貌。宋玉《神女賦序》：「須臾之間，美貌横生，曄兮如華，温乎如瑩。」《文選》李善注：「曄，盛貌。」

〔一一〕蔣抱玄注：「和氣曰藹。藹如者，猶言藹然可親也。」高步瀛注：「朱駿聲《説文通訓定聲》：藹，言之美也，故曰：『仁義之人其言藹如。』藹如，單辭形况字。」

〔一二〕魏引補注：「《禮記·曲禮》：『儼若思。』」高步瀛注引《禮記·曲禮上》鄭注：「儼，矜莊貌。人之坐思，貌必儼然。」

〔一三〕蔣抱玄注：「戛戛，齟齬之意。」高步瀛注：「《書·臯陶謨》：『夔曰：戛擊鳴球。』《釋文》引馬云：『戛，櫟也。』此戛戛重言形況用力之意。」

〔一四〕蔣抱玄注：「昭昭，猶耿耿小明也。見《中庸》。」

〔一五〕祝充注：「汩，越筆切。」魏仲舉注：「汩汩，水流貌，音骨。又胡骨、越必二切。」蔣抱玄注：「木華賦（《海賦》李善注）：『浤浤汩汩，波浪之聲也。』亦以喻文思之勃發也。」高步瀛注：「《方言・六》曰：『汩，疾行也。』郭注曰：『汩，急流也。』案：『汩』本字作『𡿺』。《説文》：『𡿺，水流也。从川曰聲。』《廣雅・釋訓》曰：『𡿺𡿺，流也。』曹憲音于密反。」《説文》段注：「𡿺，水流也。此與水部汩義異。汩，治水也。《上林賦》曰：『汩乎混流。』又曰：『汩潏漂疾。』《方言》：『汩，疾行也。』注云：『汩汩，急貌。』此用『汩』爲『𡿺』也。《廣韻》合爲一，非。」朱駿聲《説文通訓定聲》：「𡿺，水流也。从川，曰聲。《廣雅・釋訓》：『𡿺𡿺，流也。』子史皆以『汩』爲之。《淮南書》：『混混汩汩。』亦重言形況字。」

〔一六〕樊汝霖注：「自三代以還，陵夷至於江左，斯文掃地。唐興，貞觀、開元之盛，終莫能起。至貞元末而公出，於是以六經之文爲諸儒唱。其觀於人也，笑之則心以爲喜者，大聲不入於里耳。而不笑不足以爲道，此公所以喜。若人人皆見而説之而譽之，斯亦淺矣。此所以爲憂。李漢所謂時人始而驚，中而笑且排。先生益堅，終而翕然隨以定者，其此之謂歟？王荆公乃云：『力去陳言夸末俗，可憐無補費精神。』好詆之過也。」

〔一七〕樊汝霖注：「汩汩然來矣，浩乎其沛然者：皇甫持正《諭業》所云『韓吏部之文，如長江秋注，千里一道』；老蘇《上歐陽書》亦云『韓子之文，如長江大河，渾浩流轉』者是也。」高步瀛注：「《爾雅・釋訓》曰：『浩浩，流也。』《後漢書・袁術傳》注曰：『沛然，自恣縱貌也。』」沛然，充盛貌。《孟子・梁惠王上》：「天油然作雲，沛然下雨，則苗浡然興之矣。」

〔一八〕方成珪云：「揚子《法言・五百門》：『聖人矢口而成言，肆筆而成書。』此『肆』字所本。」

〔一九〕嚴有翼注：「昔人論文章以氣爲主。退之論佛骨、徙鱷魚。其使常山也，視王廷湊若軒渠小兒，以片言折三軍，而牛元翼立出。則氣之所養可知矣！故其文粹然一出於正，刊落陳言，横騖别驅，汪洋大肆，與孟軻揚雄相表裏。豈非氣之盛者，言亦從之乎？」

〔二〇〕高步瀛注：「養氣之説，發自孟子，《論衡・自紀篇》亦言之。而以氣論文，則始自魏文帝《典論・論文》。其言文以氣爲主，遂開後來養氣之功。《文心雕龍・氣骨篇》、《顏氏家訓・文章篇》皆有所闡發，而公言『氣盛則言之短長與聲之高下者皆宜』，尤爲深造自得之言。」

〔二一〕蔣抱玄注：「垂，自上而下、自前而後皆曰垂。」垂，留存、流傳。《尚書・微子之命》：「功加於時，德垂後裔。」

重答李翊書①〔一〕

愈白李生：生之自道其志，可也；其所疑於我者，非也。人之來者雖其心異於生，其於我也皆有意焉。君子之於人，無不欲其人於善②。寧有不可告而告之，孰有可進而不進也？言辭之不酬，禮貌之不恭③，雖孔子不得行於互鄉④〔二〕，宜乎余之不爲也⑤。苟來者，吾斯進之而已矣，烏待其禮踰而情過乎〔三〕？雖然，生之志，求知於我邪？求益於我邪⑥？其思廣聖人之道邪⑦？其欲善其身而使人不可及邪⑧？其何汲汲於知而求待之殊也〔四〕？賢不肖固有分矣！生其急乎其所自立⑨，而無患乎人不已知。未嘗聞有響大而聲微者也，況愈之於生懇懇邪？屬有腹疾⑩〔五〕，無聊，不果自書⑪〔六〕。愈白。

【彙校】

①〔重答李翊書〕《舉正》出南宋監本「重答李翊書」，據蜀本删「李」字，云：「李删。」朱熹從方本，《考異》：「『答』下或有『李』字。」

②〔其人於善〕《舉正》訂「人」字，作「無不欲其人於善」，云：「杭作『人』，蜀作『入』。」朱熹從監本，《考異》：「入，方從杭本作『人』，非是。」

③〔不恭〕潮本注：「恭，一作『答』。」南宋蜀本注同。祝本、南宋閩本、魏本「恭」作「答」，祝本注：「答，一作『恭』。」南宋閩本、魏本注同。

④〔不得行〕潮本注：「得，一作『能』。」祝本、南宋閩本、魏本注同。南宋蜀本「得」作「能」，注：「能，一作『得』。」《舉

正》出南宋監本「不得行於互鄉」，據閣、杭本刪「於」字。朱熹從監本，《考異》：「方從三本無『於』字，非是。」

⑤〔余之不〕潮本注：「余，一作『愈』。」祝本、魏本注同。南宋閩本、南宋蜀本「於」作「愈」。南宋閩本注：「愈，一作『余』。」《舉正》據閣、杭本訂「余」字，作「宜乎余之不爲也」。朱熹從方本，《考異》：「余，或作『愈』。」

⑥〔求益〕潮本注：「益，一作『答』。」南宋閩本、魏本注同。祝本注：「益，一作『咨』。」

⑦〔其思廣〕《舉正》出南宋監本「求其思廣聖人之道邪」，據蜀、潮本刪「求」字。朱熹從方本，《考異》：「上或有『求』字。」

⑧〔不可及邪〕《考異》：「邪，或作『也』。」

⑨〔生其急〕祝本注：「一無『生』字。」魏本注同。

⑩〔屬有腹疾〕《考異》：「或無『有』字。」

⑪〔不果自書〕《舉正》出南宋監本「不果自書」，據杭本刪「果」字，云：「謝刪。」朱熹從監本，《考異》：「方無『果』字。」

【箋注】

〔一〕《舉正》：「翊弟於貞元十八年，公薦士陸傪書，翊與焉。此書謂『況愈於生貇貇邪』，乃此也。二書作於貞元十七八年間也。」蔣抱玄注：「後前書數日作。」

〔二〕魏引補注：「《論語》：『互鄉難與言。童子見，門人惑。子曰：與其進也，不與其退也。』」何晏集解：「鄭曰：『互鄉，鄉名也。其鄉人言語自專，不達時宜。而有童子來見孔子，門人怪孔子見之。』孔曰：『教誨之道，與其進，不與其退。怪我見此童子，惡惡一何甚。』」

〔三〕嚴有翼注：「《孟子》曰：『苟以是心至，斯受之而已。』互鄉之人雖難與言，童子雖無知，然能潔己以進，聖人斯與之進矣，又奚待其禮踰而情過邪。」《孟子·盡心下》：「夫子之設科也，往者不追，來者不拒。苟以是心至，斯受之而已矣。」趙岐注：「孟子曰：夫我設教授之科，教人以道德也。其去者亦不追呼，来者亦不拒逆。誠以是學道之心来至，我則斯受之，亦不知其取之與否，君子不保其異心也。見館人殆非爲是来，亦云不能保知，謙以益之而已。」

〔四〕汲汲，心情急切貌。《禮記·問喪》：「其往送也，望望然，汲汲然，如有追而弗及也。」孔穎達疏：「汲汲然者，促急之情也。」

〔五〕蔣抱玄注：「《左傳》（宣公十二年）：『河魚腹疾奈何。』俗稱泄瀉曰腹疾。」

〔六〕《孟子·公孫丑下》：「固將朝也，聞王命而遂不果。」

代張籍與浙東觀察李中丞書①〔一〕

月日②，前某官某謹東向再拜③〔二〕，寓書浙東觀察使中丞李公閤下④〔三〕：

籍聞議論者皆云⑤：方今居古方伯連帥之職⑥〔四〕，坐一方得專制於其境内者⑦〔五〕，惟閤下心事犖犖⑧〔六〕，與俗輩不同。籍固以藏之胷中矣⑨〔七〕。近者閤下從事李協律翶到京師〔八〕。籍於李君，朋友也⑩，不見六七年。聞其至，馳往省之〔九〕。問無恙外不暇出一言〔一〇〕，且先賀其得賢主人。李君曰：「子豈盡知之乎？吾將盡言之。」⑪數日，籍益聞所不聞⑫。籍私獨喜，常以爲自今已後⑬，不復有如古人者，於今忽有之。退而自悲⑭，不幸兩目不見物，無用於天下。胷中雖有知識，家無錢財，寸步不能自致。今去李中丞五千里，何由致其身於其人之側⑮，開口一吐出胷中之奇乎！因飲泣不能語⑯。

既數日，復自奮曰⑰：無所能人⑱，乃宜以盲廢；有所能人，雖盲當廢棄於俗輩⑲，不當廢於行古人之道者。浙水東七州⑳〔一一〕，户不下數十萬㉑，不盲者何限？李中丞取人，固當問其賢不賢㉒，不當計其盲與不盲也㉓。當今盲於心者㉔，皆是也㉕；若籍，自謂獨盲於目爾，其心則能別是非㉖。若賜之坐而問之，其口固能言也。幸未死，實欲一吐出平生所知㉗，閤下能信而置之於門耶㉘？籍又善爲古詩㉙〔一二〕。使其心不以憂衣食亂㉚，閤下無事時，一致之座側㉛，使跪進其所有㉜，閤下憑几而聽之，未必不如聽吹竹彈絲敲金擊石也㉝。夫盲者業於藝必專㉞，故樂工皆盲〔一三〕。籍儻可與此輩比並乎㉟〔一四〕？使籍誠不以蓄妻子憂飢寒亂心㊱，有錢財以濟醫藥，其盲未甚，庶幾復見天地日月㊲，因得不廢。則自今至死之年，皆閤下之賜也㊳！閤下濟之以已絶之年，賜之以既盲之視，其恩輕重大小，籍宜如何報也？閤下裁之度之㊴。籍慙靦再拜㊵〔一五〕。

【彙校】

①〔代張籍與浙東觀察李中丞書〕此篇又載《文苑英華》卷六七二，據校。今苑本題作「代張籍與李浙東遜書」。題下潮本小字側注「遜」字，祝本、南宋閩本、南宋蜀本同。《舉正》據閣本訂「李浙東」三字，作「代張籍與李浙東書」，云：「蜀本、《文苑》同。《文苑》仍出『遜』字。」朱熹從方本，《考異》：「或作『浙東觀察李中丞』，或注『巽』字。」今從方本删側注。

②〔月日〕苑本「月日」作「日月」。

③〔東向〕苑本、張本、魏本「向」作「嚮」。

④〔寓書浙東觀察使〕《舉正》出南宋監本「寓書浙東觀察使」，云：「《文苑》無『使』字，上作『獻書』。」按：今苑本同監本。《考異》：「寓，或作『獻』。或無『使』字。」

⑤〔議論者皆云〕魏本注：「一無『者』字。」潮本注：「一無『皆』字。」南宋閩本、南宋蜀本、張本無「皆」字，南宋閩本注：「一有『皆』字。」南宋蜀本注同。

⑥〔方今居古方伯〕潮本「今」上注：「一無『方』字。」魏本注：「一無『居』字。」南宋閩本、南宋蜀本、張本「今」上無「方」字。南宋閩本「今」上注：「一有『方』字。」南宋蜀本注同。

⑦〔得專制〕潮本注：「得，一作『能』。」祝本、南宋閩本、魏本注同。苑本注：「得，集作『能』。」南宋蜀本「得」作「能」，注：「能，一作『得』。」《舉正》出南宋監本「得專制」，據閣、杭本删「得」字。朱熹從監本，《考異》：「方無『得』字。」

⑧〔心事犖犖〕魏本注：「犖犖，一作『卓犖』。」

⑨〔藏之胷中〕潮本注：「之，一作『於』。」祝本、南宋閩本、魏本注同。苑本注：「之，集作『於』。」南宋蜀本「之」作「於」，注：「於，一作『之』。」

⑩〔朋友也〕《舉正》出南宋監本「朋友也」，據《文苑》删「朋」字。按：今苑本有「朋」字。朱熹從方本，《考異》：「上或有『朋』字。」

⑪〔盡言之〕《舉正》出南宋監本「吾將盡言之」，據閣、杭、《文苑》删「之」字。按：今苑本有「之」字。朱熹從監本，《考異》：「方無『之』字。」

⑫〔聞所不聞〕魏本注：「一本『所』上有『其』字。」南宋蜀本「所」上有「其」字。《舉正》出南宋監本「聞所不聞」，云：「《文苑》作『聞所未嘗』。」謹按：今苑本同監本。《考異》：「不聞，或作『未嘗』。」

⑬〔自今已後〕苑本注：「已，集作『以』。」南宋蜀本、魏本「已」作「以」。《考異》：「已，或作『以』。」

⑭〔退而自悲〕魏本注：「一無『而』字。」潮本無「而」字，祝本、南宋閩本同。潮本注：「一有『而』字。」祝本、南宋閩本注同。朱熹本無「而」字，《考異》：「『退』下或有『而』字。」今從苑本。

⑮〔致其身於其人之側〕南宋蜀本「致」上注：「一有『自』字。」魏本注同。《舉正》出南宋監本「致其身於其人之側」，

云：「閣本作『其身之側』，杭、蜀、《文苑》只作『人』。」《考異》：「人，或作『身』，非是。」

⑯〔不能語〕潮本注：「一無『能』字。」祝本、魏本注同。王本注：「方無『能』字。」廖本注：「或無『能』字。」南宋閩本、張本無「能」字，南宋閩本注：「一有『能』字。」

⑰〔復自奮曰〕《舉正》出南宋監本「復自奮曰」，云：「杭本作『奮目』。」《考異》：「曰，或作『目』，非是。」

⑱〔無所能人〕《舉正》出南宋監本「無所能人」，云：「《文苑》無此『所』字。」謹按：今苑本有「所」字。《考異》：「或無『所』字。」

⑲〔廢棄〕魏本注：「一無『棄』字。」潮本無「棄」字，苑本、祝本、南宋閩本、王本、張本、廖本同。潮本注：「一有『棄』字。」祝本、南宋閩本注同。苑本注：「集有『棄』字。」今從南宋蜀本。

⑳〔浙水東〕南宋蜀本注：「一無『水』字。」魏本注同。

㉑〔數十萬〕潮本「十」作「百」，苑本、祝本、南宋閩本、南宋蜀本、魏本同。《舉正》出南宋監本「户不下數百萬」，云：「蜀本『百』作『十』。」朱熹訂作「十」，《考異》：「十，方作『百』。」謹按：據《元和郡縣志》，浙東觀察使都管户不過十萬餘。今從朱本。

㉒〔賢不賢〕苑本、南宋蜀本、魏本「不」上多一「與」字。

㉓〔計其盲〕南宋蜀本注：「一無『其』字。」魏本注同。潮本無「其」字，南宋閩本同。潮本「計」下注：「一有『其』字。」王本、廖本注同。今從苑本。

㉔〔當今〕南宋蜀本「今」作「令」。

㉕〔皆是也〕潮本無「也」字，祝本、南宋閩本同。今從苑本。

㉖〔則能別是非〕潮本注：「則，一作『故』。別，一作『計』。」祝本、南宋閩本、魏本注同。苑本注：「集作『故能計』。」南宋蜀本「則」作「故」，「別」作「計」，注：「故，一作『則』。計，一作『別』。」《舉正》出南宋監本「能別是非」，據杭本乙「是非」作「非是」，云：「謝校：蜀本作『能計別是非』。」朱熹從監本，《考異》：「『能』下或有『計』字。是非，方作『非是』。」

㉗〔吐出平生所知〕潮本「出」下注：「一有『心中』字。」祝本、南宋閩本、魏本注同。苑本注：「蜀本有『心中』二字。」南宋蜀本有「心中」二字，注：「一無『心中』字。」苑本「知」下多一「見」字。《舉正》據《文苑》增「見」字，作「實欲一吐出平生所知見」，云：「謝校；蜀本作『一吐出心中平生所知』。」朱熹從南宋蜀本增「心中」二字，從方本增「見」字，《考異》：「方無下（心中）二字。或無『見』字。」

㉘〔置之於門〕魏本注：「置，一作『致』。」苑本注：「置，蜀本作『致』。」《舉正》據杭、蜀本訂「致」字，作「致之於門」。朱熹從方本，《考異》：「致，或作『置』。」

㉙〔善爲古詩〕苑本「爲」作「於」，注：「於，集作『爲』。」《舉正》據《文苑》訂「於」字，作「善於古詩」。朱熹從方本，《考異》：「於，或作『爲』。」

㉚〔憂衣食亂〕「亂」下潮本注：「一有『也』字。」祝本、魏本注同。苑本注：「集有『也』字。」南宋蜀本「亂」下有「也」字。

㉛〔座側〕苑本「座」作「坐」。

㉜〔進其所有〕祝本注：「其，一作『籍』。」魏本注同。潮本「其」作「籍」，南宋蜀本同。潮本注：「籍，一作『其』。」南宋蜀本注：「籍，舊本作『其』。」《考異》：「其，或作『籍』。」

㉝〔聽吹竹〕潮本注：「聽，一作『聆』。」祝本、南宋閩本、魏本注同。苑本注：「聽，集作『聆』。」南宋蜀本「聽」作「聆」，注：「聆，一作『聽』。」《舉正》出南宋監本「未必不如聽吹竹彈絲敲金擊石也」，云：「杭、蜀同；《文苑》作『敵金拊石』。校本一云：『敲』當作『敵』，唐人多使『敵』字，如盧仝詩『敵金摐玉』，謝本只作『敲金石』，無『擊』字。」謹按：今苑本同監本。《考異》：「方云：『擊』或作『拊』，或無之。今按：方説『敵』字甚怪，所引盧仝詩當亦是誤本耳。」童第德注：「俞樾云：『《説文》：敲，横擿也。然則敵者乃擿之假音耳。擿亦敲也。』第德案：俞説是。《説文》：『擿，一曰投也。』今字作『擲』。《漢書・史丹傳喜傳》：『隤銅丸以擿鼓。』顔師古曰：『擿，投也，持益反。一曰擿，磓也，音丁歷反。韋昭曰：擿，持歷反。如淳音嫡。』《史記・刺客傳》：『以擿秦王。』《索隱》：『擿，與擲同，古字耳，音持益反。』按：師古第一音讀『擲』，第二音與如淳同。盧仝詩『敵金摐玉』，敵金，擲金也。朱子以『敵』爲誤，殆偶未審耳。」《説文》：「敲，横擿也。擿，搔也。从手適聲。一曰投也。」段注：「一曰投也，與上文『投者，擿也』爲轉注。此義音直隻切，今字作『擲』。凡古書用投擲字皆作『擿』。許書無『擲』。」

㉞〔盲者業於藝必專〕《舉正》出南宋監本「盲者業於藝必專」，云：「《文苑》作『盲者業專於藝也』。」謹按：今苑本同監本。朱熹訂作「盲者業專於藝必口」，《考異》：「諸本『專』字在『必』字下，今從《文苑》。但《文苑》『必』作『也』，而下缺一字。疑是『精』字，更詳之。」《軌範》作「盲者業專於藝必精」。童第德注：「盲者業於藝必專，言盲者不見可欲，其心不亂，故治藝專一，義自明白。如朱子所定，既曰『業專』，又曰『藝精』，文義重複矣。」謹按：《文苑英華》一書，後代流行傳本只有兩種：北宋校訂原稿本與南宋周必大、彭叔夏校改本。今傳苑本文

字與方本相同，而與方崧卿所引《文苑》不同，是因爲方氏所引《文苑》爲原稿本，今傳苑本已經由周必大、彭叔夏加以校改。其校改的依據，顯然就是方本。朱熹所引殘缺一字的《文苑》，未知出於何本。但文字殘缺，已非善本。且方氏所取文字通順暢達，傳世諸本並無異文。朱氏不取文從字順的方本，反而取此文字脱爛出處不明的殘本，其説不可信從。

㉟〔籍儻可與此輩比並乎〕《舉正》出南宋蜀本「籍儻可與此輩比並乎」，云：「蜀本只作『儻可與此輩並』，删三字。《文苑》同上。」朱熹從方本，《考異》：「或無『籍』字。或無『比』、『乎』二字。今按：『並』字疑衍。」張本無「並」字。

㊱〔蓄妻子〕魏本「蓄」作「畜」。

㊲〔庶幾復見〕潮本「庶幾」下注：「一有『其』字。」祝本、魏本注同。南宋閩本「庶幾」下有「其」字，注：「一無『其』字。」朱熹本有「其」字，《考異》「或無『其』字。」

㊳〔賜也〕魏本注：「一無『也』字。」潮本無「也」字，祝本、南宋閩本同。潮本注：「一有『也』字。」祝本、南宋閩本注同。《舉正》出南宋監本「皆閤下之賜」，云：「杭、蜀本下有『也』字，閣本無之。」朱熹從方本，《考異》：「下或有『也』字。」今從苑本。

㊴〔裁之度之〕苑本「裁」下注：「集無『之』字。」潮本「裁」下無「之」字，祝本、南宋閩本、魏本同。魏本無「度」字。《舉正》據《文苑》「裁」下增「之」字，作「閤下裁之度之」。朱熹從方本，《考異》：「或無『之』字。」今從苑本。

㊵〔籍憖覥再拜〕《軌範》「再」作「載」。魏本注：「諸本無此五字。」

【箋注】

〔一〕韓醇注：「中丞名遜，字友道，荆州石首人。元和五年八月，以遜兼御史中丞充浙東觀察使。張籍時爲太常寺太祝，病眼京師。公於是代之爲書上遜。」李遜，兩《唐書》有傳，其生平如次：李遜字友道，祖籍趙郡，世寓於荆州之石首。貞元五年登進士第（《登科記考》），辟襄陽掌書記。復從事於湖南，主其留務。累拜池濠二州刺史。入拜虞部郎中。元和初，出爲衢州刺史。五年八月乙巳，自常州刺史遷越州刺史兼御史大夫浙東都團練觀察使（《舊唐書·憲宗上》）。九年入爲給事中，俄遷户部侍郎。十年十月庚子，出爲襄州刺史充山南東道節度觀察等使。左授太子賓客分司，又降爲恩王傅。十三年，李師道效順，遜爲左散騎常侍馳赴東平諭之。還未幾，除京兆尹，改國子祭酒。十四年九月癸未，拜檢校禮部尚書許州刺史充忠武節度陳許溵蔡等州觀察處置等使（《舊唐書·憲宗下》）。長慶元年十二月戊寅，改鳳翔節度使。行至京師，以疾陳乞，二年正月二十三日乙卯，改刑部尚書。二十七日己未卒（《舊唐書·穆宗紀》），年六十三。贈尚書右僕射，謚曰貞。

此篇作年，韓醇、方成珪、蔣抱玄繫於元和五年，方崧卿繫於元和六、七年間。《舉正》：「考《舊傳》，遜以元和五年刺浙東，九年召還。此書六、七年間作也。」方譜：「李遜以是年八月爲浙東觀察使，《書》即其年作。」謹按：孫汝聽注謂翺「元和六年以事至京師。」李翺《解江靈》：「元和六年八月，余自京還東。」孫氏所注，與之相合。此篇作於元和六年（八一一），應無疑問。

〔二〕蔣抱玄注：「籍在京城，居西北，故曰『東向』。」謹按：張籍元和初調補太常寺太祝，見白居易《重到城七絶句》。元和十一年爲國子助教，見韓愈《晚寄張十八助教周郎博士》。據「前」字，時張籍應已罷太祝任。

〔三〕《元和郡縣志》卷二十六江南道越州：「今爲浙東觀察使理所，管越州、婺州、衢州、處州、温州、台州、明州，管縣三十七。都管户十萬四千三百六十七。」《新唐書·百官志四下》外官：「觀察處置使，掌察所部善惡，舉大綱。凡奏請，皆屬於州。」

〔四〕蔣抱玄注引《禮記·王制》：「千里之外設方伯：五國以爲屬，屬有長；十國以爲連，連有帥；三十國以爲卒，卒有正；二百一十國以爲州，州有伯。」鄭玄注：「屬連卒州，猶聚也。伯帥正，亦長也。凡長皆因賢侯爲之，殷之州長曰伯，虞夏及周皆曰牧。」

〔五〕蔣抱玄注：「專制，專同顓。《漢書·袁盎傳》：『諸吕用事，大臣顓制。』」專制，掌控。《左傳》昭公十九年：「晉大夫而專制其位，是晉之縣鄙也，何國爲之？」楊伯峻注：「内政而爲他國干涉，是他國之縣邑也，鄭何爲國家？」

〔六〕祝充注：「犖，吕角切。」蔣抱玄注：「犖犖，事理分明也。《史記·天官書》：『此其犖犖大者。』」司馬貞《索隱》：「犖犖，大事分明也。」

〔七〕蔣抱玄注：「以，同已。」

〔八〕孫汝聽注：「翱字習之，爲浙東觀察判官，元和六年以事至京師。」《新唐書·百官志三》太常寺：「協律郎二人，正八品上。」李翱，兩《唐書》有傳，其生平如次：李翱字習之，祖籍隴西，世居開封，涼武昭王十四代孫。貞元十四年登進士第。十六年，爲鄭滑節度使李元素觀察判官（李翱《論故度支李尚書事狀》）。貞元末，東都留守韋夏卿辟署幕府（《唐語林》卷三）。元和元年，爲京兆府司録參軍（白居易《權攝昭應早秋書事寄元拾遺兼呈李司録》）。轉國子博士、史館修撰，分司東都，尋權知職方員外郎。三年十月，出爲嶺南節度使楊於陵掌書記（李翱《來南録》）。四年十一月，權攝循州（李翱《解惑》）。五年三月府罷，宣歙觀察使盧坦辟爲從事（李翱《祭故東川盧大夫文》）。十二月府罷，浙東觀察使李遜辟爲觀察判官（李翱《叔氏墓誌銘》）。九年九月府罷，十年，爲河南户曹參軍（李翱《勸河南尹復故事書》）。十四年，爲國子博士、史館修撰（李翱《陵廟日時朔祭議》）。十五年六月，授考功員外郎，並兼史職。庚辰，出爲朗州刺史（《舊唐書·穆宗紀》）。十二月二十八日，改舒州刺史（李翱《於湖州別女足墓文》）。長慶三年十一月，入爲禮部郎中（《別灊山神文》）。寶曆元年二月辛卯，出爲廬州刺史（《舊唐書·敬宗紀》）。大和元年九月，爲諫議大夫知制誥（李翱《祭故福建獨孤中丞文》）。三年二月，拜中書舍人。六月，左授少府少監分司東都（《册府元龜》卷九百二十九）。四年，爲鄭州刺史。五年十二月癸巳，出爲桂州刺史、御史中丞，充桂管都防禦使（《舊唐書·文宗紀下》）。七年六月，改授潭州刺史、湖南觀察使。八年十二月己亥，徵爲刑部侍郎。九年，轉户部侍郎。八月甲戌，檢校户部尚書襄州刺史，充山南東道節度使。開成元年七月前卒於鎮。謚曰文。參見劉真倫《李翱行年考》。

〔九〕蔣抱玄注：「馳往，趕往之義。猶言驅車而往也。」省，探望。《禮記・曲禮上》：「凡爲人子之禮，冬温而夏清，昏定而晨省。」

〔一〇〕蔣抱玄注：「無恙，勞問之辭，謂無疾也。《戰國策》（《齊四》）：『歲亦無恙耶？民亦無恙耶？王亦無恙耶？』」

〔一一〕魏引補注：「浙東所管七州，謂越睦衢台處温明也。」方成珪注：「《方鎮表》：貞元三年置浙江東道都團練觀察使，治越州。領州七：越、衢、婺、台、明、處、温。」

〔一二〕樊汝霖注：「白樂天《贈籍詩》云：張君何爲者，業文三十春。尤工樂府詞，舉代少其倫。」

〔一三〕孫汝聽注：「《國語》（《晉語四》）曰：『矇瞍修聲。』矇瞍，盲也。」蔣抱玄注：「樂工，作樂之人也。《晉書・樂志》：『太元中破苻堅，獲其樂工楊蜀等。』」

〔一四〕儻，俗作倘，或許，表假設。《三國志・魏志・董昭傳》：「圍中將吏不知有救，計糧怖懼，儻有他意，爲難不小。」

〔一五〕祝充注：「靦，他典切，一音腆。面慙。」魏仲舉注：「靦，音腆。」蔣抱玄注：「慙靦，江淹《爲蕭驃騎讓封表》：『以榮以渥，且慙且靦。』」姚察《陳讓終喪表》：「尋斯寵服，彌見慙靦。」（《陳書・姚察傳》）

答李圖南秀才書①〔一〕

愈白：

故友李觀元賓十年之前示愈《别吴中故人》詩六章②〔二〕，其首章則吾子也③〔三〕，盛有所稱引④〔四〕。元賓行峻潔清⑤〔五〕，其中狹隘不能包容⑥〔六〕，於尋常人不肯苟有論説〔七〕。因究其所以，於是知吾子非庸庸衆人⑦〔八〕。時吾子在吴中⑧，其後愈出在外〔九〕，無因緣相見〔一〇〕。元賓既没⑨，其文益可貴重⑩。思元賓而不見，見元賓之所與者⑪〔一一〕，則如元賓焉⑫〔一二〕。

今者辱惠書及文章⑬〔一三〕，觀其姓名，元賓之聲容怳若相接〔一四〕。讀其文辭⑭，見元賓之知人、交道之不汚〔一五〕。甚矣⑮，子之心有似乎吾元賓也⑯！子之言以愈所爲不違孔子，不以琢雕爲工⑰，將相從於此。愈敢自愛其道，而以辭讓爲事乎？然愈之所志於古者，不惟其辭之好，好其道焉爾。讀吾子之辭而得其所用心，將復有深於是者與吾子樂之⑱〔一六〕，況其外之文乎？愈頓首。

【彙校】

①〔答李圖南秀才書〕潮本「圖南」作「師錫」，祝本、南宋閩本、南宋蜀本、魏本同。潮本注：「師錫，一云『圖南』。」祝本、南宋閩本、南宋蜀本注同。孫汝聽注：「師錫，蘇州吴人。或曰『李師錫圖南』。」《舉正》正題無此二字，作「答李秀才書」，題下小字側注「圖南」二字。《舉正》：「陳、李二生之名以蜀本校。監本以『圖南』爲『師錫』，誤也。」朱熹從方本正題無此二字，題下未出夾注，《考異》：「『李』下或有『師錫』字，方注『圖南』字。」謹按：陳、李二生名諱，當依李觀《代李圖南上蘇州韋使君論戴察書》、趙德《文録》及方引嘉祐蜀本、吕祖謙《古文關鍵》作「陳師錫」、「李圖南」，説見下文。今從方本。

②〔示愈別吴中故人詩〕南宋蜀本「示」作「云」，「詩」作「寺」。

③〔則吾子也〕潮本注：「則，一作『即』。」祝本、南宋閩本、魏本注同。南宋蜀本「則」作「即」，注：「即，一作『則』。」

④〔稱引〕潮本注：「引，一作『況』。」祝本、南宋閩本、魏本注同。南宋蜀本「引」作「況」，注：「況，一作『矧』。」

⑤〔元賓行峻潔清〕祝本「峻」作「嶮」。

⑥〔不能包容〕祝本注：「包，一作『苞』。」魏本注同。南宋閩本、王本、張本、廖本作「苞」，南宋閩本注：「苞，一作『包』。」童第德注：「包、苞古通用。《易・泰》『包荒』，《釋文》：『包，一作『苞』。』按《説文》：『包，象人褢妊，巳在中，象子未成形也。苞，艸也。南陽以爲麤履。』包容，字應『包』。作『苞』者假字。」

⑦〔吾子非庸庸衆人〕潮本注：「非庸庸衆人，一云『非庸衆人』，趙云『非庸庸之衆』。」魏本注同。祝本注：「一作『非庸庸之衆』，一作『非庸衆人』。」南宋閩本注同。南宋蜀本注：「一本云『非衆人』，趙云『非庸庸之衆』。」《舉

正》出南宋監本「非庸庸衆人」，删下「庸」字，云：「杭、蜀同，《文録》作『庸庸之衆』。」朱熹從方本，《考異》：「或有複出『庸』字，或作『庸庸之衆』。」

⑧〔時吾子在吴中〕南宋蜀本「吾」訛作「吴」。

⑨〔元賓既没〕《舉正》出南宋監本「元賓既歿」，《考異》同。

⑩〔其文益可貴重〕《舉正》出南宋監本「元賓既歿其文益可貴重」，云：「杭本無『既没其文益可貴』七字，疑闕誤。」朱熹從方本，《考異》：「杭本無『既没』以下八字，非是。」

⑪〔見元賓之所與者〕《舉正》訂「以」字，作「見元賓之所以者」，云：「杭作『以』，蜀作『與』。」朱熹從監本，《考異》：「與，方作『以』。今按方以『以』、『與』可通用，故從杭本作『以』。然孰若從諸本之爲正邪？」

⑫〔則如元賓焉〕潮本注：「則，一作『即』。」祝本、南宋閩本注同。南宋蜀本、魏本「則」作「即」，注：「即，一作『則』。」

⑬〔今者辱惠書及文章〕潮本注：「今者辱惠書，一云『今辱示書』。」祝本、南宋閩本注同。南宋蜀本作「今辱示書」，魏本作「今者辱示書」。魏本注：「一作『今辱惠書及文章』。」

⑭〔讀其文辭〕《舉正》訂「命」字，作「讀其命辭」，云：「閣與杭本皆作『命』，蜀本作『文』。一云：謂元賓所命意於辭也。」朱熹從監本，《考異》：「文，方從閣、杭本作『命』。今按：此文詞指李生所作耳，非謂元賓之詞也。正使實謂元賓之辭，作『命辭』亦無理。」

⑮〔甚矣〕南宋蜀本「矣」作「乎」。《舉正》出南宋監本「甚矣子之心」，云：「閣本作『矣』；杭、蜀作『乎』，謝本校從

「乎」。」朱熹從方本，《考異》：「矣，或作『乎』。」

⑯〔子之心有似乎吾元賓也〕祝本注：「乎，一作『於』。」魏本注：「乎，一作『於』，一無『吾』字。」南宋閩本、王本、張本、廖本「乎」作「於」，南宋閩本注：「於，一作『乎』。」王本、廖本注同。

⑰〔不以琢雕爲工〕南宋蜀本、魏本「琢雕」作「雕琢」。

⑱〔將復有深於是者與吾子樂之〕潮本「與作「歟」」，祝本、魏本同。《舉正》出南宋監本「與吾子樂之」，云：「杭同；閣本、蜀本『與』皆作『歟』。」朱熹從方本，《考異》：「與，或作『歟』，非是。」王本注：「與，或作『歟』，屬上句，非是。」廖本注同。今從方本。

【箋注】

〔一〕孫汝聽注：「師錫，蘇州吴人。或曰：李師錫圖南。」謹按：李圖南，生平不詳。今鈎稽其生平可知者如次：李圖南，蘇州人（李觀《代李圖南上蘇州韋使君論戴察書》），鄉貢進士（韓愈《答李圖南秀才書》）。與鄉人李觀交好。貞元初曾上書蘇州刺史韋應物。貞元末至京師，曾上書韓愈。

此篇作年，韓醇、蔣抱玄繫於貞元十年後，方崧卿繫於貞元十八、九年，王元啓、方成珪繫於貞元十八年。韓醇注：「李觀卒於貞元十年。此書云『故友元賓』，則當在十年後作。」《舉正》：「二書（《答李圖南秀才書》、《答陳生師錫書》）蓋貞元十八、九年公爲博士日作，陳、李蓋學文於公者。李觀死於貞元十年，前書（《答李圖南秀才書》）可以繹考。此書（《答陳生師錫書》）云『誠將學於太學愈猶守是説而竢見焉』，公時爲博士故也。」王元啓注：「觀卒貞元十年。公與交在八年同舉進士之日，故公詩云：『吾年二十五，乃與夫子親。』（《北極一首贈李觀》）書稱『十年前示詩』，則此書十八年初爲四門博士時作。」謹按：貞元八年，韓愈二十五歲，始識李觀於京師。李觀卒於貞元十年。則其「示愈《别吴中故人詩》六章」，必在貞元八年至貞元十年之間。據此下推十年，此篇作年，必在貞元十八年至貞元二十年之間。考慮到韓愈貞元十九年冬已貶陽山，而此書了無貶官跡象。則此書之作，當在貞元十八年（八〇二）之後，貞元十九年（八〇三）冬貶陽山之前。

〔二〕李觀，字元賓，祖籍隴西，世居蘇州（李觀《代李圖南上蘇州韋使君論戴察書》）。貞元八年登進士第，同年舉博學宏辭，得太子校書郎。貞元十年死於京師（韓愈《李元賓墓銘》）。李觀《别吴中故人詩》，後代未見傳本。

〔三〕沈欽韓云：「《全唐詩》李觀詩僅四首，《贈馮宿》一首《唐文粹》取之。」蔣抱玄注：「吾子，爾汝之稱。《孟子》（《告子下》）：『吾子過矣。』」

〔四〕孫汝聽注：「稱引，稱誦也。」蔣抱玄注：「孔融《與曹操書》（《與曹操論盛孝章書》）：『凡所稱引，自公所知。』」

〔五〕潔，潔淨之物。顏延之《夕牲歌》：「有牲在滌，有潔在俎。」此處「潔」與「行」相對，指内在品格。

行峻潔清，謂行爲高峻，品格高潔。

〔六〕蔣抱玄注：「苞容，苞同包。」狹隘，心胸褊窄。《荀子·修身》：「狹隘褊小，則廓之以廣大。」此處引申爲嚴格。「其中狹隘」，謂其眼界嚴格苛刻。此義始見韓文，後人亦有採用者。如宋吕陶《三代論》：「法度狹隘，而功效易見。」（《淨德集》卷十五）

〔七〕蔣抱玄注：「尋常，言平常也。《左傳》（成公十二年）：『爭尋常以盡其民。』」

〔八〕庸庸，平庸。王充《論衡·自然》：「生庸庸之君，失道廢德。」衆人，普通人。《孟子·告子下》：「君子之所爲，衆人固不識也。」

〔九〕王元啓注：「在外，謂佐汴、徐二府。」

〔一〇〕因緣，機會、緣分。《史記·田叔列傳》：「求事爲小吏，未有因緣也。」

〔一一〕與，交好、同盟。《荀子·强國》：「今已有數萬之衆者也，陶誕比周以爭與。」杨倞注：「與，謂黨與之國也。」

〔一二〕魏引補注：「吕居仁云：公此數句蓋出於《孟子》『或問百里奚自鬻於秦』一章，最見抑揚反復處。其後曾子固《答李沿書》亦如此類，宜皆詳讀。」

〔一三〕蔣抱玄注：「惠，賜也。辱惠書，謂承蒙賜書也。」

〔一四〕魏仲舉注：「怳，《説文》云：『狂貌，許往切。』」蔣抱玄注：「怳，同恍，仿佛之義。」謹按：怳，迷离恍惚、模糊不清。《老子》：「道之爲物，唯恍唯忽。」河上公注：「道之於萬物，獨恍忽往來於其無所定也。」

〔一五〕孫汝聽注：「不汚，不苟也。」

〔一六〕孫汝聽注：「深於是者，謂好其道焉者也。」

答陳生師錫書①〔一〕

愈白陳生足下：今之負名譽享顯榮者，在上位幾人〔二〕。足下求速化之術，不於其人，乃以訪愈，是所謂借聽於聾，求道於盲〔三〕。雖其請之勤勤〔四〕，教之云云〔五〕，未有見其得者也②。愈之志在古道，又甚好其言辭。觀足下之書及十四篇之詩，亦云有志於是矣。而其所問則名，所慕則科③〔六〕，故愈疑於其對焉。雖然，厚意不可虚辱〔七〕，聊爲足下誦其所聞。

蓋君子病乎在己而順乎在天，待己以信而事親以誠〔八〕。所謂病乎在己者，仁義存乎内，彼聖賢者能推而廣之，而我蠢然爲衆人④〔九〕。所謂順乎在天者⑤，貴賤窮通之來，平吾心而隨順之，不以累于其初。所謂待己以信者，己果能之，人曰不能，勿信也；己果不能，人曰能之，勿信也⑥。孰信哉？信乎己而已矣。所謂事親以誠者，盡其心不夸於外⑦，先乎其質，而後乎其文者也⑧。盡其心不夸於外者⑨，不以己之得於外者爲父母榮也，名與位之謂也；先乎其質者，行也⑩；後乎其文者，飲食旨甘⑪〔一〇〕，以其外物供養之道也⑫。誠者，不欺之名也。待於外而後爲養，薄於質而厚於文⑬，斯其不類於欺歟？果若是，子之汲汲於科名〔一一〕，以不得進爲親之羞者，惑也！速化之術如是而已。古之學者惟義之問⑭，誠將學於太學〔一二〕，愈猶守是説而俟見焉⑮。愈白⑯。

【彙校】

①〔答陳生師錫書〕潮本「師錫」作「商」，南宋閩本同。潮本注：「商，趙云『師錫』。」南宋閩本注：「商，一作『師錫』。」祝本、《關鍵》、南宋蜀本、魏本「生」下無名諱。題下祝本小字側注「師錫」二字，注：「一云：陳生商。」《關鍵》題下小字側注「師錫」二字。南宋蜀本注：「一云『商』，趙云『師錫』。」韓醇注：「陳生，或云名商，或云名師錫。」《舉正》出南宋監本「答陳生書」，題下小字側注「師錫」二字，云：「陳、李二生之名以蜀本校，《文録》亦作『陳師錫』。監本以『師錫』爲『陳商』，以『圖南』爲『師錫』，誤也。」朱熹從方本，《考異》：「下或有『商』字，或注『師錫』字。」謹按：趙德爲唐人，且曾親見韓公，所記必有依據。陳、李二生名諱，當依李觀《代李圖南上蘇州韋使君論戴察書》、趙德《文録》及方引嘉祐蜀本、祝本、吕祖謙《古文關鍵》作「陳師錫」、「李圖南」。今從潮本所引《文録》。

②〔有見其得〕《考異》：「或無『有』字。今按：『有』字或當在『其』字下。」

③〔所慕則科〕魏本注：「科，一作『利』。」

④〔而我蠢然爲衆人〕魏本注：「然，一作『焉』。」《舉正》據杭、蜀本訂「焉」字，作「蠢焉爲衆人」。朱熹從方本，《考異》：「焉，或作『然』。」

⑤〔所謂順乎在天者〕《舉正》出南宋監本「所謂順乎在天者」，云：「閣本、杭本皆無『順』字，蜀本有。」《考異》：「閣、杭本無『順』字，非是。」

⑥〔己果不能人曰能之勿信也〕句末潮本注：「趙無上十字。」南宋蜀本注同。祝本注：「趙本無此十一字。」魏本注同。南宋閩本注：「一無□上字。」《舉正》出南宋監本「己果不能人曰能之勿信也孰信哉」，删「果不能人曰能之勿信也」十字，云：「杭本無十字，《文録》與閣本併上『己』字亦無，蜀本同今文。」朱熹從監本存「果不能人曰能之勿信也」十字，《考異》：「方從閣、杭本無『果』至『也』十字，《文録》并上『己』字亦無。今按：此閣、杭本之謬，全無文理，而方信之，誤矣。」

⑦〔盡其心不夸於外〕祝本「於」下注：「一有『其』字。」南宋閩本、魏本注同。潮本「於」下多一「其」字，南宋蜀本同。下文同。今從祝本。

⑧〔而後乎其文者也〕《舉正》出南宋監本「而後乎其文者也」，據蜀本删「而」字，云：「謝删。」朱熹從方本，《考異》：「上或有『而』字。」

⑨〔不夸於外者〕《關鍵》、《集成》無「者」字。

⑩〔先乎其質者行也〕潮本「行」上多一「文」字，祝本、南宋閩本、南宋蜀本、魏本同。《舉正》出南宋監本「先乎其質者文行也」，據蜀本删「文」字。朱熹從方本，《考異》：「上或有『文』字。」今從方本。

⑪〔飲食旨甘〕潮本「旨甘」作「甘旨」，祝本、南宋閩本同。《舉正》出南宋監本「後乎其文者飲食甘旨」，據蜀本乙「甘旨」作「旨甘」。朱熹從方本，《考異》：「旨甘，或作『甘旨』。」今從方本。

⑫〔供養之道〕潮本注：「養，一作『食』。」祝本、南宋閩本、南宋蜀本、魏本注同。潮本「道」下多一「者」字，祝本、南宋閩本、南宋蜀本、魏本同。《舉正》出南宋監本「以其外物供養之道者也」，據蜀本删「道」下「者」字。朱熹從方本，《考異》：「『道』下或有『者』字，非是。」今從方本。

⑬〔薄於質〕魏本「薄於」作「薄其」。

⑭〔古之學者〕潮本注：「古之學者，一云『古人之學』。」祝本、南宋閩本、魏本注同。南宋蜀本「古之學者」作「古人之學」，注：「人之學，舊本云『之學者』。」

⑮〔愈猶守是説而俟見焉〕南宋蜀本注：「猶，舊本『獨』。」潮本、祝本、魏本「猶」作「獨」。潮本注：「獨，一作『猶』。」祝本、魏本注同。南宋閩本無此字，「愈」下注：「一作『猶』。」潮本「見」下多一「知」字，祝本、南宋閩本、魏本同。潮本注：「一無『知』字。」祝本、魏本注同。《舉正》據杭本訂「猶」字，删「見」下「知」字，作「愈猶守是説而俟見焉」，云：「李、謝校同。見，形甸切。」朱熹從方本。《考異》：「猶，或作『獨』，『見』下或有『知』字。」今從方本。

⑯〔愈白〕《關鍵》、《集成》無「愈白」二字。

【箋注】

〔一〕韓醇注：「陳生，或云名商，或云名師錫。以書求速化之術於公，公以待己以信事親以誠而告之。此與子張學干禄，孔子告之以言寡尤行寡悔之説無異。君子之言，自衆人視之雖若迂闊，而其理實如此。」

此篇作年，方崧卿繫於貞元十八、九年，方成珪繫於貞元十八年。《舉正》：「二書（《答李圖南秀才書》、《答陳生師錫書》）蓋貞元十八、九年公爲博士日作，陳、李蓋學文於公者。李觀死於貞元十年，前書（《答李圖南秀才書》）可以繹考。此書（《答陳生師錫書》）云『誠將學於太學愈猶守是説而竢見焉』，公時爲博士故也。」方譜：「以篇末『學於太學』句定爲是年作。」謹按：文中云：「誠將學於太學，愈獨守是説而俟見知焉。」可知其時韓愈正供職於國子監。韓愈爲四門博士，在貞元十七年秋冬之間，至十九年秋冬之間拜監察御史。則此書之作，當在貞元十七年（八〇一）秋爲四門博士之後，貞元十九年（八〇三）秋拜監察御史之前。

〔二〕上位，高位。《易·乾》：「是故居上位而不驕，在下位而不憂。」

〔三〕借聽於聾、求道於盲，謂求教於無知者。此語始見韓文，後人採用者甚多，成語「問道於盲」即出於此。如宋汪藻《答黄解元啓》：「求道於盲而借聽於聾，殆勞謙之過矣。」（《浮溪集》卷二十二）汪應辰《再辭免四川安撫制置使奏狀》：「譬如借聽於聾，求道於盲，雖欲竭耳目之力而從之，愈見其迷謬顛錯而已。」（《文定集》卷六）陳亮《戊申再上孝宗皇帝書》：「書生便以爲長淮不易守者，是亦問道於盲之類耳。」

〔四〕蔣抱玄注：「《漢書》：『勤勤懇懇，實在於此。』」謹按：蔣注所引，見《後漢書·第五倫傳》。《漢書·司馬遷傳》：「意氣勤勤懇懇，若望僕不相師用。」

〔五〕蔣抱玄注：「《史記》：武帝曰：吾欲云云。」謹按：《史記·汲黯傳》：「天子方招文學儒者。上曰：吾欲云云。」《集解》張晏曰：「所言欲施仁義也。」《漢書》顏師古注：「云云，猶言如此如此也，史略其辭耳。」此處「云云」，爲言多貌，猶紛紜、紛雜。仲長統《昌言·損益》：「爲之以無爲，事之以無事，何子言之云云也？」蔣注未確。

〔六〕吕祖謙注：「唐《選舉志》：『唐制取士之科多因隋舊。然其大要有三：由學館者曰生徒，由州縣者曰鄉貢，皆升于有司而進退之。其科之目有秀才，有明經，有俊士，有進士，有明法，有明字，有明算，有一史，有三史，有開元禮，有道舉，有童子。而明經之别有五經，有三經，有二經，有學究一經，有三禮，有三傳，有史科。此歲舉之常選也。其天子自詔者曰制舉，所以待非常之才焉。』」

〔七〕蔣抱玄注：「虚辱，謂無端委屈也。」

〔八〕嚴有翼注：「病乎在己，蓋若所謂舜爲法於天下，我猶未免爲鄉人，是則可憂是也。順乎在天，蓋若所謂知其無可奈何而安之若命是也。待己以信者，信道篤而自知明是也。事親以誠者，啜菽飲水盡其歡是也。」

〔九〕蠢然，無知貌。此義始見韓文，後人亦多採用者。如宋柳開《上大名府王祐學士書》：「人莫之知也，蠢然徒若類而已矣。或出無知之俗，生不識其禮義，死不知其喪祭。」（《河東集》卷五）宋庠《蠶説》：「蠢然無見豢之樂，熙然無就烹之苦。」（《元憲集》卷三十六）余靖《賀曲赦表》：「蠢然獠族，素附交城。」（《武溪集》卷十六）衆人，平凡人、普通人。《孟子·告子下》：「君子之所爲，衆人固不識也。」

〔一〇〕旨甘，美味。《禮記·内則》：「昧爽而朝，慈以旨甘；日出而退，各從其事；日入而夕，慈以旨甘。」

〔一一〕汲汲，心情急切貌。《禮記·問喪》：「其往送也，望望然，汲汲然，如有追而弗及也。」孔穎達疏：「汲汲然者，促急之情也。」科名，科舉功名。蕭穎士《送劉太真詩序》：「比歲舉進士，登科名。」

〔一二〕此「太學」泛指國子監。韓愈爲四門博士，在貞元十七年秋冬之間，至十八年秋冬之間拜監察御史，見方崧卿《年譜增考》。

答李翺書①〔一〕

使至辱書②，歡愧來并③，不容于心。嗟乎！子之言意皆是也④，僕雖巧説，何能逃其責邪？然皆子之愛我多，重我厚，不酬時人待我之情，而以子之待我之意，使我望於時人也。

僕之家本窮空，重遇攻劫〔二〕，衣服無所得，養生之具無所有⑤，家累僅三十口〔三〕，攜此將安所歸託乎〔四〕？捨之入京，不可也；挈之而行〔五〕，不可也。足下將安以爲我謀哉⑥？此一事耳。足下謂我入京誠有所益乎⑦？僕之所有⑧，子猶有不知者，時人能知我哉？持僕所守，驅而使奔走伺候公卿間⑨〔六〕，開口論議，其安能有以合乎⑩？僕在京城八九年〔七〕，無所取資〔八〕，日求於人，以度時月。當時行之不覺也，今而思之，如痛定之人思當痛之時，不知何能自處也。今年加長矣⑪，復驅之使就其故地，是亦難矣。所貴乎京師者，豈不以明天子在上⑫，賢公卿在下，布衣韋帶之士談道義者多乎⑬〔九〕？以僕遑遑於其中⑭〔一〇〕，能上聞而下達乎？其知我者固少⑮，知而相愛不相忌者又加少⑯。內無所資，外無所從⑰，終安所爲乎？

嗟乎！子之責我誠是也，愛我誠多也，今天下之人有如子者乎⑱？自堯舜已來⑲，士有不遇者乎？無也。子獨能使我潔清不洿⑳〔一一〕，而處其所可樂哉㉑？非不願爲子之所云者㉒，力不足、勢不便故也。僕於此豈以爲大相知乎〔一二〕？累累隨行〔一三〕，役役逐隊〔一四〕，飢而食，飽而嬉者也㉓〔一五〕。其所以止而不去者，以其心誠有愛於僕也。然所愛於我者少㉔，不知我者猶多㉕，吾豈樂於此乎哉㉖？將亦有所病而求息於此也。嗟乎！子誠愛我矣，子之所責於我者誠是矣㉗。然恐子有時不暇責我而悲我，不暇悲我而自責，且自悲也，及之而後知，履之而後難耳。昔者孔子稱顏回㉘：「一簞食，一瓢飲，在陋巷㉙，人不堪其憂，回也不改其樂。」彼人者，有聖者爲之依歸㉚〔一六〕，而又有簞食瓢飲足以不死，其不憂而樂也，豈不易哉？若僕無所依歸，無簞食，無瓢飲，無所取資則餓而死，其不亦難乎？子之聞我言亦悲矣。嗟乎！子亦慎其所之哉！離違久㉛，乍還侍左右〔一七〕，當日歡喜，故專使馳此候足下意㉜，并以自解〔一八〕。愈再拜。

【彙校】

①〔答李翺書〕此篇又載《文苑英華》卷六九三，據校。苑本「答」作「與」。《舉正》訂作「與」，云：「杭、蜀同。」朱熹從方本，《考異》：「與，或作『答』。」

②〔使至辱書〕潮本「辱」下注：「一有『足下』字。」祝本、南宋閩本注同。魏本注：「一作『使來辱足下書』。」苑本「至」作「來」，「辱」下多「足下」二字。注：「來，集作『至』。」《舉正》增「足下」二字，作「使至辱足下書」，云：「三本同。」朱熹從方本，《考異》：「或無『足下』字。」

③〔歡愧來并〕魏本注：「來，一作『交』。」苑本「來」作「交」，注：「交，集作『來』。」

④〔子之言意〕潮本「之」下注：「一有『書』字。」祝本、南宋閩本注同。苑本、南宋蜀本、魏本「之」下多一「書」字。魏本注：「一無『書』字。」

⑤〔養生之具無所有〕潮本注：「趙云『養體之具一無以有』。」南宋蜀本、魏本注同。祝本注：「一云『養體之具一無以有』。」南宋閩本注同。

⑥〔足下將安〕《舉正》出南宋監本「足下將安以爲我謀哉」，據杭、蜀本删「將」字。朱熹從監本，《考異》：「方無『將』字。」

⑦〔足下謂我入京誠有所益乎〕「謂」上苑本注：「集有『誠』字。」祝本、南宋蜀本、魏本「謂」上有「誠」字。句末魏本注：「一作『足下謂我入京城有所益乎』。」潮本「京誠」下注：「一云『足下誠謂我入京城』。」南宋閩本注同。苑本注：「誠，集作『城』。」祝本、南宋蜀本、魏本「誠」作「城」。祝本無「所」字，句末祝本注：「一作『足下誠謂我入京城有所益乎』。」《舉正》訂「城」字，作「足下謂我入京城」，云：「三本同，蜀本『謂』上有『誠』字。」朱熹從方本，《考異》：「『謂』上或有『誠』字。城，或作『誠』。」

⑧〔僕之所有〕《舉正》出南宋監本「僕之所有」，删「所」字，云：「三本同，李、謝删。」朱熹從方本，《考異》：「『之』下或有『所』字。」

⑨〔驅而使奔走伺候公卿間〕潮本注：「驅，一作『執』。」祝本、南宋閩本、魏本注同。苑本注：「驅，集作『執』。」南宋蜀本「驅」作「執」，注：「執，一作『驅』。」《舉正》據閣本訂「執」字，作「執而使奔走」，云：「杭同；蜀作『驅』。」朱

熹從監本，《考異》：「驅，方作『執』。今按：作『驅』即屬下句，作『執』即屬上句。詳下文亦有『復驅之使就其故地』之文，而『持守執』三字語太繁複，故當以『驅』爲正。」潮本注：「間，一作『門』。」祝本、南宋閩本、魏本注同。苑本注：「間，集作『門』。」南宋蜀本「間」作「門」，注：「門，一作『間』。」

⑩〔其安能有以合乎〕潮本注：「以，一作『所』。」祝本、南宋閩本注同。苑本注：「以，集作『所』。」南宋蜀本、魏本「以」作「所」。南宋蜀本注：「所，一作『以』。」魏本注同。

⑪〔今年加長矣〕潮本「年」下注：「一有『已』字。」祝本注同。南宋蜀本、魏本「年」下有「已」字，魏本注：「一無『已』字。」《舉正》出南宋監本「今年加長矣」，云：「蜀本『年』下有『已』字。」《考異》：「『加』上或有『已』字，非是。」

⑫〔豈不以明天子在上〕南宋蜀本注：「豈，一作『得』。」潮本「豈」作「得」，苑本、祝本、南宋閩本、魏本同。潮本注：「得，一作『豈』。」祝本、南宋閩本、魏本注同。苑本注：「得，集作『豈』。」《舉正》出南宋監本「得不以明天子在上」，據杭本删「得」字，云：「謝删。」朱熹從方本，《考異》：「上或有『得』字。」今從南宋蜀本。

⑬〔談道義者〕潮本注：「義，一作『誼』。」魏本「義」作「誼」，注：「誼，一作『義』。」

⑭〔以僕遑遑〕魏本注：「『僕』下一有『道』字。」南宋蜀本「僕」下多一「道」字，注：「一無『道』。」

⑮〔知我者〕《舉正》出南宋監本「其知我者」，云：「蜀本無『我』字，謝亦删。」《考異》：「或無『我』字。」

⑯〔相忌者〕潮本注：「忌，一作『忘』。」祝本、南宋閩本、魏本注同。苑本注：「忌，集作『忘』，非。」南宋蜀本「忌」作「忘」，注：「忘，一作『忌』。」

⑰〔内無所資外無所從〕潮本注：「從，一作『縱』。」祝本、魏本注同。苑本注：「從，集作『縱』。」南宋蜀本「從」作

「縱」，注：「縱，一作『從』。」《舉正》出南宋監本「内無所資外無所從」，刪上「所」字，云：「謝以古本刪上『所』字。杭本『從』作『縱』。」朱熹從監本存上「所」字，《考異》：「方無『所』字。從，或作『縱』。」

⑱〔今天下〕《考異》：「或無『今』字。」

⑲〔堯舜已來〕潮本「已」作「以」，南宋閩本、南宋蜀本、魏本同。今從苑本。

⑳〔子獨能使我潔清不洿〕潮本「獨」下多一「安」字，苑本、祝本、南宋閩本、南宋蜀本、魏本同。《舉正》出南宋監本「子獨安能」，刪「安」字，云：「杭、蜀同，謝刪。」朱熹從監本，《考異》：「方無『安』字。」今從方本。「洿」，苑本作「汙」，祝本、南宋蜀本作「污」。謹按：「洿」、「汙」，通假字。「汙」、「污」，古今字。《説文》：「汙，薉也。一曰小池爲汙。一曰涂也。从水于聲，烏故切。洿，濁水不流也。从水夸聲，哀都切。」段注：「艸部曰：薉者，蕪也。地云蕪薉，水云汙薉，皆謂其不潔清也。服虔注《左傳》云：『水不流謂之汙。』按『汙』即『洿』之假借字。《孟子·梁惠王》作『洿』，《滕文公》作『汙』。」《玉篇》：「汙，同洿。从亏者古文，从于者今文。」《集韻》：「汙，烏故切。《説文》：穢也。一曰：小池爲汙。一曰：涂也。或作洿、滓、盓。」

㉑〔而處其所可樂哉〕魏本無「可」字。

㉒〔不願爲子之所云〕潮本注：「爲，一作『如』。」祝本、南宋閩本、魏本注同。苑本注：「爲，集作『如』。」《考異》：「爲，或作『如』。」魏本無「之」字。

㉓〔飽而嬉者也〕祝本注：「飽而嬉，一作『渴而飲』。」南宋閩本、魏本注同。苑本注：「嬉，杭本作『悲』。」《舉正》訂「悲」字，作「飢而食飽而悲」，云：「以杭本定。蜀本作『飢而食渴而飲』，今本皆作『飽而嬉』。悲者，悲其不得所

從故也。」朱熹從監本，《考異》：「或作『渴而飲』，方從杭本『嬉』作『悲』，皆非是。」

㉔〔然所愛於我者少〕祝本注：「所，一作『其』。」魏本注同。苑本注：「所，集作『其』。」潮本「所」作「其」，南宋蜀本同。潮本注：「其，一作『所』。」南宋蜀本注同。潮本「少」上多一「尤」字，苑本、祝本、南宋閩本、南宋蜀本、魏本同。祝本注：「一無『尤』字。」魏本注同。《舉正》出南宋監本「然所愛於我者尤少」，據閣、杭本删「尤」字，云：「李、謝校同。」朱熹從方本，《考異》：「所，或作『其』。『少』上或有『尤』字，非是。」今從方本。

㉕〔不知我者猶多〕「多」上「猶」字，苑本、潮本、祝本、南宋閩本、南宋蜀本、魏本作「尤」。句末魏本注：「尤，一作『猶』。」潮本注：「一云『愛於我者少不知我者猶多』。」南宋閩本注同。《舉正》據閣本、杭本「不知」下增一「於」字，訂「多」上「猶」字，作「不知於我者猶多」，云：「李、謝校同。」朱熹從監本無「知」下「於」字，從方本訂「尤」作「猶」，《考異》：「『知』下方有『於』字。猶，或作『尤』，非是。」今從朱本。

㉖〔吾豈樂〕祝本注：「一無『豈』字。」魏本注同。《考異》：「或無『豈』字。」

㉗〔子之所責〕魏本「所」下多一「以」字。

㉘〔昔者孔子〕《舉正》出南宋監本「昔者孔子」，删「昔者」二字，云：「三本同。」朱熹從方本，《考異》：「上或有『昔者』字。」

㉙〔在陋巷〕潮本「在陋巷」下注：「趙無上三字。」南宋蜀本、魏本注同。祝本注：「一無此三字。」苑本、南宋閩本無此三字。南宋閩本注：「一有『在陋巷』字。」苑本注：「集有『在陋巷』三字。」《舉正》出南宋監本「一瓢飲」，云：「蜀本下有『在陋巷』三字，杭本與《文録》無之。」王本、張本、廖本無此三字。王本注：「『瓢飲』下或有『在陋巷』

字。」廖本注同。謹按：《論語·雍也》原文有「在陋巷」三字。

㉚〔有聖者爲之依歸〕潮本「者」下注：「一有『而』字。」祝本注同。苑本注：「集有『而』字。」南宋蜀本、魏本「者」下有「而」字。南宋蜀本注：「一無『而』。」魏本注同。《舉正》出南宋監本「有聖者爲之依歸」，删「之」字，云：「杭、蜀同；謝本併上『有』字亦删去。」朱熹從監本存「之」字，《考異》：「或無『有』字。方無『之』字。」

㉛〔離違久〕苑本「離違」作「違離」。

㉜〔故專使馳此候足下意〕《舉正》出南宋監本「故專使馳此候足下意并以自解」，據杭本乙「此候」作「候此」。朱熹從監本，《考異》：「方從杭本作『候此』。」

【箋注】

〔一〕此篇作年，洪興祖、樊汝霖、韓醇、方崧卿、方成珪繫於貞元十五年，蔣抱玄繫於貞元十六年。洪譜：「十五年己卯：是年有《答李翺書》。公《書》云『僕之家本窮空，重遇攻劫』，謂汴州亂時。又云『其所以止而不去者，以其心誠有愛於僕也』，謂建封也。」韓醇注：「公貞元十五年以董晉死於汴，後依張建封於徐，未知所去就意。習之以書勉之，俾之入京城。故公此書，言其窮空家累無託及前日客京城之狀以答之。」《舉正》：「樊云：此書貞元十五年徐州作。」方譜：「是年在徐幕作。」蔣抱玄注：「貞元十五年公依張建封於徐州，不審所去就。習之以書勉之入京，故公以是書答之。當作於貞元十六年。」謹按：文末云：「離違久，乍還侍左右。」韓愈、李翺貞元十三年、十四年相聚於汴州。其後李翺自十五年初南遊吴越，至十六年四月至徐娶韓愈兄女，見《與孟東野書》。五月同遊清泠池，見《題李生壁》。此篇作年，據「離違久」一語，當在十五年末至十六年初。韓愈、李翺再逢，在十六年四、五月間。據「乍還侍左右」一語，此篇之作，當在此前不久。綜合考較，以定在貞元十六年（八〇〇）初較爲妥當。

〔二〕洪譜：「『僕之家本窮空，重遇攻劫』，謂汴州亂時。」孫汝聽注：「貞元十五年二月，宣武軍亂。」蔣抱玄注：「建中初，公居嵩遇盜，奔至洛。或以爲貞元十五年宣武軍亂，非也。」

〔三〕僅，近也。《晉書・趙王倫傳》：「自兵興六十餘日，戰所殺害，僅十萬人。」

〔四〕祝充注：「攜，户圭切。」

〔五〕挈，攜帶、率領。《公羊傳》襄公二十七年：「公子鱄挈其妻子而去之。」

〔六〕蔣抱玄注：「奔走，奔馳驅走也。（《尚書・酒誥》孔安國）《傳》：『奔走事其父兄。』伺候，偵候也。《漢書》：『伺候車駕。』」謹按：孔傳「奔走」，謂奔波勞碌。此處「奔走」，謂趨附、迎合。《左傳》昭公三十一年：「攻難之士，將奔走之。」杜預注：「奔走，猶赴趣也。」《後漢書・竇融傳》：「融等因軍出進擊封何，大破之，斬首千餘級，得牛馬羊萬頭，穀數萬斛。因並河揚威武，伺候車駕。時大兵未進，融乃引還。」所謂「伺候車駕」，義爲等候。此處「伺候」，義爲窺伺、窺測。《南史・朱異傳》：「貪財冒賄，欺罔視聽，以伺候人主意，不肯進賢黜惡。」

〔七〕孫汝聽注：「在京城八九年，謂應進士時也。」蔣抱玄注：「公以貞元二年入京師，四應進士試，三應博學試，至十一年五月始出京。」

〔八〕蔣抱玄注：「資，助也。取資，謂取以爲助也。」謹按：資，資貨、錢財。《易·旅》：「旅其次，懷其資。」王弼注：「資，貨。」取資，謂獲取生活費用。

〔九〕蔣抱玄注：「《鹽鐵論》〈《散不足》〉：『古者庶人老耋而後衣絲，其餘則麻枲而已，故曰布衣。』布衣韋帶，貧賤人之服也。《漢書》〈《賈山傳》〉：『夫布衣韋帶之士，修身於内，成名於外。』」顔師古注：「布衣韋帶之士，言貧賤之人也。韋帶，以單韋爲帶，無飾也。」《荀子·大略》：「古之賢人，賤爲布衣，貧爲匹夫。」

〔一〇〕蔣抱玄注：「遑遑，與皇皇同，心不定也。《列子》〈《楊朱》〉：『遑遑爾競一時之虚譽。』」

〔一一〕魏仲舉注：「洿，音汚。」蔣抱玄注：「洿，音汙，水濁不流也。義同『汚』。《孟子》〈《梁惠王上》〉：『數罟不入洿池。』」謹按：洿池，渟水之池。「洿」，謂水渟滯不流。《淮南子·精神篇》：「苦洿之家，決洿而注之江，洿水弗樂也。」高誘注：「洿水，猶澮水也。」此處「洿」當訓作「污穢」，蔣注不確。《左傳》文公六年：「治舊洿，本秩禮。」孔穎達疏：「洿者，穢之別名，不潔之稱也。」

〔一二〕孫汝聽注：「此謂張建封幕府。」嚴有翼注：「謂在南陽公幕中也。」

〔一三〕累累，蔣抱玄注：「累累，與『纍纍』同，羸憊貌，失志也。《史記》：『纍纍若喪家之狗。』」謹按：《史記·孔子世家》集解釋「纍纍」爲「累然不得志之貌」。此處「累累」、「役役」狀「隨行」、「逐隊」之態，當訓作連續不絶、成羣結隊。《漢書·五行志下》：「明年，中國諸侯果累累從楚而圍蔡。」

顔師古注：「累，讀曰纍。纍，不絶之貌。」

〔一四〕蔣抱玄注：「《莊子》：『終身役役，而不見其成功。』」謹按：《莊子·齊物論》郭象注：「夫物情無極，知足者鮮。故得此不止，復逐於彼，皆疲役終身未厭其志，死而後已。故其成功者無時可見也。」此「役役」爲勞苦不息之貌。《莊子·胠篋》：「舍夫種種之民，而悦夫役役之佞；釋夫恬淡無爲，而悦夫啍啍之意。」成玄英疏：「役役，輕黠之貌。」《釋文》：「役役，李云鬼黠貌。」此「役役」狀奔走鑽營之貌。此當用後義，蔣注不確。

〔一五〕《玉篇》：「嬉，許依切，樂也。」飽而嬉，飽食終日，無所事事。此語始見韓文，後人亦多採用者。如宋石介《責臣》：「貪榮取寵，不知休止；聚財積貨，不知紀極。飽而嬉，醉而眠。」（《徂徠集》卷八）歐陽修《送張洞推官赴永興經略司》：「嚴嚴經略府，罇俎集豪英。千營飽而嬉，萬馬牧在坰。」（《文忠集》卷五）曾鞏《百花隄》：「與衆飽而嬉，陶然無外慕。」（《元豐類藁》卷五）

〔一六〕蔣抱玄注：「《楞伽經》：『涅磐乃清淨不死不生之地，一切修行者之所依歸。』」《尚書·金縢》：「無墜天之降寶命，我先王亦永有依歸。」

〔一七〕乍，突然，忽然。《孟子·公孫丑上》：「今人乍見孺子將入於井，皆有怵惕惻隱之心。」朱熹《集注》：「乍，猶忽也。」

〔一八〕自解，自我寬慰。高適《鶻賦》：「匪聚食以祈滿，聊擊羣而自解。比玄豹之潛形，同幽人之在野。」

卷七

（原本卷十七）此卷以潮本爲底本，以祝本、魏本對校，文本、南宋蜀本闕。

上張建封僕射書①〔一〕

九月一日〔二〕，愈再拜。受牒之明日〔三〕，在使院中〔四〕，有小吏持院中故事節目十餘事來示愈〔五〕。其中不可者，有自九月至明年二月之終，皆晨入夜歸〔六〕，非有疾病事故輒不許出〔七〕。當時以初受命，不敢言。古人有言曰：人各有能有不能〔八〕。若此者，非愈之所能也②。抑而行之，必發狂疾〔九〕。上無以承事于公，忘其將所以報德者③；下無以自立，喪失其所以爲心④〔一〇〕。夫如是，則安得而不言？凡執事之擇於愈者〔一一〕，非爲其能晨入夜歸也⑤，必將有以取之⑥。苟有以取之，雖不晨入而夜歸，其所取者猶在也⑦。下之事上，不一其事；上之使下，不一其事。量力而任之，度才而處之，其所不能，不彊使爲⑧。是故爲下者不獲罪於上，爲上者不得怨於下矣⑨。孟子有云：今之諸侯無大相過者，以其皆好臣其所教，而不好臣其所受教。⑩〔一二〕今之時與孟子之時又加遠矣。

皆好其聞命而奔走者，不好其直己而行道者。聞命而奔走者，好利者也；直己而行道者，好義者也。未有好利而愛其君者，未有好義而忘其君者⑪。今之王公大人，惟執事可以聞此言，惟愈於執事也可以此言進⑫。

愈蒙幸於執事⑬，其所從舊矣，若寬假之使不失其性，加待之使足以爲名。寅而入，盡辰而退，申而入，終酉而退⑭，率以爲常，亦不廢事。天下之人，聞執事之於愈如是也⑮，必皆曰：執事之好士也如此⑯，執事之待士以禮也如此，執事之使人不枉其性而能有容也如此，執事之欲成人之名也如此，執事之厚於故舊也如此〔一三〕。又將曰：韓愈之識其所依歸也如此⑰〔一四〕，韓愈之不諂屈於富貴之人也如此，韓愈之賢能使其主待之以禮也如此⑱。苟如此⑲，則死於執事之門無悔也。若使隨行而入，逐隊而趨〔一五〕，言不敢盡其誠，道有所屈於己⑳，天下之人聞執事之於愈如此㉑，皆曰：執事之用韓愈，哀其窮，收之而已耳；韓愈之事執事，不以道，利之而已耳。苟如是，雖日受千金之賜，一歲九遷其官〔一六〕，感恩則有之矣，將以稱於天下曰：知己知己㉒〔一七〕！則未也。伏惟哀其所不足㉓，矜其愚，不録其罪〔一八〕，察其辭而垂仁採納焉。愈恐懼再拜。

【彙校】

①〔上張建封僕射書〕此篇又載《文苑英華》卷六七一，據校。苑本無「建封」二字，題下小字側注「建封」。《舉正》出南宋監本「上張僕射書」，無「建封」二字，亦無題下側注。《考異》從方本。

②〔非愈之所能也〕《舉正》出南宋監本「非愈之所能也」，云：「《文苑》無『之』字。」謹按：今苑本有「之」字。《考異》：「或無『之』字。」

③〔忘其將〕潮本注：「忘，一作『望』。」苑本、祝本、魏本作「望」，祝本注：「一作『忘』。」魏本、苑本注同。《舉正》訂「忘」字，作「忘其將所以報德」，云：「閣本作『忘』，杭、蜀作『望』。李、謝從閣本。」朱熹從方本，《考異》：「忘，或作『望』，非是。」

④〔喪失〕《舉正》出南宋監本「喪失」，云：「杭本『喪』作『哀』，恐誤。」《考異》：「喪，或作『哀』，或校作『衷』，皆非是。」

⑤〔非爲其能〕《軌範》、《真寶》「爲」作「謂」。

⑥〔必將有以取之〕《考異》：「或無『將』字。」

⑦〔雖不晨入而夜歸其所取者猶在也〕《軌範》、《真寶》無「而」字。《舉正》出南宋監本「雖不晨入而夜歸其所取者猶在也」，云：「《文苑》上語無『而』字，下無『者』字。」謹按：今苑本有「而」、「者」二字。《考異》：「或無『而』字，或無『者』字。」句末魏本注：「趙本云『亦猶在也』。」

⑧〔不彊使爲〕「彊」，苑本作「强」，魏本作「疆」。童第德注：「彊、疆古通用。《左傳》襄二十四年：『楚薳啟疆』，《國語・楚語》作『疆』，是其證。此文諸本作『彊』，正字；本書作『疆』，假借字。」

⑨〔怨於下矣〕《考異》：「矣，或作『也』。」

⑩〔以其皆好臣其所教而不好臣其所受教〕魏本「所教」下注：「一作『命』。」今苑本「教而」上注：「蜀本有『受』字。」魏本「所受教」作「所以受教」，注：「一作『受命』。一無『以』字。」今苑本「受」上注：「蜀本有『以』字。」《舉正》訂「受命」、「以受命」五字，作「皆好臣其所受命而不好臣其所以受命」，云：「杭、蜀同。閣本上語無『受』字，考《孟子》，當作『受命』，《文苑》亦同。」朱熹從監本作「所教」、「所受教」，《考異》：「諸本皆如此。閣本『教』作『命』，方從杭、蜀、《文苑》，『所教』作『受命』；『所受教』作『所以受命』。云：考《孟子》，上語當作『受命』。今按：依《孟子》，則上語不當有『受』字，下語不當有『以』字。而二『命』字本皆作『教』，童而習者皆能知之，不知方氏何據而云考《孟子》上語當作『受命』也。」謹按：《孟子・公孫丑下》：「湯之於伊尹，學焉而後臣之，故不勞而王；桓公之於管仲，學焉而後臣之，故不勞而霸。今天下地醜德齊，莫能相上，無他，好臣其所教，而不好臣其所受教。」歷代《孟子》傳本無異文，方氏所引無據。

⑪〔未有好利而愛其君者未有好義而忘其君者〕苑本「而愛」作「而能愛」，注：「集無『能』字。」祝本注：「一無『其』字。」魏本注同。《舉正》出南宋監本「未有好利而愛其君者未有好義而忘其君者」，云：「《文苑》作『未有好利不能愛其君未有好義而不安其君』，皆無『者』字。」朱熹從方本，《考異》：「《文苑》『而愛』作『而能愛』，『而忘』作『而不愛』，二語並無『者』字。」謹按：今苑本作「未有好利而能愛其君者未有好義而忘其君者」。

⑫〔可以此言進〕潮本「此言進」作「言此事」，苑本、祝本、魏本同。潮本注：「一云『可以此言進』，趙云『可以言此

言」。」魏本注同。祝本注：「一云『可以此言進』，一云『可以言此言』。」苑本注：「集作『此言進』，又作『言此言』。」《舉正》據閣本、蜀本訂「此」下「言」字，作「可以言此言」，云：「《文録》、《文苑》同，杭本作『事』。」朱熹訂作「此言進」，《考異》：「方作『言此言』，或作『言此事』。」今從朱本。

⑬〔愈蒙幸於執事〕魏本「愈」下多一「之」字，注：「一無『之』字。」

⑭〔終西而退〕《舉正》據苑、蜀本訂「中」字，作「中西而退」。謹按：今苑本作「終」。朱熹從監本，《考異》：「終，方作『中』。」

⑮〔聞執事之於愈〕《舉正》出南宋監本「聞執事之於愈如是」，云：「《文苑》無『執事之』三字。」謹按：今苑本有此三字。《考異》：「或無『執事之』三字。」

⑯〔執事之好士也如此〕祝本注：「好，一作『待』。」魏本注同。潮本「好」作「待」，苑本同。潮本注：「待，一作『好』。」苑本注：「待，集作『好』。」《舉正》訂「好」字，作「執事之好士也如此」，云：「好士，三本並同。」《考異》：「好，或作『待』。杭、蜀、《文苑》只此句有『也』字，餘並無，今從之。」今從祝本。

⑰〔韓愈之識其所依歸也如此〕《舉正》出南宋監本「韓愈之識其所依歸也如此」，云：「閣本有此二『也』字，餘六語『也』字皆無。杭、蜀、《文苑》只存首語『好士』下一『也』字，餘並刪。」謹按：南宋監本原文此段八句均有「也」字，參見潮本、祝本、魏本，今苑本同。《考異》：「閣本唯此句有『也』字，餘並無，今從之。」謹按：韓愈原文八句排比：「執事之好士也如此，執事之待士以禮也如此，執事之使人不枉其性而能有容也如此，執事之欲成人之名也如此，執事之厚于故舊也如此。」又將曰：「韓愈之識其所依歸也如此，韓愈之不諂屈于富貴之人也如此，韓愈之賢能使其主待之以禮也如此。」監本八句均有「也」字。方崧卿出校閣本異文，謂此二句外，餘六句無「也」

字。朱熹以方氏校語緊接「韓愈之識其依歸也如此」一句之下，遂以爲閣本僅此句有「也」字。《舉正》此前尚有「執事之好士也如此」一句，朱氏未能注意。閣本有「也」字者，應爲兩句而非一句。

⑱〔韓愈之賢能使其主待之以禮也如此〕潮本注：「一無『賢能』二字。」魏本注：「一無『賢』字。」《考異》：「方無『賢』字。」以上八句「如此」上「也」字，《舉正》據閣本僅存「好士」、「依歸」下二「也」字。王本、張本、廖本同。

⑲〔苟如此〕《舉正》出南宋監本「待之以禮如此苟如此」，删「苟如此」三字，云：「蜀本、《文苑》有下三字；閣本、杭本無之，李、謝删。」朱熹從方本，《考異》：「此下或有『苟如此』三字。」

⑳〔道有所屈於己〕《舉正》出南宋監本「道有所屈於己」，據《文苑》删「所」字，云：「謝删。」謹按：今苑本有「所」字。朱熹從監本，《考異》：「方無『所』字。」

㉑〔於愈如此〕苑本「如此」下多一「也」字，注：「集無『也』字。」

㉒〔知己知己〕潮本無複出「知己」二字，苑本、祝本、魏本同。魏本注：「一本重有『知己』二字。」苑本注：「集本疊『知己』二字。」《舉正》增「知己」二字，云：「閣本複出二『知己』字，李、謝校。」朱熹從方本，《考異》：「或無複出『知己』二字。」今從方本。

㉓〔伏惟哀其所不足〕潮本「哀」下多一「察」字，今苑本、祝本同。《舉正》出南宋監本「哀察其所不足」，云：「蜀本與《文苑》無『察』字，閣與杭本皆有。」謹按：今苑本有「察」字。朱熹删「察」字，《考異》：「『哀』下方有『察』字。按：下方合有『察』字，此不當有。」今從朱本。

【箋注】

〔一〕魏引集注：「建封，字本立，兖州人。貞元四年爲徐州刺史徐泗濠節度使，十二年加檢校右僕射。公以十五年二月脱汴州之亂，依建封於徐。秋，建封辟爲節度推官，至是供職。書意以晨入夜歸爲不可，其不諂於富貴之人可知也。」

此篇作年，程俱、洪興祖、嚴有翼、方崧卿《年表》《舉正》、方成珪、蔣抱玄均繫於貞元十五年（七九九）。程譜：「十五年二月晉薨，節度使張建封居之於符離睢上。及秋將辭去，建封奏爲節度推官試協律郎。受牒之明日，在使院中有小吏持院中故事來，其中有自九月至明年二月終皆晨入夜歸，無故不許出。愈上書建封，言非己所能，請寅入辰退，申入酉退，亦不廢事。」洪譜：「十五年己卯：九月一日上建封書，論晨入夜歸事。」《舉正》：「貞元十五年九月徐州上張建封。」方譜：「是年九月作。」

〔二〕嚴有翼注：「退之以貞元十五年二月從董晉之喪，自汴之洛。聞汴之亂，遂來彭城依張建封。至秋欲辭去，建封奏爲節度推官，因留幕中。受命之明日，見院中事目，有晨入夜歸一件，以爲不便，乃於九月一日上書言之。」

〔三〕魏仲舉注：「受牒，節度推官牒。」陳景雲注：「受牒之明日，亦是受署幕職文牒耳。」沈欽韓注：「《六典》：『王言之制，七曰敕牒。』使府諸辟亦用此例。」《唐六典·中書省》：「中書令之職，掌軍國之政令，緝熙帝載，统和天人。入則告之，出則奉之，以釐萬邦，以度百揆。蓋以佐天子而執大政者也。凡王言之制有七：七曰敕牒。隨事承旨，不易舊典則用之。」

〔四〕蔣抱玄注：「官廨曰院。使院者，節度使公署也。」

〔五〕蔣抱玄注：「故事節目，亦簡稱事目，猶言條例也。《唐書》(《新唐書·李嶠傳》)：『今所察按，準漢六條而推廣之，則無不包矣。烏在多張事目也。』一件曰一事，十餘事者，十餘件也。」故事，先例、舊制。《漢書·劉向傳》：「宣帝循武帝故事，招名儒俊材置左右。」謹按：節目，條令、條例。《宋書·周朗傳》：「自今以去，宜爲節目：金魄翠玉、錦繡縠羅、奇色異章，小民既不得服，在上亦不得賜。」

〔六〕陳景雲注：「按：少陵在嚴鄭公幕府，其《遣悶呈鄭公詩》中有『曉入昏歸』之句。詩以秋日作，疑使院從事之晨入夜出，起九月，訖二月，乃當時幕府定制如此。殆恐季秋後晷短事繁，故限出入之制耶？公雖論此事，亦未聞見從，蓋舊制難改也。」沈欽韓云：「杜集《劍南節度嚴武辟爲參謀作詩二十二韻》有云：『束縛酬知己，蹉跎效小忠。周防期稍稍，太簡遂悤悤。曉入朱扉啓，昏歸畫角終。不成尋別業，未敢息微躬。』是晨入夜歸，故事已久。」

〔七〕蔣抱玄注：「輒，助詞，同則。《漢書》(《食貨志》)：『地方百里之增減，輒爲粟百八十萬石矣。』」

〔八〕孫汝聽注：「定五年《左氏》王孫由于之言。」

〔九〕蔣抱玄注：「狂疾，魏武帝《丁幼陽令》：『以憂恚得狂疾。』」謹按：狂疾，瘋狂之疾。《國語·晉語九》：「今臣一旦爲狂疾，而曰『必賞女』，是以狂疾賞也。」韋昭注：「言戰鬥爲凶事，猶人有狂易之疾相殺傷也。」

〔一〇〕喪失，亡失。《百喻经·牧羊人喻》：「爲此漏身之所誑惑，妄期世樂，如己妻息，爲其所欺，喪失善法，後失身命，并及財物。」

〔一一〕沈欽韓注：「劉禹錫集《答連州薛郎中論書儀》：『其後爲御史，四方諸侯悉以書來賀。校其禮，皆駁不同。唯洪州牧李常侍巽、潭州牧楊中丞憑始言『執事』，其它如儀。而同在憲司者咸以二牧爲不遜。愚時與其僚柳宗元昌言於衆曰：『監察，八品也，當衣碧。言執事爲宜，不當經怪。』衆咸听然而哈，復謂愚云：『子奚不碧其服邪？』其不堪『執事』，色深不可以言解。』案：《因話録》：『近日官至使府、御史及畿令，悉呼閣下。其執事纔施於舉人，侍者止行於釋子而已。』此則劉夢得時以爲慢者也。然韓、劉同時，彼以官品高者施於卑爲不遜，而韓公以幕佐施於使府，獨何歟？李翱集《薦所知於張僕射書》亦稱『執事』。」謹按：執事，對上司之敬稱。《左傳》僖公二十六年：「寡君聞君親舉玉趾，將辱於敝邑，使下臣犒執事。」杜預注：「言執事，不敢斥尊。」蔡邕《獨斷》卷上：「羣臣與天子言，不敢指斥天子，故呼在陛下者而告之，因卑達尊之意也。上書亦如之。及羣臣庶士相與言殿下、閣下、執事之屬，皆此類也。」《因話録》卷五記中唐習俗：「古者三公開閣。郡守比古之侯伯，亦有閤，所以世之書題有『閤下』之稱。前輩呼刺史太守亦曰『節下』，與宰相大僚書往往呼『執事』，言閤下之執事人耳。劉子玄爲史官，與監修宰相書呼『足下』，韓文公與使主張僕射書呼『執事』，即其例也。其『記室』本繫王侯賓佐之稱，他人亦非所宜；『執事』則指斥其左右之人，尊卑皆可通稱；『侍者』士庶可用之。近日官至使府、御史及畿令，悉呼『閣下』；至于初命賓佐，猶呼『記室』；今則一例『閣下』，亦謂上下無別矣。其『執事』纔施於舉人，『侍者』止行於釋子而已。今又布衣相呼盡曰『閣下』，雖出於浮薄相戲，亦是名分大壞矣。又中表疏遠卑行多有『座前』之目，尤可懲怪。夫『閣下』去『殿下』一階，『座前』降几前一等，此之乖僭，其可行耶？宗從叔姑及姨舅之行施之可也。」

〔一二〕魏仲舉注：「按《孟子》云：『今天下地醜德齊，莫能相尚』。即所謂無大相過也。」《孟子・公孫丑下》：「今天下地醜德齊，莫能相尚。無他，好臣其所教，而不好臣其所受教。」趙岐注：「醜，類也。言今天下之人君土地相類，德教齊等。不能相絕者，無他，但好臣其所教勑役使之才可驕者耳，不能好臣大賢可從而受教者也。」

〔一三〕蔣抱玄注：「《論語・微子》：『故舊無大，故則不棄也。』」

〔一四〕蔣抱玄注：「《楞伽經》：『涅磐乃清淨不死不生之地，一切修行者之所依歸。』」《尚書・金縢》：「無墜天之降寶命，我先王亦永有依歸。」

〔一五〕隨行、逐隊，跟隨在胥吏行列之中。此語始見韓文，後人採用者甚多。如元稹《望雲騅馬歌》：「功成事遂身退天之道，何必隨羣逐隊到死蹋紅塵。」（《元氏長慶集》卷二十四）白居易《答山侶》：「冒熱衝寒徒自取，隨行逐隊欲何爲。」（《白氏長慶集》卷十九）羅隱《偶興》：「逐隊隨行二

十春，曲江池畔避車塵。」(《羅昭諫集》卷四)

〔一六〕孫汝聽注：「任昉《代范雲謝表》云：『千秋之一日九遷，荀爽之十旬遠至。方之微臣，未爲速達。』」童第德注：「李善《文選》注曰：『《東觀漢記》：馬援與楊廣書曰：車丞相，高祖園寢郎，一月九遷爲丞相者。知武帝恨誅衛太子，上書訟之。然日當爲月字之誤也。』按：《漢書》千秋本傳：『爲高寢郎，訟太子冤。召見，立拜爲大鴻臚。數月遂代劉屈氂爲丞相，封富民侯。』《百官公卿表》：『征和三年，高廟郎中田千秋爲大鴻臚，一年遷。四年六月丁巳，大鴻臚田千秋爲丞相。』千秋自高寢郎爲大鴻臚，由大鴻臚遷丞相，僅三遷，無九遷事。稱九遷者特言其遷官之速耳，非事實也。又按：千秋以征和三年遷大鴻臚，至次年六月爲丞相，已踰年矣。故《表》云『一年遷』，本傳云『數月』。任《表》作『一日』固非，馬《書》作『一月』者亦非。公此文改爲『歲』，乃從《漢書》更定耳。」

〔一七〕《戰國策·楚策》：「驥於是俛而噴，仰而鳴，聲達於天，若出金石聲者，何也？彼見伯樂之知己也。」

〔一八〕蔣抱玄注：「登記曰録。」謹按：録，檢束。《荀子·脩身》「程役而不録」，楊倞注：「程，功役、勞役。録，檢束也。於功程及勞役之事怠惰而不檢束，言不能拘守而詳之也。」

答胡直鈞書①〔一〕

愈頓首胡生秀才足下〔二〕：雨不止，薪芻價益高②〔三〕。生遠客，懷道守義，非其人不交，得無病乎？斯須不展③〔四〕，思想無已！愈不善自謀，口多而食寡，然猶月有所入。以愈之不足，知生之窮也。至於是而不悔，非信道篤行者④〔五〕，其誰能之？所示千百言，略不及此，而以不屢相見爲憂，謝相知爲急。謀道不謀食〔六〕，樂以忘憂者〔七〕，生之謂矣！顧無以當之⑤，如何？

夫别是非，分賢與不肖〔八〕，公卿貴位者之任也，愈不敢有意於是。如生之徒於我厚者，知其賢，時或道之，於生未有益也⑥。不知者乃用是爲謗，不敢自愛，懼生之無益而有傷也，如之何？若曰：彼有所合，吾不利其求⑦，則庶可矣。生又離鄉邑〔九〕，去親愛〔一〇〕，甘辛苦而不厭者〔一一〕，本非爲是也，如之何？愈之於生既不變矣，戒生無以示愈者語於人⑧，用息不知者之謗。生慎從之。《講禮》、《釋友》二篇，比舊尤嘉⑨。志深而喻切，因事以陳辭，古之作者正如是爾。愈頓首。

【彙校】

①〔答胡直鈞書〕潮本「鈞」作「均」，祝本、魏本同。《舉正》出南宋監本「答胡生書」，云：「三本同。蜀本注『直均』字，李本作『直鈞』。考《登科記》：『直鈞，貞元十九年進士。』李本爲正。答此書時，胡猶未第也。貞元十八年（八〇二）作。」朱熹從方本，《考異》：「或作『胡直均』。」今從方引李本。

②〔薪芻〕祝本「芻」作「蒭」。謹按：「芻」、「蒭」，正俗體。《玉篇》：「芻，楚俱切，茭草。《説文》云：『刈艸也。』俗作『蒭』。」

③〔斯須不展〕潮本注：「斯須，一作『傾渴』。」祝本、魏本注同。《舉正》出南宋監本「斯須不展」，云：「杭本作『頃渴不展』；蜀本作『斯須』，仍於篇末注云：『一作傾渴。』『傾心』、『渴見』，義亦可通。」《考異》：「或作『頃渴』，或作『傾渴』，皆非是。」童第德注：「《漢書·司馬相如傳》：『一坐盡傾。』師古曰：『皆傾慕其風采也。』《詩·車牽》：『匪飢匪渴，德音來括。』以飢渴喻傾慕。『傾渴』疑係當時通用語，猶《晉書·賀循傳》之『傾遲』、杜詩之『傾倒』也。『傾』、『頃』古通用，故『傾渴』亦作『頃渴』。」

④〔道篤行者〕潮本無「行」字，魏本、王本、張本、廖本同。「篤」下潮本注：「一有『行』字。」魏本注同。今從祝本。

⑤〔無以當之〕潮本注：「當，一作『答』。」祝本、魏本注同。《考異》：「當，或作『答』。」

⑥〔於生未有益也〕潮本「益」上多一「所」字，祝本、魏本同。潮本注：「所，一作『乃』。」祝本注：「一作『乃』，非。」魏本注：「趙本『所』字作『乃』。」《舉正》出南宋監本「未有所益也」，據杭本刪「所」字。朱熹從方本，《考異》：「『有』下或有『所』字。」今從方本。

⑦〔吾不利其求〕句末潮本、祝本、魏本注：「一有『不得』二字。」《舉正》出南宋監本「吾不利其求」，據閣本删「其」字，云：「李删，言吾非利之求也。杭、蜀本有『其』字。」朱熹從監本存「其」字，《考異》：「方無『其』字。今按：後卷《答陳商書》云：『文雖工不利於求。』則此『其』字亦當作『於』。」

⑧〔語於人〕「語」上潮本注：「一有『謂』字。」祝本、魏本注同。《舉正》據閣本訂「謂」字，作「謂於人」，云：「李、謝校；杭、蜀作『語』。」朱熹從監本作「語」，《考異》：「語，方作『謂』。」

⑨〔比舊尤嘉〕潮本注：「比舊，一作『此書』。」祝本、魏本注同。《舉正》據杭、蜀本訂「加」字，作「尤加」。朱熹訂作「佳」，《考異》：「佳，或作『嘉』，方作『加』。」

【箋注】

〔一〕樊汝霖注：「直均求謁於公，望其稱薦，爲科第計。其後直均竟登貞元十九年第，此公書所謂時或道之之力也。李肇《國史補》云：『文公引致後輩，爲求科第，多有投書請益者，人謂韓門弟子云。』」

此篇作年，方崧卿、王元啓繫於貞元十八年（八〇二）。《舉正》：「考《登科記》：『直鈞，貞元十九年進士。』答此書時，胡猶未第也。貞元十八年作。」王元啓注：「詳書意，是年胡尚未第。而公自言『月有所入』，則似十八年爲博士時作。」

〔二〕蔣抱玄注：「《周禮・大祝》：『辨九拜：一曰稽首，二曰頓首。』（鄭玄注）：『頓首，拜頭叩地也。』(賈公彦疏):『至地則舉也。』《唐書·選舉志》秀才與明經、進士並設科目，非若清時以縣學生爲秀才也。」足下，第二人稱敬辭。《韩非子·难三》：「今足下雖强，未若知氏。」《史記·秦始皇本紀》「足下驕恣」，《集解》：「蔡邕曰：羣臣士庶相與言，曰殿下、閣下、足下、侍者、執事，皆謙類。」

〔三〕蔣抱玄注：「《周禮》(《委人》)：『委人掌斂野之賦斂薪芻。』」謹按：薪芻，薪柴與牧草，引申爲日常費用。《吴子·料敌》：「軍資既竭，薪芻既寡。」

〔四〕蔣抱玄注：「斯須，暫也，猶言須臾。《孟子》(《告子上》)：『庸敬在兄，斯須之敬在鄉人。』展，拜也。不展，謂不親見之也。」《禮記·祭義》「禮樂不可斯須去身」，郑玄注：「斯須，猶須臾也。」

〔五〕信道，信奉正道。《論語·子張》：「執德不弘，信道不篤，焉能爲有，焉能爲亡！」篤行，踏實奉行。《禮記·儒行》：「儒有博學而不窮，篤行而不倦。」

〔六〕《論語·衛靈公》：「子曰：君子謀道不謀食。」皇侃《義疏》：「謀，猶圖也。人非道不立，故必謀道也。自古皆有死也，不食亦死。死而後已，而道不可遺，故謀道不謀食也。」

〔七〕《論語·述而》：「葉公問孔子於子路，子路不對。子曰：『女奚不曰：其爲人也，發憤忘食，樂以忘憂，不知老之將至云爾。』」皇侃《義疏》：「謂孔子慨世道之不行，故發憤而忘於飡食也。又飲水曲肱，樂在其中，忘於貧賤之憂也。又年雖耆朽而信天任命，不知老之將至也。」邢昺疏：「發憤嗜學而忘食，樂道以忘憂，不覺老之將至云爾。」

〔八〕不肖，不賢、不成材。《禮記·射義》：「發而不失正鵠者，其唯賢者乎？若夫不肖之人，則彼將安能以中。」孔穎達疏：「不肖，謂小人也。」

〔九〕蔣抱玄注：「《漢書·天文志》：『霧水暴出，百川逆溢。壞鄉邑，溺人民，傷稼穡。』」謹按：此引文字見《漢書·五行志上》。

〔一〇〕去，離開。《尚书·胤征》：「伊尹去亳適夏。」親愛，所親所愛。《韓非子·難三》：「凡人於其親愛也，始病而憂，臨死而懼，已死而哀。」

〔一一〕辛苦，窮苦、困苦。《左傳》襄公九年：「其民人不獲享其土利，夫婦辛苦墊隘，無所厎告。」

上于襄陽書①〔一〕

七月三日〔二〕，將仕郎守國子四門博士韓愈〔三〕，謹奉書尚書閤下②：

夫士之能享大名顯當世者③，莫不有先達之士負天下之望者爲之前焉④〔四〕；士之能垂休光照後世者〔五〕，亦莫不有後進之士負天下之望者爲之後焉〔六〕。莫爲之前，雖美而不彰；莫爲之後，雖盛而不傳。是二人者未始不相須也〔七〕。然而千百載乃一相遇焉。豈上之人無可援，下之人無可推歟〔八〕？何其相須之殷而相遇之疎也？其故在下之人負其能，不肯諂其上；上之人負其位，不肯顧其下。故高材多戚戚之窮〔九〕，盛位無赫赫之光〔一〇〕。是二人者之所爲，皆過也。未嘗干之，不可謂上無其人；未嘗求之，不可謂下無其人。愈之誦此言久矣，而未嘗敢以聞於人⑤。

側聞閣下抱不世之才⑥〔一一〕，特立而獨行⑦〔一二〕，道方而事實。卷舒不隨乎時〔一三〕，文武惟其所用，豈愈所謂其人哉！抑未聞後進之士有遇知於左右〔一四〕，獲禮於門下者⑧〔一五〕。豈求之而未得邪⑨？其志存乎立功⑩，而事專乎報主，雖遇其人而未暇禮邪⑪？何其宜聞而久不聞也？愈雖不材⑫，其自處不敢後於常人⑬。閣下將求之而未得歟⑭？古人有言⑮：「請自隗始。」〔一六〕愈今者惟朝夕芻米僕賃之資是急〔一七〕，不過費閣下一朝之享而足也⑯。如曰：吾志存乎立功，而事專乎報主⑰。雖遇其人，未暇禮焉⑱。則非愈之所敢知也⑲！

世之齪齪者既不足以語之⑳〔一八〕，磊落奇偉之人又不能聽焉〔一九〕，則信乎命之窮也！謹獻舊所爲文一十八首。如賜觀覽，亦足知其志之所存㉑。愈恐懼再拜。

【彙校】

①〔上于襄陽書〕此篇又載《文苑英華》卷六七二，據校。

②〔謹奉書〕苑本「謹」下有「再」字，注：「集無『再』字。」

③〔夫士之〕《舉正》出南宋監本「夫士之能享大名」，據蜀、苑刪「夫」字。按：今苑本有「夫」字。朱熹從方本，《考異》：「『士』上或有『夫』字。」

④〔先達之士〕潮本「達」作「進」，祝本、魏本同。潮本注：「進，一作『達』。」祝本、魏本注同。《舉正》據蜀、苑訂「達」字，作「先達之士」。朱熹從方本，《考異》：「達，或作『進』。」今從苑本。

⑤〔而未嘗〕潮本無「而」字，祝本同。朱熹同監本，《考異》：「上或有『而』字。」今從苑本。

⑥〔抱不世之才〕潮本注：「抱，一作『苞』。」祝本、魏本注同。苑本注：「抱，杭本作『苞』。世，唐諱。一有『出人』二字。」魏本「才」作「材」。《舉正》訂「苞」字，作「苞不世之才」，云：「三本同。《文選》『包』多作『苞』，《陳寔碑》所謂『苞靈曜之純』是也。蜀本此《書》與《許郢州序》皆作『不世出之才』，《文苑》作『不世出人之才』，《序》作『出羣』。」謹按：今苑本同監本。朱熹從監本，《考異》：「抱，方從閣杭蜀本作『苞』。今按：韓公未必固用《選》語，且從諸本作『抱』。」

⑦〔特立而獨行〕苑本無「而」字。《舉正》出南宋監本「特立而獨行」，據閣、杭、《文苑》刪「而」字。朱熹從監本，《考異》：「方無『而』字。」

⑧〔門下〕苑本「門」作「閤」，注：「閤，集作『門』。」

⑨〔求之而未得〕祝本注：「一無『而』字。」魏本注同。《舉正》據蜀、苑增「而」字，作「豈求之而未得邪」。朱熹從方本，《考異》：「或無『而』字。」

⑩〔其志存〕潮本注：「其，一作『將』。」祝本、魏本注同。《舉正》據蜀、苑增「而」字，作「將志存乎立功」。朱熹從方本，《考異》：「將，或作『其』。」童第德注：「『其』猶『將』也。《易·否》『其亡其亡』、《書·臯陶謨》『天工人其代之』，義皆同『將』。說詳王氏引之《經傳釋詞》。」

⑪〔而未暇〕魏本注：「一無『而』字。」祝本無「而」字，注：「一有『而』字。」

⑫〔不材〕苑本、魏本「材」作「才」。

⑬〔常人〕苑本、魏本、王本、張本、廖本「常」作「恒」。

⑭〔求之而未得〕苑本「而」上多一「也」字，注：「集無『也』字。」

⑮〔古人有言〕潮本「言」下多一「曰」字，今苑本、祝本、魏本同。苑本注：「集無『曰』字。」《舉正》出南宋監本「古人有言曰」，據《文苑》刪「曰」字。朱熹從方本，《考異》：「下或有『曰』字，非是。」今從方本。

⑯〔不過費閤下一朝之享〕苑本「不」上多一「是」字，注：「集無『是』字。」潮本注：「享，一作『宴』。」祝本、魏本注同。苑本「享」作「宴」，注：「宴，集作『享』。」《舉正》出南宋監本「一朝之享」，云：「杭、蜀作『享』，《文苑》作『宴』。」朱熹從方本，《考異》：「享，或作『宴』。」

⑰〔而事專〕祝本注：「一無『而』字。」魏本注同。《舉正》據蜀、苑增「而」字，作「而事專乎報主」。朱熹從方本，《考異》：「或無『而』字。」

⑱〔未暇禮焉〕《舉正》出南宋監本「未暇禮焉」，云：「杭作『作哉』。」《考異》：「焉，或作『哉』，非是。」

⑲〔愈之所敢〕魏本注：「一無『之所』二字。」

⑳〔以語之〕潮本注：「以，一作『與』。」祝本、魏本注同。苑本注：「以，集作『與』。」《舉正》出南宋監本「以語之」，云：「三本同。『以』、『與』義通。」朱熹從方本。

㉑〔足知其志之所存〕魏本「足」下多一「以」字。苑本「存」下多一「焉」字，注：「集無『焉』字。」

【箋注】

〔一〕孫汝聽注：「于頔，字允元。貞元十四年九月以工部尚書爲山南東道節度使。」謹按：于頔拜襄州刺史山南東道節度使，在貞元十四年九月丙辰，見《舊唐書·德宗紀下》。至元和三年九月入覲，庚寅，册拜司空平章事，見《舊唐書·憲宗紀上》。

此篇作年，嚴有翼、方崧卿、方成珪繫於貞元十八年，蔣抱玄注繫於貞元十九年。《舉正》：「貞元十八年作。」方譜：「是年七月作。」蔣抱玄注：「是書當在貞元十九年未遷御史時，與《禘祫議》同時。」謹按：《禘祫議》作於貞元十九年三月。韓愈除四門博士，在貞元十七年秋冬之間，至十九年秋冬之間拜監察御史，見方崧卿《年譜增考》。但具體月份，諸譜未詳。今考貞元十七年七月二十二日《洛北惠林寺題名》、九月丁卯所作《唐故貝州司法參軍李君墓誌銘》，均自稱「昌黎韓愈」，未及「博士」。則韓愈除四門博士，不得早於九月。韓愈任職四門博士期間作品，《送何堅序》作於十九年九月。可知韓愈任職四門，當在貞元十七年初冬至十九年初冬。本篇作於七月三日，繫於貞元十八年（八〇二）或貞元十九年（八〇三），均符合「四門博士」身份。

〔二〕嚴有翼注：「書稱『守國子四門博士』，當在貞元十八年秋也。」

〔三〕《新唐書·百官志一》尚書省吏部：「吏部郎中掌文官階品。凡文官九品，有正有從：從九品下曰將仕郎。」《新唐書·百官志三》國子監四門館：「博士六人，正七品上。掌教七品以上侯伯子男子爲生及庶人子爲俊士生者。」

〔四〕蔣抱玄注：「先達，猶言前輩也。《後漢書》(《朱暉傳》)：『張堪欲以妻子託朱暉。暉以堪先達，舉手未敢對。』」謹按：先達，前輩。《顔氏家訓·勉學》：「爰及農商工賈，廝役奴隸，釣魚屠肉，飯牛牧羊，皆有先達，可爲師表。」

〔五〕蔣抱玄注：「《漢書·匡衡傳》：『使羣下得望盛德休光，以立基楨。』」謹按：休光，美德。《漢書》顔師古注：「休，美也。」

〔六〕《論語·先進》：「先進於禮樂，野人也；後進於禮樂，君子也。」何晏集解：「孔曰：先進、後進，謂仕先後輩也。禮樂因世損益，後進與禮樂俱得時之中，斯君子矣；先進有古風，斯野人也。」

〔七〕蔣抱玄注：「《詩》(《小雅·谷風》)『維風及雨』傳：『風雨相感，朋友相須。』」謹按：相須，相互依存。《論衡·無形》：「人禀氣於天，氣成而形立，形命相須，以致終死。」

〔八〕祝充注：「援，音袁。推，它回切。援、推，引進也。《禮記》：『上弗援，下弗推。』」

〔九〕蔣抱玄注：「《論語》：『子曰：君子坦蕩蕩，小人長戚戚。』」《論語·述而》何晏集解：「鄭曰：

坦蕩蕩，寬廣貌。長戚戚，多憂懼。」皇侃義疏：「坦蕩蕩，心貌寬曠無所憂患也。君子内省不疚，故也云。長戚戚，恒憂懼也。小人好爲罪過，故恒懷憂懼也。江熙曰：君子坦爾夷任，蕩然無私；小人馳競於榮利，耿介於得失，故長爲愁府也。」

〔一〇〕蔣抱玄注：「赫赫，盛貌。《詩・小雅》：『赫赫師尹，民具爾瞻。』」謹按：赫赫，顯赫、顯盛貌。《詩・小雅・節南山》毛傳：「赫赫，顯盛貌。」《國語・楚語上》：「赫赫楚國，而君臨之。」韋昭注：「赫赫，顯盛也。」

〔一一〕蔣抱玄注：「側聞，從旁聞之也。《列子》（《天瑞》）：『夫子嘗語伯昏瞀人，吾側聞之。』不世，不可一世也。《晉書・劉毅傳》：『陛下發不世之詔，出思慮之表。』」謹按：側聞，傳聞。賈誼《吊屈原賦》：「側聞屈原兮，自沈汨羅。」不世，非常、非凡。《後漢書・隗囂傳》：「足下將建伊吕之業，弘不世之功。」章懷注：「不世者，言非代之所常有也。」

〔一二〕特立獨行，謂志行高潔，不隨波逐流。《禮記・儒行》：「世治不輕，世亂不沮，同弗與，異弗非也，其特立獨行有如此者。」

〔一三〕蔣抱玄注：「《淮南》（《人間》）：『贏縮卷舒，淪於不測。』」謹按：卷舒，屈伸，謂進退出處。《淮南・原道》：「與剛柔卷舒兮，與陰陽俛仰兮。」高誘注：「卷舒，屈伸也。俛仰，升降也。」

〔一四〕蔣抱玄注：「不明言其人而指稱其左右之侍者，謙辭也。《史記》（《司馬相如傳》）：『以娱左右。』」《戰國策・燕策二》：「臣不佞，不能奉承先王之教，以順左右之心。」

〔一五〕蔣抱玄注：「惴惴，憂懼之意。《詩經》：『惴惴其慄。』《後漢書·承宫傳》：『過徐盛廬聽經，遂請留門下。』後人因沿稱門弟子爲門下。」《淮南子·道應》：「公孫龍顧謂弟子曰：『門下故有能呼者乎？』」

〔一六〕樊汝霖注：「《戰國策》：燕昭王謂郭隗曰：『欲得賢士與共國，以雪先王之恥。』對曰：『誠欲致士，先從隗始。』王築宫而師之，樂毅、鄒衍、劇辛皆往焉。」祝充注：「隗，五罪切。」孫汝聽注：「《史記》：燕昭王謂郭隗曰：『誠得賢士與共國，孤之願也。先生視可者得身事之。』隗曰：『王欲致士，先從隗始。況賢於隗者，豈遠千里哉。』」魏仲舉注：「隗，五賄切。」

〔一七〕蔣抱玄注：「《左傳》（僖公二十九年）：『介葛盧來朝，舍於昌衍之上，公在會饋之芻米，禮也。』《左傳》（襄公二十七年）：『崔氏之亂，申鮮虞来奔。僕賃於野，以喪莊公。』」

〔一八〕祝充注：「齪，測角切。」齪齪，蔣抱玄注：「齪齪，拘謹之貌。古作躖躖，《漢書·申屠嘉傳》：皆以列侯繼踵躖躖廉謹爲丞相備員而已。」《史記·貨殖列傳》：「俗好儒，備於禮，故其民齪齪。」《索隱》：「齪，音則角反，又音惻斷反。」

〔一九〕魏仲舉注：「磊，魯猥切。」蔣抱玄注：「磊落，中懷坦白也。《晉書·石勒載記》：『大丈夫行事當磊磊落落，如日月皎然。終不能如曹孟德、司馬仲達父子欺他孤兒寡婦狐媚以取天下也。』」謹按：磊落，襟懷坦蕩貌。《隸釋》卷十《幽州刺史朱龜碑》：「建弘遠之議，磥落焕炳。」洪适釋云：「碑以『磥落』爲『磊落』。」阮瑀《箏賦》：「慷慨磊落，卓礫盤紆，壯士之節也。」奇偉，奇特不凡。《史記·留侯世家論》：「余以爲其人計魁梧奇偉，至見其圖，狀貌如婦人好女。」

與崔羣書①〔一〕

自足下離東都〔二〕，凡兩度枉問〔三〕。尋承已達宣州〔四〕，主人仁賢，同列皆君子〔五〕。雖抱羈旅之念〔六〕，亦且可以度日〔七〕，無入而不自得〔八〕。樂天知命者〔九〕，固前修之所以禦外物者也〔一〇〕。況足下度越此等百千輩②〔一一〕，豈以出處近遠累其靈臺邪③〔一二〕？宣州雖稱清涼高爽④，然皆大江之南，風土不並以北⑤〔一三〕。將息之道〔一四〕，當先理其心。心閑無事⑥，然後外患不入⑦。風氣所宜，可以審備〔一五〕，小小者亦當自不至矣〔一六〕。足下之賢，雖在窮約〔一七〕，猶能不改其樂，況地至近，官榮禄厚，親愛盡在左右者邪⑧〔一八〕？所以如此云云者，以爲足下賢者，宜在上位，託於幕府則不爲得其所⑨〔一九〕，是以及之。乃相親重之道耳〔二〇〕，非所以待足下也⑩。

僕自少至今，從事於往還朋友間一十七年矣〔二一〕，日月不爲不久；所與交往相識者千百⑪，人非不多。其相與如骨肉兄弟者亦宜不少⑫。或以事同，或以藝取，或慕其一善，或以其久故。或初不甚知而與之已密，其後無大惡，因不復決捨⑬〔二二〕；或其人雖不皆入於善，而於己已厚，雖欲悔之亦不可⑭。凡諸淺者⑮，固不足道，深者止如此。至於心所仰服⑯，考之言行⑰，而無瑕尤⑱〔二三〕；窺之閫奥〔二四〕，而不見畛域〔二五〕。明白淳粹⑲〔二六〕，輝光日新者⑳，惟吾崔君一人。僕愚陋無所知曉，然聖人之書無所不讀。其精麤巨細㉑，出入明晦，雖不盡識，抑不可謂不涉其流者也。以此而推之，以此而度之，誠知足下出羣拔萃〔二七〕。無謂僕何從而得之也㉒，與足下情義，寧須言而後自明邪？所以言者，懼足下以爲吾所與深者多㉓，不置白黑於胷中耳㉔。既謂能粗知足下，而復懼足下之不我知，亦過也。比亦有人説足下誠盡善盡美㉕〔二八〕，抑猶有可疑者㉖。僕謂之曰：「何疑？」疑者曰：「君子當有所好惡㉗，好惡不可不明。如清河者〔二九〕，人無賢愚，無所不説其善，服其爲人㉘，以是而疑之耳。」㉙僕應之曰：「鳳凰芝草㉚〔三〇〕，賢愚皆以爲美瑞；青天白日，奴隸亦知其清明〔三一〕。譬之於食物㉛，至於遐方異味〔三二〕，則有嗜者，有不嗜者㉜；至於稻也，粱也㉝，膾也㉞，胾也㉟〔三三〕，豈聞有不嗜者哉？」疑者乃解㊱。解不解，於吾崔君無所損益也㊲。

自古賢者少，不肖者多。自省事已來㊳〔三四〕，又見賢者恒不遇，不賢者比肩青紫〔三五〕；賢者恒無以自存，不賢者志滿氣得；賢者雖得卑位則旋而死㊴，不賢者或至眉壽〔三六〕。不知造物者意竟如何㊵〔三七〕！無乃所好惡與人異心哉？又不知無乃都不省記，任其死生壽夭邪？未可知也。人固有薄卿相之官千乘之位而甘陋巷菜羹者，同是人也，猶有好惡如此之異者㊶，況天之與人當必異其所好惡無疑也。合於天而乖於人，何害？況又時有兼得者邪？崔君無怠！崔君無怠㊷〔三八〕！

僕無以自全活者，從一官於此〔三九〕，轉困窮甚。思自放於伊潁之上㊸〔四〇〕，當亦終得之。近者尤衰憊〔四一〕，左車第二牙無故動摇脱去〔四二〕。目視昏花，尋常間便不分人顔色〔四三〕。兩鬢半白，頭髮五分亦白其一㊹，鬚亦有一莖兩莖白者㊺。僕家不幸，諸父諸兄皆康彊早世㊻，如僕者又可以圖於久長哉？以此忽忽〔四四〕，思與足下相見㊼，一道其懷。小兒女滿前㊽，能不顧念㊾！足下何由得歸北來？僕不樂江南〔四五〕，官滿便終老嵩下㊿，足下可相就〔四六〕，僕不可去矣。珍重自愛，慎飲食，少思慮，惟此之望。愈再拜。

【彙校】

①〔與崔羣書〕此篇又載《文苑英華》卷六七九，據校。

《舉正》出南宋監本「與崔羣書」，朱熹從方本。

②〔此等百千輩〕《舉正》出南宋監本「度越此等百千輩」，據閣本删「百千輩」三字，云：「《文苑》同，李、謝删；杭、蜀下皆有『千百輩』三字。」謹按：今苑本有此三字。朱熹從監本，《考異》：「方無此（百千輩）三字。今按：諸本

及詳文勢皆當有此三字，但不知指何人而言耳。」

③〔出處近遠〕苑本「近遠」作「遠近」。

④〔清凉高爽〕苑本「清凉」作「清淨」。

⑤〔以北〕祝本「北」作「比」。

⑥〔心閑無事〕《考異》：「或無此（無事）二字」

⑦〔外患不入〕《舉正》出南宋監本「然後外患不入風氣所宜」，删「不入」二字，云：「杭、蜀同，《文苑》只作『心閒然後外達風氣所宜可以審備』。」按：今苑本同監本。朱熹從監本，《考異》：「患，或作『達』。方無『不入』二字，皆非是。」

⑧〔左右者邪〕魏本注：「一無『者』字。」《考異》：「或無『者』字。」

⑨〔得其所〕潮本注：「一無『其』字。」祝本、魏本注同。

⑩〔足下者也〕苑本注：「集無『者』字。」潮本無「者」字，祝本、魏本同。《舉正》增「者」字，作「非所以待足下者也」，云：「三本、《文苑》同。」今從苑本。

⑪〔所與交往〕潮本注：「一無『所與』字。」祝本、魏本注同。《考異》：「或無此（所與）二字。」

⑫〔亦宜不少〕苑本注：「宜，集作『且』。」潮本「宜」作「且」，祝本、魏本、王本、張本、廖本同。今從苑本。

⑬〔因不復〕魏本「因」下多一「而」字。

⑭〔亦不可〕潮本注：「一無『亦』字。」祝本、魏本注同。苑本注：「『亦不可』三字集作『可乎』。」《舉正》出南宋監本「雖欲悔之亦不可」，删「亦」字，云：「閣、杭同，《文苑》作『雖欲悔之可乎』。」按：今苑本同監本。朱熹從方本，《考異》：「『之』下或有『亦』字。不可，或作『可乎』。」

⑮〔凡諸淺者〕今苑本注：「諸，一作『此』。」《舉正》出南宋監本「凡諸淺者」，云：「杭、蜀本作『諸』，閣與《文苑》作『此』，李、謝删『諸』字。」朱熹從方本，《考異》：「諸，或作『此』。或無『諸』字。」

⑯〔心所仰服〕潮本注：「服，一作『伏』。」祝本、魏本注同。苑本注：「服，集作『伏』。」《舉正》出南宋監本「心所仰服」，云：「《文苑》作『伏』，杭、蜀本只同上。」按：今本《文苑》作「服」。《考異》：「服，或作『伏』。」

⑰〔言行〕苑本注：「言，集作『百』。」《唐摭言》卷四引作「百行」。《舉正》據《文苑》訂「百」字，作「考之百行」。謹按：今苑本同監本。朱熹從監本，《考異》：「言，方作『百』。非是。」

⑱〔而無瑕尤〕《舉正》據《文苑》删「瑕」下「尤」字，作「而無瑕」。謹按：今苑本同監本。朱熹從監本，《考異》：「方無『尤』字，非是。」

⑲〔明白淳粹〕朱熹訂「明白」作「自明」，《考異》：「或作『明白』，非是。」王本、張本、廖本同監本。

⑳〔日新〕潮本「新」作「親」。今從苑本。

㉑〔其精麤〕潮本注：「一無『其』字。」

㉒〔何從而得〕魏本注：「何從，一作『從何』。」苑本「何從」作「從何」。

㉓〔以爲吾所〕潮本注：「一無『以』字。」祝本、魏本注同。《舉正》出南宋監本「以爲吾所與深者」，據閣、杭本删「以」

字。朱熹從監本，《考異》：「方無『以』字。」

㉔〔不置白黑〕潮本注：「置，一作『致』。」祝本注同。魏本「置」作「致」，注：「致，一作『置』。」

㉕〔比亦有〕潮本無「亦」字，魏本、王本、張本、廖本同。今從苑本。

㉖〔猶有可疑〕祝本無「有」字。

㉗〔有所好惡〕潮本注：「好惡，一作『法』。」祝本、魏本注同。《舉正》出南宋監本「當有所好惡」，云：「杭本作『當有所法』，謝校同。蜀本與《文苑》只同上。」《考異》：「好惡，或作『法』，非是。然本字亦未安。」

㉘〔服其爲人〕今苑本注：「服，集作『伏』。」《舉正》訂「伏」字，作「伏其爲人」，云：「三本、《文苑》同。」朱熹從方本，《考異》：「伏，或作『服』。」

㉙〔疑之耳〕《舉正》出南宋監本「以是而疑之耳」，據閣、杭本删「耳」字。朱熹從監本，《考異》：「或無『耳』字。」

㉚〔鳳凰〕潮本「凰」作「皇」，王本、張本、廖本同。今從苑本。

㉛〔之於食〕《舉正》出南宋監本「譬之於食物」，據蜀、《苑》删「於」字。按：今苑本有「於」字。朱熹從方本，《考異》：「『之』下或有『於』字。」

㉜〔有不嗜者〕魏本注：「『不嗜』上一無『有』字。」

㉝〔粱也〕祝本、魏本「粱」作「梁」。

㉞〔膾也〕苑本「膾」作「鱠」，注：「鱠，集作『膾』。」謹按：「膾」、「鱠」，異體字。《説文》：「膾，細切肉也。从肉會聲，古外切。」《集韻》：「膾，《説文》：『細切肉也。』或从魚。」《論語》「膾不厭細」，《釋文》作「鱠」。

㉟〔禼也〕魏本「禼」作「炙」。

㊱〔乃解〕苑本「乃」作「廼」。謹按：「廼」，本作「𠧧」，假作「乃」。《玉篇》：「迺，奴改切。與『乃』同。」《説文》：「𠧧，驚聲也。从乃省，西聲。籀文𠧧不省。或曰𠧧，往也。讀若仍。𠧪，古文𠧧。如乘切。」段注：「《詩》、《書》、《史》、《漢》發語多用此字作『迺』，而流俗多改爲『乃』。按《釋詁》曰：『仍、迺、侯，乃也。』以『乃』釋『迺』，則本非一字可知矣。」朱駿聲《説文通訓定聲》：「迺，假借爲『乃』。《爾雅·釋詁》『迺，乃。』《詩·緜》『迺慰迺止』、《公劉》『迺積迺倉』、《漢書·律曆志》『迺命羲和』、《五行志》『箕子迺言曰』、《項籍傳》『必欲享迺翁』、《陳平傳》『事兄伯如事迺父』、《列子·天瑞》『迺復變而爲一』、《湯問》『數月迺復』。字又誤作『逌』，《繁陽令楊君碑》『逌共追錄厥勳』、《宗俱碑》『逌陟司空』。」

㊲〔於吾〕《舉正》出南宋監本「於吾崔君無所損益也」，云：「《文苑》作『吾於崔君無損益也』。」謹按：今苑本作「於吾」。《考異》：「『於吾』或作『吾於』，非是。或無『所』字。」

㊳〔省事已來〕苑本、魏本「已」作「以」。苑本注：「以，集作『已』。」

㊴〔則旋〕《舉正》出南宋監本「則旋而死」，云：「杭、蜀、《文苑》皆作『旋』，閣本作『旅』，疑誤。」《考異》：「旋，或作『旅』，非是。」

㊵〔意竟如何〕潮本無「意」字，祝本、魏本同。潮本「竟」上注：「一有『意』字。」祝本、魏本注同。《舉正》增「意」字，作「意竟如何」，云：「《文苑》有『意』字，《李元賓墓誌》可考。」朱熹從方本，《考異》：「或無『意』字，非是。」今從苑本。

㊶〔猶有好惡〕魏本「有」作「是」。

㊷〔崔君無怠崔君無怠〕苑本注：「杭、蜀集本並作『崔君崔君無怠無怠』。」《舉正》出南宋監本「崔君無怠崔君無怠」，乙作「崔君崔君無怠無怠」，云：「杭、蜀、《文苑》並同，謝校。」按：今本《文苑》作「崔君無怠崔君無怠」。《考異》：「或作『崔君無怠崔君無怠』。」

㊸〔伊潁之上〕今苑本注：「之，集作『水』。」《舉正》訂「水」字，作「伊潁水上」，云：「三本、《文苑》同。」朱熹從監本《考異》：「之，方作『水』。」

㊹〔亦白其一〕潮本無「一」字，祝本、魏本同。《舉正》增「一」字，作「頭髮五分亦白其一」，云：「杭、蜀本皆有『一』字，范、李校增。」朱熹從方本，《考異》：「亦，或作『已』。或無『一』字。」

㊺〔鬚亦有〕《考異》：「鬚，方作『鬢』。」

㊻〔康彊〕「彊」，苑本作「强」，魏本作「疆」。

㊼〔以此忽忽思與足下相見〕祝本「忽忽思」作「思忽忽」。

㊽〔小兒女滿前〕潮本無「女」字，祝本同。魏本作「小兒女子滿前」，注：「一作『小兒滿前不能顧』，『滿』字一作『眼』。」苑本作「小兒女滿眼前」，注：「六字集作『兒女滿前』。」《舉正》據閣本增「女」字，作「小兒女滿前」，云：「李、謝校，蜀本與《文苑》作『小兒女滿眼前』，杭本同監本。」《考異》：「或無『小』字，或無『女』字，『滿』下或有『眼』字。」今從方本。

㊾〔能不顧念〕潮本「能不」作「不能」，苑本、祝本、魏本同。朱熹訂作「能不」，《考異》：「能不，方作『不能』，非是。」

今從朱本。

㊿〔終老嵩下〕潮本「嵩」下注：「一有『山』字。」祝本、魏本注同。苑本「嵩」下有「山」字。

【箋注】

〔一〕洪興祖注：「劉禹錫云：韓十八太輕薄。謂李廿八程曰：某與崔大羣同年往，還直是聰明過人。李曰：何處過人？韓曰：往還二十餘年，不曾説著文章，豈不是聰明過人也？按此書稱羣不容口，恐未必盡然。蓋禹錫晚與公不相協，溢惡之言爾。」韓醇注：「羣字敦詩，清河人，貞元八年中進士第。時羣爲宣州判官，而公爲國子四門博士。」沈欽韓注：「案崔敦詩不以文辭著，公集酬詩論文亦絶無往還，故偶言及此。玩此《書》則推敬亦至矣。」

此篇作年，洪興祖、嚴有翼、方崧卿《年表》、《舉正》、方成珪、蔣抱玄均繫於貞元十八年（八〇二）。洪譜：「十八年壬午：春，始有四門博士之授。是年有《與崔羣書》。愈《與羣論交書》云：『僕自少至今，從事於往還朋友間一十七年。』自貞元二年至今十七年。又云『僕無以自全活者，從一官於此，轉困窮甚。』謂爲四門博士，即《答張徹》云『省選逮投足』也。」《舉正》：「三書（《答胡直鈞書》、《上于襄陽書》、《與崔羣書》）皆貞元十八年作。」方譜：「據洪譜定爲是年作。」

〔二〕孫汝聽注：「公時在徐州幕。」陳景雲注：「是時公已去徐三年，『在徐幕』注當削。」

〔三〕枉問，敬辭，猶言承蒙問候。葛洪《神仙傳·彭祖》：「陰陽之意，可推而得，但不思之耳，何足枉問耶？」

〔四〕蔣抱玄注：「尋，繼也。俗言後來也。凡事之引以自任曰承，猶言知道也。達，至也，從入曰達。尋承已達，謂後來知道已至宣州也。」《元和郡縣志》卷二十八江南道宣州（緊）：「今爲宣歙觀察使理所，管宣州、歙州、池州，管縣二十。」今安徽宣城。

〔五〕孫汝聽注：「貞元十二年八月，以崔衍爲宣歙觀察使，羣與李博俱在幕府。公《送楊儀之序》亦云：『當今藩翰之賓客，惟宣州多賢。與之遊者二人焉：隴西李博、清河崔羣。』」

〔六〕祝充注：「覊，居宜切。」蔣抱玄注：「覊旅，遊客也。覊亦作羇，《周禮》《地官司徒下・縣師》『野鄙之委積，以待羇旅。』」《左傳》莊公二十二年：「齊侯使敬仲爲卿。辭曰：『羇旅之臣，敢辱高位？』」杜预注：「羇，寄也。旅，客也。」

〔七〕度日，過日子。《晉書・沮渠蒙遜載記》：「人無勸競之心，苟爲度日之事。」

〔八〕蔣抱玄注：「無入，無往之義。《中庸》《禮記》：『君子無入而不自得焉。』」

〔九〕《易・繫辭上》：「樂天知命，故不憂。」孔穎達疏：「順天道之常數，知性命之始終，任自然之理，故不憂也。」

〔一〇〕蔣抱玄注：「《後漢書・劉愷傳》：『愷景仰前修，有伯夷之節。』」童第德注：「《楚辭・離騷》『謇吾法夫前修兮』，王逸注：『言我忠信謇謇者，乃上法前世遠賢，固非今時俗人。』」

〔一一〕度越，超越。蔣抱玄注：「《漢書·楊雄傳贊》：『若使遭遇時君，更閲賢知，爲所稱善，則必度越諸子矣。』」

〔一二〕孫汝聽注：「《莊子》：『靈臺者有持。』靈臺，謂心也。」《莊子·庚桑楚》：「不可内於靈臺，靈臺者有持。」郭象注：「靈臺者，心也，清暢故憂患不能入。有持者，謂不動於物耳，其實非持。」

〔一三〕曾國藩《求闕齋讀書録》卷八：「風土不並以北，不與江北比並也。」

〔一四〕蔣抱玄注：「將息，將養休息也，與養息同義。《史記·秦紀》：非子好鳥及畜，善養息之。」童第德注：「《詩·四牡》『不遑將父』，毛傳：『將，養也。』《荀子·大略》『願息事君』，楊倞曰：『息，休息。』將息，謂將養休息也。唐宋人多用『將息』字，王建詩（《留别張廣文》）：『千萬求方好將息，杏花寒食約同行。』白樂天詩（《病中數會張道士見譏以此答之》）：『亦知數出妨將息，不可端居守寂寥。』司馬温公《與侄帖》：『時熱且各自將息。』一曰：《廣雅》：『息，生也。』將息，猶養生也。」王羲之《問慰諸帖上》：「雨氣無已，卿復何似？耿耿，善將息！」

〔一五〕審備，充分準備。《國語·吴語》：「大夫蠡進對曰：『審備則可以戰乎？』」

〔一六〕小小者，弊病、疾病。盧懷慎《陳時政疏》：「昔賈誼所謂蹠盩之病，乃小小者耳。此弊久而不革，臣恐爲膏肓，雖和、緩不能療，豈蹠盩而已哉！」孫思邈《備急千金要方》卷十二：「藍葉烏豆禁嚼以咽之，登時即定。此據大困時用之，小小時不須。」

〔一七〕窮約，窮困、貧困。《晏子春秋·諫上五》：「使民飢餓窮約而無告。」

〔一八〕親愛，所親所愛。《禮記·大學》：「所謂齊其家在脩其身者，人之其所親愛而辟焉。」鄭玄注：「之，適也。辟，猶喻也。言適彼而以心度之曰：吾何以親愛此人？非以其有德美與？」

〔一九〕蔣抱玄注：「幕府，《史記·李牧傳》：常居鴈門備匈奴，以便宜置吏市租，皆輸入幕府爲士卒費。（《索隱》）：『古者出征，以幕帟爲府署，故曰幕府。』後人因稱官署之記室曰幕府。」

〔二〇〕親重，親近器重。《吕氏春秋·孝行》：「今有人於此，行於親重，而不簡慢於輕疏，則是篤謹孝道，先王之所以治天下也。」

〔二一〕嚴有翼注：「此書最後言僕無以自全活者從一官於此轉困窮甚。蓋在貞元十八年守國子四門博士時也。退之貞元二年與羣往還，至是蓋十七年矣。」蔣抱玄注：「往還，謂往來也。《文心雕龍》（《物色》）：『目既往還，心亦吐納。』」謹按：往還，交往。《魏書·劉廞傳》：「靈太后臨朝，又與太后兄弟往還相好。」

〔二二〕蔣抱玄注：「決捨，謂決然捨去也。」謹按：決捨，棄絶割捨。《魏書·裴叔業傳》：「卿非無欵心，自不能早決捨南耳。」

〔二三〕蔣抱玄注：「瑕，玉之玷曰瑕。因以稱人之過時亦曰瑕。」謹按：瑕尤，缺點、過失。此語始見韓文，後人亦有採用者。宋曾丰《齊魯論》：「周公之事，蓋所謂考之渾然而無瑕尤者也。」（《緣督集》卷十五）李廷忠《除鄂倅謝廟堂》：「有斯績用，不我瑕尤。」（《橘山四六》卷十五）李過《易説·賁·六四》：「出處之節，無一毫瑕尤也。」（《西谿易説》卷五）

〔二四〕蔣抱玄注：「閫奥，閫同壼，謂隱微之地也。《漢書·敍傳》：及時君之門闈，窺先聖之壼奥。」謹按：《玉篇》：「閫，苦本切，門限也。」奥，室内西南隅，祭祀設神主之處。《儀禮·少牢饋食禮》：「司宫筵於奥，祝設几於筵上，右之。」鄭玄注：「室中西南隅謂之奥。」閫奥，内室深邃處，引申爲精微所在。《三國志·魏志·管寧傳》：「娱心黄老，游志六藝，升堂入室，究其閫奥。」

〔二五〕魏仲舉注：「畛，音軫。」蔣抱玄注：「畛域，界限也，猶言城府也。《庄子》：『汎汎乎其若四方之無窮，其無所畛域。』」謹按：畛域，界限、範疇。《莊子·秋水》成玄英疏：「譬東西南北，曠遠無窮，量若虚空，豈有畛界限域也。」

〔二六〕蔣抱玄注：「『淳』同『醇』，亦同『純』，謂專一不雜也。《易經》：『剛健中正，純粹精也。』」謹按：純粹，不雜不變。《易·乾·文言》：「大哉乾乎，剛健中正，純粹精也。」《周易集解》引崔覲曰：「不雜曰純，不變曰粹。言乾是純粹之精，故有剛健中正之四德也。」淳粹，淳厚精粹。董仲舒《春秋繁露·執贄》：「暘有似於聖人者，純仁淳粹，而有知之貴也。」

〔二七〕蔣抱玄注：「出羣拔萃，謂高出人一等也。《孟子》（《公孫丑上》）：『出乎其類，拔乎其萃。』」

〔二八〕蔣抱玄注：「比，近也。」

〔二九〕沈欽韓云：「《世系表》（《新唐書》卷七十二下）：崔羣爲清河小房檢校金部郎中積之子。」

〔三〇〕《詩·大雅·卷阿》：「鳳皇鳴矣，于彼高岡。」左思《魏都賦》：「德連木理，仁挺芝草。」

〔三一〕蔣抱玄注：「光明也。《詩經》：『會朝清明。』」謹按：《詩·大雅·大明》：「肆伐大商，會朝清明。」毛傳：「肆，疾也。會，甲也。不崇朝而天下清明。」毛傳「清明」猶言天下太平。此處「清明」，謂清澈明朗。《荀子·解蔽》：「故人心譬如槃水，正錯而勿動，則湛濁在下而清明在上，則足以見鬚眉而察理矣。」

〔三二〕蔣抱玄注：「遐方，遠方也。揚雄文（《劇秦美新》）：『海外遐方，信延頸企踵。』」

〔三三〕祝充注：「炰，之夜切。」《説文》：「炙，炮肉也。从肉在火上。𤎫，籀文。之石切。」謹按：「炙」、「𤎫」、「炰」、「熫」，異體字，見《正字通》。蔣抱玄注：「細切肉曰膾，即今之肉鬆。燔肉爲炙，即今之熏肉。《孟子》（《盡心下》）：『膾炙，所同也。』」

〔三四〕沈欽韓云：「省事，猶言曉事。」蔣抱玄注：「省事，解事也。不解事者曰不省人事。」

〔三五〕蔣抱玄注：「比肩，謂肩相並，喻人多也。《晏子春秋》（《内篇·雜下第六》）：『比肩繼踵而在。』青紫，謂貴官也。漢制：印綬公侯用紫，九卿用青，故云。《漢書》（《夏侯勝傳》）：『士病不明經術。經術苟明，其取青紫如俛拾地芥耳。』《荀子·非相》：『弃其親家而欲奔之者，比肩並起。』」

〔三六〕蔣抱玄注：「眉壽，謂壽考也。《方言》：『東齊謂老曰眉。』《詩經》：『以介眉壽。』」謹按：眉壽，長壽。《詩·豳風·七月》：「爲此春酒，以介眉壽。」毛傳：「眉壽，豪眉也。」孔穎達疏：「人年老者必有豪眉秀出者。」

〔三七〕蔣抱玄注：「《莊子》：『夫造物者將以予爲此區區也。』」《莊子·大宗師》：「夫造物者將以予爲此拘拘也。」郭象注：「拘拘，體拘攣不伸也。句，俱樹反，指天也。」

〔三八〕樊汝霖注：「自太史公作《伯夷列傳》，因論顔夭蹠壽且曰：『天道是耶？非耶？』公至是求其説而不得，從而爲之辭曰：天與人必異其好惡無疑。然終之曰：『崔君無怠。』則亦勉其在己者而已。此子厚《天説》所以歸之於仁義之意也。」

〔三九〕陳景雲注：「書言『從一官於此』者，謂爲四門博士也。洪氏年譜甚明，題下注蓋本之。」

〔四〇〕韓醇注：「伊，山名。潁，水名。」嚴有翼注：「伊、潁，二水名。伊水出虢州盧氏縣熊耳山，潁水舊云出潁川陽城縣西北少室山。陽城縣，今省入河南登封。」

〔四一〕祝充注：「憊，蒲拜切。」

〔四二〕孫汝聽注：「僖五年《左氏》：『輔車相依，唇亡齒寒。』注云：『車，謂車牙也。』」嚴有翼注：「車齒本所着骨也。退之是時年方三十六，齒落眼昏，鬢髮皆白，可謂早衰矣。嘗有《齒落詩》：『去年落一牙。』蓋此年作也。」蔣抱玄注：「左車，《左傳·僖公五年》：『輔車相依，脣亡齒寒。』（杜注）：『車，牙車也。』按：牙床曰車。無故，無因也。《禮記》（《玉藻》）：『君子無故，玉不去身。』」

〔四三〕蔣抱玄注：「尋常間，平時也。」謹按：尋常，長度單位。《國語·周語下》：「夫目之能察也，不過步武尺寸之間；其察色也，不過墨丈尋常之間。」韋昭注：「五尺爲墨，倍墨爲丈，八尺爲尋，倍尋爲常。」此處喻短小。《左傳》成公十二年：「及其亂也，諸侯貪冒，侵欲不忌，爭尋常以盡其民。」杜預注：「言爭尺丈之地，以相攻伐。」

〔四四〕蔣抱玄注：「忽忽，失意之謂。司馬遷文：『居則忽忽若有所亡。』」司馬遷《報任少卿書》：「居則忽忽若有所亡，出則不知其所往。」《文選》五臣注銑曰：「忽忽，愁亂貌。」

〔四五〕孫汝聽注：「公嘗家宣城。」

〔四六〕蔣抱玄注：「相就，謂至其處也。《襄陽記》：『須臾，德公還直入相就，不知何者是客也。』」

與陳京給事書①〔一〕

愈再拜。

愈之獲見於閤下有年矣②，始者亦嘗辱一言之譽〔二〕。貧賤也，衣食於奔走〔三〕，不得朝夕繼見。其後閤下位益尊，伺候於門墻者日益進③〔四〕。夫位益尊，則賤者日隔④；伺候於門墻者日益進，則愛博而情不專。愈也道不加修，而文日益有名。夫道不加修，則賢者不與；文日益有名，則同進者忌。始之以日隔之疏，加之不專之望⑤，以不與者之心，而聽忌者之説⑥。由是閤下之庭無愈之跡矣⑦。

去年春，亦嘗一進謁於左右矣。温乎其容，若加其新也⑧；厲乎其言⑨，若閔其窮也⑩。退而喜也，以告於人⑪。其後如東京取妻子〔五〕，又不得朝夕繼見。及其還也，亦嘗一進謁于左右矣。邈乎其容〔六〕，其若不察其愚也⑫；悄乎其言〔七〕，其若不接其情也⑬。退而懼也，不敢復進。今則釋然悟〔八〕，翻然悔⑭〔九〕。曰：「其邈也，乃所以怒其來之不繼也；其悄也，乃所以示其意也。」⑮不敏之誅〔一〇〕，無所逃避。不敢遂進，輒自疏其所以，并獻近所爲文⑯。《復志賦》已下十首爲一卷⑰，卷有標軸；《送孟郊序》一首〔一一〕，生紙寫⑱〔一二〕，不加裝飾⑲。皆有揩注字處⑳〔一三〕，急於自解而謝，不能俟更寫。閤下取其意而略其禮可也㉑。愈恐懼再拜。

【彙校】

①〔與陳京給事書〕此篇又載《文苑英華》卷六六九，據校。

《舉正》出南宋監本「與陳給事書」，云：「陳京也。」朱熹從方本。

②〔閤下〕苑本、魏本「閤」作「閣」，下同。

③〔候於門墻〕《考異》：「或無『於』字。」

④〔位益尊則賤者日隔〕《舉正》出南宋監本「位益尊則賤者日隔」，云：「《文苑》只作『位尊則賤者隔』，上語同。『伺候於門牆』，亦無『於』字。」謹按：今苑本同監本。朱熹從方本，《考異》：「或無『益』字。或無『日』字。」

⑤〔不專之望〕潮本「不」下注：「一有『辱』字。」魏本注：「專，一作『辱』。」《舉正》據杭本增「辱」字，作「加以不辱專之望」，云：「謝校。」朱熹從監本，《考異》：「方從杭本『不』下有『辱』字，非是。」

⑥〔聽忌者之説〕《舉正》出南宋監本「聽忌者之説」，云：「《文苑》作『聽忌始生之説』。」謹按：今苑本作「忌者」。《考異》：「忌者，或作『忌始生』，非是。」

⑦〔無愈之跡〕《舉正》增「也」字，作「無愈也之跡矣」，云：「謝校。」《考異》：「『愈』下方有『也』字，非是。」

⑧〔若加其新也〕潮本「若」上多一「其」字，今苑本、祝本、魏本同。今苑本「新」作「親」，注：「親，集作『新』。」魏本注：「一有『矣』字。」潮本「也」下多一「矣」字，今苑本、祝本同。潮本注：「一無『矣』字。」祝本注同。《舉正》出南宋監本「其若加其新也矣」，據《文苑》删「其」、「矣」二字，作「若加其新也」。朱熹從方本，《考異》：「上或有『其』字，下或有『矣』字。下句亦然。皆非是。或又疑『加』當作『嘉』，乃與下文『閔』字爲對。」今從方本。

⑨〔厲乎其言〕《舉正》訂「屬」字，作「屬乎其言」，云：「屬，猶附屬、連屬之『屬』。《文苑》作『厲』，於義猶近，决非『厲』字也。」謹按：今苑本同監本。朱熹從方本，《考異》：「屬，或作『厲』。」童第德注：「俞樾曰：『作厲固非，以附屬、連屬釋之亦非。《禮記·禮器篇》曰：屬屬乎其忠也。《正義》曰：屬屬，專一之貌。其心則屬屬然專一，蓋盡其忠誠也。屬乎其言若憫其窮，正是盡其忠誠之意。韓公用《禮記》文耳。』第德案：《莊子·大宗師》『厲乎其似世乎』，郭象曰：『至人無厲，與世同行，故若厲也。』是『厲』有與世同行之意。公用『厲』字本乎此。」

《周書・和寤篇》『王乃厲翼于尹氏八士』，曰：『厲，獎厲也。』是『厲』又有獎厲之義，作『厲』自通。方謂『決非厲字』，殆誤認『厲』爲嚴厲字。『厲乎』之義，以俞氏所釋爲長。」謹按：《漢書・儒林傳》：「崇鄉里之化，以厲賢材焉。」顏師古注：「厲，勸勉之也。一曰：砥厲也。」韓文出此，方、朱未諦。

⑩〔若憫其窮也〕潮本「若」上多一「其」字，今苑本、祝本同。魏本注：「一有『矣』字。」潮本「也」下多一「矣」字，今苑本、祝本同。潮本注：「一無『矣』字。」祝本注同。《舉正》出南宋監本「其若閔其窮也矣」，據《文苑》删「其」、「矣」二字，作「若閔其窮也」，云：「閣本、蜀本皆無『矣』字，謝删。」朱熹從方本。謹按：「閔」、「憫」，正俗字。《説文》：「閔，弔者在門也。从門文聲，眉殞切。」徐鉉注：「閔，今別作『憫』，非是。」段注：「閔，弔者在門也。引申爲凡痛惜之辭。俗作『憫』。《邶風》『覯閔既多』、《豳風》『鬻子之閔斯』，傳曰：『閔，病也。』」朱駿聲《説文通訓定聲》：「閔，字亦作『憫』。《爾雅・釋詁》：『閔，病也。』《詩・柏舟》『覯閔既多』、《鴟鴞》『鬻子之閔斯』、《禮記・儒行》『不閔有司』、《左》宣十二傳『少遭閔凶』，注：『憂也。』《孟子》『阨窮而不憫』，注：『懣也。』」今從方本删「其」、「矣」二字。

⑪〔以告於人〕潮本注：「以，一作『知』。」魏本注同。祝本注：「以，一作『若之』。」

⑫〔其愚也〕《舉正》據閣本訂「言」字，作「其若不察其言也」，云：「杭同。蜀與《文苑》作『愚』。」朱熹從監本，《考異》：「愚，或作『言』。」

⑬〔其情也〕魏本注：「其情也，一作『於情也』。」潮本「其情」作「於情」，苑本、祝本同。苑本注：「於，集作『其』。」朱熹訂作「其」，《考異》：「其，方作『於』。」今從朱本。

⑭〔翻然悔〕祝本「翻」作「飜」，魏本同。謹按：「飜」、「翻」，異體字。《玉篇》：「飜，孚元切，飛也。亦作『翻』。」

⑮〔所以示其意〕《舉正》出南宋監本「乃所以示其意也」，云：「《文苑》作『乃所以不盡其意也』。」謹按：今苑本同監本。《考異》：「示，或作『不盡』。」

⑯〔所爲文〕潮本注：「一無『文』字。」祝本、魏本注同。朱熹刪「文」字，《考異》：「『爲』下方有『文』字。」

⑰〔賦已下十首〕《舉正》出南宋監本「復志賦已下十首爲一卷」，云：「杭本『已下』作『賦下』，複出『賦』字。」《考異》：「『下』下或有『賦』字，非是。」

⑱〔生紙寫〕魏本注：「『生』字，今本作『乏』。」

⑲〔裝飾〕祝本「裝」作「粧」。謹按：「裝」、「粧」，異體字。宋玉《登徒子好色賦》：「體美容冶，不待飾粧。」（《藝文類聚》卷十八）

⑳〔揩注字〕苑本「揩」訛作「楷」。《舉正》據閣本「揩」下增「字」字，作「揩字注字」，云：「杭同，李、謝校。」朱熹從方本，《考異》：「揩字，或無『字』字。」

㉑〔取其意〕潮本注：「意，一作『言』。」祝本、魏本注同。苑本注：「意，集作『言』。」《考異》：「意，或作『言』。」

【箋注】

〔一〕樊汝霖注：「京字慶復，大曆元年中進士第。貞元十七年，京以考功員外郎、公以四門博士皆議禘祫。十九年，京遷給事中。」沈欽韓注：「京，《新唐書》入《儒學傳》。然其人賢否參半。《通鑑》（卷二百三十一）載其於貞元元年力爭復用盧杞事。《册府元龜》（卷一百四）載李吉甫言：

德宗時陳京請籍商賈資産，以分數借之。人懷怨誹，以致朱泚之亂。憲宗稱爲賊臣。《食貨志》言太常博士陳京請借富商錢，與本傳合。」陳京，《新唐書》有傳，其生平如次：陳京，字慶復，陳宜都王叔明五世孫，臨淮人（《元和姓纂》卷三）。大曆元年擢進士第（韓愈《與陳京給事書》樊汝霖注），爲太子正字、咸陽尉。建中二年九月四日，以太常博士上疏議禘祫（《舊唐書·禮儀志六》）。貞元元年爲左補闕（《册府元龜》卷四百六十九），遷膳部員外郎。十七年，以考功員外郎再議禘祫（《新唐書·禮樂志第三》）。十八年，爲司封郎中（權德輿《起居舍人舉人自代狀》）。十九年三月，以給事中三議禘祫（《舊唐書·禮儀志六》）。罷爲秘書少監。自考功以來，凡四命爲集賢學士。德宗登遐，以所居官致仕。貞元二十一年四月二十五日，卒於安邑里妻黨之室（柳宗元《唐故秘書少監陳公行狀》）。

此篇作年，洪興祖、樊汝霖、方崧卿《年譜增考》、《年表》、方成珪繫於貞元十九年（八〇三），林雲銘、蔣抱玄繫於貞元十七年。洪譜：「十九年癸未，公年三十六，自博士拜監察御史。時有《與陳京給事書》。」《舉正》：「貞元十九年作。」方譜：「樊澤之以爲是年作。」蔣抱玄注：「舊譜載公書十九年作，實誤。按文『去年春』，乃十五年冬爲建封朝正於京師，至春而未出京也。公子昶十五年生，十七年居洛陽，挈眷入京師，故有『取妻子』一語。今據林譜正爲十七年作。」謹按：陳京爲給事中，在貞元十九年，見《舊唐書·禮儀志六》。貞元十七年，陳京爲考功員外郎，見《新唐書·禮樂志第三》。林、蔣所考不確。

〔二〕蔣抱玄注：「一言，謂言之有價值也。《左傳》昭公三年：『仁人之言，其利博哉。晏子一言，而齊侯省刑。』」

〔三〕衣食，求衣求食，謂賴以爲生。《左傳》昭公三年：「民參其力，二入於公，而衣食其一。」蔣抱玄注：「奔走，奔馳驅走也。（《尚書·酒誥》孔安國）《傳》：『奔走事其父兄。』」謹按：孔傳「奔走」，謂奔波勞碌。此處「奔走」，謂趨附、迎合。《左傳》昭公三十一年：「攻難之士，將奔走之。」杜預注：「奔走，猶赴趣也。」

〔四〕蔣抱玄注：「伺候，偵候也。《漢書》：『伺候車駕。』」謹按：《後漢書·竇融傳》：「融等因軍出進擊封何，大破之，斬首千餘級，得牛馬羊萬頭，穀數萬斛。因並河揚威武，伺候車駕。時大兵未進，融乃引還。」所謂「伺候車駕」，義爲等候。此處「伺候」，義爲窺伺、窺測。《南史·朱異傳》：「貪財冒賄，欺罔視聽，以伺候人主意，不肯進賢黜惡。」

〔五〕嚴有翼注：「謂爲四門博士謁告還洛之時也。」方崧卿《年譜增考》繫其事於貞元十八年春末：「公十八年首春即以一書薦十士於陸傪。二月，陸出刺歙，公送行有序，考其辭意，蓋皆已仕於朝也。況公明年《上陳京書》云『去年春嘗得一進謁，其後如東京取妻子』，是公在春末已謁告挈家矣。」

〔六〕蔣抱玄注：「邈與藐同。邈乎，輕視之義。」謹按：「邈」有疏遠、疏離一義。《方言》：「邈，離也。」江淹《自序傳》：「十三而孤，邈過庭之訓。」

〔七〕蔣抱玄注：「無聲曰悄。悄乎，冷淡之貌也。」

〔八〕釋然，消除疑慮。劉義慶《世説新語·言語》：「由是釋然，復無疑慮。」

〔九〕翻然，猛然轉變。陈琳《檄吴將校部曲文》：「若能翻然大舉，建立元勳，以應顯禄，福之上也。」

〔一〇〕敏，明達、敏捷。不敏，遲鈍。《國語·晉語二》：「寡智不敏，不能教導，以至于死。」韋昭注：「敏，達也。」

〔一一〕孫汝聽注：「郊時爲溧陽尉。」

〔一二〕《舉正》：「邵公濟云：唐人有熟紙，有生紙。熟紙今研光之類，生紙非有喪故不用。」魏引補注：「《邵氏聞見録》云：唐人有生紙，有熟紙。熟紙所謂妍妙輝光者，其法不一。生紙非有喪故不用。退之云：『送孟郊序用生紙。』急於自解，不暇擇耳。今人少有知者。」謹按：《舊唐書·職官志》：弘文館有熟紙裝潢匠九人，史館有熟紙匠六人，崇文館有熟紙匠三人。熟紙，經過捶打加工製成的紙。未經捶打加工者即爲生紙。宋高似孫《剡録》卷七「剡硾」條：「薛能《送浙東王大夫詩》：『越毫逐厚俸，剡硾得佳名。』注曰：『近相傳以擣熟紙名硾。』《雞林志》曰：『高麗紙治之緊滑不凝筆，光白可愛，號白硾紙。』林和靖詩：『紙軸敲晴響，茶鐺煮晚濃。』和靖又有《槐木紙椎贈周太祝詩》：『輕如魚網滑如脂，時寫新詩肯寄來。』硾紙，其法椎擣也。」宋姚寬《西溪叢語》卷下：「《齊民要術》云：『凡打紙欲生，生則堅厚。』則打紙工蓋熟紙匠也。」

〔一三〕蔣抱玄注：「摩拭曰揩。揩字，謂塗改也。注字，添注也。」謹按：揩，摩拭、塗去、抹去。張衡

《西京赋》：「揩枳落，突棘藩。」《文選》李善注引《字林》：「揩，摩也。」程大昌《考古編》卷八「淩煙功臣」條：「盧元卿《法書記》王廙等帖：貞觀十三年，褚遂良已下列名於後。其中一行，有『吏部尚書公』五字無姓名。元卿注已下云：『侯君集初同書，犯法後揩名。』」

答馮宿書①〔一〕

垂示僕所闕〔二〕，非情之至，僕安得聞此言②？朋友道缺絶久矣③，無有相箴規磨切之道〔三〕，僕何幸乃得吾子④！僕常閔時俗人有耳而不自聞其過⑤〔四〕，懍懍然惟恐己之不自聞也⑥〔五〕。而今而後，有望於吾子矣。

然足下與僕交久，僕之所守，足下之所熟知。在京城時，嚣嚣之徒〔六〕，相訾百倍〔七〕。足下時與僕居⑦，朝夕同出入起居〔八〕，亦見僕有不善乎？然僕退而思之⑧，雖無以獲罪於人，亦有以獲罪於人者⑨：僕在京城一年⑩，不一至貴人之門；人之所趨，僕之所傲；與己合者則從之遊，不合者，雖造吾廬⑪〔九〕，未嘗與之坐。此豈徒足致謗而已〔一〇〕？不戮於人則幸也！追思之，可爲戰慄寒心〔一一〕。故至此已來⑫，尅己自下⑬〔一二〕，雖不肖人至⑭，未嘗敢以貌慢之。況時所尚者邪？以此自謂庶幾無時患〔一三〕，不知猶復云云也。

聞流言不信其行〔一四〕，嗚呼，不復有斯人也！君子不爲小人之恟恟而易其行⑮〔一五〕，僕何能爾⑯！委曲從順〔一六〕，向風承意⑰〔一七〕，汲汲恐不得合〔一八〕，猶且不免云云⑱，命也⑲，可如何⑳！然子路聞其過則喜〔一九〕，禹聞昌言則下車拜㉑〔二〇〕。古人有言曰㉒：告我以吾過者，吾之師也㉓〔二一〕。願足下不憚煩〔二二〕，苟有所聞，必以相告。吾亦有以報子，不敢虚也，不敢忘也。愈再拜㉔。

【彙校】

①〔答馮宿書〕此篇又載《文苑英華》卷六八七，據校。苑本「答」作「與」，注：「與，集作『答』。」

②〔僕安得聞〕魏本「得」作「能」。《舉正》出南宋監本「僕安得聞此言」，據杭本删「得」字。朱熹從監本，《考異》：「方無『得』字。」

③〔缺絶久矣〕《舉正》出南宋監本「朋友道缺絶久矣」，據閣本删「矣」字，云：「杭同，李、謝删。《漢・武紀》：『夷狄無義，所從來久。』語自此也。」朱熹從方本，《考異》：「諸本下有『矣』字。今按：『矣』字有無無利害，姑從方本，但未有以見其必用《漢紀》中語而決無此字耳。」

④〔乃得吾子〕潮本「乃」下注：「一有『復』字。」祝本注同。苑本、魏本「乃」下多一「復」字，魏本注：「一無『復』字。」

⑤〔常閔時俗人有耳而不自聞〕祝本、魏本「常」作「嘗」。魏本「閔」作「憫」。潮本無「而」字，祝本、魏本、王本、張本、廖本同。魏本「耳」下注：「一有『而』字。」今從苑本。

⑥〔己之不自聞〕潮本注：「之，一作『久』。」祝本、魏本注同。

⑦〔足下時與僕居〕潮本注：「僕，一作『並』。」祝本注同。祝本注：「一無『居』字。」魏本「僕」下多一「並」字，注：「一無『並』字，一無『居』字。」《舉正》出南宋監本「足下時與僕居」，據杭本删「僕」字，云：「謝删。」朱熹從監本存「僕」字，《考異》：「僕，或作『並』，方無『僕』字，或無『居』字。」

⑧〔退而思之〕潮本注：「一無『之』字。」祝本、魏本注同。《舉正》出南宋監本「僕退而思之」，删「之」字，云：「三本同。」朱熹從監本，《考異》「或無『之』字。」

⑨〔亦有以獲罪於人者〕潮本注：「獲一作『服』。」祝本、魏本注同。《考異》：「獲，或作『服』。今按：二句皆云『獲罪於人』，恐有誤，字作『服』亦無理，疑上句『人』字或是『天』字，更詳之。」謹按：此處上句言「無以獲罪於人」，接應上文「僕有不善乎」；下句「亦有以獲罪於人」，即指下文「人之所趨僕之所傲」。語義無誤。

⑩〔僕在京城〕祝本「在」作「至」。

⑪〔雖造吾廬〕《考異》：「造，或作『居』。」

⑫〔至此已來〕苑本注：「已，集作『以』。」魏本「已」作「以」。《考異》：「已，或作『以』。」

⑬〔尅己自下〕「尅」，苑本作「克」，王本、張本、廖本作「剋」。童第德注：「『尅』、『剋』皆『克』之後出字。《論語·顔淵篇》『克己復禮』，皇本作『剋紀』，馬融曰：『克己約身。』《後漢書·鄧皇后紀》：『接撫同列，常克己下之。』」

⑭〔不肖人至〕魏本無「至」字。

⑮〔而易其行〕《舉正》出南宋監本「而易其行」，據閣本刪「而」字，云：「李、謝刪。」朱熹從監本，《考異》：「方無『而』字。」

⑯〔僕何能爾〕潮本注：「爾，趙作『不』。」魏本注同。祝本注：「爾，一作『不』。」

⑰〔向風承意〕潮本注：「向，一作『望』。」祝本、魏本注同。苑本「向」作「望」，注：「望，杭本作『向』。」《舉正》出南宋監本「向風」，云：「杭作『向』，蜀作『望』。」《考異》：「向，或作『望』。」

⑱〔猶且不免云云〕魏本注：「一作『猶且懼不免云云』。」《舉正》出南宋監本「猶且不免」，云：「蜀本『且』下有『懼』字。」《考異》：「或有『懼』字。」

⑲〔命也〕潮本注：「命，一作『故』。」魏本注：「命，一作『故』，一作『可』。」

⑳〔可如何〕潮本無「可」字，苑本、祝本、魏本同。潮本注：「一有『可』字。」苑本注：「集有『可』字。」《舉正》據閣本增「可」字，作「命也可如何」，云：「李、謝校增。」朱熹從方本，《考異》：「或無『可』字。」今從方本。

㉑〔則下車拜〕《舉正》出南宋監本「則下車拜」，云：「蜀本『拜』上有『而』字。」《考異》：「『車』下或有『而』字。」

㉒〔古人有言〕句上苑本注：「蜀本有『而』字。」

㉓〔告我以吾過〕魏本無「吾」字。《舉正》出南宋監本「告我以吾過」，云：「蜀本『過』上無『吾』字。」《考異》：「或無『吾』字。」

㉔〔愈再拜〕朱熹本無「愈再拜」三字，《考異》：「下或有『愈再拜』字，《與衛中行書》同。或作『頓首』。」

【箋注】

〔一〕孫汝聽注：「宿字拱之，婺州東陽人，公同年進士。反復公書詞而考之，必其避謗而分教東都時作。」馮宿，兩《唐書》有傳，其生平如次：宿字拱之，祖籍冀州長樂，世居婺州東陽。貞元八年登進士第，徐州節度張建封表爲試太常寺奉禮郎充節度巡官。建封卒，其子愔稱留後，表宿爲留後判官、試金吾兵曹。以危邦是戒，祈歸江東。從浙東觀察使賈全府辟，授大理評事。愔恨其去己，奏貶泉州司户。徵爲監察御史（王起《馮公神道碑銘》）。歷太常博士，轉虞部、都官二員外郎。元和十二年從裴度東征，爲彰義軍節度判官。淮西平，拜比部郎中。韓愈論佛骨，時宰疑宿草疏，出爲歙州刺史。入爲刑部郎中，十五年，權判考功。長慶元年，以本官知制誥。二年，轉兵部郎中依前充職。二月丙戌，檢校左庶子充山南東道節度副使權知襄州軍府事（《舊唐書·穆宗紀》）。歸朝，拜中書舍人，轉太常少卿。敬宗即位，出爲華州刺史，以避諱不拜，改左散騎常侍兼集賢殿學士充考制策官。太和二年十月己卯，拜河南尹（《舊唐書·文宗紀上》）。四年十二月丙寅，入爲工部侍郎。六年，遷刑部侍郎，又遷兵部侍郎。九年，出爲劍南東川節度使，檢校禮部尚書。開成元年十二月辛亥卒（《舊唐書·文宗紀下》），年七十。贈吏部尚書，謚曰懿。

此篇作年，洪興祖繫於元和三年，孫汝聽繫於分教東都時，方崧卿《年表》、《增考》、方成珪、蔣抱玄均繫於元和二年（八〇七）。洪譜：「三年丁亥：是年有《答馮宿書》。」《舉正》：「宿，公同年。樊云：詳考此書之意，蓋元和二、三年間避讒東都作也。」《增考》：「公《與馮宿書》曰：『僕在京城一年。』又是歲之秋已有《酬裴十六巡府西驛途中見寄詩》，是秋日已在東都矣。疑只夏末出京也。」方譜：「是年在東都作。」蔣抱玄注：「玩書意，必被謗分司東都時作。文中有『在京城一年』句，亦符。時元和二年。」謹按：韓愈以國子博士分教東都，在元和二年夏末。至元和四年六月十日除都官員外郎分司判祠部。並見方崧卿《年譜增考》。

〔二〕蔣抱玄注：「自上而下曰垂。垂示，謂承蒙賜教也。」

〔三〕箴規，勸戒規諫。王符《潛夫論·明闇》：「過在於不納卿士之箴規，不受民氓之謡言。」磨切，探討、切磋。此語始見韓文，後人亦多採用者。如杜牧《高元裕除吏部尚書制》：「匡拂時病，磨切貴近。」（《樊川集》卷十四）宋韓琦《辭免祫享加恩第一表》：「維鵜在梁，免速聲詩之誚；若金用礪，更加磨切之忠。」（《安陽集》卷二十七）石介《送祖擇之序》：「此去近天子，得與我相磨切天下是非。」（《徂徠集》卷十八）

〔四〕蔣抱玄注：「《離騷》：『謇吾法夫前修兮，非時俗之所服。』」謹按：《離騷》原文作「非世俗之所服」。時俗，世俗，流俗。《離騷》：「固時俗之工巧兮，偭規矩而改錯。」

〔五〕祝充注：「懍懍，敬也，畏也，力稔切。」蔣抱玄注：「《漢書·循吏傳序》：『所居民富，所去民思，此廩廩庶幾德讓君子之遺風矣。』」謹按：《漢書·循吏傳序》顔師古注：「廩廩，言有風采也。」懍懍，危懼不安貌。《尚書·泰誓》：「百姓懍懍，若崩厥角。」孔傳：「言民畏紂之虐，危懼不安。」

〔六〕魏仲舉注：「囂，虚驕切。」蔣抱玄注：「囂囂，衆多貌。讀如『嗷嗷』。《詩經》：『讒口囂囂。』」謹按：囂囂，衆口讒毁貌。《詩·小雅·十月之交》：「無罪無辜，讒口囂囂。」鄭箋：「囂囂，衆多貌。時人非有辜罪，其被讒口見椓譖囂囂然。」

〔七〕祝充注：「呰，音紫。」魏仲舉注：「呰，毁也，子爾切。」蔣抱玄注：「《漢書·晁錯傳》：『戰勝之威，民氣百倍。』」《管子·度地》：「天地和調，日有長久，以此觀之，其利百倍。」

〔八〕蔣抱玄注：「起居，謂人之飲食寢興也。《書經》（《冏命》）：『出入起居，罔有不欽。』」

〔九〕蔣抱玄注：「造，來訪也，至也。陶潛詩（《读山海经》）：『衆鳥欣有託，吾亦愛吾廬。』」謹按：造，造訪。《周禮·地官·司門》：「凡四方之賓客造焉，則以告。」鄭玄注：「造，猶至也。」孫詒讓《正義》：「《廣雅·釋言》云：『造，詣也。』《文選·洞簫賦》李注引《蒼頡篇》云：『詣，至也。』蓋『造』訓爲『詣』，詣則有所至，故造亦訓至矣。」

〔一〇〕蔣抱玄注：「謝靈運《表》：『自古讒謗，聖賢不免。然致謗之來，要有由趣。』」

〔一一〕蔣抱玄注：「慄，一作『栗』。《論語》：『使民戰栗。』寒心，恐懼而心血爲之冷也。《史記》：『足爲寒心。』」《論語·八佾》朱熹集注：「戰栗，恐懼貌。」《史記·刺客列傳》索隱：「凡人寒甚則心戰，恐懼亦戰。今以懼譬寒，言可爲心戰。」

〔一二〕蔣抱玄注：「尅与克同。尅己，謂能制服私心也。《論語》（《顔淵》）：『克己復禮爲仁。』又與刻通，謂刻苦自待也。《史記·晏子傳》：『志念深矣，常有以自下者。』」

〔一三〕蔣抱玄注：「時患，與俗患同。《南史·陶潛傳》：『性剛才拙，與物多忤，自量爲己，必貽俗患。』」《南史·梁高祖武皇帝本紀》：「諸弟在都，恐離時患。」

〔一四〕孫汝聽注：「《禮記·儒行》：『久不相見，聞流言不信其行。』」蔣抱玄注：「流言，無根之言也。《書經》（《金縢》）有『流言於國』者。」

〔一五〕孫汝聽注：「東方朔之詞。恟恟，恐也，許勇切。」沈欽韓注：「《荀子·天論篇》語。」方成珪注：「按《廣韻》、《集韻》『恟』皆訓『懼』，此當作『匈匈』，本《前漢書·東方朔傳》。師古注：『匈匈，讙議之聲。』又《荀子·天論篇》『君子不爲小人匈匈也輟行』，楊倞注：『匈匈，喧譁之聲。』匈與訩同，與上文『流言』正緊緊相應。」蔣抱玄注：「恟恟，憂懼之貌。又與『洶洶』通，鼓噪不靖也。」謹按：恟恟，喧擾貌。焦贛《易林·姤之夬》：「心乖不同，爭訟恟恟。」

〔一六〕蔣抱玄注：「委曲，委，原委，曲，轉折也。陶潛賦（《感士不遇賦》）：『寧固窮以濟急，不委曲以累己。』」謹按：委曲，遷就、曲從。從順，隨順、恭順。《漢書·谷永传》：「意豈將軍忘湛漸之義，委曲從順。」

〔一七〕蔣抱玄注：「向風，望風也。」謹按：向風，隨順習俗。陸倕《石闕銘》：「天下學士，靡然向風。」承意，秉承意旨。《莊子·外物》：「彼教不學，承意不彼。」成玄英疏：「禀承教意以導性，而真道素圓，不彼教也。」

〔一八〕蔣抱玄注：「汲汲，欲速之意。《漢書》《楊雄傳》：『少嗜欲，不汲汲於富貴。』」謹按：汲汲，心情急切貌。《禮記・問喪》：「其往送也，望望然，汲汲然，如有追而弗及也。」孔穎達疏：「汲汲然者，促急之情也。」引申为急切追求。《莊子・盜跖篇》：「子之道，狂狂汲汲，詐巧虛僞事也。」

〔一九〕《孟子・公孫丑上》：「孟子曰：子路，人告之以有過則喜。禹聞善言則拜。」趙岐注：「子路樂聞其過，過而能改也。《尚書》曰：禹拜讜言。」

〔二〇〕魏引補注：「此本孟子之說。」蔣抱玄注：「昌言，善言也。《孟子》《公孫丑下》：『子路人告之以有過則喜，禹聞善言則拜。』」謹按：昌言，善言、正言。《尚書・臯陶謨》：「禹拜昌言曰俞。」孔傳：「昌，當也。以益言爲當，故拜受而然之。」孔穎達疏：「禹乃拜受其當理之言。」

〔二一〕孫汝聽注：「《荀卿子》《脩身篇》曰：非我而當者，吾師也；是我而當者，吾友也；諂諛我者，吾賊也。」

〔二二〕蔣抱玄注：「不憚煩，不怕煩勞也。《孟子・滕文公上》：『何許子之不憚煩。』」謹按：憚煩，害怕麻煩。《左傳》昭公三年：「唯懼獲戾，豈敢憚煩？」

與衛中行書〔一〕

大受足下：辱書，爲賜甚大。然所稱道過盛，豈所謂誘之而欲其至於是歟？不敢當！不敢當！其中擇其一二近似者而竊取之①，則於「交友忠而不反於背面」者少似近焉。亦其心之所好耳，行之不倦，則未敢自謂能爾也②。至於「汲汲於富貴〔二〕，以救世爲事」者③，皆聖賢之事業，知其智能謀力能任者也④。如愈者又焉能之？始相識時〔三〕，方甚貧，衣食於人〔四〕。其後相見於汴徐二州，僕皆爲之從事。日月有所入，比之前時，豐約百倍〔五〕。足下視吾飲食衣服亦有異乎⑤？然則僕之心或不爲此汲汲也。其所不忘於仕進者，亦將小行乎其志耳，此未易遽言也〔六〕。

凡禍福吉凶之來，似不在我。惟君子得禍爲不幸，而小人得禍爲恒；君子得福爲恒，而小人得福爲不幸⑥。以其所爲，似有以取之也。必曰「君子則吉，小人則凶」者⑦，不可也〔七〕。賢不肖存乎己⑧，貴與賤、禍與福存乎天〔八〕，名聲善惡存乎人⑨。存乎己者，吾將勉之；存乎天、存乎人者，吾將任彼而不用吾力焉。其所守者，豈不約而易行哉？足下曰：「命之窮通，自我爲之。」吾恐未合於道，足下徵前世而言之則知矣〔九〕。若曰：「以道德爲己任，窮通之來，不接吾心。」則可也。

窮居荒涼，草樹茂密。出無驢馬，因與人絶。一室之内，有以自娱。足下喜吾復脱禍亂〔一〇〕，不當安安而居⑩〔一一〕，遲遲而來也〔一二〕。愈再拜⑪。

【彙校】

①〔一二近似者〕《舉正》出南宋監本「一二近似」，删「二」字，云：「杭、蜀同，謝删。」朱熹從監本，《考異》：「方無『二』字。」

②〔謂能爾也〕句下潮本注：「一有『不敢當不敢當』六字。」祝本、魏本注同。《舉正》據閣本增「不敢當不敢當」六字，云：「李、謝皆增入，杭、蜀無之。」朱熹從方本，《考異》：「或無下六字。」

③〔救世爲事〕潮本注：「事，一作『業』。」祝本、魏本注同。

④〔智能謀力能任〕潮本無「謀」上「能」字，「謀」下多一「與」字，祝本、魏本同。潮本注：「一有『能』字，一無『與』字。」祝本注：「一作『智能謀力』者非。」魏本注：「一作『知其智能謀其力能任也』。」《舉正》出南宋監本「知其智謀與力能任者也」，據閣本删「與」字，云：「李、謝校，蜀本作『智能謀力能任』。」朱熹從蜀本作「智能謀力能任」，《考異》：「方無『能』字。『謀』下或有『與』字，屬下句。」

⑤〔足下視吾〕潮本注：「一無『足下』字。」祝本、魏本注同。

⑥〔小人得福爲不幸〕朱熹删「不」字，《考異》：「『爲』下方有『不』字，非是。」謹按：此段言「禍福存乎天」，謂君子得福爲正常，得禍爲不正常；小人得禍爲正常，得福爲不正常。所以下文歸納云：「以其所爲，似有以取之也。」换言之：此處所言禍福之理，即下文「君子則吉，小人則凶」的當然之理。君子之所爲，理當得福，而其得禍，對天理正道而言，實爲不幸；小人之所爲，理當得禍，而其得福，對天理正道而言，亦爲不幸。此段文字，傳世諸本無異文。朱熹删下句「不」字，作「小人得福爲幸」。就語義而言，原文隱諱迂曲，朱本文字似乎較爲順暢。但

所改有三點不妥：其一，原文的「幸」與「不幸」，字義爲「幸運」；朱本之「幸」，字義爲「僥幸」。原文上下句兩兩相對，校改之後，不復相對，句式大變。其二，原文所謂「君子得福爲恒」、「君子得禍爲不幸」、「小人得禍爲恒」、「小人得福爲不幸」，都覆蓋在「以其所爲，似有以取之」一句之下。改爲「小人得福爲幸」，則小人得福，也是因爲「以其所爲」、「有以取之」，與原文意旨相悖。其三，朱本校改缺乏版本依據，無本改字，終屬不妥。

⑦〔君子則吉小人則凶〕潮本「小」上多一「而」字，祝本同。《舉正》出南宋監本「君子則吉而小人則凶」，據閣本删「而」字，云：「李、謝删。」朱熹從方本，《考異》：「『吉』下或有『而』字。」今從方本。

⑧〔賢不肖〕《舉正》據閣本訂「仁」字，作「仁不肖」，云：「蜀同，李、謝校。」朱熹從監本。《考異》：「賢，方作『仁』。」

⑨〔名聲善惡〕《舉正》據蜀本增「之」字，作「名聲之善惡」，云：「謝存『之』字。」朱熹從方本，《考異》：「或無『之』字。」

⑩〔安安而居〕《舉正》據閣本訂「於」字，作「安安於居」，云：「蜀同，李、謝校。」朱熹從監本，《考異》：「而，方作『於』，非是。」

⑪〔愈再拜〕王本、張本、廖本無「愈再拜」三字。

【箋注】

〔一〕魏引集注：「中行字大受，御史中丞晏之子，貞元九年進士。公始從董晉汴州，又從張建封徐州。二公甫卒而軍皆亂，大受喜公脱禍，以書遺公。公後寓東都，作此書與之，故言其窮居之狀云。」衛中行，兩《唐書》無傳，今鈎稽其生平如次：衛中行字大受，祖籍河東安邑（《元和姓纂》卷八），世居河南伊闕（韓愈《唐故監察御史衛府君（中立）墓誌銘》）。貞元九年進士。貞元末，爲韋夏卿東都留守司幕僚（吕温《故太子少保贈尚書左僕射京兆韋府君神道碑》）。元和初，爲楊於陵浙東使府幕僚（陳諫《登石傘峰詩序》）。元和九年，爲禮部員外郎（韓愈《飲城南道邊古墓上逢中丞過贈禮部衛員外少室張道士》）。十年，爲兵部郎中。十四年三月乙未，自中書舍人出爲華州刺史、潼關防禦、鎮國軍等使（《舊唐書·憲宗紀下》）。元和十五年十一月辛亥，遷陝州長史，充陝虢觀察使。長慶二年十二月乙卯，入爲尚書右丞（《舊唐書·穆宗紀》）。寶曆二年春正月甲午，自國子祭酒出爲福建觀察使（《舊唐書·敬宗紀》）。以贓流播州（《南部新書》），大和三年八月癸丑卒（《舊唐書·文宗紀上》）。

此篇作年，洪興祖、方崧卿《年表》、《舉正》、方成珪均繫於貞元十六年（八〇〇）。蔣抱玄注繫於貞元十七年。洪譜：「十六年庚辰：公在洛中《與衛中行大受書》曰：『足下喜吾復脱禍亂，不當安安而居，徐徐而來也。』」《舉正》：「貞元十六年居於洛作，時方脱徐難故也。」方譜：「十年去徐歸洛後作，以篇末『窮居荒凉』等語見之。」蔣抱玄注：「公二次脱徐州之難，大受慰公而公答之，非『與』也。貞元十七年居洛陽時作。」韓愈貞元十六年冬即已入京，見方崧卿《年表》、《增考》。蔣説不確。

〔二〕蔣抱玄注：「汲汲，欲速之意。《漢書》（《楊雄傳》）：『少嗜欲，不汲汲於富貴。』」謹按：汲汲，心情急切貌。《禮記・問喪》：「其往送也，望望然，汲汲然，如有追而弗及也。」孔穎達疏：「汲汲然者，促急之情也。」引申爲急切追求。《莊子・盜跖篇》：「子之道，狂狂汲汲，詐巧虛僞事也。」

〔三〕蔣抱玄注：「《左傳》（襄公二十九年）：『吴公子求聘於鄭，見子産如舊相識，與之縞帶，子産獻紵衣焉。』」

〔四〕《國語・鄭語》：「周棄能播殖百穀蔬，以衣食民人者也。」

〔五〕沈欽韓注：「《會要》九十一：大曆十二年正月，釐革諸道觀察使、團練使及判官料錢。觀察判官（都團練判官同）每月料錢五十貫文，支使每月料錢四十貫文，推官每月料錢三十貫文。巡官准觀察推官例。已上每員每月雜給準時，估不得過二十貫文。」

〔六〕祝充注：「遽，其與切。」

〔七〕此書作於貞元十六年，此前一年間，韓愈先後依附於董晉、張建封幕府。貞元十五年二月三日董晉卒，僅四日而汴州軍亂，韓愈因爲送喪離汴而得免其難；十六年五月十三日張建封卒，僅二日而徐州軍亂，韓愈因先至下邳而得脱其難。兩次脱難，皆在旦夕之間，所以衛中行致書慰問。「君子則吉，小人則凶」云云，即是衛書之説。但韓愈此書並不贊同衛中行之説，兩個「似」字，即微露其意。蓋汴州之亂，陸長源、孟叔度等被殺，徐州之亂，鄭通誠、段伯熊等被殺。此輩均爲韓愈同僚，且均爲嚴肅軍紀約束部伍而遇害，所謂「君子得禍」云云，應屬有感而發。同時，亂兵擁立的張愔得到了徐州團練使，覬覦節鉞的杜兼得到了濠州留後，所謂「小人得福」云云，也不是無的放矢。所以韓愈最終認定：「必曰『君子則吉，小人則凶』者，不可也。」所「不可」者，重點在「必」字。

〔八〕魏引補注：「武昌石大任曰：韓愈謂貴與賤、禍與福存乎天。以予觀之，貴與賤存乎天可也，禍與福存乎天則不可也。蓋禍與福在己而已。《孟子》（《公孫丑下》）曰：『禍福無不自己求之者。』是禍與福皆存乎己歟？」王元啓注：「孟子所云『禍福自己求』，特要其終而言之。如國之有興亡，身之得免刑戮與否皆是。韓子所云『存乎天』，乃指一時之禍福，所謂天作孽者是也。補注據孟駁韓，謂禍福皆存乎己。則文王羑里之囚，周公居東之避，孔子陳蔡之圍，皆自有以取之邪？《孟子》引《太甲篇》語，不特伊尹不知天，孟子之論亦前後自爲矛盾矣。」

〔九〕蔣抱玄注：「徵前世，謂證之前世也。《楚辭》（《離騷》）：『鷙鳥之不羣兮，自前世而固然。』」

〔一〇〕蔣抱玄注：「貞元十五年，公從董晉喪出汴州。四日汴軍亂。十六年去徐州，軍亦亂。」

〔一一〕蔣抱玄注：「安安，極自然之意。《書·堯典》：『欽明文，思安安。』」謹按：安安，安於所安。《禮記·曲禮上》：「安安而能遷。」鄭注：「謂己今安此之安。圖後有害，則當能遷。」孫希旦《集解》：「安安，謂心安於所安。凡身之所習，事之所便者，皆是也。」

〔一二〕蔣抱玄注：「遲遲，從容不迫之貌。《孟子》（《萬章下》）：『遲遲吾行也。』」《詩·邶風·谷風》：「行道遲遲，中心有違。」毛傳：「遲遲，舒行貌。」

上張僕射第二書①〔一〕

愈再拜②。以擊毬事諫執事者多矣③〔二〕，諫者不休，執事不止，此非爲其樂不可捨④，其諫不足聽故也⑤。諫不足聽者，辭不足感心也⑥；樂不可捨者，患不能切身也⑦。今之言毬之害者必曰：有危墮之憂⑧〔三〕，有激射之虞〔四〕，小者傷面目，大者殘形軀。執事聞之若不聞者，其意必曰：進若習熟，則無危墮之憂⑨；避能便捷，則免激射之虞。小何傷於面目，大何累於形軀者哉！

愈今所言，皆不在此。其指要非以他事外物牽引相比也⑩〔五〕，特以擊毬之間事明之耳⑪。馬之與人⑫，情性殊異，至於筋骸之相束⑬，血氣之相持，安佚則適，勞頓則疲者，同也。乘之有道，步驟折中〔六〕，少必無疾，老必後衰。及以之馳毬於場，蕩摇其心腑，振撓其筋骨⑭〔七〕，氣不及出入，走不及迴旋⑮〔八〕，遠者三四年，近者一二年，無全馬矣。然則毬之害於人也決矣⑯。凡五藏之繫絡甚微⑰〔九〕，坐立必懸垂於胸臆之間⑱〔一〇〕，而以之顛頓馳騁〔一一〕，嗚呼，其危哉！

《春秋傳》曰：「夫有尤物〔一二〕，足以移人，苟非德義，則必有禍。」〔一三〕雖愷悌君子⑲〔一四〕，神明所扶持。然廣慮之，深思之，亦養壽命之一端也⑳。愈恐懼再拜㉑。

【彙校】

①〔上張僕射第二書〕《正宗》題作「上張僕射論擊毬書」。

②〔愈再拜〕《正宗》無「愈再拜」三字。

③〔諫執事〕《舉正》出南宋監本「諫執事者多矣」，云：「杭本『諫』作『陳』。」《考異》：「諫，或作『陳』。」

④〔非爲其樂〕魏本無「爲」字。

⑤〔其諫不足聽故也〕魏本注：「也，一作『哉』。」《舉正》出南宋監本「諫不足聽故也」，云：「李、謝校同，三本『也』皆作『哉』。」朱熹訂作「哉」，《考異》：「閣、杭、蜀本如此，而方但從諸本『哉』作『也』。今以下兩句推之，作『哉』近是，蓋『此非』至『故哉』十五字當作一句讀之，乃得其意。或者又云：『哉』字恐是『邪』字，聲訛爲『也』，今作『邪』字讀之，文理尤順。」童第德注：「『也』、『邪』聲近，經典通用。《顔氏家訓·音辭篇》：『邪者，未定之詞，北人即呼爲也。』《荀子·正名篇》：『其求物也，養生也，粥壽也。』楊倞注：『也，皆當爲耶，問之辭。』按：楊氏以爲『也』當作『邪』，其實聲近字通，無煩改字。說詳王氏引之《經傳釋詞》。此文『也』字即『邪』字，非聲訛也。」

⑥〔辭不足感心也〕《文髓》無「不」字。「心」上潮本、祝本、魏本多一「人」字。《舉正》出南宋監本「辭不足感人心也」，删「人」字，云：「三本同。」朱熹從方本，《考異》：「『心』上或有『人』字。」今從方本。

⑦〔患不能切身也〕潮本注：「切，趙作『以』。」句末魏本注：「趙本作『切人身也』。」

⑧〔有危墮之憂〕潮本注：「墮，一作『墜』。」祝本、魏本注同。《考異》：「墮，或作『墜』，下同。」

⑨〔則無危墮〕魏本「則」作「必」。潮本注：「墮，一作『墜』。」

⑩〔其指要非〕魏本「要」下多一「也」字，注：「一無『也』字。」

⑪〔擊毬之間事〕潮本「事」上注：「一有『之』字。」祝本、魏本「事」上多一「之」字，注：「一無『之』字。」朱熹作「之事」，《考異》：「或無『之』字。」

⑫〔馬之與人〕《文髓》「與」作「於」。

⑬〔至於筋骸〕魏本注：「於，一作『其』。」

⑭〔振撓其筋骨〕魏本「筋骨」作「筋角」。《舉正》出南宋監本「振撓其筋骨」，據閣本乙「筋骨」作「骨筋」。朱熹從方本，《考異》：「或作『筋骨』。」

⑮〔迴旋〕《文髓》「迴」作「回」。

⑯〔然則毬之害於人也決矣〕《文髓》「也」作「者」。《舉正》出南宋監本「毬之害於人也決矣」，據杭本删「矣」字，云：「謝删。」朱熹從監本，《考異》：「諸本皆如此，方從杭本無『矣』字。今按：上句有『矣』字，此句亦須有『矣』字，語勢方殺。杭本只是偶然脱漏，不謂後人信之過甚，而使韓公爲是歇後不了之語也。今當以諸本爲正。」

⑰〔五藏〕魏本、《文髓》「藏」作「臟」。

⑱〔必懸垂於胸臆〕潮本注：「必，一作『即』。臆，一作『腹』。」祝本、魏本注同。《舉正》出南宋監本「胷臆之間」，云：「蜀本『臆』作『腹』。」《考異》：「臆，或作『腹』。」

⑲〔雖愷悌君子〕《舉正》出南宋監本「雖愷悌君子」，云：「蜀本『雖』作『惟』。」朱熹本作「雖豈弟」，《考異》：「雖，或作『惟』。」童第德注：「《說文》：『豈，還師振旅樂也。一曰欲也，登也。愷，康也。弟，韋束之次弟也。』引伸爲兄弟字。《詩·青蠅》、《旱麓》、《洞酌》作『豈弟君子』，《孝經》及《左氏》成八年傳作『愷悌君子』，《禮記·表記》、《孔子閑居》作『凱弟君子』，義皆同。『豈』、『愷』通用，『凱』爲『豈』之後出字，『悌』爲『弟』之後出字。『惟』、『雖』古通用，說詳《經傳釋詞》。」

⑳〔亦養壽命之一端也〕《舉正》出南宋監本「亦養壽命之一端也」，據閣本刪「一」字，云：「李、謝刪。此乃王吉《諫獵疏》所謂『以奥脆之玉體犯勤勞之煩毒，非所以全壽命之宗也』，全篇意多相類。」朱熹從監本，《考異》：「方無『一』字。」

㉑〔愈恐懼再拜〕《文髓》無「愈恐懼再拜」五字。

【箋注】

〔一〕樊汝霖注：「公此書諫張建封擊毬事。」韓醇注：「『第二書』者，或指前『論晨入夜歸』爲第一書也。」魏引補注：「觀堂劉夷叔云：退之《諫張僕射擊毬書》纔數百言，使人意動神悚。子厚《勸李睦州服氣書》費千餘言，乃反緩而不切。人才相去不可及哉。」

此篇作年，程俱、洪興祖、韓醇、方崧卿《舉正》、《年表》、《增考》、方成珪、蔣抱玄均繫於貞元十五年（七九九）。程譜：「建封好擊毬，愈累書諫，又爲詩曰《汴泗交流》以諷。」洪譜：「十五年己卯：九月一日上建封書論晨入夜歸事，其後有《諫擊毬書》及《詩》。」方崧卿《年譜增考》：「或云公《諫擊毬詩》云『新秋朝涼未見日，公早結束來何爲。』而《論晨入夜歸書》在九月，不當云『其後』也，余默默念之。後見唐本，乃作『新雨朝涼未見日』。『新雨』字本《史記·日者傳》，與《山石》詩所謂「升堂坐階新雨足」同義也。以是知諫擊毬之爲第二書，蓋審也。洪本亦只作『新秋』，蓋洪亦未嘗考及此也。」方譜：「此書不紀月日，然題云『第二書』，自在前書之後。」

〔二〕嚴有翼注：「古者蹴踘，以毛實皮，蹴踏爲戲。後世圜木爲丸，以杖擊之；或以驢馬之上，謂之擊毬，與蹴踘殊異。集有《汴泗交流贈張僕射詩》云：『毬驚杖奮合且離，霹靂應手神珠馳。』正言擊毬也。末章言『此誠習戰非爲劇，豈若安坐行良圖』，亦諫止之辭也。」《史記·扁鵲倉公列傳》：「(項)處後蹴踘，要蹷寒，汗出多，即嘔血。」《正義》：「蹴踘，上千六反，下九六反，謂打毬也。」《漢書·枚乘傳》：「弋獵射馭狗馬蹵鞠刻鏤，上有所感，輒使賦之。」顔師古注：「蹵，足蹵之也。鞠以韋爲之，中實以物，蹵蹋爲戲樂也。」

〔三〕危墮，傾危墮墜。王融《淨住子淨行法門·剋責身心門六》：「夫求而獲者虚，則實愛情深，故有傾危墮墜之苦。」

〔四〕蔣抱玄注：「《論衡》：『陰陽分爭，則相校軫，則激射。』」謹按：《論衡·雷虚》：「雷者太陽之激氣也。盛夏之時，太陽用事，陰氣乘之。陰陽分爭，則相校軫。校軫則激射。激射爲毒，中人輒死，中木木折，中屋屋壞。」此「激射」謂雷電閃擊。此處「激射」，謂迸射、衝擊。鮑照《山行見孤桐》：「奔泉冬激射，霧雨夏霜淫。」《魏書·刁雍傳》：「河水激射，往往崩頹。」

〔五〕蔣抱玄注：「《晉書·王承傳》：『言理辯物，但明其指要而不飾文辭。』」蔣抱玄注：「《左傳》襄公十三年）：『使歸而廢其使，怨其君以疾其大夫，而相牽引也。不猶愈乎。』」

〔六〕蔣抱玄注：「凡事進行之次第曰步驟。《漢書》：『三五步驟，優劣殊軌。』折中，損太過以補不及，使得中道也。一作『折衷』。《史記·孔子世家》：『自天子王侯，中國言六藝者折中於夫子，可謂至聖矣。』」謹按：「步」謂緩行，「驟」謂疾走。步驟，謂節奏速度。《荀子·禮論》：「故君子上致其隆，下盡其殺，而中處其中，步驟馳騁厲騖不外是矣。」《後漢書·曹褒傳》：「且三五步驟，優劣殊軌。」章懷注引《孝經鉤命決》：「三皇步，五帝驟，三王馳。」

〔七〕蔣抱玄注：「撓，擾亂也。」謹按：撓，摇動。《莊子·天地》：「手撓顧指，四方之民莫不俱至。」《釋文》：「司馬云：動也。一云：謂指麾四方也。」

〔八〕蔣抱玄注：「《史记·長沙定王世家》注：『臣國小地狹，不足迴旋。』帝以武陵、零陵、桂陽屬焉。』」

〔九〕魏仲舉注：「絡，歷各切。」蔣抱玄注：「五藏，俗作五臟。舊説心肝肺脾腎爲五藏。《史記》（《扁鵲傳》）：『扁鵲視病，盡見五藏癥結。』」

〔一〇〕蔣抱玄注：「《晉書·楊方傳》：『其文甚有奇分，若出其胸臆，乃是一國所推，豈但牧豎中逸羣邪？』」胸臆，胸部。《易林·屯之旅》：「雙鳧俱飛，欲歸稻食，經涉萑澤，爲矢所射，傷我胸臆。」

〔一一〕蔣抱玄注：「《淮南子》《要略》：今學者無聖人之才，而不爲詳説，則終身顛頓乎混溟之中。」
〔一二〕蔣抱玄注：「尤物，人物之尤異者。亦曰害人之物。《莊子》《徐無鬼》：『夫子，物之尤也。』」
〔一三〕魏引補注：「昭二十八年《左氏》所載叔向之辭。」《左傳》昭公二十八年：「夫有尤物，足以移人。苟非德義，則必有禍。」杜預注：「尤，異也。」孔穎達疏：「苟，誠也。誠不以德義自持，則必有禍。」
〔一四〕蔣抱玄注：「《詩經》《大雅・卷阿》：『豈弟君子，來游來歌。』」謹按：愷悌，和樂平易。《詩・小雅・青蠅》：「豈弟君子，無信讒言。」鄭箋：「豈弟，樂易也。」

與馮宿論文書①〔一〕

辱示《初筮賦》②〔二〕，實有意思〔三〕。但力爲之，古人不難到。但不知直似古人，亦何有於今人也③？僕爲文久。每自則④，意中以爲好，即人必以爲惡矣⑤。小稱意〔四〕，即人亦小怪之⑥；大稱意，即人必大怪之也⑦。時時應事作俗下文字⑧〔五〕，下筆令人慚。及示人，人以爲好矣⑨。小慚者亦蒙謂之小好，大慚者即必以爲大好矣⑩。不知古文直何用於今世也⑪，然以俟知者知耳⑫。

昔楊子雲著《太玄》⑬，人皆笑之〔六〕。子雲之言曰⑭：「世不我知，無害也。後世復有楊子雲，必好之矣。」子雲死近千載，竟未有楊子雲，可歎也⑮！其時桓譚亦以雄書勝老子⑯〔七〕。老子未足道也，子雲豈止與老子爭彊而已乎⑰？此不爲知雄者⑱。其弟子侯芭頗知之〔八〕，以爲其師之書勝《周易》⑲。然侯之他文不見於世⑳，不知其人果如何耳。以此而言，作者不祈人之知也明矣。直百世以俟聖人而不惑，質諸鬼神而不疑耳㉑〔九〕，足下豈不謂然乎？

近李翺從僕學文，頗有所得。然其人家貧多事，未能卒其業。有張籍者，年長於翺㉒，而亦學於僕。其文與翺相上下，一二年業之，庶幾至乎至也㉓。然閔其棄俗尚而從於寂寞之道，以之爭名於時也㉔。久不談㉕，聊感足下能自進於此，故復發憤一道〔一〇〕。愈再拜。

【彙校】

①〔與馮宿論文書〕《舉正》出南宋監本「與馮宿論文書」。朱熹從方本，《考異》：「或無『論文』字。」

②〔初筮賦〕潮本注：「筮，一作『仕』。」祝本、魏本注同。《舉正》據閣、杭本訂「仕」字，作「初仕賦」。朱熹從監本，《考異》：「筮，方作『仕』。」

③〔何有於今人〕潮本「有」下多一「得」字，祝本、魏本同。潮本注：「一無『有』字。一無『得』字。」祝本注同。魏本注：「一無『有』字。或有『有』字而無『得』字。」謹按：「何有」，何所有，以反詰語表否定。《左傳》昭公二十八年：「祁氏私有討，國何有焉？」杜预注：「言討家臣，無與國事。」《左傳》僖公二十四年：「除君之惡，唯力是視，蒲人、狄人，余何有焉？」楊伯峻注：「何有，古人習語，意義隨所施而異，此謂心目中無之也。」《吕氏春秋・知接》：「人之情，非不愛其子也，其子之忍，又將何有於君？」高誘注：「子，所愛也。而忍殺之，何能有愛於君。」此處「何有於今人」，即反問有何功用於今人。下文「不知古文直何用於今世也」，與此同義。今從朱引或本。

④〔每自則〕明賀復徵《文章辨體彙選》、乾隆《唐宋文醇》、林雲銘《韓文起》、蔣抱玄《詳注韓昌黎文集》「則」作「測」。蔣抱玄注：「諸本多作『每自則意中以爲好』，殊不適文理。據晉安林氏《韓文起》作『自測』。」童第德注：「則，讀曰『測』。古『則』、『測』字通。《書・多士》傳：『不則德義之經。』《釋文》：『則本作測。』是其證。一曰：『則』字涉下『則人』句而衍。」謹按：《説文》：「則，等畫物也。从刀从貝。貝，古之物貨也。」段注：「等畫物者，定其差等而各爲介畫也，今俗云『科則』是也。介畫之，故從刀。引伸之爲法則，假借之爲語詞。」是「則」字本有「衡量」、「規範」一義。《三國志・蜀志・張嶷傳》：「取古則今。」此處「自則」，即用此義。

⑤〔即人必〕魏本「即」作「則」，注：「則，一作『即』。」《舉正》據閣本訂「則」字，作「則人必以爲惡」。朱熹從方本，《考異》：「則，或作『即』，方無『以』字。」謹按：「即」、「則」義通。《廣雅・釋言》：「則，即也。」《墨子・非樂上》：「利人乎即爲，不利人乎即止。」此「即」通「則」之例。《漢書・王莽傳》：「則時成創。」顔師古注：「則時，即時也。」此「則」通「即」之例。此處以上文「自則意中」已有「則」字，於是更「則」爲「即」。方、朱未諦。

⑥〔即人亦〕魏本注：「一無『即』字。」《舉正》出南宋監本「即人亦小怪之」，據閣本删「即」字。朱熹從方本，《考異》：「上或有『即』字。」

⑦〔必大怪之〕魏本「必」作「亦」，注：「一無『即』字，一無『也』字。」《舉正》出南宋監本「即人必大怪之也」，删「之」字，云：「以閣本定，杭、蜀有下語『之』字，餘並同閣本。」朱熹從監本。《考異》：「方無『之』字。」

⑧〔俗下文字〕潮本「文字」作「者」，祝本同。潮本「俗下」下注：「一有『文字』字。」祝本注同。魏本「文字」下存「者」字，注：「一無『文字』二字。」朱熹增「文字」二字，删「者」字，《考異》：「『文字』，方作『者』。」今從朱本。

⑨〔人以爲〕魏本「人」下多一「必」字。朱熹「人」上增一「則」字，《考異》：「方無『則』字。」

⑩〔以爲大好〕潮本注：「以爲，一作『謂之』。」魏本注同。祝本注：「爲，一作『謂之』。」

⑪〔直何用於今世〕潮本「直」作「真」，祝本、魏本同。潮本注：「真，一作『直』。」祝本、魏本注同。《舉正》據杭本訂「直」字，删「今」字，作「直何用於世也」，云：「閣本亦無『今』字，蜀本『直』字同。」朱熹從方本訂「直」字，從監本存「今」字，《考異》：「直，或作『真』。方無『今』字。」今從朱本。

⑫〔以俟知者〕王本、張本、廖本「俟」作「竢」，下同。《考異》：「以，或作『而』。」

⑬〔楊子雲〕王本、張本、廖本「楊」作「揚」，下同。

⑭〔子雲之言〕潮本注：「一無『之言』字。」祝本、魏本注同。《考異》：「或無此（之言）二字。」

⑮〔可歎〕潮本注：「歎，一作『類』。」祝本、魏本注同。

⑯〔亦以〕魏本注：「以，一作『以爲』。」《舉正》據閣本增「爲」字，作「亦以爲雄書勝老子」。朱熹從方本，《考異》：

「或無『爲』字。」

⑰〔爭彊而已乎〕魏本「彊」作「强」，「乎」作「哉」，注：「哉，一作『乎』。」

⑱〔此不爲知雄者〕潮本「不」作「誠未必」，注：「此誠未必爲，一云『此不爲』。」祝本注：「此不爲，一云『此誠未必爲』。」魏本注同。《舉正》出南宋監本「此不爲知雄」，云：「蜀本『不』作『未』。」朱熹訂「未」字，作「此未爲知雄者」，《考異》：「未，方作『不』。」今從祝本。

⑲〔其師〕《考異》：「或無『其』字。」

⑳〔侯之他文〕祝本「侯」下注：「一有『芭』字。」魏本注同。潮本「侯」下多一「芭」字。今從祝本。

㉑〔不疑耳〕魏本注：「耳，一作『矣』。」《舉正》出南宋監本「而不疑耳」，云：「閣同上。杭、蜀『耳』作『矣』。」《考異》：「耳，或作『矣』。」

㉒〔年長於翺〕《舉正》出南宋監本「年長於翺」，云：「杭本無『年』字。」《考異》：「或無『年』字。」

㉓〔庶幾至乎至也〕潮本「庶幾至」下注：「至，一作『全』字。一無『至』字。」祝本注：「一無『至』字，一有『全』字。」魏本注同。《舉正》據蜀本增上「至」字，作「庶幾至乎至也」，云：「李、謝校同。」朱熹從南宋監本删「幾」下「至」字，《考異》：「『幾』下方有『至』字。」

㉔〔於時也〕句下潮本注：「一有『未知果能不叛去乎』字。」祝本、魏本注同。《考異》：「此下或有『未知果能不叛去乎』八字。又或疑此句上有『然』字，意無所承，恐所增多。八字當在『然』字之上，未知是否。」

㉕〔久不談〕潮本「久」下多一「而」字，祝本、魏本同。《舉正》出南宋監本「久而不談」，删「而」字，云：「李、謝並以古

本删去。」。朱熹從方本，《考異》：「『久』下或有『而』字，非是。」今從方本。

【箋注】

〔一〕沈欽韓注：「《新唐書》《藝文志》：『《馮宿集》四十卷。』今已佚。其可誦者，有《蘭溪縣靈隱寺東峰新亭記》、《魏府狄梁公祠堂碑》、《殷侑家廟碑》、《昇元劉先生碑》。《舊唐書》《馮宿傳》：『拜比部郎中，會韓愈論佛骨，時宰疑宿草疏，出爲歙州刺史。』宿與公爲文字交素矣。」

此篇作年，樊汝霖繫於佐汴時，方崧卿繫於貞元十二、三年，王元啓、方成珪繫於貞元十四年，蔣抱玄繫於貞元十六年佐徐時。樊汝霖注：「按李習之《祭公文》及公《此日足可惜贈張籍詩》，則二子始皆從公於汴州。今此書云：『近李翺從僕學文，張籍亦學於僕。』則此書其汴州所作歟？」《舉正》：「張、李始從公於汴，於《祭文》可考，此書當貞元十二、三年作。」王元啓注：「詳書中『棄俗尚』云云，籍時尚未登第，是爲貞元之十四年作。」方譜：「王惺齋云：『詳書中棄俗尚云云，籍時尚未登第。』當是此年作。」蔣抱玄注：「舊譜載在汴州作，非也。宿爲張建封掌書記，以《初筮賦》就正。公因發憤及之，貞元十六年在徐州作。」謹按：李翺初見韓愈於汴，在貞元十二年，見《祭吏部韓侍郎文》；十三年居汴，見《高愍女碑》；十四年居汴，見孟郊《與韓愈李翺張籍話別》；十四年底或十五年初，南游吳越；至十六年北歸，其年四月娶韓愈兄女於徐州，見韓愈《與孟東野書》。張籍初見韓愈於汴，在貞元十三年十月；十四年十一月應汴州府試；十五年進士及第，其年夏返徐，與韓愈相處月餘離去，見韓愈《此日足可惜》；至十六年，張籍於和州居喪，見韓愈《與孟東野書》。文末云：「李翺從僕學文，未能卒其業。張籍亦學於僕，一二年業之，庶幾至乎至也。」可見作此書時，李翺已離去，而張籍仍在門下。則此書當作與貞元十四年冬，李翺已南游，張籍尚未登第時。若繫於十六年，則李翺已返徐，而張籍則不在徐州。蔣注不確，當從王元啓、方成珪繫於貞元十四年（七九八）。

〔二〕蔣抱玄注：「『辱』亦敬辭，『辱示』與『垂示』同。初筮，謂初入仕也。《左傳》（閔公元年）：『畢萬筮仕於晉。』言將仕宦而占其吉凶也。後因謂初入仕者爲筮仕。」

〔三〕意思，文意、文思。葛洪《抱樸子・遐覽》：「才識短淺，又年尚少壯，意思不專，俗情未盡，不能大有所得。」

〔四〕蔣抱玄注：「稱意，適合意思也。《戰國策》（《齊六》）：『貫珠者勸齊襄王下令，言田單能稱寡人之意。』」《漢書・蓋寬饒傳》：「以寬饒爲太中大夫，使行風俗，多所稱舉貶黜，奉使稱意。」

〔五〕時時，不時、常常。《史記・袁盎晁錯列傳》：「袁盎雖家居，景帝時時使人問籌策。」

〔六〕嚴有翼注：「子雲晚悔雕蟲，潛心奧境，慕《周易》而草《太玄》。當世之人或譏其尚白，或誚其可覆醬瓿，或非其僭聖作經，猶吴楚稱王，蓋誅絶之罪也。子雲泊然自守，不以屑意，姑俟後世之子雲而已。」

〔七〕孫汝聽注：「譚字君山，沛國相人。」

〔八〕孫汝聽注：「芭，鉅鹿人，嘗從雄居，受《太玄》、《法言》。」魏仲舉注：「芭，音巴。」

〔九〕孫汝聽注：「此《禮記·中庸》之文。」《禮記·中庸》：「故君子之道本諸身，徵諸庶民，考諸三王而不繆，建諸天地而不悖，質諸鬼神而無疑，百世以俟聖人而不惑。質諸鬼神而無疑，知天也；百世以俟聖人而不惑，知人也。」鄭玄注：「知天知人，謂知其道也。鬼神，從天地者也。《易》曰：故知鬼神之情狀與天地相似，聖人則之，百世同道。」

〔一〇〕蔣抱玄注引《楚辭·九章·惜誦》：「惜誦以致愍兮，發憤以抒情。」

與祠部陸參員外薦士書①〔一〕

執事好賢樂善，孜孜以薦進良士、明白是非爲己任〔二〕。方今天下，一人而已。愈之獲幸於左右，其足跡接於門墻之間②〔三〕，陞乎堂而望乎室者③〔四〕，亦將一年于今矣〔五〕。念慮所及〔六〕，輒欲不自疑。外竭其愚而道其志，況在執事之所孜孜爲己仕者，得不少助而張之乎〔七〕？誠不自識其言之可採與否，其事則小人之事君子，盡心之道也。天下之事④，不可遽數。又執事之志，或有待而爲，未敢一二言也。今但言其最近而切者爾⑤。

執事之與司貢士者相知誠深矣⑥〔八〕。彼之所望於執事⑦，執事之所以待乎彼者，可謂至而無閒疑矣⑧。彼之職在乎得人⑨，執事之志在乎進賢。如得其人而授之，所謂兩得其求，順乎其必從也。執事之知人，其亦博矣。夫子之言曰：「舉爾所知。」〔九〕然則愈之知者亦可言矣⑩。

文章之尤者，有侯喜者〔一〇〕、侯雲長者〔一一〕。喜之家，在開元中衣冠而朝者〔一二〕，兄弟五六人。及喜之父仕不達，棄官而歸。喜率兄弟操耒耜而耕⑪〔一三〕，地薄而賦多，不足以養其親。則以其耕之暇⑫，讀書而爲文，以干於有位者而取足焉〔一四〕。喜之文章，學西漢而爲也⑬。舉進士十五、六年矣〔一五〕。雲長之文，執事所自知。其爲人淳重方實，可任以事。其文與喜相上下⑭〔一六〕。有劉述古者〔一七〕，其文長於爲詩，文麗而思深。當今舉於禮部者，其詩無與爲比，而又工於應主司之試〔一八〕。其爲人温良誠信，無邪佞詐妄之心⑮。彊志而婉容⑯，和平而有立。其趨事靜以敏，著美名而負屈稱者，其日已久矣⑰。有韋羣玉者⑱〔一九〕，京兆之從子〔二〇〕。其文有可取者，其進而未止者也。其爲人賢而有材⑲，志剛而氣和，樂於薦賢爲善。其在家無子弟之過，居京兆之側，遇事輒爭，不從其令而從其義。求子弟之賢而能業其家者⑳，羣玉是也。凡此四子，皆可以當執事首薦而極論者〔二一〕。主司疑焉則以辯之㉑，問焉則以告之，未知焉則殷勤而語之㉒，期乎有成而後止可也㉓。

有沈杞者〔二二〕、張弦者㉔〔二三〕、尉遲汾者〔二四〕、李紳者〔二五〕、張後餘者〔二六〕、李翊者〔二七〕，或文或行，皆出羣之材也㉕〔二八〕。凡此數子，與之足以收人望〔二九〕，得才實㉖〔三〇〕。主司疑焉則以解之㉗，問焉則以對之，廣求焉則以告之可也。

往者陸相公司貢士〔三一〕，考文章甚詳〔三二〕。愈時亦幸在得中㉘〔三三〕，而未知陸丞相之得人也㉙。其後一二年，所與及第者皆赫然有聲。原其所以，亦由梁補闕肅〔三四〕、王郎中礎佐之〔三五〕。梁舉八人，無有失者〔三六〕，其餘則王皆與謀焉。陸相之考文章甚詳也，待梁與王如此不疑也。梁與王舉人如此之當也㉚，至今以爲美談〔三七〕。自後主司不能信人㉛，人亦無足信者㉜，故蔑然無聞㉝〔三八〕。今執事之與司貢士者有相信之資〔三九〕，謀行之道㉞，惜乎其不可失也㉟。

方今在朝廷者多以遊讌娛樂爲事㊱，獨執事眇然高舉〔四〇〕，有深思長慮，爲國家樹根本之道〔四一〕，宜乎小子之以此言聞於左右也〔四二〕。愈恐懼再拜㊲。

【彙校】

①〔與祠部陸參員外薦士書〕此篇又載《文苑英華》卷六八九，據校。魏本「參」作「傪」。苑本題作「與祠部陸員外薦士書」，題下小字側注「傪」字。《舉正》出南宋監本「與祠部

陸員外書」。朱熹從方本，《考異》：「或有『薦士』字。」

②〔足跡接於〕《舉正》出南宋監本「足跡」，云：「杭本無『跡』字。」《考異》：「或無『跡』字。」

③〔陞乎堂而望乎室者〕「陞」，苑本作「升」，魏本作「昇」。《考異》：「陞，或作『昇』。」潮本注：「乎，一並作『于』。」祝本、魏本注同。苑本注：「乎，集作『于』。」

④〔天下之事〕魏本注：「事，一作『士』。」潮本「事」作「士」，祝本同。《舉正》據《文苑》訂「事」字，作「天下之事」，云：「謂有待而爲，則『事』字爲當。」朱熹從方本，《考異》：「事，或作『士』。」今從苑本。

⑤〔切者爾〕苑本「爾」作「耳」。

⑥〔與司貢士者相知誠深〕潮本「與」下注：「一有『同』字。」祝本、魏本注同。苑本注：「集有『同』字。」潮本「誠」作「識」，苑本、祝本、魏本同。潮本注：「識，一作『誠』。」祝本注：「一無『相』字。識，一作『誠』。」魏本注同。苑本注：「識，集作『誠』。」《舉正》據閣本訂「誠」字，作「相知誠深矣」，云：「晁、謝校，杭、蜀作『識』。」朱熹從方本。《考異》：「誠，或作『識』。」今從方本。

⑦〔之所望〕祝本「所」下注：「一有『以』字。」魏本注同。

⑧〔無閒疑〕苑本「閒」作「間」，祝本、魏本同。《舉正》出南宋監本「無閒疑矣」，據閣、杭、《文苑》删「矣」字。謹按：今苑本有「矣」字。朱熹從監本，《考異》：「方無『矣』字。」

⑨〔彼之職〕魏本「職」作「識」。

⑩〔亦可言矣〕苑本「可」下多一「以」字，注：「集作『亦可言也』。」祝本「矣」作「也」，魏本同。祝本注：「也，一作

『矣』。」魏本注同。《舉正》據閣本訂「已」字，作「亦可言已」，云：「李、謝校，杭、蜀作『矣』。」朱熹從方本，《考異》：「已，或作『矣』，或作『也』。」

⑪〔耒耜而耕〕潮本「耕」下注：「一有『于野』二字。」祝本、魏本注同。苑本注：「蜀本有『于野』二字。」《舉正》出南宋監本「操耒耜而耕」，云：「蜀本下有『於野』二字，舊本皆無。」朱熹從蜀本增「于野」二字，《考異》：「方無此二字。」

⑫〔其耕之暇〕苑本「其耕之暇」作「非耕之時」，注：「集作『則以其耕之暇』。」《舉正》訂「非」、「時」二字，作「以非耕之時讀書而爲文」，云：「以《文苑》校，謝本亦作『耕之時』，今本訛『非』爲『其』，復以『時』爲『暇』，益非矣。」朱熹從監本，《考異》：「其耕之暇，方作『非耕之時』，或作『其暇之時』。」

⑬〔西漢〕今苑本注：「漢，集作『京』。」《舉正》據閣、杭、《文苑》訂「京」字，作「學西京而爲也」。朱熹從方本，《考異》：「京，或作『漢』。或作『漢西京』。」

⑭〔相上下〕祝本句末多一「也」字。

⑮〔無邪佞詐妄之心〕潮本「邪佞詐妄」作「邪妄詐佞」，今苑本、祝本、魏本同。潮本注：「妄，一作『佞』。佞，一作『妄』。」祝本、魏本注同。今苑本注：「集作『邪佞詐妄』。」《舉正》訂「僞」字，作「邪妄詐僞」，云：「閣與《文苑》作『僞』，杭、蜀本作『佞』。」謹按：今苑本同監本。朱熹訂作「邪佞詐妄」，《考異》：「方作『邪妄詐僞』，或作『邪妄詐佞』。」今從朱本。

⑯〔彊志〕「彊」，苑本作「强」，魏本作「疆」。

⑰〔其日已久矣〕苑本無「已」字，注：「集有『已』字。」《舉正》出南宋監本「其日已久矣」，據閣本删「矣」字，云：「杭同，《文苑》作『爲日久矣』。無『已』字。」按：今本《文苑》作「其日久矣」。《考異》：「方無『』矣字，或作『爲日已久』。」

⑱〔韋羣玉〕《摭言》「羣玉」作「紓」。洪興祖注：「本集『韋紓』作『韋羣玉』。」《增考》：「韋羣玉，韋珩也，《摭言》作『紓』，亦誤。公書曰：『羣玉，京兆之從子也。』京兆，指韋夏卿也。夏卿之弟正卿之子曰珩、曰瓘。柳子厚有寄珩詩云：『回眸炫晃别羣玉，獨赴異域穿蓬蒿。』羣玉蓋珩之字也，公豈有所避而以字行耶？珩亦二十一年進士。」

⑲〔賢而有材〕潮本注：「材，一作『行』。」祝本、魏本、苑本注同。《舉正》訂「行」字，作「賢而有行」，云：「杭作『行』，蜀作『材』。」朱熹從監本，《考異》：「材，方作『行』。今按：賢即是有行，方語爲贅。」

⑳〔而能業〕《舉正》出南宋監本「而能業其家」，據閣本删「而」字，云：「李、謝删。」朱熹從監本，《考異》：「方無『而』字。」

㉑〔以辯之〕祝本、王本、張本、廖本「辯」作「辨」。

㉒〔殷勤而語之〕魏本「殷勤」作「慇懃」。潮本「語」作「論」，祝本、魏本同。潮本注：「論，一作『語』。」祝本、魏本注同。《舉正》訂「語」字，作「殷勤而語之」，云：「三本、《文苑》同。」朱熹從方本，《考異》：「語，或作『論』。」今從苑本。

㉓〔期乎有成而後止〕苑本「止」作「已」，注：「已，集作『止』。」《舉正》出南宋監本「期乎有成」，據閣本删「有」字，

云：「李、謝校。」朱熹從監本，《考異》：「方無『有』字。」

㉔〔張弦者〕祝本注：「弦，一作『弘』。」魏本、苑本注同。《舉正》出南宋監本「張弦」，云：「蜀本作『弦』，《文苑》與《登科記》只作『弘』。」謹按：今苑本作「弦」。朱熹從方本，《考異》：「弦，或作『弘』，與《登科記》同。」

㉕〔出羣之材〕苑本、王本、張本、廖本「材」作「才」。

㉖〔得才實〕苑本注：「才，集作『材』。」

㉗〔以解之〕苑本「以」作「與」，注：「與，集作『以』。」《舉正》據閣本訂「與」字，作「則與解之」，云：「謝校。」朱熹從方本，《考異》：「與，或作『以』。」

㉘〔時亦幸在〕苑本無「亦」字，注：「集有『亦』字。」潮本注：「一無『幸』字。」祝本、魏本注同。《舉正》出南宋監本「愈時亦幸在得中」，删「亦」字，云：「《文苑》無『亦』字，蜀本無『幸』字，今本併存之，非也。」朱熹從監本，《考異》：「或無『亦』字，或無『幸』字。」

㉙〔陸丞相之得人〕苑本注：「集無此（丞相）二字。」潮本無「丞相」二字，祝本、魏本、王本、張本、廖本同。今從苑本。

㉚〔如此之當〕潮本注：「一無『如此』字。」祝本、魏本注同。《舉正》出南宋監本「舉人如此之當也」，删「如此」二字，云：「三本、《文苑》同。」謹按：今苑本有此二字。朱熹從監本，《考異》：「方無『如此』字。」

㉛〔自後主司〕王本、張本、廖本「後」作「后」。

㉜〔無足信者〕魏本注：「無足信者，一作『無所可足信者』。」

㉝〔蔑然無聞〕潮本注：「然，一作『蔑』。」祝本、魏本注同。苑本注：「蔑然，集本注作『蔑蔑』。」《舉正》訂下「蔑」字，作「蔑蔑無聞」，云：「謝氏以古本校，杭、蜀皆作『蔑然』。」朱熹從方本，《考異》：「或作『蔑然』。」

㉞〔謀行之道〕祝本「謀」上注：「一有『與』字。」魏本注同。苑本注：「集有『與』字。」《舉正》出南宋監本「謀行之道」，云：「蜀本上有『與』字。」《考異》：「上或有『與』字。」

㉟〔惜乎〕方成珪注：「惜，當作『昔』。『昔』，古『時』字。此殆因『昔』而訛爲『昔』，因『昔』而轉爲『惜』耳。」

㊱〔遊讌〕苑本「讌」作「宴」。

㊲〔恐懼〕魏本「恐」作「惶」。苑本注：「恐懼，一作『皇恐』。」

【箋注】

〔一〕此篇作年，洪興祖繫於貞元十七年或十八年，韓醇、方崧卿《增考》、《年表》、《舉正》、方成珪、蔣抱玄均繫於貞元十八年（八〇二）。洪譜：「公薦侯喜於盧、陸，當在今年（十七年）或明年也。」韓醇注：「傪字公佐，貞元十六年爲祠部員外郎。十八年，權德輿典貢舉，傪佐之。公時爲四門博士，薦侯喜等十人於傪。」《增考》：「按公薦侯喜於盧汝州，實在今歲（十七年）之秋。薦於陸傪，恐在來歲之首。唐制：取士雖柄文專於禮侍，然參佐差擇，亦勑下乃定。公上陸書云『執事之與司貢士相知誠深矣』，考其時，似已拜命矣。」《舉正》：「貞元十八年薦士於陸傪。」方譜：「是年春作。」

〔二〕蔣抱玄注：「孜孜，勤勉不殆之意，與『孳孳』同。《書經》：『予思日孜孜。』《莊子》：『夫明白於天地之德者，此之謂大本。』」《尚書·益稷》：「予何言？予思日孜孜。」孔穎達疏：「孜孜者，勉功不怠之意。」《莊子·天道》郭象注：「天地以無爲爲德，故明其宗本，則與天地無逆也。」

〔三〕門墻，師門之墻，引申爲師門。《論語·子張》：「夫子之牆數仞，不得其門而入，不見宗廟之美，百官之富。得其門者或寡矣。」楊雄《法言·修身》：「或問：『人有倚孔子之牆，弦鄭衛之聲，誦韓莊之書，則引諸門乎？』曰：『在夷貉則引之，倚門牆則麾之。』」

〔四〕蔣抱玄注：「《論語》（《先進》）：『由也升堂矣，未入於室也。』故曰望。」

〔五〕韓愈貞元十七年作《行難》，稱陸參「貞元中自越州徵拜祠部員外郎，京師之人日造焉，閉門而拒之滿街。愈嘗往間客席」。

〔六〕念慮，思慮。《淮南·説山》：「念慮者不得卧。止念慮，則有爲其所止矣。」

〔七〕少，稍。《莊子·徐无鬼》：「今予病少痊，予又且復遊於六合之外。」張，施行。《廣韻》：「張，知亮切，張施。又陟良切。」《集韻》：「張，知亮切，陳設也。」

〔八〕蔣抱玄注：「《禮記》（《射義》）：『古者天子之制，諸侯歲獻貢士於天子。』司，謂主持之者，即權德輿。」

〔九〕蔣抱玄注：「《論語·子路第十三》：子路曰：焉知賢才而舉之？子曰：舉爾所知。」

〔一〇〕侯喜，兩《唐書》無傳，今鈎稽其生平如次：侯喜，字叔起（韓愈《贈侯喜》），上谷人（韓愈《題李生壁》），行十一（韓愈《詠燈花同侯十一》）。貞元十七年，韓愈薦之於盧虔（韓愈《與汝州盧郎中論薦侯喜狀》），貞元十八年，又薦之於陸傪（韓愈《與祠部陸員外書》）。貞元十九年登進士第（《容齋四筆》卷五「韓文公薦士」條引《登科記》），元和七年爲校書郎（韓愈《石鼎聯句詩序》），十一年爲協律郎（韓愈《和侯協律詠筍》），十五年爲國子主簿（韓愈《雨中寄張博士籍侯主簿喜》），長慶三年卒。

〔一一〕侯雲長，兩《唐書》無傳，今鈎稽其生平可知者如次：侯雲長，祖籍上谷，世居河東絳郡。祖瓛節，著作郎。父劉，監察御史（《元和姓纂》卷五）。雲長爲人淳重方實，可任以事，其文與侯喜相上下（韓愈《與祠部陸員外書》）。韓愈薦之於陸參，登貞元十八年進士第（《容齋四筆》卷五引《登科記》）。長慶初佐馬總天平軍節度使府（韓愈《張徹墓誌銘》）。

〔一二〕衣冠，士大夫。《漢書·杜欽傳》：「茂陵杜鄴與欽同姓字，俱以材能稱京師，故衣冠謂欽爲『盲杜子夏』以相别。」顔師古注：「衣冠，謂士大夫也。」

〔一三〕蔣抱玄注：「耒耜，田器也。耜以起土，耒爲其柄。神農斷木爲耜，揉木爲耒。上古以木爲之，後世易以鐵。」《禮記·月令》：「天子親載耒耜，措之于參保介之御間。」鄭玄注：「耒，耜之上曲也。」

〔一四〕蔣抱玄注：「干，求禄也。《論語》：『子張學干禄。』」謹按：「干」無「求禄」一義。《論語·爲政》何晏《集解》引鄭玄注：「干，求也。禄，禄位也。」此處「干」義爲「干謁」。《公羊傳》定公四年：「伍子胥父誅乎楚，挾弓而去楚，以干闔廬。」何休注：「不待禮見曰干。」《宋書·臧質傳》：「干謁陳聞，曾無紀極。」

〔一五〕魏引補注：「貞元十九年喜中進士第，後終於國子主簿。」

〔一六〕魏引補注：「貞元十八年，雲長中進士第。」

〔一七〕魏引補注：「貞元二十一年，述古中進士第。」劉述古，兩《唐書》無傳，生平不詳。據《容齋四筆》卷五引《登科記》，其人貞元二十一年登第。

〔一八〕主司，主管部門。《魏書·釋老志》：「但主司冒利，規取贏息。」此處指科舉考試主管部門。《新唐書·選舉志上》：「舉人既及第，綴行通名，詣主司第謝。」

〔一九〕魏引補注：「羣玉不見於《登科記》，公之所薦十人九第，而羣玉獨遺，豈有司以京兆從子之故，遠嫌畏譏，矯而黜之邪？」謹按：羣玉，兩《唐書》無傳，今鉤稽其生平可知者如次：韋珩，字羣玉，京兆韋氏。貞元十八年進士登第（《容齋四筆》卷五引《登科記》），元和元年四月登才識兼茂明於體用科（《唐會要》卷七十六）。十四年爲京兆府美原縣令（元稹《韋珩等可京兆府美原等縣令制》）。長慶元年爲懷州河陽節度參謀兼監察御史（《册府元龜》卷五百十）。寶曆二年爲台州刺史（《嘉定赤城志》卷八）。太和三年爲江州刺史（《新唐書·地理志》江州潯陽縣）。太和五年授湖州刺史，未視事卒（《吴興備志》卷四）。

〔二〇〕魏引補注：「貞元十七年十月，吏部侍郎韋夏卿爲京兆尹。」《元和姓纂》卷二京兆諸房韋氏：「主客郎中韋弼稱東眷龍門公房。弼生伯陽、季莊、叔將。伯陽，倉部郎中，生建、迢、造。建，太子詹事致仕。迢，韶州刺史，生夏卿、周卿、正卿。正卿生珩、瓘。」

〔二一〕首薦，鄉試第一名。薛用弱《集異記·王維》：「此生不得首薦，義不就試。」

〔二二〕魏引補注：「貞元十八年，杞中進士第。」

〔二三〕魏引補注：「元和二年，茳中進士第。」

〔二四〕魏引補注：「貞元十八年，汾中進士第。」魏仲舉注：「尉音鬱，汾，扶分切。」尉遲汾，兩《唐書》無傳，生平不詳，今鈎稽其可知者如次：尉遲汾，貞元十七年七月二十二日，與韓愈遇於温洛（韓愈《洛北惠林寺題名》）。貞元十八年進士登第（《容齋四筆》卷五引《登科記》）。元和七年爲太常博士（《唐會要》卷八十「杜佑」條），九年仍在任（《舊唐書·張仲方傳》）。太和三年爲朝散大夫守衛尉少卿（《嵩陽石刻集記》卷上《狀嵩高靈勝詩》）。

〔二五〕魏引補注：「紳字公垂，元和元年進士第，會昌中爲丞相。」李紳，兩《唐書》有傳，其生平如次：李紳，字公垂，無錫人。生於大曆七年（李紳《湖州法華寺大光天師碑》）。元和元年登進士第（《容齋四筆》卷五引《登科記》），釋褐國子助教，非其好，東歸金陵。觀察使李錡辟爲從事，二年九月錡叛，以不從被囚七旬（白居易《李公家廟碑》）。七年，爲校書郎（李紳《過吴門二十四韻》）。十四年，爲山南西道節度判官。其年五月，召拜右拾遺（李紳《南梁行》）。十五年閏正月十三日，自右拾遺内供奉充翰林學士。二月二十日遷右補闕。長慶元年三月二十三日加司勳員外郎知制誥。二年二月十九日，遷中書舍人承旨，内職如故。三月二十七日爲御史中丞（丁居晦《重修承旨學士壁記》）。與韓愈爭論臺府事，出爲江西觀察使。及中謝日面自陳訴，改授户部侍郎（《舊唐書・穆宗紀》）。敬宗即位，長慶四年二月癸未，貶端州司馬（《舊唐書・敬宗紀》）。寶曆改元大赦，量移江州長史。太和二年遷滁州刺史（《光緒滁州志》），四年爲壽州刺史（李紳《轉壽春守》）。再遷太子賓客分司東都。七年閏七月癸未，檢校左常侍越州刺史浙東觀察使。九年五月丁未，爲太子賓客分司東都。開成元年四月庚午朔，爲河南尹。六月癸亥，檢校户部尚書汴州刺史宣武節度宋亳汴潁觀察等使（《舊唐書・文宗紀》）。四年，就加檢校兵部尚書。武宗即位，開成五年九月，加檢校尚書右僕射揚州大都督府長史知淮南節度大使（《舊唐書・武宗紀》）。會昌二年二月丁丑，入爲中書侍郎同中書門下平章事（《新唐書・武宗紀》）。四年閏七月壬戌（《新唐書・宰相表下》），自銀青光禄大夫守尚書右僕射兼門下侍郎同平章事、監修國史，上柱國、趙郡開國公，食邑二千户。出爲檢校司空平章事揚州大都督府長史淮南節度副大使知節度事（《舊唐書・武宗紀》）。六年秋七月壬寅卒（《資治通鑑》卷二百四十八）。參見傅璇琮等《唐才子傳校箋》。

〔二六〕《摭言》「後餘」作「俊餘」。洪興祖注：「本集「俊餘」作「後餘」。」《增考》：「張俊餘，《唐科第録》諸本皆作「後餘」，《摭言》誤矣。」魏引補注：「元和二年，後餘中進士第，明年疽發髀死。」謹按：

餘辭》），年二十一。

張後餘，兩《唐書》無傳，生平不詳。今鈎稽其可知者如次：張後餘，常山人，生於建中元年（七八〇）。元和二年登進士第（《容齋四筆》卷五引《登科記》）。元和三年疽發髀卒（柳宗元《哭張後餘辭》），年二十一。

〔二七〕魏引補注：「李翊，貞元十八年中進士第。」李翊，兩《唐書》無傳，生平不詳，今鈎稽可知者如次：李翊，一作「翊」（勞格《讀書雜識》卷七），湖州人（《吴興備志》卷十八）。貞元十八年登進士第（《容齋四筆》卷五引《登科記》）。元和間爲監察御史裏行。丁憂去職，喪滿，元和十四年，再爲監察御史（元稹《李翊起復仍前監察御史制》）。歷官户部員外郎、主客員外郎（《郎官石柱題名》）。太和三年爲許州宣慰使（《册府元龜》卷一百六）。八年爲諫議大夫（《新唐書·李訓傳》）。九年十一月戊辰，自給事中爲御史中丞（《舊唐書·文宗下》）。開成元年仍在御史中丞任（《册府元龜》卷六十九）。開成二年六月丁亥，自給事中爲湖南觀察使（《舊唐書·文宗下》）。

〔二八〕嚴有翼注：「侯喜字叔起。《摭言》云：『貞元十八年，權德輿主文，陸傪員外通榜帖。韓文公薦十人，上四人曰侯喜、侯雲長、劉述古、韋紓，其次六人沈杞、張弦、尉遲汾、李紳、張俊餘、李翊。而權公三榜其放六人，弦、紳、俊餘不出五年之外皆捷矣。』韋紓，即羣玉也。張俊餘，即後餘也。《摭言》所載與此書合。」《容齋四筆》卷五「韓文公薦士」條：「唐世科舉之柄顓付之主司，仍不糊名。又有交朋之厚者爲之助，謂之通牓。故其取人也畏於譏議，多公而審。亦有脅於權勢，或撓於親故，或累於子弟，皆常情所不能免者。若賢者臨之則不然，未引試之前，其去取高下固已定於胸中矣。韓文公《與祠部陸員外書》云(略)。此書在集中不注歲月,案《摭言》云:『貞元十八年權德輿主文,陸傪員外通牓。韓文公薦十人於傪,權公凡三榜共放六人,餘不出五年内皆捷。』以《登科記》考之,貞元十八年德輿以中書舍人知舉,放進士二十三人,尉遲汾、侯雲長、韋紓、沈杞、李翊登第。十九年以禮部侍郎放二十人,侯喜登第。永貞元年放二十九人,劉述古登第。通三榜共七十二人,而韓所薦者預其七。元和元年崔邠下放李紳,二年又放張後餘、張弘,皆與《摭言》合。」

〔二九〕蔣抱玄注:「人望,謂人所仰望也。《後漢書·齊武王傳》:『諸將會議立劉氏,以從人望。』」

〔三〇〕蔣抱玄注:「才實,謂人才也。《晉書·華譚傳》:『今大統雖同,宜搜才實。』」

〔三一〕陸贄,兩《唐書》有傳,其生平如次:陸贄,字敬輿,蘇州嘉興人。年十八登進士第,以博學宏詞登科,授華州鄭縣尉。又以書判拔萃,選授渭南縣主簿。遷監察御史,召爲翰林學士,轉祠部員外郎。建中四年朱泚謀逆,從駕幸奉天,十二月乙丑,轉考功郎中,依前充職。二月從幸梁州,轉諫議大夫,依前充學士。興元元年六月癸丑,爲司封郎中知制誥。德宗還京,十二月辛卯,自諫議大夫爲中書舍人,學士如故(《舊唐書·德宗紀上》)。俄丁母憂,免喪,六年二月丙戌,以中書舍人權知兵部侍郎,依前充學士。七年八月丙申,罷學士,正拜兵部侍郎知貢舉。八年四月乙未,爲中書侍郎同中書門下平章事。十年十二月壬戌,貶太子賓客,罷知政事。十一年四月壬戌,貶忠州別駕(《舊唐書·德宗紀下》)。順宗即位,徵還,詔未至而贄卒,時年五十二。

〔三二〕詳，周詳、嚴格。《莊子・天道》：「本在於上，末在於下；要在於主，詳在於臣。」成玄英疏：「詳，繁多也。主道逸而簡要，臣道勞而繁冗。」《荀子・非相》：「傳者久則論略，近則論詳。」楊倞注：「詳，周備也。」

〔三三〕孫汝聽注：「貞元八年，陸贄知舉。賈稜等二十三人登第，公與焉。」

〔三四〕孫汝聽注：「肅，字敬之。」梁肅，《新唐書》有傳，其生平如次：梁肅，字敬之，一字寬中。祖籍安定烏氏（《直齋書録解題》卷十六），世居陸渾。建中元年文辭清麗科及第（《唐會要》卷七十六），擢太子校書郎。蕭復薦其材，授右拾遺修史，以太夫人羸老有沉痼之疾，辭不應召。其後淮南節度使吏部尚書京兆杜公表爲殿中侍御史内供奉，管書記之任。貞元五年，以監察御史徵還臺，非其所好（崔元翰《右補闕翰林學士梁君墓誌》）。同年，轉右補闕（《李泌傳》）。貞元七年充翰林學士，兼皇太子侍讀守本官兼史館修撰（丁居晦《重修承旨學士壁記》）。九年十一月六日卒，享年四十一。詔贈禮部郎中（《右補闕翰林學士梁君墓誌》）。

〔三五〕孫汝聽注：「礎，大曆七年中第，十五年卒。」王礎，兩《唐書》無傳，今鈎稽其生平如次：王礎，烏丸王氏，懷州刺史崟之子（《新唐書・宰相世系表二》）。大曆七年進士登第（韓愈《與祠部陸參員外薦士書》孫汝聽注）。興元元年十二月，自前祠部郎中爲比部郎中（《册府元龜》卷一百三十九）。貞元八年（韓愈《與祠部陸參員外薦士書》），爲度支郎中（《郎官石柱題名》）。貞元十一年春正月乙未，自秘書少監出爲黔中經略觀察使。十五年六月己卯，卒於黔中觀察使、御史中丞任。七月丁未，廢朝一日。觀察使卒廢朝自礎始（《舊唐書·德宗紀下》）。

〔三六〕樊汝霖注：《歐陽詹傳》云：詹與韓愈、李觀、李絳、崔羣、王涯、馮宿、庾承宣聯第，皆天下選，時稱龍虎榜。梁舉八人，疑此是也。」

〔三七〕蔣抱玄注：「《公羊傳》閔公二年：『魯人至今以爲美談，曰猶望高子也。』」

〔三八〕魏仲舉注：「蔑，莫結切。」蔑然，猶默然。《世説新語·賞譽》「王藍田爲人晚成，時人乃謂之癡。」劉孝標注引晉孫盛《晉陽秋》：「雖羣英紛紛，俊乂交馳，述獨蔑然，曾不慕羨，由是名譽久蘊。」

〔三九〕相信，相互信任。《穀梁傳》僖公五年：「盟者，不相信也，故謹信也。」

〔四〇〕蔣抱玄注：「王褒《聖主得賢臣頌》：『呴噓呼吸如喬松，眇然絶俗離世哉。』」謹按：眇然，高遠貌。《漢書》顔師古注：「眇然，高遠之意也。」

〔四一〕《舉正》：「《摭言》云：時權德輿主文，陸傪通牓帖。韓薦十人，權牓放六人，餘不出五年皆捷。陳齊之云：公一時所薦皆文士耳，乃謂爲國家樹根本之道。然公此語亦本《史記·序傳》，所謂『爲國家樹長畫』者是也。」

〔四二〕蔣抱玄注：「古時尊長呼卑幼曰小子。如《論語》（《陽貨》）：『小子何莫學夫詩。』後人因沿爲卑幼自謙之詞。」謹按：小子，弟子、晚輩。《詩·大雅·思齊》：「肆成人有德，小子有造。」鄭玄箋：「成人謂大夫士也，小子其弟子也。」

卷八

（原本卷十八）此卷以潮本爲底本，以祝本、魏本對校，文本、南宋蜀本闕。

與鳳翔邢尚書書①〔一〕

愈再拜②。布衣之士身居窮約〔二〕，不借勢於王公大人則無以成其志〔三〕；王公大人功業顯著，不借譽於布衣之士則無以廣其名〔四〕。是故布衣之士，雖甚賤而不諂；王公大人，雖甚貴而不驕。其事勢相須〔五〕，其先後相資也③〔六〕。今閣下爲王爪牙④〔七〕，爲國藩垣〔八〕，威行如秋，仁行如春，戎狄棄甲而遠遁，朝廷高枕而不虞〔九〕，是豈負大丈夫平生之志願哉⑤〔一〇〕！是豈負明天子非常之顧遇哉⑥〔一一〕！赫赫乎〔一二〕，洸洸乎⑦〔一三〕，功業逐日以新〔一四〕，名聲隨風而流⑧〔一五〕，宜乎讙呼海隅高談之士〔一六〕，奔走天下慕義之人〔一七〕，使或願馳一傳〔一八〕，或願操一戈⑨〔一九〕，納君於唐虞〔二〇〕，收地於河湟⑩〔二一〕。然而未至乎是者⑪，蓋亦有説云⑫：豈非待士之道未甚厚，遇士之禮未甚優？請粗言其事，閣下試詳而聽之。

夫士之來也，必有求於閤下。夫以貧賤而求於富貴，正其宜也。閤下之財不可以徧施於天下⑬，在擇其人之賢愚而厚薄等級之可也〔二二〕。假如賢者至，閤下乃一見之，愚者至，不得見焉，則賢者莫不至而愚者日遠矣⑭；假如愚者至，閤下以千金與之，賢者至，亦以千金與之⑮，則愚者莫不至而賢者日遠矣⑯〔二三〕。欲求待士之道⑰，盡於此而已矣⑱；欲求士之賢愚⑲，在於精鑒博採之而已矣⑳〔二四〕。精鑒於己㉑，固已得其十七八矣㉒；又博採於人㉓，百無一二遺者焉㉔。若果行是道㉕，愈見天下之竹帛不足書閤下之功德矣㉖〔二五〕，天下之金石不足頌閤下之形容矣㉗〔二六〕。

愈也，布衣之士也㉘。生七歲而讀書〔二七〕，十三而能文〔二八〕，二十五而擢第於春官〔二九〕，以文名於四方。前古之興亡，未嘗不經於心也㉙；當世之得失，未嘗不留於意也。常以天下之安危在邊㉚，故六月于邁〔三〇〕，來觀其師。及至此都，徘徊而不能去者㉛〔三一〕，誠悅閤下之義㉜，願少立於階墀之下㉝〔三二〕，望見君子之威儀也〔三三〕。居十日而不敢進謁者㉞，誠以左右無先爲容也㉟〔三四〕，懼閤下以衆人視之〔三五〕，則殺身不足以滅恥〔三六〕，徒悔恨於無窮〔三七〕。故先陳此書，敍其所以來之意㊱，閤下其無以爲狂㊲，而以禮進退之，幸甚幸甚㊳！愈再拜㊴。

【彙校】

①〔與鳳翔邢尚書書〕此篇又載《文苑英華》卷六七二、《唐文粹》卷八八下，據校。

題下潮本注：「君牙。一云『與京西節度使』。」祝本同。魏本注：「一本作『與西京節度使』。」苑本作「與京西節度使邢尚書書」，粹本作「與京西節度使書」。《舉正》訂「京西節度使」五字，作「與京西節度使書」，云：「題校閣本，杭同，蜀本與《文苑》『節度使』下有『邢尚書』三字。邢君牙時知鳳翔，貞元十一年也。」朱熹從監本，《考異》：「或作『京西節度使邢尚書』，方亦如此，而無下三字。」

②〔愈再拜〕魏本注：「一本作『月日客有韓愈者再拜上書尚書閣下』。」苑本作「月日客有昌黎韓愈者謹再拜上書閣下」。《舉正》：「《文苑》此書首云：『月日客有昌黎韓愈者謹再拜上書閣下』。」

③〔其先後〕苑本注：「其，《文粹》作『而』。」粹本「其」作「而」。

④〔閤下〕粹本「閤」作「閣」，下同。

⑤〔是豈負〕潮本注：「豈，一作『當』。」魏本注同。

⑥〔是豈負〕《舉正》出南宋監本「是豈負明天子非常之顧遇」，删「是」字，云：「三本同删，苑、粹存之。」朱熹從方本，《考異》：「上或有『是』字。」

⑦〔洸洸乎〕潮本注：「趙本無『洸洸乎』字。」祝本注：「一本無『洸洸乎』字。」魏本注同。《舉正》出南宋監本「洸洸乎」，云：「《文録》無此三字，杭、蜀皆出。董彦遠曰：公《送侯參謀》詩『洸洸司徒公』，指王諤也。《詩》（《大雅·江漢》）『武夫洸洸』，當時何故無以此告之者。此書方有求於邢，豈固當避此耶？」《考異》：「或無此三

字。」

⑧〔名聲〕魏本「名聲」作「聲名」。

⑨〔或願操一戈〕《舉正》出南宋監本「或願馳一傳或願操一戈」，云：「《文苑》無下『或願』字。」謹按：今苑本上下二句均有「或願」二字。《考異》：「或無『或願』二字。」

⑩〔河湟〕潮本「湟」作「隍」，粹本、祝本、魏本同。《舉正》訂作「湟」，云：「汪彦章本校。」朱熹從方本，《考異》：「湟，或作『隍』。」謹按：《元和郡縣志》卷三九「鄯州湟水縣」條：「湟水，名湟河，亦謂之樂都水，出青海東北亂山中，東南流至蘭州西南入黄河。」今從苑本。

⑪〔未至乎〕苑本注：「乎，一作『於』。」魏本「乎」作「於」。

⑫〔蓋亦有説云〕潮本「蓋亦」作「亦蓋」，今苑本、祝本、魏本同。潮本「説」上多一「其」字，苑本、粹本、祝本、魏本同。潮本注：「一無『其』字。」祝本、魏本注同。苑本注：「集作『蓋亦有説云』。」《舉正》出南宋監本「亦蓋有其説云」，據《文苑》乙「亦蓋」作「蓋亦」，删「其」字，云：「蜀本、《文粹》皆作『蓋亦』。」朱熹從方本，《考異》：「或作『亦蓋有其説』，非是。」今從方本。

⑬〔不可以〕魏本無「以」字。

⑭〔賢者莫不至而愚者日遠矣〕祝本無「賢」下「者」字。《舉正》出南宋監本「愚者日遠矣」，云：「《文苑》無此『日』字。」謹按：今苑本有「日」字。《考異》：「或無『日』字。」

⑮〔賢者至亦以千金與之〕潮本注：「亦，一作『又』。」祝本、魏本注同。今苑本注：「亦，集作『又』。」《舉正》據蜀本

訂「又」字，作「賢者至又以千金與之」，云：「《文苑》同。杭本無此九字，疑脱。」朱熹從監本，《考異》：「亦，方作『又』。杭本無此九字，非是。」

⑯〔賢者日遠矣〕《考異》：「日，或作『亦』。」

⑰〔欲求待士之道〕苑本「待」作「得」，注：「得，集作『待』。」《舉正》據苑本訂作「得」。朱熹從方本，《考異》：「得，或作『待』。」

⑱〔盡於此而已矣〕《舉正》出南宋監本「盡於此而已矣」，據《文苑》删「矣」字。謹按：今苑本有「矣」字。朱熹從方本，《考異》：「『已』下或有『矣』字。下句同。」

⑲〔欲求士之賢愚〕粹本「求」下衍一「待」字。

⑳〔博採之而已矣〕張本脱「矣欲求待士之賢愚在於精鑒博採之而已矣」十八字。《舉正》出南宋監本「博采之而已矣」，删「矣」字，云：「並《文苑》。」謹按：今苑本有「矣」字。廖本「採」作「采」。

㉑〔精鑒於己〕苑本注：「己，集有『也』字。」

㉒〔固已得〕《舉正》出南宋監本「固已得其十七八」，據杭本删「固」字，云：「蜀本、苑、粹皆有。」朱熹從監本，《考異》：「方無『固』字。」

㉓〔博採於人〕張本、廖本「採」作「采」。

㉔〔百無一二〕粹本「百」上多一「而」字。

㉕〔果行是道〕苑本、張本「行」作「能」，苑本注：「能，集作『行』。」張本注：「能，一作『形』。」《舉正》據苑本訂「能」

字，作「果能是道」。朱熹從方本，《考異》：「能，或作『行』。」王本從監本作「行」。

㉖〔不足書閤下之功德矣〕苑本「不足」下注：「蜀本有『以』字。」魏本「不足」下多一「以」字。《舉正》出南宋監本「之功德矣」，據苑本删「矣」字。朱熹從方本，《考異》：「下或有『矣』字。」

㉗〔天下之金石不足頌閤下之形容矣〕苑本「不足」下注：「蜀本有『以』字。」魏本「不足」下多一「以」字。

㉘〔布衣之士也〕「布衣」上祝本、魏本注：「一有『固』字。」今苑本「布衣」上多一「固」字。《舉正》出南宋監本「固布衣之士也」，據蜀本删「固」字，云：「苑、粹同，謝删。《文苑》亦無『也』字。」謹按：今苑本有「固」、「也」二字。朱熹從方本，《考異》：「上或有『固』字，或無『也』字。」

㉙〔經於心也〕潮本注：「一無『也』字。」魏本注同。

㉚〔常以天下之安危在邊〕潮本「常」作「嘗」，今苑本、粹本、祝本、魏本同。苑本注：「嘗，集作『常』。」《舉正》據閣本、苑本訂作「常」。朱熹從方本，《考異》：「常，或作『嘗』。」今從方本。

㉛〔及至此都徘徊而不能去者〕「都」下魏本注：「一無『至』字。」「能」下潮本注：「一有『速』字。」句末潮本注：「一云『不敢遽進者』。」魏本注：「一作『而不能速去者』，一作『而不敢遽進者』。」粹本無「至」、「而」二字。苑本「能」下多一「速」字。《舉正》出南宋監本「及至此都徘徊而不能去」，删「至」、「而」二字，云：「杭、蜀同。閣本『去』作『進』，《文録》作『不敢遽進』，《文苑》作『不能速去』，《文粹》同杭本。」朱熹從監本存「至」、「而」二字，《考異》：「方無『至』字；方無『而』字；『能』下或有『速』字；去，或作『進』，或作『不敢遽進』。」

㉜〔閤下〕魏本「閤」作「閣」，下同。

㉝〔願少立於堦墀之下〕魏本「堦」作「階」。今苑本注：「下，集作『際』。」《舉正》據《文苑》訂「際」字，作「階墀之際」。朱熹從方本，《考異》：「際，或作『下』。」

㉞〔進謁者〕粹本無「謁」字。《舉正》出南宋監本「居十日而不敢進謁者」，據杭本刪「謁」字，云：「《文粹》同，閣同監本。」朱熹從方本，《考異》：「『進』下或有『謁』字。」

㉟〔誠以左右無先爲容也〕潮本注：「一云『居十日而不敢將涉者以佐理爲先容也』。」魏本注：「一作『居十日而不敢將涉者以佐理爲先容也』，一作『无先爲之容』。」粹本「以左右無先爲容也」八字。《舉正》出南宋監本「誠以左右無先爲容也懼閣下以衆人視之」，據杭本刪「以左右無先爲容也」八字，云：「《文粹》同，閣同監本，蜀本『也』作『誠』，去上文『誠』字。」朱熹刪「謁」、「也」二字，存「誠以左右無先爲容」八字，《考異》：「『進』下或有『謁』字；誠，或在『容』字下；『容』下或有『也』字；方無『以左』至『容』七字。皆非是。」謹按：朱引方本與今傳《舉正》不同。

㊱〔故先陳此書敍其所以來之意〕今苑本「陳此書敍」作「陳此書序」。「之」下潮本注：「一有『之』字。」句末魏本注：「一本重有『之』字。」苑本注：「集有『之』字。」《舉正》訂「此書陳序」四字，删複出「之」字，作「故先此書陳序其所以來之意」，云：「以《文苑》校，蜀本亦無複『之』字。」朱熹删「陳」字，作「故先此書序其所以來之意」，《考異》：「『先』下或有『陳』字，非是。『書』下方有『陳』字，非是。『之』下或復有『之』字。」

㊲〔其無以爲狂〕潮本注：「一無『其』字。」句末魏本注：「一無『其』字；無，一作『毋』。」今苑本「無」作「毋」。粹本無「以」字。《舉正》出南宋監本「閣下其無以爲狂」，云：「蜀本同，閣與杭本無『以』字，《文苑》無『其』字。」謹按：今苑本有「其」字。《考異》：「或無『其』字，或無『以』字。」

㊳〔幸甚幸甚〕苑本無複出「幸甚」二字，注：「集本疊『幸甚』字。」

㊴〔愈再拜〕苑本「愈」上多一「韓」字，注：「集無『韓』字。」《舉正》出南宋監本「幸甚愈再拜」，云：「《文苑》此書末云：『以禮進退之，甚幸，韓愈再拜』。舊題只作《與京西節度使書》，仍删『無左右先容』等語，似若有所避，然考者可以自得也。」

【箋注】

〔一〕孫汝聽注：「尚書名君牙，瀛州樂壽人。貞元三年三月爲鳳翔尹、鳳翔隴州都防禦觀察使，尋遷左神策行營節度鳳翔隴州觀察使，加檢校工部尚書。十五年三月卒。」邢君牙，兩《唐書》有傳，其生平如次：邢君牙，瀛州樂壽人。少從軍於幽薊平盧，以戰功歷果毅折衝郎將，充平盧兵馬使。安禄山反，随平盧節度使侯希逸過海至青徐間。田神功之討劉展，君牙又從神功，戰伐有功，歷將軍試光禄卿。神功爲兗鄆節度使，令君牙領防秋兵入鎮好畤。屬吐蕃陵犯，代宗幸陝，君牙隸屬禁軍扈從。後又以戰功加鴻臚卿，累封河間郡公。建中初河北諸節帥叛，李晟率禁軍助馬燧等征之，以君牙爲都虞侯。屬德宗幸奉天，晟率君牙統所部兵倍道兼程，來赴國難。收復宫闕，驟加御史大夫檢校常侍。晟爲鳳翔涇原元帥，數出軍巡邊，常令君牙掌知留後。貞元三年三月丙午，晟以太尉中書令歸朝，君牙代爲鳳翔尹、鳳翔隴州都防禦觀察使，尋遷右神策行營節度鳳翔隴州觀察使，加檢校工部尚書，尋加檢校右僕射。十四年三月丙申卒（《舊唐書·德宗上》，時年七十一。贈司空。

此篇作年，程俱、韓醇、方崧卿《增考》、《舉正》、《年表》、方成珪繫於貞元十一年，朱熹繫於貞元八年以後、十年以前，蔣抱玄繫於貞元八年。程譜：「十一年五月去京師，過潼關，遊鳳翔，以書抵邢君牙，不得意去。」韓醇注：「公貞元十一年五月去京師，有不遇時之歎。過潼關，遊鳳翔，以書抵君牙，蓋是年六月云。」《增考》：「程致道謂公是年去京師，過潼關，遊鳳翔，以書抵邢君牙，不得意去。程必有所本也。按公投邢君牙書曰：『六月於邁，來覯其師。』又曰：『居十日而不敢進謁。』計公之去鳳翔，當在秋半矣。」《舉正》：「唐小説謂君牙喜士，有張汾者，無紹而進，軒然坐客上。會君牙與吏理簿書，汾不顧去。君牙慙，以五百縑謝之。公時年二十八，此書作於《感二鳥賦》之後，蓋亦以其喜士可撼故也。」方譜：「是年六月遊鳳翔時作。」《考異》：「洪氏《年譜》云：公以貞元八年壬申二十五歲中第，十一年乙亥二十八歲上宰相書求官不得而歸。出潼關，作《二鳥賦》。又據程致道説：既出潼關，因遊鳳翔，上邢君牙書。今按：程説大誤。蓋賦序言『五月過潼關』，而此書言『六月至鳳翔』。潼關在長安之東，鳳翔在長安之西，相距六百餘里。豈有五月方東出潼關，而六月遽能復西至鳳翔之理。此書決非此年所作，必是八年以後、十年以前嘗至鳳翔，而有此書及《岐山下》等詩也。」蔣抱玄注：「或謂是書作於貞元十一年東歸時。按：鳳翔在長安西，以地證之，不類。玩書意，似未連詘於博學試，必登第後由京師遊鳳翔時作。」謹按：韓愈貞元十一年五月去京師，過潼關，七日癸酉出息於河之陰，見《感二鳥賦》。其年六月再西行「遊鳳翔」，確實不太可能。此篇作年，當依朱説繫於貞元八年（七九二）至十年（七九四）之間較爲妥當。

〔二〕嚴有翼注：「阮嗣宗《奏記蔣濟》曰：『布衣窮居韋帶之士，王公大人所以屈體而下之者，爲道存也。』」蔣抱玄注：「《鹽鐵論》：『古者庶人老耋而後衣絲，其餘則麻枲而已，故曰布衣。』」《晏子春秋·諫上五》：「使民飢餓窮約而無告。」《莊子·繕性》：「故不爲軒冕肆志，不爲窮約趨俗。」

〔三〕蔣抱玄注：「借勢，借，藉也。《漢書·劉向傳》：『乘權藉勢之人，子弟鱗集於朝，羽翼陰附者衆。』」

〔四〕鄒陽《獄中上書自明》：「故百里奚乞食於路，穆公委之以政；甯戚飯牛車下，而桓公任之以國。此二人豈素官於朝，借譽於左右，然後二主用之哉！」

〔五〕蔣抱玄注：「《詩》（《小雅·谷風》）『維風及雨』傳：『風雨相感，朋友相須。』」謹按：相須，相互依存。《論衡·無形》：「人稟氣於天，氣成而形立，形命相須，以致終死。」

〔六〕蔣抱玄注：「資，助也。相資，謂互相資助也。」

〔七〕蔣抱玄注：「《詩》：『祈父！予王之爪牙。』」謹按：《詩·小雅·祈父》鄭玄箋：「此勇力之士。」此指武臣，《漢書·陳湯傳》：「戰克之將，國之爪牙，不可不重也。」

〔八〕蔣抱玄注：「藩垣，屏藩之義。《詩經》：『价人維藩，大師維垣。』」《詩·大雅·板》毛傳：「藩，屏也，垣，墻也。」

〔九〕蔣抱玄注：《戰國策》《齊策四》：「三窟已就，君姑高枕爲樂矣。」」不虞，無憂。《儀禮·士昏禮》：「惟是三族之不虞。」王引之《經義述聞》：「不，無也。虞，憂也。」

〔一〇〕志願，志向、愿望。嵇康《與山巨源絶交書》：「今但願守陋巷，教養子孫，時與親舊敍闊，陳説平生，濁酒一盃，彈琴一曲，志願畢矣。」

〔一一〕《後漢書·李固傳》：「固狂夫下愚，不達大體，竊感古人一飯之報，況受顧遇而容不盡乎！」

〔一二〕蔣抱玄注：「赫赫，盛貌。《詩·小雅》：『赫赫師尹，民具爾瞻。』」謹按：赫赫，顯赫、顯盛貌。《詩·小雅·節南山》毛傳：「赫赫，顯盛貌。」《國語·楚語上》：「赫赫楚國，而君臨之。」韋昭注：「赫赫，顯盛也。」

〔一三〕孫汝聽注：「洸洸，武勇貌。《詩》『武夫洸洸』是也。」魏仲舉注：「洸，音光。」《詩·大雅·江漢》毛傳：「洸洸，武貌。」

〔一四〕逐日，每日。白居易《首夏》：「料錢隨月用，生計逐日營。」

〔一五〕楊惲《報孫會宗書》：「雖雅知惲者，猶隨風而靡，尚何稱譽之有！」《文選》五臣注吕向曰：「言會宗猶復隨口如風之靡草，亦何求稱善之譽也。」

〔一六〕《墨子·號令》：「無應而妄讙呼者。」《尚書·君奭》：「我咸成文王功於不怠，丕冒海隅出日，罔不率俾。」孔傳：「今我周家皆成文王功於不懈怠，則德教大覆冒海隅日所出之地，無不循化而使之。」劉劭《人物志·接識》：「是故多陳處直，則以爲見美，靜聽不言，則以爲虛空，抗爲高談，則爲不遜。」

〔一七〕《尚書·武成》：「丁未，祀于周廟，邦甸侯衛，駿奔走，執豆籩。」賈誼《新書·數寧》：「苟人迹之所能及，皆鄉風慕義，樂爲臣子耳。」

〔一八〕祝充注：「傳，音轉，驛遞也。《周禮》：『傳達于四方。』」《史記·孟嘗君傳》：「秦昭王後悔出孟嘗君。求之，已去，即使人馳傳逐之。」

〔一九〕《列子·周穆王》：「操戈逐儒生。」

〔二〇〕唐虞，唐堯、虞舜，引申爲太平盛世。《論語·泰伯》：「唐虞之際，於斯爲盛。」

〔二一〕嚴有翼注：「隍，音皇，水名。出金城臨羌塞外，東入河。」蔣抱玄注：「河湟，爲黄河、湟水兩流域之地，唐時悉陷於吐蕃，故云云。」《後漢書·西羌傳》：「乃度河湟，築令居塞。」《新唐書·吐蕃傳》：「湟水出蒙谷，抵龍泉與河合。河之上流繇洪濟梁西南行二千里，其南三百里，三山中高而四下曰紫山，直大羊同國，古所謂崑崙者也，東距長安五千里。河源其間流澄緩，下稍合衆流色赤，行益遠，它水并注則濁。故世舉謂西戎地曰河湟。」

〔二二〕蔣抱玄注：「等級，謂分其差等也。《後漢書·輿服志》（輿服上）：自是以來世加其飾，尊卑上下各有等級。」謹按：此處「等級」名詞動用，謂區分高下。《商君書·賞刑》：「所謂壹刑者，刑無等級。」賈誼《論時政疏》：「古者聖王制爲等列，内有公卿大夫士，外有公侯伯子男，然後有官師小吏，延及庶人，等級分明。」

〔二三〕樊汝霖注：「先是，有布衣張汾者，無紹而干。君牙軒然坐，客上，會吏摑簿書以盜没宴錢五萬，君牙怒其欺。汾不謝去。曰：『吾在京師，聞邢君牙一時豪俊，今與設吏論錢云何？』君牙慙，遽使引爲上客。留月餘，以五百金爲贈。故公之辭云耳。」

〔二四〕釋玄奘《大唐西域記》卷九：「以精鑒延譽，才智相比。」《説苑・君道》：「諫者勿振以威，毋格其言，博採其辭，乃擇可觀。」

〔二五〕蔣抱玄注：「竹帛，古用以記載文字者也。《後漢書・鄧禹傳》：禹得效其尺寸，垂功名於竹帛耳。」《墨子・天志中》：「又書其事於竹帛，鏤之金石，琢之槃盂，傳遺後世子孫。」功德，功業、德行。《禮記・王制》：「有功德於民者，加地進律。」

〔二六〕蔣抱玄注：「金石，金謂鐘鼎之屬，石謂碑碣之屬。古時頌功、紀事、寓戒皆銘諸金石。」《墨子・兼爱下》：「以其所書於竹帛，鏤於金石，琢於槃盂，傳遺後世子孫者知之。」孫詒讓《閒詁》：「《吕氏春秋・求人》篇云：『功績銘乎金石，著于槃盂。』高注云：『金，鐘鼎也；石，豐碑也。』」形容，盛德之貌。《毛詩序》：「頌者，美盛德之形容。」孔穎達疏：「《易》稱聖人擬諸形容，象其物宜。則形容者，謂形狀容貌也。作頌者美盛德之形容，則天子政教有形容也。可美之形容，正謂道教周備也。」

〔二七〕嚴有翼注：「七歲而讀書，大曆九年也。皇甫湜云：先生七歲好學，言出成文。」

〔二八〕魏仲舉注：「十三而能文，建中元年也。」

〔二九〕嚴有翼注：「二十五而擢第，貞元八年。或云：退之貞元十一年去京師，過潼關，遊鳳翔，以書抵邢君牙，不得意去。」蔣抱玄注：「周置六官，以宗伯爲春官。唐嘗改禮部爲春官，旋復舊。後世因沿稱之。」《隋書·柳謇之傳》：「因奏入國子，以明經擢第。」

〔三〇〕魏引補注：「《詩》《魯頌·泮水》：『從公于邁。』」

〔三一〕蔣抱玄注：「徘徊，流連之意。《參同契》（宋俞琰《周易參同契發揮·下篇》「天地之雌雄兮徘徊子與午」句下）：子午爲陰陽相交水火相會之地，日月至此勢必徘徊。」《荀子·禮論》：「今夫大鳥獸則失亡其羣匹，越月踰時，則必反鉛；過故鄉，則必徘徊焉，鳴號焉，躑躅焉，踟躕焉，然後能去之也。」杨倞注：「徘徊，回旋飛翔之貌。」

〔三二〕蔣抱玄注：「墀，堦上地也。以丹漆者曰赤墀，以石砌者曰玉墀。」酈道元《水經注·瓠子河》：「堯陵東城西五十餘步，中山夫人祠，堯妃也，石壁階墀仍舊。」

〔三三〕《尚書·顧命》：「思夫人自亂於威儀。」孔傳：「有威可畏，有儀可象。」

〔三四〕孫汝聽注：「《漢·鄒陽》曰：『蟠木根柢而爲萬乘器者，以左右先爲之容也。』」《史記·鄒陽傳》索隱：「左右先加彫刻，是爲之容飾也。」《漢書·鄒陽傳》顏師古注：「萬乘器，天子車輿之屬也。容，謂彫刻加飾。」

〔三五〕蔣抱玄注：「《國語》：『中行氏以衆人待我，我故以衆人報之。』」謹按：《國語》無此語。《戰國策・趙策一》：「范中行氏以衆人遇臣，臣故衆人報之。」

〔三六〕蔣抱玄注：「《論語》《衛靈公第十五》：『無求生以害仁，有殺身以成仁。』」

〔三七〕《史記・孝武本紀》：「天子既誅文成，後悔恨其早死，惜其方不盡。」

爲人求薦書①〔一〕

某聞木在山②，馬在肆〔二〕，過之而不顧者③，雖日累千萬人，未爲不材與下乘也〔三〕。及至匠石過之而不睨〔四〕，伯樂遇之而不顧〔五〕，然後知其非棟梁之材④〔六〕、超逸之足也⑤〔七〕。以某在公之宇下非一日〔八〕，而又辱居姻婭之後〔九〕。是生于匠石之園⑥，長于伯樂之廐者也。於是而不得知，假有見知者千萬人⑦，亦何足云爾⑧？今幸賴天子每歲詔公卿大夫貢士，若某等比⑨〔一〇〕，咸得以薦聞〔一一〕。是以冒進其説，以累於執事，亦不自量已⑩！然執事其知某何如哉⑪？昔人有鬻馬不售於市者⑫〔一二〕，知伯樂之善相也，從而求之。伯樂一顧，價增三倍⑬〔一三〕。某與其事頗相類，是故始終言之耳⑭。某再拜⑮。

【彙校】

①〔爲人求薦書〕此篇又載《文苑英華》卷六八九，據校。

②〔某聞木在山〕《真寶》無「某聞」二字。

③〔過之〕朱熹訂「過」作「遇」，《考異》：「遇，方作『過』。」

④〔棟梁〕魏本「梁」作「樑」。

⑤〔超逸〕潮本注：「逸，一作『遠』。」魏本注同。

⑥〔生于匠石〕祝本「于」作「乎」。

⑦〔假有見知〕《舉正》出南宋監本「假有見知者」，刪「有」字，云：「三本同。」朱熹從監本，《考異》：「方無『有』字。」

⑧〔何足云爾〕潮本注：「一無『耳』字。」祝本注同。苑本注：「爾，集作『耳』。」魏本「耳」作「爾」，注：「一無『爾』字。」《舉正》出南宋監本「亦何足云耳」，據蜀本刪「耳」字，云：「謝刪，《文苑》作『爾』。」《考異》：「下或有『耳』字，或有『爾』字。」

⑨〔若某等比〕潮本注：「一無『比』字。」祝本、魏本注同。《舉正》出南宋監本「歲詔公卿大夫貢士若某等比咸得以薦聞」，云：「蜀本作『若于某等比』，謝本校作『貢士若干』，下刪『等』字。」《考異》：「『若』下或有『干』字而無『比』字，或無『等』字。」

⑩〔不自量已〕「已」下潮本注：「一有『也』字。」魏本注同。苑本「已」下多一「也」字。

⑪〔其知某何如哉〕苑本注：「『其知某何如哉』六字杭本作『其如某何哉』。」《舉正》據杭本訂「如某何」三字，作「執事其如某何哉」，云：「《文苑》同，謝校，蜀本作『其知某如何哉』。今本篇末別有『鬻馬不售』一段四十四字，閣本、杭本皆無之，李、謝删去，《文苑》與蜀本皆有。」謹按：今苑本同監本。朱熹從監本。

⑫〔昔人有〕「人」，魏本作「者」，《真寶》作「日」。

⑬〔價增三倍〕苑本「價」上多一「焉」字，注：「焉，一作『馬』。一無『增』字。」潮本注：「價增一作『馬價』。」魏本注同。

⑭〔是故始終言之耳〕句上潮本注：「一有『以』字。」魏本注同。朱熹本「始終」作「終始」。方本無「昔者」至「言之耳」四十三字，王本、張本、廖本同。《舉正》：「今本篇末別有『鬻馬不售』一段四十四字，閣本、杭本皆無之，李、謝删去，《文苑》與蜀本皆有。」謹按：今苑本同監本。朱熹從監本存此四十三字，《考異》：「諸本皆如此，方獨從閣、杭本，以『其知某如何哉』爲『其如某何哉』。而無『昔人』以下四十三字。今按：此書本爲人求薦，而杭本曰：『執事其如某何哉？』則似決以其人力不能薦己矣。故諸本或作『執事其知某何如哉？』語意似協，而亦未有懇切必求之意。又無結末收拾之語，故又繼以鬻馬之説，文意方似粗足。然亦重複無奇，文意首尾不甚通暢，恐尚有脱誤處。更詳之。」

⑮〔某再拜〕王本、廖本存此三字，張本、《真寶》無此三字。

【箋注】

〔一〕此篇作年，諸譜失考。方譜録入「無年可考」諸篇之中。

〔二〕孫汝聽注：「《莊子》：『求馬於唐肆。』肆，猶廄也。」

〔三〕蔣抱玄注：「下乘，駑馬也。陈琳《書》（《爲曹洪與魏文帝書》）：『園囿之凡鳥，外廄之下乘。』」

〔四〕孫汝聽注：「《莊子》：『匠石之齊。』石，當時匠名也。」

〔五〕《莊子·馬蹄》：「及至伯樂，曰：『我善治馬。』」陸德明《釋文》：「伯樂，姓孫，名陽，善馭馬。」

〔六〕蔣抱玄注：「《後漢書·陳球傳》：『公爲國家棟梁，傾危不持，焉用彼相邪？』」

〔七〕葛洪《抱樸子·内篇自序》：「洪體乏超逸之才，偶好無爲之業。」

〔八〕蔣抱玄注：「宇下，簷下也。《左傳》（《昭公十三年》）：『衛在君之宇下。』猶言託庇於簷下也。」

〔九〕孫汝聽注：「《爾雅》：婿之父曰姻，兩婿相謂曰婭。《詩》：『瑣瑣姻婭。』」謹按：姻婭，姻親。《詩·小雅·節南山》：「瑣瑣姻亞，則無膴仕。」毛傳：「瑣瑣，小貌。兩壻相謂曰亞。膴，厚也。」鄭箋：「壻之父曰姻。瑣瑣，昏姻妻黨之小人。無厚任用之，置之大位，重其禄也。」

〔一〇〕比，班輩。《漢書·敍傳上》：「班侍中本大將軍所舉，宜寵異之，益求其比，以輔聖德。」顔師古注：「比，類也。」

〔一一〕蔣抱玄注：「《左傳》（昭公四年）：『王使問禮於左師，左師曰：小國習之，大國用之，敢不薦聞。』按：『若某等比咸得以薦聞』者，謂始以某等比校之，皆可以薦達於朝廷也。」謹按：此處所謂「薦聞」，指「鄉薦」即鄉試中第。「若某等比咸得以薦聞」，謂「某等」已經「得以薦聞」，並非「可以薦達」。蔣說未諦。

〔一二〕祝充注：「《說文》：售，賣物去手也，承詋切。」

〔一三〕樊汝霖注：「燕代見齊王，先説淳于髠曰：『人有賣駿馬者，比三旦立市，人莫之知。往見伯樂，伯樂乃還而視之，去而顧之，一旦而馬價十倍。今臣之欲以駿馬見于王，足下有意爲臣伯樂乎？』見《戰國策》。」

應科目時與韋舍人書①〔一〕

月日，愈再拜②。

天池之濱③〔二〕，大江之濆〔三〕，曰有怪物焉〔四〕，蓋非常鱗凡介之品彙匹儔也④〔五〕。其得水，變化風雨，上下于天地不難也⑤。其不及水，蓋尋常尺寸之間耳〔六〕，無高山大陵曠塗絶險爲之關隔也⑥〔七〕。然其窮涸不能自致乎水〔八〕，爲獱獺之笑者〔九〕，蓋八九年矣⑦。如有力者哀其窮而運轉之〔一〇〕，蓋一舉手一投足之勞也〔一一〕。然是物也負其異於衆也，且曰：「爛死於沙泥，吾寧樂之〔一二〕；若俛首帖耳〔一三〕、摇尾而乞憐者〔一四〕，非我之志也。」是以有力者遇之，熟視之若無覩也〔一五〕。其死其生，固不可知也。

今又有有力者當其前矣，聊試仰首一鳴號焉〔一六〕。庸詎知有力者不哀其窮〔一七〕，而忘一舉手、一投足之勞，而轉致之清波乎⑧〔一八〕？其哀之，命也；其不哀之，命也；知其在命而且鳴號之者⑨，亦命也。愈今者實有類於是，是以忘其疎愚之罪，而有是説焉，閣下其亦憐察之⑩。

【彙校】

①〔應科目時與韋舍人書〕《舉正》出南宋監本「應科目時與人書」，云：「題用杭本，李校同。蜀本作『與韋舍人書』。」朱熹從方本，《考異》：「或作『與韋舍人』。」

②〔天池〕祝本「池」作「地」。

③〔愈再拜〕潮本注：「一云『應博學宏詞前進士韓愈謹再拜上書舍人閤下』。」祝本、魏本注同。

④〔品彙匹儔〕潮本注：「匹，一作『比』。」魏本注同。《舉正》訂「比」字，作「品彙比儔」，云：「杭作『比』，蜀作『匹』。」朱熹從監本，《考異》：「匹，方作『比』。」

⑤〔上下于天地〕《舉正》出南宋監本「上下于天地不難也」，據閣、杭本删「地」字，云：「李、謝删。」朱熹從方本，《考異》：「『天』下或有『地』字。」

⑥〔曠塗絶險〕魏本、張本、廖本「塗」作「途」。

⑦〔蓋八九年矣〕潮本注：「八九年，一作『十八九』。」祝本、魏本注同。《舉正》訂「十八九」三字，作「爲獱獺之笑者蓋十八九矣」，云：「謝氏以古本校。唐舉子禮部中榜止謂及第，及第例須守選，選未滿，或就制舉，或判拔萃，方獲出仕。此書謂其『不及水，蓋尋常尺寸之間』，是專指宏詞試也。言世之嗤笑者十而八九，乃《上宰相書》所謂『得其所者爭笑之』是也。諸本多作『八九年』，其義非也。」朱熹從方本，《考異》：「或無『十』字，而『矣』作『年』。」謹按：據魏本引嚴有翼注，此篇作於貞元九年應宏詞試時。同年所作《上考宏詞崔虞部書》云：「凡在京師八九年矣，足不迹公卿之門，名不譽於大夫士之口。」正與此篇相合。蓋韓愈貞元二年入京，貞元三年始應進士舉，至此正好「八九年」。

⑧〔而轉致之清波乎〕魏本注：「一無『致』字，一作『波濤乎』。」潮本無「致」字，祝本同。潮本注：「一作『轉致之波濤哉』。」祝本注同。《舉正》據杭本訂「輸」字，作「而輸之清波」，云：「諸本『輸』皆作『轉』，蜀本作『轉致之波濤』。」朱熹從監本，《考異》：「轉，方作『輸』，或作『轉致之波濤』。」今從魏本。

⑨〔而且鳴號之者〕潮本「號」上多一「且」字，祝本同。潮本注：「且鳴且號之，趙云『且呼號之』。」句末祝本注：「一作『且鳴號之者』。」魏本作「而鳴且號之」，注：「趙作『且呼號之者』，一作『且鳴號之者』。」《舉正》出南宋監本「且鳴且號」，據杭本删下「且」字，云：「謝校，蜀本作『而鳴且號』。」朱熹從方本，《考異》：「鳴，或作『呼』，『鳴』下或有『且』字，或作『而鳴且號』。」今從方本。

⑩〔憐察之〕祝本「憐」下多一「之」字。

【箋注】

〔一〕沈欽韓注：「貞元九年，中書舍人高郢。十年權德輿，獨處西掖者八年。無韋舍人也。」

此篇作年，洪興祖、方崧卿《增考》、嚴有翼、方成珪、蔣抱玄繫於貞元九年（七九三），樊汝霖、方崧卿《年表》繫於貞元十年（七九四）。洪譜：「九年癸酉：公應科目，又有《與韋舍人書》。」嚴有翼注：「即貞元九年宏辭試也。」《增考》：「《上韋舍人書》謂『其窮涸不能自致乎水，爲獱獺之笑者，蓋八九年』。樊以公二年來京師，上韋書當在來年。然公與崔書亦云『凡在京師八九年矣』，亦只今年書也。未易臆定。」方譜：「洪譜是年作。」謹按：據「八九年」一語，此篇繫於貞元九年、十年均可，不必拘泥。

〔二〕《庄子·逍遥游》：「南冥者，天池也。」成玄英疏：「大海洪川原夫造化，非人所作，故曰天池也。」

〔三〕祝充注：「《説文》：『濆，音汾，水涯也。』《詩》（《大雅·常武》）：『鋪敦淮濆。』」魏本注：「濆，扶文切。」

〔四〕《史記·大宛列傳》：「出奇戲諸怪物，多聚觀者。」

〔五〕孫汝聽注：「介，虫之有甲者。」蔣抱玄注：「品彙，謂各類生物，猶言品類也。《晉書·孝友傳序》：『資品彙以順名，功苞萬象。』王褒《九懷·危俊》：『步余馬兮飛柱，覽可與兮匹儔。』」

〔六〕孫汝聽注：「（《左傳》成公十二年注）六尺曰尋，倍尋曰常。」

〔七〕關隔，阻隔。此語始見韓文，後人亦有採用者。如宋胡寅《中興十事家君被召命子姪輩分述所見》：「關隔通達，上下交濟。」（《斐然集》卷三十）王炎《銛老許相過不至炎約堯章訪之又以事奪銛寄二詩次其韻》：「縱有門關隔，元非道路遥。」（《雙溪類藁》卷七）蘇泂《送三兄出宰常山》：「日者門關隔，兹行郡國迂。」（《泠然齋詩集》卷四）

〔八〕祝充注：「涸，下各切。」徐幹《中論・考偽》：「其回遹而不度，窮涸而無源。」

〔九〕祝充注：「獱獺，上音賓，下他轄切。獱亦獺屬。獱獺，水狗也。《禮記》：『獺祭魚。』《選》：『獱獺睒瞲乎廞空。』」魏仲舉注：「獱，音賓。獺，地各切。」蔣抱玄注：「楊雄賦（《羽獵賦》）：『蹈獱獺。』（《文選》李善）注：『獱似狐，青色，居水中，食魚。』」

〔一〇〕蔣抱玄注：「《列子》（《天瑞》）：『運轉亡已，天地密移，疇覺之哉。』」謹按：運轉，猶「轉運」，即下文「轉致」。荀悦《汉纪・平帝纪》：「師久屯不行，運轉不已，天下騷動。」

〔一一〕舉手投足，舉手之勞，形容輕而易舉。此語始見韓文，後人亦多採用者。如宋楊冠卿《代賜對改官謝執政啓》：「一舉手投足而轉清波，綽有餘地。」（《客亭類稿》卷六）元牟巘《再禱諸神》：「一舉手投足之頃，化焚惔而潤澤，轉枯槁而昭蘇。」（《陵陽集》卷二十二）宋謝逸《應夢羅漢記》：「威德以一舉手之勞，至於九十一劫爲衆欽慕。」（《溪堂集》卷七）李廷忠《謝諸司列薦》：「借鼎象三立足之勢，施釣鼇一舉手之勞。」（《橘山四六》卷十八）許應龍《代同舍上趙臨安啓》：「力可爲器，可使一舉手之勞耳。」（《東澗集》卷十二）

〔一二〕寧，寧可、寧願。《國語·晉語三》：「必報讎，吾寧事齊楚。」樂，安也。《史記·樂書》：「嘽緩慢易繁文簡節之音作，而民康樂。」張守節《正義》：「樂，安也。」

〔一三〕魏仲舉注：「帖，記協切。」俛首，低頭。《戰國策·趙策四》：「馮忌接手俛首，欲言而不敢。」帖耳，垂耳馴服貌。此語始見韓文，後人採用者甚多。如宋趙抃《奏疏論邪正君子小人》：「所謂邪者小人者，靡然相與俛首帖耳以去。」（《清獻集》卷六）黄庭堅《南山羅漢贊第十三》：「毒龍帖耳收雷霆，逆麟可摩若家狗。」（《山谷集》卷十四）郭祥正《送徐長官》：「低頭帖耳逐駑駘，倒著青衫走塵土。」（《青山集》卷十二）李光《乞車駕親征劄子》：「軍人士庶孰肯甘心委質，俯首帖耳，終身爲汙，辱降敵之人哉。」（《莊簡集》卷十一）

〔一四〕摇尾乞憐，形容諂媚之態。此語始見韓文，後人採用者甚多。如宋李若水《謝高少卿啓》：「非無炙手可熱之門庭，恥作摇尾乞憐之瑣碎。」（《忠愍集》卷一）歐陽澈《上蔣提舉書》：「軟語取媚，縷數盛德，爲摇尾乞憐態。」（《歐陽修撰集》卷六）吕本中《懷雪童》：「想得開山藏骨處，卻如摇尾乞憐時。」（《東萊詩集》卷十九）

〔一五〕劉伶《酒德頌》：「静聽不聞雷霆之聲，熟視不覩泰山之形。」

〔一六〕《禮記·三年問》：「今是大鳥獸則失喪其羣匹，越月踰時焉，則必反巡，過其故鄉，翔回焉，鳴號焉。」

〔一七〕庸詎，豈、怎。《莊子·齊物論》：「庸詎知吾所謂知之非不知耶？庸詎知吾所謂不知之非知耶？」

〔一八〕轉致，轉運。杜甫《除草》：「轉致水中央，豈無雙釣舟。」

答劉巖夫書①〔一〕

愈白進士劉君足下〔二〕：

辱牋教以所不及，既荷厚賜〔三〕，且愧其誠然。幸甚！幸甚！舉進士於先進之門②〔四〕，何所不往；先進之於後輩，苟見其至③，寧可以不答其意邪？來者則接之，舉城士大夫莫不皆然④。而愈不幸，獨有接後輩名⑤。名之所存，謗之所歸也。有來問者，不敢不以誠答。

或問：爲文宜何師？必謹對曰：宜師古聖賢人。曰：古聖賢人所爲書具存〔五〕，辭皆不同。宜何師？必謹對曰：師其意，不師其辭。又問曰⑥：文宜易宜難？必謹對曰：無難易⑦〔六〕，惟其是而已矣⑧〔七〕。非固開其爲此而禁其爲彼也。夫百物朝夕所見者，人皆不注視也。及覩其異者，則共觀而言之。夫文豈異於是乎？漢朝人莫不能爲文，獨司馬相如、太史公、劉向、楊雄爲之最⑨。然則用功深者其收名也遠，若皆與世沈浮⑩〔八〕，不自樹立〔九〕，雖不爲當時所怪，亦必無後世之傳也〔一〇〕。足下家中，百物皆賴而用也。然其所珍愛者，必非常物。夫君子之於文，豈異於是乎？今後進之爲文⑪，能深探而力取之〔一一〕，以古聖賢人爲法者，雖未必皆是，要若有司馬相如⑫、太史公、劉向、楊雄之徒出，必自於此，不於循常之徒也⑬〔一二〕。若聖人之道不用文則已，用則必尚其能者。能者非他，能自樹立不因循者是也〔一三〕。有文字來，誰不爲文？然其存於今者，必其能者也。顧常以此爲説耳⑭。

愈於足下忝同道而先進者〔一四〕，又常從遊於賢尊給事⑮〔一五〕。既辱厚賜，又安得不進其所有以爲答也。足下以爲何如⑯？愈白。

【彙校】

①〔答劉巖夫書〕潮本注：「巖，一作『正』字。」祝本、魏本「巖」作「正」。樊汝霖注：「正夫，或作『巖夫』。書云：『某於足下忝先進，又嘗從遊於賢尊給事。』給事，劉伯芻也。公詩有《和虢州劉給事使君新題二十一詠》，即其人。伯芻三子：寬夫、端夫、巖夫。巖夫字子耕，登元和十年進士第。」祝本注：「正，一作『巖』。」《舉正》出南宋監本「答劉正夫書」，云：「閣與杭本作『正夫』，蜀作『嵒夫』。此書謂『賢尊給事』者，劉伯芻也。伯芻三子：寬夫、端夫、巖夫。巖夫第於元和十年，端夫十一年。蜀本以劉三子無名『正夫』者，刊作『嵒夫』，然又安知『端夫』不先名『正夫』邪？姑從舊本。此書作於十年間。」朱熹從方本，《考異》：「正，或作『嵒』。方云：此書謂賢尊給事

者，劉伯芻也。伯芻三子：寬夫、端夫、巖夫，無名『正夫』者。故蜀本刊作『嵒』，豈『正夫』即『巖夫』邪？今且從舊。」謹按：朱引《舉正》文字與今傳本不同。

②〔舉進士〕朱熹「舉」上增一「凡」字，《考異》：「方無『凡』字。」

③〔苟見其至〕祝本「至」作「志」。

④〔莫不皆然〕潮本「皆」下注：「一有『能』字。」祝本、魏本注同。

⑤〔接後輩名〕潮本「輩」下多一「之」字，祝本、魏本同。潮本注：「一無『之』字。」魏本注同。《舉正》出南宋監本「獨有接後輩之名」，删「之」字，云：「謝氏以古本校。」朱熹從方本，《考異》：「『名』上或有『之』字。」今從方本。

⑥〔又問曰〕魏本注：「一無『問』字。」

⑦〔無難易〕潮本「難」下注：「一有『無』字。」魏本注同。祝本「難」下多一「無」字。

⑧〔惟其是而已矣〕潮本注：「一作『惟其是耳如是而已矣』。」魏本注同。祝本注：「一作『惟其是耳』。」《舉正》增「爾如是」三字，删「已」下「矣」字，作「惟其是爾如是而已」，云：「三本同，謝校作『爾』，杭、蜀『爾』作『耳』。」朱熹從方本，《考異》：「諸本無『爾如是』字。『已』下有『矣』字。謝校『矣』作『爾』，或作『耳』。」

⑨〔楊雄〕魏本、王本、張本、廖本「楊」作「揚」。潮本注：「之，一作『文』。」魏本注同。

⑩〔與世沈浮〕魏本「沈浮」作「浮沈」。《考異》：「沈浮，或作『浮沈』。」

⑪〔後進之爲文〕潮本注：「之，一作『士』。」祝本無「之」字，「進」下注：「一有『士』字。」魏本注：「之爲文，一作『之士爲文』。」《舉正》出南宋監本「今後進之爲文」，云：「杭、蜀無『進』字。」朱熹從方本，《考異》：「或無『進』字。」

⑫〔要若有〕《考異》：「或無『要』字。」

⑬〔不於循常之徒〕潮本「不」下多一「自」字，祝本、魏本同。《舉正》出南宋監本「不自於循常之徒」，删「自」字，云：「三本同。」朱熹從監本，《考異》：「方無『自』字。」今從方本。

⑭〔顧常以此〕潮本注：「顧常，一云『顧必當』。」祝本、魏本注同。《考異》：「顧常，或作『必當』。常，或作『當』。」

⑮〔又常從〕魏本「常」作「嘗」。

⑯〔足下以爲何如〕潮本「何如」作「如何」，祝本、魏本同。潮本注：「足下以爲如何，一云『足下如何』。」魏本注同。《舉正》出南宋監本「足下以爲如何」，乙「如何」作「何如」，云：「三本同。」《考異》：「何如，或作『如何』。」今從方本。

【箋注】

〔一〕劉巖夫，生平不詳。巖夫《與段校理書》：「踐履之道，悵然自迷。」似作於尚未登第之前。其文又云：「某七歲受教誨，始學箕裘。迄今十六，不見成熟。」則巖夫元和十年登第時，年齡不得小於二十三歲。沈亞之《劉巖夫哀文》：「秀才劉巖夫，父没不勝喪。」劉伯芻卒年，史無明文。《寶刻叢編》卷七據《京兆金石録》著録「唐刑部侍郎劉伯芻碑」云：「唐段文昌撰，沈傳師正書，元和三年。」但伯芻十年十月尚爲刑部侍郎，見《舊唐書·權德輿傳》。十二年曾書《贈司空于瓊碑》，見《金石録》卷九。則「三年」當爲「十三年」之訛。時巖夫登進士第不過三年，尚未入仕，故亞之稱之爲「秀才」。據此可知巖夫卒年約在元和十三年，享年不過二十餘歲。今鈎稽其可知者如次：劉巖夫，字子耕（《新唐書·宰相世系表一上》）。洛州廣平人，刑部侍郎劉伯芻子。元和十年登第（韓愈《答劉巖夫書》樊汝霖注），約卒於元和十三年（沈亞之《劉巖夫哀文》）。

此篇作年，方崧卿繫於元和十年（七九四），方成珪繫於元和七年（七九一），蔣抱玄繫於元和十年之後。方成珪注：「公於六年秋自東都入爲職方員外郎，此書當是六年以後八年以前所作，玩書中『舉城士大夫』句，可知『城』，京城也。」謹按：文首稱「進士劉君」，則當作於巖夫登第之前，蔣説誤。方崧卿説元和十年、方成珪説元和七年，均有可能。

〔二〕唐人習稱鄉試得貢者爲進士，省試及第則稱爲「前進士」，見《唐國史補》卷下。此稱「進士」，當作於巖夫進士及第之前。

〔三〕蔣抱玄注：「《史記·陳丞相世家》：『漢王乃謝，厚賜，拜爲護軍中尉。』」

〔四〕蔣抱玄注：「先進，猶言先輩也。《論語》：『先進於禮樂，君子也。』」《論語·先進》：「先進於禮樂，野人也；後進於禮樂，君子也。」何晏集解：「孔曰：先進、後進，謂仕先後輩也。禮樂因世損益：後進與禮樂俱得時之中，斯君子矣；先進有古風，斯野人也。」朱熹《集注》：「先進、後進，猶言前輩、後輩。」

〔五〕蔣抱玄注：「具存，猶言俱在也。《逸詩》：『驪駒在門，僕夫具存。』」《漢書·楊雄傳贊》：「自雄之没至今四十餘年，其《法言》大行，而《玄》終不顯，然篇籍具存。」

〔六〕嚴有翼注：「李習之《答朱載言書》云：天下之語文章，其愛難者則曰：『文章宜深而不當易。』其愛易者則曰：『文章宜通不當難。』此皆偏滯而不流，未識文章之所主也。《書》曰：『朕堲讒説殄行，震驚朕師。』《詩》曰：『菀彼桑柔，其下侯旬。』此非易也。《書》曰：『允恭克讓，光被四表，格于上下。』《詩》曰：『十畝之間兮，桑者閒閒兮。』此非難也。」

〔七〕《關尹子·五鑑》：「善弓者師弓不師羿，善舟者師舟不師奡，善心者師心不師聖。」

〔八〕沈浮，謂趨時隨俗。《史記·遊俠傳序》：「今拘學或抱咫尺之義，久孤於世，豈若卑論儕俗，與世沈浮而取榮名哉？」

〔九〕蔣抱玄注：「《後漢書》《陳蕃傳》：『桓靈之世，若陳蕃之徒，咸能樹立風聲。』」謹按：樹立，所樹所立，謂自我建樹。司馬遷《報任少卿書》：「特以爲智窮罪極，不能自免，卒就死耳。何也？素所自樹立使然也。」

〔一〇〕嚴有翼注：「李習之《答朱載言書》云：義雖深，理雖當，辭不工者不成文，宜不能傳也。文理義三者兼并，乃能獨立於一時而不泯滅於後代，能必傳也。仲尼曰：言之不文，傳之不遠。」

〔一一〕魏仲舉注：「探，他南切。」

〔一二〕蔣抱玄注：「《後漢書·仲長統傳》：『循常習故者，是婦女之檢柙，鄉曲之常人耳。』」

〔一三〕蔣抱玄注：「因循，守舊習而不改也。《漢書》《循吏傳》：『海内虚耗，光因循守職。』」

〔一四〕蔣抱玄注：「忝，謙辭，忝辱也。同道，謂同爲文字中人。《論語》〈《衛靈公》〉：『道不同不相爲謀。』」謹按：同道，志同道合者。《孟子·離婁下》：「禹、稷、顔回同道。」朱熹《集注》：「聖賢之道，進則救民，退則修己，其心一而已矣。」獨孤及《唐故朝散大夫潁川郡長史贈祕書監河南獨孤公靈表》：「與朋友交，非同道不苟合。」

〔一五〕賢尊給事，指巖夫之父伯芻，韓集有《和虢州劉給事使君新題二十一詠》。

答殷侍御書①〔一〕

某月日，愈頓首：

辱賜書，周覽累日〔二〕，竦然增敬〔三〕，蹙然汗出以慙〔四〕。愈於進士中，粗爲知讀經書者。一來應舉，事隨日生，雖欲加功，竟無其暇。遊從之類，相熟相同，不教不學，悶然不見己缺。日失月亡②，以至於老，所謂無以自別於常人者。每逢學士真儒〔五〕，歎息踧踖〔六〕。愧生於中，顔變於外，不復自比於人〔七〕。

前者蒙示《新注公羊春秋》③〔八〕，又聞口授指略〔九〕。私心喜幸，恨遭逢之晚〔一〇〕，願盡傳其學。職事羈纏，未得繼請。怠惰因循〔一一〕，不能自彊〔一二〕，此宜在擯而不教者〔一三〕。今反謂少知根本，其辭章近古，可令敍所注書。惠出非望〔一四〕，承命反側〔一五〕。善誘不倦〔一六〕，斯爲多方〔一七〕，敢不喻所指。

八月益涼，時得休暇④。儻矜其拘綴不得走請〔一八〕，務道之傳而賜辱臨。執經座下〔一九〕，獲卒所聞，是爲大幸。況近世公羊學幾絶，何氏注外不見他書〔二〇〕。聖經賢傳，屏而不省；要妙之義，無自而尋。非先生好之樂之，味於衆人之所不味，務張而明之，其孰能勤勤拳拳⑤〔二一〕，若此之至？固鄙心之所最急者。如遂蒙開釋〔二二〕，章分句斷⑥，其心曉然。直使序所注掛名經端⑦，自託不腐〔二三〕，其又奚辭⑧！將惟先生所以命。愈再拜。

【彙校】

①〔答殷侍御書〕祝本「殷」下注：「一有『衘』字。」魏本注：「一本題作『殷衘侍御』，又一作『侍郎』。」潮本「殷」下多一「衘」字。《舉正》出南宋監本「答殷侍御書」，云：「殷侑也，吕、謝本同。蜀本注『衘』字，非也。」朱熹從方本，《考異》：「方云：殷侑也。或注『衘』字，非是。」今從祝本。

②〔日失月亡〕魏本注：「『月』字或亦作『日』。」潮本「月」作「日」，祝本同。潮本注：「日，一作『月』。」祝本注同。《舉正》訂「月」字，作「日失月亡」，云：「閣本作『月亡』，杭、蜀兩作『日』。」朱熹從方本，《考異》：「月，或作『日』。」

③〔自比於人前者蒙示〕潮本「人前」作「前人」，祝本、魏本同。潮本注：「前人，一作『人前』。」祝本、魏本注同。《舉

正》出南宋監本「不復自比於前人者」，據閣本乙「前人」作「人前」，云：「李、謝校。」朱熹從方本，「人」下斷句，《考異》：「或作『前人』，非是。」

④〔休暇〕祝本、魏本「暇」作「假」，魏本注：「假，一作『暇』。」《舉正》據蜀本訂「假」字，作「休假」，云：「李、謝校同。」朱熹從方本，《考異》：「假，或作『暇』。」童第德注：「《説文》：『暇，閑也。假，非真也。一曰：至也，《虞書》曰：假于上下。』休假，字當作『暇』，作『假』者借字。『假』、『暇』古通用。《書·多方》：『天惟五年須暇之子孫。』鄭本作『夏』，云：『夏之言假。』《詩·大雅·皇矣》、《周頌·武》二箋皆作『須假』，是其證。」

⑤〔勤勤拳拳〕潮本注：「拳拳，一作『綣綣』。」祝本、魏本注同。《舉正》據閣本訂「綣綣」二字，作「勤勤綣綣」。朱熹從方本，《考異》：「綣綣，或作『拳拳』。」童第德注：「《説文》：『拳，手也。』《禮記·中庸》：『得一善則拳拳服膺，而弗失之矣。』鄭注：『拳拳，持奉之貌。』《漢書·司馬遷傳》：『拳拳之忠。』顔注：『拳拳，忠謹之貌。』《劉向傳》作惓惓字，音義同耳。《後漢書·明帝紀》：『重逆此縣之拳拳。』章懷注：『拳拳，猶勤勤也。』其本字應爲『眷』，《説文》：『眷，顧也。』『綣』爲《説文》新附字，作『惓』作『睠』，皆後出字。」

⑥〔章分句斷〕「斷」下潮本注：「一有『也』字。」魏本注同。

⑦〔掛名〕王本、張本、廖本「掛」作「挂」。童第德注：「《説文》：『挂，畫也。』掛爲挂之後出字。」

⑧〔奚辭〕祝本、魏本「辭」作「詞」。《舉正》訂「辭」字，作「其又奚辭」，云：「杭、蜀同。柳子厚好爲人作集序，公無一篇。此書雖喜其挂名經端，而又未知其作與否也。」朱熹從方本，《考異》：「辭，或作『詞』。」童第德注：「辭謝，字當作『辤』。《説文》：『辤，不受也。从辛从受，受辛宜辤之。』辭、詞皆假借字。一曰：奚詞，猶云何云也。」

【箋注】

〔一〕韓醇注：「殷侍御，殷侑也。公嘗薦侑堪任御史大夫、太常博士，後又有序送其自太常博士遷尚書虞部員外郎兼侍御史，副李孝誠使回鶻。則知殷侍御爲侑無疑。」殷侑，兩《唐書》有傳，其生平如次：殷侑，陳郡人。貞元末以五經登第。嘗爲滄州行軍司馬、天德軍都防禦判官承奉郎試大理評事兼監察御史。元和十一年，韓愈薦爲太常博士（韓愈《冬薦官殷侑狀》）。十二年，遷尚書虞部員外郎兼侍御史，副宗正少卿李孝誠宣諭回紇（韓愈《送殷侑員外使回鶻序》）。十三年，銜命招諭王承宗，遷諫議大夫。長慶三年，出爲桂管觀察使（《太平寰宇記》卷一百六十二）。寶曆元年三月辛未，檢校右散騎常侍洪州刺史，轉江西觀察使（《舊唐書·敬宗紀》）。寶曆二年十二月壬戌，入爲衛尉卿。太和三年八月癸丑，加檢校工部尚書滄齊德觀察使（《舊唐書·文宗紀上》），以功加檢校吏部尚書。六年，入爲刑部尚書。二月甲子朔，檢校吏部尚書鄆州刺史兼御史大夫充天平軍節度鄆曹濮觀察等使，尋就加檢校右僕射。九年正月己卯代還，授刑部尚書。七月戊辰，檢校右僕射，復爲天平軍節度使。開成元年復召爲刑部尚書。其年六月辛卯，檢校左僕射，出爲襄州刺史山南東道節度使。二年三月甲申，以病求代，以太子賓客分司東都。十一月壬戌，復檢校右僕射，出爲忠武節度陳許蔡觀察等使。三年七月壬戌卒於鎮（《舊唐書·文宗紀下》），時年七十二，贈司空。

此篇作年，洪興祖、方崧卿《年表》繫於元和十二年（八一七），方崧卿《舉正》、方成珪、蔣抱玄繫於元和十三年（八一八）。洪譜：「十二年丁酉：公前此嘗薦殷侑堪任御史、太常博士，今年侑自太常博士遷虞部員外郎兼侍御史使回鶻，時回鶻請昏，有司度費五百萬，朝廷方用兵淮西，乃遣宗正少卿李孝誠及侑往諭不可。《新史》以爲元和八年，又云侑還遷虞部員外，皆誤矣。一本《薦侑狀》云：『兼通三傳，傍習諸經。』《答殷侍御書》云：『新注《公羊春秋》。』疑即侑也。元和十二年以虞部兼侍御史使回鶻，公以以爲殷御，誤矣。」《舉正》：「侑兼通三傳，公有薦狀。此書蓋踰年作也。」方譜：「是年八月作。」蔣抱玄注：「侑以招諭王承宗進諫議大夫。承宗以元和十三年獻二州，則此書當於元和十三年作。」謹按：殷侑使回鶻，在元和十二年二月，見《送殷侑員外使回鶻序》。詔復王承宗官爵，在十三年四月庚辰，見《舊唐書・憲宗紀下》。在此期間，殷侑官銜均爲「虞部員外郎兼侍御史」。此篇作於元和十二年、十三年，均有可能。

〔二〕周覽，遍覽。宋玉《登徒子好色賦》：「臣少曾遠游，周覽九土，足歷五都。」此處引申爲仔細閱讀。累日，連日、多日。《漢書・公孫弘傳》：「揉曲木者不累日，銷金石者不累月。」

〔三〕蔣抱玄注：「《後漢書・黄憲傳》：『時年十四，淑竦然異之。』」

〔四〕蹙然，局促不安貌。《莊子・外物》：「仲尼揖而退，蹙然改容而問。」

〔五〕學士，國學生。《周礼・春官・乐师》：「帥學士而歌《徹》。」郑玄注：「學士，國子也。」此處引申爲飽學之士。楊雄《法言・寡见》：「如用真儒，無敵於天下。」

〔六〕魏仲舉注：「踧踖，上子六切，下資昔切。」蔣抱玄注：「踧踖，音促積，恭敬不寧之貌。《論語》：『踧踖如也。』」《論語・鄉黨》：「君在，踧踖如也，與與如也。」何晏集解：「馬曰：君在，視朝也。踧踖，恭敬之貌。與與，威儀中適之貌。」

〔七〕童第德注：「不復自比於人，語本《史記・信陵君列傳》『平原君不敢自比於人』。」

〔八〕嚴有翼注：「齊人公羊高，子夏門人，作《春秋傳新注》，殷侑注也。退之《薦侑狀》云：兼通三傳，旁習諸經注疏之外，自有所得。」蔣抱玄注：「《新注公羊春秋》，齊人公羊高子夏門人作春秋傳，謂之《公羊春秋》。新注，殷侑注也。按《公薦侑狀》云：『兼通三傳，旁習諸經，注疏之外，自有所得』云云。」

〔九〕蔣抱玄注：「《漢書》(《藝文志》)：『口授弟子，弟子退而異言。』」童第德注：「《史記・十二諸侯年表》：『七十子之徒口受其傳旨。』」謹按：指略，要旨、要略。《漢書・董仲舒傳》：「明其指略，切磋究之。」

〔一〇〕遭逢，遭遇。《論衡・命義》：「命善禄盛，遭逢之禍，不能害也。」

〔一一〕因循，疏懶。《顏氏家訓・勉學》：「世人婚冠未學，便稱遲暮，因循面牆，亦爲愚爾。」

〔一二〕蔣抱玄注：「《易・乾卦》：『天行健，君子以自强不息。』」

〔一三〕擯，擯棄、排斥。《戰國策・趙策二》：「六國從親以擯秦，秦必不敢出兵於函谷關以害山東矣。」

〔一四〕非望，非分之望，謂意外。《漢書·息夫躬傳》：「東平王雲以故與其后日夜祠祭祝詛上，欲求非望。」顔師古注：「言求帝位也。」

〔一五〕蔣抱玄注：「反側，臥不安席也。《詩經》(《周南·關雎》)：『輾轉反側。』」

〔一六〕蔣抱玄注：「《論語·子罕》：『夫子循循然善誘人。』又《論語·述而》：『誨人不倦。』」童第德注：「《論語·子罕篇》『夫子循循然善誘人』，何晏曰：『誘，進也。』《説文》：『𧥛，相訹呼也。从厶从羑。誘，或从言秀。𧥛，或如此。羑，古文。羊部有羑。羑，進善也。』許意『𧥛』從『厶』非正，『善誘』字應作『羑』。經典或用『牖』字爲之，《詩·板》『天之牖民』，毛傳：『牖，道也。』《御覽》引作『天之誘民』，是其證。」《説文》段注：「言部曰：『訹者，𧥛也。』𧥛與訹二篆爲轉注。今人以手相招而口言𧥛，正當作此字，今則誘行而𧥛廢矣。羊部曰：『羑者，進善也。』訹之若進善然，故从羑，與久切。誘，或从言秀，秀聲也。《召南》曰：有女懷春，吉士誘之。傳曰：『誘，道也。』按『道』即『導』字。《大雅》『天之牖民』，傳曰：『牖，道也。』是則傳謂牖、誘同字。《大雅》『牖民』，《韓詩外傳》、《樂記》作『誘民』，古二字多通用。《釋詁》曰：『誘，進也。』《儀禮》『誘射』，鄭曰：『誘，猶教也。』《樂記》『知誘於外』，鄭曰：『誘，猶道也，引也。』蓋善惡皆得謂之誘。論二字之本義，牖訓窗明，誘訓相訹。固有不同，故𧥛必从厶。訹下曰：『相呼誘也。』許意誘不必以正，似《板》傳爲正字，《野有死麕》傳爲假借字，惡無禮之詩，必非訹之誘也。𧥛，或如此。从盾者，盾下曰所以扞身蔽目，蓋取自隱藏以招人之意。宋玉曰：『若姣姬揚袂鄣日而望所思。』羑，古文，羊部有此，云：『進善也。』此云羙之古文，説古文以羑爲羙也。古文本但有『羑』字。後乃有『羙』字，訓爲『相詸詳』。則『羑』字專爲進善矣。」

〔一七〕多方，想方設法。《左傳》昭公三十年：「亟肄以罷之，多方以誤之。」

〔一八〕方成珪注：「時公以刑侍兼副詳定禮樂史，故曰拘綴。」蔣抱玄注：「綴，音掇，亦拘也。《儀禮》：『綴足用燕几。』」謹按：《儀禮·士喪禮》鄭玄注：「綴，猶拘也。」拘綴，約束、羈絆。此語始見韓文，後人亦多採用者。如司馬光《乞罷刺陜西義勇第四劄子》：「然一刺手背之後，則終身拘綴。」（《傳家集》卷三十四）沈遘《楚州知郡職方》：「維其拘綴，未遂展承。」（《西溪集》卷八）王安石《寄曾子固二首》：「時恩繆拘綴，私養難乞假。」（《臨川文集》卷五）

〔一九〕蔣抱玄注：「《漢書·于定國傳》：『遷水衡都尉，超爲廷尉。定國乃迎師學《春秋》，身執經，北面備弟子禮。』」

〔二〇〕樊汝霖注：「後漢何休，任城人，太傅陳蕃辟與參政事。蕃敗，休坐廢錮，乃作《春秋公羊解詁》，妙得公羊本意。作《公羊墨守》、《左氏膏肓》、《穀梁廢疾》。『墨守』謂如墨翟之守城，不可攻也。於是鄭康成乃發墨守，鍼膏肓，起廢疾。休見歎曰：康成入吾室操吾戈以伐我乎！」

〔二一〕蔣抱玄注：「《漢書》（《後漢書·第五倫傳》）：『勤勤懇懇，實在於此。』《中庸》：『得一善則拳拳服膺，而弗失之矣。』」《漢書·司馬遷傳》：「意氣勤勤懇懇，若望僕不相師用。」《説文》段注：

「眷，顧也。《大東》『睠言顧之』，毛曰：『睠，反顧也。』睠同眷。《小明》云『睠睠懷顧』，《皇矣》云『乃眷西顧』，凡顧、眷並言者，顧者還視也。眷者，顧之深也。顧止於側而已，眷則至於反，故毛云『反顧』。許渾言之，故云『顧也』。」

〔二二〕蔣抱玄注：「《書經》：『開釋無辜，亦克用勸。』」謹按：此「開釋」義爲釋放。《尚書・多方》孔傳：「開放無罪之人，必無枉縱，亦能用勸善。」韓文「開釋」，義爲開解疏釋。《易・繫辭下》「開而當名」，晉韓伯注：「開釋爻卦，使各當其名也。」蔣注不確。

〔二三〕樊汝霖注：「侑欲求公序所注《公羊春秋》，公亦許之。而序及侑所注今皆無傳，或世逸之耶。」蔣抱玄注：「不腐，即不朽也。《唐書・文藝傳序》：『亦不一於立言而垂不腐。』」謹按：不腐，不腐爛臭敗。《呂氏春秋・盡數》：「流水不腐，户樞不螻。」高誘注：「腐，臭敗也。」引申爲聲名不朽，始見韓文，後人採用者甚多。如宋祁《謝李太傅惠先令公碑文啓》：「偕沁波而不腐，慶貂葉以滋華。」（《景文集》卷五十六）李覯《李子高墓表》：「願得表其墳，託以不腐。」（《盱江集》卷三十一）樓鑰《范忠宣公文集序》：「託名不腐，豈非晚進之幸。」（《攻媿集》卷五十一）

答陳商書〔一〕

愈白：

辱惠書，語高而旨深，三四讀尚不能通曉，茫然增愧赧①〔二〕。又不以其淺弊〔三〕，無過人知識②〔四〕，且喻以所守③，幸甚。愈敢不吐情實④〔五〕，然自識其不足補吾子之所須也⑤〔六〕。

齊王好竽〔七〕，有求仕於齊者⑥，操瑟而往〔八〕，立王之門，三年不得入。叱曰：「吾瑟鼓之，能使鬼神上下。吾鼓瑟，合軒轅氏之宫。」⑦〔九〕客罵之曰：「王好竽而子鼓瑟，瑟雖工⑧，如王不好何？」⑨是所謂工於瑟，而不工於求齊也⑩。

今舉進士於此世⑪〔一〇〕，求禄利、行道於此世⑫〔一一〕，而爲文必使一世人不好，得無與操瑟立齊門者比歟？　文雖工⑬，不利於求，求不得，則怒且怨，不知君子必爾爲不也⑭？故區區之心，每有來訪者⑮〔一二〕，皆有意於不肖者也〔一三〕，略不辭讓，遂盡言之⑯，惟吾子諒察。愈白⑰。

【彙校】

①〔愧赧〕祝本、魏本、王本、廖本「赧」作「赧」。謹按：「赧」、「赧」，正俗字。《玉篇》：「赧，女版切，面慙赤也。俗作赧。」

②〔知識〕潮本「知」作「智」，祝本、魏本同。《舉正》據閣本訂作「知」，云：「李、謝校。」朱熹從方本，《考異》：「知，或

作『智』。」今從方本。

③〔且喻〕《舉正》據閣本訂「且」作「具」，云：「李、謝校。」朱熹從監本，《考異》：「且，方作『具』。」

④〔不吐情實〕《軌範》、《真寶》「吐」下多一「露」字。

⑤〔之所須〕魏本注：「『所』上一無『之』字。」潮本無「之」字，王本、張本、廖本同。今從祝本。

⑥〔於齊者〕《舉正》出南宋監本「有求仕於齊者」，據蜀本刪「者」字，云：「謝刪。」朱熹從監本，《考異》：「方無『者』字。」

⑦〔合軒轅氏之宮〕潮本「宮」作「律吕」，祝本、魏本同。《舉正》據閣本訂作「宮」，云：「杭同，李本亦刪去『律』字。《國語》（《周語》）：『琴瑟尚宮，鐘尚羽。重者從細，輕者從大。』軒轅造律，推本而言也。」朱熹從監本作「律吕」，《考異》：「諸本皆如此，方獨從閣、杭本以二字爲『宮』字。今按：方氏所引《國語》是也。然凡作樂者，八音並奏，而其一音之中，大者爲宮，細者爲羽，莫不皆有五聲之序，又以六律六吕節之，然後聲之大細得其次第而不差。《書》（《舜典》）所謂『聲依永，律和聲，而八音克諧』是也。其曰琴瑟尚宮者，非謂琴瑟只有宮聲也。但以絲聲太細，恐其揜於衆樂而不可聽，故大其器，使其聲重大而與衆樂相稱耳。其中固自有五聲，而聲必中律吕也。方意似以琴瑟專爲宮聲而不用它律吕者，故特取此誤本耳，今從諸本。」謹按：五聲、七聲既可以表示音高，同時又可以標識調式。以宮爲主音者稱宮，以其餘諸聲爲主音者稱調。七聲配十二律，得十二宮、七十二調，合稱八十四宮調。各宮調自有其音樂風格，所謂「琴瑟尚宮」云云，指琴瑟適宜於演奏宮調樂曲，並非説「琴瑟只有宮聲」。此外，《尚書》所謂「八音」，指八類樂器，即金石絲竹匏土革木，並非指八聲音階。朱熹有多種著述專論古樂，可知並非樂盲。此處爲與方氏立異，乃曲爲之説。今從方本。

⑧〔王好竽而子鼓瑟瑟雖工〕《舉正》出南宋監本「王好竽而子鼓瑟」，删「鼓」字，云：「謝氏以古本删。」朱熹删下「瑟」字，作「王好竽而子鼓瑟雖工」，《考異》：「諸本如此，『瑟』字句絶。方獨以『鼓』爲『瑟』，而爲句絶，其下『瑟』字乃屬下句。曾本上亦作『瑟』，而下作『之』，皆非是。」謹按：朱氏所引方本與《舉正》不同。

⑨〔如王不好何〕魏本「如」上多一「其」字。《關鍵》、《軌範》、《真寶》「王」下多一「之」字。

⑩〔而不工於求齊也〕潮本注：「求，趙作『竽』。」魏本注：「求，一作『等』。」《舉正》出南宋監本「不工於求齊也」，删「也」字，云：「三本同删。」朱熹從監本存「也」字，《考異》：「求齊，或作『竽』，或無『也』字，皆非是。」

⑪〔今舉進士於此世〕魏本「世」下注：「一有『也』字。」潮本「世」下有「也」字，注：「一無『也』字。」《舉正》出南宋監本「今舉進士於此世也」，删「也」字，云：「三本同删。」朱熹從方本，《考異》：「下或有『也』字。」

⑫〔求禄利行道於此世〕《軌範》、《真寶》「禄利」作「利禄」。《舉正》出南宋監本「求禄利行道於此世」，删「此」字，云：「三本同删。」朱熹從監本，《考異》：「方無『此』字。」

⑬〔文雖工〕潮本「雖」作「誠」，祝本、魏本同。潮本注「誠，一作『雖』。」祝本注同。魏本注：「誠，一作『華』。」《舉正》據閣本訂作「雖」，云：「蜀本『誠』字併出。」朱熹從方本，《考異》：「雖，或作『誠』，或『雖』上有『誠』字。」今從方本。

⑭〔爲不也〕潮本「不」下注：「一有『爲』字。」祝本、魏本注同。

⑮〔每有來訪者〕潮本注：「來，一作『求』。」祝本、魏本注同。

⑯〔遂盡言之〕潮本無「之」字，《關鍵》、《軌範》、《真寶》、魏本同。潮本注：「一有『之』字。」《舉正》出南宋監本「遂盡

言之」，據蜀本、館本删「之」字，云：「潮、袁亦删。」朱熹從監本，《考異》：「方無『之』字。」今從祝本。

⑰〔愈白〕魏本作「愈頓首」，《關鍵》、《真寶》無此二字。

【箋注】

〔一〕陳景雲注：「按商字述聖，官終秘書監。嘗預修《武宗實録》，則大中間事。」沈欽韓注：「《江南通志》：『陳商字述聖，太平府繁昌縣人。』《摭言》：『會昌三年諫議大夫陳商權知貢舉。』又云：『會昌六年，陳商主文。以延英對見辭不稱旨，改授王起。』」陳商，兩《唐書》無傳，今鈎稽其生平如次：陳商，字述聖（李賀《贈陳商》）。陳宣帝五世孫，散騎常侍彝之子（李賀《贈陳商》吴正子注）。元和九年登進士第（《韓集舉正》）。會昌元年爲司門郎中、史館修撰（《華嶽題名》）。三年，爲刑部郎中（《唐會要》卷三九）。會昌五年，以諫議大夫權知禮部侍郎主貢舉（《舊唐書·武宗紀》）。六年再知貢舉（《唐摭言》卷十四）。大中年間官至銀青光禄大夫秘書監許昌縣開國男。九年正月辛巳卒，贈工部尚書（《舊唐書·武宗紀》）。

此篇作年，方崧卿定於元和九年陳商進士及第之前，魏引集注、王元啓、蔣抱玄繫於韓愈爲國子博士時，方成珪繫於元和七年。《舉正》：「商，元和九年進士，《唐志》有集十七卷。此書未第日所答也。」魏引集注：「商，元和九年進士。會昌五年爲侍郎典貢舉。此書乃商未第前以文求益於公，而公爲國子先生時作也。」王元啓注：「此文商未第前，公爲國子博士時作。」方譜：

「據集注定爲是年作。」

〔二〕蔣抱玄注：「曹植《上責躬詩表》：『形影相弔，五情愧赧。』」《説文》：「赧，面慙而赤也。从赤𠬝聲，女版切。」

〔三〕淺弊，猶淺陋。嵇康《明膽論》：「愚惑淺弊，明不徹達。」

〔四〕蔣抱玄注：「過人，謂勝人也。《孟子》（《梁惠王上》）：『古之人所以大過人者無他焉，善推其所爲而已矣。』」知識，了解、辨識。《春秋繁露·煖燠孰多》：「《詩》云：『不識不知，順帝之則。』言弗能知識而效天之所爲云爾。」引申爲智力、識見。《魏書·崔鑒傳》：「仲哲生爲祖母宋氏所養。早有知識。六歲宋亡，啼慕不止，見者悲之。」

〔五〕蔣抱玄注：「《史記·吕不韋傳》：『秦王下吏治，具得情實，事連相國吕不韋。』」

〔六〕蔣抱玄注：「陶淵明詩（《和劉柴桑》）：『耕織稱其用，過此奚所須。』」

〔七〕嚴有翼注：「事見《韓非子》。」吕祖謙注：「《韓子》十二篇：『齊宣王好竽，南郭先生不知竽，而濫於三百人之中，以吹食禄。』」竽，竹制簧管樂器，似笙相而略大。《周禮·春官·笙師》：「笙師掌教歈竽、笙。」鄭玄注：「鄭司農曰：竽，三十六簧。」贾公彦疏：「按《通卦驗》：『竽長四尺二寸。』注云：『竽，管類。用竹爲之。形參差，象鳥翼。』」

〔八〕《史記·孝武本紀》：「泰帝使素女鼓五十弦瑟。悲，帝禁不止，故破其瑟爲二十五弦。」《索隱》：「泰帝，亦謂太昊。」《正義》：「泰帝，謂太昊伏羲氏。」

〔九〕呂祖謙注：《前律曆志》：『陽六爲律，陰六爲呂，黄帝之所作也。』」《楚辭・遠遊》「軒轅不可攀援兮」，王逸注：「軒轅，黄帝也。始作車服，天下號之爲軒轅氏也。」

〔一〇〕呂祖謙注：「唐《選舉志》：『唐制取士之科多因隋舊。然其大要有三：由學館者曰生徒，由州縣者曰鄉貢，皆升於有司而進退之。其科之目有秀才，有明經，有俊士，有進士，有明法，有明字，有明算，有一史，有三史，有開元禮，有道舉，有童子。而明經之别有五經，有三經，有二經，有學究一經，有三禮，有三傳，有史科。此歲舉之常選也。其天子自詔者曰制舉，所以待非常之才焉。』」

〔一一〕《漢書・儒林傳贊》：「一經説至百餘萬言，大師衆至千餘人，蓋禄利之路然也。」顔師古注：「言爲經學者則受爵禄而獲其利，所以益勸。」《孝經・開宗明義》：「立身行道，揚名於後世，以顯父母，孝之終也。」

〔一二〕蔣抱玄注：「區區，喻細小也。《左傳》（昭公十三年）：『是區區者而不余畀，余必自取之。』」

〔一三〕不肖，自謙之稱。《戰國策・齊策二》：「今齊王甚憎張儀，儀之所在，必舉兵而伐之。故儀願乞不肖身而之梁。」

與孟簡尚書書①〔一〕

愈白②：

行官自南迴〔二〕，過吉州〔三〕，獲吾兄二十四日手示〔四〕。披讀數番③〔五〕，忻悚兼至〔六〕。未審入秋來眠食何似〔七〕？伏惟萬福〔八〕。

來示云④：有人傳愈近少信奉釋氏者⑤。此傳者之妄也⑥。潮州時〔九〕，有一老僧號大顛⑦〔一〇〕，頗聰明，識道理。遠地無可與語者⑧，故自山召至州郭〔一一〕，留十數日⑨。實能外形骸〔一二〕，以理自勝，不爲事物侵亂〔一三〕。與之語，雖不盡解，要且自胷中無滯礙⑩〔一四〕。以爲難得⑪，因與來往⑫。及祭神至海上，遂造其廬。及來袁州〔一五〕，留衣服爲别。乃人之情，非崇信其法，求福田利益也〔一六〕。

孔子曰：「丘之禱久矣。」〔一七〕凡君子行己立身，自有法度。聖賢事業，具在方册〔一八〕。可效可師。仰不愧天，俯不愧人，内不愧心。積善積惡，殃慶自各以其類至⑬〔一九〕。何有去聖人之道，捨先王之法，而從夷狄之教以求福利也〔二〇〕？《詩》不云乎：「愷悌君子⑭〔二一〕，求福不回。」〔二二〕《傳》又曰：「不爲威惕，不爲利疚。」〔二三〕假如釋氏能與人爲禍崇⑮〔二四〕，非守道君子之所懼也，況萬萬無此理。且彼佛者果何人哉？其行事類君子邪？小人邪？若君子也，必不妄加禍於守道之人；如小人也，其身已死，其鬼不靈。天地神祇⑯〔二五〕，昭布森列⑰，非可誣也。又肯令其鬼行胷臆作威福於其間哉〔二六〕？進退無所據而信奉之，亦且惑矣⑱！

且愈不助釋氏而排之者，其亦有説。孟子有云⑲：「今天下不之楊，則之墨。」〔二七〕楊墨交亂，而聖賢之道不明。聖賢之道不明⑳，則三綱淪而九法斁〔二八〕，禮樂崩而夷狄横〔二九〕，幾何其不爲禽獸也㉑！故曰：「能言距楊墨者，皆聖人之徒也。」〔三〇〕楊子雲曰㉒：「古者楊墨塞路，孟子辭而闢之，廓如也。」〔三一〕夫楊墨行，正道廢，且將數百年。以至於秦㉓，卒滅先王之法，燒除經書㉔〔三二〕，坑殺學士〔三三〕，天下遂大亂〔三四〕。及秦滅，漢興且百年，尚未知修明先王之道。其後始除挾書之律㉕〔三五〕，稍求亡書，招學士。經雖少得，尚皆殘缺㉖，十亡二三〔三六〕。故學士多老死，新者不見全經〔三七〕，不能盡知先王之事。各以所見爲守，分離乖隔，不合不公，二帝三王羣聖人之道於是大壞㉗。後之學者無所尋逐㉘〔三八〕，以至於今㉙，泯泯也〔三九〕。其禍出於楊墨肆行而莫之禁故也。孟子雖賢聖㉚，不得位，空言無施，雖切何補？然賴其言而今學者尚知宗孔氏、崇仁義㉛，貴王賤霸而已。其大經大法皆亡滅而不救，壞爛而不收，所謂存十一於千百，安在其能廓如也？然向無孟氏㉜，則皆服左衽而言侏離矣〔四〇〕。故愈嘗推尊孟氏，以爲功不在禹下者㉝，爲此也〔四一〕。

漢氏已來㉞，羣儒區區修補㉟〔四二〕，百孔千瘡，隨亂隨失〔四三〕，其危如一髮引千鈞〔四四〕。緜緜延延㊱〔四五〕，寖以微滅〔四六〕。於是時也，而唱釋老於其間，鼓天下之衆而從之。嗚呼，其亦不仁甚矣㊲！釋老之害過於楊墨，韓愈之賢不及孟子〔四七〕。孟子不能救之於未亡之前，而韓愈乃欲全之於已壞之後。嗚呼！其亦不量其力，且見其身之危，莫之救以死也！雖然，使其道由愈而粗傳㊳，雖滅死萬萬無恨！天地鬼神，臨之在上，質之在旁。又安得因一摧折，自毁其道以從於邪也？

籍、湜輩雖屢指教〔四八〕，不知果能不叛去否。辱吾兄眷厚，而不獲承命，惟增慙懼。死罪！死罪〔四九〕！愈再拜㊴〔五〇〕。

【彙校】

①〔與孟簡尚書書〕《舉正》出南宋監本「與孟尚書書」，云：「孟簡也。」朱熹從方本。

②〔愈白〕《標注》、《文訣》、《軌範》無「愈白」二字。

③〔獲吾兄二十四日手示披讀數番〕祝本、王本、張本、廖本「獲」作「得」。潮本「手示披讀數番」作「手書數番」，傳世

諸本並同。魏本注：「手書數番，一云『手示披讀數番』。」謹按：「番」爲量詞。「獲書數番」，謂接獲書信數封；「披讀數番」，謂反覆披讀。一日之間得同一人書信數番，不近情理；當以「披讀數番」較爲可信。今從魏引或本。

④〔行官自南迴過吉州得吾兄二十四日手書數番忻悚兼至未審入秋來眠食何似伏惟萬福來示云〕「行官自南迴過吉州得吾兄二十四日手書數番忻悚兼至未審入秋來眠食何似伏惟萬福來示」三十八字，《關鍵》作「蒙惠書」，《標注》、《文訣》、《軌範》作「來示」。《舉正》無「行官自南迴過吉州得吾兄二十四日手書數番忻悚兼至未審入秋來眠食何似伏惟萬福來示」三十八字，增「蒙惠書」三字，作「愈白蒙惠書云」，云：「閣本、杭本『愈白』下無今本三十八字，而增『蒙惠書』三字。蜀本作『行官自南迴，獲吾兄二十四日手示，披讀數番，欣悚兼至。不審入秋來眠食如何，伏惟萬福。來示』云云，與今本亦小異。」朱熹從監本，《考異》：「或無『吉州』二字。下云『被吾兄二十四日手示披讀數番』。方從閣杭本無『行官』至『來示』三十八字。但云『蒙惠書』。今按：閣杭乃節本，諸本乃其本文，今從之。」

⑤〔愈近少信奉釋氏者〕潮本注：「〔「愈」下〕一有『心』字。一無『信』字。」祝本注：「一無『信』字。」魏本注：「一作『傳愈心近少奉釋氏者』。」《關鍵》無「信」字。《舉正》出南宋監本「近少信奉釋氏者」，刪「信」字，云：「三本同。」朱熹刪「者」字，《考異》：「方從閣杭蜀本無『信』字。」

⑥〔此傳者之妄也〕潮本注：「一無上〔此傳者之〕四字。」祝本、魏本注同。《舉正》出南宋監本「近少信奉釋氏者此傳之者妄也」，刪「信」、「此傳之者」五字，作「近少奉釋氏者妄也」，云：「三本同。」朱熹從監本存「此傳者之」四字，《考異》：「方從閣杭蜀本無『信』、『此傳之』四字。」

⑦〔大顛〕《關鍵》「大」作「太」。

⑧〔無可與語者〕潮本「無」下多一「所」字，祝本、《關鍵》、《標注》、《文訣》同。《舉正》出南宋監本「遠地無所可與語者」，據閣本刪「與」、「者」二字，作「遠地無所可語」，云：「杭同；蜀本作『無可與語者』。」朱熹從嘉祐蜀本作「無可與語者」，《考異》：「『無』下方有『所』字，無『與』、『者』字。」今從朱本。

⑨〔十數日〕潮本注：「十數，一作『數十』。」祝本、魏本注同。

⑩〔要且自胷中無滯礙〕潮本注：「一無已上（自胷中無滯礙）六字。」祝本注：「一無『自胷中無滯礙』六字，一無『自』字。」魏本注同。《軌範》無「且」字。《關鍵》無「自」字。《標注》注：「一無『且』字。」《文訣》注：「一無『自』字。」《舉正》出南宋監本「要且自胸中無滯礙」，據閣本刪「且」字，云：「杭同，蜀本『自』作『且』，餘亦同。」朱熹從方本刪「且」字，《考異》：「諸本皆如此。」

⑪〔以爲難得〕魏本注：「一本云『自以爲難得』。」《舉正》出南宋監本「以爲難得」，據閣本「胸中無滯礙」五字，連上句作「要自以爲難得」，云：「杭同，蜀本『自』作『且』，餘亦同。」朱熹從監本存「胷中無滯礙」五字，作「要自胷中無滯礙以爲難得」，《考異》：「諸本皆如此。方從閣杭蜀本刪『胷中無滯礙』五字，『自』又或作『且』。今按：此書稱許大顛之語，多爲後人妄意隱避，删節太過，故多脱落，失其正意。如上兩條，猶無大利害。若此語中删去五字，則『要自以爲難得』一句不復成文理矣。蓋韓公之學見於《原道》者雖有以識夫大用之流行，而於本然之全體，則疑其有所未睹。且於日用之間，亦未見其有以存養省察而體之於身也。是以雖其所以自任者不爲不重，而其平生用力深處，終不離乎文字言語之工。至其好樂之私，則又未能卓然有以自拔於流俗。所與遊者不過一時之文士，其於僧道，則亦僅得毛幹、暢觀、靈惠之流耳。是其身心内外所立所資不越乎此，亦何所據以爲

息邪距詖之本，而充其所以自任之心乎？是以一旦放逐憔悴，亡聊之中，無復平日飲博過從之樂，方且鬱鬱不能自遣，而卒然見夫瘴海之濱，異端之學，乃有能以義理自勝不爲事物侵亂之人，與之語，雖不盡解，亦豈不足以蕩滌情累而暫空其滯礙之懷乎？然則凡此稱譽之言，自不必諱。而於公所謂不求其福不畏其禍不學其道者，初亦不相妨也。雖然，使公於此能因彼稊稗之有秋而悟我黍稷之未熟，一旦飜然，反求諸身，以盡聖賢之蘊。則所謂以理自勝不爲外物侵亂者，將無復羨於彼；而吾之所以自任者，益恢乎其有餘地矣。豈不偉哉！」

⑫〔因與來往〕《關鍵》「來往」作「往來」。

⑬〔自各以其〕《舉正》出南宋監本「殃慶自各以其類至」，云：「蜀本無『自』字。」《考異》：「或無『自』字。」

⑭〔愷悌〕「愷悌」，祝本、魏本、王本、張本、廖本、《標注》、《文訣》、《軌範》作「豈弟」。謹按：「愷悌」，本字；「豈弟」，通假字。《說文》：「愷，康也。从豈心，豈亦聲，苦亥切。悌，善兄弟也。从心弟聲，特計切。經典通用『弟』。」段注：「『愷』、『康』雙聲。《釋詁》曰：『康，安也。』毛傳釋豈弟曰：『豈，樂也。弟，易也。』按『奏豈』，經傳多作『愷』。『愷樂』，毛詩亦作『豈』。是二字互相假借也。愷不入心部而入此者，重以豈會意也。《詩》又作『凱』，俗字也。《邶風》傳曰：『凱風謂之南風，樂夏之長養。』凱亦訓樂，即愷字也。」朱駿聲《說文通訓定聲》：「豈，假借爲『愷』。《詩·蓼蕭》『孔燕豈弟』、《泂酌》『豈弟君子』、《載驅》『齊子豈弟』。按：『樂易』之意作『愷』作『凱』皆同。《爾雅·釋詁》：『弟，易也。』按：實疊韻連語，『樂易』之訓亦無定詁。」

⑮〔禍祟〕潮本「祟」作「福」，祝本、魏本、《關鍵》、《標注》、《文訣》、《軌範》同。潮本注：「福，一作『祟』。」魏本注同。《舉正》訂「祟」字，作「能與人爲禍祟」，云：「三本同。」朱熹從方本，《考異》：「祟，或作『福』。」今從方本。

⑯〔天地神祇〕廖本「祇」作「祗」。謹按：楊雄《甘泉賦》：「集虖禮神之囿，登乎頌祇之堂。」顏師古注：「地神曰

祇。」楊泉《物理論》：「地者底也，底之言著也，陰體下著也。其神曰祇，祇，成也，育生萬物備成也。」《説文》：「祇，地祇，提出萬物者也。从示氏聲，巨支切。祗，敬也。从示氏聲，旨移切。」二者音義俱别，不可通假。朱駿聲《説文通訓定聲》：「『祇』與『神祇』字、『祇但』字、『祇裯』字皆迥别。」後人或謂「祇」與「祗」通，見《正字通》。

⑰〔昭布森列〕《舉正》出南宋監本「昭布森列」，乙「布森」作「森布」字，云：「謝校。」朱熹從監本，《考異》：「布森，方作『森布』。今按：公《進平淮西碑狀》亦有『森列』字可考。」方成珪注：「《進平淮西碑狀》除《考》以外，他本無作『森列』者。不得以一己臆説爲證。」童第德注：「潘安仁《藉田賦》：『森奉璋以階列』，李太白《古風》『星辰上森列』，《贈江夏韋太守良宰》『列戟何森森』。是『森列』字亦有所本，方説非。」謹按：森列，森然排列。此語唐人屢用，早於韓愈者，如李邕《楚州淮陰縣婆羅樹碑》：「或森列四方，或合併二體。」獨孤及《山谷寺覺寂塔禪門第三祖鏡智禪師塔碑陰文》：「嗣爲之碑，森列淨土。」李華《含元殿賦》：「瑶城粉野，琪樹森列。」

⑱〔亦且惑矣〕魏本注：「一作『非大惑歟』。」《考異》：「或作『非大惑歟』。」

⑲〔孟子有云〕《關鍵》、《標注》、《文訣》、《軌範》無「有」字。朱熹删「有」字，《考異》：「『子』下或有『有』字。」

⑳〔聖賢之道不明〕《舉正》：「李、謝本皆删去複出六字。」朱熹删複出「聖賢之道不明」六字，《考異》：「或複出此六字。」

㉑〔何其不〕《軌範》無「其」字。

㉒〔楊子雲曰〕廖本「楊」作「揚」。《舉正》訂「云」字，作「楊子雲云」，云：「閣本作『云』，杭、蜀作『曰』。」朱熹從方本作「云」，《考異》：「云，或作『曰』。」

㉓〔以至〕《舉正》訂「竢」字，作「以竢於秦」，云：「謝校。」朱熹從監本，《考異》：「至，方作『竢』，非是。」

㉔〔燒除經書〕《舉正》訂「其經」二字，作「燒除其經」，云：「謝校，蜀本作『燒除其經書』。」《考異》：「其經，或作『經書』。或下有『書』字。」

㉕〔其後〕王本、張本、廖本「後」作「后」。

㉖〔尚皆〕潮本注：「一無『尚』字。」魏本注同。《舉正》出南宋監本「經雖少得尚皆殘缺」，删「尚」字，云：「三本同。」《考異》：「方無『尚』字，或作『皆尚』。」

㉗〔三王羣聖人〕《關鍵》「羣」上多一「之」字。

㉘〔無所尋逐〕潮本注：「所，一作『以』。」魏本注同。

㉙〔以至於今〕祝本、魏本、《關鍵》、《標注》、《文訣》、《軌範》「於」作「于」。

㉚〔賢聖〕《關鍵》、《標注》、《文訣》「賢聖」作「聖賢」。

㉛〔崇仁義〕《舉正》據閣、杭本訂「知貴」二字作「知貴仁義」。朱熹從監本，《考異》：「崇，方作『貴』，上又有『知』字。今按：上文有『知』字，下文有『貴』字，方本皆非是。」

㉜〔向無孟氏〕潮本注「向，一作『苟』。」祝本、魏本注同。《舉正》訂「苟」字，作「然苟無孟氏」，云：「杭作『苟』，蜀作『向』。」朱熹從監本，《考異》：「向，方作『苟』。」

㉝〔禹下者〕魏本無「者」字。

㉞〔漢氏已來〕魏本「已」作「以」。《舉正》出南宋監本「漢氏以來」，據杭、蜀本删「氏」字，云：「謝删。」朱熹從監本，《考異》：「方無『氏』字。」

㉟〔修補〕祝本「修」作「脩」。

㊱〔緜緜延延〕祝本、《關鍵》、《軌範》「緜緜」作「綿綿」。

㊲〔其亦不仁甚矣〕魏本無「亦」字。潮本注：「甚，一作『耳』。」魏本注同。《舉正》訂「耳」字，作「其亦不仁耳矣」，云：「三本同。」朱熹從監本，《考異》：「甚，方作『耳』。」

㊳〔由愈而粗傳〕魏本「而」作「以」。《舉正》訂「而」字，作「由愈而粗傳」，云：「此本『而』作『且』，誤也。」謹按：「此本」指南宋監本。朱熹從方本，《考異》：「而，或作『且』。」

㊴〔愈再拜〕《標注》、《文訣》、《軌範》無「愈再拜」三字。

【箋注】

〔一〕樊汝霖注：「孟簡最嗜佛，嘗與劉伯芻、歸登、蕭俛譯次梵言者。公元和十四年以言佛骨貶潮州，與潮僧大顛遊，人遂云奉佛氏。其冬移袁州，明年，簡移書言及。公作此書答之。」孟簡，兩《唐書》有傳，其生平如次：孟簡，字幾道，德州平昌人。擢進士第，登宏辭科，永貞間爲倉部員外郎。王叔文忌之，換刑部員外郎（《册府元龜》卷四百五十九）。歷户部侍郎、司封郎中，元和四年正月使山南東道荆南湖南賑恤災旱，賜緋袍銀魚（《唐會要》卷七十七）。超拜諫議大夫知匭事。韓泰、韓曄之復刺史，吐突承璀爲招討使，簡皆固爭。七年，出爲常州刺史（李紳《毗陵東山詩序》）。八年，就加金紫光禄大夫，是歲徵拜爲給事中。九年九月戊戌，出爲越州刺史兼御史中丞浙東觀察使。十二年八月戊午，入爲户部侍郎。十三年，代崔元略爲御史中丞，仍兼户部侍郎。五月丙午，檢校工部尚書襄州刺史山南東道節度使（《舊唐書·憲宗下》）。十四年，左授太子賓客分司東都。十五年三月丁卯，貶吉州司馬員外置同正員。長慶元年四月辛卯，量移睦州刺史。二年，移常州刺史。入爲太子賓客分司東都。其年十二月癸丑卒（《舊唐書·穆宗紀》）。

此篇作年，程譜繫於元和十四年，洪興祖、樊汝霖、方崧卿《舉正》《年表》、方成珪、蔣抱玄繫於元和十五年（八二〇）。程譜：「有僧大顛者聰明識道理，外形骸，不爲事物侵亂。愈召留守署十數日，與往來。及祭神海上，造其廬。既行，留衣服爲別。不知者傳愈稍信奉佛氏。孟簡素事佛，以書贊之。愈答書以辨。其冬，天子進尊號，稍移袁州。」洪譜：「十五年庚子：是年有《與孟簡書》。《書》云：『行官自南回，過吉州，得手書。』簡十五年春貶吉州司馬。」《舉正》：「《舊傳》：簡元和十五年貶吉州司馬。此書其年秋答也。」謹按：文中明云「及來袁州」，程譜繫此書於刺袁之前，不確。

〔二〕王元啓注：「杜甫集中有《行官張望補稻畦水歸詩》，其詩云：『更僕往方塘。』又云：『立守問家臣。』則行官者，蓋僕隸之稱。顧未知始於何時，尚當別考。」沈欽韓注：「《通鑑》二百十六：『行官王滔等，皆平日搆仙芝於靈晉者也。』（胡三省）注：『行官，主將命往來京師及鄰道及巡内郡縣。』此節度使行官也。《册府元龜》一百五十三：『懿宗咸通十年八月，和州防禦行官石侔等一百三十人狀訴刺史崔雍降賊龐勳。』此刺史行官也。」《資治通鑑》卷二百二十三：「郭子儀使牙官盧諒至汾州。」胡三省注：「節鎮州府皆有牙官、行官。牙官給牙前驅使，行官使之行役出四方。」

〔三〕孫汝聽注：「元和十五年，貶太子賓客分司孟簡吉州司馬。簡字幾道，德州平昌人。」

〔四〕手示，手書、親筆信。此語始見韓文，後人採用者甚多。如李德裕《代李丕與郭誼書》：「且望惠數行手示，潛布忠款。」（《會昌一品集》卷九）杜牧《祭周相公文》：「牧吴興繼奉手示，但休退，不言疾恙。」（《樊川集》卷十一）《蠻書》卷四：「咸通三年春三月四日，奉本使尚書蔡襲手示。」

〔五〕蔣抱玄注：「數番，謂展讀幾回也。《南史·張敷傳》：『宗少文談繫象，往復數番。』」

〔六〕忻悚，欣喜、惶恐，又驚又喜。此語始見韓文，後人亦有採用者。如白居易《爲宰相賀赦表》：「喜深骨髓，歡忻悚躍，倍萬常情。」（《白氏長慶集》卷六十一）宋陳襄《答阮鴻秀才書》：「貶損相問，忻悚交至，不容於心。」（《古靈集》卷十四）蘇軾《賀王發運啓》：「風聲所暨，忻悚交并。」（《東坡全集》卷七十一）

〔七〕蔣抱玄注：「《晉書·郄超傳》：『公年尊，我亡後若大損眠食，可呈此箱。』何似，猶言作何狀也。」謹按：何似，如何、怎样。《北史·崔伯謙傳》：「朝貴行過郡境，問人太守政何似？」

〔八〕蔣抱玄注：「萬福，謂衆福駢臻也。《詩經》《小雅·蓼蕭》：『和鸞雝雝，萬福攸同。』今通用作敬祝之詞。」

〔九〕魏引補注：「元和十四年正月，公謫潮州刺史。」

〔一〇〕高步瀛注：「《景德傳燈録》卷十四曰：『潮州大顛和尚，初參石頭（希遷大師），言下大悟，後辭往潮州靈山隱居。學者四集。』《釋氏稽古略》曰：『潮州靈山大顛禪師諱寶通，潮州楊氏子。』《輿地紀勝》曰：『潮州僧大顛，姓陳氏，舊云煬帝之後，其祖以宦遊留於此。然隋楊姓，今師豈王之裔哉？』《潮州府志》卷三十曰：『寶通號大顛，俗姓陳氏。或曰楊姓，先世爲潁川人。生於開元末。大曆中與藥山惟儼並師事惠照於西山，即復與之同遊南嶽，參石頭。貞元六年，開闢牛巖，立精舍。七年，又於邑西幽嶺下創建禪院，名曰靈山。時已大悟宗旨，得曹溪之緒，門人傳法者千餘人，自號爲大顛和尚。』」

〔一一〕高步瀛注：「《輿地紀勝》：『廣南東路潮州：靈山院，故爲大顛師開山之地。』《明一統志》曰：『廣東潮州府：靈山在潮陽縣治西，唐僧大顛居此。今爲大道場，邦人事之甚謹。』《清一統志》曰：『靈山在潮陽縣西少北五十里。唐元和中，僧大顛居此。』」

〔一二〕蔣抱玄注：「形骸即形跡也。王羲之《蘭亭序》：『或因寄所托，放浪形骸之外。』」謹按：形骸，軀體。《莊子·天地》：「汝方將忘汝神氣，墮汝形骸，而庶幾乎？」外形骸，脱略形骸之外。白居易《和答詩十首序》：「馬上話别語，不過相勉保方寸、外形骸而已。」

〔一三〕孫汝聽注：「司馬温公《書心經後》曰：世稱韓文公不喜佛，嘗排之。予觀其《與孟尚書》論大顛云能以理自勝，不爲事物侵亂，乃知公於書無所不觀。蓋嘗徧觀佛書，取其精粹而排其糟粕耳。不然，何以知不爲事物侵亂爲學佛者所先耶？」

〔一四〕蔣抱玄注：「滯礙，罣礙也。」謹按：滯礙，阻礙、障礙。《尚書·冏命》「聰明齊聖」，孔傳：「聰明，視聽遠齊，通無滯礙。」

〔一五〕孫汝聽注：「是歲十月，公移袁州刺史。」

〔一六〕高步瀛注：「《法苑珠林·福田篇》曰：《優婆塞戒經》云：『佛言世間福田凡有三種，一報恩田，二功德田，三貧窮田。』又《門毗曇甘露味經》云：『福田好有三種，一大德田，二貧苦田，三大德貧苦田。』」謹按：福田，修善積德，以求福報。晉道恒《釋駁論》：「是以知三尊爲衆生福田供養，自修己之功德耳。」

〔一七〕《論語·述而》：「子疾病，子路請禱。子曰：『有諸？』子路對曰：『有之。誄曰：禱爾于上下神祇。』子曰：『丘之禱久矣。』」何晏《集解》：「孔子素行合於神明，故曰：丘之禱久矣。」

〔一八〕蔣抱玄注：「册與策同。《中庸》：『文武之政，布在方策。』」童第德注：「《儀禮·聘禮》：『百名以上書於策，不及百名書於方。』《禮記·中庸》『布在方策』，鄭注：『方，版也。策，簡也。』《説文》：『册，符命也。諸侯進受於王也。象其札一長一短中有二編之形。策，馬箠也。』簡策，字應作『册』。公此文作『册』，正字。《中庸》作『策』，假借字。」謹按：方册，典籍文獻。《禮記·中庸》孔穎達疏：「言文王、武王爲政之道皆布列在於方牘簡策。」

〔一九〕高步瀛注：「《易・坤・文言》曰：『積善之家必有餘慶，積不善之家必有餘殃。』」

〔二〇〕何有，豈有。張衡《西京賦》：「澤虞是濫，何有春秋？」《後漢書・賈琮傳》：「刺史當遠視廣聽，糾察美惡，何有反垂帷裳以自掩塞乎？」

〔二一〕《左傳》僖公十二年：「《詩》曰：『愷悌君子，神所勞矣。』」杜预注：「愷，樂也；悌，易也。」

〔二二〕吕祖謙注：「《詩・旱麓》云云。」《詩・大雅・旱麓》鄭氏箋：「不回者，不違先祖之道。」

〔二三〕孫汝聽注：「哀十六年《左氏》：『不爲利諂，不爲威惕。』昭二十年《左氏》：『君子不爲利疚，不爲義回。』疚，病也。」《左傳》哀公十六年「不爲利諂，不爲威惕」，杜注：「白公告之，知必許其爵位。而宜僚辭，是不爲利而諂也。承之以劒，欲刺殺之。而宜僚不動，是不爲威而懼也。」《左傳》昭公二十年「不爲利疚於回」，杜注：「疚，病。回，邪也。以利故不能去，是病身於邪。」

〔二四〕禍祟，鬼神所降災禍。《墨子・天志上》：「我欲福禄，而惡禍祟。」

〔二五〕《尚書・湯誥》：「爾萬方百姓，罹其凶害，弗忍荼毒，並告無辜于上下神祇。」孔傳：「並告無罪稱冤訴天地。」《史記・宋微子世家》：「今殷民乃陋淫神祇之祀。」裴駰《集解》：「馬融曰：天曰神，地曰祇。」

〔二六〕蔣抱玄注：「《書・洪範》：『惟辟作福，惟辟作威。』」孔傳：「言惟君得專威福。」

〔二七〕吕祖謙注：「《孟·滕文公》云云。」

〔二八〕祝充注：「斁，音妬，敗也。《書》（《洪範》）：『彝倫攸斁。』」孫汝聽注：「九法，九疇之法。斁，敗也。」魏仲舉注：「斁，都故切。」蔣抱玄注：「三綱，舊説君爲臣綱、父爲子綱、夫爲妻綱。法，古作『灋』。《周禮·大司馬》：『掌建邦國之九灋，以佐王平邦國：制畿封國，以正邦國；設儀辨位，以等邦國；進賢興功，以作邦國；建牧立監，以維邦國；制軍詰禁，以糾邦國；施貢分職，以任邦國；簡稽鄉民，以用邦國；均守平則，以安邦國；以小事大，以和邦國。』」高步瀛注：「《白虎通·三綱六紀篇》曰：三綱者何謂也？謂君臣、父子、夫婦也。故（《禮緯》）《含文嘉》曰：『君爲臣綱，父爲子綱，夫爲妻綱。』」

〔二九〕祝充注：「横，下孟切。」魏仲舉注：「横，户孟切。」

〔三〇〕吕祖謙注：「《孟·滕文公》云云。」

〔三一〕吕祖謙注：「《楊·吾子篇》文。」蔣抱玄注：「廓如，肅清之義。」謹按：廓，開拓、開闢。《爾雅·釋詁》：「廓，大也。」《方言》：「張小使大謂之廓。」《集韻》：「廓，闊鑊切。開也。」廓如，猶廓然，張而大之。木華《海賦》「廓如靈變」，《文選》李善注：「廓，猶開也。言廓然暫開，如神之變。」

〔三二〕孫汝聽注：「始皇三十四年，丞相李斯請史官非秦記皆燒之。非博士官所職，天下有家藏《詩》《書》百家語者，皆詣守尉雜燒之。」《華陽國志·公孫述劉二牧志》：「其倉廩野穀一皆燒除。」

〔三三〕孫汝聽注：「始皇三十五年，始皇曰：『諸侯之在咸陽者，吾使人廉問，或爲妖言以亂黔首。』於是使御史案問諸生，得四百六十餘人，皆坑之咸陽。」

〔三四〕吕祖謙注：「《書序》：『及秦始皇滅先代典籍，焚書坑儒，學士逃難解散。』」

〔三五〕孫汝聽注：「漢惠帝四年，始除挾書之律。」高步瀛注：「《漢書·惠帝紀》曰：『四年三月，除挾書律。』注應劭曰：『挾，藏也。』張晏曰：『秦律，敢有挾書者族。』」

〔三六〕吕祖謙注：「《前·藝文志》：『至成帝時，以書頗散亡，使謁者陳農求遺書於天下。詔光禄大夫劉向校經傳、諸子、詩賦，步兵校尉任宏校兵書，太史令尹咸校數術，侍醫李柱國校方技。』」

〔三七〕孫汝聽注：「漢文帝時求治《尚書》者，聞伏生藏於壁中，召得之，亡數十篇。」

〔三八〕蔣抱玄注：「《水經注》（《谷水注》引晉張璠《漢記》）：『有人殺苑兔者，迭相尋逐，死者十三人。』」

〔三九〕魏仲舉注：「泯，盡也，彌盡切。」蔣抱玄注：「泯，讀『民』上聲，茫茫之義。」謹按：泯泯，茫然無可尋覓貌。《説文》：「泯，滅也。从水民聲，武盡切。」《爾雅·釋詁》：「泯，盡也。」《廣雅·釋詁四》：「泯，滅也。」《玉篇》：「泯，彌忍、彌賓二切，滅也。又泯泯，亂也。」

〔四〇〕祝充注：「侏離，上音朱。侏離，語不明之貌。《後漢·南蠻傳》：『衣裳班闌，語言侏離。』注：『蠻夷語聲也。』」蔣抱玄注：「《論語》：『微管仲，吾其被髮左衽矣。』」《論語·憲問》宋邢昺疏：

「微，無也。衽，謂衣衿。衣衿向左，謂之左衽。夷狄之人被髮左衽。言無管仲，則君不君，臣不臣，中國皆爲夷狄。故云吾其被髮左衽也。」

〔四一〕魏引補注：「張俞論曰：韓言孟軻輔聖明道之功不在禹下，斯亦過矣。予謂楊墨之禍未若洪水，然而九年之害，非禹不能平。孔氏之道雖見侵毁，然不由軻而益尊。苟毁譽由軻而興，則不足謂之孔子之道。使聖人復生，必不易予言也。」

〔四二〕高步瀛注：「《廣雅・釋訓》曰：『區區，小也。』」

〔四三〕高步瀛注：「《爾雅・釋訓》曰：『亂，治也。』」

〔四四〕高步瀛注：「《列子・仲尼篇》：『髮引千鈞。』枚叔《上書諫吴王》曰：『夫以一縷之任，係千鈞之重。雖甚愚之人，猶知哀其將絶也。』」

〔四五〕蔣抱玄注：「《詩經》：『緜緜葛藟。』《博雅》：『延延遲遲。』皆長之喻。」《詩・王風・葛藟》毛傳：「緜緜，長不絶之貌。」《廣雅・釋訓》：「緜緜、曼曼、延延、遲遲，長也。」《墨子・親士》：「分議者延延。」

〔四六〕高步瀛注：「《廣雅・釋訓》：『寖，漸也。』」

〔四七〕魏引補注：「木鴈鄭少微曰：孟韓之功，其同二；而立言行己，其異五。孟子於楊墨，方其始也，禽獸視之；而愈則曰『火其書，廬其居，人其人』。一旦逃而歸也，孟子受之而已矣；而愈則序文暢、詩澄觀。此其同者二也。孟子曰『堯舜不偏愛急親賢也』，愈則曰『一視而同仁』；孟子言必稱堯舜，愈則曰『王易王霸易霸也』；孟子曰『性本善』也，而愈品爲三；孟子曰『墨亂孔』也，而愈合爲一；孟子『藐大人輕萬鍾召之則不往』也，愈則佞于頔、于宰相。此其異者五也。其曰『韓愈之賢不及孟子』，可謂能自知矣。」魏仲舉注：「藐，莫角切。」

〔四八〕祝充注：「湜，音『植』。」張籍，兩《唐書》有傳，其生平如次：張籍，字文昌，吴郡人，居和州烏江（宋湯中《張司業集跋》）。生於大曆元年（白居易《與元九書》），貞元十五年登進士第（張洎《張司業集序》）。調補太常寺太祝（白居易《重到城七絶句》）。元和十一年爲國子助教（韓愈《晚寄張十八助教周郎博士》）。十四年爲廣文博士（韓愈《唐故少府監胡公（珦）墓神道碑》）。十五年爲秘書郎（裴度《酬張秘書因寄馬贈詩》）。長慶初，韓愈薦爲國子博士（韓愈《舉薦張籍狀》）。歷水部員外郎（白居易《張籍可水部員外郎制》），長慶末爲主客郎中（劉禹錫《和蘇郎中尋豐安里舊居寄主客張郎中》），大和二年爲國子司業（白居易《雨中招張司業宿》）。大和三年猶在世（張籍《送白賓客分司東都》），卒年在此後不久（無可《哭張籍司業》）。參見傅璇琮等《唐才子傳校箋》。皇甫湜，《新唐書》有傳，其生平如次：皇甫湜，字持正，睦州新安人。生於大曆十二年（姚範《援鶉堂筆記》卷三十三）。元和元年擢進士第（晁公武《郡齋讀書志》卷四中），爲裴均荆南從事（皇甫湜《荆南節度判官廳壁記》）。元和三年登賢良方正科第三等，策語太切，權倖惡之（《舊唐書·憲宗紀上》），授陸渾尉。元和四年爲侍御史，分司東都（《高軒過》題下李賀自注）。

寶曆年間，以侍御史、内供奉（皇甫湜《題浯溪石》）爲李渤桂管觀察從事（唐莫休符《桂林風土記·隱仙亭》）。大和二年爲李逢吉山南東道節度使府從事，大和三年歸洛（皇甫湜《華陽集序》）。歷官祠部（司空圖《題柳柳州集後》）、工部郎中。辨急使酒，數忤同省，乃自求分司東都。大和八年三月庚午裴度爲東都留守（《舊唐書·文宗紀下》），辟爲尚書工部郎分司、東都留守判官（《華陽集序》）。大和九年八月猶在世（《諭業》），卒年當在此後不久。參見傅璇琮等《唐才子傳校箋》、劉真倫《皇甫湜行年考》。

〔四九〕高步瀛注：「《侯鯖録》卷一曰：『短啟出於晉宋兵革之間。時國禁書疏，非弔問喪疾不得輒行尺牘。故羲之書首云「死罪」，是違制令故也。』張孟奇（萱）《疑耀》卷六曰：『漢董仲舒《詣丞相公孫弘記室書》已前用之矣。』」

〔五〇〕魏引補注：「鄧瑀曰：韓愈始論佛骨，似有闢邪説距詖行之意。斥守潮陽，與大顛往來海濱。及得孟簡書，文過飾非。至今仕宧傳其真與大顛對，釋氏之徒撰大顛之辭以非之，誠自取也。交可不擇哉！」

答吕毉山人書①〔一〕

愈白：

惠書責以不能如信陵執轡者〔二〕。夫信陵，戰國公子，欲以取士聲勢傾天下而然耳〔三〕。如僕者②，自度若世無孔子，不當在弟子之列〔四〕。以吾子始自山出，有樸茂之美意〔五〕，恐未礱磨以世事③〔六〕。又自周後文弊〔七〕，百子爲書，各自爲家④，亂聖人之宗。後生習傳，雜而不貫⑤〔八〕，故設問以觀吾子。其已成熟邪⑥〔九〕，將以爲友也；其未成熟邪⑦，將以講去其非而趨是耳⑧〔一〇〕。不如六國公子有市於道者也。

方今天下入仕，惟以進士、明經〔一一〕，及卿大夫之世耳〔一二〕。其人率皆習熟時俗，工於語言，識形勢，善候人主意⑨。故天下靡靡〔一三〕，日入於衰壞。恐不復振起，務欲進足下趨死不顧利害去就之人於朝以爭救之耳，非謂當今公卿間無足下輩文學知識也。不得以信陵比。然足下衣破衣、繫麻鞋⑩〔一四〕，率然叩吾門〔一五〕。吾待足下雖未盡賓主之道，不可謂無意者也⑪。足下行天下，得此於人蓋寡⑫。乃遂能責不足於我，此真僕所汲汲求者⑬〔一六〕。議雖未中節〔一七〕，其不肯阿曲以事人者⑭〔一八〕，灼灼明矣〔一九〕。方將坐足下，三浴而三熏之〔二〇〕。聽僕之所爲，少安無躁〔二一〕。愈頓首。

【彙校】

①〔答呂毉山人書〕潮本「毉」作「醫」，祝本、魏本同。《舉正》出南宋監本「答呂毉山人書」。朱熹從方本。謹按：

「毉」、「醫」，異體字。《廣韻》：「毉，於其切，上同『醫』。」《太玄經·玄數》：「爲毉，爲巫祝。」今從方本。

②〔如僕者〕潮本無「者」字，祝本同。朱熹增「者」字，《考異》：「方無『者』字。」今從朱本。

③〔礱磨〕魏本「礱磨」作「磨礲」。

④〔百子爲書各自爲家〕《舉正》出南宋監本「百子爲書各自爲家」，據杭本删「書各自爲」四字，云：「謝校，蜀本存四字，『爲』作『名』。」朱熹訂「名」字，作「百子爲書各自名家」，《考異》：「方無『書各自名』四字，非是。」

⑤〔雜而不貫〕潮本注：「貫，一作『實』。」祝本、魏本注同。《舉正》出南宋監本「雜而不貫」，云：「閣本作『貫』，杭、蜀作『實』。」《考異》：「貫，或作『實』。」

⑥〔已成熟邪〕魏本注：「邪，一作『乎』。」《舉正》訂「乎」字，作「其已成熟乎」，云：「杭、蜀同，謝校。」朱熹從方本，《考異》：「乎，或作『邪』。」

⑦〔未成熟邪〕王本、張本、廖本「邪」作「乎」。

⑧〔趨是〕潮本「趨」下多一「其」字，祝本、魏本同。潮本注：「去其非而趨其是，一作『去非而趨是』。」魏本注同。《舉正》出南宋監本「講去其非而趨其是耳」，删下「其」字，作「講去其非而趨是耳」，云：「閣本無下『其』字，李删。」朱熹從方本，《考異》：「『趨』下或有『其』字。」今從方本。

⑨〔善候人主意〕《舉正》據閣本「意」下增「在」字，云：「李、謝校。『意在』，謂意之所嚮也。《左氏》『晉君少安，不在諸侯』，趙穿『有寵而弱，不在軍事』，《漢傳》王莽『意不在哀』，義祖此也。」朱熹從監本，《考異》：「方從閣本『意』下有『在』字。今按：但如諸本，語意已足，不假『在』字爲奇也。政使能奇，亦復幾何？而已不勝其贅矣。此

近世所謂古文者之弊，而謂韓公爲之哉？恐閣本初亦失誤，而方乃曲爲之説，以誤後人，故不可以不辨。或者又疑『在』亦草書『者』字之誤，更詳之。」

⑩〔衣破衣繫麻鞋〕《舉正》據閣、杭本删「破」上「衣」字，增「脚」字，作「破衣脚繫麻鞋」。朱熹從監本，《考異》：「方無『衣』字。『繫』上方有『脚』字。」

⑪〔無意者也〕《舉正》出南宋監本「不可謂無意者也」，據閣、杭本删「也」字。朱熹從方本，《考異》：「『者』下或有『也』字。」

⑫〔得此於人〕潮本注：「一無『此』字。」祝本、魏本注同。

⑬〔僕所汲汲〕魏本「所」下多一「以」字。

⑭〔阿曲以事人〕祝本注：「阿曲，一作『效俗』，一作『攻阿俗』，一作『效阿曲』。」魏本注同。潮本「阿」上多一「效」字，「曲」作「俗」，注：「俗，一作『曲』。」《舉正》出南宋監本「其不肯阿曲以事人」，據閣本删「曲」字，云：「杭本作『不肯效俗以事人』，蜀本作『不肯效阿曲以事人』。」朱熹從監本，《考異》：「方無『曲』字。或作『效俗』，或『阿』上仍有『效』字，或作『效阿俗』。」

【箋注】

〔一〕高步瀛注：「山人之稱，蓋盛於唐。《新唐書·武后紀》曰：『延載元年七月癸未，嵩嶽山人武什方爲正諫大夫同鳳閣鸞台平章事。』《李泌傳》曰：『著白者山人。』厥後『水南山人』、『水北山人』、『少室山人』之號紛紛矣。呂毉山人，特未知何許人耳。」

此篇作年，諸譜失考。蔣抱玄注：「玩《書》意，公已可進人於朝，當在長慶二年間作。」

〔二〕樊汝霖注：「《史記》：魏公子無忌，昭王少子，安釐王異母弟也。安釐王即位，封公子爲信陵君。魏有隱士侯嬴，爲大梁夷門監者。公子從車騎，虛左自迎。侯生攝弊衣冠直上，載公子上坐，欲以觀公子。公子執轡愈恭。」

〔三〕蔣抱玄注：「《後漢書・竇憲傳》：『憲恃宮掖聲勢，遂以賤直請奪沁水公主園田。』」高步瀛注：「《史記・呂不韋傳》曰：『當是時，魏有信陵君，楚有春申君，趙有平原君，齊有孟嘗君，皆下士喜賓客以相傾。』」謹按：聲勢，聲威氣勢。陳琳《爲袁紹檄豫州》：「書到，荆州便勒見兵，與建忠將軍協同聲勢，州郡各整戎馬，羅落境界，舉師揚威，並匡社稷。」

〔四〕《黄氏日鈔》卷五十九：「《答呂毉山人書》自謂『世無孔子不當在弟子之列』，蓋山人矜誕人也，責公以不能如信陵執轡。公故盛其說以折之。」

〔五〕樸茂，樸實厚重。此語始見韓文，後人亦多採用者。如宋蔡襄《中書試禮部尚書除御史大夫制》：「文章深厚，以華於國；行實樸茂，以充其中。」（《端明集》卷十）强至《代轉對劄子》：「思得惇實樸茂之士，進以爲風俗之倡。」（《祠部集》卷十三）蘇頌《龍圖閣直學士修國史宋公神道碑》：「詔令三路與諸郡列薦其行能，特恩賜第，則樸茂之士還進矣。」（《蘇魏公文集》卷五十一）

〔六〕蔣抱玄注：「《鶡冠子・天則第四》：『若礱磨不用，賜物雖詘有不效者矣。』」高步瀛注：「《說文》：『礱，確也。』《廣雅·釋詁三》曰：「礱，磨也。」」謹按：礱，粗磨。《説文》：「礱，礳也。从石龍聲。天子之桷，椓而礱之。盧紅切。」段注：「下文云：『礳者，石磑也。』此云『礳也』者，其引伸之義，謂以石礳物曰礱也。今俗謂磨穀取米曰礱，从石龍聲，盧紅切。天子之桷，椓而礱之。『椓』當依《類篇》所引作『斲』。《穀梁傳》、《晉語》、《尚書大傳》、《公羊》何注皆作『斲』，可證。《尚書大傳》曰：『桷，天子斲其材而礱之，加密石焉。大夫達菱，士首本，庶人到加。』鄭云：『礱，礪之也。密石，砥之也。菱，棱也。按棱者，謂斲其通體成棱。首本者，斲其首也。』韋注《晉語》亦云：『先粗礱之，加以密砥。』是可證『厲』、『厎』之分粗細矣。」礱磨，磨治鍛煉。《鶡冠子》陸佃解：「言慶賞者，勵世磨鈍之器也。然而賞不能勸不勝，罰不能必不可。若砥礪不用之材，而責有於無，玉帛雖詘，有不效者矣。」

〔七〕高步瀛注：「《禮記·表記》曰：『殷、周之道，不勝其敝。』又曰：『殷、周之文，不勝其質。』《史記·高祖本紀》：『太史公曰：夏之政忠，忠之敝小人以野，故殷人承之以敬；敬之敝小人以鬼，故周人承之以文；文之敝小人以僿。』」

〔八〕《論語·里仁》「吾道一以貫之」，皇侃義疏：「道者，孔子之道也。貫，猶統也。譬如以繩穿物，有貫統也。孔子語曾子曰：『吾教化之道，唯用一道以貫統天下萬理也。』故王弼曰：貫，猶統也。夫事有歸，理有會，故得其歸。事雖殷大，可以一名舉總其會；理雖博，可以至約窮也。譬猶以君御民，執一統衆之道也。」

〔九〕《論衡·量知》：「學士簡練於學，成熟於師。身之有益，猶穀成飯，食之生肌腴也。」

〔一〇〕講，討論、商討。《漢書·敍傳》：「既通大義，又講異同於許商。」

〔一一〕高步瀛注：「《唐六典》卷二曰：『禮部考功員外郎掌天下貢舉之職：凡諸州每歲貢人，其類有六：一曰秀才，二曰明經，三曰進士，四曰明法，五曰書，六曰算。正經有九：《禮記》、《左傳》爲大經，《毛詩》、《周禮》、《儀禮》爲中經，《周易》、《尚書》、《公羊》、《穀梁》爲小經。通二經者，一大一小，若兩中經；通三經者，大小中各一；通五經者，大經並通。其《孝經》、《論語》並須兼習。諸明經試兩經，進士一經。每經十帖，孝經二帖，論語八帖。每帖三言，通六已上然後試策。《周禮》、《左氏》、《禮記》各四條，餘經各三條。《孝經》、《論語》共三條，皆録經文及注意爲問。其答者須辨明義理，然後爲通。通十爲上上，通八爲上中，通七爲上下，通六爲中上。其通三經者，全通爲上上，通十爲上中，通九爲上下，通八爲中上。通七及二經通五爲不第。其進士帖一小經及老子，試雜文兩首，策時務五條。文須洞識文律，策須義理愜當者爲通。若事義有滯，詞句不倫者爲下。其經策全通爲甲，策通四帖通六已上爲乙，已下爲不第。』《通典·選舉三》：『大唐貢士之法多循隋制：上郡歲三人，中郡二人，下郡一人，有才能者無常數。其常貢之科，有秀才，有明經，有進士，有明法，有書，有算。自京師郡縣皆有學焉。每歲仲冬，郡縣館監課試其成者，長吏會屬僚行鄉飲酒禮，既餞而與計偕。其不在館學而舉者，謂之鄉貢。到尚書省，始由户部集閲，而關於考功，課試可者爲第。初秀才科第最高，試方略策五條，有上上、上中、上下、中上凡四等。貞觀中，有舉而不第者，坐其州長，由是廢絶。自是士族所趨嚮，唯明經、進士而已。』」

〔一二〕蔣抱玄注：「世，謂家世門第也。卿大夫之世，唐制：凡達官功臣子孫皆得以蔭入官。」高步瀛注：「卿大夫之世，指恩蔭言。《新唐書·選舉志四》曰：『凡用蔭，一品子正七品上，二品子正七品下，三品子從七品上，從三品子從七品下，正四品子正八品上，從四品子正八品下，正五品子從八品上，從五品及國公子從八品下。』」

〔一三〕蔣抱玄注：「靡靡，隨屬之義也。《書經》：『商俗靡靡。』」高步瀛注：「《文選·琴賦》李善注曰：『靡靡，順風貌。』」謹按：靡靡，隨順貌。《書·畢命》：「商俗靡靡，利口惟賢。」孔穎達疏：「靡靡者，相隨順之意。」

〔一四〕高步瀛注：「馬縞《古今注》卷中曰：『麻鞋起自伊尹，以草爲之，名曰草屩，周文王以麻爲之，名曰麻鞋。』《能改齋漫録》卷七云：『王叡《炙轂子》云：夏、商以草爲屩，《左氏》（僖四年）曰：菲，屨也。至周以麻爲之，謂之麻鞋，貴賤通著。』」

〔一五〕率然，輕率貌。《中説·天道》：「今之好異輕進者，率然而作，無所取焉。」

〔一六〕高步瀛注：「《廣雅·釋訓》云：『彶彶，劇也。』汲借字。」《廣雅疏證》：「《説文》：『孜，彶彶也。』《皋陶謨》云：『予思曰是孜孜。』《表記》云：『俛焉曰有孳孳。』孳與孜通。《説文》：『彶，急行也。』《問喪》云：『望望然汲汲然如有追而弗及也。』汲與彶通。彶彶，各本皆作『汲汲』。此校書者以意改之也。《衆經音義》卷五、卷十三並云：《廣雅》：『彶彶，遽也。』字從彳，今皆從水作『汲』。據此，則《廣雅》本作『彶』，後人乃作『汲』耳。」

〔一七〕蔣抱玄注：「《禮記・中庸》：『喜怒哀樂之未發謂之中，發而皆中節謂之和。』」

〔一八〕蔣抱玄注：「阿曲，謂曲意阿好也。」高步瀛注：「《吕氏春秋・達鬱篇》曰：『非以阿君也。』高注曰：『阿，曲媚也。』《廣雅・釋詁二》曰：『阿，衺也。』」謹按：阿曲，曲意逢迎。此義始見韓文，後人亦有採用者。如宋范祖禹《右金吾衛大將軍原州防禦使墓誌銘》：「發言質直，無少阿曲。」（《范太史集卷四十五》）明練子寧《制策一道》：「阿曲以求恩，逢迎以徼寵。」（《中丞集》卷上）明方孝孺《趙彦殊字序》：「異者流於迎合而多詐，愚者陷於阿曲而近鄙。」（《遜志齋集》卷十三）

〔一九〕灼灼，明白貌。董仲舒《春秋繁露・郊祭》：「非灼灼見其當而故弗行也。」《漢書・外戚傳下》：「灼灼若此，豈可以忽哉！」顔師古注：「灼灼，明白貌也。」

〔二〇〕樊汝霖注：「《國語・齊語》》齊使人請管仲於魯，於是嚴公使束縛以與。齊使受之而退，比至，三釁三浴之。小白親迎之郊，而與之坐。問焉。（韋昭）注：『以香塗身曰釁。熏，一作釁。』」

〔二一〕陳景雲注：「按《左氏》襄七年傳『吾子其少安』，注：『安，徐也。』」少安無躁，或作「少安毋躁」。此語始見韓文，後人採用者甚多。如宋孫覿《宋故右中奉大夫致仕贈少師陳公神道碑》：「公笑曰：通塞有命，少安無躁。」（《鴻慶居士集》卷三十五）楊萬里《漸・初六》：「或有言以毀之，安知君子之不卑小官，少安无躁之節哉。」（《誠齋易傳》卷十四）陸游《雨》：「上策莫如常熟睡，少安毋躁會當晴。」（《劍南詩稾》卷六十六）

答渝州李方古使君書①〔一〕

乖隔年多〔二〕，不獲數附書②〔三〕。慕仰風味〔四〕，未嘗敢忘。使至，連辱兩書③，告以恩情迫切。不自聊賴〔五〕，重序河南事迹本末〔六〕。文字綢密〔七〕，典實可尋〔八〕。而推究之明〔九〕，萬萬無一可疑者〔一〇〕。欽想所爲④〔一一〕，益深勤企〔一二〕。豈以愈爲粗有知識〔一三〕，可語以心而告之急哉？是比數愈於古人而收之⑤〔一四〕，何幸之大也！愈雖無節槩〔一五〕，知感激⑥〔一六〕。若使在形勢〔一七〕，親狎於要路〔一八〕，有言可信之望⑦。雖百悔吝〔一九〕，不敢默默⑧。今既無由緣進言〔二〇〕，言之恐益累高明，是以負所期待。竊竊轉語於人，不見成效〔二一〕，此愈之罪也。然不敢忘去其心，期之無已⑨，以報見待。惟且遲之⑩，勿遽止罷⑪。幸甚。莊子云：「知其無可奈何而安之若命者，聖也。」〔二二〕《傳》曰：「君子俟命。」〔二三〕然無所補益。進其厭飫者〔二四〕，秖增媿耳⑫。良務寬大。愈再拜。

【彙校】

①〔答渝州李方古使君書〕《舉正》出南宋監本「答渝州李使君書」，云：「蜀本注『方古』二字。方古，貞元十二年進士。」朱熹從方本，《考異》：「或注『方古』二字。」

②〔附書〕潮本「書」下多一「狀」字，祝本、魏本同。潮本注：「一無『狀』字。」祝本、魏本注同。朱熹删「狀」字，《考異》：「或有『狀』字。」今從朱本。

③〔連辱兩書〕《舉正》據閣、杭本訂「辱連紙」三字，作「使至辱連紙兩書」。朱熹從監本，《考異》：「連辱，方作『辱連紙』。」

④〔欽想所爲〕《舉正》據閣、杭本增「重」字，作「重欽想所爲」。朱熹從監本，《考異》：「方本〈欽想〉上有『重』字。」

⑤〔於古人〕《舉正》出南宋監本「是比數愈於古人而收之」，據閣本删「古」字，云：「李、謝删。」朱熹從方本，《考異》：「『於』下或有『古』字。」

⑥〔知感激〕《考異》：「『知』上疑脱一字。」

⑦〔可信之望〕潮本「信」作「伸」，無「望」字。祝本、魏本同。祝本注：「伸，一作『信』。」魏本注同。潮本注：「一有『望』字。」祝本、魏本注同。《舉正》訂「信」字，增「望」字，作「有言可信之望」，云：「信，音『伸』。李、謝校同，蜀本只作『有言可伸之望』，杭本與此本脱『望』字。」朱熹從方本，《考異》：「信，或作『伸』，或無『望』字。方云：信音伸。今按：衆本皆未安，疑本用《易》〈《困》〉『有言不信』之語。若作『言有可信』而讀如字，則其義通矣。更

詳之。」

⑧〔不敢默默〕《舉正》出南宋監本「不敢默默」，據閣本删複出「默」字，云：「李、謝删。」朱熹從監本，《考異》：「方無複出『默』字。」

⑨〔不敢去心期之無已〕潮本「去」上多一「忘」字，「去」下多一「其」字，祝本、魏本同。潮本注：「一無『期之無已』字。」祝本、魏本注同。《舉正》出南宋監本「不敢忘去其心期之無已」，據閣本删「忘」、「其」二字，云：「李、謝校，杭、蜀本皆脱『期之無已』一句，上語存二字。」朱熹從方本，《考異》：「去心，或作『忘去其心』。或無此（期之無已）四字。」

⑩〔惟且遲之〕魏本注：「且，一作『宜』。」

⑪〔勿遽止罷〕潮本注：「止，一作『弃』。」祝本、魏本注同。《舉正》據閣本訂「捐」字，作「勿遽捐罷」，云：「李、謝校。」朱熹從方本，《考異》：「捐，或作『止』。今按：此二字疑衍。又按：此書題一作『狀』，故其詞亦用俗體，不甚作文。」

⑫〔秖增媿耳〕「秖」，魏本作「秪」，王本、廖本作「祇」，張本作「衹」。謹按：「秖」、「衹」通「只」，適也、僅也、但也。《漢書·鄒陽傳》：「秖怨結而不見德。」顔師古注：「秖，適也，音支。」《説文》：「祇，敬也。从示氏聲，旨移切。」《玉篇》：「衹，之移切，適也。秖，竹尸切，穀始熟也。」《説文》段注：「只，語已詞也。已，止也。矣、只皆語止之詞。《鄘風》『母也天只，不諒人只』是也。亦借爲『是』字。《小雅》『樂只君子』，箋云：『只之言是也。』《王風》『其樂只且』，箋云：『其且樂此而已。』按以『此』釋『只』，與《小雅》箋同。宋人詩用『只』爲『衹』字，但也。今人仍之，讀如隻。」朱駿聲《説文通訓定聲》：「祇，敬也。从示，氏聲。與『神祇』字、『衹但』字、『衹裯』字皆迥别。」

【箋注】

〔一〕韓醇注：「方古，貞元十二年進士。」李方古，生平不詳。所可知者：方古，貞元十二年進士（韓愈《答渝州李方古使君書》韓醇注）。元和年間爲渝州刺史（《答渝州李方古使君書》）。寶曆元年，曾書寫李渤桂管觀察使府幕僚韋宗卿所撰《隱山六洞記》（《寶刻叢編》卷十九引《諸道石刻録》）。《元和郡縣志》卷三十三劍南道渝州，今四川重慶。

此篇作年，王元啓繫於元和五、六年河南令任期，蔣抱玄以爲作於在京時。王元啓注：「此書《洪譜》不載，今考篇中有『重敍河南事跡』一語，疑李亦嘗令河南，被屈無以自明，故因公令河南，敍其事以相告。當是元和五、六年作。」蔣抱玄注：「或以公令河南時作。玩《書》意，則公在京城也。姑闕疑。」謹按：此《書》作於韓愈仕宦通達之後，可以無疑。具體年份不詳，以闕疑爲妥。

〔二〕乖隔，阻隔。蔡琰《悲憤詩》：「存亡永乖隔，不忍與之辭。」

〔三〕數，屢也、常也。《孫子·行軍》：「屢賞者窘也，數罰者困也。」蔣抱玄注：「附，寄也。《世説新語》（《任誕》）：『殷洪喬作豫章郡，臨去，都下人因附百許函書。既至石頭，悉擲水中。因祝曰：沉者自沉，浮者自浮。殷洪喬不能作致書郵。』後人因謂錯寄書信曰誤附洪喬。」

〔四〕曹丕《與鍾大理書》：「高山景行，私所慕仰。」蔣抱玄注：「風味，謂風流蘊藉也。《宋書·自序傳》：『伯玉温雅有風味，和而能辨。』」謹按：風味，風采、風致。

〔五〕蔣抱玄注：「聊賴，聊同寥。《易林》（《損之第四十一·大壯》）：『身無寥賴，困窮乏糧。』」

〔六〕韓醇注：「書所言河南事迹，或以公嘗爲河南令，疑其指此。然觀《書》意，當是李使君以河南事迹囑公有言於朝也。房式嘗爲河南尹，及卒，謚曰傾。韋乾度以劉闢作難發兵，署牒首曰闢，副曰式。大節已虧，不宜得謚。唯李虞仲謂不然。意使君之欲辨河南事跡者此耳。」王元啓注：「式由河南尹爲御史中丞、領宣州觀察使卒。不應舍其所卒之官，仍以河南相目。又：式以忠州刺史遷雲南安撫副使，爲闢所阻。其事在西蜀，與河南無涉，河南事初未授人口實。《書》云『言之恐益累高明』及『知其無可奈何而安之若命』，似屬李君切身事。韓注非是。」

〔七〕綢密，密切。《梁書·韋粲傳》：「粲以舊恩，任寄綢密，雖居職屢徙，常留宿衛。」

〔八〕典實，典雅平實。《晉書·華嶠傳》：「後以嶠博聞多識，屬書典實，有良史之志，轉秘書監，加散騎常侍，班同中書。」

〔九〕推究，推勘、查究。《魏書·任城王澄傳》：「請以見事付廷尉推究，驗其爲劫之狀，察其梈殺之理。」

〔一〇〕萬萬，絶對。《文子·微明》：「患禍之所由來，萬萬無方。」

〔一一〕欽想，想慕。南齊明帝《下謝朏詔》：「撫事懷人，載留欽想。」

〔一二〕勤企，殷切期盼。陸雲《與戴季甫書》：「不勝勤企，謹及君之書。」

〔一三〕知識，智慧、見識。《魏書·崔鑒傳》：「仲哲生爲祖母宋氏所養。早有知識。六歲宋亡，啼慕不止，見者悲之。」

〔一四〕比數，相提並論。《漢書·司馬遷傳》：「刑餘之人，無所比數。」

〔一五〕節槩，亦作「節概」，氣節慷慨。左思《吴都賦》：「士有陷堅之鋭，俗有節概之風。」《文選》五臣注李周翰曰：「俗有志節梗慨之人。」

〔一六〕感激，感奮激發。《説苑·修文》：「感激憔悴之音作而民思憂。」

〔一七〕形勢，權勢、地位。《荀子·正論》：「爵列尊，貢禄厚，形勢勝。」楊倞注：「形勢，謂勢位也。」

〔一八〕蔣抱玄注：「要路，顯要之地位也。《古詩》（今日良宴會）：『何不策高足，先據要路津。』」

〔一九〕蔣抱玄注：「《易·繫辭》：『悔吝者，憂虞之象也。』」

〔二〇〕蔣抱玄注：「陶潛詩（《雜詩十二首》其九）：『慷慨思南歸，路遐無由緣。』」

〔二一〕蔣抱玄注：「嵇康《聲無哀樂論》：『今且隱志而言，明之以成效。』」

〔二二〕孫汝聽注：「《莊子·德充符》曰：『知其不可奈何而安之若命，唯有德者能之。』」

〔二三〕孫汝聽注：「《禮記》（《中庸》）：『君子居易以俟命。』」

〔二四〕沈欽韓云：「進其厭飫者，厭飫，謂其所飽聞，猶云老生常談也。」

答元微之侍御書①〔一〕

九月五日，愈頓首微之足下：前歲辱書，論甄逢父濟識安禄山必反〔二〕，即詐爲喑棄去②〔三〕。禄山反，有名號，又逼致之。濟死執不起，卒不污禄山父子事。又論逢知讀書，刻身立行，勤己取足〔四〕，不干州縣，斥其餘以救人之急。足下繇是與之交，欲令逢父子名迹存諸史氏③〔五〕。足下以抗直喜立事④〔六〕，斥不得立朝。失所不自悔〔七〕，喜事益堅。微之乎！真安而樂之者。

謹詳足下所論載，校之史法，若濟者固當得附書⑤。今逢又能行身〔八〕，幸於方州大臣⑥〔九〕。以標白其先人事⑦〔一〇〕，載之天下耳目，徹之天子，追爵其父第四品〔一一〕，赫然驚人。逢與其父俱當得書矣。

濟逢父子自吾人發，《春秋》美君子樂道人之善。夫苟能樂道人之善，則天下皆去惡爲善。善人得其所，其功實大。足下與濟父子俱宜牽聯得書。足下勉逢，令終始其躬。而足下年尚彊，嗣德有繼〔一二〕，將大書特書屢書，不一書而已也。愈既承命，又執筆以俟⑧。愈再拜〔一三〕。

【彙校】

①〔答元微之侍御書〕此篇又載《唐文粹》卷八十二，據校。粹本「微之」作「稹」，魏本無「微之」二字。《舉正》出南宋監本「答元侍御書」，朱熹從方本。

②〔詐爲喑棄去〕粹本、魏本「喑」作「瘖」。《考異》：「棄，或作『亡』。」

③〔史氏〕粹本「氏」作「事」。《舉正》據閣、杭本訂「事」字，作「存諸史事」，云：「李校。」朱熹從監本，《考異》：「氏，方作『事』，非是。」

④〔抗直〕魏本注：「歐本『抗』字作『伉』。」《考異》：「抗，或作『伉』。」

⑤〔附書〕《考異》：「『附』字疑衍。蓋濟自合立傳，不應言附書也。」謹按：附，著也。《詩·小雅·角弓》「如塗塗附」，毛傳：「附，著也。」書，史籍也。附書，著録於國史。

⑥〔方州〕潮本注：「方，一作『十』。」祝本、魏本注同。

⑦〔標白〕王本「標」作「摽」。潮本注：「白，一作『目』。」祝本、魏本注同。粹本「白」作「目」。《舉正》訂「目」字，作「以摽目其先人事」，云：「杭、蜀本、《新書》皆同。」朱熹從監本，《考異》：「白，方作『目』。」

⑧〔執筆以俟〕王本、張本、廖本「俟」作「竢」。

【箋注】

〔一〕嚴有翼注：「稹字微之。《實録》云：元和九年十月甲子，韓愈考功郎中依前史館修撰。十二月戊午，知制誥。此書作九月五日，蓋九年在史館時也。」魏引集注：「公拜比部郎中史館修撰，元稹以書言甄濟父子事，丐公筆之於史。公答以此。」

此篇作年，吕大防、蔣抱玄繫於元和八年，洪興祖、嚴有翼、方崧卿《舉正》、《年表》、《增考》、方成珪繫於元和九年（八一四）。吕譜：「元和八年癸巳，拜比部郎中史館修撰。時有《答元侍御書》。」《增考》：「按：公是年三月拜史館修撰。《答元書》蓋踰年九月也。書云『前歲辱書』，是踰歲後答書也。當附來歲。」洪譜：「九年甲午：十月甲子，爲考功郎中依前史館修撰。十二月戊午，以考功知制誥。公在史館，有《答元微之書》。」《舉正》：「元和九年答元微之。」謹按：當從《增考》。

〔二〕祝充注：「甄，音真，姓也。《陳留風俗傳》：『舜陶甄河濱，其後爲氏。』」孫汝聽注：「濟字孟成，定州無極人。」甄濟，兩《唐書》有傳，其生平如次：甄濟，字孟成，中山無極人。家於衛州，隱居青巖山十餘年。天寶十載，以左拾遺召。未至而安禄山入朝，求濟於玄宗，授試大理評事充范陽郡節度掌書記。天寶十二載，禄山反狀潛兆。慮不得脱，乃偽瘖其口，遂舁歸（元稹《與史館韓郎中書》）。及禄山反，使封刀来召。安慶緒亦使人至縣，强舁至東都安國觀。代宗收東京，濟起詣軍門上謁，乃送上都。肅宗館之於三司，使令受偽命官瞻望，以媿其心。授秘書郎，轉太子舍人。寶應初，來瑱辟爲陝西襄陽參謀，拜禮部員外郎。瑱死，屏居七年。大曆初，江西節度使魏少游表爲著作郎兼侍御史。終於襄州。元和中，襄州節度使袁滋奏其節行，詔贈秘書少監。

〔三〕蔣抱玄注：「喑，啞也。《後漢書》（《袁閎傳》）：『遂稱風疾，喑不能言。』」《韓非子·六反》：「人皆寐，則盲者不知；皆嘿，則喑者不知。」

〔四〕蔣抱玄注：「《詩》（《小雅·斯干》）『秩秩斯干』箋：『國以饒富，民取足焉。』」

〔五〕蔣抱玄注：「《後漢書·衛颯傳》：『颯除襄城令，政有名迹。』」

〔六〕抗直，剛强正直。《史記·魯仲連鄒陽列傳論》：「鄒陽辭雖不遜，然其比物連類，有足悲者，亦可謂抗直不撓矣。」

〔七〕孫汝聽注：「元和五年，稹以監察御史分司東都。執政以其年少，務作威福，貶江陵府士曹。」

〔八〕行身，立身處世。《韓非子·五蠹》：「行身者競於爲高，而不合於功。」甄逢，《新唐書》附其事於其父甄濟傳，其可知者如次：甄逢，原名憲臺，更名逢。幼而孤，及長，耕宜城野。自力讀書，不謁州縣。曾任襄州文學掾（元稹《與史館韓郎中書》）。常以父名不得在國史，欲詣京師自言。與元稹善，稹移書於史館修撰韓愈，愈以書答，由是父子俱顯名。

〔九〕蔣抱玄注：「方州，方面也，藩鎮也。《晉書·殷仲堪傳》：『爲荆州刺史，每語子弟曰，人見我受任方州，謂我豁平昔時意，今吾處之不易。』」

〔一〇〕標白，顯揚。此語始見韓文，後人亦有採用者。如裴延翰《樊川集序》：「標白歷代取士得才，率由公族子弟爲多，則《與高大夫書》。」（《樊川集》卷首）王淮《省齋集跋》：「標白其先之文，發揚其素志。」（《省齋集》卷末）曾敏行《獨醒雜誌》卷六：「道宫雖環據，而其流反役於衣食，不能標白之。」

〔一一〕孫汝聽注：「元和八年正月，以袁滋爲襄州刺史山南東道節度使。滋辟逢爲文學掾，且表其父節行與權臯同科，宜載國史。詔曰：存樹風節，謂之立名；没加襃贈，所以誘善。故朝散大夫著作郎兼侍御史甄濟，早以文雅見稱於時，嘗因辟召，亦佐戎府。而能保堅貞之正性，不履危機；覩逆亂之僭萌，不從脅汚。義聲可傳於竹帛，顯贈未賁於松楸。藩方所陳，允叶彝典。追加命秩，以奬忠魂。可贈秘書少監。」蔣抱玄注：「《唐書・百官志》：中書省秘書少監二人，從四品。」

〔一二〕蔣抱玄注：「《書經》（《伊訓》）：『今王嗣厥德，罔不在初。』」

〔一三〕魏仲舉注録元稹《與史館韓郎中書》：「郎中退之足下：積前與襄州文學掾甄逢遊善。逢即故刑部員外郎濟之子。濟天寶中隱於衛之青巖山，採訪使苗公等五人皆以狀薦，凡十徵不起。末以左拾遺就拜之。適值禄山朝奏京師，懇於上前，求爲賓介，玄宗可其奏。禄山還至衛縣，遣太守鄭遵意詣山致命，輟行信宿以俟之。甄生懼及其難，俛首從事。至天寶十二載，禄山反狀潛兆，慮不得脱，乃僞瘖其口，復隱青巖。踰年而禄山叛，即日遣僞節度使蔡希德緘刀逼召。且曰：『或不可强，斬首來狥。』既而甄生噤閉無言，延頸承刃，氣和色定，若甘心然。希德義而捨之，禄山亦不能致。慶緒繼逆，虜而囚之於東都安國觀。代宗復洛，甄生卧匡牀詣元帥府。至則號標自治，代宗爲之動色，遂命傳至長安。肅宗高其行，因授館於三司治所，令從賊官因慙拜之。受汙者莫不俯伏仰歎，恨不即死於其地。且夫辨所從於居易之時，堅直操於利亡之世，而猶褊淺選愞者之所不爲，蓋拂人之心難而害己之避深也。况乎天下亂矣，王澤竭矣，夫死忠者不必顯，從亂者不必誅。而曰眷眷本朝，甘心白刃，難矣哉！是以理平則爲公爲卿，世變則爲虵爲豕爲鏡爲梟者，十嘗八九焉。若甄生，冕弁不加於其身，禄食不進於其口，於天寶蓋青巖之一男子耳。及亂，則延頸受刃，分死不回。不以不必顯而廢忠，不以不必誅而從亂。參合古今之士，皆百一焉。積嘗讀注記，缺而未書。謹備所聞，蓋欲執事者編此義烈以永於來世耳。子逢，始生之歲，顔太師、崔太傅皆爲歌詩以美賢者之有後，且序甄之本末云。及逢既長，耕先人之舊田於襄之宜城，讀書爲文，不詣州里。歲饉則力耕節用以給足親戚，歲穰則施餘於其鄰里。鄉黨之不能自持者，前後斥家財排患難於朋友者數四。由是以義聞。襄之守狀爲文學，始就羈於吏職。積聞風既久，因與之遊。逢每冤其父之名不在於史，將欲抱其所冤詣京師告訴於司史氏，蓋行有日矣。以愚料之，甄子僕短馬疲言簡行孤，得不爲驕閽之所排訶，則權力者疑誕以臨之，固無自而入矣。固曉生以自入之勢，且告以執事者辱與積遊，願得所冤之狀告。甄生厚相信待，由是輟行。既而自思滓賤之中，猶願貢所聞於執事，得非愚且僭邪？然而誚笑之暇，幸垂察焉。」